LES ROUGON-MACQUART

HISTOIRE NATURELLE ET SOCIALE
D'UNE FAMILLE SOUS LE SECOND EMPIRE

Émile Zola

L'Œuvre

Préface
de Bruno Foucart
Professeur
à l'Université de Paris IV
Édition établie
et annotée
par Henri Mitterand
Professeur émérite
à la Sorbonne nouvelle

Gallimard

PRÉFACE

L'*Œuvre*, *ce roman de l'échec de Claude le peintre, est-il aussi celui de l'échec de l'impressionnisme, de ces plein-airistes que nous considérons comme les fondateurs de la peinture moderne ? L'*Œuvre*, ce roman de l'amitié impuissante, est-il aussi l'histoire lamentable d'une incompréhension qui n'a pas fini de nous troubler, puisque la fraternité de Zola et de Cézanne a été et aurait dû rester une des plus belles aventures humaines ? L'*Œuvre*, ce roman de la peinture incapable, n'est-il pas plutôt celui de l'incapacité d'un critique malheureusement myope à voir large et profond ? On n'échappe pas à ces questions.*

*Dans ses trente ans de critique et romancier d'art, du Salon triomphant de 1866 à celui tout amer de 1896, via la publication de L'*Œuvre* en 1886, Zola suit un chemin de désillusions. La peinture l'aura trompé, les peintres l'auront déçu. Manet qu'en 1866 il célébra avec une énergie et une prescience admirables, dont il prophétisait que « la place est marquée au Louvre[1] », n'est plus, et ce dans l'hommage posthume de 1884, que l'un « parmi les grands ouvriers de ce siècle », ce Manet qui pour nous est le peintre fondateur de l'art moderne[2]. Cézanne, l'ami Cézanne, le dédicataire du Salon de 1866, auquel Zola disait*

---

1. *L'Événement*, 7 mai 1866. Cf. *Mon Salon. Manet. Écrits sur l'Art*, édition établie par Antoinette Ehrard, Garnier-Flammarion, 1970, p. 71.
2. Préface au catalogue de l'exposition des œuvres d'Édouard Manet, 1884, *Mon Salon*, p. 366.

« *tu es toute ma jeunesse ; je te retrouve mêlé à chacune de mes joies, à chacune de mes souffrances*[3] », *celui qui figure dans sa vie* « *comme ce pâle jeune homme dont parle Musset* » *revêt en 1896 la figure spectrale d'un* « *grand peintre avorté*[4] ». *Le Salon de 1896, trente ans après celui de 1866, dix ans après la parution de L'Œuvre, scelle ce constat d'un échec. Le triomphe posthume de Manet est celui de la facilité. Tout le monde peint clair, mais ce n'est plus que système, procédé, manière. Les précurseurs, les pionniers frémissent de se reconnaître dans leur postérité :* « *Oh les horizons où les arbres sont bleus, les eaux rouges et les cieux verts ! C'est affreux, affreux, affreux*[5] ! » *Comment interpréter cette fureur, cette déception de Zola ? Est-ce simplement l'impuissance et la fatigue du vieux roi qui en sa jeunesse aimait Manet et Monet mais qui n'a plus la force de regarder Gauguin et Seurat ? Est-ce seulement la déception du naturaliste contredit par le mouvement des arts, la percée du symbolisme ou l'irréalisme fondamental d'une peinture enivrée de son autonomie ?*

Zola, dit-on, renforçant ses binocles, voyait en fait de plus en plus clair. L'Œuvre, qui décrit moins la naissance et la jeune gloire de l'impressionnisme que les doutes de l'âge mûr, est un roman de l'art IIIe République plus que Second Empire. Ces données admises, L'Œuvre apparaît comme une des plus lucides analyses de l'état de la peinture dans le couchant du XIXe siècle. Il est trop simple de dire que Zola n'aimait pas vraiment la peinture (à preuve son incapacité à acheter un tableau et le bric-à-brac de son intérieur), qu'il ne put suivre l'effort de Cézanne, que ce demi-aveugle n'a pas été capable de déceler au-delà des années 1860-1870 les successives modernités de son temps. Mais ce point de vue du XXe siècle, c'est-à-dire d'un temps où l'on croyait à l'art moderne et à la rectitude de sa course, ne sera sans doute pas celui du XXIe siècle. L'Œuvre nous dit le trouble de la peinture quand l'évangile naturaliste n'entraîne plus et que d'autres chemins s'ouvrent, quand on comprend les limites de l'impressionnisme et que le sacrifice du sujet et de l'idée devient dérisoire. L'Œuvre

3. Salon de 1866, *Mon Salon, op. cit.*, p. 45.
4. Salon de 1896, *Mon Salon, op. cit.*, p. 372.
5. Salon de 1896, *Mon Salon, op. cit.*, p. 374.

transpose le doute de Zola quadragénaire, conscient du passage des générations, du changement de la vision, de la nécessité profonde d'un renouvellement. Tout se passe comme si l'écrivain Zola sacrifiait le peintre, victime expiatoire offerte à cette mutation des certitudes naturalistes. Sandoz et Zola réussiront à la place de Claude, le romancier arrivant dans ses livres à faire vivre la Chimère, qui serait un Manet ayant l'imagination de Gustave Moreau. Claude échoue, dans sa quête d'une peinture qui voudrait dire autant que décrire, mais il est bien à la proue des inquiétudes, des ambitions des dernières décennies du siècle. Zola n'a pas laissé vivre Claude, ne lui a pas permis de réussir, mais entendons au moins le message du suicidé : il posait les vraies questions du peintre de son temps.

Les clefs qui ouvrent mal

L'Œuvre *a sans doute souffert d'être un roman à clefs parce que le délire interprétatif comme toujours a joué, parce que les clefs n'ouvrent pas des pièces de même importance et que ce n'est pas le véritable intérêt du roman. Si Claude est bien Cézanne, si* Plein air *est bien* Le Déjeuner sur l'herbe, *le roman renvoie à des acteurs et des moments trop importants de la vie artistique pour que l'on n'ait pas envie de confronter la fiction à la réalité. Que Dubuche soit l'ami Baille ou Chaîne le peintre aixois Jean-Baptiste Chaillan, ce sont là personnages de trop petit module pour intéresser d'autres lecteurs que les spécialistes de la création romanesque et les explorateurs du monde de Zola. Roman historique,* L'Œuvre *est un peu à l'impressionnisme, à Manet et à Cézanne ce que* Les Trois Mousquetaires *sont à la France du XVIIe siècle, à Marie de Médicis et à Richelieu. Roman-confession,* L'Œuvre *ne saurait se lire comme* La Nouvelle Héloïse *ou* La Recherche du temps perdu. *Le moi de Zola n'a pas la prétention de celui de Rousseau ou de Proust. Zola a pu à juste titre susciter la ténacité de nouveaux Painter dans l'identification des sources et le passage de la fiction à la réalité. Mais cette recherche intéresse plus l'histoire de la création romanesque que*

*celle des arts dans les années 1860-1880 ; elle éclaire d'abord sur
le métier de Zola et le secret de son travail.*

*Zola, semble-t-il, pratiquait systématiquement l'amalgame et se
réservait toute liberté. Dans son énorme thèse sur L'Œuvre
Patrick Brady, recensant les sources possibles des personnages,
montre par la richesse même de ses trouvailles la vanité d'une trop
grande confiance dans les adéquations*[6]. *Si Claude n'a rien de
Roybet comme on l'avait affirmé dès 1886, mais emprunte à
Jongkind, Holtzapfel, André Gill et Tassaert, artistes modestes
ou plus célèbres morts comme lui tragiquement, s'il est le double de
Cézanne bien sûr mais aussi de Manet et de Monet, autant dire
que Claude, dans cette mosaïque de références, se dessine comme
un individu à nul autre semblable. Si Fagerolles est, selon Brady,
une concrétion de Bourget, Maupassant, Goncourt, Guillemet,
Gervex, Roybet, Carolus-Duran, Bastien-Lepage, ce monstre à
neuf têtes incarnant l'artiste qui réussit pour savoir adoucir les
nouveautés et séduire un large public, n'est réductible à aucun
artiste en particulier. On comprend que personne n'ait voulu et pu
se reconnaître dans les héros de L'Œuvre. Les raisons étaient
doubles : la déception devant ces héros qui échouent, mais aussi la
conscience que l'autonomie de la création romanesque la fait
échapper aux exigences de l'histoire.*

*Lorsque Monet fait part de son inquiétude, de son trouble, il
analyse exactement ce qui ne cessera d'être le quiproquo de
L'Œuvre :* « *Vous avez pris soin, avec intention, que pas un seul
de vos personnages ne ressemble à l'un de nous, mais malgré cela
j'ai peur que dans la presse et le public, nos ennemis ne
prononcent les noms de Manet ou tout au moins les nôtres pour en
faire des ratés, ce qui n'est pas dans votre esprit, je veux le
croire*[7]. » *Le bon public ne cessera de prononcer des noms et le
débat sur le mérite des impressionnistes d'être poursuivi. Lorsque
Pierre Daix par exemple, parlant du phénomène d'aveuglement
des meilleurs critiques artistiques, fait du myope Zola un borgne*

---

6. Patrick Brady, *L'Œuvre, d'Émile Zola*, Droz, 1968, p. 225-
257.

7. Brady, *op. cit.*, p. 411.

de génie, il reprend et justifie la crainte de Monet[8]. Pour lui Zola
n'a pas véritablement compris l'apport réel des impressionnistes à
la peinture moderne. Zola ne fait pas mieux que Fromentin, ne
comprend qu'à moitié la modernité de son temps, ne s'embarque
pas dans l'aventure des peintres qu'il connaissait si bien, ne saisit
pas la chance de cette occasion historique. Mais peut-on le
reprocher à Zola et la critique moderne, installée dans ses
certitudes de la vraie histoire de l'art moderne, n'écrit-elle pas, en
jugeant ainsi Zola, un autre roman ?

Les acteurs supposés n'ont pas voulu en tout cas être engagés
par le romancier, les plus modestes, tel Guillemet, par vanité
déçue, les sublimes, tel Cézanne, parce qu'ils comprenaient bien
que le roman était d'un autre ordre. Lorsque Cézanne le 4 avril
1886 accuse réception de l'envoi de L'Œuvre, dans une dernière
lettre devenue célébrissime, où il se contente de « lui serrer la
main en songeant aux anciennes années[9] », il se refuse à jouer
même le jeu des récriminations. L'Œuvre lui est un roman
étranger où il ne se reconnaît pas. Il préfère nier l'évidence, et par
exemple l'évocation directe de l'amitié aixoise, de ce temps des
promenades folles et des fraîches baignades où les amis, dans la
puissance neuve de leur jeunesse, s'imbibaient de sensations et
rassemblaient en commun les forces nécessaires pour transformer
le monde. Cézanne pouvait bien ne pas se reconnaître dans les
hésitations de Claude, lui qui n'avait cessé de « jeter ses pinceaux
au plafond », comme déjà s'en inquiétait Zola en juillet 1860[10].
C'est que Zola, malgré son amitié, ne pouvait comprendre le vrai
Cézanne. Le romancier peut créer des personnages, non réinven-
ter les vivants. La vérité de Cézanne n'était qu'à lui et seul il
pouvait savoir que de son incapacité continue à finir, de ce
continuel recommencement d'une création inachevée allait se
former non un tableau parfait, selon le rêve mortifère de Claude,
mais un œuvre. Seul Cézanne pouvait deviner que son vrai destin
serait de mourir les pinceaux à la main.

8. Pierre Daix, *L'Aveuglement devant la peinture*, Paris, 1971.
9. John Rewald, *Paul Cézanne. Correspondance*, Paris, 1937,
p. 208.
10. Rewald, *op. cit.*, p. 76.

Les deux lectures, par les clefs et à partir de l'histoire mise en forme, resteront à juste titre décevantes. Les personnages réels dont s'est inspiré Zola sont en deçà ou au-delà de sa création romanesque. Valabrègue ou Béliard sont moins intéressants que Gagnière alors que Cézanne est aussi ou plus intéressant que Claude, vit de sa vie propre. D'autre part, demander à L'Œuvre un exact contrepoint de notre savoir de l'histoire de la peinture moderne et du rôle de l'impressionnisme ne revient-il pas à vouloir imposer notre lecture ? Ce que dit et pense Zola, dans ses limites mêmes, mérite d'être entendu comme tel. Il n'est pas sûr que notre vision rétrospective nous ait évité une reconstruction passionnelle de l'histoire de la peinture, obnubilés que nous sommes par le grand mythe de la modernité. Pourquoi en effet donnerait-on raison à Zola en 1866 lorsqu'il sacre superbement Manet et tort au grincheux de 1896 qui crie sa déception et attend toujours, après Ingres, Delacroix, Courbet, le quatrième homme ? Faut-il le crucifier pour n'avoir pas participé à la souscription de l'Olympia, lui qui avait cru assigner à Manet sa vraie place, le Louvre ? Quoi qu'il en soit, ces deux lectures, cryptographique et historique, avec leurs plaisirs et leurs limites, ne doivent pas faire oublier que L'Œuvre est avant tout un roman, un roman de la création où Claude prend la suite de Pygmalion et de Frenhofer.

Cette histoire de dix ans d'un peintre, du Plein air de 1863 à L'Enfant mort de 1876, treize ans qui comptent dans l'histoire de la peinture, du Salon des Refusés à la première exposition des impressionnistes en 1874, est aussi un roman de la peinture, de ses possibilités, de ses rêves de toujours et d'aujourd'hui. Les chimères de Claude sont bien autre chose que les oiseaux noirs de l'hérédité. Il échoue alors que Sandoz réussit, mais ce sont là les privilèges du romancier qui donne et retire comme Dieu la liberté à ses créatures. Claude comme Sandoz lutte avec l'ange et, même naturaliste, ce combat a valeur mythique. Ce qui sauve L'Œuvre des gloses que ce roman trempé de contemporanéité appelle, c'est que Zola comme Balzac a voulu et su mettre en drame l'acte de créer.

Le roman impossible

Le drame de Claude est aussi celui de Zola. Le romancier pouvait-il décrire, faire voir l'acte même de cette création où

Claude se perdait ? Il n'est pas sûr en effet que le roman de la création picturale puisse jamais être écrit. L'impression suscitée d'emblée par le livre, approuvé du bout des lèvres par ceux mêmes qui devaient le mieux le comprendre, tiendrait moins au sentiment que le romancier avait mal parlé d'eux et de leur travail qu'à l'évidence d'un acte manqué : il avait prétendu décrire ce qui est peut-être en dehors des mots et de l'univers romanesque. Ce que La Recherche du temps perdu *est à l'histoire des raisons d'écrire,* L'Œuvre *ne l'est pas à celle du pourquoi, du quoi, du comment peindre. Le vrai roman de la création picturale devrait en effet au moins prendre en compte les images qui ont nourri l'œil et la mémoire du peintre, en un mot sa culture, mais surtout suivre, épouser dans sa durée le face à face d'une main, d'un cœur, d'un esprit avec la toile et le motif. Zola ne cesse de nous dire pourquoi Claude échoue, de décrire comment il n'arrive pas à achever : la névrose héréditaire tient lieu d'explication globale et suffisante. Mais on ne sait pas vraiment comment il peint.*

Et pourtant Zola est allé plus loin que tout autre, et bien sûr que Balzac et les Goncourt dans ce qui serait la recherche et la transcription d'une émotion de peintre, d'un essai de peindre. Il avait pu, il est vrai, regarder Cézanne ; il avait servi de modèle à Manet, bon exercice pour se mettre, moins les émotions du corps, à la place de Manette Salomon ou de Christine. Certes, dans « l'engourdissement qui s'empare des membres immobiles... au milieu du demi-sommeil de la pose[11] », face au châssis, celui qui pose ne voit pas ce que fait le peintre. Aussi Zola a-t-il voulu aller plus loin en nous montrant Claude face à Christine et à sa toile, ou regardant Paris et imaginant au fur et à mesure de son coup d'œil panoramique ce que pourrait être la toile correspondante. Zola a osé ce que Balzac dans Le Chef-d'œuvre inconnu *n'a pas fait pour Frenhofer : Porbus et Poussin n'entrevoient son tableau que lorsque Frenhofer le croit parfait. Les Goncourt n'ont pas dans* Manette Salomon *cherché à nous montrer Coriolis peignant ; autant nous sommes renseignés sur sa culture, sa formation, ses voyages, sa vie privée et officielle, autant nous en savons*

11. « Édouard Manet », 10 mai 1868. *Mon Salon, op. cit.*, p. 141.

peu sur son acte même de peindre. Là est la vraie hardiesse de Zola et l'originalité profonde du roman.

Ce que l'écriture a pu faire dans l'analyse du travail de l'écrivain, de Joyce à Leiris, ne vaut sans doute pas pour celui du peintre. L'esquisse du vrai roman du peintre, c'est dans les correspondances qu'il faudrait l'attraper : on pense à celle de Cézanne, malheureusement trop partielle, à celle de Van Gogh qui, n'était l'ordre des planètes et des vies, eût été bien sûr le modèle que méritait Zola. Connaissant si bien Cézanne, Zola a eu effectivement une chance de réussir l'impossible : la véridique histoire d'un vrai peintre réussissant une véritable création. Mais il était trop myope pour voir clair dans cette gésine et il eût fallu attendre que Cézanne fût mort pour avoir chance de le comprendre. Zola a donc raté le roman de Cézanne peignant, mais qui alors pouvait deviner que Cézanne offrait mieux que quelques pitoyables exemples de la difficulté de peindre, que son exacte histoire n'était pas celle d'un échec banal mais celle du peintre fondateur d'une nouvelle peinture ? Ce roman-là ne sera vraisemblablement jamais écrit ; il n'aurait pas été celui de l'impuissance mais celui de l'indifférence superbe aux amis et aux gens, d'une vie de peintre s'enfermant dans sa vocation, y sacrifiant tout et d'abord sa vie. Cézanne, il est vrai, en ne se suicidant pas, en reportant chaque fois au lendemain l'achèvement, en recommençant sans cesse l'acte infernal de peindre aura écrit avec ses tableaux et quelques lettres non un roman mais une épopée.

Les romanciers ont tous les droits, de vie et de mort. En ne laissant pas vivre Claude, en lui refusant la liberté d'aller jusqu'au bout de sa recherche, même ratée, Zola ne pouvait faire le portrait d'un peintre dans sa durée réelle. Il pouvait du moins réduire une vie à une seule œuvre, ce qui suffisait à réintroduire la temporalité de la création. Il l'a tenté dans ses descriptions de Claude peignant Plein air *ou ses vues de Paris. Là encore le romancier restait désemparé. L'histoire d'un tableau, telle qu'on peut l'approcher dans son déroulement chronologique à travers les esquisses, les dessins préparatoires, les études (on pense à des cas exceptionnels comme* Le Radeau de la Méduse *ou* Les Demoiselles d'Avignon*) aura été réussie au moins deux fois, mais grâce*

*à l'objectif de la caméra : Picasso et Pollock en train de peindre,
tels que les cinéastes nous les ont révélés, sont peut-être les seuls
chapitres existant du livre du peintre en action, du peintre créant,
ce qui est assurément l'essentiel de la vie d'un peintre. Zola arriva
trop tôt dans un monde que les frères Lumière n'avaient pas
encore ébloui ; il est à sa gloire d'avoir entrevu que le vrai roman
moderne et expérimental devait se faire derrière le dos de l'artiste.
Malgré ses fréquentations il connaissait encore trop mal le métier
de peintre, il imaginait de trop loin le processus du peintre en
action pour réaliser ses intuitions. Du moins est-il le premier à
l'avoir tenté. De ce point de vue nous en savons plus sur Claude
que sur Frenhofer ou Coriolis. Si le premier est le héros d'un
mythe, si le second est l'intelligent acteur d'un excellent documen-
taire sur la peinture des années 1850, Claude seul se révèle
parfois dans sa nudité même de créature peignant et souffrant.*

L'œil naturaliste ou l'écran du plein air

Le roman de la création picturale elle-même n'a donc toujours
pas été écrit, ne pouvait sans doute l'être : Frenhofer n'ouvre pas
sa porte ou trop tard, Claude ne fait que l'entrebâiller. Mais
L'Œuvre est aussi un roman historique, celui de la peinture dans
les années 1860-1880. Le critique, l'observateur, le connaisseur
informent ici le romancier. Toutes les composantes d'une excep-
tionnelle réussite étaient réunies : la connaissance des artistes, du
groupe impressionniste, un engagement personnel à leur côté.
Mais le romancier, s'il prend le droit d'aliéner la liberté de ses
personnages, préserve la sienne et reste complice du critique. Ce
roman de l'échec pictural, où l'hérédité et la physiologie sont les
avatars modernes de la prédestination, est aussi le constat,
profondément ressenti par Zola, d'un échec plus général, celui
d'une génération de peintres, d'un mouvement. L'échec n'est pas
seulement celui de Claude, celui de Cézanne ; pour Zola il
incarne celui même des impressionnistes, de l'impressionnisme.

Les bonnes âmes ont dit et diront que c'est là trop simplifier. Il
reste que celui qui fut « le premier à louer Manet sans

restriction » et à traiter au Salon des Refusés Le Déjeuner sur
l'herbe *de « chef-d'œuvre*[12] *» constate en 1884, dans la préface
du catalogue de l'exposition rétrospective, que « ses doigts
n'obéissaient pas toujours à ses yeux*[13] *». Il reste que celui qui
dédie son Salon de 1866 « à son ami Paul Cézanne », qui salue
encore en 1880 « un tempérament de grand peintre qui se débat
dans des recherches de facture*[14] *», est aussi celui qui dans le
dernier de ses Salons, celui de 1896, le sacre de la terrible
appellation de « grand peintre avorté*[15] *», reprenant ainsi à son
compte le jugement porté sur Claude, « ce grand peintre raté »,
par ses amis lors du dernier repas chez Sandoz*[16]*. Zola est aussi
celui qui ne voit plus que « caricature » dans les procédés
impressionnistes quand ils deviennent par exemple pointillistes.*
L'Œuvre *est un roman de l'échec d'un peintre comme l'histoire
picturale de la période et de l'impressionnisme serait celle d'un
« bégaiement ». Ceci explique et vaut bien cela.*

*Ce que l'on considère au mieux comme une limite de jugement et
que l'on dissimule comme d'autres voilaient Noé, doit être
considéré avec le plus grand sérieux. Ce n'est certes pas un des
naufrages de la vieillesse. La fureur de 1896, les cris d' « affreux, affreux, affreux » explicitent une réserve continuelle. Zola
dit enfin pourquoi il n'avait jamais aimé tout à fait ce qu'il louait
avec courage et énergie. Cette déception est celle même qui lui
avait fait mettre à mort Claude, raison aussi forte que la cause
héréditaire. En 1868, évoquant les* actualistes, *terme qu'il ne
cessera de préférer à celui d'impressionnistes (le mot, il est vrai,
n'était pas encore en usage), Zola, après avoir cité Monet,
Bazille, Renoir, se demande* in fine *« quelle est la personnalité
qui va surgir, assez large, assez humaine pour comprendre notre
civilisation et la rendre artistique en l'interprétant avec l'ampleur
magistrale du génie*[17] *». Ni Renoir ni Monet, déjà vrais peintres*

12. Salon de 1866. *Mon Salon, op. cit.*, p. 69.
13. *Mon Salon, op. cit.*, p. 363.
14. *Mon Salon, op. cit.*, p. 837.
15. *Mon Salon, op. cit.*, p. 372.
16. *L'Œuvre*, p. 375.
17. *Mon Salon, op. cit.*, p. 156.

comme Manet, ne sont appelés à ce grand rôle. Le naturalisme ne cessera en quelque sorte d'être déçu par les plein-airistes, par ces impressionnistes dont la révolution et l'apport n'auraient été que formels. Il restera à prouver que le XXIe siècle ne donnera pas raison à Zola, à tout le moins n'entendra pas mieux ses dires.

L'histoire de la peinture du XIXe siècle selon Zola a au moins le mérite de la simplification. Elle est progressiste et comme telle peut sembler s'inscrire dans le droit fil du combat pour la modernité. Sur fond d'une tradition classique de plus en plus pâle ont émergé Delacroix puis Courbet, le romantisme puis le réalisme. En 1860 on attend le troisième homme qui pourrait bien être Manet ; le troisième chapitre sera naturaliste. Mais le naturalisme s'est plus facilement imposé aux écrivains qu'aux peintres. Le terme n'a pas tenu devant celui d'impressionnisme. Ni Castagnary ni Duranty ni Zola n'ont pu imposer le moment naturaliste dans cette succession d'ismes avec laquelle on a construit l'histoire de la peinture moderne. C'est vraisemblablement dommage. L'impressionnisme selon Zola n'est en son fond qu'un aspect, une traduction, un support technique de l'aspiration naturaliste. Il fallait aller plus loin que « le plus vraiment peintre du siècle », Courbet dont le réalisme « n'était guère que dans les sujets, explique Claude à Sandoz, tandis que la vision restait celle des vieux maîtres et que la facture reprenait et continuait les beaux morceaux de nos musées[18] ». Ce sera le rôle du plein air, de la peinture sous la lumière même du jour et non plus seulement sous celle tamisée et nordique que filtrent les verrières des ateliers.

Plein air est le titre-programme du tableau de Claude. Ce mixte du *Déjeuner sur l'herbe* de Manet, de ceux de Monet ou de Cézanne, des successifs *Baigneurs* et *Baigneuses* dans lesquels ce dernier ne cessera de s'affronter à l'éternel et grand problème pictural de l'homme dans la nature, a précisément reçu le nom de cette école des plein-airistes qui selon Zola aurait bien dû remplacer la mauvaise et dangereuse appellation d'impressionnistes. Le problème des plein-airistes alias impressionnistes est bien précis : « En plein air, explique Zola, la lumière n'est plus unique et ce sont dès lors des effets multiples qui diversifient et

18. *L'Œuvre*, p. 65.

*transforment radicalement les aspects des choses et des êtres. Cette
étude de la lumière dans ses mille décompositions et recompositions
est ce qu'on a appelé plus ou moins proprement l'impressionnisme* [19]. » *Celui-ci est ainsi rappelé à son rôle de servante, et fée,
du logis naturaliste. Le procédé, la technique, quelles que soient
la probité scientifique et la sensibilité mises en œuvre, ne sauraient
être une fin en soi. Il y a au moins un problème que l'on ne peut
évacuer, celui du sujet. La lecture d'un Zola sans morceaux
choisis pour raisons futuristes ramène à une nécessaire et
salvatrice réflexion sur la non-fatalité d'une peinture moderne
réduite à la seule aventure des invariants plastiques. Le drame de
Claude est en partie celui de la recherche du sujet devenu
insaisissable ou insignifiant sous la lumière du jour.*

On comprend bien, de Gaëtan Picon à Pierre Daix[20], la gêne
face à Zola de ceux pour lesquels le droit sens de la peinture
moderne ne fait aucun doute. Il y a bien sûr dans Zola quelques
textes fondateurs de l'autonomie du fait pictural : la modernité de
Manet passait effectivement par une remise en seconde place du
sujet. Dans son étude sur Manet de 1867, Zola analyse
admirablement l'erreur du public de 1863, se trompant de
scandale devant Le Déjeuner sur l'herbe : « *La femme nue
n'est là que pour fournir à l'artiste l'occasion de peindre un peu de
chair, d'obtenir des oppositions vives et des masses franches* [21]. »
Sandoz n'analyse pas autrement le Plein air de Claude
« *Comme au premier plan le peintre avait eu besoin d'une opposition noire, il s'était bonnement satisfait en y asseyant un monsieur,
vêtu d'un simple veston de velours* [22]. » Zola voit de même Olympia
d'abord comme un pur travail de peinture : « *Regardez la tête de
la jeune fille : les lèvres sont deux minces lignes roses... Voyez
maintenant le bouquet, et de près, je vous prie : des plaques roses,
des plaques bleues, des plaques vertes. Tout se simplifie, et si vous
voulez reconstruire la réalité, il faut que vous reculiez de quelques*

---

19. Salon de 1880. *Mon Salon*, op. cit., p. 335.
20. Gaëtan Picon, « Zola et ses peintres » dans *Émile Zola. Le bon
combat*, Paris, 1974. Pierre Daix, op. cit.
21. *Mon Salon*, op. cit., p. 108.
22. *L'Œuvre*, p. 53.

pas[23]. » *Mais la femme nue de* Plein air *est aussi « une chair de songe, une Ève désirée naissant de la terre*[24] ». Olympia, *cette femme, faite comme certain pan de mur à Delft vu plus tard par Bergotte, est aussi un modèle, « cette fille de nos jours que vous rencontrez sur les trottoirs et qui serre ses maigres épaules dans un mince châle de laine déteinte*[25] ». *Pour le naturaliste et actualiste Zola, la vérité vue et manuellement transcrite ne saurait remplacer la vérité sue et intérieurement sentie. La première est nécessaire mais non suffisante. L'impressionnisme, merveilleuse technique pour voir, risque de ne saisir que le reflet du reflet des choses. Le réalisme de la vision obnubile la réalité des êtres, de l'humain. Le problème pourrait se poser ainsi : peut-on peindre avec l'œil de Manet ou de Monet les sujets que voit Courbet ? L'impressionnisme peut-il répondre aux ambitions du naturalisme ?*

La reconquête du sujet ou la botte de carottes

C'est le drame que raconte L'Œuvre, *drame que la critique n'a pas voulu prendre au sérieux, tant cette problématique semblait démentie par la postérité, tant elle semblait commandée par l'obsession propre à Zola du mal héréditaire. Il resterait à montrer que Zola a finalement si mal compris son temps, a eu si tort de demander à la peinture ce que les décennies suivantes voulurent lui interdire. Claude peint effectivement comme un moderne des tableaux qui valent principalement par la mise en œuvre des moyens propres à la peinture. On se rappelle cette tirade sur les carottes : « Oui, une botte de carottes ! étudiée directement, peinte naïvement*[26] », *qui est comme l'écho des déclarations de Cézanne, telles que rapportées par Gustave Geffroy : « avec une pomme je veux étonner Paris*[27] ». *De fait*

23. « Édouard Manet », 1867. *Mon Salon, op. cit.*, p. 109.
24. *L'Œuvre*, p. 68.
25. *Mon Salon, op. cit.*, p. 109.
26. *L'Œuvre*, p. 64.
27. *Conversation avec Cézanne*, Macula, 1978, p. 4.

Cézanne a étonné le monde et d'une certaine manière paralysé la peinture. Mais les carottes de Claude ne sont pas les pommes de Cézanne. Elles ne sont encore que motif et n'offrent pas l'argument de cette épopée du peintre devant la nature que Cézanne laissera inachevée. Or Zola ne se contente pas pour Claude de carottes. « Il faut peut-être le soleil, lui fait-il dire, il faut le plein air, une peinture claire et jeune, les choses et les êtres tels qu'ils se comportent dans de la vraie lumière[28]*. » Mais ce comportement ne se réduit pas pour Zola à une juste transcription chromatique. Le spectre des couleurs n'obnubile pas le spectre du vivant. Les choses et les êtres ont leurs propres exigences que la peinture doit servir. Ce qui intéresse Zola, ce qu'il demande au peintre, c'est « la vie telle qu'elle passe dans les rues, la vie des pauvres et des riches, aux marchés, aux courses, sur les boulevards, au fond des ruelles populeuses*[29]* ». Pour Zola la peinture, faiblesse, dira-t-on, d'homme de lettres et non de couleurs, ne peut se limiter à des satisfactions formelles, à l'organisation et à la ronde de ses invariants, à une analyse scientifique de la lumière et objective de ce que voit l'œil.*

Il y avait maldonne entre Zola et ces peintres qu'il croyait aimer. Ceux-ci ne pouvaient que le décevoir par leur insignifiance ou lui échapper par leurs ambitions a-naturalistes. Il voit bien en Monet un « actualiste » : « celui-là a sucé le lait de notre âge... il aime, dans les rues, les gens qui courent, affairés, en paletots... il aime nos femmes, leurs gants, leurs chiffons... tout ce qui les rend filles de notre civilisation[30]* ». Mais nous savons bien que Monet ne sera ni Béraud ni même Degas, encore moins Lautrec, que le peintre des meules, des cathédrales, des nymphéas suit, comme Cézanne face à ses pommes et sa montagne, une voie autre. Ces chemins n'étaient pas obligés, quelque sublimes qu'ils fussent. Celui choisi par Claude est tout aussi escarpé et il y mourra. Les sujets que Claude choisit deviennent en tout cas de plus en plus anti-impressionnistes, tant ils s'écartent de ce seul plaisir des yeux et du toucher, de cette tendresse des choses, de leur peau, qui*

28. *L'Œuvre*, p. 66.
29. *L'Œuvre*, p. 67.
30. Salon de 1868. *Mon Salon, op. cit.*, p. 152.

*n'aura cessé de faire l'immoral succès de cette peinture égoïste
pour gens égoïstes, c'est-à-dire heureux, pour ces professionnels
du bonheur avec famille, rente et jardinet que furent les heureux
bourgeois du XIXe siècle. L'incompréhension du début relève en
fait du marivaudage. Autant qu'un art maudit, l'impressionnisme était au contraire l'art qu'il fallait à la France des années
1880-1900 qui jamais ne fut si riche, si expansive et si contente
d'elle-même. Claude était pour son malheur plus ambitieux. Dans
son paysage de la Butte Montmartre il place au premier plan
« une fillette et un voyou en loques qui dévoraient des pommes
volées* [31] ». *Ces pommes-là sont, on s'en doute, fort difficiles à
rendre en peinture. Ce n'était pas le problème du héros des
pommes, de Cézanne, mais Claude avait parfaitement le droit de
lui consacrer une vie de peintre. De même dans sa grande vue de
Paris il veut inclure le Paris qui travaille, « le port Saint-Nicolas
avec sa grue, ses péniches qu'on décharge, son peuple de
débardeurs..., des gaillards solides, étalant le nu de leur poitrine
et de leurs bras* [32] », *tandis que les bains représenteraient le Paris
qui s'amuse.*

*Claude ne pourra, par impuissance, mener à bien ces sujets.
Les impressionnistes ne les peindront pas non plus. Même* La
Gare Saint-Lazare *(1874),* L'Hôtel des Roches noires à
Trouville *(1870),* Les Déchargeurs de charbon *(1875) de
Monet nous apprennent moins sur l'activité balnéaire ou le monde
ouvrier que sur la lumière à certaines heures en certains lieux. Si*
Le Moulin de la Galette *ou* Le Bar des Folies-Bergère *de
Renoir et de Manet nous apparaissent comme les plus naturalistes
peut-être des grandes créations impressionnistes, c'est que nous les
voyons à travers le souvenir des* Contes *de Maupassant ou même
des films de Jean Renoir. Et pourtant les tableaux de Claude ont
bien été peints, mais ni par lui ni par la famille restreinte des purs
impressionnistes. Par exemple la grande toile de Léon Lhermitte,*
Les Halles de Paris, *1895 (musée du Petit-Palais), avec sur fond
de pavillons de Baltard ses amoncellements de victuailles, son
concours d'humains, est l'ambitieuse traduction picturale du*

31. *L'Œuvre*, p. 238.
32. *L'Œuvre*, p. 250.

grand tableau entrepris par Claude dans Le Ventre de Paris *et abandonné et gratté dans* L'Œuvre *avec les « deux gamins sur des tas de légumes*[33] *». Les sujets de Claude, les thèmes de Zola appartiendront aux peintres des années 90, à Raffaelli, à Jules Adler. Certaines toiles de Maximilien Luce sont caractéristiques de ce souci du sujet social ou non, qui donne un jour supplémentaire à la peinture claire et de plein air.*

La hantise de la fresque, du décor mural qui habite Claude répond à ce besoin de grands sujets modernes demandant eux aussi à être peints en grand. Le romancier là encore fait écho au critique. En 1868 Zola, comme Champfleury, invitait Courbet, non sans ironie, à peindre grand dans les grands espaces nouveaux : les gares, les halles, qui offrent « un développement de murs admirable ». « Nos bonnes et nos femmes, en allant au marché, ont besoin de voir un peu de vraie peinture[34] *! » Claude rêve d' « avoir des lieues de muraille à couvrir, décorer les gares, les halles, les mairies, tout ce qu'on bâtira*[35] *». Il a des « fourmillements dans les mains » quand il évoque ces « fresques hautes comme le Panthéon ! Une sacrée suite de toile à faire éclater le Louvre ! ». Là encore, il échoue. La grande toile de cinq mètres sur huit à sujet parisien, se réduit, se limite au motif central, se resserre comme la peau de chagrin. Mais l'ambition de Claude est aussi celle de son temps et ses limites celles mêmes de l'impressionnisme.*

On pourra toujours regretter que le Panthéon, l'Hôtel de Ville de Paris n'aient pas été confiés à Manet, à Monet, à Renoir. Manet lui-même en 1879 n'avait-il pas posé sa candidature à la commande du décor de la salle des Séances, proposant de peindre « le Ventre de Paris, avec les diverses corporations se mouvant dans leur milieu ». Nous n'aurons pas les « Paris Halles, Paris Chemins de fer, Paris Ponts, Paris Souterrains, Paris Courses et Jardins » qu'il proposait[36]. *Mais Manet, l'occasion lui eût-elle été donnée, serait sans doute resté en deçà de son rêve. Il est vrai que*

33. L'Œuvre, p. 63.
34. Mon Salon, op. cit., p. 177.
35. L'Œuvre, p. 67.
36. Cf. Brady, op. cit., p. 228.

Jean-Paul Laurens nous a montré dans la lignée même de Manet la possibilité d'une grande peinture murale faite d'une mosaïque de morceaux de peinture pure, beaux comme une botte de carottes selon Claude ou d'asperges selon Manet. Zola savait bien que la peinture décorative avait ses lois et que Puvis de Chavannes était le seul de nos peintres à faire des tableaux grandioses. Il comprenait que « les couleurs atténuées des fresques en demi-teintes, au style majestueux rigoureusement sauvegardé, le dessin sobre et net[37] » étaient les facteurs d'un art réellement mural. Ce n'est pas avec le salon Hoschedé ni même avec les Nymphéas que l'impressionnisme satisfera son désir de la peinture décorative mais avec les Henri Martin, Aman-Jean, Albert Besnard, et bien sûr avec Maurice Denis et Édouard Vuillard, tous peintres qu'Achille Segard rassemble dans son livre sur Les Décorateurs. Le peintre mural selon les vœux de Zola, un Puvis de Chavannes formé aux techniques impressionnistes qui peindrait des sujets modernes, c'est en fait Henri Martin, lorsqu'il décore le Conseil d'État ou le Palais de Justice de Paris.

Le privilège des lecteurs est de rêver sur le destin des héros et de compléter leur roman : si Claude avait vécu, si la corde s'était cassée, que serait-il devenu ? Un Henri Martin, un Gustave Moreau ? La réponse n'est pas dérisoire. Claude aurait ainsi accompli la naturelle destinée d'un peintre du second versant du siècle. Dans la si difficile élaboration de sa grande toile sur Paris, Claude est comme porté par des forces obscures qui entraîneront de la main du romancier son arrêt de mort mais qui étaient fondamentalement salvatrices. Sandoz est « stupéfait » devant la barque aux trois femmes, en costume de bain, en corsage et nues, que Claude a placée au centre de son immense tableau. Zola nous donne clairement la vraie raison que Claude ne s'avoue pas : ce « tourment d'un symbolisme secret, ce vieux regain de romantisme qui lui faisait incarner dans cette nudité la chair même de Paris[38] ». Ainsi le naturaliste réinvente l'allégorie, chassée si sereinement des Déjeuners sur l'herbe des années 1860. Claude en arrive même à une autre manière de peindre : regardant la

37. « Lettres de Paris », juin 1876, *Mon Salon, op. cit.*, p. 256-257.

38. *L'Œuvre*, p. 271.

*femme nue de son tableau, il est lui aussi frappé de stupeur :
« Qui donc venait de peindre cette idole d'une religion inconnue ?
qui l'avait faite de métaux, de marbres et de gemmes, épanouissant la rose mystique de son sexe*[39]*. » Claude peint comme Gustave
Moreau, découvre que son vrai génie est celui d'un peintre
symboliste. C'est là un phénomène de transfert, bouleversant.
Claude ne supportera pas cette mutation, presque transsexuelle,
n'admettra pas de devenir ce peintre idéaliste qu'il avait refusé
d'être. Dans son Salon de 1878 le critique Zola avait déjà
découvert en lui comme la percée d'une seconde nature : « Je
déclare que les vues artistiques de Gustave Moreau sont diamétra-
lement opposées à mes vues. Elles m'irritent et m'agacent. » Mais
il ajoute, à force d'avoir interrogé Le Sphinx deviné : « J'ai
senti que ce tableau m'attirait*[40]*. » Le secret du sphinx était
l'insuffisance de la peinture du plein air, les limites de l'impressionnisme, le besoin d'un art autre, parlant à l'âme autant qu'aux
yeux. Cette révélation agace, trouble Zola mais le charme
intensément, lui donne tous les plaisirs du fruit défendu. Pour se
venger de devoir ainsi, avec un contentement amer, se renier,
Zola construit son roman comme un autel : le bouc émissaire sera
Claude le peintre.*

*Ce règlement de compte psychanalytique a libéré le romancier.
Le naturaliste Zola alias Sandoz est désormais justifié à écrire
comme Gustave Moreau peignait, à faire de son « histoire
naturelle et sociale d'une famille sous le Second Empire » un
roman fantastique et poétique, cette « arche immense où toutes les
choses s'animent du souffle de tous les êtres ». La lecture de
L'Œuvre devrait bien avoir le même effet sur nos certitudes, sur
notre mise en place de la modernité dans la peinture. Le malheur
de Claude qui ne put vivre le dépassement du naturalisme et de sa
variante plein-airiste que nous appelons aussi impressionnisme,
nous permet de mieux entendre les Gustave, Moreau et Doré, de
mieux voir les Gervex ou Bastien-Lepage. C'est parmi eux que se
trouvait le quatrième homme, celui que Zola, écartant Manet
l'homme d'hier et Cézanne l'homme d'après-demain, ne voulait*

---

39. *L'Œuvre*, p. 391.
40. *Mon Salon*, *op. cit.*, p. 312.

pas voir venir du haut de sa tour naturaliste. Ainsi L'Œuvre
*nous apprend-elle moins sur l'impressionnisme, sur Manet, sur le
tournant des années 1860 que sur les années 1880-1890.*
L'Œuvre *pourrait bien aujourd'hui jouer le rôle de la madeleine
et du pavé proustien et nous aider à retrouver le vrai* XIXe *siècle.
Mais il ne faut pas demander au roman ce qu'il n'est pas. Ce n'est
pas un livre d'histoire ; plus exactement, comme tout roman
historique,* L'Œuvre *mélange sans vergogne les règnes et les rois.
Il se trouve que Zola, datant son roman du Salon des Refusés de
1863 à la mort de Claude dans l'hiver 1876, l'a écrit en se
référant à la situation immédiatement contemporaine, celle même
qui lui posait un si agaçant problème de compréhension. Il revient
au lecteur de rétablir la perspective. De toute façon* L'Œuvre
*peut aussi bien être lu en oubliant l'histoire, tel un pur roman,
celui de la création. Claude vit dramatiquement la lutte avec
l'ange, comme tant d'autres l'ont vécu et la vivront. Dans son
incapacité à finir, à achever, dans sa perpétuelle bataille avec
l'ébauche, il incarne certes Cézanne mais aussi bien Thomas
Couture, le maître génial de Manet et le dieu abhorré de
l'éclectisme, dont* L'Enrôlement des volontaires, *la grande toile
inachevée, exposée au musée de Beauvais, aurait pu aussi bien
l'inspirer.* L'Œuvre *est la version moderne du mythe de
Pygmalion. Frenhofer échoue dans sa classique imitation de
l'idéal. Sa* Catherine Lescault *est comme l'ironique réponse de
Balzac aux théories de Quatremère de Quincy. Les dieux ne
s'incarnent plus et le peintre ne sait plus faire œuvre de dieu. Au
contraire de Frenhofer, Claude le naturaliste se brûle du désir
d'angéliser ses créatures de chair et de terre. Il échoue à son tour.
Mais nous savons que le miracle de Galatée est dans la vie
posthume de l'œuvre de l'artiste. Claude ne cesse de vivre dans
notre imaginaire comme Cézanne n'a plus quitté nos yeux.*

Bruno Foucart

L'Œuvre

I

Claude passait devant l'Hôtel de Ville, et deux heures du matin sonnaient à l'horloge, quand l'orage éclata. Il s'était oublié à rôder dans les Halles, par cette nuit brûlante de juillet, en artiste flâneur, amoureux du Paris nocturne. Brusquement, les gouttes tombèrent si larges, si drues, qu'il prit sa course, galopa dégingandé, éperdu, le long du quai de la Grève. Mais, au pont Louis-Philippe, une colère de son essoufflement l'arrêta : il trouvait imbécile cette peur de l'eau ; et, dans les ténèbres épaisses, sous le cinglement de l'averse qui noyait les becs de gaz, il traversa lentement le pont, les mains ballantes.

Du reste, Claude n'avait plus que quelques pas à faire. Comme il tournait sur le quai de Bourbon, dans l'île Saint-Louis, un vif éclair illumina la ligne droite et plate des vieux hôtels rangés devant la Seine, au bord de l'étroite chaussée[1]. La réverbération alluma les vitres des hautes fenêtres sans persiennes, on vit le grand air triste des antiques façades, avec des détails très nets, un balcon de pierre, une rampe de terrasse, la guirlande sculptée d'un fronton. C'était là que le peintre avait son atelier, dans les combles de l'ancien hôtel du Martoy, à l'angle de la rue de la Femme-sans-Tête[2]. Le quai entrevu était aussitôt retombé aux ténèbres, et un formidable coup de tonnerre avait ébranlé le quartier endormi.

Arrivé devant sa porte, une vieille porte ronde et basse, bardée de fer, Claude, aveuglé par la pluie, tâtonna pour tirer le bouton de la sonnette ; et sa surprise fut extrême, il eut un tressaillement en rencontrant dans l'encoignure, collé contre le bois, un corps vivant. Puis, à la brusque lueur d'un second éclair, il aperçut une grande jeune fille, vêtue de noir, et déjà trempée, qui grelottait de peur. Lorsque le coup de tonnerre les eut secoués tous les deux, il s'écria :

« Ah bien ! si je m'attendais... Qui êtes-vous ? que voulez-vous ? »

Il ne la voyait plus, il l'entendait seulement sangloter et bégayer.

« Oh ! monsieur, ne me faites pas du mal... C'est le cocher que j'ai pris à la gare, et qui m'a abandonnée près de cette porte, en me brutalisant... Oui, un train a déraillé, du côté de Nevers. Nous avons eu quatre heures de retard, je n'ai plus trouvé la personne qui devait m'attendre... Mon Dieu ! c'est la première fois que je viens à Paris, monsieur, je ne sais pas où je suis... »

Un éclair éblouissant lui coupa la parole ; et ses yeux dilatés parcoururent avec effarement ce coin de ville inconnue, l'apparition violâtre d'une cité fantastique. La pluie avait cessé. De l'autre côté de la Seine, le quai des Ormes alignait ses petites maisons grises, bariolées en bas par les boiseries des boutiques, découpant en haut leurs toitures inégales ; tandis que l'horizon élargi s'éclairait, à gauche, jusqu'aux ardoises bleues des combles de l'Hôtel de Ville, à droite jusqu'à la coupole plombée de Saint-Paul. Mais ce qui la suffoquait surtout, c'était l'encaissement de la rivière, la fosse profonde où la Seine coulait à cet endroit, noirâtre, des lourdes piles du pont Marie aux arches légères du nouveau pont Louis-Philippe. D'étranges masses peuplaient l'eau, une flottille dormante de canots et d'yoles, un bateau-lavoir et une dragueuse, amarrés au quai ; puis, là-bas, contre l'autre berge, des péniches pleines de charbon, des chalands chargés de meulière, dominés par le bras gigantesque d'une grue de fonte. Tout disparut [3].

« Bon ! une farceuse, pensa Claude, quelque gueuse flanquée à la rue et qui cherche un homme. »

Il avait la méfiance de la femme : cette histoire d'accident, de train en retard, de cocher brutal, lui paraissait une invention ridicule. La jeune fille, au coup de tonnerre, s'était renfoncée dans le coin de la porte, terrifiée.

« Vous ne pouvez pourtant pas coucher là », reprit-il tout haut.

Elle pleurait plus fort, elle balbutia :

« Monsieur, je vous en prie, conduisez-moi à Passy... C'est à Passy que je vais. »

Il haussa les épaules : le prenait-elle pour un sot ? Machinalement, il s'était tourné vers le quai des Célestins, où se trouvait une station de fiacres. Pas une lueur de lanterne ne luisait.

« A Passy, ma chère, pourquoi pas Versailles ?... Où diable voulez-vous qu'on pêche une voiture, à cette heure, et par un temps pareil ? »

Mais elle jeta un cri, un nouvel éclair l'avait aveuglée ; et, cette fois, elle venait de revoir la ville tragique dans un éclaboussement de sang. C'était une trouée immense, les deux bouts de la rivière s'enfonçant à perte de vue, au milieu des braises rouges d'un incendie. Les plus minces détails apparurent, on distingua les petites persiennes fermées du quai des Ormes, les deux fentes des rues de la Masure et du Paon-Blanc, coupant la ligne des façades ; près du pont Marie, on aurait compté les feuilles des grands platanes, qui mettent là un bouquet de superbe verdure ; tandis que, de l'autre côté, sous le pont Louis-Philippe, au Mail, les toues alignées sur quatre rangs avaient flambé, avec les tas de pommes jaunes dont elles craquaient. Et l'on vit encore les remous de l'eau, la cheminée haute du bateau-lavoir, la chaîne immobile de la dragueuse, des tas de sable sur le port, en face, une complication extraordinaire de choses, tout un monde emplissant l'énorme coulée, la fosse creusée d'un horizon à l'autre. Le ciel s'éteignit, le flot ne roula plus que des ténèbres, dans le fracas de la foudre.

« Oh ! mon Dieu ! c'est fini... Oh ! mon Dieu ! que vais-je devenir ? »

La pluie, maintenant, recommençait, si raide, poussée par un tel vent, qu'elle balayait le quai, avec une violence d'écluse lâchée.

« Allons, laissez-moi rentrer, dit Claude, ce n'est pas
tenable. »

Tous deux se trempaient. A la clarté vague du bec de gaz
scellé au coin de la rue de la Femme-sans-Tête, il la voyait
ruisseler, la robe collée à la peau, dans le déluge qui battait la
porte. Une pitié l'envahit : il avait bien, un soir d'orage,
ramassé un chien sur un trottoir ! Mais cela le fâchait de
s'attendrir, jamais il n'introduisait de fille chez lui, il les
traitait toutes en garçon qui les ignorait d'une timidité
souffrante qu'il cachait sous une fanfaronnade de brutalité ;
et celle-ci, vraiment, le jugeait trop bête, de le raccrocher de
la sorte, avec son aventure de vaudeville. Pourtant, il finit par
dire :

« En voilà assez, montons... Vous coucherez chez moi. »

Elle s'effara davantage, elle se débattait.

« Chez vous, oh ! mon Dieu ! Non, non, c'est impossible...
Je vous en prie, monsieur, conduisez-moi à Passy, je vous en
prie à mains jointes. »

Alors, il s'emporta. Pourquoi ces manières, puisqu'il la
recueillait ? Déjà, deux fois, il avait tiré la sonnette. Enfin, la
porte céda, et il poussa l'inconnue.

« Non, non, monsieur, je vous dis que non... »

Mais un éclair l'éblouit encore, et quand le tonnerre
gronda, elle entra d'un bond, éperdue. La lourde porte s'était
refermée, elle se trouvait sous un vaste porche, dans une
obscurité complète.

« Madame Joseph, c'est moi ! » cria Claude à la concierge.

Et, à voix basse, il ajouta :

« Donnez-moi la main, nous avons la cour à traverser. »

Elle lui donna la main, elle ne résistait plus, étourdie,
anéantie. De nouveau, ils passèrent sous la pluie diluvienne,
courant côte à côte, violemment. C'était une cour seigneu-
riale, énorme, avec des arcades de pierre, confuses dans
l'ombre. Puis, ils abordèrent à un vestibule, étranglé, sans
porte ; et il lui lâcha la main, elle l'entendit frotter des
allumettes en jurant. Toutes étaient mouillées, il fallut
monter à tâtons.

« Prenez la rampe, et méfiez-vous, les marches sont hautes. »

L'escalier, très étroit, un ancien escalier de service, avait trois étages démesurés, qu'elle gravit en butant, les jambes cassées et maladroites. Ensuite, il la prévint qu'ils devaient suivre un long corridor ; et elle s'y engagea derrière lui, les deux mains filant contre les murs, allant sans fin dans ce couloir, qui revenait vers la façade, sur le quai. Puis, ce fut de nouveau un escalier, mais dans le comble celui-là, un étage de marches en bois qui craquaient, sans rampe, branlantes et raides comme les planches mal dégrossies d'une échelle de meunier. En haut, le palier était si petit, qu'elle se heurta dans le jeune homme, en train de chercher sa clef. Il ouvrit enfin.

« N'entrez pas, attendez. Autrement, vous vous cogneriez encore. »

Et elle ne bougea plus. Elle soufflait, le cœur battant, les oreilles bourdonnant, achevée par cette montée dans le noir. Il lui semblait qu'elle montait depuis des heures, au milieu d'un tel dédale, parmi une telle complication d'étages et de détours, que jamais elle ne redescendrait. Dans l'atelier, de gros pas marchaient, des mains frôlaient, il y eut une dégringolade de choses, accompagnée d'une sourde exclamation. La porte s'éclaira.

« Entrez donc, ça y est. »

Elle entra, regarda sans voir. L'unique bougie pâlissait dans ce grenier, haut de cinq mètres, empli d'une confusion d'objets, dont les grandes ombres se découpaient bizarrement contre les murs peints en gris. Elle ne reconnut rien, elle leva les yeux vers la baie vitrée, sur laquelle la pluie battait avec un roulement assourdissant de tambour. Mais, juste à ce moment, un éclair embrasa le ciel, et le coup de tonnerre suivit de si près, que la toiture sembla se fendre. Muette, toute blanche, elle se laissa tomber sur une chaise.

« Bigre ! murmura Claude, un peu pâle lui aussi, en voilà un qui n'a pas tapé loin... Il était temps, on est mieux ici que dans la rue, hein ? »

Et il retourna vers la porte qu'il ferma bruyamment, à

double tour, pendant qu'elle le regardait faire, de son air stupéfié.

« Là ! nous sommes chez nous. »

D'ailleurs, c'était la fin, il n'y eut plus que des coups éloignés, bientôt le déluge cessa. Lui, qu'une gêne gagnait à présent, l'avait examinée d'un regard oblique. Elle ne devait pas être trop mal, et jeune à coup sûr, vingt ans au plus. Cela achevait de le mettre en méfiance, malgré un doute inconscient qui le prenait, une sensation vague qu'elle ne mentait peut-être pas absolument. En tout cas, elle avait beau être maligne, elle se trompait, si elle croyait le tenir. Il exagéra son allure bourrue, il dit d'une grosse voix :

« Hein ? couchons-nous, ça nous séchera. »

Une angoisse la fit se lever. Elle aussi l'examinait, sans le regarder en face, et ce garçon maigre, aux articulations noueuses, à la forte tête barbue, redoublait sa peur, comme s'il était sorti d'un conte de brigands, avec son chapeau de feutre noir et son vieux paletot marron, verdi par les pluies[4]. Elle murmura :

« Merci, je suis bien, je dormirai habillée.

— Comment, habillée, avec ces vêtements qui ruissellent !... Ne faites donc pas la bête, déshabillez-vous tout de suite. »

Et il bousculait des chaises, il écartait un paravent à moitié crevé. Derrière, elle aperçut une table de toilette et un tout petit lit de fer, dont il se mit à enlever le couvre-pieds.

« Non, non, monsieur, ce n'est pas la peine, je vous jure que je resterai là. »

Du coup, il entra en colère, gesticulant, tapant des poings.

« A la fin, allez-vous me ficher la paix ! Puisque je vous donne mon lit, qu'avez-vous à vous plaindre ?... Et ne faites pas l'effarouchée, c'est inutile. Moi, je coucherai sur le divan. »

Il était revenu sur elle, d'un air de menace. Saisie, croyant qu'il voulait la battre, elle ôta son chapeau en tremblant. Par terre, ses jupes s'égouttaient. Lui, continuait de grogner. Pourtant, un scrupule parut le prendre ; et il lâcha enfin, comme une concession :

« Vous savez, si je vous répugne, je veux bien changer les draps. »

Déjà, il les arrachait, il les lançait sur le divan, à l'autre bout de l'atelier. Puis, il en tira une paire d'une armoire, et il refit lui-même le lit, avec une adresse de garçon habitué à cette besogne. D'une main soigneuse, il bordait la couverture du côté de la muraille, il tapait l'oreiller, ouvrait les draps.

« Vous y êtes, au dodo, maintenant ! »

Et, comme elle ne disait rien, toujours immobile, promenant ses doigts égarés sur son corsage, sans se décider à le déboutonner, il l'enferma derrière le paravent. Mon Dieu ! que de pudeur ! Vivement, il se coucha lui-même : les draps étalés sur le divan, ses vêtements pendus à un vieux chevalet, et lui tout de suite allongé sur le dos. Mais, au moment de souffler la bougie, il songea qu'elle ne verrait plus clair, il attendit. D'abord, il ne l'avait pas entendue remuer : sans doute elle était demeurée toute droite à la même place, contre le lit de fer. Puis, à présent, il saisissait un petit bruit d'étoffe, des mouvements lents et étouffés, comme si elle s'y était reprise à dix fois, écoutant elle aussi, dans l'inquiétude de cette lumière qui ne s'éteignait pas. Enfin, après de longues minutes, le sommier cria faiblement, il se fit un grand silence.

« Êtes-vous bien, mademoiselle ? » demanda Claude d'une voix très adoucie.

Elle répondit d'un souffle à peine distinct, encore chevrotant d'émotion.

« Oui, monsieur, très bien.

— Alors, bonsoir.

— Bonsoir. »

Il souffla la lumière, le silence retomba, plus profond. Malgré sa lassitude, ses paupières bientôt se rouvrirent, une insomnie le laissa les yeux en l'air, sur la baie vitrée. Le ciel était redevenu très pur, il voyait les étoiles étinceler, dans l'ardente nuit de juillet ; et, malgré l'orage, la chaleur restait si forte, qu'il brûlait, les bras nus, hors du drap. Cette fille l'occupait, un sourd débat bourdonnait en lui, le mépris qu'il était heureux d'afficher, la crainte d'encombrer son existence, s'il cédait, la peur de paraître ridicule, en ne profitant pas de l'occasion ; mais le mépris finissait par l'emporter, il se jugeait très fort, il imaginait un roman contre sa tranquillité ricanant d'avoir déjoué la tentation. Il étouffa davantage et sortit ses jambes, pendant que, la tête lourde, dans l'hallucination du demi-sommeil, il suivait, au fond du braisillement des étoiles, des nudités amoureuses de femmes, toute la chair vivante de la femme, qu'il adorait.

Puis, ses idées se brouillèrent davantage. Que faisait-elle ? Longtemps, il l'avait crue endormie, car elle ne soufflait même pas ; et, maintenant, il l'entendait se retourner, comme lui, avec d'infinies précautions, qui la suffoquaient. Dans son peu de pratique des femmes, il tâchait de raisonner l'histoire qu'elle lui avait contée, frappé à cette heure de petits détails, devenu perplexe ; mais toute sa logique fuyait, à quoi bon se casser le crâne inutilement ? Qu'elle eût dit la vérité ou qu'elle eût menti, pour ce qu'il voulait faire d'elle, il s'en moquait ! Le lendemain, elle reprendrait la porte : bonjour, bonsoir, et ce serait fini, on ne se reverrait jamais plus. Au jour seulement, comme les étoiles pâlissaient, il parvint à s'endormir. Derrière le paravent, elle, malgré la fatigue écrasante du voyage, continuait à s'agiter, tourmentée par la lourdeur de l'air, sous le zinc chauffé du toit ; et elle se gênait moins, elle eut une brusque secousse d'impatience nerveuse, un soupir irrité de vierge, dans le malaise de cet homme, qui dormait là, près d'elle.

Le matin, Claude, en ouvrant les yeux, battit des paupières. Il était très tard, une large nappe de soleil tombait de la baie vitrée. C'était une de ses théories, que les jeunes peintres du plein air devaient louer les ateliers dont ne voulaient pas les peintres académiques, ceux que le soleil visitait de la flamme vivante de ses rayons. Mais un premier ahurissement l'avait fait s'asseoir, les jambes nues. Pourquoi diable se trouvait-il couché sur son divan ? et il promenait ses yeux, encore troubles de sommeil, quand il aperçut, à moitié caché par le paravent, un paquet de jupes. Ah ! oui, cette fille, il se souvenait ! Il prêta l'oreille, il entendit une respiration longue et régulière, d'un bien-être d'enfant. Bon ! elle dormait toujours, et si calme, que ce serait dommage de la réveiller. Il restait étourdi, il se grattait les jambes, ennuyé de cette aventure dans laquelle il retombait, et qui allait lui gâter sa matinée de travail. Son cœur tendre l'indignait, le mieux était de la secouer, pour qu'elle filât tout de suite. Cependant, il passa un pantalon doucement, chaussa des pantoufles, marcha sur la pointe des pieds.

Le coucou sonna neuf heures, et Claude eut un geste inquiet. Rien n'avait bougé, le petit souffle continua. Alors, il pensa que le mieux était de se remettre à son grand tableau : il ferait son déjeuner plus tard, quand il pourrait remuer. Mais il ne se décidait point. Lui qui vivait là, dans un désordre abominable, était gêné par le paquet des jupes, glissées à terre. De l'eau avait coulé, les vêtements étaient trempés encore. Et, tout en étouffant des grognements, il finit par les ramasser, un à un, et par les étendre sur des chaises, au grand soleil. S'il était permis de tout jeter ainsi à la débandade ! Jamais ça ne serait sec, jamais elle ne s'en irait ! Il tournait et retournait maladroitement ces chiffons de femme, s'embarrassait dans le corsage de laine noire, cherchait à quatre pattes les bas, tombés derrière une vieille toile. C'étaient des bas de fil d'Écosse, d'un gris cendré, longs et fins, qu'il examina, avant de les pendre. Le bord de la robe les avait mouillés, eux aussi ; et il les étira, il les passa entre ses mains chaudes, pour la renvoyer plus vite.

Depuis qu'il était debout, Claude avait l'envie d'écarter le paravent et de voir. Cette curiosité, qu'il jugeait bête, redoublait sa mauvaise humeur. Enfin, avec son haussement d'épaules habituel, il empoignait ses brosses, lorsqu'il y eut des mots balbutiés, au milieu d'un grand froissement de linges ; et l'haleine douce reprit, et il céda cette fois, lâchant les pinceaux, passant la tête. Mais ce qu'il aperçut l'immobilisa, grave, extasié, murmurant :

« Ah ! fichtre !... ah ! fichtre !... »

La jeune fille, dans la chaleur de serre qui tombait des vitres, venait de rejeter le drap ; et, anéantie sous l'accablement des nuits sans sommeil, elle dormait, baignée de lumière, si inconsciente, que pas une onde ne passait sur sa

nudité pure. Pendant sa fièvre d'insomnie, les boutons des
épaulettes de sa chemise avaient dû se détacher, toute la
manche gauche glissait, découvrant la gorge. C'était une
chair dorée, d'une finesse de soie, le printemps de la chair,
deux petits seins rigides, gonflés de sève, où pointaient deux
roses pâles. Elle avait passé le bras droit sous sa nuque, sa
tête ensommeillée se renversait, sa poitrine confiante s'offrait, dans une adorable ligne d'abandon ; tandis que ses
cheveux noirs, dénoués, la vêtaient encore d'un manteau
sombre.

« Ah ! fichtre ! elle est bigrement bien ! »

C'était ça, tout à fait ça, la figure qu'il avait inutilement
cherchée pour son tableau, et presque dans la pose. Un peu
mince, un peu grêle d'enfance, mais si souple, d'une jeunesse
si fraîche ! Et, avec ça, des seins déjà mûrs. Où diable la
cachait-elle, la veille, cette gorge-là, qu'il ne l'avait pas
devinée ? Une vraie trouvaille !

Légèrement, Claude courut prendre sa boîte de pastel et
une grande feuille de papier. Puis, accroupi au bord d'une
chaise basse, il posa sur ses genoux un carton, il se mit à
dessiner, d'un air profondément heureux. Tout son trouble,
sa curiosité charnelle, son désir combattu, aboutissaient à cet
émerveillement d'artiste, à cet enthousiasme pour les beaux
tons et les muscles bien emmanchés. Déjà, il avait oublié la
jeune fille, il était dans le ravissement de la neige des seins,
éclairant l'ambre délicat des épaules. Une modestie inquiète
le rapetissait devant la nature, il serrait les coudes, il
redevenait un petit garçon, très sage, attentif et respectueux.
Cela dura près d'un quart d'heure, il s'arrêtait parfois,
clignait les yeux. Mais il avait peur qu'elle ne bougeât, il se
remettait vite à la besogne, en retenant sa respiration, par
crainte de l'éveiller.

Cependant, de vagues raisonnements recommençaient à
bourdonner en lui, dans son application au travail. Qui
pouvait-elle être ? A coup sûr, pas une gueuse, comme il
l'avait pensé, car elle était trop fraîche. Mais pourquoi lui
avait-elle conté une histoire si peu croyable ? Et il imaginait
d'autres histoires : une débutante tombée à Paris avec un

amant, qui l'avait lâchée ; ou bien une petite bourgeoise débauchée par une amie, n'osant rentrer chez ses parents ; ou encore un drame plus compliqué, des perversions ingénues et extraordinaires, des choses effroyables qu'il ne saurait jamais. Ces hypothèses augmentaient son incertitude, il passa à l'ébauche du visage, en l'étudiant avec soin. Le haut était d'une grande bonté, d'une grande douceur, le front limpide, uni comme un clair miroir, le nez petit, aux fines ailes nerveuses ; et l'on sentait le sourire des yeux sous les paupières, un sourire qui devait illuminer toute la face. Seulement, le bas gâtait ce rayonnement de tendresse, la mâchoire avançait, les lèvres trop fortes saignaient, montrant des dents solides et blanches. C'était comme un coup de passion, la puberté grondante et qui s'ignorait, dans ces traits noyés, d'une délicatesse enfantine.

Brusquement, un frisson courut, pareil à une moire sur le satin de sa peau. Peut-être avait-elle senti enfin ce regard d'homme qui la fouillait. Elle ouvrit les paupières toutes grandes, elle poussa un cri.

« Ah ! mon Dieu ! »

Et une stupeur la paralysa, ce lieu inconnu, ce garçon en manches de chemise, accroupi devant elle, la mangeant des yeux. Puis, dans un élan éperdu, elle ramena la couverture, elle l'écrasa de ses deux bras sur sa gorge, le sang fouetté d'une telle angoisse pudique, que la rougeur ardente de ses joues coula jusqu'à la pointe de ses seins, en un flot rose.

« Eh bien ! quoi donc ? cria Claude, mécontent, le crayon en l'air, que vous prend-il ? »

Elle ne parlait plus, elle ne bougeait plus, le drap serré au cou, pelotonnée, repliée sur elle-même, bossuant à peine le lit.

« Je ne vous mangerai pas peut-être... Voyons, soyez gentille, remettez-vous comme vous étiez. »

Un nouveau flot de sang lui rougit les oreilles. Elle finit par bégayer :

« Oh ! non, oh ! non, monsieur. »

Mais lui se fâchait peu à peu, dans une de ces brusques

poussées de colère dont il était coutumier. Cette obstination lui semblait stupide.

« Dites, qu'est-ce que ça peut vous faire ? En voilà un grand malheur, si je sais comment vous êtes bâtie !... J'en ai vu d'autres. »

Alors, elle sanglota, et il s'emporta tout à fait, désespéré devant son dessin, jeté hors de lui par la pensée qu'il ne l'achèverait pas, que la pruderie de cette fille l'empêcherait d'avoir une bonne étude pour son tableau.

« Vous ne voulez pas, hein ? mais c'est imbécile ! Pour qui me prenez-vous ?... Est-ce que je vous ai touchée, dites ? Si j'avais songé à des bêtises, j'aurais eu l'occasion belle, cette nuit... Ah ! ce que je m'en moque, ma chère ! Vous pouvez bien tout montrer... Et puis, écoutez, ce n'est pas très gentil, de me refuser ce service, car enfin je vous ai ramassée, vous avez couché dans mon lit. »

Elle pleurait plus fort, la tête cachée au fond de l'oreiller.

« Je vous jure que j'en ai besoin, autrement je ne vous tourmenterais pas. »

Tant de larmes le surprenaient, une honte lui venait de sa rudesse ; et il se tut, embarrassé, il la laissa se calmer un peu ; ensuite, il recommença, d'une voix très douce :

« Voyons, puisque ça vous contrarie, n'en parlons plus... Seulement, si vous saviez ! J'ai là une figure de mon tableau qui n'avance pas du tout, et vous étiez si bien dans la note ! Moi, quand il s'agit de cette sacrée peinture, j'égorgerais père et mère. N'est-ce pas ? vous m'excusez... Et, tenez ! si vous étiez aimable, vous me donneriez encore quelques minutes. Non, non, restez donc tranquille ! pas le torse, je ne demande pas le torse ! La tête, rien que la tête ! Si je pouvais finir la tête, au moins !... De grâce, soyez aimable, remettez votre bras comme il était, et je vous en serai reconnaissant, voyez-vous, oh ! reconnaissant toute ma vie ! »

A cette heure, il suppliait, il agitait pitoyablement son crayon, dans l'émotion de son gros désir d'artiste. Du reste, il n'avait pas bougé, toujours accroupi sur la chaise basse, loin d'elle. Alors, elle se risqua, découvrit son visage apaisé. Que pouvait-elle faire ? Elle était à sa merci, et il avait l'air si

malheureux ! Pourtant, elle eut une hésitation, une dernière
gêne. Et, lentement, sans dire un mot, elle sortit son bras nu,
elle le glissa de nouveau sous sa tête, en ayant bien soin de
tenir, de son autre main, restée cachée, la couverture
tamponnée autour de son cou.

« Ah ! que vous êtes bonne !... Je vais me dépêcher, vous
serez libre tout de suite. »

Il s'était courbé sur son dessin, il ne lui jetait plus que ces
clairs regards du peintre, pour qui la femme a disparu et qui
ne voit que le modèle. D'abord, elle était redevenue rose, la
sensation de son bras nu, de ce peu d'elle-même qu'elle aurait
montré ingénument dans un bal, l'emplissait là de confusion.
Puis, ce garçon lui parut si raisonnable, qu'elle se tranquillisa, les joues refroidies, la bouche détendue en un vague
sourire de confiance. Et, entre ses paupières demi-closes, elle
l'étudiait à son tour. Comme il l'avait terrifiée depuis la
veille, avec sa forte barbe, sa grosse tête, ses gestes emportés !
Il n'était pas laid pourtant, elle découvrait au fond de ses
yeux bruns une grande tendresse, tandis que son nez la
surprenait, lui aussi, un nez délicat de femme, perdu dans les
poils hérissés des lèvres. Un petit tremblement d'inquiétude
nerveuse le secouait, une continuelle passion qui semblait
faire vivre le crayon au bout de ses doigts minces, et dont elle
était très touchée, sans savoir pourquoi. Ce ne pouvait être
un méchant, il ne devait avoir que la brutalité des timides.
Tout cela, elle ne l'analysait pas très bien, mais elle le sentait,
elle se mettait à l'aise, comme chez un ami.

L'atelier, il est vrai, continuait à l'effarer un peu. Elle y
jetait des regards prudents, stupéfaite d'un tel désordre et
d'un tel abandon. Devant le poêle, les cendres du dernier
hiver s'amoncelaient encore. Outre le lit, la petite table de
toilette et le divan, il n'y avait d'autres meubles qu'une vieille
armoire de chêne disloquée, et qu'une grande table de sapin,
encombrée de pinceaux, de couleurs, d'assiettes sales, d'une
lampe à esprit-de-vin, sur laquelle était restée une casserole,
barbouillée de vermicelle. Des chaises dépaillées se débandaient, parmi des chevalets boiteux. Près du divan, la bougie
de la veille traînait par terre, dans un coin du parquet, qu'on

devait balayer tous les mois ; et il n'y avait que le coucou, un coucou énorme, enluminé de fleurs rouges, qui parût gai et propre, avec son tic-tac sonore. Mais ce dont elle s'effrayait surtout, c'était des esquisses pendues aux murs, sans cadres, un flot épais d'esquisses qui descendait jusqu'au sol, où il s'amassait en un éboulement de toiles jetées pêle-mêle. Jamais elle n'avait vu une si terrible peinture, rugueuse, éclatante, d'une violence de tons qui la blessait comme un juron de charretier, entendu sur la porte d'une auberge [5]. Elle baissait les yeux, attirée pourtant par un tableau retourné, le grand tableau auquel travaillait le peintre, et qu'il poussait chaque soir vers la muraille, afin de le mieux juger le lendemain, dans la fraîcheur du premier coup d'œil. Que pouvait-il cacher, celui-là, pour qu'on n'osât même pas le montrer ? Et, au travers de la vaste pièce, la nappe de brûlant soleil, tombée des vitres, voyageait, sans être tempérée par le moindre store, coulant ainsi qu'un or liquide sur tous ces débris de meuble, dont elle accentuait l'insoucieuse misère.

Claude finit par trouver le silence lourd. Il voulut dire un mot, n'importe quoi, dans l'idée d'être poli, et surtout pour la distraire de la pose. Mais il eut beau chercher, il n'imagina que cette question :

« Comment vous nommez-vous ? »

Elle ouvrit ses yeux qu'elle avait fermés, comme reprise de sommeil.

« Christine. »

Alors, il s'étonna. Lui non plus, n'avait pas dit son nom. Depuis la veille, ils étaient là, côte à côte, sans se connaître.

« Moi, je me nomme Claude. »

Et, l'ayant regardée à ce moment, il la vit qui éclatait d'un joli rire. C'était l'échappée joueuse d'une grande fille encore gamine. Elle trouvait drôle cet échange tardif de leurs noms. Puis, une autre idée l'amusa.

« Tiens ! Claude, Christine, ça commence par la même lettre. »

Le silence retomba. Il clignait les paupières, s'oubliait, se sentait à bout d'imagination. Mais il crut remarquer en elle un malaise d'impatience, et dans la terreur qu'elle ne bougeât, il reprit au hasard, pour l'occuper :

« Il fait un peu chaud. »

Cette fois, elle étouffa son rire, cette gaieté native qui renaissait et partait malgré elle, depuis qu'elle se rassurait. La chaleur devenait si forte, qu'elle était dans le lit comme dans un bain, la peau moite et pâlissante, de la pâleur laiteuse des camélias.

« Oui, un peu chaud », répondit-elle sérieusement, tandis que ses yeux s'égayaient.

Claude, alors, conclut de son air bonhomme :

« C'est ce soleil qui entre. Mais, bah ! ça fait du bien, un bon coup de soleil dans la peau... Dites donc, cette nuit, nous aurions eu besoin de ça, sous la porte. »

Tous deux éclatèrent, et lui, enchanté d'avoir découvert enfin un sujet de conversation, la questionna sur son aventure, sans curiosité, se souciant peu au fond de savoir la vérité vraie, uniquement désireux de prolonger la séance.

Christine, simplement, en quelques paroles, conta les choses. C'était la veille au matin qu'elle avait quitté Clermont, pour venir à Paris, où elle allait entrer comme lectrice chez la veuve d'un général, madame Vanzade, une vieille dame très riche, qui habitait Passy. Le train, réglementairement, arrivait à neuf heures dix, et toutes les précautions étaient prises, une femme de chambre devait l'attendre, on avait même fixé par lettres un signe de reconnaissance, une plume grise à son chapeau noir. Mais voilà que son train était tombé, un peu au-dessus de Nevers, sur un train de marchandises, dont les voitures déraillées et brisées obstruaient la voie. Alors avait commencé une série de contretemps et de retards, d'abord une interminable pause dans les wagons immobiles, puis l'abandon forcé de ces wagons, les bagages laissés là en arrière, les voyageurs obligés de faire trois kilomètres à pied pour atteindre une station, où l'on s'était décidé à former un train de sauvetage. On avait perdu deux heures, et deux autres furent perdues encore, dans le trouble que l'accident occasionnait, d'un bout à l'autre de la ligne; si bien qu'on était entré en gare avec quatre heures de retard, à une heure du matin seulement.

« Pas de chance! interrompit Claude, toujours incrédule, combattu pourtant, surpris de la façon aisée dont s'arrangeaient les complications de cette histoire. Et, naturellement, personne ne vous attendait plus? »

En effet, Christine n'avait pas trouvé la femme de chambre de madame Vanzade, qui sans doute s'était lassée. Et elle disait son émoi dans la gare de Lyon, cette grande halle inconnue, noire, vide, bientôt déserte, à cette heure avancée de la nuit. D'abord elle n'avait point osé prendre une voiture, se promenant avec son petit sac, espérant que quelqu'un viendrait. Puis, elle s'était décidée, mais trop tard, car il n'y avait plus là qu'un cocher très sale, empestant le vin, qui rôdait autour d'elle, en s'offrant d'un air goguenard.

« Oui, un rouleur, reprit Claude, intéressé maintenant, comme s'il eût assisté à la réalisation d'un conte bleu. Et vous êtes montée dans sa voiture? »

Les yeux au plafond, Christine continua, sans quitter la pose :

« C'est lui qui m'a forcée. Il m'appelait sa petite, il me faisait peur... Quand il a su que j'allais à Passy, il s'est fâché, il a fouetté son cheval si fort, que j'ai dû me cramponner aux portières. Puis, je me suis rassurée un peu, le fiacre roulait doucement dans des rues éclairées, je voyais du monde sur les trottoirs. Enfin, j'ai reconnu la Seine. Je ne suis jamais venue à Paris, mais j'avais regardé un plan... Et je pensais qu'il filerait tout le long des quais, lorsque j'ai été reprise de peur, en m'apercevant que nous passions sur un pont. Justement, la pluie commençait, le fiacre, qui avait tourné dans un endroit très noir, s'est brusquement arrêté. C'était le cocher qui descendait de son siège et qui voulait entrer avec moi dans la voiture... Il disait qu'il pleuvait trop... »

Claude se mit à rire. Il ne doutait plus, elle ne pouvait inventer ce cocher-là. Comme elle se taisait, embarrassée :

« Bon! bon! le farceur plaisantait.

— Tout de suite, j'ai sauté sur le pavé, par l'autre portière. Alors, il a juré, il m'a dit que nous étions arrivés et qu'il m'arracherait mon chapeau, si je ne le payais pas... La pluie tombait à torrents, le quai était absolument désert. Je perdais la tête, j'ai sorti une pièce de cinq francs, et il a fouetté son cheval, et il est parti en emportant mon petit sac, où il n'y avait heureusement que deux mouchoirs, une moitié de brioche et la clef de ma malle, restée en route.

— Mais on prend le numéro de la voiture ! » cria le peintre indigné.

Maintenant, il se souvenait d'avoir été frôlé par un fiacre fuyant à toutes roues, comme il traversait le pont Louis-Philippe, dans le ruissellement de l'orage. Et il s'émerveillait de l'invraisemblance de la vérité, souvent. Ce qu'il avait imaginé, pour être simple et logique, était tout bonnement stupide, à côté de ce cours naturel des infinies combinaisons de la vie.

« Vous pensez si j'étais heureuse, sous cette porte ! acheva Christine. Je savais bien que je n'étais pas à Passy, j'allais donc coucher la nuit là, dans ce Paris terrible. Et ces tonnerres, et ces éclairs, oh ! ces éclairs tout bleus, tout rouges, qui me montraient des choses à faire trembler ! »

Ses paupières de nouveau s'étaient closes, un frisson pâlit son visage, elle revoyait la cité tragique, cette trouée des quais s'enfonçant dans des rougeoiements de fournaise, ce fossé profond de la rivière roulant des eaux de plomb, encombré de grands corps noirs, de chalands pareils à des baleines mortes, hérissé de grues immobiles, qui allongeaient des bras de potence. Était-ce donc là une bienvenue ?

Il y eut un silence. Claude s'était remis à son dessin. Mais elle remua, son bras s'engourdissait.

« Le coude un peu rabattu, je vous prie. »

Puis, d'un air d'intérêt, pour s'excuser :

« Ce sont vos parents qui doivent être dans la désolation, s'ils ont appris la catastrophe.

— Je n'ai pas de parents.

— Comment ! ni père ni mère... Vous êtes seule ?

— Oui, toute seule. »

Elle avait dix-huit ans, et elle était née à Strasbourg, par hasard, entre deux changements de garnison de son père, le capitaine Hallegrain. Comme elle entrait dans sa douzième année, ce dernier, un Gascon de Montauban, était mort à Clermont, où une paralysie des jambes l'avait forcé de prendre sa retraite. Pendant près de cinq ans, sa mère, qui était parisienne, avait vécu là-bas, en province, ménageant sa maigre pension, travaillant, peignant des éventails, pour achever d'élever sa fille en demoiselle ; et, depuis quinze mois, elle était morte à son tour, la laissant seule au monde, sans un sou, avec l'unique amitié d'une religieuse, la supérieure des Sœurs de la Visitation, qui l'avait gardée dans son pensionnat. C'était du couvent qu'elle arrivait tout droit, la supérieure ayant fini par lui trouver cette place de lectrice, chez sa vieille amie, madame Vanzade, devenue presque aveugle.

Claude restait muet à ces nouveaux détails. Ce couvent, cette orpheline bien élevée, cette aventure qui tournait au romanesque, le rendaient à son embarras, à sa maladresse de gestes et de paroles. Il ne travaillait plus, les yeux baissés sur son croquis.

« C'est joli, Clermont ? demanda-t-il enfin.

— Pas beaucoup, une ville noire... Puis, je ne sais guère, je sortais à peine. »

Elle s'était accoudée, elle continua très bas, comme se parlant à elle-même, d'une voix encore brisée des sanglots de son deuil :

« Maman, qui n'était pas forte, se tuait à la besogne... Elle me gâtait, il n'y avait rien de trop beau pour moi, j'avais des professeurs de tout ; et je profitais si peu, d'abord j'étais tombée malade, puis je n'écoutais pas, toujours à rire, le sang à la tête... La musique m'ennuyait, des crampes me tordaient les bras au piano. C'est encore la peinture qui allait le mieux... »

Il leva la tête, il l'interrompit d'une exclamation.

« Vous savez peindre !

— Oh ! non, je ne sais rien , rien du tout... Maman, qui avait beaucoup de talent, me faisait faire un peu d'aquarelle, et je l'aidais parfois pour les fonds de ses éventails... Elle en peignait de si beaux ! »

Elle eut, malgré elle, un regard autour de l'atelier, sur les esquisses terrifiantes, dont les murs flambaient ; et, dans ses yeux clairs, un trouble reparut, l'étonnement inquiet de cette peinture brutale. De loin, elle voyait à l'envers l'étude que le peintre avait ébauchée d'après elle, si consternée des tons violents, des grands traits de pastel sabrant les ombres, qu'elle n'osait demander à la regarder de près. D'ailleurs, mal à l'aise dans ce lit où elle brûlait, elle s'agitait, tourmentée de l'idée de s'en aller, d'en finir avec ces choses qui lui semblaient un songe depuis la veille.

Sans doute, Claude eut conscience de cet énervement. Une brusque honte l'emplit de regret. Il lâcha son dessin inachevé, il dit très vite :

« Merci bien de votre complaisance, mademoiselle... Pardonnez-moi, j'ai abusé, vraiment... Levez-vous, levez-vous, je vous en prie. Il est temps d'aller à vos affaires. »

Et, sans comprendre pourquoi elle ne se décidait pas, rougissante, renfonçant au contraire son bras nu, à mesure qu'il s'empressait devant elle, il lui répétait de se lever. Puis, il eut un geste de fou, il replaça le paravent et gagna l'autre bout de l'atelier, en se jetant à une exagération de pudeur, qui lui fit ranger bruyamment sa vaisselle, pour qu'elle pût sauter du lit et se vêtir, sans craindre d'être écoutée.

Au milieu du tapage qu'il déchaînait, il n'entendait pas une voix hésitante.

« Monsieur, monsieur... »

Enfin, il tendit l'oreille.

« Monsieur, si vous étiez assez obligeant... Je ne trouve pas mes bas. »

Il se précipita. Où avait-il la tête ? que voulait-il qu'elle devînt, en chemise derrière ce paravent, sans les bas et les jupes qu'il avait étendus au soleil ? Les bas étaient secs, il s'en assura en les frottant doucement ; puis, il les passa par-dessus la mince cloison, et il aperçut une dernière fois le bras nu, frais et rond, d'un charme d'enfance. Il lança ensuite les jupes sur le pied du lit, poussa les bottines, ne laissa que le chapeau pendu à un chevalet. Elle avait dit merci, elle ne parlait plus, il distinguait à peine des frôlements de linges, des bruits discrets d'eau remuée. Mais lui, continuait de s'occuper d'elle.

« Le savon est dans une soucoupe, sur la table... Ouvrez le tiroir, n'est-ce pas ? et prenez une serviette propre... Voulez-vous de l'eau davantage ? Je vous passerai le broc. »

L'idée qu'il retombait dans ses maladresses l'exaspéra tout à coup.

« Allons, voilà que je vous embête encore !... Faites comme chez vous. »

Il retourna à son ménage. Un débat l'agitait. Devait-il lui offrir à déjeuner ? Il était difficile de la laisser partir ainsi. D'autre part, ça n'en finirait plus, il allait perdre décidément sa matinée de travail. Sans rien résoudre, après avoir allumé sa lampe à esprit-de-vin, il lava la casserole et se mit à faire du chocolat, ce qu'il jugeait plus distingué, sourdement honteux de son vermicelle, une pâtée où il coupait du pain et qu'il baignait d'huile, à la mode du Midi. Mais il émiettait encore le chocolat dans la casserole, lorsqu'il eut une exclamation :

« Comment ! déjà ! »

C'était Christine qui repoussait le paravent et qui apparaissait, nette et correcte dans ses vêtements noirs, lacée, boutonnée, équipée en un tour de main. Son visage rosé ne gardait même pas l'humidité de l'eau, son lourd chignon se tordait sur sa nuque, sans qu'une mèche dépassât. Et Claude restait béant devant ce miracle de promptitude, cet entrain de petite ménagère à s'habiller vite et bien.

« Ah ! fichtre, si vous faites tout comme ça ! »

Il la trouvait plus grande et plus belle qu'il n'aurait cru. Ce qui le frappait surtout, c'était son air de tranquille décision. Elle ne le craignait plus, évidemment. Il semblait qu'au sortir de ce lit défait, où elle se sentait sans défense, elle eût remis son armure, avec ses bottines et sa robe. Elle souriait, le regardait droit dans les yeux. Et il dit ce qu'il hésitait encore à dire :

« Vous allez déjeuner avec moi, n'est-ce pas ? »

Mais elle refusa.

« Non, merci... Je vais courir à la gare, où ma malle est sûrement arrivée, et je me ferai conduire ensuite à Passy. »

Vainement, il lui répéta qu'elle devait avoir faim, que ce n'était guère raisonnable, de sortir ainsi sans manger.

« Alors, je descends vous chercher un fiacre.

— Non, je vous en prie, ne vous donnez pas cette peine.

— Voyons, vous ne pouvez faire un pareil voyage à pied. Permettez-moi, au moins, de vous accompagner jusqu'à la station de voitures, puisque vous ne connaissez point Paris.

— Non, non, je n'ai pas besoin de vous... Si vous voulez être aimable, laissez-moi m'en aller toute seule. »

C'était un parti pris. Sans doute, elle se révoltait à l'idée d'être rencontrée avec un homme, même par des inconnus : elle tairait sa nuit, elle mentirait et garderait pour elle le souvenir de l'aventure. Lui, d'un geste colère, affecta de l'envoyer au diable. Bon débarras ! ça l'arrangeait de ne pas descendre. Et il demeurait blessé au fond, il la trouvait ingrate.

« Comme il vous plaira après tout. Je n'emploierai pas la force. »

A cette phrase, le sourire vague de Christine augmenta, abaissa finement les coins délicats de ses lèvres. Elle ne dit rien, elle prit son chapeau, chercha du regard une glace ; puis, n'en trouvant pas, elle se décida à nouer les brides au petit bonheur des doigts. Les coudes levés, elle roulait, tirait les rubans sans hâte, le visage dans le reflet doré du soleil. Surpris, Claude ne reconnaissait plus les traits d'une douceur enfantine qu'il venait de dessiner : le haut semblait noyé, le front limpide, les yeux tendres ; c'était à présent le bas qui avançait, la mâchoire passionnée, la bouche saignante, aux belles dents. Et toujours ce sourire énigmatique des jeunes filles, qui raillait peut-être.

« En tout cas, reprit-il agacé, je ne pense pas que vous ayez un reproche à me faire. »

Alors, elle ne put retenir son rire, un léger rire nerveux.

« Non, non, monsieur, pas le moindre. »

Il continuait à la regarder, rendu au combat de ses timidités et de ses ignorances, craignant d'avoir été ridicule. Que savait-elle donc, cette grande demoiselle ? Sans doute ce que les filles savent en pension, tout et rien. C'est l'insondable, l'obscure éclosion de la chair et du cœur, où personne ne descend. Dans ce milieu libre d'artiste, cette pudique sensuelle venait-elle de s'éveiller, avec sa curiosité et sa crainte confuses de l'homme ? Maintenant qu'elle ne tremblait plus, avait-elle la surprise un peu méprisante d'avoir tremblé pour rien ? Quoi ! pas une galanterie, pas même un baiser sur le bout des doigts ! L'indifférence bourrue de ce garçon, qu'elle avait sentie, devait irriter en elle la femme qu'elle n'était pas encore ; et elle s'en allait ainsi, changée, énervée, faisant la brave dans son dépit, emportant le regret inconscient des choses inconnues et terribles qui n'étaient pas arrivées.

« Vous dites, reprit-elle en redevenant grave, que la station de voitures est au bout du pont, sur l'autre quai ?

— Oui, à l'endroit où il y un bouquet d'arbres. »

Elle avait achevé de nouer ses brides, elle était prête, gantée, les mains ballantes, et elle ne partait pas, regardant devant elle. Ses yeux ayant rencontré la grande toile tournée contre le mur, elle eut envie de demander à la voir, puis elle n'osa pas. Rien ne la retenait plus, elle avait pourtant l'air de chercher encore, comme si elle avait eu la sensation de laisser là quelque chose, une chose qu'elle n'aurait pu nommer. Enfin, elle se dirigea vers la porte.

Claude l'ouvrit, et un petit pain, posé debout, tomba dans l'atelier.

« Vous voyez, dit-il, vous auriez dû déjeuner avec moi. C'est ma concierge qui me monte ça tous les matins. »

Elle refusa de nouveau d'un signe de tête. Sur le palier, elle se retourna, se tint un instant immobile. Son gai sourire était revenu, elle tendit la main la première.

« Merci, merci bien. »

Il avait pris la petite main gantée dans sa main large, tachée de pastel. Toutes deux demeurèrent ainsi quelques secondes, serrées étroitement, se secouant en bonne amitié. La jeune fille lui souriait toujours, il avait sur les lèvres une question : « Quand vous reverrai-je ? » Mais une honte l'empêcha de parler. Alors, après avoir attendu, elle dégagea sa main.

« Adieu, monsieur.

— Adieu, mademoiselle. »

Christine, déjà, sans lever la tête, descendait l'échelle de
meunier, dont les marches craquaient ; et Claude, brutalement, rentra chez lui, referma la porte à la volée, en disant
très haut :

« Ah ! ces tonnerres de Dieu de femmes ! »

Il était furieux, enragé contre lui, enragé contre les autres.
Tout en bousculant du pied les meubles qu'il rencontrait, il
continuait de se soulager, à pleine voix. Comme il avait raison
de ne jamais en laisser monter une ! Ces gueuses-là n'étaient
bonnes qu'à vous faire tourner en bourrique. Ainsi, qui lui
assurait que celle-ci, avec son air innocent, ne s'était pas
abominablement fichue de lui ? Et il avait eu la bêtise de
croire des contes à dormir debout : tous ses doutes revenaient, jamais on ne lui ferait avaler la veuve du général, ni
l'accident de chemin de fer, ni surtout le cocher. Est-ce que
des histoires pareilles arrivaient ? D'ailleurs, elle avait une
bouche qui en disait long, son air était drôle, au moment de
filer. Encore, s'il eût compris pourquoi elle mentait ! mais
non, des mensonges sans profit, inexplicables, l'art pour
l'art ! Ah ! elle riait bien, à cette heure !

Violemment, il replia le paravent et l'envoya dans un coin.
Elle avait dû lui en laisser un désordre ! Et, quand il constata
que tout se trouvait rangé, très propre, la cuvette, la
serviette, le savon, il s'emporta, parce qu'elle n'avait pas fait
le lit. Il se mit à le faire, d'un effort exagéré, saisit à pleins
bras le matelas tiède encore, tapa des deux poings l'oreiller
odorant, étouffé par cette tiédeur, cette odeur pure de
jeunesse qui montaient des linges. Ensuite, il se débarbouilla
à grande eau, pour se rafraîchir les tempes ; et, dans la
serviette humide, il retrouva le même étouffement, cette
haleine de vierge dont la douceur éparse, errante par l'atelier,
l'oppressait. Ce fut en jurant qu'il mangea son chocolat dans
la casserole, si enfiévré, si enragé de peindre, qu'il avalait en
hâte de grosses bouchées de pain.

« Mais on meurt ici ! cria-t-il brusquement. C'est la
chaleur qui me rend malade. »

Le soleil s'en était allé, il faisait moins chaud.

Et Claude, ouvrant une petite fenêtre, au ras du toit, respira d'un air de profond soulagement la bouffée de vent embrasé qui entrait. Il avait pris son dessin, la tête de Christine, et il s'oublia longtemps à la regarder.

II

Midi était sonné, Claude travaillait à son tableau, lorsqu'une main familière tapa rudement contre la porte. D'un mouvement instinctif, et dont il ne fut pas le maître, le peintre glissa dans un carton la tête de Christine, d'après laquelle il retouchait sa grande figure de femme. Puis, il se décida à ouvrir.

« Pierre ! cria-t-il. Déjà toi ? »

Pierre Sandoz, un ami d'enfance, était un garçon de vingt-deux ans, très brun, à la tête ronde et volontaire, au nez carré, aux yeux doux, dans un masque énergique, encadré d'un collier de barbe naissante [6].

« J'ai déjeuné plus tôt, répondit-il, j'ai voulu te donner une bonne séance... Ah ! diable ! ça marche ! »

Il s'était planté devant le tableau, et il ajouta tout de suite :

« Tiens ! tu changes le type de la femme. »

Un long silence se fit, tous deux regardaient, immobiles. C'était une toile de cinq mètres sur trois, entièrement couverte, mais dont quelques morceaux à peine se dégageaient de l'ébauche. Cette ébauche, jetée d'un coup, avait une violence superbe, une ardente vie de couleurs. Dans un trou de forêt, aux murs épais de verdure, tombait une ondée de soleil ; seule, à gauche, une allée sombre s'enfonçait, avec une tache de lumière, très loin. Là, sur l'herbe, au milieu des végétations de juin, une femme nue était couchée, un bras sous la tête, enflant la gorge ; et elle souriait, sans regard, les paupières closes, dans la pluie d'or qui la baignait. Au fond, deux autres petites femmes, une brune, une blonde, également nues, luttaient en riant, détachaient, parmi les verts des feuilles, deux adorables notes de chair. Et, comme au premier plan, le peintre avait eu besoin d'une opposition noire, il s'était bonnement satisfait, en y asseyant un monsieur, vêtu d'un simple veston de velours. Ce monsieur tournait le dos, on ne voyait de lui que sa main gauche, sur laquelle il s'appuyait dans l'herbe[7].

« Très belle d'indication, la femme ! reprit enfin Sandoz. Mais, sapristi ! tu auras joliment du travail, dans tout ça ! »

Claude, les yeux allumés sur son œuvre, eut un geste de confiance.

« Bah ! j'ai le temps d'ici au Salon. En six mois, on en abat, de la besogne ! Cette fois, peut-être, je finirai par me prouver que je ne suis pas une brute. »

Et il se mit à siffler fortement, ravi sans le dire de l'ébauche qu'il avait faite de la tête de Christine, soulevé par un de ces grands coups d'espoir, d'où il retombait plus rudement dans ses angoisses d'artiste, que la passion de la nature dévorait.

« Allons, pas de flâne ! cria-t-il. Puisque tu es là, commençons. »

Sandoz, par amitié, et pour lui éviter les frais d'un modèle, avait offert de lui poser le monsieur du premier plan[8]. En quatre ou cinq dimanches, le seul jour où il fût libre, la figure se trouverait établie. Déjà, il endossait le veston de velours, lorsqu'il eut une brusque réflexion.

« Dis donc, tu n'as pas déjeuné sérieusement, toi, puisque tu travaillais... Descends manger une côtelette, je t'attends ici. »

L'idée de perdre du temps indigna Claude.

« Mais si, j'ai déjeuné, regarde la casserole !... Et puis, tu vois qu'il reste une croûte de pain. Je la mangerai... Allons, allons, à la pose, paresseux ! »

Vivement, il reprenait sa palette, il empoignait ses brosses, en ajoutant :

« Dubuche vient nous chercher ce soir, n'est-ce pas ?

— Oui, vers cinq heures.

— Eh bien ! c'est parfait, nous descendrons dîner tout de suite... Y es-tu à la fin ? La main plus à gauche, la tête penchée davantage. »

Après avoir disposé les coussins, Sandoz s'était installé sur
le divan, tenant la pose. Il tournait le dos, mais la conversation n'en continua pas moins un moment encore, car il avait
reçu le matin même une lettre de Plassans, la petite ville
provençale où le peintre et lui s'étaient connus, en huitième,
dès leur première culotte usée sur les bancs du collège. Puis,
tous deux se turent. L'un travaillait, hors du monde, l'autre
s'engourdissait, dans la fatigue somnolente des longues
immobilités.

C'était à l'âge de neuf ans que Claude avait eu l'heureuse
chance de pouvoir quitter Paris, pour retourner dans le coin
de Provence où il était né. Sa mère, une brave femme de
blanchisseuse, que son fainéant de père avait lâchée à la rue,
venait d'épouser un bon ouvrier, amoureux fou de sa jolie
peau de blonde[9]. Mais, malgré leur courage, ils n'arrivaient
pas à joindre les deux bouts. Aussi avaient-ils accepté de
grand cœur, lorsqu'un vieux monsieur de là-bas s'était
présenté, en leur demandant Claude, qu'il voulait mettre au
collège, près de lui : la toquade généreuse d'un original,
amateur de tableaux, que des bonhommes barbouillés autrefois par le mioche avaient frappé. Et jusqu'à sa rhétorique,
pendant sept ans, Claude était donc resté dans le Midi,
d'abord pensionnaire, puis externe, logeant chez son protecteur. Un matin, on avait trouvé ce dernier mort en travers de
son lit, foudroyé. Il laissait par testament une rente de mille
francs au jeune homme, avec la faculté de disposer du capital,
à l'âge de vingt-cinq ans. Celui-ci, que l'amour de la peinture
enfiévrait déjà, quitta immédiatement le collège, sans vouloir
même tenter de passer son baccalauréat, et accourut à Paris,
où son ami Sandoz l'avait précédé.

Au collège de Plassans, dès leur huitième, il y avait eu les
trois inséparables, comme on les nommait, Claude Lantier,
Pierre Sandoz et Louis Dubuche. Venus de trois mondes
différents, opposés de natures, nés seulement la même année,
à quelques mois de distance, ils s'étaient liés d'un coup et à
jamais, entraînés par des affinités secrètes, le tourment
encore vague d'une ambition commune, l'éveil d'une intelligence supérieure, au milieu de la cohue brutale des abomina-

bles cancres qui les battaient. Le père de Sandoz, un
Espagnol réfugié en France à la suite d'une bagarre politique,
avait installé près de Plassans une papeterie, où fonctionnaient de nouveaux engins de son invention [10] ; puis, il était
mort, abreuvé d'amertume, traqué par la méchanceté locale,
en laissant à sa veuve une situation si compliquée, toute une
série de procès si obscurs, que la fortune entière avait coulé
dans le désastre ; et la mère, une Bourguignonne, cédant à sa
rancune contre les Provençaux, souffrant d'une paralysie
lente dont elle les accusait d'être aussi la cause, s'était
réfugiée à Paris avec son fils, qui la soutenait maintenant
d'un maigre emploi, la cervelle hantée de gloire littéraire.
Quant à Dubuche, l'aîné d'une boulangère de Plassans,
poussé par celle-ci, très âpre, très ambitieuse, il était venu
rejoindre ses amis, plus tard, et il suivait les cours de l'École
comme élève architecte, vivant chichement des dernières
pièces de cent sous que ses parents plaçaient sur lui, avec une
obstination de juifs qui escomptaient l'avenir à trois cents
pour cent.

« Sacredié ! murmura Sandoz dans le grand silence, elle
n'est pas commode, ta pose ! elle me casse le poignet... Est-ce
qu'on peut bouger, hein ? »

Claude le laissa s'étirer, sans répondre. Il attaquait le
veston de velours, à larges coups de brosse. Puis, se reculant,
clignant les yeux, il eut un rire énorme, égayé par un brusque
souvenir.

« Dis donc, tu te rappelles, en sixième, le jour où
Pouillaud alluma les chandelles dans l'armoire de ce crétin de
Lalubie ? Oh ! la terreur de Lalubie, avant de grimper à sa
chaire, quand il ouvrit son armoire pour prendre ses livres, et
qu'il aperçut cette chapelle ardente !... Cinq cents vers à
toute la classe ! »

Sandoz, gagné par cet accès de gaieté, s'était renversé sur
le divan. Il reprit la pose, en disant :

« Ah ! l'animal de Pouillaud !... Tu sais que, dans sa lettre
de ce matin, il m'annonce justement le mariage de Lalubie.
Cette vieille rosse de professeur épouse une jolie fille. Mais tu

la connais, la fille de Galissard, le mercier, la petite blonde à qui nous allions donner des sérénades ! »

Les souvenirs étaient lâchés, Claude et Sandoz ne tarirent plus, l'un fouetté et peignant avec une fièvre croissante, l'autre tourné toujours vers le mur, parlant du dos, les épaules secouées de passion.

Ce fut d'abord le collège, l'ancien couvent moisi qui s'étendait jusqu'aux remparts, les deux cours plantées d'énormes platanes, le bassin vaseux, vert de mousse, où ils avaient appris à nager, et les classes du bas dont les plâtres ruisselaient, et le réfectoire empoisonné du continuel graillon des eaux de vaisselle, et le dortoir des petits, fameux par ses horreurs, et la lingerie, et l'infirmerie, peuplées de sœurs délicates, des religieuses en robe noire, si douces sous leur coiffe blanche [11] ! Quelle affaire, lorsque sœur Angèle, celle dont la figure de vierge révolutionnait la cour des grands, avait disparu un beau matin avec Hermeline, un gros de la rhétorique, qui, par amour, se faisait sur les mains des entailles au canif, pour monter et pour qu'elle lui posât des bandes de taffetas d'Angleterre !

Puis, le personnel entier défila, une chevauchée lamentable, grotesque et terrible, des profils de méchanceté et de souffrance : le proviseur qui se ruinait en réceptions pour marier ses filles, deux grandes belles filles élégantes, que des dessins et des inscriptions abominables insultaient sur tous les murs ; le censeur, Pifard, dont le nez fameux s'embusquait derrière les portes, pareil à une couleuvrine, décelant au loin sa présence ; la kyrielle des professeurs, chacun éclaboussé de l'injure d'un surnom, le sévère Rhadamante qui n'avait jamais ri, la Crasse qui teignait les chaires en noir, du continuel frottement de sa tête, Tu-m'as-trompé-Adèle, le maître de physique, un cocu légendaire, auquel dix générations de galopins jetaient le nom de sa femme, jadis surprise, disait-on, entre les bras d'un carabinier ; d'autres, d'autres encore, Spontini, le pion féroce, avec son couteau corse qu'il montrait rouillé du sang de trois cousins, le petit Chantecaille, si bon enfant, qu'il laissait fumer en promenade ; jusqu'à un marmiton de la cuisine et à la laveuse d'assiettes,

deux monstres, qu'on avait surnommés Paraboulomenos et
Paralleluca, et qu'on accusait d'une idylle dans les éplu-
chures.

Ensuite arrivaient les farces, les soudaines évocations des
bonnes blagues, dont on se tordait après des années. Oh! le
matin où l'on avait brûlé dans le poêle les souliers de Mimi-
la-Mort, autrement dit le Squelette-Externe, un maigre
garçon qui apportait en contrebande le tabac à priser de toute
la classe! Et le soir d'hiver où l'on était allé voler des
allumettes à la chapelle, près de la veilleuse, pour fumer des
feuilles sèches de marronnier dans des pipes de roseau!
Sandoz, qui avait fait le coup, avouait maintenant son
épouvante, sa sueur froide, en dégringolant du chœur, noyé
de ténèbres. Et le jour où Claude, au fond de son pupitre,
avait eu la belle idée de griller des hannetons, pour voir si
c'était bon à manger, comme on le disait! Une puanteur si
âcre, une fumée si épaisse s'était échappée du pupitre, que le
pion avait saisi la cruche, croyant à un incendie. Et la
maraude, le pillage des champs d'oignons en promenade; les
pierres jetées dans les vitres, où le grand chic était d'obtenir,
avec les cassures, des cartes de géographie connues; les
leçons de grec écrites à l'avance, en gros caractères, sur le
tableau noir, et lues couramment par tous les cancres, sans
que le professeur s'en aperçût; les bancs de la cour sciés, puis
portés autour du bassin comme des cadavres d'émeute, en
long cortège, avec des chants funèbres. Ah! oui, fameuse,
celle-ci! Dubuche, qui faisait le clergé, s'était fichu au fond
du bassin, en voulant prendre de l'eau dans sa casquette,
pour avoir un bénitier. Et la plus drôle, la meilleure, la nuit
où Pouillaud avait attaché tous les pots de chambre du
dortoir à une même corde qui passait sous les lits, puis au
matin, un matin de grandes vacances, s'était mis à tirer en
fuyant par le corridor et par les trois étages de l'escalier, avec
cette effroyable queue de faïence, qui bondissait et volait en
éclats derrière lui!

Claude resta, un pinceau en l'air, la bouche fendue
d'hilarité, criant :

« Cet animal de Pouillaud !... Et il t'a écrit ? qu'est-ce qu'il fabrique maintenant, Pouillaud ?

— Mais rien du tout, mon vieux ! répondit Sandoz, en se remontant sur les coussins. Sa lettre est d'un bête !... Il finit son droit, il reprendra ensuite l'étude d'avoué de son père [12]. Et si tu voyais le ton qu'il a déjà, toute la gourme imbécile d'un bourgeois qui se range ! »

Il y eut un nouveau silence. Et il ajouta :

« Ah ! nous, vois-tu, mon vieux, nous avons été protégés. »

Alors, d'autres souvenirs leur vinrent, ceux dont leurs cœurs battaient à grands coups, les belles journées de plein air et de plein soleil qu'ils avaient vécues là-bas, hors du collège. Tout petits, dès leur sixième, les trois inséparables s'étaient pris de la passion des longues promenades. Ils profitaient des moindres congés, ils s'en allaient à des lieues, s'enhardissant à mesure qu'ils grandissaient, finissant par courir le pays entier, des voyages qui duraient souvent plusieurs jours. Et ils couchaient au petit bonheur de la route, au fond d'un trou de rocher, sur l'aire pavée, encore brûlante, où la paille du blé battu leur faisait une couche molle, dans quelque cabanon désert, dont ils couvraient le carreau d'un lit de thym et de lavande. C'étaient des fuites loin du monde, une absorption instinctive au sein de la bonne nature, une adoration irraisonnée de gamins pour les arbres, les eaux, les monts, pour cette joie sans limite d'être seuls et d'être libres [13].

Dubuche, qui était pensionnaire, se joignait seulement aux deux autres les jours de vacances. Il avait du reste les jambes lourdes, la chair endormie du bon élève piocheur. Mais Claude et Sandoz ne se lassaient pas, allaient chaque dimanche s'éveiller dès quatre heures du matin, en jetant des cailloux dans leurs persiennes. L'été surtout, ils rêvaient de la Viorne, le torrent dont le mince filet arrose les prairies basses de Plassans. Ils avaient douze ans à peine, qu'ils savaient nager ; et c'était une rage de barboter au fond des trous, où l'eau s'amassait, de passer là des journées entières, tout nus, à se sécher sur le sable brûlant pour replonger ensuite, à vivre dans la rivière, sur le dos, sur le ventre, fouillant les herbes des berges, s'enfonçant jusqu'aux oreilles et guettant pendant des heures les cachettes des anguilles. Ce ruissellement d'eau pure qui les trempait au grand soleil prolongeait leur enfance, leur donnait des rires frais de galopins échappés, lorsque, jeunes hommes déjà, ils rentraient à la ville, par les ardeurs troublantes des soirées de juillet. Plus tard, la chasse les avait envahis, mais la chasse telle qu'on la pratique dans ce pays sans gibier, six lieues faites pour tuer une demi-douzaine de becfigues, des expéditions formidables dont ils revenaient souvent les carniers vides, avec une chauve-souris imprudente, abattue à l'entrée du faubourg, en déchargeant les fusils. Leurs yeux se mouillaient au souvenir de ces débauches de marche : ils revoyaient les routes blanches, à l'infini, couvertes d'une couche de poussière, comme d'une tombée épaisse de neige ; ils les suivaient toujours, toujours, heureux d'y entendre craquer leurs gros souliers, puis ils coupaient à travers champs, dans des terres rouges, chargées de fer, où ils galopaient encore, encore ; et un ciel de plomb, pas une ombre, rien que des oliviers nains, que des amandiers au grêle feuillage ; et, à chaque retour, une délicieuse hébétude de fatigue, la forfanterie triomphante d'avoir marché davantage que l'autre fois, le ravissement de ne plus se sentir aller, d'avancer seulement par la force acquise, en se fouettant de quelque terrible chanson de troupier, qui les berçait comme du fond d'un rêve.

Déjà, Claude, entre sa poire à poudre et sa boîte de capsules, emportait un album où il crayonnait des bouts d'horizon ; tandis que Sandoz avait toujours dans sa poche le livre d'un poète. C'était une frénésie romantique, des strophes ailées alternant avec les gravelures de garnison, des odes jetées au grand frisson lumineux de l'air qui brûlait ; et, quand ils avaient découvert une source, quatre saules tachant de gris la terre éclatante, ils s'y oubliaient jusqu'aux étoiles, ils y jouaient les drames qu'ils savaient par cœur, la voix enflée pour les héros, toute mince et réduite à un chant de fifre pour les ingénues et les reines. Ces jours-là, ils laissaient les moineaux tranquilles. Dans cette province reculée, au

milieu de la bêtise somnolente des petites villes, ils avaient
ainsi, dès quatorze ans, vécu isolés, enthousiastes, ravagés
d'une fièvre de littérature et d'art. Le décor énorme d'Hugo,
les imaginations géantes qui s'y promènent parmi l'éternelle
bataille des antithèses, les avaient d'abord ravis en pleine
épopée, gesticulant, allant voir le soleil se coucher derrière
des ruines, regardant passer la vie sous un éclairage faux et
superbe de cinquième acte. Puis, Musset était venu les
bouleverser de sa passion et de ses larmes, ils écoutaient en
lui battre leur propre cœur, un monde s'ouvrait plus humain,
qui les conquérait par la pitié, par l'éternel cri de misère
qu'ils devaient désormais entendre monter de toutes choses [14]. Du reste, ils étaient peu difficiles, ils montraient une
belle gloutonnerie de jeunesse, un furieux appétit de lecture,
où s'engouffraient l'excellent et le pire, si avides d'admirer,
que souvent des œuvres exécrables les jetaient dans l'exaltation des purs chefs-d'œuvre.

Et, comme Sandoz le disait à présent, c'était l'amour des
grandes marches, c'était cette fringale de lecture, qui les
avaient protégés de l'engourdissement invincible du milieu.
Ils n'entraient jamais dans un café, ils professaient l'horreur
des rues, posaient même pour y dépérir comme des aigles mis
en cage, lorsque déjà des camarades à eux traînaient leurs
manches d'écoliers sur les petites tables de marbre, en jouant
aux cartes la consommation. Cette vie provinciale qui prenait
les enfants tout jeunes dans l'engrenage de son manège,
l'habitude du cercle, le journal épelé jusqu'aux annonces, la
partie de dominos sans cesse recommencée, la même promenade à la même heure sur la même avenue, l'abrutissement
final sous cette meule qui aplatit les cervelles, les indignait,
les jetait à des protestations, escaladant les collines voisines
pour y découvrir des solitudes ignorées, déclamant des vers
sous des pluies battantes, sans vouloir d'abri, par haine des
cités. Ils projetaient de camper au bord de la Viorne [15], d'y
vivre en sauvages, dans la joie d'une baignade continuelle,
avec cinq ou six livres, pas plus, qui auraient suffi à leurs
besoins. La femme elle-même était bannie, ils avaient des
timidités, des maladresses, qu'ils érigeaient en une austérité

de gamins supérieurs. Claude, pendant deux ans, s'était consumé d'amour pour une apprentie chapelière, que chaque soir il accompagnait de loin ; et jamais il n'avait eu l'audace de lui adresser la parole. Sandoz nourrissait des rêves, des dames rencontrées en voyage, des filles très belles qui surgiraient dans un bois inconnu, qui se livreraient tout un jour, puis qui se dissiperaient comme des ombres, au crépuscule. Leur seule aventure galante les égayait encore, tant elle leur semblait sotte : des sérénades données à deux petites demoiselles, du temps où ils faisaient partie de la musique du collège ; des nuits passées sous une fenêtre, à jouer de la clarinette et du cornet à piston [16] ; des cacophonies affreuses effarant les bourgeois du quartier, jusqu'au soir mémorable où les parents révoltés avaient vidé sur eux tous les pots à eau de la famille.

Ah ! l'heureux temps, et quels rires attendris, au moindre souvenir ! Les murs de l'atelier étaient justement couverts d'une série d'esquisses, faites là-bas par le peintre, dans un récent voyage. C'était comme s'ils avaient eu, autour d'eux, les anciens horizons, l'ardent ciel bleu sur la campagne rousse. Là, une plaine s'étendait, avec le moutonnement des petits oliviers grisâtres, jusqu'aux dentelures roses des collines lointaines. Ici, entre des coteaux brûlés, couleur de rouille, l'eau tarie de la Viorne se desséchait sous l'arche d'un vieux pont, enfariné de poussière, sans autre verdure que des buissons morts de soif. Plus loin, la gorge des Infernets ouvrait son entaille béante, au milieu de ses écroulements de roches foudroyées, un immense chaos, un désert farouche, roulant à l'infini ses vagues de pierre [17]. Puis, toutes sortes de coins bien connus : le vallon de Repentance, si resserré, si ombreux, d'une fraîcheur de bouquet parmi les champs calcinés ; le bois des Trois-Bons-Dieux, dont les pins, d'un vert dur et verni, pleuraient leur résine sous le grand soleil ; le Jas de Bouffan, d'une blancheur de mosquée, au centre de ses vastes terres, pareilles à des mares de sang [18] ; d'autres, d'autres encore, des bouts de routes aveuglantes qui tournaient, des ravins où la chaleur semblait faire monter des bouillons à la peau cuite des cailloux, des langues de sable

altérées et achevant de boire goutte à goutte la rivière, des
trous de taupe, des sentiers de chèvre, des sommets dans
l'azur [19].

« Tiens ! s'écria Sandoz en se tournant vers une étude, où
est-ce donc, ça ? »

Claude, indigné, brandit sa palette.

« Comment ! tu ne te souviens pas ?... Nous avons failli
nous y casser les os. Tu sais bien, le jour où nous avons
grimpé avec Dubuche, au fond de Jaumegarde. C'était lisse
comme la main, nous nous cramponnions avec les ongles ;
tellement qu'au beau milieu, nous ne pouvions plus ni
monter ni descendre... Puis, en haut, quand il s'est agi de
faire cuire les côtelettes, nous nous sommes presque battus,
toi et moi. »

Sandoz, maintenant, se rappelait.

« Ah ! oui ! ah ! oui, chacun devait faire cuire la sienne, sur
des baguettes de romarin, et comme mes baguettes brûlaient,
tu m'exaspérais à blaguer ma côtelette qui se réduisait en
charbon. »

Un fou rire les secouait encore. Le peintre se remit à son
tableau, et il conclut gravement :

« Fichu tout ça, mon vieux ! Ici, maintenant, il n'y a plus à
flâner. »

C'était vrai, depuis que les trois inséparables avaient réalisé
leur rêve de se retrouver ensemble à Paris, pour le conquérir,
l'existence se faisait terriblement dure. Ils essayaient bien de
recommencer les grandes promenades d'autrefois, ils partaient à pied, certains dimanches, par la barrière de Fontainebleau, allaient battre les taillis de Verrières, poussaient
jusqu'à Bièvre, traversaient les bois de Bellevue et de
Meudon, puis rentraient par Grenelle [20]. Mais ils accusaient
Paris de leur gâter les jambes, ils n'en quittaient plus guère le
pavé, tout entiers à leur bataille.

Du lundi au samedi, Sandoz s'enrageait à la mairie du
cinquième arrondissement, dans un coin sombre du bureau
des naissances, cloué là par l'unique pensée de sa mère, que
ses cent cinquante francs nourrissaient mal [21]. De son côté,
Dubuche, pressé de payer à ses parents les intérêts des

sommes placées sur sa tête, cherchait de basses besognes chez
des architectes, en dehors de ses travaux de l'École. Claude,
lui, avait sa liberté, grâce aux mille francs de rente ; mais
quelles fins de mois terribles, surtout lorsqu'il partageait le
fond de ses poches ! Heureusement, il commençait à vendre
de petites toiles achetées des dix et douze francs par le père
Malgras, un marchand rusé ; et, du reste, il aimait mieux
crever la faim, que de recourir au commerce, à la fabrication
des portraits bourgeois, des saintetés de pacotille, des stores
de restaurant et des enseignes de sage-femme. Lors de son
retour, il avait eu, dans l'impasse des Bourdonnais, un atelier
très vaste ; puis, il était venu au quai de Bourbon, par
économie. Il y vivait en sauvage, d'un absolu dédain pour
tout ce qui n'était pas la peinture, brouillé avec sa famille qui
le dégoûtait, ayant rompu avec une tante, charcutière aux
Halles, parce qu'elle se portait trop bien, gardant seulement
au cœur la plaie secrète de la déchéance de sa mère, que des
hommes mangeaient et poussaient au ruisseau [22].

Brusquement, il cria à Sandoz :

« Eh ! dis donc, si tu voulais bien ne pas t'avachir ! »
Mais Sandoz déclara qu'il s'ankylosait, et il sauta du
canapé, pour se dérouiller les jambes. Il y eut un repos de dix
minutes. On parla d'autre chose. Claude se montrait débon-
naire. Quand son travail marchait, il s'allumait peu à peu, il
devenait bavard, lui qui peignait les dents serrées, rageant à
froid, dès qu'il sentait la nature lui échapper. Aussi, à peine
son ami eut-il reprit la pose, qu'il continua d'un flot
intarissable, sans perdre un coup de pinceau.

« Hein ? mon vieux, ça marche ! Tu as une crâne tournure,
là-dedans… Ah ! les crétins, s'ils me refusent celui-ci, par
exemple ! Je suis plus sévère pour moi qu'ils ne le sont pour
eux, bien sûr ; et, lorsque je me reçois un tableau, vois-tu,
c'est plus sérieux que s'il avait passé devant tous les jurys de
la terre… Tu sais, mon tableau des Halles, mes deux gamins
sur des tas de légumes, eh bien ! je l'ai gratté, décidément [23] :
ça ne venait pas, je m'étais fichu là dans une sacrée machine,
trop lourde encore pour mes épaules. Oh ! je reprendrai ça un

jour, quand je saurai, et j'en ferai d'autres, oh ! des machines
à les flanquer tous par terre d'étonnement ! »

Il eut un grand geste, comme pour balayer une foule ; il
vida un tube de bleu sur sa palette, puis, il ricana en
demandant quelle tête aurait devant sa peinture son premier
maître, le père Belloque, un ancien capitaine manchot, qui,
depuis un quart de siècle, dans une salle du Musée,
enseignait les belles hachures aux gamins de Plassans [24].
D'ailleurs, à Paris, Berthou, le célèbre peintre de *Néron au
Cirque*, dont il avait fréquenté l'atelier pendant six mois, ne
lui avait-il pas répété, à vingt reprises, qu'il ne ferait jamais
rien ! Ah ! qu'il les regrettait aujourd'hui, ces six mois
d'imbéciles tâtonnements, d'exercices niais sous la férule
d'un bonhomme dont la caboche différait de la sienne [25] ! Il
en arrivait à déclamer contre le travail au Louvre, il se serait,
disait-il, coupé le poignet, plutôt que d'y retourner gâter son
œil à une de ces copies, qui encrassent pour toujours la vision
du monde où l'on vit. Est-ce que, en art, il y avait autre chose
que de donner ce qu'on avait dans le ventre ? est-ce que tout
ne se réduisait pas à planter une bonne femme devant soi,
puis à la rendre comme on la sentait ? est-ce qu'une botte de
carottes, oui, une botte de carottes ! étudiée directement,
peinte naïvement, dans la note personnelle où on la voit, ne
valait pas les éternelles tartines de l'École, cette peinture au
jus de chique, honteusement cuisinée d'après les recettes ? Le
jour venait où une seule carotte originale serait grosse d'une
révolution. C'était pourquoi, maintenant, il se contentait
d'aller peindre à l'atelier Boutin, un atelier libre qu'un ancien
modèle tenait rue de la Huchette [26]. Quand il avait donné ses
vingt francs au massier, il trouvait là du nu, des hommes, des
femmes, à en faire une débauche, dans son coin ; et il
s'acharnait, il y perdait le boire et le manger, luttant sans
repos avec la nature, fou de travail, à côté des beaux fils qui
l'accusaient de paresse ignorante, et qui parlaient arrogamment de leurs études, parce qu'ils copiaient des nez et des
bouches, sous l'œil d'un maître.

« Écoute ça, mon vieux, quand un de ces cocos-là aura bâti

un torse comme celui-ci, il montera me le dire et nous causerons. »

Du bout de sa brosse, il indiquait une académie peinte, pendue au mur, près de la porte. Elle était superbe, enlevée avec une largeur de maître ; et, à côté, il y avait encore d'admirables morceaux, des pieds de fillette, exquis de vérité délicate, un ventre de femme surtout, une chair de satin, frissonnante, vivante du sang qui coulait sous la peau. Dans ses rares heures de contentement, il avait la fierté de ces quelques études, les seules dont il fût satisfait, celles qui annonçaient un grand peintre, doué admirablement, entravé par des impuissances soudaines et inexpliquées.

Il poursuivit avec violence, sabrant à grands coups le veston de velours, se fouettant dans son intransigeance qui ne respectait personne :

« Tous des barbouilleurs d'images à deux sous, des réputations volées, des imbéciles ou des malins à genoux devant la bêtise publique ! Pas un gaillard qui flanque une gifle aux bourgeois !... Tiens ! le père Ingres, tu sais s'il me tourne sur le cœur, celui-là, avec sa peinture glaireuse ? Eh bien ! c'est tout de même un sacré bonhomme, et je le trouve très crâne, et je lui tire mon chapeau, car il se fichait de tout, il avait un dessin du tonnerre de Dieu, qu'il a fait avaler de force aux idiots qui croient aujourd'hui le comprendre... Après ça, entends-tu ! ils ne sont que deux, Delacroix et Courbet. Le reste, c'est de la fripouille... Hein ? le vieux lion romantique, quelle fière allure ! En voilà un décorateur qui faisait flamber les tons ! Et quelle poigne ! Il aurait couvert les murs de Paris, si on les lui avait donnés : sa palette bouillait et débordait. Je sais bien, ce n'était que de la fantasmagorie ; mais, tant pis ! ça me gratte, il fallait ça, pour incendier l'École... Puis, l'autre est venu, un rude ouvrier, le plus vraiment peintre du siècle, et d'un métier absolument classique, ce que pas un de ces crétins n'a senti. Ils ont hurlé, parbleu ! ils ont crié à la profanation, au réalisme, lorsque ce fameux réalisme n'était guère que dans les sujets ; tandis que la vision restait celle des vieux maîtres et que la facture reprenait et continuait les beaux morceaux de nos musées...

Tous les deux, Delacroix et Courbet, se sont produits à l'heure voulue. Ils ont fait chacun son pas en avant. Et, maintenant, oh ! maintenant... [27] »

Il se tut, se recula pour juger l'effet, s'absorba une minute dans la sensation de son œuvre, puis repartit :

« Maintenant, il faut autre chose... Ah ! quoi ? je ne sais pas au juste ! Si je savais et si je pouvais, je serais très fort. Oui, il n'y aurait plus que moi... Mais ce que je sens, c'est que le grand décor romantique de Delacroix craque et s'effondre ; et c'est encore que la peinture noire de Courbet empoisonne déjà le renfermé, le moisi de l'atelier où le soleil n'entre jamais... Comprends-tu, il faut peut-être le soleil, il faut le plein air, une peinture claire et jeune, les choses et les êtres tels qu'ils se comportent dans de la vraie lumière, enfin je ne puis pas dire, moi ! notre peinture à nous, la peinture que nos yeux d'aujourd'hui doivent faire et regarder. »

Sa voix s'éteignit de nouveau, il bégayait, n'arrivait pas à formuler la sourde éclosion d'avenir qui montait en lui. Un grand silence tomba, pendant qu'il achevait d'ébaucher le veston de velours, frémissant.

Sandoz l'avait écouté, sans lâcher la pose. Et, le dos tourné, comme s'il eût parlé au mur, dans un rêve, il dit alors à son tour :

« Non, non, on ne sait pas, il faudrait savoir... Moi, chaque fois qu'un professeur a voulu m'imposer une vérité, j'ai eu une révolte de défiance, en songeant : « Il se trompe, ou il me trompe. » Leurs idées m'exaspèrent, il me semble que la vérité est plus large... Ah ! que ce serait beau, si l'on donnait son existence entière à une œuvre, où l'on tâcherait de mettre les choses, les bêtes, les hommes, l'arche immense ! Et pas dans l'ordre des manuels de philosophie, selon la hiérarchie imbécile dont notre orgueil se berce ; mais en pleine coulée de la vie universelle, un monde où nous ne serions qu'un accident, où le chien qui passe, et jusqu'à la pierre des chemins, nous compléteraient, nous expliqueraient ; enfin, le grand tout, sans haut ni bas, ni sale ni propre, tel qu'il fonctionne... Bien sûr, c'est à la science que doivent s'adresser les romanciers et les poètes, elle est aujourd'hui l'unique source possible. Mais, voilà ! que lui prendre, comment marcher avec elle ? Tout de suite, je sens que je patauge... Ah ! si je savais, si je savais, quelle série de bouquins je lancerais à la tête de la foule ! »

Il se tut, lui aussi. L'hiver précédent, il avait publié son premier livre, une suite d'esquisses aimables, rapportées de Plassans, parmi lesquelles quelques notes plus rudes indiquaient seules le révolté, le passionné de vérité et de puissance [28]. Et, depuis, il tâtonnait, il s'interrogeait, dans le tourment des idées, confuses encore, qui battaient son crâne. D'abord, épris des besognes géantes, il avait eu le projet d'une genèse de l'univers, en trois phases : la création, rétablie d'après la science ; l'histoire de l'humanité, arrivant à son heure jouer son rôle, dans la chaîne des êtres ; l'avenir, les êtres se succédant toujours, achevant de créer le monde, par le travail sans fin de la vie [29]. Mais il s'était refroidi devant les hypothèses trop hasardées de cette troisième phase ; et il cherchait un cadre plus resserré, plus humain, où il ferait tenir pourtant sa vaste ambition.

« Ah ! tout voir et tout peindre ! reprit Claude, après un long intervalle. Avoir des lieues de murailles à couvrir, décorer les gares, les halles, les mairies, tout ce qu'on bâtira, quand les architectes ne seront plus des crétins [30] ! Et il ne faudra que des muscles et une tête solides, car ce ne sont pas les sujets qui manqueront... Hein ? la vie telle qu'elle passe dans les rues, la vie des pauvres et des riches, aux marchés, aux courses, sur les boulevards, au fond des ruelles populeuses ; et tous les métiers en branle ; et toutes les passions remises debout, sous le plein jour ; et les paysans, et les bêtes, et les campagnes !... On verra, on verra, si je ne suis pas une brute ! J'en ai des fourmillements dans les mains. Oui ! toute la vie moderne ! Des fresques hautes comme le Panthéon ! Une sacrée suite de toiles à faire éclater le Louvre ! »

Dès qu'ils étaient ensemble, le peintre et l'écrivain en arrivaient d'ordinaire à cette exaltation. Ils se fouettaient mutuellement, ils s'affolaient de gloire ; et il y avait là une telle envolée de jeunesse, une telle passion du travail, qu'eux-mêmes souriaient ensuite de ces grands rêves d'orgueil, ragaillardis, comme entretenus en souplesse et en force.

Claude, qui se reculait maintenant jusqu'au mur, y demeura adossé, s'abandonnant. Alors, Sandoz, brisé par la pose, quitta le divan et alla se mettre près de lui. Puis, tous deux regardèrent, de nouveau muets. Le monsieur en veston de velours était ébauché entièrement ; la main, plus poussée que le reste, faisait dans l'herbe une note très intéressante, d'une jolie fraîcheur de ton ; et la tache sombre du dos s'enlevait avec tant de vigueur, que les petites silhouettes du fond, les deux femmes luttant au soleil, semblaient s'être éloignées, dans le frisson lumineux de la clairière ; tandis que la grande figure, la femme nue et couchée, à peine indiquée encore, flottait toujours, ainsi qu'une chair de songe, une Ève désirée naissant de la terre, avec son visage qui souriait, sans regard, les paupières closes.

« Décidément, comment appelles-tu ça ? demanda Sandoz.

— *Plein air* », répondit Claude d'une voix brève.

Mais ce titre parut bien technique à l'écrivain, qui, malgré lui, était parfois tenté d'introduire de la littérature dans la peinture.

« *Plein air,* ça ne dit rien.

— Ça n'a besoin de rien dire... Des femmes et un homme se reposent dans une forêt, au soleil. Est-ce que ça ne suffit pas ? Va, il y en a assez pour faire un chef-d'œuvre. »

Il renversa la tête, il ajouta entre ses dents :

« Nom d'un chien, c'est encore noir ! J'ai ce sacré Delacroix dans l'œil. Et ça, tiens ! cette main-là, c'est du Courbet... Ah ! nous y trempons tous, dans la sauce romantique. Notre jeunesse y a trop barboté, nous en sommes barbouillés jusqu'au menton. Il nous faudra une fameuse lessive. »

Sandoz haussa désespérément les épaules : lui aussi se lamentait d'être né au confluent d'Hugo et de Balzac. Cependant, Claude restait satisfait, dans l'excitation heureuse d'une bonne séance. Si son ami pouvait lui donner deux ou trois dimanches pareils, le bonhomme y serait, et carrément. Pour cette fois, il y en avait assez. Tous deux plaisantèrent, car d'habitude il tuait ses modèles, ne les lâchant qu'évanouis, morts de fatigue. Lui-même attendait de tomber, les jambes rompues, le ventre vide. Et, comme cinq heures sonnaient au coucou, il se jeta sur son reste de pain, il le dévora. Épuisé, il le cassait de ses doigts tremblants, il le mâchait à peine, revenu devant son tableau, repris par son idée, au point qu'il ne savait même pas qu'il mangeait.

« Cinq heures, dit Sandoz qui s'étirait, les bras en l'air. Nous allons dîner... Justement, voici Dubuche. »

On frappait, et Dubuche entra. C'était un gros garçon brun, au visage correct et bouffi, les cheveux ras, les moustaches déjà fortes. Il donna des poignées de main, il s'arrêta d'un air interloqué devant le tableau. Au fond, cette peinture déréglée le bousculait, dans la pondération de sa nature, dans son respect de bon élève pour les formules établies ; et sa vieille amitié seule empêchait d'ordinaire ses critiques. Mais, cette fois, tout son être se révoltait, visiblement.

« Eh bien ! quoi donc ? ça ne te va pas ? demanda Sandoz qui le guettait.

— Si, si, oh ! très bien peint... Seulement...

— Allons, accouche. Qu'est-ce qui te chiffonne ?

— Seulement, c'est ce monsieur, tout habillé, là, au milieu de ces femmes nues... On n'a jamais vu ça. »

Du coup, les deux autres éclatèrent. Est-ce qu'au Louvre, il n'y avait pas cent tableaux composés de la sorte ? Et puis, si l'on n'avait jamais vu ça, on le verrait. On s'en fichait bien, du public !

Sans se troubler sous la furie de ces réponses, Dubuche répétait tranquillement :

« Le public ne comprendra pas... Le public trouvera ça cochon... Oui, c'est cochon.

— Sale bourgeois ! cria Claude exaspéré. Ah ! ils te crétinisent raide à l'École, tu n'étais pas si bête ! »

C'était la plaisanterie courante de ses deux amis, depuis qu'il suivait les cours de l'École des Beaux-Arts. Il battit alors en retraite, un peu inquiet de la violence que prenait la querelle ; et il se sauva, en tapant sur les peintres. Ça, on avait raison de le dire, les peintres étaient de jolis crétins, à l'École. Mais, pour les architectes, la question changeait. Où voulait-on qu'il fît ses études ? Il se trouvait bien forcé de passer par là. Plus tard, ça ne l'empêcherait pas d'avoir ses idées à lui. Et il affecta une allure très révolutionnaire.

« Bon ! dit Sandoz, du moment que tu fais des excuses, allons dîner. »

Mais Claude, machinalement, avait repris un pinceau, et il s'était remis au travail. Maintenant, à côté du monsieur en veston, la figure de la femme ne tenait plus. Énervé, impatient, il la cernait d'un trait vigoureux, pour la rétablir au plan qu'elle devait occuper.

« Viens-tu ? répéta son ami.

— Tout à l'heure, que diable ! rien ne presse… Laisse-moi indiquer ça, et je suis à vous. »

Sandoz hocha la tête ; puis, doucement, de peur de l'exaspérer davantage :

« Tu as tort de t'acharner, mon vieux… Oui, tu es éreinté, tu crèves de faim, et tu vas encore gâter ton affaire, comme l'autre jour. »

D'un geste irrité, le peintre lui coupa la parole. C'était sa continuelle histoire : il ne pouvait lâcher à temps la besogne, il se grisait de travail, dans le besoin d'avoir une certitude immédiate, de se prouver qu'il tenait enfin son chef-d'œuvre. Des doutes venaient de le désespérer, au milieu de sa joie d'une bonne séance : avait-il eu raison de donner une telle puissance au veston de velours ? retrouverait-il la note éclatante qu'il voulait pour sa figure nue ? Et il serait plutôt mort là, que de ne pas savoir tout de suite. Il tira fiévreusement la tête de Christine du carton où il l'avait cachée, comparant, s'aidant de ce document pris sur nature.

« Tiens ! s'écria Dubuche, où as-tu dessiné ça ?… Qui est-ce. »

Claude, saisi de cette question, ne répondit point ; puis, sans raisonner, lui qui leur disait tout, il mentit, cédant à une pudeur singulière, au sentiment délicat de garder pour lui seul son aventure.

« Hein ! qui est-ce ? répétait l'architecte.

— Oh ! personne, un modèle.

— Vrai, un modèle ! Toute jeune, n'est-ce pas ? Elle est très bien... Tu devrais me donner l'adresse, pas pour moi, pour un sculpteur qui cherche une Psyché. Est-ce que tu as l'adresse, là ? »

Et Dubuche s'était tourné vers un pan du mur grisâtre, où se trouvaient, écrites à la craie, jetées dans tous les sens, des adresses de modèles. Les femmes surtout laissaient là, en grosses écritures d'enfant, leurs cartes de visite. Zoé Piédefer, rue Campagne-Première, 7, une grande brune dont le ventre s'abîmait, coupait en deux la petite Flore Beauchamp, rue de Laval, 32, et Judith Vaquez, rue du Rocher, 69, une juive, l'une et l'autre assez fraîches, mais trop maigres[31].

« Dis, as-tu l'adresse ? »

Alors, Claude s'emporta.

« Eh ! fiche-moi la paix !... Est-ce que je sais ?... Tu es agaçant à vous déranger toujours, quand on travaille ! »

Sandoz n'avait rien dit, étonné d'abord, puis souriant. Il était plus subtil que Dubuche, il lui fit un signe d'intelligence, et ils se mirent à plaisanter. Pardon ! excuse ! du moment que monsieur la gardait pour son usage intime, on ne lui demandait pas de la prêter. Ah ! le gaillard, qui se payait les belles filles ! Et où l'avait-il ramassée ? Dans un bastringue de Montmartre ou sur un trottoir de la place Maubert ?

De plus en plus gêné, le peintre s'agitait.

« Que vous êtes bêtes, mon Dieu ! Si vous saviez comme vous êtes bêtes !... En voilà assez, vous me faites de la peine. »

Sa voix était si altérée, que les deux autres, immédiatement, se turent ; et lui, après avoir gratté de nouveau la tête de la figure nue, la redessina et la repeignit, d'après la tête de Christine, d'une main emportée, mal assurée, qui s'égarait. Puis, il attaqua la gorge, indiquée à peine sur l'étude. Son excitation augmentait, c'était sa passion de chaste pour la chair de la femme, un amour fou des nudités désirées et jamais possédées, une impuissance à se satisfaire, à créer de cette chair autant qu'il rêvait d'en étreindre, de ses deux bras éperdus. Ces filles qu'il chassait de son atelier, il les adorait dans ses tableaux, il les caressait et les violentait, désespéré jusqu'aux larmes de ne pouvoir les faire assez belles, assez vivantes.

« Hein ! dix minutes, n'est-ce pas ? répéta-t-il. J'établis les épaules pour demain, et nous descendons. »

Sandoz et Dubuche, sachant qu'il n'y avait pas à l'empêcher de se tuer ainsi, se résignèrent. Le second alluma une pipe et s'étala sur le divan : lui seul fumait, les deux autres ne s'étaient jamais bien accoutumés au tabac, toujours menacés d'une nausée, pour un cigare trop fort. Puis, lorsqu'il fut sur le dos, les regards perdus dans les jets de fumée qu'il soufflait, il parla de lui, longuement, en phrases monotones. Ah ! ce sacré Paris, comme il fallait s'y user la peau, pour arriver à une position ! Il rappelait ses quinze mois d'apprentissage, chez son patron, le célèbre Dequersonnière, l'ancien grand prix, aujourd'hui architecte des bâtiments civils, officier de la Légion d'honneur, membre de l'Institut, dont le chef-d'œuvre, l'église Saint-Mathieu, tenait du moule à pâté et de la pendule empire [32] : un bon homme au fond, qu'il blaguait, tout en partageant son respect des vieilles formules classiques. Sans les camarades, d'ailleurs, il n'aurait pas appris grand-chose à leur atelier de la rue du Four, où le patron passait en courant, trois fois par semaine ; des gaillards féroces, les camarades, qui lui avaient rendu la vie joliment dure, au début, mais qui au moins lui avaient enseigné à coller un châssis, à dessiner et à laver un projet. Et que de déjeuners faits d'une tasse de chocolat et d'un petit pain, pour pouvoir donner les vingt-cinq francs au massier ! et que de feuilles barbouillées péniblement, que d'heures passées chez lui sur des bouquins, avant d'oser se présenter à l'École ! Avec ça, il avait failli être retoqué, malgré son effort de gros travailleur : l'imagination lui manquait, son épreuve écrite, une cariatide et une salle à manger d'été, très médiocres, l'avaient classé tout au bout ; il est vrai qu'il s'était relevé à l'oral, avec son calcul de logarithmes, ses épures de géométrie et l'examen d'histoire, car il était très ferré sur la partie scientifique. Maintenant qu'il se trouvait à l'École, comme élève de seconde classe, il devait se décarcasser pour enlever son diplôme de première classe. Quelle chienne de vie ! Jamais ça ne finissait !

Il écarta les jambes, très haut, sur les coussins, fuma plus fort, régulièrement.

« Cours de perspective, cours de géométrie descriptive, cours de stéréotomie, cours de construction, histoire de l'art, ah ! ils vous en font noircir du papier, à prendre des notes... Et, tous les mois, un concours d'architecture, tantôt une simple esquisse, tantôt un projet. Il n'y a point à s'amuser, si l'on veut passer ses examens et décrocher les mentions nécessaires, surtout lorsqu'on doit, en dehors de ces besognes, trouver le temps de gagner son pain... Moi, j'en crève... »

Un coussin ayant glissé par terre, il le repêcha à l'aide de ses deux pieds.

« Tout de même, j'ai de la chance. Il y a tant de camarades qui cherchent à faire la place, sans rien dénicher ! Avant-hier, j'ai découvert un architecte qui travaille pour un grand entrepreneur, oh ! non on n'a pas idée d'un architecte de cette ignorance : un vrai goujat, incapable de se tirer d'un décalque ; et il me donne vingt-cinq sous de l'heure, je lui remets ses maisons debout... Ça tombe joliment bien, la mère m'avait signifié qu'elle était complètement à sec. Pauvre mère, en ai-je de l'argent à lui rendre ! »

Comme Dubuche parlait évidemment pour lui, remâchant ses idées de tous les jours, sa continuelle préoccupation d'une fortune prompte, Sandoz ne prenait pas la peine de l'écouter. Il avait ouvert la petite fenêtre, il s'était assis au ras du toit, souffrant à la longue de la chaleur qui régnait dans l'atelier. Mais il finit par interrompre l'architecte.

« Dis donc, est-ce que tu viens dîner jeudi ?... Ils y seront tous, Fagerolles, Mahoudeau, Jory, Gagnière. »

Chaque jeudi, on se réunissait chez Sandoz, une bande, les camarades de Plassans, d'autres connus à Paris, tous révolutionnaires, animés de la même passion de l'art.

« Jeudi prochain, je ne crois pas, répondit Dubuche. Il faut que j'aille dans une famille, où l'on danse.

— Est-ce que tu espères y carotter une dot ?

— Tiens ! ce ne serait déjà pas si bête ! »

Il tapa sa pipe sur la paume de sa main gauche, pour la vider ; et, avec un soudain éclat de voix :

« J'oubliais... J'ai reçu une lettre de Pouillaud.

— Toi aussi !... Hein ? est-il assez vidé, Pouillaud ! En voilà un qui a mal tourné !

— Pourquoi donc ? Il succédera à son père, il mangera tranquillement son argent, là-bas. Sa lettre est très raisonnable, j'ai toujours dit qu'il nous donnerait une leçon à tous, avec son air de farceur... Ah ! cet animal de Pouillaud ! »

Sandoz allait répliquer, furieux, lorsqu'un juron désespéré de Claude les interrompit. Ce dernier, depuis qu'il s'obstinait au travail, n'avait plus desserré les dents. Il semblait même ne pas les entendre.

« Nom de Dieu ! c'est encore raté... Décidément, je suis une brute, jamais je ne ferai rien ! »

Et, d'un élan, dans une crise de folle rage, il voulut se jeter sur sa toile, pour la crever du poing[33]. Ses amis le retinrent. Voyons, était-ce enfantin, une colère pareille ! il serait bien avancé ensuite, quand il aurait le mortel regret d'avoir abîmé son œuvre. Mais lui, tremblant encore, retombé à son silence, regardait le tableau sans répondre, d'un regard ardent et fixe, où brûlait l'affreux tourment de son impuissance. Rien de clair ni de vivant ne venait plus sous ses doigts ; la gorge de la femme s'empâtait de tons lourds ; cette chair adorée qu'il rêvait éclatante, il la salissait, il n'arrivait même pas à la mettre à son plan. Qu'avait-il donc dans le crâne, pour l'entendre ainsi craquer de son effort inutile ? Était-ce une lésion de ses yeux qui l'empêchait de voir juste ? Ses mains cessaient-elles d'être à lui, puisqu'elles refusaient de lui obéir ? Il s'affolait davantage, en s'irritant de cet inconnu héréditaire, qui parfois lui rendait la création si heureuse, et qui d'autres fois l'abêtissait de stérilité, au point qu'il oubliait les premiers éléments du dessin. Et sentir son être tourner dans une nausée de vertige, et rester là quand même avec la fureur de créer, lorsque tout fuit, tout coule autour de soi, l'orgueil du travail, la gloire rêvée, l'existence entière !

« Écoute, mon vieux, reprit Sandoz, ce n'est pas pour te le reprocher, mais il est six heures et demie, et tu nous fais crever de faim... Sois sage, descends avec nous. »

Claude nettoyait à l'essence un coin de sa palette. Il y vida de nouveaux tubes, il répondit d'un seul mot, la voix tonnante :

« Non ! »

Pendant dix minutes, personne ne parla plus, le peintre hors de lui, se battant avec sa toile, les deux autres troublés et chagrins de cette crise, qu'ils ne savaient de quelle façon calmer. Puis, comme on frappait à la porte, ce fut l'architecte qui alla ouvrir.

« Tiens ! le père Malgras ! »

Le marchand de tableaux était un gros homme, enveloppé dans une vieille redingote verte, très sale, qui lui donnait l'air d'un cocher de fiacre mal tenu, avec ses cheveux blancs coupés en brosse et sa face rouge, plaquée de violet [34]. Il dit, d'une voix de rogomme :

« Je passais par hasard sur le quai, en face... J'ai vu monsieur à la fenêtre, et je suis monté... »

Il s'interrompit, devant le silence du peintre, qui s'était retourné vers sa toile, avec un mouvement d'exaspération. Du reste, il ne se troublait pas, très à l'aise, carrément planté sur ses fortes jambes, examinant de ses yeux tachés de sang le tableau ébauché. Il le jugea sans gêne, d'une phrase où il y avait de l'ironie et de la tendresse.

« En voilà une machine ! »

Et, comme personne encore ne soufflait mot, il se promena tranquillement à petits pas dans l'atelier, regardant le long des murs.

Le père Malgras, sous l'épaisse couche de sa crasse, était un gaillard très fin, qui avait le goût et le flair de la bonne peinture. Jamais il ne s'égarait chez les barbouilleurs médiocres, il allait droit, par instinct, aux artistes personnels, encore contestés, dont son nez flamboyant d'ivrogne sentait

de loin le grand avenir. Avec cela, il avait le marchandage
féroce, il se montrait d'une ruse de sauvage, pour emporter à
bas prix la toile qu'il convoitait. Ensuite, il se contentait d'un
bénéfice de brave homme, vingt pour cent, trente pour cent
au plus, ayant basé son affaire sur le renouvellement rapide
de son petit capital, n'achetant jamais le matin sans savoir
auquel de ses amateurs il vendrait le soir. Il mentait d'ailleurs
superbement [35].

Arrêté près de la porte, devant les académies, peintes à
l'atelier Boutin, il les contempla quelques minutes en silence,
les yeux luisant d'une jouissance de connaisseur, qu'il
éteignait sous ses lourdes paupières. Quel talent, quel
sentiment de la vie, chez ce grand toqué qui perdait son
temps à d'immenses choses dont personne ne voulait ! Les
jolies jambes de la fillette, l'admirable ventre de la femme
surtout, le ravissaient. Mais cela n'était pas de vente, et il
avait déjà fait son choix, une petite esquisse, un coin de la
campagne de Plassans, violente et délicate, qu'il affectait de
ne pas voir. Enfin, il s'approcha, il dit négligemment :

« Qu'est-ce que c'est que ça ? Ah ! oui, une de vos affaires
du Midi... C'est trop cru, j'ai encore les deux que je vous ai
achetées. »

Et il continua en phrases molles, interminables :

« Vous refuserez peut-être de me croire, monsieur Lantier,
ça ne se vend pas du tout, pas du tout. J'en ai plein un
appartement, je crains toujours de crever quelque chose,
quand je me retourne. Il n'y a pas moyen que je continue,
parole d'honneur ! il faudra que je liquide, et je finirai à
l'hôpital... N'est-ce pas ? vous me connaissez, j'ai le cœur
plus grand que la poche, je ne demande qu'à obliger les
jeunes gens de talent comme vous. Oh ! pour ça, vous avez du
talent, je ne cesse de le leur crier. Mais, que voulez-vous ? ils
ne mordent pas, ah ! non, ils ne mordent pas ! »

Il jouait l'émotion ; puis, avec l'élan d'un homme qui fait
une folie :

« Enfin, je ne serai pas venu pour rien... Qu'est-ce que
vous demandez de cette pochade ? »

Claude, agacé, peignait avec des tressaillements nerveux. Il répondit d'une voix sèche, sans tourner la tête :

« Vingt francs.

— Comment ! vingt francs ! Vous êtes fou ! Vous m'avez vendu les autres dix francs pièce... Aujourd'hui, je ne donnerai que huit francs, pas un sou de plus ! »

D'habitude, le peintre cédait tout de suite, honteux et excédé de ces querelles misérables, bien heureux au fond de trouver ce peu d'argent. Mais, cette fois, il s'entêta, il vint crier des insultes dans la face du marchand de tableaux, qui se mit à le tutoyer, lui retira tout talent, l'accabla d'invectives, en le traitant de fils ingrat. Ce dernier avait fini par sortir de sa poche, une à une, trois pièces de cent sous ; et il les lança de loin comme des palets, sur la table, où elles sonnèrent parmi les assiettes.

« Une, deux, trois... Pas une de plus, entends-tu ! car il y en a déjà une de trop, et tu me la rendras, je te la retiendrai sur autre chose, parole d'honneur !... Quinze francs, ça !

Ah ! mon petit, tu as tort, voilà un sale tour dont tu te repentiras ! »

Épuisé, Claude le laissa décrocher la toile. Elle disparut comme par enchantement dans la grande redingote verte. Avait-elle glissé au fond d'une poche spéciale ? dormait-elle sous le revers ? Aucune bosse ne l'indiquait.

Son coup fait, le père Malgras se dirigea vers la porte, subitement calmé. Mais il se ravisa et revint dire, de son air bonhomme :

« Écoutez donc, Lantier, j'ai besoin d'un homard... Hein ? vous me devez bien ça, après m'avoir étrillé... Je vous apporterai le homard, vous m'en ferez une nature morte, et vous le garderez pour la peine, vous le mangerez avec des amis... Entendu, n'est-ce pas ? »

A cette proposition, Sandoz et Dubuche, qui avaient jusque-là écouté curieusement, éclatèrent d'un si grand rire, que le marchand s'égaya, lui aussi. Ces rosses de peintres, ça ne fichait rien de bon, ça crevait la faim. Qu'est-ce qu'ils seraient devenus, les sacrés fainéants, si le père Malgras, de temps à autre, ne leur avait pas apporté un beau gigot, une

barbue bien fraîche, ou un homard avec son bouquet de
persil ?

« J'aurai mon homard, n'est-ce pas ? Lantier... Merci
bien. »

De nouveau, il restait planté devant l'ébauche de la grande
toile, avec son sourire d'admiration railleuse. Et il partit
enfin, en répétant :

« En voilà une machine ! »

Claude voulut reprendre encore sa palette et ses brosses.
Mais ses jambes fléchissaient, ses bras retombaient, engour-
dis, comme liés à son corps par une force supérieure. Dans le
grand silence morne qui s'était fait, après l'éclat de la
dispute, il chancelait, aveuglé, égaré, devant son œuvre
informe. Alors, il bégaya :

« Ah ! je ne peux plus, je ne peux plus... Ce cochon m'a
achevé ! »

Sept heures venaient de sonner au coucou, il avait travaillé
là huit longues heures, sans manger autre chose qu'une
croûte, sans se reposer une minute, debout, secoué de fièvre.
Maintenant, le soleil se couchait, une ombre commençait à
assombrir l'atelier, où cette fin de jour prenait une mélancolie
affreuse. Lorsque la lumière s'en allait ainsi, sur une crise de
mauvais travail, c'était comme si le soleil ne devait jamais
reparaître, après avoir emporté la vie, la gaieté chantante des
couleurs.

« Viens, supplia Sandoz, avec l'attendrissement d'une pitié
fraternelle. Viens, mon vieux. »

Dubuche lui-même ajouta :

« Tu verras plus clair demain. Viens dîner. »

Un moment, Claude refusa de se rendre. Il demeurait
cloué au parquet, sourd à leurs voix amicales, farouche dans
son entêtement. Que voulait-il faire, maintenant que ses
doigts raidis lâchaient le pinceau ? Il ne savait pas ; mais il
avait beau ne plus pouvoir, il était ravagé par un désir furieux
de pouvoir encore, de créer quand même. Et, s'il ne faisait
rien, il resterait au moins, il ne quitterait pas la place. Puis, il
se décida, un tressaillement le traversa comme d'un grand
sanglot. A pleine main, il avait pris un couteau à palette très

large ; et, d'un seul coup, lentement, profondément, il gratta
la tête et la gorge de la femme. Ce fut un meurtre véritable,
un écrasement : tout disparut dans une bouillie fangeuse.
Alors, à côté du monsieur au veston vigoureux, parmi les
verdures éclatantes où se jouaient les deux petites lutteuses si
claires, il n'y eut plus, de cette femme nue, sans poitrine et
sans tête, qu'un tronçon mutilé, qu'une tache vague de
cadavre, une chair de rêve évaporée et morte.

Déjà, Sandoz et Dubuche descendaient bruyamment l'escalier de bois. Et Claude les suivit, s'enfuit de son œuvre,
avec la souffrance abominable de la laisser ainsi, balafrée
d'une plaie béante.

III

Le commencement de la semaine fut désastreux pour
Claude. Il était tombé dans un de ces doutes qui lui faisaient
exécrer la peinture, d'une exécration d'amant trahi, accablant
l'infidèle d'insultes, torturé du besoin de l'adorer encore ; et,
le jeudi, après trois horribles journées de lutte vaine et
solitaire, il sortit dès huit heures du matin, il referma
violemment sa porte, si écœuré de lui-même, qu'il jurait de
ne plus toucher un pinceau. Quand une de ces crises le
détraquait, il n'avait qu'un remède : s'oublier, aller se
prendre de querelle avec des camarades, marcher surtout,
marcher au travers de Paris, jusqu'à ce que la chaleur et
l'odeur de bataille des pavés lui eussent remis du cœur au
ventre.

Ce jour-là, comme tous les jeudis, il dînait chez Sandoz, où
il y avait réunion. Mais que faire jusqu'au soir ? L'idée de
rester seul, à se dévorer, le désespérait. Il aurait couru tout de
suite chez son ami, s'il ne s'était dit que ce dernier devait être
à son bureau. Puis, la pensée de Dubuche lui vint, et il
hésita, car leur vieille camaraderie se refroidissait depuis
quelque temps. Il ne sentait pas entre eux la fraternité des

heures nerveuses, il le devinait inintelligent, sourdement
hostile, engagé dans d'autres ambitions. Pourtant, à quelle
porte frapper ? Et il se décida, il se rendit rue Jacob, où
l'architecte habitait une étroite chambre, au sixième étage
d'une grande maison froide.

Claude était au second, lorsque la concierge, le rappelant,
cria d'un ton aigre que M. Dubuche n'était pas chez lui, et
qu'il avait même découché. Lentement, il se retrouva sur le
trottoir, stupéfié par cette chose énorme, une escapade de
Dubuche. C'était une malchance incroyable. Il erra un
moment sans but. Mais, comme il s'arrêtait au coin de la rue
de Seine, ne sachant de quel côté tourner, il se souvint
brusquement de ce que lui avait conté son ami : certaine nuit
passée à l'atelier Dequersonnière, une dernière nuit de
terrible travail, la veille du jour où les projets des élèves
devaient être déposés à l'École des Beaux-Arts. Tout de
suite, il monta vers la rue du Four, dans laquelle était
l'atelier. Jusque-là, il avait évité d'y aller jamais prendre
Dubuche, par crainte des huées dont on y accueillait les
profanes. Et il y allait carrément, sa timidité s'enhardissait
dans son angoisse d'être seul, au point qu'il se sentait prêt à
subir des injures, pour conquérir un compagnon de misère.

Rue du Four, à l'endroit le plus étroit, l'atelier se trouvait
au fond d'un vieux logis lézardé. Il fallait traverser deux
cours puantes, et l'on arrivait enfin dans une troisième, où
était plantée de travers une sorte de hangar fermé, une vaste
salle de planches et de platras, qui avait servi jadis à un
emballeur. Du dehors, par les quatre grandes fenêtres, dont
les vitres inférieures étaient barbouillées de céruse, on ne
voyait que le plafond nu, blanchi à la chaux.

Mais Claude, ayant poussé la porte, demeura immobile sur
le seuil. La vaste salle s'étendait, avec ses quatre longues
tables, perpendiculaires aux fenêtres, des tables doubles, très
larges, occupées des deux côtés par des files d'élèves,
encombrées d'éponges mouillées, de godets, de vases d'eau,
de chandeliers de fer, de caisses de bois, les caisses où chacun
serrait sa blouse de toile blanche, ses compas et ses couleurs.
Dans un coin, le poêle oublié du dernier hiver se rouillait, à

côté d'un reste de coke, qu'on n'avait même pas balayé ;
tandis que, à l'autre bout, une grande fontaine de zinc était
pendue, entre deux serviettes. Et, au milieu de cette nudité
de halle mal soignée, les murs surtout tiraient l'œil, alignant
en haut, sur des étagères, une débandade de moulages,
disparaissant plus bas sous une forêt de tés et d'équerres,
sous un amas de planches à laver, retenues en paquets par des
bretelles. Peu à peu, tous les pans restés libres s'étaient salis
d'inscriptions, de dessins, d'une écume montante, jetée là
comme sur les marges d'un livre toujours ouvert. Il y avait
des charges de camarades, des profils d'objets déshonnêtes,
des mots à faire pâlir des gendarmes, puis des sentences, des
additions, des adresses ; le tout dominé, écrasé par cette ligne
laconique de procès-verbal, en grosses lettres, à la plus belle
place : « Le sept juin, Gorju a dit qu'il se foutait de Rome.
Signé : Godemard [36]. »

Un grognement avait accueilli le peintre, le grognement
des fauves dérangés chez eux. Ce qui l'immobilisait, c'était
l'aspect de la salle, au matin de « la nuit de charrette », ainsi
que les architectes nomment cette nuit suprême de travail.
Depuis la veille, tout l'atelier, soixante élèves, étaient
enfermés là, ceux qui n'avaient pas de projets à déposer, « les
nègres », aidant les autres, les concurrents en retard, forcés
d'abattre en douze heures la besogne de huit jours. Dès
minuit, on s'était empiffré de charcuterie et de vin au litre.
Vers une heure, comme dessert, on avait fait venir trois
dames d'une maison voisine. Et, sans que le travail se
ralentît, la fête avait tourné à l'orgie romaine, au milieu de la
fumée des pipes. Il en restait, par terre, une jonchée de
papiers gras, de culs de bouteilles cassées, de mares louches,
que le parquet achevait de boire ; pendant que l'air gardait
l'âcreté des bougies noyées dans les chandeliers de fer,
l'odeur sure du musc des dames, mêlée à celle des saucisses et
du vin bleu [37].

Des voix hurlèrent, sauvages :

« A la porte !... Oh ! cette gueule !... Qu'est-ce qu'il veut,
cet empaillé ?... A la porte ! à la porte ! »

Claude, sous la rudesse de cette tempête, chancela un

instant, étourdi. On en arrivait aux mots abominables, la
grande élégance, même pour les natures les plus distinguées,
étant de rivaliser d'ordures. Et il se remettait, il répondait,
lorsque Dubuche le reconnut. Ce dernier devint très rouge,
car il détestait ces aventures. Il eut honte de son ami, il
accourut, sous les huées, qui se tournaient contre lui,
maintenant ; et il bégaya :

« Comment ! c'est toi !... Je t'avais dit de ne jamais
entrer... Attends-moi un instant dans la cour. »

A ce moment, Claude, qui reculait, manqua d'être écrasé
par une petite charrette à bras, que deux gaillards très barbus
amenaient au galop. C'était de cette charrette que la nuit de
gros travail tirait son nom ; et, depuis huit jours, les élèves,
retardés par les basses besognes payées au-dehors, répétaient
le cri : « Oh ! que je suis en charrette ! » Dès qu'elle parut,
une clameur éclata. Il était neuf heures moins un quart, on
avait le temps bien juste d'arriver à l'École. Une débandade
énorme vida la salle ; chacun sortait ses châssis, au milieu des
coudoiements ; ceux qui voulaient s'entêter à finir un détail,
étaient bousculés, emportés. En moins de cinq minutes, les
châssis de tous se trouvèrent empilés dans la voiture, et les
deux gaillards barbus, les derniers nouveaux de l'atelier,
s'attelèrent comme des bêtes, tirèrent au pas de course ;
tandis que le flot des autres vociférait et poussait par-
derrière. Ce fut une rupture d'écluse, les deux cours
franchies dans un fracas de torrent, la rue envahie, inondée
de cette cohue hurlante.

Claude, cependant, s'était mis à courir, près de Dubuche,
qui venait à la queue, très contrarié de n'avoir pas eu un
quart d'heure de plus, pour soigner un lavis.

« Qu'est-ce que tu fais ensuite ?

— Oh ! j'ai des courses toute la journée. »

Le peintre fut désespéré de voir que cet ami lui échappait
encore.

« C'est bon, je te laisse... Et tu en es, ce soir, chez Sandoz ?

— Oui, je crois, à moins qu'on ne me retienne à dîner
ailleurs. »

Tous deux s'essoufflaient. La bande, sans se ralentir,

allongeait le chemin, pour promener davantage son vacarme. Après avoir descendu la rue du Four, elle s'était ruée à travers la place Gozlin, et elle se jetait dans la rue de l'Échaudé. En tête, la charrette à bras, tirée, poussée plus fort, bondissait sur les pavés inégaux, avec la danse lamentable des châssis dont elle était pleine ; puis, la queue galopait, forçant les passants à se coller contre les maisons, s'ils ne voulaient pas être renversés ; et les boutiquiers, béants sur leurs portes, croyaient à une révolution. Tout le quartier était dans le bouleversement. Rue Jacob, la débâcle devint telle, au milieu de cris si affreux, que des persiennes se fermèrent. Comme on entrait enfin rue Bonaparte, un grand blond fit la farce de saisir une petite bonne, ahurie sur le trottoir, et de l'entraîner. Une paille dans le torrent.

« Eh bien ! adieu, dit Claude. A ce soir !

— Oui, à ce soir ! »

Le peintre, hors d'haleine, s'était arrêté au coin de la rue des Beaux-Arts. Devant lui, la cour de l'École se trouvait grande ouverte. Tout s'y engouffra.

Après avoir soufflé un moment, Claude regagna la rue de Seine. Sa malchance s'aggravait, il était dit qu'il ne débaucherait pas un camarade, ce matin-là ; et il remonta la rue, il marcha lentement jusqu'à la place du Panthéon, sans idée nette ; puis, il pensa qu'il pouvait toujours entrer à la mairie, pour serrer la main de Sandoz. Ce serait dix bonnes minutes. Mais il demeura suffoqué, quand un garçon lui répondit que M. Sandoz avait demandé un jour de congé, pour un enterrement. Il connaissait cependant l'histoire, son ami alléguait ce motif, chaque fois qu'il voulait avoir, chez lui, toute une journée de bon travail. Et il prenait déjà sa course, lorsqu'une fraternité d'artiste, un scrupule de travailleur honnête, l'arrêta : c'était un crime que d'aller déranger un brave homme, de lui apporter le découragement d'une œuvre rebelle, au moment où il abattait sans doute gaillardement la sienne.

Dès lors, Claude dut se résigner. Il traîna sa mélancolie noire sur les quais jusqu'à midi, la tête si lourde, si bourdonnante de la pensée continue de son impuissance,

qu'il ne voyait plus que dans un brouillard les horizons
aimés de la Seine. Puis, il se retrouva rue de la Femme-sans-
Tête, il y déjeuna chez Gomard, un marchand de vin, dont
l'enseigne : *Au Chien de Montargis,* l'intéressait. Des maçons,
en blouse de travail, éclaboussés de plâtre, étaient là,
attablés ; et, comme eux, avec eux, il mangea son « ordinaire » de huit sous, le bouillon dans un bol, où il trempa une
soupe, et la tranche de bouilli, garnie de haricots, sur une
assiette humide des eaux de vaisselle. C'était encore trop bon,
pour une brute qui ne savait pas son métier : quand il avait
manqué une étude, il se ravalait, il se mettait plus bas que les
manœuvres, dont les gros bras au moins faisaient leur
besogne. Pendant une heure, il s'attarda, il s'abêtit, dans les
conversations des tables voisines. Et, dehors, il reprit sa
marche lente, au hasard.

Mais, place de l'Hôtel-de-Ville, une idée lui fit hâter le pas.
Pourquoi n'avait-il point songé à Fagerolles ? Il était gentil,
Fagerolles, bien qu'il fût élève de l'École des Beaux-Arts ; et
gai, et pas bête. On pouvait causer avec lui, même lorsqu'il
défendait la mauvaise peinture. S'il avait déjeuné chez son
père, rue Vieille-du-Temple, pour sûr il s'y trouvait encore.

Claude, en entrant dans cette rue étroite, éprouva une
sensation de fraîcheur. La journée devenait très chaude, et
une humidité montait du pavé, qui, malgré le ciel pur, restait
mouillé et gras, sous le continuel piétinement des passants. A
chaque minute, des camions, des tapissières manquaient de
l'écraser, lorsqu'une bousculade le forçait à quitter le trottoir. Pourtant, la rue l'amusait, avec la débandade mal
alignée de ses maisons, des façades plates, bariolées d'enseignes jusqu'aux gouttières, trouées de minces fenêtres, où l'on
entendait bruire tous les métiers en chambre de Paris. A un
des passages les plus étranglés, une petite boutique de
journaux le retint : c'était, entre un coiffeur et un tripier, un
étalage de gravures imbéciles, des suavités de romance
mêlées à des ordures de corps de garde. Plantés devant les
images, un grand garçon pâle rêvait, deux gamines se
poussaient en ricanant. Il les aurait giflés tous les trois, il se
hâta de traverser la rue, car la maison de Fagerolles se

trouvait juste en face, une vieille demeure sombre qui
avançait sur les autres, mouchetée des éclaboussures boueuses du ruisseau. Et, comme un omnibus arrivait, il n'eut que
le temps de sauter sur le trottoir, réduit là à une simple
bordure : les roues lui frôlèrent la poitrine, il fut inondé
jusqu'aux genoux[38].

M. Fagerolles, le père, fabricant de zinc d'art, avait ses
ateliers au rez-de-chaussée ; et, au premier étage, pour
abandonner à ses magasins d'échantillons les deux grandes
pièces éclairées sur la rue, il occupait, sur la cour, un petit
logement obscur, d'un étouffement de cave. C'était là que
son fils Henri avait poussé, en vraie plante du pavé parisien,
au bord de ce trottoir mangé par les roues, trempé par le
ruisseau, en face de la boutique à images, du tripier et du
coiffeur. D'abord, son père avait fait de lui un dessinateur
d'ornements, pour son usage personnel. Puis, lorsque le
gamin s'était révélé avec des ambitions plus hautes, s'atta-
quant à la peinture, parlant de l'École, il y avait eu des
querelles, des gifles, une série de brouilles et de réconcilia-
tions. Aujourd'hui encore, bien qu'Henri eût remporté de
premiers succès, le fabricant de zinc d'art, résigné à le laisser
libre, le traitait durement, en garçon qui gâtait sa vie.

Après s'être secoué, Claude enfila le porche de la maison,
une voûte profonde, béante sur une cour qui avait le jour
verdâtre, l'odeur fade et moisie d'un fond de citerne.
L'escalier s'ouvrait sous une marquise, au plein air, un large
escalier, à vieille rampe dévorée de rouille. Et, comme le
peintre passait devant les magasins du premier étage, il
aperçut, par une porte vitrée, M. Fagerolles en train
d'examiner ses modèles. Alors, voulant être poli, il entra,
malgré son écœurement d'artiste pour tout ce zinc pein-
turluré en bronze, tout ce joli affreux et menteur de
l'imitation.

« Bonjour, monsieur... Est-ce qu'Henri est encore là ? »

Le fabricant, un gros homme blême, se redressa au milieu
de ses porte-bouquets, de ses buires et de ses statuettes. Il
tenait à la main un nouveau modèle de thermomètre, une

jongleuse accroupie, qui portait sur son nez le léger tube de verre.

« Henri n'est pas rentré déjeuner », répondit-il sèchement.

Cet accueil troubla le jeune homme.

« Ah ! il n'est pas rentré... Je vous demande pardon. Bonsoir, monsieur.

— Bonsoir. »

Dehors, Claude jura entre ses dents. Déveine complète, Fagerolles aussi lui échappait. Il s'en voulait maintenant d'être venu et de s'être intéressé à cette vieille rue pittoresque, furieux de la gangrène romantique qui repoussait quand même en lui : c'était son mal peut-être, l'idée fausse dont il se sentait parfois la barre en travers du crâne. Et lorsque, de nouveau, il retomba sur les quais, la pensée lui vint de rentrer, pour voir si son tableau était vraiment très mauvais. Mais cette pensée seule le secoua d'un tremblement. Son atelier lui semblait un lieu d'horreur, où il ne pouvait plus vivre, comme s'il y avait laissé le cadavre d'une affection morte. Non, non, monter les trois étages, ouvrir la porte, s'enfermer en face de ça : il lui aurait fallu une force au-dessus de son courage ! Il traversa la Seine, il suivit toute la rue Saint-Jacques. Tant pis ! il était trop malheureux, il allait, rue d'Enfer, débaucher Sandoz.

Le petit logement, au quatrième, se composait d'une salle à manger, d'une chambre à coucher et d'une étroite cuisine, que le fils occupait ; tandis que la mère, clouée par la paralysie, avait, de l'autre côté du palier, une chambre où elle vivait dans une solitude chagrine et volontaire [39]. La rue était déserte, les fenêtres ouvraient sur le vaste jardin des Sourds-Muets, que dominaient la tête arrondie d'un grand arbre et le clocher carré de Saint-Jacques du Haut-Pas.

Claude trouva Sandoz dans sa chambre, courbé sur sa table, absorbé devant une page écrite.

« Je te dérange ?

— Non, je travaille depuis ce matin, j'en ai assez... Imagine-toi, voici une heure que je m'épuise à retaper une phrase mal bâtie, dont le remords m'a torturé pendant tout mon déjeuner. »

Le peintre eut un geste de désespoir ; et, à le voir si lugubre, l'autre comprit.

« Hein ? toi, ça ne va guère... Sortons. Un grand tour pour nous dérouiller un peu, veux-tu ? »

Mais, comme il passait devant la cuisine, une vieille femme l'arrêta. C'était sa femme de ménage, qui d'habitude venait deux heures le matin et deux heures le soir ; seulement, le jeudi, elle restait l'après-midi entière, pour le dîner.

« Alors, demanda-t-elle, c'est décidé, monsieur : de la raie et un gigot avec des pommes de terre ?

— Oui, si vous voulez.

— Et combien faut-il que je mette de couverts ?

— Ah ! ça, on ne sait jamais... Mettez toujours cinq couverts, on verra ensuite. Pour sept heures, n'est-ce pas ? Nous tâcherons d'y être. »

Puis, sur le palier, pendant que Claude attendait un instant, Sandoz se glissa chez sa mère ; et, quand il en fut ressorti, du même mouvement discret et tendre, tous deux descendirent, silencieux. Dehors, après avoir flairé à gauche et à droite, comme pour prendre le vent, ils finirent par remonter la rue, tombèrent sur la place de l'Observatoire, enfilèrent le boulevard du Montparnasse. C'était leur promenade ordinaire, ils y aboutissaient quand même, aimant ce large déroulement des boulevards extérieurs, où leur flânerie vaguait à l'aise. Ils ne parlaient toujours pas, la tête lourde encore, rassérénés peu à peu d'être ensemble. Devant la gare de l'Ouest seulement, Sandoz eut une idée.

« Dis donc, si nous allions chez Mahoudeau voir où en est sa grande machine ? Je sais qu'il a lâché ses bons dieux aujourd'hui [40].

— C'est ça, répondit Claude. Allons chez Mahoudeau. »

Ils s'engagèrent tout de suite dans la rue du Cherche-Midi. Le sculpteur Mahoudeau avait loué, à quelques pas du boulevard, la boutique d'une fruitière tombée en faillite ; et il s'y était installé, en se contentant de barbouiller les vitres d'une couche de craie. A cet endroit, large et déserte, la rue est d'une bonhomie provinciale, adoucie encore d'une pointe d'odeur ecclésiastique : des portes charretières restent béan-

tes, montrant des enfilades de cours, très profondes ; une
vacherie exhale des souffles tièdes de litière, un mur de
couvent s'allonge, interminable. Et c'était là, flanquée de ce
couvent et d'une herboristerie, que se trouvait la boutique,
devenue un atelier, et dont l'enseigne portait toujours les
mots : *Fruits et légumes,* en grosses lettres jaunes[41].

Claude et Sandoz faillirent être éborgnés par des petites
filles qui sautaient à la corde. Il y avait, sur les trottoirs, des
familles assises, dont les barricades de chaises les forçaient à
prendre la chaussée. Pourtant, ils arrivaient, lorsque la vue
de l'herboristerie les attarda un moment. Entre les deux
vitrines, décorées d'irrigateurs, de bandages, de toutes sortes
d'objets intimes et délicats, sous les herbes séchées de la
porte, d'où sortait une continuelle haleine d'aromates, une
femme maigre et brune, debout, les dévisageait ; pendant
que, derrière elle, dans l'ombre, apparaissait le profil noyé
d'un petit homme pâlot, en train de cracher ses poumons. Ils
se poussèrent du coude, les yeux égayés d'un rire farceur ;
puis, ils tournèrent le bec-de-cane de la boutique à Mahoudeau.

La boutique, assez grande, était comme emplie par un tas
d'argile, une Bacchante colossale, à demi renversée sur une
roche. Les madriers qui la portaient, pliaient sous le poids de
cette masse encore informe, où l'on ne distinguait que des
seins de géante et des cuisses pareilles à des tours. De l'eau
avait coulé, des baquets boueux traînaient, un gâchis de
plâtre salissait tout un coin ; tandis que, sur les planches de
l'ancienne fruiterie restées en place, se débandaient quelques
moulages d'antiques, que la poussière amassée lentement
semblait ourler de cendre fine. Une humidité de buanderie,
une odeur fade de glaise mouillée montait du sol. Et cette
misère des ateliers de sculpteur, cette saleté du métier
s'accusaient davantage, sous la clarté blafarde des vitres
barbouillées de la devanture[42].

« Tiens ! c'est vous ! » cria Mahoudeau, assis devant sa
bonne femme, en train de fumer une pipe.

Il était petit, maigre, la figure osseuse, déjà creusée de
rides à vingt-sept ans ; ses cheveux de crin noir s'embrous-

saillaient sur un front très bas ; et, dans ce masque jaune, d'une laideur féroce, s'ouvraient des yeux d'enfant, clairs et vides, qui souriaient avec une puérilité charmante. Fils d'un tailleur de pierres de Plassans, il avait remporté là-bas de grands succès, aux concours du Musée ; puis, il était venu à Paris comme lauréat de la ville, avec la pension de huit cents francs, qu'elle servait pendant quatre années [43]. Mais, à Paris, il avait vécu dépaysé, sans défense, ratant l'École des Beaux-Arts, mangeant sa pension à ne rien faire ; si bien que, au bout des quatre ans, il s'était vu forcé, pour vivre, de se mettre aux gages d'un marchand de bons dieux, où il grattait dix heures par jour des Saint-Joseph, des Saint-Roch, des Madeleine, tout le calendrier des paroisses. Depuis six mois seulement, l'ambition l'avait repris, en retrouvant des camarades de Provence, des gaillards dont il était l'aîné, connus autrefois chez tata Giraud, un pensionnat de mioches, devenus aujourd'hui de farouches révolutionnaires [44] ; et cette ambition tournait au gigantesque, dans cette fréquentation d'artistes passionnés, qui lui troublaient la cervelle avec l'emportement de leurs théories.

« Fichtre ! dit Claude, quel morceau ! »

Le sculpteur, ravi, tira sur sa pipe, lâcha un nuage de fumée.

« Hein ! n'est-ce pas ?... Je vais leur en coller, de la chair, et de la vraie, pas du saindoux comme ils en font ! »

— C'est une baigneuse ? demanda Sandoz.

— Non, je lui mettrai des pampres... Une bacchante, tu comprends ! »

Mais, du coup, violemment, Claude s'emporta.

« Une bacchante ! est-ce que tu te fiches de nous ! est-ce que ça existe, une bacchante ?... Une vendangeuse, hein ? et une vendangeuse moderne, tonnerre de Dieu ! Je sais bien, il y a le nu. Alors, une paysanne qui se serait déshabillée. Il faut qu'on sente ça, il faut que ça vive ! »

Mahoudeau, interdit, écoutait avec un tremblement. Il le redoutait, se pliait à son idéal de force et de vérité. Et, renchérissant :

« Oui, oui, c'est ce que je voulais dire… Une vendangeuse.
Tu verras si ça pue la femme ! »

A ce moment, Sandoz qui faisait le tour de l'énorme bloc
d'argile, eut une légère exclamation.

« Ah ! ce sournois de Chaîne qui est là ! »

En effet, derrière le tas, Chaîne, un gros garçon, peignait
en silence, copiant sur une petite toile le poêle éteint et
rouillé[45]. On reconnaissait un paysan à ses allures lentes, à
son cou de taureau, hâlé, durci, en cuir. Seul, le front se
voyait, bombé d'entêtement, car son nez était si court, qu'il
disparaissait entre les joues rouges, et une barbe dure cachait
ses fortes mâchoires. Il était de Saint-Firmin, à deux lieues de
Plassans, un village où il avait gardé les troupeaux jusqu'à
son tirage au sort ; et son malheur était né de l'enthousiasme
d'un bourgeois du voisinage, pour les pommes de canne qu'il
sculptait avec son couteau, dans des racines. Dès lors,
devenu le pâtre de génie, le grand homme en herbe du
bourgeois amateur, qui se trouvait être membre de la
Commission du Musée, poussé par lui, adulé, détraqué
d'espérances, il avait tout manqué successivement, les études, les concours, la pension de la ville ; et il n'en était pas
moins parti pour Paris, après avoir exigé de son père, un
paysan misérable, sa part anticipée d'héritage, mille francs,
avec lesquels il comptait vivre un an, en attendant le
triomphe promis. Les mille francs avaient duré dix-huit
mois. Puis, comme il ne lui restait que vingt francs, il venait
de se mettre avec son ami Mahoudeau, dormant tous les deux
dans le même lit, au fond de l'arrière-boutique sombre,
coupant l'un après l'autre au même pain, du pain dont ils
achetaient une provision quinze jours d'avance, pour qu'il fût
très dur et qu'on n'en pût manger beaucoup.

« Dites donc, Chaîne, continua Sandoz, il est joliment
exact, votre poêle ! »

Chaîne, sans parler, eut dans sa barbe un rire silencieux de
gloire, qui lui éclaira la face comme d'un coup de soleil. Par
une imbécillité dernière, et pour que l'aventure fût complète,
les conseils de son protecteur l'avaient jeté dans la peinture,
malgré le goût véritable qu'il montrait à tailler le bois ; et il

peignait en maçon, gâchant les couleurs, réussissant à rendre boueuses les plus claires et les plus vibrantes. Mais son triomphe était l'exactitude dans la gaucherie, il avait les minuties naïves d'un primitif, le souci du petit détail, où se complaisait l'enfance de son être, à peine dégagé de la terre. Le poêle, avec une perspective de guingois, était sec et précis, d'un ton lugubre de vase.

Claude s'approcha, fut pris de pitié devant cette peinture ; et lui, si dur aux mauvais peintres, trouva un éloge.

« Ah ! vous, on ne peut pas dire que vous êtes un ficeleur ! Vous faites comme vous sentez, au moins. C'est très bien, ça ! »

Mais la porte de la boutique s'était rouverte, et un beau garçon blond, avec un grand nez rose et de gros yeux bleus de myope, entrait en criant :

« Vous savez, l'herboriste d'à côté, elle est là qui raccroche... La sale tête ! »

Tous rirent, sauf Mahoudeau, qui parut très gêné.

« Jory, le roi des gaffeurs, déclara Sandoz en serrant la main au nouveau venu.

— Hein ? quoi ? Mahoudeau couche avec, reprit Jory, lorsqu'il eut fini par comprendre. Eh bien ! qu'est-ce que ça fiche ? Une femme, ça ne se refuse jamais.

— Toi, se contenta de dire le sculpteur, tu es encore tombé sur les ongles de la tienne, elle t'a emporté un morceau de la joue. »

De nouveau, tous éclatèrent, et ce fut Jory qui devint rouge à son tour. Il avait, en effet, la face griffée, deux entailles profondes. Fils d'un magistrat de Plassans, qu'il désespérait par ses aventures de beau mâle, il avait comblé la mesure de ses débordements, en se sauvant avec une chanteuse de café-concert, sous le prétexte d'aller à Paris faire de la littérature ; et, depuis six mois qu'ils campaient ensemble dans un hôtel borgne du quartier Latin, cette fille l'écorchait vif, chaque fois qu'il la trahissait pour le premier jupon crotté, suivi sur un trottoir. Aussi montrait-il toujours quelque nouvelle balafre, le nez en sang, une oreille fendue, un œil entamé, enflé et bleu.

On causa enfin, il n'y eut plus que Chaîne qui continuât à peindre, de son air entêté de bœuf au labour. Tout de suite, Jory s'était extasié sur l'ébauche de la *Vendangeuse*. Lui aussi adorait les grosses femmes. Il avait débuté, là-bas, en écrivant des sonnets romantiques, célébrant la gorge et les hanches ballonnées d'une belle charcutière qui troublait ses nuits ; et, à Paris, où il avait rencontré la bande, il s'était fait critique d'art, il donnait, pour vivre, des articles à vingt francs, dans un petit journal tapageur, *Le Tambour*. Même un de ces articles, une étude sur un tableau de Claude, exposé chez le père Malgras, venait de soulever un scandale énorme, car il y sacrifiait à son ami les peintres « aimés du public », et il le posait comme chef d'une école nouvelle, l'école du plein air. Au fond, très pratique, il se moquait de tout ce qui n'était pas sa jouissance, il répétait simplement les théories entendues dans le groupe.

« Tu sais, Mahoudeau, cria-t-il, tu auras ton article, je vais lancer ta bonne femme... Ah ! quelles cuisses ! Si l'on pouvait se payer des cuisses comme ça ! »

Puis, brusquement, il parla d'autre chose.

« A propos, mon avare de père m'a fait des excuses. Oui, il craint que je ne le déshonore, il m'envoie cent francs par mois... Je paie mes dettes.

— Des dettes, tu es trop raisonnable ! » murmura Sandoz en souriant.

Jory montrait en effet une hérédité d'avarice, dont on s'amusait. Il ne payait pas les femmes, il arrivait à mener sa vie désordonnée, sans argent et sans dettes ; et cette science innée de jouir pour rien s'alliait en lui à une duplicité continuelle, à une habitude de mensonge qu'il avait contractée dans le milieu dévot de sa famille, où le souci de cacher ses vices le faisait mentir sur tout, à toute heure, même inutilement. Il eut une réponse superbe, le cri d'un sage qui aurait beaucoup vécu.

« Oh ! vous autres, vous ne savez pas le prix de l'argent. »

Cette fois, il fut hué. Quel bourgeois ! Et les invectives s'aggravaient, lorsque de légers coups, frappés contre une vitre, firent cesser le vacarme.

« Ah ! elle est embêtante à la fin ! dit Mahoudeau avec un geste d'humeur.

— Hein ! qui est-ce ? l'herboriste ? demanda Jory. Laisse-la entrer, ce sera drôle. »

D'ailleurs, la porte s'était ouverte sans attendre, et la voisine, madame Jabouille, Mathilde comme on la nommait familièrement, parut sur le seuil. Elle avait trente ans, la figure plate, ravagée de maigreur, avec des yeux de passion, aux paupières violâtres et meurtries. On racontait que les prêtres l'avaient mariée au petit Jabouille, un veuf dont l'herboristerie prospérait alors, grâce à la clientèle pieuse du quartier. La vérité était qu'on apercevait parfois de vagues ombres de soutanes, traversant le mystère de la boutique, embaumée par les aromates d'une odeur d'encens. Il y régnait une discrétion de cloître, une onction de sacristie, dans la vente des canules ; et les dévotes qui entraient, chuchotaient comme au confessionnal, glissaient des injecteurs au fond de leur sac, puis s'en allaient, les yeux baissés. Par malheur, des bruits d'avortement avaient couru : une calomnie du marchand de vin d'en face, disaient les personnes bien pensantes. Depuis que le veuf s'était remarié, l'herboristerie dépérissait. Les bocaux semblaient pâlir, les herbes séchées du plafond tombaient en poussière, lui-même toussait à rendre l'âme, réduit à rien, la chair finie. Et, bien que Mathilde eût de la religion, la clientèle pieuse l'abandonnait peu à peu, trouvant qu'elle s'affichait trop avec des jeunes gens, maintenant que Jabouille était mangé.

Un instant, elle resta immobile, fouillant les coins d'un rapide coup d'œil. Une senteur forte s'était répandue, la senteur des simples dont sa robe se trouvait imprégnée, et qu'elle apportait dans sa chevelure grasse, défrisée toujours : le sucre fade des mauves, l'âpreté du sureau, l'amertume de la rhubarbe, mais surtout la flamme de la menthe poivrée, qui était comme son haleine propre, l'haleine chaude qu'elle soufflait au nez des hommes.

D'un geste, elle feignit la surprise.

« Ah ! mon Dieu ! vous avez du monde !... Je ne savais pas, je reviendrai.

— C'est ça, dit Mahoudeau, très contrarié. Je vais sortir d'ailleurs. Vous me donnerez une séance dimanche. »

Claude, stupéfait, regarda Mathilde, puis la *Vendangeuse*.

« Comment ! cria-t-il, c'est madame qui te pose ces muscles-là ? Bigre, tu l'engraisses ! »

Et les rires recommencèrent, pendant que le sculpteur bégayait des explications : oh ! non, pas le torse, ni les jambes ; rien que la tête et les mains ; et encore quelques indications, pas davantage.

Mais Mathilde riait avec les autres, d'un rire aigu d'impudeur. Carrément, elle était entrée, elle avait refermé la porte. Puis, comme chez elle, heureuse au milieu de tous ces hommes, se frottant à eux, elle les flaira. Son rire avait montré les trous noirs de sa bouche, où manquaient plusieurs dents ; et elle était ainsi laide à inquiéter, dévastée déjà, la peau cuite, collée sur les os. Jory, qu'elle voyait pour la première fois, devait la tenter, avec sa fraîcheur de poulet gras, son grand nez rose qui promettait. Elle le poussa du coude, finit brusquement, voulant l'exciter sans doute, par s'asseoir sur les genoux de Mahoudeau, dans un abandon de fille.

« Non, laisse, dit celui-ci en se levant. J'ai affaire... N'est-ce pas ? vous autres, on nous attend là-bas. »

Il avait cligné les paupières, désireux d'une bonne flânerie. Tous répondirent qu'on les attendait, et ils l'aidèrent à couvrir son ébauche de vieux linges, trempés dans un seau.

Cependant, Mathilde, l'air soumis et désespéré, ne s'en allait point. Debout, elle se contentait de changer de place, quand on la bousculait ; tandis que Chaîne, qui ne travaillait plus, la couvait de ses gros yeux, par-dessus sa toile, plein d'une convoitise gloutonne de timide. Jusque-là, il n'avait pas desserré les lèvres. Mais, comme Mahoudeau partait enfin avec les trois camarades, il se décida, il dit de sa voix sourde, empâtée de longs silences :

« Tu rentreras ?

— Très tard. Mange et dors... Adieu. »

Et Chaîne demeura seul avec Mathilde, dans la boutique humide, au milieu des tas de glaise et des flaques d'eau, sous le grand jour crayeux des vitres barbouillées, qui éclairait crûment ce coin de misère mal tenu.

Dehors, Claude et Mahoudeau marchèrent les premiers, pendant que les deux autres les suivaient ; et Jory se récria, lorsque Sandoz l'eut plaisanté, en lui affirmant qu'il avait fait la conquête de l'herboriste.

« Ah ! non, elle est affreuse, elle pourrait être notre mère à tous. En voilà une gueule de vieille chienne qui n'a plus de crocs !... Avec ça, elle empoisonne la pharmacie. »

Cette exagération fit rire Sandoz. Il haussa les épaules.

« Laisse donc, tu n'es pas si difficile, tu en prends qui ne valent guère mieux.

— Moi ! où ça ?... Et tu sais que, derrière notre dos, elle a sauté sur Chaîne. Ah ! les cochons, ils doivent s'en payer ensemble ! »

Vivement, Mahoudeau, qui semblait enfoncé dans une forte discussion avec Claude, se retourna au milieu d'une phrase, pour dire :

« Ce que je m'en fiche ! »

Il acheva sa phrase à son compagnon ; et, dix pas plus loin, il lança de nouveau, par-dessus son épaule :

« Et, d'abord, Chaîne est trop bête ! »

On n'en parla plus. Tous quatre, flânant, semblaient tenir la largeur du boulevard des Invalides. C'était l'expansion habituelle, la bande peu à peu accrue des camarades racolés en chemin, la marche libre d'une horde partie en guerre. Ces gaillards, avec la belle carrure de leurs vingt ans, prenaient possession du pavé. Dès qu'ils se trouvaient ensemble, des fanfares sonnaient devant eux, ils empoignaient Paris d'une main et le mettaient tranquillement dans leurs poches. La victoire ne faisait plus un doute, ils promenaient leurs vieilles chaussures et leurs paletots fatigués, dédaigneux de ces misères, n'ayant du reste qu'à vouloir pour être les maîtres. Et cela n'allait point sans un immense mépris de tout ce qui n'était pas leur art, le mépris du monde, le mépris de la politique surtout. A quoi bon, ces saletés-là ? Il n'y avait que des gâteux, là-dedans ! Une injustice superbe les soulevait, une ignorance voulue des nécessités de la vie sociale, le rêve

fou de n'être que des artistes sur la terre. Ils en étaient
stupides parfois, mais cette passion les rendait braves et forts.

Claude, alors, s'anima. Il recommençait à croire, dans
cette chaleur des espérances mises en commun. Ses tortures
de la matinée ne lui laissaient qu'un engourdissement vague,
et il en était de nouveau à discuter sa toile avec Mahoudeau et
Sandoz, en jurant, il est vrai, de la crever le lendemain. Jory,
très myope, regardait les vieilles dames sous le nez, se
répandait en théories sur la production artistique : on devait
se donner tel qu'on était, dans le premier jet de l'inspiration ;
lui, jamais ne se raturait. Et, tout en discutant, les quatre
continuaient à descendre le boulevard, dont la demi-solitude,
les rangées de beaux arbres, à l'infini, paraissaient être faites
pour leurs disputes. Mais, quand ils eurent débouché sur
l'Esplanade, la querelle devint si violente, qu'ils s'arrêtèrent,
au milieu de la vaste étendue. Hors de lui, Claude traita Jory
de crétin : est-ce qu'il ne valait pas mieux détruire une œuvre
que de la livrer médiocre ? Oui, c'était dégoûtant, ce bas
intérêt de commerce ! De leur côté, Sandoz et Mahoudeau
parlaient à la fois, très fort. Des bourgeois, inquiets,
tournaient la tête, finissaient par s'attrouper autour de ces
jeunes gens si furieux, qui semblaient vouloir se mordre.
Puis, les passants s'en allèrent, vexés, croyant à une farce,
lorsqu'ils les virent brusquement, très bons amis, s'émerveiller ensemble, au sujet d'une nourrice vêtue de clair, avec de
longs rubans cerise. Ah ! sacré bon sort, quel ton ! c'est ça qui
fichait une note ! Ravis, ils clignaient les yeux, ils suivaient la
nourrice sous les quinconces, comme réveillés en sursaut,
étonnés d'être déjà là. Cette Esplanade, ouverte de partout
sous le ciel, bornée seulement au sud par la perspective
lointaine des Invalides, les enchantait, si grande, si calme ;
car ils y avaient suffisamment de place pour les gestes ; et ils y
reprenaient un peu haleine, eux qui déclaraient trop étroit
Paris, où l'air manquait à l'ambition de leur poitrine.

« Est-ce que vous allez quelque part ? demanda Sandoz à
Mahoudeau et à Jory.

— Non, répondit ce dernier, nous allons avec vous... Où
allez-vous ? »

Claude, les regards perdus, murmura :

« Je ne sais pas... Par là. »

Ils tournèrent sur le quai d'Orsay, ils le remontèrent jusqu'au pont de la Concorde. Et, devant le Corps législatif, le peintre reprit, indigné :

« Quel sale monument !

— L'autre jour, dit Jory, Jules Favre a fait un fameux discours... Ce qu'il a embêté Rouher ! »

Mais les trois autres ne le laissèrent pas continuer, la querelle recommença. Qui ça, Jules Favre ? qui ça, Rouher ? Est-ce que ça existait ! Des idiots, dont personne ne parlerait plus, dix ans après leur mort ! Ils s'étaient engagés sur le pont, ils haussaient les épaules de pitié. Puis, lorsqu'ils se trouvèrent au milieu de la place de la Concorde, ils se turent.

« Ça, finit par déclarer Claude, ça, ce n'est pas bête du tout. »

Il était quatre heures, la belle journée s'achevait dans un poudroiement glorieux de soleil. À droite et à gauche, vers la Madeleine et vers le Corps législatif, des lignes d'édifices filaient en lointaines perspectives, se découpaient nettement au ras du ciel ; tandis que le jardin des Tuileries étageait les cimes rondes de ses grands marronniers. Et, entre les deux bordures vertes des contre-allées, l'avenue des Champs-Élysées montait tout là-haut, à perte de vue, terminée par la porte colossale de l'Arc de Triomphe, béante sur l'infini. Un double courant de foule, un double fleuve y roulait, avec les remous vivants des attelages, les vagues fuyantes des voitures, que le reflet d'un panneau, l'étincelle d'une vitre de lanterne semblaient blanchir d'une écume. En bas, la place, aux trottoirs immenses, aux chaussées larges comme des lacs, s'emplissait de ce flot continuel, traversée en tous sens du rayonnement des roues, peuplée de points noirs qui étaient des hommes ; et les deux fontaines ruisselaient, exhalaient une fraîcheur, dans cette vie ardente.

Claude, frémissant, cria :

« Ah ! ce Paris... Il est à nous, il n'y a qu'à le prendre. »

Tous quatre se passionnaient, ouvraient des yeux luisants

de désir. N'était-ce pas la gloire qui soufflait, du haut de cette avenue, sur la ville entière ? Paris tenait là, et ils le voulaient.

« Eh bien ! nous le prendrons, affirma Sandoz de son air têtu.

— Parbleu ! » dirent simplement Mahoudeau et Jory.

Ils s'étaient remis à marcher, ils vagabondèrent encore, se trouvèrent derrière la Madeleine, enfilèrent la rue Tronchet. Enfin, ils arrivaient à la place du Havre, lorsque Sandoz s'exclama :

« Mais c'est donc chez Baudequin que nous allons ? »

Les autres s'étonnèrent. Tiens ! ils allaient chez Baudequin.

« Quel jour sommes-nous ? demanda Claude. Hein ? jeudi... Fagerolles et Gagnière doivent y être alors... Allons chez Baudequin. »

Et ils gravirent la rue d'Amsterdam. Ils venaient de traverser Paris, c'était là une de leurs grandes tournées favorites ; mais ils avaient d'autres itinéraires, d'un bout à l'autre des quais parfois, ou bien un morceau des fortifications, de la porte Saint-Jacques aux Moulineaux, ou encore une pointe sur le Père-La-Chaise, suivie d'un crochet par les boulevards extérieurs. Ils couraient les rues, les places, les carrefours, ils vaguaient des journées entières, tant que leurs jambes pouvaient les porter, comme s'ils avaient voulu conquérir les quartiers les uns après les autres, en jetant leurs théories retentissantes aux façades des maisons ; et le pavé semblait à eux, tout le pavé battu par leurs semelles, ce vieux sol de combat d'où montait une ivresse qui grisait leur lassitude.

Le café Baudequin était situé sur le boulevard des Batignolles, à l'angle de la rue Darcet [46]. Sans qu'on sût pourquoi, la bande l'avait choisi comme lieu de réunion, bien que Gagnière seul habitât le quartier. Elle s'y réunissait régulièrement le dimanche soir ; puis, le jeudi, vers cinq heures, ceux qui étaient libres avaient pris l'habitude d'y paraître un instant. Ce jour-là, par ce beau soleil, les petites tables du dehors, sous la tente, se trouvaient toutes occupées d'un double rang de consommateurs barrant le trottoir. Mais eux, avaient l'horreur de ce coudoiement, de cet étalage en public ; et ils bousculèrent le monde, pour entrer dans la salle déserte et fraîche.

« Tiens ! Fagerolles qui est seul ! » cria Claude.

Il avait marché à leur table accoutumée, au fond, à gauche, et il serrait la main d'un garçon mince et pâle, dont la figure de fille était éclairée par des yeux gris, d'une câlinerie moqueuse, où passaient des étincelles d'acier.

Tous s'assirent, on commanda des bocks, et le peintre reprit :

« Tu sais que je suis allé te chercher chez ton père… Il m'a joliment reçu ! »

Fagerolles, qui affectait des airs de casseur et de voyou, se tapa sur les cuisses.

« Ah ! il m'embête, le vieux !… J'ai filé ce matin, après un attrapage. Est-ce qu'il ne veut pas me faire dessiner des choses pour ses cochonneries en zinc ! C'est bien assez du zinc de l'École. »

Cette plaisanterie aisée sur ses professeurs enchanta les camarades. Il les amusait, il se faisait adorer par cette continuelle lâcheté de gamin flatteur et débineur. Son sourire inquiétant allait des uns aux autres, tandis que ses longs doigts souples, d'une adresse native, ébauchaient sur la table des scènes compliquées, avec des gouttes de bière répandues. Il avait l'art facile, un tour de main à tout réussir.

« Et Gagnière, demanda Mahoudeau, tu ne l'as pas vu ?

— Non, il y a une heure que je suis là. »

Mais Jory, silencieux, poussa du coude Sandoz, en lui montrant de la tête une fille qui occupait une table avec son monsieur, dans le fond de la salle. Il n'y avait, du reste, que deux autres consommateurs, deux sergents jouant aux cartes. C'était presque une enfant, une de ces galopines de Paris qui gardent à dix-huit ans la maigreur du fruit vert. On aurait dit un chien coiffé, une pluie de petits cheveux blonds sur un nez délicat, une grande bouche rieuse dans un museau rose. Elle feuilletait un journal illustré, tandis que le monsieur, sérieusement, buvait un madère ; et, par-dessus le journal, elle lançait de gais regards vers la bande, à toute minute.

« Hein ? gentille ! murmura Jory, qui s'allumait. A qui diable en a-t-elle ?... C'est moi qu'elle regarde. »

Vivement, Fagerolles intervint.

« Eh ! dis donc, pas d'erreur, elle est à moi !... Si tu crois que je suis là depuis une heure pour vous attendre ! »

Les autres rirent. Et, baissant la voix, il leur parla d'Irma Bécot. Oh ! une petite d'un drôle ! Il connaissait son histoire, elle était fille d'un épicier de la rue Montorgueil[47]. Très instruite d'ailleurs, histoire sainte, calcul, orthographe, car elle avait suivi jusqu'à seize ans les cours d'une école du voisinage. Elle faisait ses devoirs entre deux sacs de lentilles, et elle achevait son éducation, de plain-pied avec la rue, vivant sur le trottoir, au milieu des bousculades, apprenant la vie dans les continuels commérages des cuisinières en cheveux, qui déshabillaient les abominations du quartier, pendant qu'on leur pesait cinq sous de gruyère. Sa mère était morte, le père Bécot avait fini par coucher avec ses bonnes, très raisonnablement, pour éviter de courir dehors ; mais cela lui donnait le goût des femmes, il lui en avait fallu d'autres, bientôt il s'était lancé dans une telle noce, que l'épicerie y passait peu à peu, les légumes secs, les bocaux, les tiroirs aux sucreries. Irma allait encore à l'école, lorsque, un soir, en fermant la boutique, un garçon l'avait jetée en travers d'un panier de figues. Six mois plus tard, la maison était mangée, son père mourait d'un coup de sang, elle se réfugiait chez une tante pauvre qui la battait, en partait avec un jeune homme d'en face, y revenait à trois reprises, pour s'envoler définitivement un beau jour dans tous les bastringues de Montmartre et des Batignolles[48].

« Une roulure ! » murmura Claude de son air de mépris.

Tout d'un coup, comme son monsieur se levait et sortait, après lui avoir parlé bas, Irma Bécot le regarda disparaître, puis, avec une violence d'écolier échappé, elle accourut s'asseoir sur les genoux de Fagerolles.

« Hein ? crois-tu, est-il assez crampon !... Baise-moi vite, il va revenir. »

Elle le baisa sur les lèvres, but dans son verre ; et elle se donnait aussi aux autres, leur riait d'une façon engageante, car elle avait la passion des artistes, en regrettant qu'ils ne fussent pas assez riches pour se payer des femmes à eux tout seuls. .

Jory surtout semblait l'intéresser, très excité, fixant sur elle des yeux de braise. Comme il fumait, elle lui enleva sa cigarette de la bouche et la mit à la sienne ; cela sans interrompre son bavardage de pie polissonne.

« Vous êtes tous des peintres, ah ! c'est amusant !... Et ces trois-là, pourquoi ont-ils l'air de bouder ? Rigolez donc, je vas vous chatouiller, moi ! vous allez voir ! »

En effet, Sandoz, Claude et Mahoudeau, interloqués, la contemplaient d'un air sérieux. Mais elle restait l'oreille aux aguets, elle entendit revenir son monsieur, et elle jeta vivement dans le nez de Fagerolles :

« Tu sais, demain soir, si tu veux. Viens me prendre à la brasserie Bréda[49]. »

Puis, après avoir replacé la cigarette tout humide aux lèvres de Jory, elle se cavala à longues enjambées, les bras en l'air, dans une grimace d'un comique extravagant ; et, lorsque le monsieur reparut, la mine grave, un peu pâle, il la retrouva immobile, les yeux sur la même gravure du journal illustré. Cette scène s'était passée si rapidement, au galop d'une telle drôlerie, que les deux sergents, de bons diables, se remirent à battre leurs cartes, en crevant de rire.

Du reste, Irma les avait tous conquis. Sandoz déclarait son nom de Bécot très bien pour un roman ; Claude demandait si elle voudrait lui poser une étude ; tandis que Mahoudeau la voyait en gamin, une statuette qu'on vendrait pour sûr. Bientôt, elle s'en alla, en envoyant du bout des doigts, derrière le dos du monsieur, des baisers à toute la table, une pluie de baisers, qui achevèrent d'enflammer Jory. Mais Fagerolles ne voulait pas la prêter encore, très amusé inconsciemment de retrouver en elle une enfant du même trottoir que lui, chatouillé par cette perversion du pavé, qui était la sienne.

Il était cinq heures, la bande fit revenir de la bière. Des habitués du quartier avaient envahi les tables voisines, et ces bourgeois jetaient sur le coin des artistes des regards obliques, où le dédain se mêlait à une déférence inquiète. On les connaissait bien, une légende commençait à se former. Eux, causaient maintenant de choses bêtes, la chaleur qu'il faisait, la difficulté d'avoir de la place dans l'omnibus de l'Odéon, la découverte d'un marchand de vin chez qui on mangeait de la vraie viande. Un d'eux voulut entamer une discussion sur un lot de tableaux infects qu'on venait de mettre au Musée du Luxembourg[50]; mais tous étaient du même avis : les toiles ne valaient pas les cadres. Et ils ne parlèrent plus, ils fumèrent en échangeant des mots rares et des rires d'intelligence.

« Ah çà, demanda enfin Claude, est-ce que nous attendons Gagnière ? »

On protesta. Gagnière était assommant ; et, d'ailleurs, il arriverait bien à l'odeur de la soupe.

« Alors, filons, dit Sandoz. Il y a un gigot ce soir, tâchons d'être à l'heure. »

Chacun paya sa consommation, et tous sortirent. Cela émotionna le café. Des jeunes gens, des peintres sans doute, chuchotèrent en se montrant Claude, comme s'ils avaient vu passer le chef redoutable d'un clan de sauvages. C'était le fameux article de Jory qui produisait son effet, le public devenait complice et allait créer de lui-même l'école du plein air, dont la bande plaisantait encore. Ainsi qu'ils le disaient gaiement, le café Baudequin ne s'était pas douté de l'honneur qu'ils lui faisaient, le jour où ils l'avaient choisi pour être le berceau d'une révolution.

Sur le boulevard, ils se retrouvèrent cinq, Fagerolles avait renforcé le groupe ; et, lentement, ils retraversèrent Paris, de leur air tranquille de conquête. Plus ils étaient, plus ils barraient largement les rues, plus ils emportaient à leurs talons de la vie chaude des trottoirs. Quand ils eurent descendu la rue de Clichy, ils suivirent la rue de la Chaussée-d'Antin, allèrent prendre la rue Richelieu, traversèrent la Seine au pont des Arts pour insulter l'Institut, gagnèrent enfin le Luxembourg par la rue de Seine, où une affiche tirée en trois couleurs, la réclame violemment enluminée d'un cirque forain, les fit crier d'admiration. Le soir venait, le flot des passants coulait ralenti, c'était la ville lasse qui attendait l'ombre, prête à se livrer au premier mâle assez vigoureux pour la prendre.

Rue d'Enfer, lorsque Sandoz eut fait entrer les quatre autres chez lui, il disparut dans la chambre de sa mère ; il y resta quelques minutes, puis revint sans dire un mot, avec le sourire discret et attendri qu'il avait toujours en en sortant. Et ce fut aussitôt, dans son étroit logis, un vacarme terrible, des rires, des discussions, des clameurs. Lui-même donnait l'exemple, aidait au service la femme de ménage, qui s'emportait en paroles amères, parce qu'il était sept heures et demie, et que son gigot se desséchait. Les cinq, attablés, mangeaient déjà la soupe, une soupe à l'oignon très bonne, quand un nouveau convive parut.

« Oh ! Gagnière ! » hurla-t-on en chœur.

Gagnière, petit, vague, avec sa figure poupine et étonnée, qu'une barbe follette blondissait, demeura un instant sur le seuil à cligner ses yeux verts. Il était de Melun, fils de gros bourgeois qui venaient de lui laisser là-bas deux maisons, et il avait appris la peinture tout seul dans la forêt de Fontainebleau, il peignait des paysages consciencieux, d'intentions excellentes ; mais sa vraie passion était la musique, une folie de musique, une flambée cérébrale qui le mettait de plainpied avec les plus exaspérés de la bande.

« Est-ce que je suis de trop ? demanda-t-il doucement.

— Non, non, entre donc ! » cria Sandoz.

Déjà, la femme de ménage apportait un couvert.

« Si l'on ajoutait tout de suite une assiette pour Dubuche ? dit Claude. Il m'a dit qu'il viendrait sans doute. »

Mais on conspua Dubuche, qui fréquentait des femmes du monde. Jory raconta qu'il l'avait rencontré en voiture avec une vieille dame et sa demoiselle, dont il tenait les ombrelles sur les genoux.

« D'où sors-tu, pour être si en retard ? » reprit Fagerolles, en s'adressant à Gagnière.

Celui-ci, qui allait avaler sa première cuillerée de soupe, la reposa dans son assiette.

« J'étais rue de Lancry, tu sais, où ils font de la musique de

chambre... Oh ! mon cher, des machines de Schumann, tu
n'as pas idée ! Ça vous prend là, derrière la tête, c'est comme
si une femme vous soufflait dans le cou. Oui, oui, quelque
chose de plus immatériel qu'un baiser, l'effleurement d'une
haleine... Parole d'honneur, on se sent mourir.. »

Ses yeux se mouillaient, il pâlissait comme dans une
jouissance trop vive.

« Mange ta soupe, dit Mahoudeau, tu nous raconteras ça
après. »

La raie fut servie, et l'on fit apporter la bouteille de
vinaigre sur la table, pour corser le beurre noir, qui semblait
fade. On mangeait dur, les morceaux de pain disparaissaient.
D'ailleurs, aucun raffinement, du vin au litre, que les
convives mouillaient beaucoup, par discrétion, pour ne pas
pousser à la dépense. On venait de saluer le gigot d'un
hourra, et le maître de la maison s'était mis à le découper,
lorsque de nouveau la porte s'ouvrit. Mais, cette fois, des
protestations furieuses s'élevèrent.

« Non, non, plus personne !... A la porte, le lâcheur ! »

Dubuche, essoufflé d'avoir couru, ahuri de tomber au
milieu de ces hurlements, avançait sa grosse face pâle, en
bégayant des explications.

« Vrai, je vous assure, c'est la faute de l'omnibus... J'en ai
attendu cinq aux Champs-Élysées.

— Non, non, il ment !... Qu'il s'en aille, il n'aura pas de
gigot !... A la porte, à la porte ! »

Pourtant, il avait fini par entrer, et l'on remarqua alors
qu'il était très correctement mis, tout en noir, pantalon noir,
redingote noire, cravaté, chaussé, épinglé, avec la raideur
cérémonieuse d'un bourgeois qui dîne en ville.

« Tiens ! il a raté son invitation, cria plaisamment Fagerolles. Vous ne voyez pas que ses femmes du monde l'ont laissé
partir, et qu'il accourt manger notre gigot, parce qu'il ne sait
plus où aller ! »

Il devint rouge, il balbutia :

« Oh ! quelle idée ! Êtes-vous méchants !... Fichez-moi la
paix à la fin ! »

Sandoz et Claude, placés côte à côte, souriaient ; et le premier appela Dubuche d'un signe, pour lui dire :

« Mets ton couvert toi-même, prends là un verre et une assiette, et assieds-toi entre nous deux... Ils te laisseront tranquille. »

Mais, tout le temps qu'on mangea le gigot, les plaisanteries continuèrent. Lui-même, quand la femme de ménage lui eut retrouvé une assiettée de soupe et une part de raie, se blagua, en bon enfant. Il affectait d'être affamé, torchait goulûment son assiette, et il racontait une histoire, une mère qui lui avait refusé sa fille, parce qu'il était architecte. La fin du dîner fut ainsi très bruyante, tous parlaient à la fois. Un morceau de brie, l'unique dessert, eut un succès énorme. On n'en laissa pas. Le pain faillit manquer. Puis, comme le vin manquait réellement, chacun avala une claire lampée d'eau, en faisant claquer sa langue, au milieu des grands rires. Et, la face fleurie, le ventre rond, avec la béatitude de gens qui viennent de se nourrir très richement, ils passèrent dans la chambre à coucher.

C'étaient les bonnes soirées de Sandoz. Même aux heures de misère, il avait toujours eu un pot-au-feu à partager avec les camarades. Cela l'enchantait, d'être en bande, tous amis, tous vivant de la même idée. Bien qu'il fût de leur âge, une paternité l'épanouissait, une bonhomie heureuse, quand il les voyait chez lui, autour de lui, la main dans la main, ivres d'espoir. Comme il n'avait qu'une pièce, sa chambre à coucher était à eux ; et, la place manquant, deux ou trois devaient s'asseoir sur le lit. Par ces chaudes soirées d'été, la fenêtre restait ouverte au grand air du dehors, on apercevait dans la nuit claire deux silhouettes noires, dominant les maisons, la tour de Saint-Jacques du Haut-Pas et l'arbre des Sourds-Muets. Les jours de richesse, il y avait de la bière. Chacun apportait son tabac, la chambre s'emplissait vite de fumée, on finissait par causer sans se voir, très tard dans la nuit, au milieu du grand silence mélancolique de ce quartier perdu.

Ce jour-là, dès neuf heures, la femme de ménage vint dire :

« Monsieur, j'ai fini, puis-je m'en aller ?

— Oui, allez-vous-en... Vous avez laissé de l'eau au feu,
n'est-ce pas ? Je ferai le thé moi-même. »

Sandoz s'était levé. Il disparut derrière la femme de
ménage, et ne rentra qu'au bout d'un quart d'heure. Sans
doute, il était allé embrasser sa mère, dont il bordait le lit
chaque soir, avant qu'elle s'endormît.

Mais le bruit des voix montait déjà, Fagerolles racontait
une histoire.

« Oui, mon vieux, à l'École, ils corrigent le modèle...
L'autre jour, Mazel[51] s'approche et me dit : « Les deux
cuisses ne sont pas d'aplomb. » Alors, je lui dis : « Voyez,
monsieur, elle les a comme ça. » C'était la petite Flore
Beauchamp, vous savez. Et il me dit, furieux : « Si elle les a
comme ça, elle a tort. »

On se roula, Claude surtout, à qui Fagerolles contait
l'histoire, pour lui faire sa cour. Depuis quelque temps, il
subissait son influence ; et, bien qu'il continuât de peindre
avec une adresse d'escamoteur, il ne parlait plus que de
peinture grasse et solide, que de morceaux de nature, jetés
sur la toile, vivants, grouillants, tels qu'ils étaient ; ce qui ne
l'empêchait pas de blaguer ailleurs ceux du plein air, qu'il
accusait d'empâter leurs études avec une cuiller à pot.

Dubuche, qui n'avait pas ri, froissé dans son honnêteté,
osa répondre :

« Pourquoi restes-tu à l'École, si tu trouves qu'on vous y
abrutit ? C'est bien simple, on s'en va... Oh ! je sais, vous êtes
tous contre moi, parce que je défends l'École. Voyez-vous,
mon idée est que, lorsqu'on veut faire un métier, il n'est pas
mauvais d'abord de l'apprendre. »

Des cris féroces s'élevèrent, et il fallut à Claude toute son
autorité pour dominer les voix.

« Il a raison, on doit apprendre son métier. Seulement, ce
n'est guère bon de l'apprendre sous la férule de professeurs
qui vous entrent de force dans la caboche leur vision à eux...
Ce Mazel, quel idiot ! dire que les cuisses de Flore Beauchamp ne sont pas d'aplomb ! Et des cuisses si étonnantes,
hein ? vous les connaissez, des cuisses qui la disent jusqu'au
fond, cette enragée noceuse-là ! »

Il se renversa sur le lit, où il se trouvait ; et, les yeux en l'air, il continua d'une voix ardente :

« Ah ! la vie, la vie ! la sentir et la rendre dans sa réalité, l'aimer pour elle, y voir la seule beauté vraie, éternelle et changeante, ne pas avoir l'idée bête de l'anoblir en la châtrant, comprendre que les prétendues laideurs ne sont que les saillies des caractères, et faire vivre, et faire des hommes, la seule façon d'être Dieu ! »

Sa foi revenait, la course à travers Paris l'avait fouetté, il était repris de sa passion de la chair vivante. On l'écoutait en silence. Il eut un geste fou, puis il se calma.

« Mon Dieu ! chacun ses idées ; mais l'embêtant, c'est qu'ils sont encore plus intolérants que nous, à l'Institut... Le jury du Salon est à eux, je suis sûr que cet idiot de Mazel va me refuser mon tableau. »

Et, là-dessus, tous partirent en imprécations, car cette question du jury était un éternel sujet de colère. On exigeait des réformes, chacun avait une solution prête, depuis le suffrage universel appliqué à l'élection d'un jury largement libéral, jusqu'à la liberté entière, le Salon libre pour tous les exposants.

Devant la fenêtre ouverte, pendant que les autres discutaient, Gagnière avait attiré Mahoudeau, et il murmurait d'une voix éteinte, les regards perdus dans la nuit :

« Oh ! ce n'est rien, vois-tu, quatre mesures, une impression jetée. Mais ce qu'il y a là-dedans !... Pour moi, d'abord, c'est un paysage qui fuit, un coin de route mélancolique, avec l'ombre d'un arbre qu'on ne voit pas ; et puis, une femme passe, à peine un profil ; et puis, elle s'en va, et on ne la rencontrera jamais, jamais plus... [52] »

A ce moment, Fagerolles cria :

« Dis donc, Gagnière, qu'est-ce que tu envoies au Salon, cette année ? »

Il n'entendit pas, il poursuivait, extasié :

« Dans Schumann, il y a tout, c'est l'infini... Et Wagner qu'ils ont encore sifflé dimanche ! »

Mais un nouvel appel de Fagerolles le fit sursauter.

« Hein ? quoi ? ce que j'enverrai au Salon ?... Un petit

paysage peut-être, un coin de Seine. C'est si difficile, il faut avant tout que je sois content. »

Il était redevenu brusquement timide et inquiet. Ses scrupules de conscience artistique le tenaient pendant des mois sur une toile grande comme la main. A la suite des paysagistes français, ces maîtres qui ont les premiers conquis la nature, il se préoccupait de la justesse du ton, de l'exacte observation des valeurs, en théoricien dont l'honnêteté finissait par alourdir la main. Et, souvent, il n'osait plus risquer une note vibrante, d'une tristesse grise qui étonnait, au milieu de sa passion révolutionnaire.

« Moi, dit Mahoudeau, je me régale à l'idée de les faire loucher, avec ma bonne femme. »

Claude haussa les épaules.

« Oh ! toi, tu seras reçu : les sculpteurs sont plus larges que les peintres. Et, du reste, tu sais très bien ton affaire, tu as dans les doigts quelque chose qui plaît... Elle sera pleine de jolies choses, ta *Vendangeuse.* »

Ce compliment laissa Mahoudeau sérieux, car il posait pour la force, il s'ignorait et méprisait la grâce, une grâce invincible qui repoussait quand même de ses gros doigts d'ouvrier sans éducation, comme une fleur qui s'entête dans le dur terrain où un coup de vent l'a semée.

Fagerolles, très malin, n'exposait pas, de peur de mécontenter ses maîtres ; et il tapait sur le Salon, un bazar infect où la bonne peinture tournait à l'aigre avec la mauvaise. En secret, il rêvait le prix de Rome, qu'il plaisantait d'ailleurs comme le reste.

Mais Jory se planta au milieu de la chambre, son verre de bière au poing. Tout en le vidant à petits coups, il déclara :

« A la fin, il m'embête, le jury !... Dites donc, voulez-vous que je le démolisse ? Dès le prochain numéro, je commence, je le bombarde. Vous me donnerez des notes, n'est-ce pas ? et nous le flanquons par terre... Ce sera rigolo [53]. »

Claude acheva de se monter, ce fut un enthousiasme général. Oui, oui, il fallait faire campagne ! Tous en étaient, tous se pressaient pour se mieux sentir les coudes et marcher au feu ensemble. Il n'y en avait pas un, à cette minute, qui réservât sa part de gloire, car rien ne les séparait encore, ni leurs profondes dissemblances qu'ils ignoraient, ni les rivalités qui devaient les heurter un jour. Est-ce que le succès de l'un n'était pas le succès des autres ? Leur jeunesse fermentait, ils débordaient de dévouement, ils recommençaient l'éternel rêve de s'enrégimenter pour la conquête de la terre, chacun donnant son effort, celui-ci poussant celui-là, la bande arrivant d'un bloc, sur le même rang. Déjà Claude, en chef accepté, sonnait la victoire, distribuait des couronnes. Fagerolles lui-même, malgré sa blague de Parisien, croyait à la nécessité d'être une armée ; tandis que, plus épais d'appétits, mal débarbouillé de sa province, Jory se dépensait en camaraderie utile, prenant au vol des phrases, préparant là ses articles. Et Mahoudeau exagérait ses brutalités voulues, les mains convulsées, ainsi qu'un geindre [54] dont les poings pétriraient un monde ; et Gagnière, pâmé, dégagé du gris de sa peinture, raffinait la sensation jusqu'à l'évanouissement final de l'intelligence ; et Dubuche, de conviction pesante, ne jetait que des mots, mais des mots pareils à des coups de massue, en plein milieu des obstacles. Alors, Sandoz, bien heureux, riant d'aise à les voir si unis, tous dans la même chemise, comme il disait, déboucha une nouvelle bouteille de bière. Il aurait vidé la maison, il cria :

« Hein ? nous y sommes, ne lâchons plus... Il n'y a que ça de bon, s'entendre quand on a des choses dans la caboche, et que le tonnerre de Dieu emporte les imbéciles ! »

Mais, à ce moment, un coup de sonnette le stupéfia. Au milieu du silence brusque des autres, il reprit :

« A onze heures ! qui diable est-ce donc ? »

Il courut ouvrir, on l'entendit jeter une exclamation joyeuse. Déjà, il revenait, ouvrant la porte toute grande, disant :

« Ah ! que c'est gentil, de nous aimer un peu et de nous surprendre !... Bongrand, messieurs ! »

Le grand peintre, que le maître de la maison annonçait ainsi, avec une familiarité respectueuse, s'avança, les mains tendues. Tous se levèrent vivement, émotionnés, heureux de cette poignée de main si large et si cordiale. C'était un gros homme de quarante-cinq ans, la face tourmentée, sous de longs cheveux gris. Il venait d'entrer à l'Institut, et le simple veston d'alpaga qu'il portait avait à la boutonnière une rosette d'officier de la Légion d'honneur. Mais il aimait la jeunesse, ses meilleures escapades étaient de tomber là, de loin en loin, pour fumer une pipe, au milieu de ces débutants, dont la flamme le réchauffait.

« Je vais faire le thé », cria Sandoz.

Et, quand il revint de la cuisine avec la théière et les tasses, il trouva Bongrand installé, à califourchon sur une chaise, fumant sa courte pipe de terre, dans le vacarme qui avait repris. Bongrand lui-même parlait d'une voix de tonnerre. Petit-fils d'un fermier beauceron, fils d'un père bourgeois, de sang paysan, affiné par une mère très artiste, il était riche, n'avait pas besoin de vendre, et gardait des goûts et des opinions de bohème.

« Leur jury, ah bien ! j'aime mieux crever que d'en être ! disait-il avec de grands gestes. Est-ce que je suis un bourreau pour flanquer dehors de pauvres diables, qui ont souvent leur pain à gagner ?

— Cependant, fit remarquer Claude, vous pourriez nous rendre un fameux service, en y défendant nos tableaux.

— Moi, laissez donc ! je vous compromettrai... Je ne compte pas, je ne suis personne. »

Il y eut une clameur de protestation, Fagerolles lança d'une voix aiguë :

« Alors, si le peintre de la *Noce au village* ne compte pas ! »

Mais Bongrand s'emportait, debout, le sang aux joues.

« Fichez-moi la paix, hein ! avec la *Noce*. Elle commence à m'embêter, la *Noce,* je vous en avertis... Vraiment, elle tourne pour moi au cauchemar, depuis qu'on l'a mise au musée du Luxembourg. »

Cette *Noce au village* restait jusque-là son chef-d'œuvre : une noce débandée à travers les blés, des paysans étudiés de près, et très vrais, qui avaient une allure épique de héros d'Homère [55]. De ce tableau datait une évolution, car il avait apporté une formule nouvelle. A la suite de Delacroix, et parallèlement à Courbet, c'était un romantisme tempéré de logique, avec plus d'exactitude dans l'observation, plus de perfection dans la facture, sans que la nature y fût encore abordée de front, sous les crudités du plein air. Pourtant, toute la jeune école se réclamait de cet art.

« Il n'y a rien de beau, dit Claude, comme les deux premiers groupes, le joueur de violon, puis la mariée avec le vieux paysan.

— Et la grande paysanne donc, s'écria Mahoudeau, celle qui se retourne et qui appelle d'un geste !... J'avais envie de la prendre pour une statue.

— Et le coup de vent dans les blés, ajouta Gagnière, et les deux taches si jolies de la fille et du garçon qui se poussent, très loin ! »

Bongrand écoutait d'un air gêné, avec un sourire de souffrance. Comme Fagerolles lui demandait ce qu'il faisait en ce moment, il répondit avec un haussement d'épaules :

« Mon Dieu ! rien, des petites choses... Je n'exposerai pas, je voudrais trouver un coup... Ah ! que vous êtes heureux, vous autres, d'être encore au pied de la montagne ! On a de si bonnes jambes, on est si brave, quand il s'agit de monter là-haut ! Et puis, lorsqu'on y est, va te faire fiche ! les embêtements commencent. Une vraie torture, et des coups de poing, et des efforts sans cesse renaissants, dans la crainte d'en dégringoler trop vite !... Ma parole ! on préférerait être en bas, pour avoir encore tout à faire... Riez, vous verrez, vous verrez un jour ! »

La bande riait en effet, croyant à un paradoxe, à une pose d'homme célèbre, qu'elle excusait d'ailleurs. Est-ce que la suprême joie n'était pas d'être salué comme lui du nom de maître ? Les deux bras appuyés au dossier de sa chaise, il renonça à se faire comprendre, il les écouta, silencieux, en tirant de sa pipe de lentes fumées.

Cependant, Dubuche, qui avait des qualités d'homme de ménage, aidait Sandoz à servir le thé. Et le vacarme continua. Fagerolles racontait une histoire impayable du père Malgras, une cousine à sa femme, qu'il prêtait, quand on voulait bien lui en faire une académie. Puis, la conversation tomba sur les modèles, Mahoudeau était furieux, parce que les beaux

ventres s'en allaient : impossible d'avoir une fille avec un
ventre propre. Mais, brusquement, le tumulte grandit, on
félicitait Gagnière au sujet d'un amateur qu'il avait connu à la
musique du Palais-Royal, un petit rentier maniaque dont
l'unique débauche était d'acheter de la peinture. En riant, les
autres demandaient l'adresse. Tous les marchands furent
conspués, il était vraiment fâcheux que l'amateur se défiât du
peintre, au point de vouloir absolument passer par un
intermédiaire, dans l'espoir d'obtenir un rabais [56]. Cette
question du pain les excitait encore. Claude montrait un beau
mépris : on était volé, eh bien ! qu'est-ce que ça fichait, si
l'on avait fait un chef-d'œuvre, et que l'on eût seulement de
l'eau à boire ? Jory, ayant de nouveau exprimé des idées
basses de lucre, souleva une indignation. A la porte, le
journaliste ! On lui posait des questions sévères : est-ce qu'il
vendrait sa plume ? est-ce qu'il ne se couperait pas le poignet,
plutôt que d'écrire le contraire de sa pensée ? Du reste, on
n'écouta pas sa réponse, la fièvre montait toujours, c'était
maintenant la belle folie des vingt ans, le dédain du monde
entier, la seule passion de l'œuvre, dégagée des infirmités
humaines, mise en l'air comme un soleil. Quel désir ! se
perdre, se consumer dans ce brasier qu'ils allumaient !

Bongrand, jusque-là immobile, eut son geste vague de
souffrance, devant cette confiance illimitée, cette joie
bruyante de l'assaut. Il oubliait les cent toiles qui avaient fait
sa gloire, il pensait à l'accouchement de l'œuvre dont il venait
de laisser l'ébauche sur son chevalet. Et, retirant de la bouche
sa petite pipe, il murmura, les yeux mouillés d'attendrissement :

« Oh ! jeunesse, jeunesse ! »

Jusqu'à deux heures du matin, Sandoz, qui se multipliait,
remit de l'eau chaude dans la théière. On n'entendait plus
monter du quartier anéanti de sommeil, que les jurements
d'une chatte en folie. Tous divaguaient, grisés de paroles, la
gorge arrachée, les yeux brûlés ; et lui, lorsqu'ils se décidèrent enfin à partir, prit la lampe, les éclaira par-dessus la
rampe de l'escalier, en disant très bas :

« Ne faites pas de bruit, ma mère dort. »

La dégringolade assourdie des souliers le long des marches
alla en s'affaiblissant, et la maison retomba dans un grand
silence.

Quatre heures sonnaient. Claude, qui accompagnait Bongrand, causait toujours, à travers les rues désertes. Il ne
voulait pas se coucher, il attendait le soleil, avec une rage
d'impatience, pour se remettre à son tableau. Cette fois, il
était certain de faire un chef-d'œuvre, exalté par cette bonne
journée de camaraderie, la tête douloureuse et grosse d'un
monde. Enfin, il avait trouvé la peinture, il se voyait rentrant
dans son atelier comme on retourne chez une femme adorée,
le cœur battant à grands coups, désespéré maintenant de
cette absence d'un jour, qui lui semblait un abandon sans
fin ; et il allait droit à sa toile, et en une séance il réalisait son
rêve. Cependant, tous les vingt pas, à la clarté vacillante des
becs de gaz, Bongrand l'arrêtait par un bouton de son
paletot, en lui répétant que cette sacrée peinture était un
métier du tonnerre de Dieu. Ainsi, lui, Bongrand, avait beau
être un malin, il n'y entendait rien encore. A chaque œuvre
nouvelle, il débutait, c'était à se casser la tête contre les murs.
Le ciel s'éclairait, des maraîchers commençaient à descendre
vers les Halles. Et l'un et l'autre continuaient à vaguer,
chacun parlant pour lui, très haut, sous les étoiles pâlissantes.

IV

Six semaines plus tard, Claude peignait un matin, dans un
flot de soleil, qui tombait par la baie vitrée de l'atelier. Des
pluies continues avaient attristé le milieu d'août, et le courage
au travail lui revenait avec le ciel bleu. Son grand tableau
n'avançait guère, il s'y appliquait pendant de longues matinées silencieuses, en artiste combattu et obstiné.

On frappa. Il crut que c'était madame Joseph, la
concierge, qui lui montait son déjeuner ; et, comme la clef
restait toujours sur la porte, il cria simplement :

« Entrez ! »

La porte s'était ouverte, il y eut un remuement léger, puis
tout cessa. Lui, continuait de peindre, sans même tourner la
tête. Mais ce silence frissonnant, une vague haleine qui
palpitait, finirent par l'inquiéter. Il regarda, il demeura
stupéfait : une femme était là, vêtue d'une robe claire, le
visage à demi caché sous une voilette blanche ; et il ne la
connaissait point, et elle tenait une botte de roses, qui
achevait de l'ahurir.

Tout d'un coup, il la reconnut.

« Vous, mademoiselle !... Ah bien ! si je songeais à vous ! »

C'était Christine. Il n'avait pu rattraper à temps ce cri peu
aimable, qui était le cri même de la vérité. D'abord, elle
l'avait préoccupé de son souvenir ; ensuite, à mesure que les
jours s'écoulaient, depuis près de deux mois qu'elle ne
donnait pas signe de vie, elle était passée à l'état de vision
fuyante et regrettée, de profil charmant qui se perd et qu'on
ne doit jamais revoir.

« Oui, c'est moi, monsieur... J'ai pensé que c'était mal de
ne pas vous remercier... »

Elle rougissait, elle balbutiait, ne pouvant trouver les
mots. Sans doute, la montée de l'escalier l'avait essoufflée,
car son cœur battait très fort. Eh quoi ? était-ce donc déplacé,
cette visite, raisonnée si longtemps, et qui avait fini par lui
sembler toute naturelle ? Le pis était qu'en passant sur le
quai, elle venait d'acheter cette botte de roses, dans l'intention délicate de témoigner sa gratitude à ce garçon ; et ces
fleurs la gênaient horriblement. Comment les lui donner ?
Qu'allait-il penser d'elle ? L'inconvenance de toutes ces
choses ne lui était apparue qu'en ouvrant la porte.

Mais Claude, plus troublé encore, se jetait à une exagération de politesse. Il avait lâché sa palette, il bouleversait
l'atelier pour débarrasser une chaise.

« Mademoiselle, je vous en prie, asseyez-vous... Vraiment,
c'est une surprise... Vous êtes trop charmante... »

Alors, quand elle fut assise, Christine se calma. Il était si
drôle avec ses grands gestes éperdus, elle le sentait lui-même

si timide, qu'elle eut un sourire. Et elle lui tendit les roses, bravement.

« Tenez ! c'est pour que vous sachiez que je ne suis pas une ingrate. »

Il ne dit rien d'abord, la contempla, saisi. Lorsqu'il eut vu qu'elle ne se moquait pas, il lui serra les deux mains, à les briser ; puis, il mit tout de suite le bouquet dans son pot à eau, en répétant :

« Ah ! par exemple, vous êtes un bon garçon, vous !... C'est la première fois que je fais ce compliment à une femme, parole d'honneur ! »

Il revint, il lui demanda, ses yeux dans les siens :

« Vrai, vous ne m'avez pas oublié ?

— Vous le voyez bien, répondit-elle en riant.

— Pourquoi alors avez-vous attendu deux mois ? »

De nouveau, elle rougit. Le mensonge qu'elle faisait lui rendit un instant son embarras.

« Mais je ne suis pas libre, vous le savez... Oh ! madame Vanzade est très bonne pour moi ; seulement, elle est impotente, elle ne sort jamais ; et il a fallu qu'elle-même, inquiète de ma santé, me forçât à prendre l'air. »

Elle ne disait pas la honte où son aventure du quai de Bourbon l'avait jetée, les premiers jours. En se retrouvant à l'abri, dans la maison de la vieille dame, le souvenir de la nuit passée chez un homme l'avait tracassée de remords, comme une faute ; et elle croyait être parvenue à chasser cet homme de sa mémoire, ce n'était plus qu'un mauvais rêve, dont les contours s'effaçaient. Puis, sans qu'elle sût comment, au milieu du grand calme de son existence nouvelle, l'image était ressortie de l'ombre, en se précisant, en s'accentuant, jusqu'à devenir l'obsession de toutes ses heures. Pourquoi donc l'aurait-elle oublié ? elle ne trouvait à lui faire aucun reproche ; au contraire, ne lui devait-elle pas de la gratitude ? La pensée de le revoir, repoussée d'abord, longtemps combattue ensuite, avait ainsi tourné en elle à l'idée fixe. Chaque soir, la tentation la reprenait dans la solitude de sa chambre, un malaise dont elle s'irritait, un désir ignoré d'elle-même ; et elle ne s'était apaisée un peu qu'en s'expli-

quant ce trouble par son besoin de reconnaissance. Elle était
si seule, si étouffée, dans cette demeure somnolente ! le flot
de sa jeunesse bouillonnait si fort, son cœur avait une si
grosse envie d'amitié !

« Alors, continua-t-elle, j'ai profité de ma première sortie... Et puis, il faisait tellement beau, ce matin, après toutes
ces averses maussades ! »

Claude, heureux, debout devant elle, se confessa lui aussi,
mais sans avoir rien à cacher.

« Moi, je n'osais plus songer à vous... N'est-ce pas ? vous
êtes comme ces fées des contes qui sortent du plancher et qui
rentrent dans les murs, toujours au moment où l'on ne s'y
attend pas. Je me disais : C'est fini, ce n'est peut-être pas
vrai, qu'elle a traversé cet atelier... Et vous voilà, et ça me fait
un plaisir, oh ! un fier plaisir ! »

Souriante et gênée, Christine tournait la tête, affectait
maintenant de regarder autour d'elle. Son sourire disparut, la
peinture féroce qu'elle retrouvait là, les flamboyantes esquisses du Midi, l'anatomie terriblement exacte des études, la
glaçaient comme la première fois. Elle fut reprise d'une
véritable crainte, elle dit, sérieuse, la voix changée :

« Je vous dérange, je m'en vais.

— Mais non ! mais non ! cria Claude en l'empêchant de
quitter sa chaise. Je m'abrutissais au travail, ça me fait du
bien de causer avec vous... Ah ! ce sacré tableau, il me torture
assez déjà ! »

Et Christine, levant les yeux, regarda le grand tableau,
cette toile, tournée l'autre fois contre le mur, et qu'elle avait
eu en vain le désir de voir.

Les fonds, la clairière sombre trouée d'une nappe de soleil,
n'étaient toujours qu'indiqués à larges coups. Mais les deux
petites lutteuses, la blonde et la brune, presque terminées, se
détachaient dans la lumière, avec leurs deux notes si fraîches.
Au premier plan, le monsieur, recommencé trois fois, restait
en détresse. Et c'était surtout à la figure centrale, à la femme
couchée que le peintre travaillait : il n'avait plus repris la
tête, il s'acharnait sur le corps, changeant de modèle chaque
semaine, si désespéré de ne pas se satisfaire, que, depuis deux

jours, lui qui se flattait de ne pouvoir inventer, il cherchait sans document, en dehors de la nature.

Christine, tout de suite, se reconnut. C'était elle, cette fille, vautrée dans l'herbe, un bras sous la nuque, souriant sans regard, les paupières closes. Cette fille nue avait son visage, et une révolte la soulevait, comme si elle avait eu son corps, comme si, brutalement, l'on eût déshabillé là toute sa nudité de vierge. Elle était surtout blessée par l'emportement de la peinture, si rude, qu'elle s'en trouvait violentée, la chair meurtrie. Cette peinture, elle ne la comprenait pas, elle la jugeait exécrable, elle se sentait contre elle une haine, la haine instinctive d'une ennemie.

Elle se mit debout, elle répéta d'une voix brève :

« Je m'en vais. »

Claude la suivait des yeux, étonné et chagrin de ce changement brusque.

« Comment, si vite ?

— Oui, l'on m'attend. Adieu ! »

Et elle était à la porte déjà, lorsqu'il put lui prendre la main. Il osa lui demander :

« Quand vous reverrai-je ? »

Sa petite main mollissait dans la sienne. Un moment, elle parut hésitante.

« Mais je ne sais pas. Je suis occupée ! »

Puis, elle se dégagea, elle s'en alla, en disant très vite :

« Quand je le pourrai, un de ces jours… Adieu ! »

Claude était resté planté sur le seuil. Quoi ? qu'avait-elle eu encore, cette subite réserve, cette irritation sourde ? Il referma la porte, il marcha, les bras ballants, sans comprendre, cherchant en vain la phrase, le geste qui avait pu la blesser. La colère le prenait à son tour, un juron jeté dans le vide, un terrible haussement d'épaules, comme pour se débarrasser de cette préoccupation imbécile. Est-ce qu'on savait jamais, avec les femmes ! Mais la vue du bouquet de roses, débordant du pot à eau, l'apaisa, tant il sentait bon. Toute la pièce en était embaumée ; et, silencieux, il se remit au travail, dans ce parfum.

Deux nouveaux mois se passèrent. Claude, les premiers

jours, au moindre bruit, le matin, lorsque madame Joseph lui
apportait son déjeuner ou des lettres, tournait vivement la
tête, avait un geste involontaire de désappointement. Il ne
sortait plus avant quatre heures, et la concierge lui ayant dit,
un soir, comme il rentrait, qu'une jeune fille était venue le
demander vers cinq heures, il ne s'était calmé qu'en reconnaissant un modèle, Zoé Piédefer, dans la visiteuse. Puis, les
jours suivants, il avait eu une crise furieuse de travail,
inabordable pour tous, d'une violence de théories telle, que
ses amis eux-mêmes n'osaient le contrarier. Il balayait le
monde d'un geste, il n'y avait plus que la peinture, on devait
égorger les parents, les camarades, les femmes surtout ! De
cette fièvre chaude, il était tombé dans un abominable
désespoir, une semaine d'impuissance et de doute, toute une
semaine de torture à se croire frappé de stupidité. Et il se
remettait, il avait repris son train habituel, sa lutte résignée et
solitaire contre son tableau, lorsque, par une matinée bru-
meuse de la fin d'octobre, il tressaillit et posa rapidement sa
palette. On n'avait pas frappé, mais il venait de reconnaître
un pas qui montait. Il ouvrit, et elle entra. C'était elle enfin.

Christine, ce jour-là, portait un large manteau de laine
grise qui l'enveloppait tout entière. Son petit chapeau de
velours était sombre, et le brouillard du dehors avait emperlé
sa voilette de dentelle noire. Mais il la trouva très gaie, dans
ce premier frisson de l'hiver. Elle s'excusa d'avoir tardé si
longtemps à revenir ; et elle souriait de son air franc, elle
avouait qu'elle avait hésité, qu'elle avait bien failli ne plus
vouloir : oui, des idées à elle, des choses qu'il devait
comprendre. Il ne comprenait pas, il ne demandait pas à
comprendre, puisqu'elle était là. Cela suffisait qu'elle ne fût
point fâchée, qu'elle consentît à monter ainsi de temps à
autre, en bonne camarade. Il n'y eut pas d'explication,
chacun garda le tourment et le combat des jours passés.
Pendant près d'une heure, ils causèrent, très d'accord, sans
rien de caché ni d'hostile désormais, comme si l'entente
s'était faite à leur insu, loin l'un de l'autre. Elle ne sembla
même pas voir les esquisses et les études des murs. Un
instant, elle regarda fixement la grande toile, la figure de

femme nue, couchée dans l'herbe, sous l'or flambant du soleil. Non, ce n'était pas elle, cette fille n'avait ni son visage ni son corps : comment avait-elle pu se reconnaître, dans cet épouvantable gâchis de couleurs ? Et son amitié s'attendrit d'une pointe de pitié pour ce brave garçon, qui ne faisait pas même ressemblant. Au départ, sur le seuil, ce fut elle qui lui tendit cordialement la main.

« Vous savez, je reviendrai.

— Oui, dans deux mois.

— Non, la semaine prochaine... Vous verrez bien. A jeudi. »

Le jeudi, elle reparut, très exacte. Et, dès lors, elle ne cessa plus de venir, une fois par semaine, d'abord sans date régulière, au hasard de ses jours libres ; puis, elle choisit le lundi, madame Vanzade lui ayant accordé ce jour-là, pour marcher et respirer au plein air du Bois de Boulogne. Elle devait être rentrée à onze heures, elle se hâtait à pied, elle arrivait toute rose d'avoir couru, car il y avait une bonne course de Passy au quai de Bourbon. Pendant quatre mois d'hiver, d'octobre à février, elle s'en vint ainsi sous les pluies battantes, sous les brouillards de la Seine, sous les pâles soleils qui attiédissaient les quais. Même, dès le deuxième mois, elle arriva parfois à l'improviste, un autre jour de la semaine, profitant d'une course dans Paris pour monter ; et elle ne pouvait s'attarder plus de deux minutes, on avait tout juste le temps de se dire bonjour : déjà, elle redescendait l'escalier, en criant bonsoir.

Maintenant, Claude commençait à connaître Christine. Dans son éternelle méfiance de la femme, un soupçon lui était resté, l'idée d'une aventure galante en province ; mais les yeux doux, le rire clair de la jeune fille, avaient tout emporté, il la sentait d'une innocence de grande enfant. Dès qu'elle arrivait, sans un embarras, à l'aise comme chez un ami, c'était pour bavarder, d'un flot intarissable. Vingt fois, elle lui avait raconté son enfance à Clermont, et elle y revenait toujours. Le soir où son père, le capitaine Hallegrain, avait eu sa dernière attaque, foudroyé, tombé de son fauteuil ainsi qu'une masse, sa mère et elle étaient à l'église. Elle se rappelait parfaitement leur retour, puis la nuit affreuse, le capitaine très gros, très fort, allongé sur un matelas, avec sa mâchoire inférieure qui avançait ; si bien que, dans sa mémoire de gamine, elle ne pouvait le revoir autrement. Elle aussi avait cette mâchoire-là, sa mère lui criait, quand elle ne savait de quelle façon la dompter : « Ah ! menton de galoche, tu te mangeras le sang comme ton père ! » Pauvre mère ! l'avait-elle assez étourdie de ses jeux violents, de ses crises folles de tapage ! Aussi loin qu'elle pouvait remonter, elle la trouvait devant la même fenêtre, petite, fluette, peignant sans bruit ses éventails, avec des yeux doux, tout ce qu'elle tenait d'elle aujourd'hui. On le lui disait parfois, à la chère femme, voulant lui faire plaisir : « Elle a vos yeux. » Et elle souriait, elle était heureuse d'être au moins pour ce coin de douceur, dans le visage de sa fille. Depuis la mort de son mari, elle travaillait si tard, que sa vue se perdait. Comment vivre ? La pension de veuve, les six cents francs qu'elle touchait, suffisait à peine aux besoins de l'enfant. Pendant cinq années, celle-ci avait vu sa mère pâlir et maigrir, s'en aller un peu chaque jour, jusqu'à n'être plus qu'une ombre ; et elle gardait le remords de n'avoir pas été très sage, la désespérant par son manque d'application au travail, recommençant tous les lundis de beaux projets, jurant de l'aider bientôt à gagner de l'argent ; mais ses jambes et ses bras partaient malgré son effort, elle tombait malade, dès qu'elle restait tranquille. Alors, un matin, sa mère n'avait pu se lever, et elle était morte, la voix éteinte, les yeux pleins de grosses larmes. Toujours, elle l'avait ainsi présente, morte déjà, les yeux grands ouverts et pleurant encore, fixés sur elle.

D'autres fois, Christine, questionnée par Claude sur Clermont, oubliait tout ce deuil, pour lâcher les gais souvenirs. Elle riait à belles dents de leur campement, rue de l'Éclache, elle née à Strasbourg, le père Gascon, la mère parisienne, tous les trois jetés dans cette Auvergne, qu'ils abominaient. La rue de l'Éclache, qui descend au Jardin des Plantes, étroite et humide, était d'une mélancolie de caveau ; pas une boutique, jamais un passant, rien que les façades

mornes, aux volets toujours fermés ; mais, vers le midi,
dominant des cours intérieures, les fenêtres de leur logement
avaient la joie du grand soleil. Même la salle à manger ouvrait
sur un large balcon, une sorte de galerie de bois, dont les
arcades étaient garnies d'une glycine géante, qui les enfouis-
sait dans sa verdure. Et elle y avait grandi, d'abord près de
son père infirme, ensuite cloîtrée avec sa mère que la moindre
sortie épuisait ; elle ignorait si complètement la ville et les
environs, qu'elle et Claude finissaient par s'égayer, lorsqu'elle accueillait ses questions d'un éternel : Je ne sais pas.
Les montagnes ? Oui, il y avait des montagnes d'un côté, on
les apercevait au bout des rues. Tandis que, de l'autre côté,
en enfilant d'autres rues, on voyait des champs plats, à
l'infini ; mais on n'y allait pas, c'était trop loin. Elle
reconnaissait seulement le Puy-de-Dôme, tout rond, pareil à
une bosse. Dans la ville, elle se serait rendue à la cathédrale,
les yeux fermés : on faisait le tour par la place de Jaude, on
prenait la rue des Gras ; et il ne fallait point lui en demander
davantage, le reste s'enchevêtrait, des ruelles et des boulevards en pente, une cité de lave noire qui dévalait, où les
pluies d'orage roulaient comme des fleuves, sous de formidables éclats de foudre[57]. Oh ! les orages de là-bas, elle en
frissonnait encore ! Devant sa chambre, au-dessus des toits,
le paratonnerre du Musée était toujours en feu. Elle avait,
dans la salle à manger qui servait aussi de salon, une fenêtre à
elle, une profonde embrasure, grande comme une pièce, où
se trouvaient sa table de travail et ses petites affaires. C'était
là que sa mère lui avait appris à lire ; c'était là que, plus tard,
elle s'endormait en écoutant ses professeurs, tellement la
fatigue des leçons l'étourdissait. Aussi, maintenant, se
moquait-elle de son ignorance : ah ! une demoiselle bien
instruite, qui n'aurait pas su dire seulement tous les noms des
rois de France, avec les dates ! une musicienne fameuse qui
en était restée aux « Petits bateaux » ! une aquarelliste
prodige, qui ratait les arbres, parce que les feuilles étaient
trop difficiles à imiter ! Brusquement, elle sautait aux quinze
mois qu'elle avait passés à la Visitation, après la mort de sa
mère, un grand couvent, hors de la ville, avec des jardins

magnifiques ; et les histoires de bonnes sœurs ne tarissaient plus, des jalousies, des niaiseries, des innocences à faire trembler. Elle devait entrer en religion, elle suffoquait à l'église. Tout lui semblait fini, lorsque la supérieure qui l'aimait beaucoup, l'avait elle-même détournée du cloître, en lui procurant cette place, chez madame Vanzade. Une surprise lui en restait : comment la mère des Saints-Anges avait-elle lu si clairement en elle ? car, depuis qu'elle habitait Paris, elle était en effet tombée à une complète indifférence religieuse.

Alors, quand les souvenirs de Clermont se trouvaient épuisés, Claude voulait savoir quelle était sa vie chez madame Vanzade ; et, chaque semaine, elle lui donnait de nouveaux détails. Dans le petit hôtel de Passy, silencieux et fermé, l'existence passait régulière, avec le tic-tac affaibli des vieilles horloges [58]. Deux serviteurs antiques, une cuisinière et un valet de chambre, depuis quarante ans dans la famille, traversaient seuls les pièces vides, sans un bruit de leurs pantoufles, d'un pas de fantômes. Parfois, de loin en loin, venait une visite, quelque général octogénaire, si desséché, qu'il pesait à peine sur les tapis. C'était la maison des ombres, le soleil s'y mourait en lueurs de veilleuse, à travers les lames des persiennes. Depuis que madame, prise par les genoux et devenue aveugle, ne quittait plus sa chambre, elle n'avait d'autre distraction que de se faire lire des livres de piété, interminablement. Ah ! ces lectures sans fin, comme elles pesaient à la jeune fille ! Si elle avait su un métier, avec quelle joie elle aurait coupé des robes, épinglé des chapeaux, gaufré des pétales de fleurs ! Dire qu'elle n'était capable de rien, qu'elle avait tout appris, et qu'il n'y avait en elle que l'étoffe d'une fille à gages, d'une demi-domestique ! Et puis, elle souffrait de cette demeure close, rigide, qui sentait la mort ; elle était reprise des étourdissements de son enfance, quand jadis elle voulait se forcer au travail, pour faire plaisir à sa mère ; une rébellion de son sang la soulevait, elle aurait crié et sauté, ivre du besoin de vivre. Mais madame la traitait si doucement, la renvoyant de sa chambre, lui ordonnant de longues promenades, qu'elle était pleine de remords, lorsque, au retour du quai de Bourbon, elle devait mentir, parler du Bois de Boulogne, inventer une cérémonie à l'église, où elle ne mettait plus les pieds. Chaque jour, madame semblait éprouver pour elle une tendresse plus grande ; c'étaient sans cesse des cadeaux, une robe de soie, une petite montre ancienne, jusqu'à du linge ; et elle-même aimait beaucoup madame, elle avait pleuré un soir que celle-ci l'appelait sa fille, elle jurait de ne la quitter jamais maintenant, le cœur noyé de pitié, à la voir si vieille et si infirme.

« Bah ! dit Claude un matin, vous serez récompensée, elle vous fera son héritière. »

Christine demeura saisie.

« Oh ! pensez-vous ?... On dit qu'elle a trois millions... Non, non, je n'y ai jamais songé, je ne veux pas, qu'est-ce que je deviendrais ? »

Claude s'était détourné, et il ajouta d'une voix brusque :

« Vous deviendriez riche, parbleu !... D'abord, sans doute, elle vous mariera. »

Mais, à ce mot, elle l'interrompit d'un éclat de rire.

« Avec un de ses vieux amis, le général qui a un menton en argent... Ah ! la bonne folie ! »

Tous deux en restaient à une camaraderie de vieilles connaissances. Il était presque aussi neuf qu'elle en toutes choses, n'ayant connu que des filles de hasard, vivant au-dessus du réel, dans des amours romantiques. Cela leur semblait naturel et très simple, à elle comme à lui, de se voir de la sorte en secret, par amitié, sans autre galanterie qu'une poignée de main à l'arrivée et qu'une poignée de main au départ. Lui, ne se questionnait même plus sur ce qu'elle pouvait savoir de la vie et de l'homme, dans ses ignorances de demoiselle honnête ; et c'était elle qui le sentait timide, qui le regardait fixement parfois, avec le vacillement des yeux, le trouble étonné de la passion qui s'ignore. Mais rien encore de brûlant ni d'agité ne gâtait le plaisir qu'ils éprouvaient à être ensemble. Leurs mains demeuraient fraîches, ils parlaient de tout gaiement, ils se disputaient parfois, en amis certains de ne jamais se fâcher. Seulement, cette amitié devenait si vive, qu'ils ne pouvaient plus vivre l'un sans l'autre.

Dès que Christine était là, Claude enlevait la clef de la porte. Elle-même l'exigeait : de cette façon, personne ne viendrait les déranger. Au bout de quelques visites, elle avait pris possession de l'atelier, elle y semblait chez elle. Une idée d'y mettre un peu d'ordre la tourmentait, car elle souffrait nerveusement, au milieu d'un pareil abandon ; mais ce n'était point besogne facile, le peintre défendait à madame Joseph de balayer, de peur que la poussière ne couvrît ses toiles fraîches ; et, les premières fois, lorsque son amie tentait un bout de nettoyage, il la suivait d'un regard inquiet et suppliant. A quoi bon changer les choses de place ? est-ce qu'il ne suffisait pas de les avoir sous la main ? Pourtant, elle montrait une obstination si gaie, elle paraissait si heureuse de jouer à la ménagère, qu'il avait fini par la laisser libre. Maintenant, à peine arrivée, dégantée, la jupe épinglée pour ne pas la salir, elle bousculait tout, elle rangeait la vaste pièce en trois tours. Devant le poêle, on ne voyait plus un tas de cendre accumulée ; le paravent cachait le lit et la toilette ; le divan était brossé, l'armoire frottée et luisante, la table de sapin désencombrée de la vaisselle, nette de taches de couleurs ; et, au-dessus des chaises posées en belle symétrie, des chevalets boiteux appuyés aux murs, le coucou énorme, épanouissant ses fleurs de carmin, avait l'air de battre d'un tic-tac plus sonore. C'était magnifique, on n'aurait pas reconnu la pièce. Lui, stupéfait, la regardait aller, venir, tourner en chantant. Était-ce donc cette paresseuse qui avait des migraines intolérables, au moindre travail ? Mais elle riait : le travail de tête, oui ; tandis que le travail des pieds et des mains, au contraire, lui faisait du bien, la redressait comme un jeune arbre. Elle avouait, ainsi qu'une dépravation, son goût pour les soins bas du ménage, ce goût qui désespérait sa mère, dont l'idéal d'éducation était l'art d'agrément, l'institutrice aux mains fines, ne touchant à rien. Aussi que de remontrances, quand on la surprenait, toute petite, balayant, torchonnant, jouant à la cuisinière avec délices ! Encore aujourd'hui, si elle avait pu se battre contre la poussière, chez madame Vanzade, elle se serait moins ennuyée. Seulement, qu'aurait-on dit ? Du coup, elle n'aurait

plus été une dame. Et elle venait se satisfaire quai de
Bourbon, essoufflée de tant d'exercice, avec des yeux de
pécheresse qui mord au fruit défendu.

Claude, à cette heure, sentait autour de lui les bons soins
d'une femme. Pour la faire asseoir et causer tranquillement,
il lui demandait, parfois, de recoudre un poignet arraché, un
pan de veston déchiré. D'elle-même, elle avait bien offert de
visiter son linge. Mais ce n'était plus sa belle flamme de
ménagère qui s'agite. D'abord, elle ne savait pas, elle tenait
son aiguille en fille élevée dans le mépris de la couture. Puis,
cette immobilité, cette attention, ces petits points à soigner
un par un, l'exaspéraient. L'atelier reluisait de propreté,
comme un salon ; mais Claude restait en guenilles ; et tous les
deux en plaisantaient, ils trouvaient ça drôle.

Quels mois heureux ils passèrent, ces quatre mois de gelée
et de pluie, dans l'atelier où le poêle rouge ronflait comme un
tuyau d'orgue ! L'hiver semblait les isoler encore. Quand la
neige couvrait les toits voisins, que des moineaux venaient
battre de l'aile contre la baie vitrée, ils souriaient d'avoir
chaud et d'être perdus ainsi, au milieu de la grande ville
muette. Et ils n'eurent pas toujours que ce coin étroit, elle
finit par lui permettre de la reconduire. Longtemps, elle avait
voulu s'en aller seule, tourmentée de la honte d'être vue
dehors au bras d'un homme. Puis, un jour qu'une averse
brusque tombait, il fallut bien qu'elle le laissât descendre
avec un parapluie ; et, l'averse ayant cessé tout de suite, de
l'autre côté du pont Louis-Philippe, elle l'avait renvoyé, ils
étaient seulement restés quelques minutes devant le parapet,
à regarder le Mail, heureux de se trouver ensemble, sous le
ciel libre. En bas, contre les pavés du port, les grandes toues
pleines de pommes s'alignaient sur quatre rangs, si serrées,
que des planches, entre elles, faisaient des sentiers, où
couraient des enfants et des femmes ; et ils s'amusèrent de cet
écroulement de fruits, des tas énormes qui encombraient la
berge, des paniers ronds qui voyageaient ; tandis qu'une
odeur forte, presque puante, une odeur de cidre en fermenta-
tion, s'exhalait avec le souffle humide de la rivière. La
semaine suivante, comme le soleil avait reparu et qu'il lui

vantait la solitude des quais, autour de l'île Saint-Louis, elle
consentit à une promenade. Ils remontèrent le quai de
Bourbon et le quai d'Anjou, s'arrêtant à chaque pas,
intéressés par la vie de la Seine, la dragueuse dont les seaux
grinçaient, le bateau-lavoir secoué d'un bruit de querelles,
une grue, là-bas, en train de décharger un chaland. Elle,
surtout, s'étonnait : était-ce possible que ce quai des Ormes,
si vivant en face, que ce quai Henri IV, avec sa berge
immense, sa plage où des bandes d'enfants et de chiens se
culbutaient sur des tas de sable, que tout cet horizon de ville
peuplée et active fût l'horizon de cité maudite, aperçu dans
un éclaboussement de sang, la nuit de son arrivée ? Ensuite,
ils tournèrent la pointe, ralentissant encore leur marche, pour
jouir du désert et du silence que de vieux hôtels semblent
mettre là ; ils regardèrent l'eau bouillonner à travers la forêt
des charpentes de l'Estacade, ils revinrent en suivant le quai
de Béthune et le quai d'Orléans, rapprochés par l'élargisse-
ment du fleuve, se serrant l'un contre l'autre devant cette
coulée énorme, les yeux au loin sur le Port-au-Vin et le Jardin
des Plantes. Dans le ciel pâle, des dômes de monuments
bleuissaient. Comme ils arrivaient au pont Saint-Louis, il dut
lui nommer Notre-Dame qu'elle ne reconnaissait pas, vue
ainsi du chevet, colossale et accroupie entre ses arcs-
boutants, pareils à des pattes au repos, dominée par la double
tête de ses tours, au-dessus de sa longue échine de monstre.
Mais leur trouvaille, ce jour-là, ce fut la pointe occidentale de
l'île, cette proue de navire continuellement à l'ancre, qui,
dans la fuite des deux courants, regarde Paris sans jamais
l'atteindre. Ils descendirent un escalier très raide, ils découvrirent une berge solitaire, plantée de grands arbres ; et
c'était un refuge délicieux, un asile en pleine foule, Paris
grondant alentour, sur les quais, sur les ponts, pendant qu'ils
goûtaient au bord de l'eau la joie d'être seuls, ignorés de tous.
Dès lors, cette berge fut leur coin de campagne, le pays de
plein air où ils profitaient des heures de soleil, quand la
grosse chaleur de l'atelier, où le poêle rouge ronflait, les
suffoquait et commençait à chauffer leurs mains d'une fièvre
dont ils avaient peur.

Cependant, jusque-là, Christine refusait de se laisser accompagner plus loin que le Mail. Au quai des Ormes, elle congédiait toujours Claude, comme si Paris, avec sa foule et ses rencontres possibles, eût commencé à cette longue file de quais, qu'il lui fallait suivre. Mais Passy était si loin, et elle s'ennuyait tant à faire seule une course pareille, que peu à peu elle céda, lui permettant d'abord de pousser jusqu'à l'Hôtel de Ville, puis jusqu'au Pont-Neuf, puis jusqu'aux Tuileries. Elle oubliait le danger, tous deux s'en allaient maintenant bras dessus bras dessous, comme un jeune ménage ; et cette promenade sans cesse répétée, cette marche lente sur le même trottoir, du côté de l'eau, avait pris un charme infini, une jouissance de bonheur telle, qu'ils ne devaient jamais en éprouver de plus vive. Ils étaient l'un à l'autre, profondément, sans s'être donnés encore. Il semblait que l'âme de la grande ville, montant du fleuve, les enveloppât de toutes les tendresses qui avaient battu dans ces vieilles pierres, au travers des âges.

Depuis les grands froids de décembre, Christine ne venait plus que l'après-midi ; et c'était vers quatre heures lorsque le soleil déclinait, que Claude la reconduisait à son bras. Par les jours de ciel clair, dès qu'ils débouchaient du pont Louis-Philippe, toute la trouée des quais, immense, à l'infini, se déroulait. D'un bout à l'autre, le soleil oblique chauffait d'une poussière d'or les maisons de la rive droite ; tandis que la rive gauche, les îles, les édifices, se découpaient en une ligne noire, sur la gloire enflammée du couchant. Entre cette marge éclatante et cette marge sombre, la Seine pailletée luisait, coupée des barres minces de ses ponts, les cinq arches du pont Notre-Dame sous l'arche unique du pont d'Arcole, puis le pont au Change, puis le Pont-Neuf, de plus en plus fins, montrant chacun, au-delà de son ombre, un vif coup de lumière, une eau de satin bleu, blanchissant dans un reflet de miroir ; et, pendant que les découpures crépusculaires de gauche se terminaient par la silhouette des tours pointues du Palais de Justice, charbonnées durement sur le vide, une courbe molle s'arrondissait à droite dans la clarté, si allongée et si perdue, que le pavillon de Flore, tout là-bas, qui

s'avançait comme une citadelle, à l'extrême pointe, semblait
un château du rêve, bleuâtre, léger et tremblant, au milieu
des fumées roses de l'horizon. Mais eux, baignés de soleil
sous les platanes sans feuilles, détournaient les yeux de cet
éblouissement, s'égayaient à certains coins, toujours les
mêmes, un surtout, le pâté de maisons très vieilles, au-dessus
du Mail : en bas, de petites boutiques de quincaillerie et
d'articles de pêche à un étage, surmontées de terrasses,
fleuries de lauriers et de vignes vierges, et, par-derrière, des
maisons plus hautes, délabrées, étalant des linges aux
fenêtres, tout un entassement de constructions baroques, un
enchevêtrement de planches et de maçonneries, de murs
croulants et de jardins suspendus, où des boules de verre
allumaient des étoiles. Ils marchaient, ils délaissaient bientôt
les grands bâtiments qui suivaient, la Caserne, l'Hôtel de
Ville, pour s'intéresser, de l'autre côté du fleuve, à la Cité,
serrée dans ses murailles droites et lisses, sans berge. Au-
dessus des maisons assombries, les tours de Notre-Dame,
resplendissantes, étaient comme dorées à neuf. Des boîtes de
bouquinistes commençaient à envahir les parapets ; une
péniche, chargée de charbon, luttait contre le courant
terrible, sous une arche du pont Notre-Dame. Et là, les jours
de marché aux fleurs, malgré la rudesse de la saison, ils
s'arrêtaient à respirer les premières violettes et les giroflées
hâtives. Sur la gauche, cependant, la rive se découvrait et se
prolongeait : au-delà des poivrières du Palais de Justice,
avaient paru les petites maisons blafardes du quai de
l'Horloge, jusqu'à la touffe d'arbres du terre-plein ; puis, à
mesure qu'ils avançaient, d'autres quais sortaient de la
brume, très loin, le quai Voltaire, le quai Malaquais, la
coupole de l'Institut, le bâtiment carré de la Monnaie, une
longue barre grise de façades dont on ne distinguait même
pas les fenêtres, un promontoire de toitures que les poteries
des cheminées faisaient ressembler à une falaise rocheuse,
s'enfonçant au milieu d'une mer phosphorescente. En face,
au contraire, le pavillon de Flore sortait du rêve, se solidifiait
dans la flambée dernière de l'astre. Alors, à droite, à gauche
aux deux bords de l'eau, c'étaient les profondes perspectives

du boulevard Sébastopol et du boulevard du Palais ; c'étaient les bâtisses neuves du quai de la Mégisserie, la nouvelle Préfecture de police en face, le vieux Pont-Neuf, avec la tache d'encre de sa statue ; c'étaient le Louvre, les Tuileries, puis, au fond, par-dessus Grenelle, les lointains sans borne, les coteaux de Sèvres, la campagne noyée d'un ruissellement de rayons. Jamais Claude n'allait plus loin, Christine toujours l'arrêtait avant le Pont-Royal, près des grands arbres des bains Vigier [59] ; et, quand ils se retournaient pour échanger encore une poignée de main, dans l'or du soleil devenu rouge, ils regardaient en arrière, ils retrouvaient à l'autre horizon l'île Saint-Louis, d'où ils venaient, une fin confuse de capitale, que la nuit gagnait déjà, sous le ciel ardoisé de l'orient [60].

Ah ! que de beaux couchers de soleil ils eurent, pendant ces flâneries de chaque semaine ! Le soleil les accompagnait dans cette gaieté vibrante des quais, la vie de la Seine, la danse des reflets au fil du courant, l'amusement des boutiques chaudes comme des serres, et les fleurs en pot des grainetiers, et les cages assourdissantes des oiseliers, tout ce tapage de sons et de couleurs qui fait du bord de l'eau l'éternelle jeunesse des villes. Tandis qu'ils avançaient, la braise ardente du couchant s'empourprait à leur gauche, au-dessus de la ligne sombre des maisons ; et l'astre semblait les attendre, s'inclinait à mesure, roulait lentement vers les toits lointains, dès qu'ils avaient dépassé le pont Notre-Dame, en face du fleuve élargi. Dans aucune futaie séculaire, sur aucune route de montagne, par les prairies d'aucune plaine, il n'y aura jamais des fins de jour aussi triomphales que derrière la coupole de l'Institut. C'est Paris qui s'endort dans sa gloire. A chacune de leurs promenades, l'incendie changeait, des fournaises nouvelles ajoutaient leurs brasiers à cette couronne de flammes. Un soir qu'une averse venait de les surprendre, le soleil, reparaissant derrière la pluie, alluma la nuée tout entière, et il n'y eut plus sur leurs têtes que cette poussière d'eau embrasée, qui s'irisait de bleu et de rose. Les jours de ciel pur, au contraire, le soleil, pareil à une boule de feu, descendait majestueusement dans un lac de saphir tranquille ; un instant, la coupole noire de l'Institut l'écornait, comme une lune à son déclin ; puis, la boule se violaçait, se noyait au fond du lac devenu sanglant. Dès février, elle agrandit sa courbe, elle tomba droit dans la Seine, qui semblait bouillonner à l'horizon, sous l'approche de ce fer rouge. Mais les grands décors, les grandes féeries de l'espace ne flambaient que les soirs de nuages. Alors, suivant le caprice du vent, c'étaient des mers de soufre battant des rochers de corail, c'étaient des palais et des tours, des architectures entassées, brûlant, s'écroulant, lâchant par leurs brèches des torrents de lave ; ou encore, tout d'un coup, l'astre, disparu déjà, couché derrière un voile de vapeurs, perçait ce rempart d'une telle poussée de lumière, que des traits d'étincelles jaillissaient, partaient d'un bout du ciel à l'autre, visibles, ainsi qu'une volée de flèches d'or. Et le crépuscule se faisait, et ils se quittaient avec ce dernier éblouissement dans les yeux, ils sentaient ce Paris triomphal complice de la joie qu'ils ne pouvaient épuiser, à toujours recommencer ensemble cette promenade, le long des vieux parapets de pierre.

Un jour enfin, il arriva ce que Claude redoutait, sans le dire. Christine semblait ne plus croire qu'on pût les rencontrer. Qui, du reste, la connaissait ? Elle passerait ainsi, éternellement inconnue. Lui, songeait aux camarades, avait parfois un petit frisson, en croyant distinguer au loin quelque dos de sa connaissance. Il était travaillé d'une pudeur, l'idée qu'on pourrait dévisager la jeune fille, l'aborder, plaisanter peut-être, lui causait un insupportable malaise. Et, ce jour-là justement, comme elle se serrait à son bras, et qu'ils approchaient du pont des Arts, il tomba sur Sandoz et Dubuche, qui descendaient les marches du pont. Impossible de les éviter, on était presque face à face ; d'ailleurs, ses amis l'avaient aperçu sans doute, car ils souriaient. Très pâle, il avançait toujours ; et il pensa tout perdu, en voyant Dubuche faire un mouvement vers lui ; mais déjà Sandoz le retenait, l'emmenait. Ils passèrent d'un air indifférent, ils disparurent dans la cour du Louvre, sans même se retourner. Tous deux venaient de reconnaître l'original de cette tête au pastel, que le peintre cachait avec une jalousie d'amant. Christine, très gaie, n'avait rien remarqué. Claude, le cœur battant à grands coups, lui répondait par des mots étranglés, touché aux larmes, débordant de gratitude pour la discrétion de ses deux vieux compagnons.

A quelques jours de là, il eut encore une secousse. Il n'attendait pas Christine, et il avait donné rendez-vous à Sandoz ; puis, comme elle était montée en courant passer une heure, dans une de ces surprises qui les ravissaient, ils venaient à leur habitude de retirer la clef, lorsqu'on frappa du poing, familièrement. Tout de suite, lui reconnut cette façon de s'annoncer, si bouleversé de l'aventure, qu'il en renversa une chaise : impossible maintenant de ne pas répondre. Mais elle était devenue blême, elle le suppliait d'un geste éperdu, et il demeura immobile, l'haleine coupée. Les coups continuaient dans la porte. Une voix cria : « Claude ! Claude ! » Lui, ne bougeait toujours point, combattu pourtant, les lèvres blanches, les yeux à terre. Un grand silence régna, des pas descendirent, en faisant craquer les marches de bois. Sa poitrine s'était gonflée d'une tristesse immense, il la sentait éclater de remords, à chacun de ces pas qui s'en allaient, comme s'il eût renié l'amitié de toute sa jeunesse.

Cependant, une après-midi, on frappa encore, et Claude n'eut que le temps de murmurer avec désespoir :

« La clef est restée sur la porte ! »

En effet, Christine avait oublié de la retirer. Elle s'effara, s'élança derrière le paravent, tomba assise au bord du lit, son mouchoir sur la bouche, pour étouffer le bruit de sa respiration.

On tapait plus fort, des rires éclataient, le peintre dut crier :

« Entrez ! »

Et son malaise augmenta, en apercevant Jory, qui, galamment, introduisait Irma Bécot. Depuis quinze jours, Fagerolles la lui avait cédée ; ou plutôt il s'était résigné à ce caprice, par crainte de la perdre tout à fait. Elle jetait alors sa jeunesse aux quatre coins des ateliers, dans une telle folie de son corps, que chaque semaine elle déménageait ses trois chemises, quitte à revenir pour une nuit, si le cœur lui en disait.

« C'est elle qui a voulu visiter ton atelier, et je te l'amène »,
expliqua le journaliste.

Mais, sans attendre, elle se promenait, elle s'exclamait,
très libre.

« Oh ! que c'est drôle, ici !... Oh ! quelle drôle de peinture !... Hein ? soyez aimable, montrez-moi tout, je veux tout
voir... Et où couchez-vous ? »

Claude, anxieux d'inquiétude, eut peur qu'elle n'écartât le
paravent. Il s'imaginait Christine là derrière, il était désolé
déjà de ce qu'elle entendait.

« Tu sais ce qu'elle vient te demander ? reprit gaiement
Jory. Comment, tu ne te rappelles pas ? tu lui as promis de
faire quelque chose d'après elle... Elle te posera tout ce que
tu voudras, n'est-ce pas, ma chère ?

— Pardi, tout de suite !

— C'est que, dit le peintre embarrassé, mon tableau me
prendra jusqu'au Salon... Il y a là une figure qui me donne
un mal ! Impossible de m'en tirer, avec ces sacrés modèles ! »

Elle s'était plantée devant la toile, elle levait son petit nez
d'un air entendu.

« Cette femme nue, dans l'herbe... Eh bien ! dites donc, si
je pouvais vous être utile ? »

Du coup, Jory s'enflamma.

« Tiens ! mais c'est une idée ! Toi qui cherches une belle
fille, sans la trouver !... Elle va se défaire. Défais-toi, ma
chérie, défais-toi un peu, pour qu'il voie. »

D'une main, Irma dénoua vivement son chapeau, et elle
cherchait de l'autre les agrafes de son corsage, malgré les
refus énergiques de Claude, qui se débattait, comme si on
l'eût violenté.

« Non, non, c'est inutile... Madame est trop petite... Ce
n'est pas du tout ça, pas du tout !

— Qu'est-ce que ça fiche ? dit-elle, vous verrez toujours. »

Et Jory s'obstinait.

« Laisse donc ! c'est à elle que tu fais plaisir... Elle ne pose
pas d'habitude, elle n'en a pas besoin ; mais ça la régale, de se
montrer. Elle vivrait sans chemise... Défais-toi, ma chérie.
Rien que la gorge, puisqu'il a peur que tu ne le manges ! »

Enfin, Claude l'empêcha de se déshabiller. Il bégayait des excuses : plus tard, il serait très heureux ; en ce moment, il craignait qu'un document nouveau n'achevât de l'embrouiller ; et elle se contenta de hausser les épaules, en le regardant fixement de ses jolis yeux de vice, d'un air de souriant mépris.

Alors, Jory causa de la bande. Pourquoi donc Claude n'était-il pas venu, l'autre jeudi, chez Sandoz ? On ne le voyait plus, Dubuche l'accusait d'être entretenu par une actrice. Oh ! il y avait eu un attrapage entre Fagerolles et Mahoudeau, à propos de l'habit noir en sculpture ! Gagnière, le dimanche d'auparavant, était sorti d'une audition de Wagner, avec un œil en compote. Lui, Jory, avait manqué d'avoir un duel, au café Baudequin, pour un de ses derniers articles du *Tambour*[61]. C'est qu'il les menait raide, les peintres de quatre sous, les réputations volées ! La campagne contre le jury du Salon faisait un vacarme du diable, il ne resterait pas un morceau de ces gabelous de l'idéal, qui empêchaient la nature d'entrer.

Claude l'écoutait, dans une impatience irritée. Il avait repris sa palette, il piétinait devant son tableau. L'autre finit par comprendre.

« Tu désires travailler, nous te laissons. »

Irma continuait à regarder le peintre, avec son vague sourire, étonnée de la bêtise de ce nigaud qui ne voulait pas d'elle, tourmentée maintenant du caprice de l'avoir, malgré lui. C'était laid, son atelier, et lui-même n'avait rien de beau ; mais pourquoi posait-il pour la vertu ? Elle le plaisanta un instant, fine, intelligente, portant déjà sa fortune, dans le débraillé de sa jeunesse. Et à la porte, elle s'offrit une dernière fois, en lui chauffant la main d'une pression longue et enveloppante.

« Quand vous voudrez. »

Ils étaient partis, et Claude dut aller écarter le paravent ; car, derrière, Christine restait au bord du lit, comme sans force pour se lever. Elle ne parla pas de cette fille, elle déclara simplement qu'elle avait eu bien peur ; et elle voulut s'en aller tout de suite, tremblant d'entendre frapper encore, emportant au fond de ses yeux inquiets le trouble des choses qu'elle ne disait point.

Longtemps, d'ailleurs, ce milieu d'art brutal, cet atelier empli de tableaux violents, était demeuré pour elle un malaise. Elle ne pouvait s'habituer aux nudités vraies des académies, à la réalité crue des études faites en Provence, blessée, répugnée. Surtout elle n'y comprenait rien, grandie dans la tendresse et l'admiration d'un autre art, ces fines aquarelles de sa mère, ces éventails d'une délicatesse de rêve, où des couples lilas flottaient au milieu de jardins bleuâtres. Souvent encore, elle-même s'amusait à de petits paysages d'écolière, deux ou trois motifs toujours répétés, un lac avec une ruine, un moulin battant l'eau d'une rivière, un chalet et des sapins blancs de neige. Et elle s'étonnait : était-ce possible qu'un garçon intelligent peignît d'une façon si déraisonnable, si laide, si fausse ? car elle ne trouvait pas seulement ces réalités d'une hideur de monstres, elle les jugeait aussi en dehors de toute vérité permise. Enfin, il fallait être fou.

Un jour, Claude voulut absolument voir un petit album, son ancien album de Clermont, dont elle lui avait parlé. Après s'en être longtemps défendue, elle l'apporta, flattée au fond, ayant la vive curiosité de savoir ce qu'il dirait. Lui, le feuilleta en souriant ; et, comme il se taisait, elle murmura la première :

« Vous trouvez ça mauvais, n'est-ce pas ?

— Mais non, répondit-il, c'est innocent. »

Le mot la froissa, malgré le ton bonhomme qui le rendait aimable.

« Dame ! j'ai eu si peu de leçons de maman !... Moi, j'aime que ce soit bien fait et que ça plaise. »

Alors, il éclata franchement de rire.

« Avouez que ma peinture vous rend malade. Je l'ai remarqué, vous pincez les lèvres, vous arrondissez des yeux de terreur... Ah ! certes, ce n'est pas de la peinture pour les dames, encore moins pour les jeunes filles... Mais vous vous y accoutumerez, il n'y a là qu'une éducation de l'œil ; et vous verrez que c'est très sain et très honnête, ce que je fais là. »

En effet, peu à peu, Christine s'accoutuma. La conviction artistique n'y entra pour rien d'abord, d'autant plus que Claude, avec son dédain des jugements de la femme, ne l'endoctrinait pas, évitant au contraire de parler art avec elle, comme s'il eût voulu se réserver cette passion de sa vie, en dehors de la passion nouvelle qui l'envahissait. Seulement, elle glissait à l'habitude, elle finissait par éprouver de l'intérêt pour ces toiles abominables, en voyant quelle place souveraine elles tenaient dans l'existence du peintre. Ce fut sa première étape, elle s'attendrit de cette rage de travail, de ce don absolu de tout un être : n'était-ce pas touchant ? n'y avait-il pas là quelque chose de très bien ? Puis, lorsqu'elle remarqua les joies et les douleurs qui le bouleversaient, à la suite d'une bonne séance ou d'une mauvaise, elle arriva d'elle-même à se mettre de moitié dans son effort. Elle s'attristait, si elle le trouvait triste ; elle s'égayait, quand il l'accueillait gaiement ; et, dès lors, ce fut sa préoccupation : avait-il beaucoup travaillé ? était-il content de ce qu'il avait fait, depuis leur dernière entrevue ? Au bout du deuxième mois, elle était conquise, elle se plantait devant les toiles, n'en avait plus peur, n'approuvait toujours pas beaucoup cette façon de peindre, mais commençait à répéter des mots d'artiste, déclarait ça « vigoureux, crânement bâti, bien dans la lumière ». Il lui semblait si bon, elle l'aimait tant, qu'après l'avoir excusé de barbouiller de pareilles horreurs, elle en venait à leur découvrir des qualités, pour les aimer aussi un peu.

Cependant, il était un tableau, le grand, celui du prochain Salon, qu'elle fut longue à accepter. Déjà elle regardait sans déplaisir les académies de l'atelier Boutin et les études de Plassans, qu'elle s'irritait encore contre la femme nue, couchée dans l'herbe. C'était une rancune personnelle, la honte d'avoir cru un instant se reconnaître, une sourde gêne en face de ce grand corps, qui continuait à la blesser, bien qu'elle y retrouvât de moins en moins ses traits. D'abord, elle avait protesté en détournant les yeux. Maintenant, elle restait des minutes entières, les regards fixes, dans une contemplation muette. Comment donc sa ressemblance avait-elle disparu ainsi ? A mesure que le peintre s'acharnait, jamais content, revenant cent fois sur le même morceau, cette ressemblance s'évanouissait un peu chaque fois. Et, sans qu'elle pût analyser cela, sans qu'elle osât même se l'avouer, elle dont la pudeur s'était révoltée le premier jour, elle éprouvait un chagrin croissant à voir que rien d'elle ne demeurait plus. Leur amitié lui paraissait en pâtir, elle se sentait moins près de lui, à chaque trait qui s'effaçait. Ne l'aimait-il pas, qu'il la laissait ainsi sortir de son œuvre ? et quelle était cette femme nouvelle, cette face inconnue et vague qui perçait sous la sienne ?

Claude, désolé d'avoir gâté la tête, ne savait justement de quelle manière lui demander quelques heures de pose. Elle se serait simplement assise, il n'aurait pris que des indications. Mais il l'avait vue si fâchée, qu'il craignait de l'irriter encore. Après s'être promis de la supplier gaiement, il ne trouvait pas les mots, tout d'un coup honteux, comme s'il se fût agi d'une inconvenance.

Une après-midi, il la bouleversa par un de ces accès de colère, dont il n'était pas le maître, même devant elle. Rien n'avait marché, cette semaine-là. Il parlait de gratter sa toile, il se promenait furieusement, en lâchant des ruades dans les meubles. Tout d'un coup, il la saisit par les épaules et la posa sur le divan.

« Je vous en prie, rendez-moi ce service, ou j'en crève, parole d'honneur ! »

Effarée, elle ne comprenait pas.

« Quoi, que voulez-vous ? »

Puis, lorsqu'elle le vit prendre ses brosses, elle ajouta étourdiment :

« Ah ! oui… Pourquoi ne me l'avez-vous pas demandé plus tôt ? »

D'elle-même, elle se renversa sur un coussin, elle glissa le bras sous la nuque. Mais une surprise et une confusion d'avoir consenti si vite, l'avaient rendue grave ; car elle ne se savait pas décidée à cette chose, elle aurait bien juré que jamais plus elle ne lui servirait de modèle.

Ravi, il cria :

« Vrai ! vous consentez !... Nom d'un chien ! la sacrée bonne femme que je vais bâtir avec vous ! »

De nouveau, sans réfléchir, elle dit :

« Oh ! la tête seulement ! »

Et lui, bredouilla, dans une hâte d'homme qui craint d'être allé trop loin :

« Bien sûr, bien sûr, seulement la tête ! »

Une gêne les rendit muets, il se mit à peindre, tandis que les yeux en l'air, immobile, elle restait troublée d'avoir lâché une pareille phrase. Déjà, sa complaisance l'emplissait d'un remords, comme si elle entrait dans quelque chose de coupable, en laissant donner sa ressemblance à cette nudité de femme, éclatante sous le soleil.

Claude, en deux séances, campa la tête. Il exultait de joie, il criait que c'était son meilleur morceau de peinture ; et il avait raison, jamais il n'avait baigné dans de la vraie lumière un visage plus vivant. Heureuse de le voir si heureux, Christine s'était égayée, elle aussi, au point de trouver sa tête très bien, pas très ressemblante toujours, mais d'une expression étonnante. Ils restèrent longtemps devant le tableau, à cligner les yeux, à se reculer jusqu'au mur.

« Maintenant, dit-il enfin, je vais la bâcler avec un modèle... Ah ! cette gueuse, je la tiens donc ! »

Et, dans un accès de gaminerie, il empoigna la jeune fille, ils dansèrent ensemble ce qu'il appelait « le pas du triomphe ». Elle riait très fort, adorant le jeu, n'éprouvant plus rien de son trouble, ni scrupules ni malaise.

Mais, dès la semaine suivante, Claude redevint sombre. Il avait choisi Zoé Piédefer, pour poser le corps, et elle ne lui donnait pas ce qu'il voulait : la tête, si fine, disait-il, ne s'emmanchait point sur ces épaules canailles. Il s'obstina pourtant, gratta, recommença. Vers le milieu de janvier, pris de désespoir, il lâcha le tableau, le retourna contre le mur ; puis, quinze jours plus tard, il s'y remit, avec un autre modèle, la grande Judith, ce qui le força à changer les tonalités. Les choses se gâtèrent encore, il fit revenir Zoé, ne sut plus où il allait, malade d'incertitude et d'angoisse. Et le pis était que la figure centrale seule l'enrageait ainsi, car le

reste de l'œuvre, les arbres, les deux petites femmes, le
monsieur en veston, terminés, solides, le satisfaisaient pleinement. Février s'achevait, il ne lui restait que quelques jours
pour l'envoi au Salon, c'était un désastre.

Un soir, devant Christine, il jura, il lâcha ce cri de colère :
« Aussi, tonnerre de Dieu ! est-ce qu'on plante la tête
d'une femme sur le corps d'une autre !... Je devrais me
couper la main. »

Au fond de lui, maintenant, une pensée unique montait :
obtenir d'elle qu'elle consentît à poser la figure entière. Cela,
lentement, avait germé, d'abord un simple souhait vite écarté
comme absurde, puis une discussion muette sans cesse
reprise, enfin le désir net, aigu, sous le fouet de la nécessité.
Cette gorge qu'il avait entrevue quelques minutes, le hantait
d'un souvenir obsédant. Il la revoyait dans sa fraîcheur de
jeunesse, rayonnante, indispensable. S'il ne l'avait pas,
autant valait-il renoncer au tableau, car aucune autre ne le
contenterait. Lorsque, pendant des heures, tombé sur une
chaise, il se dévorait d'impuissance à ne plus savoir où
donner un coup de pinceau, il prenait des résolutions
héroïques : dès qu'elle entrerait, il lui dirait son tourment, en
paroles si touchantes, qu'elle céderait peut-être. Mais elle
arrivait, avec son rire de camarade, sa robe chaste qui ne
livrait rien de son corps, et il perdait tout courage, il
détournait les yeux, de peur qu'elle ne le surprît à chercher,
sous le corsage, la ligne souple du torse. On ne pouvait exiger
d'une amie un service pareil, jamais il n'en aurait l'audace.

Et, pourtant, un soir, comme il s'apprêtait à la reconduire
et qu'elle remettait son chapeau, les bras en l'air, ils restèrent
deux secondes les yeux dans les yeux, lui frémissant devant
les pointes des seins relevés qui crevaient l'étoffe, elle si
brusquement sérieuse, si pâle, qu'il se sentit deviné. Le long
des quais, ils parlèrent à peine : cette chose demeura entre
eux, pendant que le soleil se couchait, dans un ciel couleur de
vieux cuivre. A deux autres reprises, il lut, au fond de son
regard, qu'elle savait sa continuelle pensée. En effet, depuis
qu'il y songeait, elle s'était mise à y songer aussi, malgré elle,
l'attention éveillée par des allusions involontaires. Elle en fut

effleurée d'abord, elle dut s'y arrêter ensuite ; mais elle ne
croyait pas avoir à s'en défendre, car cela lui semblait hors de
la vie, une de ces imaginations du sommeil dont on a honte
La peur même qu'il osât le demander, ne lui vint pas : elle le
connaissait bien à présent, elle l'aurait fait taire d'un souffle,
avant qu'il eût bégayé les premiers mots, malgré les éclats
subits de ses colères. C'était fou, simplement. Jamais,
jamais !

Des jours s'écoulèrent ; et, entre eux, l'idée fixe grandissait. Dès qu'ils se trouvaient ensemble, ils ne pouvaient plus
ne pas y penser. Ils n'en ouvraient point la bouche, mais leurs
silences en étaient pleins ; ils ne risquaient plus un geste, ils
n'échangeaient plus un sourire, sans retrouver au fond cette
chose impossible à dire tout haut, et dont ils débordaient.
Bientôt, rien autre ne resta dans leur vie de camarades. S'il la
regardait, elle croyait se sentir déshabiller par son regard ; les
mots innocents retentissaient en significations gênantes ;
chaque poignée de main allait au-delà du poignet, faisait
couler un léger frisson le long du corps. Et ce qu'ils avaient
évité jusque-là, le trouble de leur liaison, l'éveil de l'homme
et de la femme dans leur bonne amitié, éclatait enfin, sous
l'évocation constante de cette nudité de vierge. Peu à peu, ils
se découvraient une fièvre secrète, ignorée d'eux-mêmes.
Des chaleurs leur montaient aux joues, ils rougissaient pour
s'être frôlés du doigt. C'était désormais comme une excitation de chaque minute, fouettant leur sang ; tandis que, dans
cet envahissement de tout leur être, le tourment de ce qu'ils
taisaient ainsi, sans pouvoir se le cacher, s'exagérait au point
qu'ils en étouffaient, la poitrine gonflée de grands soupirs.

Vers le milieu de mars, Christine, à une de ses visites,
trouva Claude assis devant son tableau, écrasé de chagrin. Il
ne l'avait pas même entendue, il restait immobile, les yeux
vides et hagards sur l'œuvre inachevée. Dans trois jours
expiraient les délais pour l'envoi au Salon.

« Eh bien ? » lui demanda-t-elle doucement, désespérée de
son désespoir.

Il tressaillit, il se retourna.

« Eh bien ! c'est fichu, je n'exposerai pas cette année...
Ah ! moi qui avais tant compté sur ce Salon ! »

Tous deux retombèrent dans leur accablement, où s'agitaient de grandes choses confuses. Puis, elle reprit, pensant à
voix haute :

« On aurait le temps encore.

— Le temps ? eh non ! Il faudrait un miracle. Où voulez-
vous que je trouve un modèle, à cette heure ?... Tenez !
depuis ce matin, je me débats, et j'ai cru un moment avoir
une idée : oui, ce serait d'aller chercher cette fille, cette Irma
qui est venue comme vous étiez ici. Je sais bien qu'elle est
petite et ronde, qu'il faudrait tout changer peut-être ; mais
elle est jeune, elle doit être possible... Décidément, je vais en
essayer... »

Il s'interrompit. Les yeux brûlants dont il la regardait,
disaient clairement : « Ah ! il y a vous, ah ! ce serait le miracle
attendu, le triomphe certain, si vous me faisiez ce suprême
sacrifice ! Je vous implore, je vous le demande, comme à une
amie adorée, la plus belle, la plus chaste ! »

Elle, toute droite, très blanche, entendait chaque mot ; et
ces yeux d'ardente prière exerçaient sur elle une puissance.
Sans hâte, elle ôta son chapeau et sa pelisse ; puis, simplement, elle continua du même geste calme, dégrafa le corsage,
le retira ainsi que le corset, abattit les jupons, déboutonna les
épaulettes de la chemise, qui glissa sur les hanches. Elle
n'avait pas prononcé une parole, elle semblait autre part,
comme les soirs, où, enfermée dans sa chambre, perdue au
fond de quelque rêve, elle se déshabillait machinalement,
sans y prêter attention. Pourquoi donc laisser une rivale
donner son corps, quand elle avait déjà donné sa face ? Elle
voulait être là tout entière, chez elle, dans sa tendresse, en
comprenant enfin quel malaise jaloux ce monstre bâtard lui
causait depuis longtemps. Et, toujours muette, nue et vierge,
elle se coucha sur le divan, prit la pose, un bras sous la tête,
les yeux fermés.

Saisi, immobile de joie, lui la regarda se dévêtir. Il la
retrouvait. La vision rapide, tant de fois évoquée, redevenait
vivante. C'était cette enfance, grêle encore, mais si souple,

d'une jeunesse si fraîche ; et il s'étonnait de nouveau : où cachait-elle cette gorge épanouie, qu'on ne soupçonnait point sous la robe ? Il ne parla pas non plus, il se mit à peindre, dans le silence recueilli qui s'était fait. Durant trois longues heures, il se rua au travail, d'un effort si viril, qu'il acheva d'un coup une ébauche superbe du corps entier. Jamais la chair de la femme ne l'avait grisé de la sorte, son cœur battait comme devant une nudité religieuse. Il ne s'approchait point, il restait surpris de la transfiguration du visage, dont les mâchoires un peu massives et sensuelles s'étaient noyées sous l'apaisement tendre du front et des joues. Pendant les trois heures, elle ne remua pas, elle ne souffla pas, faisant le don de sa pudeur, sans un frisson, sans une gêne. Tous deux sentaient que, s'ils disaient une seule phrase, une grande honte leur viendrait. Seulement, de temps à autre, elle ouvrait ses yeux clairs, les fixait sur un point vague de l'espace, restait ainsi un instant sans qu'il pût rien y lire de ses pensées, puis les refermait, retombait dans son néant de beau marbre, avec le sourire mystérieux et figé de la pose.

Claude, d'un geste, dit qu'il avait fini ; et, redevenu gauche, il bouscula une chaise pour tourner le dos plus vite ; tandis que, très rouge, Christine quittait le divan. En hâte, elle se rhabilla, dans un grelottement brusque, prise d'un tel émoi, qu'elle s'agrafait de travers, tirant ses manches, remontant son col, pour ne plus laisser un seul coin de sa peau nue. Et elle était enfouie au fond de sa pelisse, que lui, le nez toujours contre le mur, ne se décidait pas à risquer un regard. Pourtant, il revint vers elle, ils se contemplèrent, hésitants, étranglés d'une émotion, qui les empêcha encore de parler. Était-ce donc de la tristesse, une tristesse infinie, inconsciente et innommée ? car leurs paupières se gonflèrent de larmes, comme s'ils venaient de gâter leur existence, de toucher le fond de la misère humaine. Alors, attendri et navré, ne trouvant rien, pas même un remerciement, il la baisa au front.

V

Le 15 mai, Claude, qui était rentré la veille de chez Sandoz
à trois heures du matin, dormait encore, vers neuf heures,
lorsque madame Joseph lui monta un gros bouquet de lilas
blancs, qu'un commissionnaire venait d'apporter. Il comprit,
Christine lui fêtait à l'avance le succès de son tableau ; car
c'était un grand jour pour lui, l'ouverture du Salon des
Refusés, créé de cette année-là, et où allait être exposée son
œuvre, repoussée par le jury du Salon officiel [62].

Cette pensée tendre, ces lilas frais et odorants, qui
l'éveillaient, le touchèrent beaucoup, comme s'ils étaient le
présage d'une bonne journée. En chemise, nu-pieds, il les
mit dans son pot-à-eau, sur la table. Puis, les yeux enflés de
sommeil, effaré, il s'habilla, en grondant d'avoir dormi si
tard. La veille, il avait promis à Dubuche et à Sandoz de les
prendre, dès huit heures, chez ce dernier, pour se rendre tous
les trois ensemble au Palais-de-l'Industrie [63], où l'on trouverait le reste de la bande. Et il était déjà en retard d'une heure !

Mais, justement, il ne pouvait plus mettre la main sur rien,
dans son atelier, en déroute depuis le départ de la grande
toile. Pendant cinq minutes, il chercha ses souliers, à genoux
parmi de vieux châssis. Des parcelles d'or s'envolaient ; car,
ne sachant où se procurer l'argent d'un cadre, il avait fait
ajuster quatre planches par un menuisier du voisinage, et il
les avait dorées lui-même, avec son amie, qui s'était révélée
comme une doreuse très maladroite. Enfin, vêtu, chaussé,
son chapeau de feutre constellé d'étincelles jaunes, il s'en
allait, lorsqu'une pensée superstitieuse le ramena vers les
fleurs, qui restaient seules au milieu de la table. S'il ne baisait
point ces lilas, il aurait un affront. Il les baisa, embaumé par
leur odeur forte de printemps.

Sous la voûte, il donna sa clef à la concierge, comme
d'habitude.

« Madame Joseph, je n'y serai pas de la journée. »

En moins de vingt minutes, Claude fut rue d'Enfer, chez Sandoz. Mais celui-ci, qu'il craignait de ne plus rencontrer, se trouvait également en retard, à la suite d'une indisposition de sa mère. Ce n'était rien, simplement une mauvaise nuit, qui l'avait bouleversé d'inquiétude. Rassuré à présent, il lui conta que Dubuche avait écrit de ne pas l'attendre, en leur donnant rendez-vous là-bas. Tous les deux partirent ; et, comme il était près d'onze heures, ils se décidèrent à déjeuner, au fond d'une petite crémerie déserte de la rue Saint-Honoré, longuement, envahis d'une paresse dans leur ardent désir de voir, goûtant une sorte de tristesse attendrie à s'attarder parmi de vieux souvenirs d'enfance.

Une heure sonna, lorsqu'ils traversèrent les Champs-Élysées. C'était par une journée exquise, au grand ciel limpide, dont une brise, froide encore, semblait aviver le bleu. Sous le soleil, couleur de blé mûr, les rangées de marronniers avaient des feuilles neuves, d'un vert tendre, fraîchement verni ; et les bassins avec leurs gerbes jaillissantes, les pelouses correctement tenues, la profondeur des allées et la largeur des espaces, donnaient au vaste horizon un air de grand luxe. Quelques équipages, rares à cette heure, montaient ; pendant qu'un flot de foule, perdu et mouvant comme une fourmilière, s'engouffrait sous l'arcade énorme du Palais de l'Industrie.

Quand ils furent entrés, Claude eut un léger frisson, dans le vestibule géant, d'une fraîcheur de cave, et dont le pavé humide sonnait sous les pieds, ainsi qu'un dallage d'église. Il regarda, à droite et à gauche, les deux escaliers monumentaux, et il demanda avec mépris :

« Dis donc, est-ce que nous allons traverser leur saleté de Salon ?

— Ah ! non, fichtre ! répondit Sandoz. Filons par le jardin. Il y a, là-bas, l'escalier de l'Ouest qui mène aux Refusés. »

Et ils passèrent dédaigneusement entre les petites tables des vendeuses de catalogues. Dans l'écartement d'immenses rideaux de velours rouge, le jardin vitré apparaissait, au-delà d'un porche d'ombre.

A ce moment de la journée, le jardin était presque vide, il n'y avait du monde qu'au buffet, sous l'horloge, la cohue des gens en train de déjeuner là. Toute la foule se trouvait au premier étage, dans les salles ; et, seules, les statues blanches bordaient les allées de sable jaune, qui découpaient crûment le dessin vert des gazons. C'était un peuple de marbre immobile, que baignait la lumière diffuse, descendue comme en poussière des vitres hautes. Au midi, des stores de toile barraient une moitié de la nef, blonde sous le soleil, tachée aux deux bouts par les rouges et les bleus éclatants des vitraux. Quelques visiteurs, harassés déjà, occupaient les chaises et les bancs tout neufs, luisants de peinture ; tandis que les vols des moineaux qui habitaient, en l'air, la forêt des charpentes de fonte, s'abattaient avec des petits cris de poursuite, rassurés et fouillant le sable.

Claude et Sandoz affectèrent de marcher vite, sans un coup d'œil autour d'eux. Un bronze raide et noble, la Minerve d'un membre de l'Institut, les avait exaspérés dès la porte. Mais, comme ils pressaient le pas le long d'une interminable ligne de bustes, ils reconnurent Bongrand, seul, faisant lentement le tour d'une figure couchée, colossale et débordante.

« Tiens ! c'est vous ! cria-t-il, lorsqu'ils lui eurent tendu la main. Je regardais justement la figure de notre ami Mahoudeau, qu'ils ont eu au moins l'intelligence de recevoir et de bien placer... »

Et, s'interrompant :

« Vous venez de là-haut ?

— Non, nous arrivons », dit Claude.

Alors, très lentement, il leur parla du Salon des Refusés. Lui, qui était de l'Institut, mais qui vivait à l'écart de ses collègues, s'égayait sur l'aventure : l'éternel mécontentement des peintres, la campagne menée par les petits journaux comme *Le Tambour,* les protestations, les réclamations continues qui avaient enfin troublé l'Empereur ; et le coup d'État artistique de ce rêveur silencieux, car la mesure venait uniquement de lui ; et l'effarement, le tapage de tous, à la suite de ce pavé tombé dans la mare aux grenouilles.

— Non, continua-t-il, vous n'avez pas idée des indignations, parmi les membres du jury !... Et encore on se méfie de moi, on se tait, quand je suis là !... Toutes les rages sont contre les affreux réalistes. C'est devant eux qu'on fermait systématiquement les portes du temple ; c'est à cause d'eux que l'Empereur a voulu permettre au public de reviser le procès ; ce sont eux enfin qui triomphent... Ah ! j'en entends de belles, je ne donnerais pas cher de vos peaux, jeunes gens !

Il riait de son grand rire, les bras ouverts, comme pour embrasser toute la jeunesse qu'il sentait monter du sol.

« Vos élèves poussent », dit Claude simplement.

D'un geste, Bongrand le fit taire, pris d'une gêne. Il n'avait rien exposé, et toute cette production, au travers de laquelle il marchait, ces tableaux, ces statues, cet effort de création humaine, l'emplissait d'un regret. Ce n'était pas jalousie, car il n'y avait point d'âme plus haute ni meilleure, mais retour sur lui-même, peur sourde d'une lente déchéance, cette peur inavouée qui le hantait.

« Et aux Refusés, lui demanda Sandoz, comment ça marche-t-il ?

— Superbe ! vous allez voir. »

Puis, se tournant vers Claude, lui gardant les deux mains dans les siennes :

« Vous, mon bon, vous êtes un fameux... Écoutez ! moi, que l'on dit un malin, je donnerais dix ans de ma vie, pour avoir peint votre grande coquine de femme. »

Cet éloge, sorti d'une telle bouche, toucha le jeune peintre aux larmes. Enfin, il tenait donc un succès ! Il ne trouva pas un mot de gratitude, il parla brusquement d'autre chose, voulant cacher son émotion.

« Ce brave Mahoudeau ! mais elle est très bien, sa figure !... Un sacré tempérament, n'est-ce pas ? »

Sandoz et lui s'étaient mis à tourner autour du plâtre. Bongrand répondit avec un sourire :

« Oui, oui, trop de cuisses, trop de gorge. Mais regardez les attaches des membres, c'est fin et joli comme tout... Allons, adieu, je vous laisse. Je vais m'asseoir un peu, j'ai les jambes cassées. »

Claude avait levé la tête et prêtait l'oreille. Un bruit énorme, qui ne l'avait pas frappé d'abord, roulait dans l'air, avec un fracas continu : c'était une clameur de tempête battant la côte, le grondement d'un assaut infatigable, se ruant de l'infini.

« Tiens ! murmura-t-il, qu'est-ce donc ?

— Ça, dit Bongrand qui s'éloignait, c'est la foule, là-haut, dans les salles. »

Et les deux jeunes gens, après avoir traversé le jardin, montèrent au Salon des Refusés.

On l'avait fort bien installé, les tableaux reçus n'étaient pas logés plus richement : hautes tentures de vieilles tapisseries aux portes, cimaises garnies de serge verte, banquettes de velours rouge, écrans de toile blanche sous les baies vitrées des plafonds ; et, dans l'enfilade des salles, le premier aspect était le même, le même or des cadres, les mêmes taches vives des toiles. Mais une gaieté particulière y régnait, un éclat de jeunesse, dont on ne se rendait pas nettement compte d'abord. La foule, déjà compacte, augmentait de minute en minute, car on désertait le Salon officiel, on accourait, fouetté de curiosité, piqué du désir de juger les juges, amusé enfin dès le seuil par la certitude qu'on allait voir des choses extrêmement plaisantes. Il faisait très chaud, une poussière fine montait du plancher, on étoufferait sûrement vers quatre heures.

« Fichtre ! dit Sandoz en jouant des coudes, ça ne va pas être commode de manœuvrer là-dedans et de trouver ton tableau. »

Il se hâtait, dans une fièvre de fraternité. Ce jour-là, il ne vivait que pour l'œuvre et la gloire de son vieux camarade.

« Laisse donc ! s'écria Claude, nous arriverons bien. Il ne s'envolera pas, mon tableau ! »

Et lui, au contraire, affecta de ne pas se presser, malgré l'irrésistible envie qu'il avait de courir. Il levait la tête, regardait. Bientôt, dans la voix haute de la foule qui l'avait étourdi, il distingua des rires légers, contenus encore, que couvraient le roulement des pieds et le bruit des conversations. Devant certaines toiles, des visiteurs plaisantaient.

Cela l'inquiéta, car il était d'une crédulité et d'une sensibilité de femme, au milieu de ses rudesses révolutionnaires, s'attendant toujours au martyre, et toujours saignant, toujours stupéfait d'être repoussé et raillé. Il murmura :

« Ils sont gais, ici !

— Dame ! c'est qu'il y a de quoi, fit remarquer Sandoz. Regarde donc ces rosses extravagantes. »

Mais, à ce moment, comme ils s'attardaient dans la première salle, Fagerolles, sans les voir, tomba sur eux. Il eut un sursaut, contrarié sans doute de la rencontre. Du reste, il se remit tout de suite, très aimable.

« Tiens ! je songeais à vous... Je suis là depuis une heure.

— Où ont-ils donc fourré le tableau de Claude ? » demanda Sandoz.

Fagerolles, qui venait de rester vingt minutes planté devant ce tableau, l'étudiant et étudiant l'impression du public, répondit sans une hésitation :

« Je ne sais pas... Nous allons le chercher ensemble, voulez-vous ? »

Et il se joignit à eux. Le terrible farceur qu'il était, n'affectait plus autant des allures de voyou, déjà correctement vêtu, toujours d'une moquerie à mordre le monde, mais les lèvres désormais pincées en une moue sérieuse de garçon qui veut arriver. Il ajouta, l'air convaincu :

« C'est moi qui regrette de n'avoir rien envoyé, cette année ! Je serais ici avec vous autres, j'aurais ma part du succès... Et il y a des machines étonnantes, mes enfants ! Par exemple, ces chevaux... »

Il montrait, en face d'eux, la vaste toile, devant laquelle la foule s'attroupait en riant. C'était, disait-on, l'œuvre d'un ancien vétérinaire, des chevaux grandeur nature lâchés dans un pré, mais des chevaux fantastiques, bleus, violets, roses, et dont la stupéfiante anatomie perçait la peau [64].

« Dis donc, si tu ne te fichais pas de nous ! » déclara Claude, soupçonneux.

Fagerolles joua l'enthousiasme.

« Comment ! mais c'est plein de qualités, ça ! Il connaît joliment son cheval, le bonhomme ! Sans doute, il peint comme un salaud. Qu'est-ce que ça fait, s'il est original et s'il apporte un document ? »

Son fin visage de fille restait grave. A peine, au fond de ses yeux clairs, luisait une étincelle jaune de moquerie. Et il ajouta cette allusion méchante, dont lui seul put jouir :

« Ah bien ! si tu te laisses influencer par les imbéciles qui rient, tu vas en voir bien d'autres, tout à l'heure ! »

Les trois camarades, qui s'étaient remis en marche, avançaient avec une peine infinie, au milieu de la houle des épaules. En entrant dans la seconde salle, ils parcoururent les murs d'un coup d'œil, mais le tableau cherché ne s'y trouvait pas. Et ce qu'ils virent, ce fut Irma Bécot au bras de Gagnière, écrasés tous les deux contre une cimaise, lui en train d'examiner une petite toile, tandis qu'elle, ravie de la bousculade, levait son museau rose et riait à la cohue.

« Comment ! dit Sandoz étonné, elle est avec Gagnière, maintenant ?

— Oh ! une passade, expliqua Fagerolles d'un air tranquille. L'histoire est si drôle... Vous savez qu'on vient de lui meubler un appartement très chic ; oui, ce jeune crétin de marquis, celui dont on parle dans les journaux, vous vous souvenez ? Une gaillarde qui ira loin, je l'ai toujours dit !... Mais on a beau la mettre dans des lits armoriés, elle a des rages de lits de sangle, il y a des soirs où il lui faut la soupente d'un peintre. Et c'est ainsi que, lâchant tout, elle est tombée au café Baudequin dimanche, vers une heure du matin. Nous venions de partir, il n'y avait plus là que Gagnière, endormi sur sa chope... Alors, elle a pris Gagnière. »

Irma les avait aperçus et leur faisait de loin des gestes tendres. Ils durent s'approcher. Lorsque Gagnière se retourna, avec ses cheveux pâles et sa petite face imberbe, l'air plus falot encore que de coutume, il ne marqua aucune surprise de les trouver dans son dos.

« C'est inouï, murmura-t-il.

— Quoi donc ? demande Fagerolles.

— Mais ce petit chef-d'œuvre... Et honnête, et naïf, et convaincu ! »

Il désignait la toile minuscule devant laquelle il s'était

absorbé, une toile absolument enfantine, telle qu'un gamin
de quatre ans aurait pu la peindre, une petite maison au bord
d'un petit chemin, avec un petit arbre à côté, le tout de
travers, cerné de traits noirs, sans oublier le tire-bouchon de
fumée qui sortait du toit.

Claude avait eu un geste nerveux, tandis que Fagerolles
répétait avec flegme :

« Très fin, très fin... Mais ton tableau, Gagnière, où est-il
donc ?

— Mon tableau ? il est là. »

En effet, la toile envoyée par lui se trouvait justement près
du petit chef-d'œuvre. C'était un paysage d'un gris perlé, un
bord de Seine soigneusement peint, joli de ton quoiqu'un peu
lourd, et d'un parfait équilibre, sans aucune brutalité révolutionnaire.

« Sont-ils assez bêtes d'avoir refusé ça ! dit Claude, qui
s'était approché avec intérêt. Mais pourquoi, pourquoi, je
vous le demande ? »

En effet, aucune raison n'expliquait le refus du jury.

« Parce que c'est réaliste », dit Fagerolles, d'une voix si
tranchante, qu'on ne pouvait savoir s'il blaguait le jury ou le
tableau.

Cependant, Irma, dont personne ne s'occupait, regardait
fixement Claude, avec le sourire inconscient que la sauvage-
rie godiche de ce grand garçon lui mettait aux lèvres. Dire
qu'il n'avait même pas eu l'idée de la revoir ! Elle le trouvait
si différent, si drôle, pas en beauté ce jour-là, hérissé, le teint
brouillé comme après une grosse fièvre ! Et, peinée de son
peu d'attention, elle lui toucha le bras, d'un geste familier.

« Dites, n'est-ce pas, en face, un de vos amis qui vous
cherche ? »

C'était Dubuche, qu'elle connaissait, pour l'avoir rencontré une fois au café Baudequin. Il fendait péniblement la
foule, les yeux vagues sur le flot des têtes. Mais, tout d'un
coup, au moment où Claude tâchait de se faire voir, en
gesticulant, l'autre lui tourna le dos et salua très bas un
groupe de trois personnes, le père gras et court, la face cuite
d'un sang trop chaud, la mère très maigre, couleur de cire,

mangée d'anémie, la fille si chétive à dix-huit ans, qu'elle avait encore la pauvreté grêle de la première enfance.

« Bon ! murmura le peintre, le voilà pincé... A-t-il de laides connaissances, cet animal-là ! Où a-t-il pêché ces horreurs ? »

Gagnière, paisiblement, dit les connaître de nom. Le père Margaillan était un gros entrepreneur de maçonnerie, déjà cinq ou six fois millionnaire, et qui faisait sa fortune dans les grands travaux de Paris, bâtissant à lui seul des boulevards entiers. Sans doute Dubuche s'était trouvé en rapport avec lui, par un des architectes dont il redressait les plans.

Mais Sandoz, que la maigreur de la jeune fille apitoyait, la jugea d'un mot.

« Ah ! le pauvre petit chat écorché ! Quelle tristesse !

— Laisse donc ! déclara Claude avec férocité, ils ont sur la face tous les crimes de la bourgeoisie, ils suent la scrofule et la bêtise. C'est bien fait... Tiens ! notre lâcheur file avec eux. Est-ce assez plat, un architecte ? Bon voyage, qu'il nous retrouve ! »

Dubuche, qui n'avait pas aperçu ses amis, venait d'offrir son bras à la mère et s'en allait, en expliquant les tableaux, le geste débordant d'une complaisance exagérée.

« Continuons, nous autres », dit Fagerolles.

Et, s'adressant à Gagnière :

« Sais-tu où ils ont fourré la toile de Claude, toi ?

— Moi, non, je la cherchais... Je vais avec vous. »

Il les accompagna, il oublia Irma Bécot contre la cimaise. C'était elle qui avait eu le caprice de visiter le Salon à son bras, et il avait si peu l'habitude de promener ainsi une femme, qu'il la perdait sans cesse en chemin, stupéfait de la retrouver toujours près de lui, ne sachant plus comment ni pourquoi ils étaient ensemble. Elle courut, elle lui reprit le bras, pour suivre Claude, qui passait déjà dans une autre salle, avec Fagerolles et Sandoz.

Alors, ils vaguèrent tous les cinq, le nez en l'air, coupés par une poussée, réunis par une autre, emportés au fil du courant. Une abomination de Chaîne les arrêta, un *Christ pardonnant à la femme adultère,* de sèches figures taillées dans du bois, d'une charpente osseuse violaçant la peau, et peintes avec de la boue[65]. Mais, à côté, ils admirèrent une très belle étude de femme, vue de dos, les reins saillants, la tête tournée. C'était, le long des murs, un mélange de l'excellent et du pire, tous les genres confondus, les gâteux de l'école historique coudoyant les jeunes fous du réalisme, les simples niais restés dans le tas avec les fanfarons de l'originalité, une Jézabel morte qui semblait avoir pourri au fond des caves de l'École des Beaux-Arts, près de la *Dame en blanc,* très curieuse vision d'un œil de grand artiste[66], un immense *Berger regardant la mer,* fable, en face d'une petite toile, des *Espagnols jouant à la paume,* un coup de lumière d'une intensité splendide. Rien ne manquait dans l'exécrable, ni les tableaux militaires aux soldats de plomb, ni l'antiquité blafarde, ni le moyen-âge sabré de bitume. Mais, de cet ensemble incohérent, des paysages surtout, presque tous d'une note sincère et juste, des portraits encore, la plupart très intéressants de facture, il sortait une bonne odeur de jeunesse, de bravoure et de passion. S'il y avait moins de mauvaises toiles au Salon officiel, la moyenne y était à coup sûr plus banale et plus médiocre. On se sentait là dans une bataille, et une bataille gaie, livrée de verve, quand le petit jour naît, que les clairons sonnent, que l'on marche à l'ennemi avec la certitude de le battre avant le coucher du soleil.

Claude, ragaillardi par ce souffle de lutte, s'animait, se fâchait, écoutait maintenant monter les rires du public, l'air provocant, comme s'il eût entendu siffler des balles. Discrets à l'entrée, les rires sonnaient plus haut, à mesure qu'il avançait. Dans la troisième salle déjà, les femmes ne les étouffaient plus sous leurs mouchoirs, les hommes tendaient le ventre, afin de se soulager mieux. C'était l'hilarité contagieuse d'une foule venue pour s'amuser, s'excitant peu à peu, éclatant à propos d'un rien, égayée autant par les belles choses que par les détestables. On riait moins devant le *Christ* de Chaîne que devant l'étude de femme, dont la croupe saillante, comme sortie de la toile, paraissait d'un comique extraordinaire. La *Dame en blanc,* elle aussi, récréait

le monde : on se poussait du coude, on se tordait, il se
formait toujours là un groupe, la bouche fendue. Et chaque
toile avait son succès, des gens s'appelaient de loin pour s'en
montrer une bonne, continuellement des mots d'esprit
circulaient de bouche en bouche ; si bien que Claude, en
entrant dans la quatrième salle, manqua gifler une vieille
dame dont les gloussements l'exaspéraient.

« Quels idiots ! dit-il en se tournant vers les autres. Hein ?
on a envie de leur flanquer des chefs-d'œuvre à la tête ! »

Sandoz s'était enflammé, lui aussi ; et Fagerolles continuait
à louer très haut les pires peintures, ce qui augmentait la
gaieté ; tandis que Gagnière, vague au milieu de la boscu-
lade, tirait à sa suite Irma ravie dont les jupes s'enroulaient
aux jambes de tous les hommes.

Mais, brusquement, Jory parut devant eux. Son grand nez
rose, sa face blonde de beau garçon resplendissait. Il fendait
violemment la foule, gesticulait, exultait comme d'un triomphe personnel. Dès qu'il aperçut Claude, il cria :

« Ah ! c'est toi, enfin ! Il y a une heure que je te cherche...
Un succès, mon vieux, oh ! un succès...

— Quel succès ?

— Le succès de ton tableau donc !... Viens, il faut que je
te montre ça. Non, tu vas voir, c'est épatant ! »

Claude pâlit, une grosse joie l'étranglait, tandis qu'il
feignait d'accueillir la nouvelle avec flegme. Le mot de
Bongrand lui revint, il se crut du génie.

« Tiens ! bonjour ! » continuait Jory, en donnant des
poignées de main aux autres.

Et, tranquillement, lui, Fagerolles et Gagnière, entou-
raient Irma qui leur souriait, dans un partage bon enfant, en
famille, comme elle disait elle-même.

« Où est-ce à la fin ? demanda Sandoz impatient. Conduis-
nous. »

Jory prit la tête, suivi de la bande. Il fallut faire le coup de
poing à la porte de la dernière salle, pour entrer. Mais
Claude, resté en arrière, entendait toujours monter les rires,
une clameur grandissante, le roulement d'une marée qui
allait battre son plein. Et, comme il pénétrait enfin dans la

salle, il vit une masse énorme, grouillante, confuse, en tas,
qui s'écrasait devant son tableau. Tous les rires s'enflaient,
s'épanouissaient, aboutissaient là. C'était de son tableau
qu'on riait.

« Hein ? répéta Jory, triomphant, en voilà un succès ! »

Gagnière, intimidé, honteux comme si on l'eût giflé lui-
même, murmura :

« Trop de succès... J'aimerais mieux autre chose.

— Es-tu bête ! reprit Jory dans un élan de conviction
exaltée. C'est le succès, ça... Qu'est-ce que ça fiche qu'ils
rient ! Nous voilà lancés, demain tous les journaux parleront
de nous.

— Crétins ! » lâcha seulement Sandoz, la voix étranglée de
douleur.

Fagerolles se taisait, avec la tenue désintéressée et digne
d'un ami de la famille qui suit un convoi. Et, seule, Irma
restait souriante, trouvant ça drôle ; puis, d'un geste caressant, elle s'appuya contre l'épaule du peintre hué, elle le
tutoya et lui souffla doucement dans l'oreille :

« Faut pas te faire de la bile, mon petit. C'est des bêtises,
on s'amuse tout de même. »

Mais Claude demeurait immobile. Un grand froid le
glaçait. Son cœur s'était arrêté un moment, tant la déception
venait d'être cruelle. Et, les yeux élargis, attirés et fixés par
une force invincible, il regardait son tableau, il s'étonnait, le
reconnaissait à peine, dans cette salle. Ce n'était certainement
pas la même œuvre que dans son atelier. Elle avait jauni sous
la lumière blafarde de l'écran de toile ; elle semblait également diminuée, plus brutale et plus laborieuse à la fois ; et,
soit par l'effet des voisinages, soit à cause du nouveau milieu,
il en voyait du premier regard tous les défauts, après avoir
vécu des mois aveuglé devant elle. En quelques coups, il la
refaisait, reculait les plans, redressait un membre, changeait
la valeur d'un ton. Décidément, le monsieur au veston de
velours ne valait rien, empâté, mal assis ; la main seule était
belle. Au fond, les deux petites lutteuses, la blonde, la brune,
restées trop à l'état d'ébauche, manquaient de solidité,
amusantes uniquement pour des yeux d'artiste. Mais il était

content des arbres, de la clairière ensoleillée, et la femme
nue, la femme couchée sur l'herbe, lui apparaissait supérieure à son talent même, comme si un autre l'avait peinte et
qu'il ne l'eût pas connue encore, dans ce resplendissement de
vie.

Il se tourna vers Sandoz, il dit simplement :

« Ils ont raison de rire, c'est incomplet... N'importe, la
femme est bien ! Bongrand ne s'est pas fichu de moi. »

Son ami s'efforçait de l'emmener, mais il s'entêtait, il se
rapprocha au contraire. Maintenant qu'il avait jugé son
œuvre, il écoutait et regardait la foule. L'explosion continuait, s'aggravait dans une gamme ascendante de fous rires.
Dès la porte, il voyait se fendre les mâchoires des visiteurs, se
rapetisser les yeux, s'élargir le visage ; et c'étaient des souffles
tempétueux d'hommes gras, des grincements rouillés d'hommes maigres, dominés par les petites flûtes aiguës des
femmes. En face, contre la cimaise, des jeunes gens se
renversaient, comme si on leur avait chatouillé les côtes. Une
dame venait de se laisser tomber sur une banquette, les
genoux serrés, étouffant, tâchant de reprendre haleine dans
son mouchoir. Le bruit de ce tableau si drôle devait se
répandre, on se ruait des quatre coins du Salon, des bandes
arrivaient, se poussaient, voulaient en être « Où donc ? —
Là-bas ! — Oh ! cette farce ! » Et les mots d'esprit pleuvaient
plus drus qu'ailleurs, c'était le sujet surtout qui fouettait la
gaieté : on ne comprenait pas, on trouvait ça insensé, d'une
cocasserie à se rendre malade. « Voilà, la dame a trop chaud,
tandis que le monsieur a mis sa veste de velours, de peur d'un
rhume. — Mais non, elle est déjà bleue, le monsieur l'a
retirée d'une mare, et il se repose à distance, en se bouchant
le nez. — Pas poli, l'homme ! il pourrait nous montrer son
autre figure. — Je vous dis que c'est un pensionnat de jeunes
filles en promenade : regardez les deux qui jouent à saute-
mouton. — Tiens ! un savonnage : les chairs sont bleues, les
arbres sont bleus, pour sûr qu'il l'a passé au bleu, son
tableau ! » Ceux qui ne riaient pas, entraient en fureur : ce
bleuissement, cette notation nouvelle de la lumière, semblaient une insulte. Est-ce qu'on laisserait outrager l'art ? De

vieux messieurs brandissaient des cannes. Un personnage
grave s'en allait, vexé, en déclarant à sa femme qu'il n'aimait
pas les mauvaises plaisanteries. Mais un autre, un petit
homme méticuleux, ayant cherché dans le catalogue l'explication du tableau, pour l'instruction de sa demoiselle, et
lisant à voix haute le titre : *Plein Air,* ce fut autour de lui une
reprise formidable, des cris, des huées. Le mot courait, on le
répétait, on le commentait : plein air, oh ! oui, plein air, le
ventre à l'air, tout en l'air, tra la la laire ! Cela tournait au
scandale, la foule grossissait encore, les faces se congestion-
naient dans la chaleur croissante, chacune avec la bouche
ronde et bête des ignorants qui jugent de la peinture,
exprimant à elles toutes la somme d'âneries, de réflexions
saugrenues, de ricanements stupides et mauvais, que la vue
d'une œuvre originale peut tirer à l'imbécillité bourgeoise [67].

Et, à ce moment, comme dernier coup, Claude vit
reparaître Dubuche, qui traînait les Margaillan. Dès qu'il
arriva devant le tableau, l'architecte, embarrassé, pris d'une
honte lâche, voulut presser le pas, emmener son monde, en
affectant de n'avoir aperçu ni la toile ni ses amis. Mais déjà
l'entrepreneur s'était planté sur ses courtes jambes, écarquil-
lant les yeux, lui demandant très haut, de sa grosse voix
rauque :

« Dites donc, quel est le sabot qui a fichu ça ? »

Cette brutalité bon enfant, ce cri d'un parvenu millionnaire qui résumait la moyenne de l'opinion, redoubla l'hilarité ; et lui, flatté de son succès, les côtes chatouillées par
l'étrangeté de cette peinture, partit à son tour, mais d'un rire
tel, si démesuré, si ronflant, au fond de sa poitrine grasse,
qu'il dominait tous les autres. C'était l'alléluia, l'éclat final
des grandes orgues.

« Emmenez ma fille », dit la pâle madame Margaillan à
l'oreille de Dubuche.

Il se précipita, dégagea Régine, qui avait baissé les
paupières ; et il déployait des muscles vigoureux, comme s'il
eût sauvé ce pauvre être d'un danger de mort. Puis, ayant
quitté les Margaillan à la porte, après des poignées de main et

des saluts d'homme du monde, il revint vers ses amis, il dit
carrément à Sandoz, à Fagerolles et à Gagnière :

« Que voulez-vous ? ce n'est pas ma faute... Je l'avais
prévenu que le public ne comprendrait pas. C'est cochon,
oui, vous aurez beau dire, c'est cochon !

— Ils ont hué Delacroix, interrompit Sandoz, blanc de
rage, les poings serrés. Ils ont hué Courbet. Ah ! race
ennemie, stupidité de bourreaux ! »

Gagnière, qui partageait maintenant cette rancune d'artiste, se fâchait au souvenir de ses batailles des concerts
Pasdeloup, chaque dimanche, pour la vraie musique.

« Et ils sifflent Wagner, ce sont les mêmes, je les
reconnais... Tenez ! ce gros, là-bas... »

Il fallut que Jory le retînt. Lui, aurait excité la foule. Il
répétait que c'était fameux, qu'il y avait là pour cent mille
francs de publicité. Et Irma, lâchée encore, venait de
retrouver dans la cohue deux amis à elle, deux jeunes
boursiers, qui étaient parmi les plus acharnés blagueurs, et
qu'elle endoctrinait, qu'elle forçait à trouver ça très bien, en
leur donnant des tapes sur les doigts.

Mais Fagerolles n'avait pas desserré les dents. Il examinait
toujours la toile, il jetait des coups d'œil sur le public. Avec
son flair de Parisien et sa conscience souple de gaillard adroit,
il se rendait compte du malentendu ; et, vaguement, il sentait
déjà ce qu'il faudrait pour que cette peinture fît la conquête
de tous, quelques tricheries peut-être, des atténuations, un
arrangement du sujet, un adoucissement de la facture.
L'influence que Claude avait eue sur lui persistait : il en
restait pénétré, à jamais marqué. Seulement, il le trouvait
archifou d'exposer une pareille chose. N'était-ce pas stupide
de croire à l'intelligence du public ? A quoi bon cette femme
nue avec ce monsieur habillé ? Que voulaient dire les deux
petites lutteuses du fond ? Et les qualités d'un maître, un
morceau de peinture comme il n'y en avait pas deux dans le
Salon ! Un grand mépris lui venait de ce peintre admirablement doué, qui faisait rire tout Paris comme le dernier des
barbouilleurs.

Ce mépris devint si fort, qu'il ne put le cacher davantage. Il dit, dans un accès d'invincible franchise :

« Ah ! écoute, mon cher, tu l'as voulu, c'est toi qui es trop bête. »

Claude, en silence, détournant les yeux de la foule, le regarda. Il n'avait point faibli, pâle seulement sous les rires, les lèvres agitées d'un léger tic nerveux : personne ne le connaissait, son œuvre seule était souffletée. Puis, il reporta un instant les regards sur le tableau, parcourut de là les autres toiles de la salle, lentement. Et, dans le désastre de ses illusions, dans la douleur vive de son orgueil, un souffle de courage, une bouffée de santé et d'enfance, lui vinrent de toute cette peinture si gaiement brave, montant à l'assaut de l'antique routine, avec une passion si désordonnée. Il en était consolé et raffermi, sans remords, sans contrition, poussé au contraire à heurter le public davantage. Certes, il y avait là bien des maladresses, bien des efforts puérils, mais quel joli ton général, quel coup de lumière apporté, une lumière gris d'argent, fine, diffuse, égayée de tous les reflets dansants du plein air ! C'était comme une fenêtre brusquement ouverte dans la vieille cuisine au bitume, dans les jus recuits de la tradition, et le soleil entrait, et les murs riaient de cette matinée de printemps ! La note claire de son tableau, ce bleuissement dont on se moquait, éclatait parmi les autres. N'était-ce pas l'aube attendue, un jour nouveau qui se levait pour l'art ? Il aperçut un critique qui s'arrêtait sans rire, des peintres célèbres, surpris, la mine grave, le père Malgras, très sale, allant de tableau en tableau avec sa moue de fin dégustateur, tombant en arrêt devant le sien, immobile, absorbé. Alors, il se retourna vers Fagerolles, il l'étonna par cette réponse tardive :

« On est bête comme on peut, mon cher, et il est à croire que je resterai bête... Tant mieux pour toi, si tu es un malin [68] ! »

Tout de suite, Fagerolles lui tapa sur l'épaule, en camarade qui plaisante, et Claude se laissa prendre le bras par Sandoz. On l'emmenait enfin, la bande entière quitta le Salon des Refusés, en décidant qu'on allait passer par la salle de l'architecture ; car, depuis un instant, Dubuche, dont on avait reçu un projet de Musée, piétinait et les suppliait d'un regard si humble, qu'il semblait difficile de ne pas lui donner cette satisfaction.

« Ah ! dit plaisamment Jory, en entrant dans la salle, quelle glacière ! On respire ici. »

Tous se découvrirent et s'essuyèrent le front avec soulagement, comme s'ils arrivaient sous la fraîcheur de grands ombrages, au bout d'une longue course en plein soleil. La salle était vide. Du plafond, tendu d'un écran de toile blanche, tombait une clarté égale, douce et morne, qui se reflétait, pareille à une eau de source immobile, dans le miroir du parquet fortement ciré. Aux quatre murs, d'un rouge déteint, les projets, les grands et les petits châssis, bordés de bleu pâle, mettaient les taches lavées de leurs teintes d'aquarelle. Et seul, absolument seul au milieu de ce désert, un monsieur barbu se tenait debout devant un projet d'Hospice, plongé dans une contemplation profonde. Trois dames parurent, s'effarèrent, traversèrent en fuyant à petits pas pressés.

Déjà Dubuche montrait et expliquait son œuvre aux camarades. C'était un seul châssis, une pauvre petite salle de Musée, qu'il avait envoyée par hâte ambitieuse, en dehors des usages, et contre la volonté de son patron, qui pourtant la lui avait fait recevoir, se croyant engagé d'honneur.

« Est-ce que c'est pour loger les tableaux de l'école du plein air, ton Musée ? » demanda Fagerolles sans rire.

Gagnière admirait, d'un branle de la tête, en songeant à autre chose ; tandis que Claude et Sandoz, par amitié, examinaient et s'intéressaient sincèrement.

« Eh ! ce n'est pas mal, mon vieux, dit le premier. Les ornements sont encore d'une tradition joliment bâtarde... N'importe, ça va ! »

Jory, impatient, finit par l'interrompre.

« Ah ! filons, voulez-vous ? Moi, je m'enrhume. »

La bande reprit sa marche. Mais le pis était que, pour couper au plus court, il leur fallait traverser tout le Salon officiel ; et ils s'y résignèrent, malgré le serment qu'ils avaient fait de n'y pas mettre les pieds, par protestation. Fendant la foule, avançant avec raideur, ils suivirent l'enfilade des salles, en jetant à droite et à gauche des regards indignés. Ce n'était plus le gai scandale de leur Salon à eux, les tons clairs, la lumière exagérée du soleil. Des cadres d'or pleins d'ombre se succédaient, des choses gourmées et noires, des nudités d'atelier jaunissant sous des jours de cave, toute la défroque classique, l'histoire, le genre, le paysage, trempés ensemble au fond du même cambouis de la convention. Une médiocrité uniforme suintait des œuvres, la salissure boueuse du ton qui les caractérisait, dans cette bonne tenue d'un art au sang pauvre et dégénéré. Et ils pressaient le pas, et ils galopaient pour échapper à ce règne encore debout du bitume, condamnant tout en bloc avec leur belle injustice de sectaires, criant qu'il n'y avait là rien, rien, rien !

Enfin, ils s'échappèrent, et ils descendaient au jardin, lorsqu'ils rencontrèrent Mahoudeau et Chaîne. Le premier se jeta dans les bras de Claude.

« Ah ! mon cher, ton tableau, quel tempérament ! »

Le peintre, tout de suite, loua la *Vendangeuse* [69].

« Et toi, dis donc, tu leur en as fichu par la tête, un morceau ! »

Mais la vue de Chaîne, auquel personne ne parlait de sa *Femme adultère,* et qui errait silencieux, l'apitoya. Il trouvait une mélancolie profonde à l'exécrable peinture, à la vie manquée de ce paysan, victime des admirations bourgeoises. Toujours il lui donnait la joie d'un éloge. Il le secoua amicalement, il cria :

« Très bien aussi, votre machine... Ah ! mon gaillard, le dessin ne vous fait pas peur !

— Non, bien sûr ! » déclara Chaîne, dont la face s'était empourprée de vanité, sous les broussailles noires de sa barbe.

Mahoudeau et lui se joignirent à la bande ; et le premier demanda aux autres s'ils avaient vu *le Semeur,* de Chambouvard. C'était inouï, le seul morceau de sculpture du Salon. Tous le suivirent dans le jardin, que la foule envahissait maintenant.

« Tiens ! reprit Mahoudeau, en s'arrêtant au milieu de l'allée centrale, il est justement devant son *Semeur,* Chambouvard. »

En effet, un homme obèse était là, campé fortement sur ses grosses jambes, et s'admirant. La tête dans les épaules, il avait une face épaisse et belle d'idole hindoue. On le disait fils d'un vétérinaire des environs d'Amiens. A quarante-cinq ans, il était déjà l'auteur de vingt chefs-d'œuvre, des statues simples et vivantes, de la chair bien moderne, pétrie par un ouvrier de génie, sans raffinement ; et cela au hasard de la production, donnant ses œuvres comme un champ donne son herbe, bon un jour, mauvais le lendemain, dans l'ignorance absolue de ce qu'il créait. Il poussait le manque de sens critique jusqu'à ne pas faire de distinction, entre les fils les plus glorieux de ses mains, et les détestables magots qu'il lui arrivait de bâcler parfois. Sans fièvre nerveuse, sans un doute, toujours solide et convaincu, il avait un orgueil de dieu.

« Étonnant, *le Semeur !* murmura Claude, et quelle bâtisse, et quel geste ! »

Fagerolles, qui n'avait pas regardé la statue, s'amusait beaucoup du grand homme et de la queue de jeunes disciples béants, qu'il traînait d'ordinaire à sa suite.

« Regardez-les donc, ils communient, ma parole !... Et lui, hein ? quelle bonne tête de brute, transfigurée dans la contemplation de son nombril ! »

Seul et à l'aise au milieu de la curiosité de tous, Chambouvard s'ébahissait, de l'air foudroyé d'un homme qui s'étonne d'avoir enfanté une pareille œuvre. Il semblait la voir pour la première fois, il n'en revenait point. Puis, un ravissement noya sa face large, il dodelina de la tête, il éclata d'un rire doux et invincible, en répétant à dix reprises :

« C'est comique... c'est comique... »

Toute sa queue, derrière lui, se pâmait, tandis qu'il n'imaginait rien autre, pour dire l'adoration où il était de lui-même.

Mais il y eut un léger émoi : Bongrand, qui se promenait, les mains derrière le dos, les yeux vagues, venait de tomber sur Chambouvard ; et le public, s'écartant, chuchotait, s'intéressait à la poignée de main échangée par les deux artistes célèbres, l'un court et sanguin, l'autre grand et frissonnant. On entendit des mots de bonne camaraderie : « Toujours des merveilles ! — Parbleu ! Et vous, rien cette année ? — Non, rien. Je me repose, je cherche. — Allons donc ! farceur, ça vient tout seul. — Adieu ! — Adieu ! » Déjà, Chambouvard, accompagné de sa cour, s'en allait lentement au travers de la foule, avec des regards de monarque heureux de vivre ; pendant que Bongrand, qui avait reconnu Claude et ses amis, s'approchait d'eux, les mains fébriles, et leur désignait le sculpteur d'un mouvement nerveux du menton, en disant :

« En voilà un gaillard que j'envie ! Toujours croire qu'on fait des chefs-d'œuvre ! »

Il complimenta Mahoudeau de sa *Vendangeuse,* se montra paternel pour tous, avec sa large bonhomie, son abandon de vieux romantique rangé, décoré. Puis, s'adressant à Claude :

« Eh bien ! qu'est-ce que je vous disais ? Vous avez vu, là-haut... Vous voici passé chef d'école.

— Ah ! oui, répondit Claude, ils m'arrangent... C'est vous, notre maître à tous. »

Bongrand eut son geste de vague souffrance, et il se sauva, en disant :

« Taisez-vous donc ! je ne suis pas même mon maître ! »

Un moment encore, la bande erra dans le jardin. On était retourné voir *la Vendangeuse,* lorsque Jory s'aperçut que Gagnière n'avait plus Irma Bécot à son bras. Ce dernier fut stupéfait : où diable pouvait-il l'avoir perdue ? Mais quand Fagerolles lui eut conté qu'elle s'en était allée dans la foule, avec deux messieurs, il se tranquillisa ; et il suivit les autres, plus léger, soulagé de cette bonne fortune qui l'ahurissait.

Maintenant, on ne circulait qu'avec peine. Tous les bancs étaient pris d'assaut, des groupes barraient les allées, où la marche lente des promeneurs s'arrêtait, refluait sans cesse autour des bronzes et des marbres à succès. Du buffet encombré sortait un gros murmure, un bruit de soucoupes et de cuillers, qui s'ajoutait au frisson vivant de l'immense nef.

Les moineaux étaient remontés dans la forêt des charpentes
de fonte, on entendait leurs petits cris aigus, le piaillement
dont ils saluaient le soleil à son déclin, sous les vitres
chaudes. Il faisait lourd, une tiédeur humide de serre, un air
immobile, affadi d'une odeur de terreau fraîchement remué.
Et, dominant cette houle du jardin, le fracas des salles du
premier étage, le roulement des pieds sur les planchers de fer
ronflait toujours, avec sa clameur de tempête battant la côte.

Claude, qui percevait nettement ce grondement d'orage,
finissait par n'avoir que lui, déchaîné et hurlant, dans les
oreilles. C'étaient les gaietés de la foule, dont les huées et les
rires soufflaient en ouragan devant son tableau. Il eut un
geste énervé, il s'écria :

« Ah ! çà, qu'est-ce que nous fichons, ici ? Moi, je ne
prends rien au buffet, ça pue l'Institut... Allons boire une
chope dehors, voulez-vous ? »

Tous sortirent, les jambes cassées, la face tirée et méprisante. Dehors, ils respirèrent bruyamment, d'un air de
délices, en rentrant dans la bonne nature printanière. Quatre
heures sonnaient à peine, le soleil oblique enfilait les
Champs-Élysées ; et tout flambait, les queues serrées des
équipages, les feuillages neufs des arbres, les gerbes des
bassins qui jaillissaient et s'envolaient en une poussière d'or.
D'un pas de flânerie, ils descendirent, hésitèrent, s'échouèrent enfin dans un petit café, le Pavillon de la Concorde, à
gauche, avant la place. La salle était si étroite, qu'ils
s'attablèrent au bord de la contre-allée, malgré le froid
tombant de la voûte des feuilles, déjà touffue et noire. Mais,
après les quatre rangées de marronniers, au-delà de cette
bande d'ombre verdâtre, ils avaient devant eux la chaussée
ensoleillée de l'avenue, ils y voyaient passer Paris à travers
une gloire, les voitures aux roues rayonnantes comme des
astres, les grands omnibus jaunes plus dorés que des chars de
triomphe, des cavaliers dont les montures semblaient jeter
des étincelles, des piétons qui se transfiguraient et resplendissaient dans la lumière.

Et, durant près de trois heures, en face de sa chope restée
pleine, Claude parla, discuta, dans une fièvre croissante, le

corps brisé, la tête grosse de toute la peinture qu'il venait de voir. C'était, avec les camarades, l'habituelle sortie du Salon, que, cette année-là, passionnait davantage encore la mesure libérale de l'Empereur : un flot montant de théories, une griserie d'opinions extrêmes qui rendait les langues pâteuses, toute la passion de l'art dont brûlait leur jeunesse.

« Eh bien ! quoi ? criait-il, le public rit, il faut faire l'éducation du public... Au fond, c'est une victoire. Enlevez deux cents toiles grotesques, et notre Salon enfonce le leur. Nous avons la bravoure et l'audace, nous sommes l'avenir... Oui, oui, on verra plus tard, nous le tuerons, leur Salon. Nous y entrerons en conquérants, à coups de chefs-d'œuvre... Ris donc, ris donc, grande bête de Paris, jusqu'à ce que tu tombes à nos genoux ! »

Et, s'interrompant, il montrait d'un geste prophétique l'avenue triomphale, où roulaient dans le soleil le luxe et la joie de la ville. Son geste s'élargissait, descendait jusqu'à la place de la Concorde, qu'on apercevait en écharpe, sous les arbres, avec une de ses fontaines dont les nappes ruisselaient, un bout fuyant de ses balustrades, et deux de ses statues, Rouen aux mamelles géantes, Lille qui avance l'énormité de son pied nu.

« Le plein air, ça les amuse ! reprit-il. Soit ! puisqu'ils le veulent, le plein air, l'école du plein air !... Hein ? c'était entre nous, ça n'existait pas, hier, en dehors de quelques peintres. Et voilà qu'ils lancent le mot, ce sont eux qui fondent l'école... Oh ! je veux bien, moi. Va pour l'école du plein air ! »

Jory s'allongeait des claques sur les cuisses.

« Quand je te disais ! J'étais sûr, avec mes articles, de les forcer à mordre, ces crétins ! Ce que nous allons les embêter, maintenant ! »

Mahoudeau chantait victoire, lui aussi, en ramenant continuellement sa *Vendangeuse,* dont il expliquait les hardiesses à Chaîne silencieux, qui seul écoutait ; tandis que Gagnière, avec la raideur des timides lâchés au travers de la théorie pure, parlait de guillotiner l'Institut ; et Sandoz, par sympathie enflammée de travailleur, et Dubuche, cédant à la

contagion de ses amitiés révolutionnaires, s'exaspéraient,
tapaient sur la table, avalaient Paris, dans chaque gorgée de
bière. Très calme, Fagerolles gardait son sourire. Il les avait
suivis par amusement, par le singulier plaisir qu'il trouvait à
pousser les camarades dans des farces qui tourneraient mal.
Pendant qu'il fouettait leur esprit de révolte, il prenait
justement la ferme résolution de travailler désormais à
obtenir le prix de Rome : cette journée le décidait, il jugeait
imbécile de compromettre son talent davantage.

Le soleil baissait à l'horizon, il n'y avait plus qu'un flot
descendant de voitures, le retour du Bois, dans l'or pâli du
couchant. Et la sortie du Salon devait s'achever, une queue
défilait, des messieurs à tête de critique, ayant chacun un
catalogue sous le bras.

Gagnière s'enthousiasma brusquement.

« Ah ! Courajod, en voilà un qui a inventé le paysage !
Avez-vous vu sa *Mare de Gagny,* au Luxembourg ?

— Une merveille ! cria Claude. Il y a trente ans que c'est
fait, on n'a encore rien fichu de plus solide... Pourquoi laisse-
t-on ça au Luxembourg ? Ça devrait être au Louvre.

— Mais Courajod n'est pas mort, dit Fagerolles.

— Comment ! Courajod n'est pas mort ! On ne le voit
plus, on n'en parle plus. »

Et ce fut une stupeur, lorsque Fagerolles affirma que le
maître paysagiste, âgé de soixante-dix ans, vivait quelque
part, du côté de Montmartre, retiré dans une petite maison,
au milieu de poules, de canards et de chiens. Ainsi on pouvait
se survivre, il y avait des mélancolies de vieux artistes,
disparus avant leur mort. Tous se taisaient, un frisson les
avait pris, lorsqu'ils aperçurent, passant au bras d'un ami,
Bongrand, la face congestionnée, le geste inquiet, qui leur
envoya un salut ; et, presque derrière lui, au milieu de ses
disciples, Chambouvard se montra, riant très haut, tapant les
talons, en maître absolu, certain de l'éternité.

« Tiens ! tu nous lâches ? » demanda Mahoudeau à Chaîne,
qui se levait.

L'autre mâchonna dans sa barbe des paroles sourdes ; et il
partit, après avoir distribué des poignées de main.

« Tu sais qu'il va encore se payer ta sage-femme, dit Jory à Mahoudeau. Oui, l'herboriste, la femme aux herbes qui puent... Ma parole ! j'ai vu ses yeux flamber tout d'un coup ; ça le prend comme une rage de dents ; ce garçon ; et regarde-le courir là-bas. »

Le sculpteur haussa les épaules, au milieu des rires.

Mais Claude n'entendait point. Maintenant, il entreprenait Dubuche sur l'architecture. Sans doute, ce n'était pas mal, cette salle de Musée, qu'il exposait ; seulement, ça n'apportait rien, on y retrouvait une patiente marqueterie des formules de l'École. Est-ce que tous les arts ne marchaient pas de front ? est-ce que l'évolution qui transformait la littérature, la peinture, la musique même, n'allait pas renouveler l'architecture ? Si jamais l'architecture d'un siècle devait avoir un style à elle, c'était assurément celle du siècle où l'on entrerait bientôt, un siècle neuf, un terrain balayé, prêt à la reconstruction de tout, un champ fraîchement ensemencé, dans lequel pousserait un nouveau peuple. Par terre, les temples grecs qui n'avaient plus leurs raisons d'être sous notre ciel, au milieu de notre société ! par terre, les cathédrales gothiques, puisque la foi aux légendes était morte ! par terre, les colonnades fines, les dentelles ouvragées de la Renaissance, ce renouveau antique greffé sur le moyen-âge, des bijoux d'art où notre démocratie ne pouvait se loger ! Et il voulait, il réclamait avec des gestes violents la formule architecturale de cette démocratie, l'œuvre de pierre qui l'exprimerait, l'édifice où elle serait chez elle, quelque chose d'immense et de fort, de simple et de grand, ce quelque chose qui s'indiquait déjà dans nos gares, dans nos halles, avec la solide élégance de leurs charpentes de fer, mais épuré encore, haussé jusqu'à la beauté, disant la grandeur de nos conquêtes.

« Eh ! oui, eh ! oui ! répétait Dubuche, gagné par sa fougue. C'est ce que je veux faire, tu verras un jour... Donne-moi le temps d'arriver, et quand je serai libre, ah ! quand je serai libre ! »

La nuit venait, Claude s'animait de plus en plus, dans l'énervement de sa passion, d'une abondance, d'une élo-

quence que les camarades ne lui connaissaient pas. Tous
s'excitaient à l'écouter, finissaient par s'égayer bruyamment
des mots extraordinaires qu'il lançait ; et lui-même, étant
revenu sur son tableau, en parlait avec une gaieté énorme,
faisait la charge des bourgeois qui regardaient, imitait la
gamme bête des rires. Sur l'avenue, couleur de cendre, on ne
voyait plus filer que les ombres de rares voitures. La contre-
allée était toute noire, un froid de glace tombait des arbres.
Seul, un chant perdu sortait d'un massif de verdure, derrière
le café, quelque répétition au Concert de l'Horloge, la voix
sentimentale d'une fille s'essayant à la romance.

« Ah ! m'ont-ils amusé, les idiots ! cria Claude dans un
dernier éclat. Entendez-vous, pour cent mille francs, je ne
donnerais pas ma journée ! »

Il se tut, épuisé. Personne n'avait plus de salive. Un silence
régna, tous grelottèrent sous l'haleine glacée qui passait. Et
ils se séparèrent avec des poignées de mains lasses, dans une
sorte de stupeur. Dubuche dînait en ville. Fagerolles avait un
rendez-vous. Vainement, Jory, Mahoudeau et Gagnière
voulurent entraîner Claude chez Foucart, un restaurant à
vingt-cinq sous : déjà Sandoz l'emmenait à son bras, inquiet
de le voir si gai.

« Allons, viens, j'ai promis à ma mère de rentrer. Tu
mangeras un morceau avec nous, et ce sera gentil, nous
finirons la journée ensemble. »

Tous deux descendirent le quai, le long des Tuileries,
serrés l'un contre l'autre, fraternellement. Mais, au pont des
Saints-Pères, le peintre s'arrêta net.

« Comment, tu me quittes ! s'écria Sandoz. Puisque tu
dînes avec moi ! »

— Non, merci, j'ai trop mal à la tête... Je rentre me
coucher. »

Et il s'obstina sur cette excuse.

« Bon ! bon ! finit par dire l'autre en souriant, on ne te voit
plus, tu vis dans le mystère... Va, mon vieux, je ne veux pas
te gêner. »

Claude retint un geste d'impatience, et, laissant son ami
passer le pont, il continua de filer tout seul par les quais. Il

marchait les bras ballants, le nez à terre, sans rien voir, à
longues enjambées de somnambule que l'instinct conduit.
Quai de Bourbon, devant sa porte, il leva les yeux, étonné
qu'un fiacre attendît là, arrêté au bord du trottoir, lui barrant
le chemin. Et ce fut du même pas mécanique qu'il entra chez
la concierge, pour prendre sa clef.

« Je l'ai donnée à cette dame, cria madame Joseph du fond
de la loge. Cette dame est là-haut.

— Quelle dame ? demanda-t-il effaré.

— Cette jeune personne... Voyons, vous savez bien ? celle
qui vient toujours. »

Il ne savait plus, il se décida à monter, dans une confusion
extrême d'idées. La clef se trouvait sur la porte, qu'il ouvrit,
puis qu'il referma, sans hâte.

Claude resta un moment immobile. L'ombre avait envahi
l'atelier, une ombre violâtre qui pleuvait de la baie vitrée en
un mélancolique crépuscule, noyant les choses. Il ne voyait
plus nettement le parquet, où les meubles, les toiles, tout ce
qui traînait vaguement, semblait se fondre, comme dans l'eau
dormante d'une mare. Mais, assise au bord du divan, se
détachait une forme sombre, raidie par l'attente, anxieuse et
désespérée au milieu de cette agonie du jour. C'était Christine, il l'avait reconnue.

Elle tendit les mains, elle murmura d'une voix basse et
entrecoupée :

« Il y a trois heures, oui, trois heures que je suis là, toute
seule, à écouter... Au sortir de là-bas, j'ai pris une voiture, et
je ne voulais que venir, puis rentrer vite... Mais je serais
restée la nuit entière, je ne pouvais pas m'en aller, sans vous
avoir serré les mains. »

Elle continua, elle dit son désir violent de voir le tableau,
son escapade au Salon, et comment elle était tombée dans la
tempête des rires, sous les huées de tout ce peuple. C'était
elle qu'on sifflait ainsi, c'était sur sa nudité que crachaient les
gens, cette nudité dont le brutal étalage, devant la blague de
Paris, l'avait étranglée dès la porte. Et, prise d'une terreur
folle, éperdue de souffrance et de honte, elle s'était sauvée,
comme si elle avait senti ces rires s'abattre sur sa peau nue, la

cingler au sang de coups de fouet. Mais elle s'oubliait
maintenant, elle ne songeait qu'à lui, bouleversée par l'idée
du chagrin qu'il devait avoir, grossissant l'amertume de cet
échec de toute sa sensibilité de femme, débordant d'un
besoin de charité immense.

« O mon ami, ne vous faites pas de peine !... Je voulais
vous voir et vous dire que ce sont des jaloux, que je le trouve
très bien, ce tableau, que je suis très fière et très heureuse de
vous avoir aidé, d'en être un peu, moi aussi... »

Il l'écoutait bégayer ardemment ces tendresses, toujours
immobile ; et, brusquement, il s'abattit devant elle, il laissa
tomber la tête sur ses genoux, en éclatant en larmes. Toute
son excitation de l'après-midi, sa bravoure d'artiste sifflé, sa
gaieté et sa violence, crevaient là, en une crise de sanglots qui
le suffoquait. Depuis la salle où les rires l'avaient souffleté, il
les entendait le poursuivre comme une meute aboyante, là-
bas aux Champs-Élysées, puis le long de la Seine, puis à
présent encore chez lui, derrière son dos. Sa force entière s'en
était allée, il se sentait plus débile qu'un enfant ; et il répéta,
roulant sa tête, la voix éteinte, le geste vague :

« Mon Dieu ! que je souffre ! »

Alors, elle, des deux poings, le remonta jusqu'à sa bouche,
dans un emportement de passion. Elle le baisa, elle lui souffla
jusqu'au cœur, d'une haleine chaude .

« Tais-toi, tais-toi, je t'aime ! »

Ils s'adoraient, leur camaraderie devait aboutir à ces noces
sur ce divan, dans l'aventure de ce tableau qui peu à peu les
avait unis. Le crépuscule les enveloppa, ils restèrent aux bras
l'un de l'autre, anéantis, en larmes sous cette première joie
d'amour. Près d'eux, au milieu de la table, les lilas qu'elle
avait envoyés le matin, embaumaient la nuit ; et les parcelles
d'or éparses, envolées du cadre, luisaient seules d'un reste de
jour, pareilles à un fourmillement d'étoiles.

VI

Le soir, comme il la tenait encore dans ses bras, il lui avait
dit :

« Reste ! »

Mais elle s'était dégagée d'un effort.

« Je ne peux pas, il faut que je rentre.

— Alors, demain... Je t'en prie, reviens demain.

— Demain, non, c'est impossible... Adieu, à bientôt ! »

Et, le lendemain, dès sept heures, elle était là, rouge du
mensonge qu'elle avait fait à madame Vanzade : une amie de
Clermont qu'elle devait aller chercher à la gare, et avec qui
elle passerait la journée.

Claude, ravi de la posséder ainsi tout un jour, voulut
l'emmener à la campagne, par un besoin de l'avoir à lui seul,
très loin, sous le grand soleil. Elle fut enchantée, ils partirent
comme des fous, arrivèrent à la gare Saint-Lazare juste pour
sauter dans un train du Havre. Lui, connaissait après Mantes
un petit village, Bennecourt, où était une auberge d'artistes,
qu'il avait envahie parfois avec des camarades [70] ; et, sans
s'inquiéter des deux heures de chemin de fer, il la conduisait
déjeuner là, comme il l'aurait menée à Asnières. Elle s'égaya
beaucoup de ce voyage qui n'en finissait plus. Tant mieux, si
c'était au bout du monde ! Il leur semblait que le soir ne
devait jamais venir.

A dix heures, ils descendirent à Bonnières ; ils prirent le
bac, un vieux bac craquant et filant sur sa chaîne ; car
Bennecourt se trouve de l'autre côté de la Seine. La journée
de mai était splendide, les petits flots se pailletaient d'or au
soleil, les jeunes feuillages verdissaient tendrement, dans le
bleu sans tache. Et, au-delà des îles, dont la rivière est
peuplée en cet endroit, quelle joie que cette auberge de
campagne, avec son petit commerce d'épicerie, sa grande
salle qui sentait la lessive, sa vaste cour pleine de fumier, où
barbotaient des canards [71] !

« Hé ! père Faucheur, nous venons déjeuner... Une omelette, des saucisses, du fromage.

— Est-ce que vous coucherez, monsieur Claude ?

— Non, non, une autre fois... Et du vin blanc, hein ! du
petit rose qui gratte la gorge. »

Déjà, Christine avait suivi la mère Faucheur dans la basse-
cour ; et, quand cette dernière revint avec des œufs, elle
demanda au peintre, avec son rire sournois de paysanne :
« C'est donc que vous êtes marié, à cette heure ?

— Dame ! répondit-il rondement, il le faut bien, puisque
je suis avec ma femme [72]. »

Le déjeuner fut exquis, l'omelette trop cuite, les saucisses
trop grasses, le pain d'une telle dureté, qu'il dut lui couper
des mouillettes, pour qu'elle ne s'abîmât pas le poignet. Ils
burent deux bouteilles, en entamèrent une troisième, si gais,
si bruyants, qu'ils s'étourdissaient eux-mêmes, dans la
grande salle où ils mangeaient seuls. Elle, les joues ardentes,
affirmait qu'elle était grise ; et jamais ça ne lui était arrivé, et
elle trouvait ça drôle, oh ! si drôle, riant à ne plus pouvoir se
retenir.

« Allons prendre l'air, dit-elle enfin.

— C'est ça, marchons un peu... Nous repartons à quatre
heures, nous avons trois heures devant nous. »

Ils remontèrent Bennecourt, qui aligne ses maisons jaunes,
le long de la berge, sur près de deux kilomètres. Tout le
village était aux champs, ils ne rencontrèrent que trois
vaches, conduites par une petite fille. Lui, du geste, expliquait le pays, semblait savoir où il allait ; et, quand ils furent
arrivés à la dernière maison, une vieille bâtisse, plantée sur le
bord de la Seine, en face des coteaux de Jeufosse, il en fit le
tour, entra dans un bois de chênes, très touffu. C'était le bout
du monde qu'ils cherchaient l'un et l'autre, un gazon d'une
douceur de velours, un abri de feuilles, où le soleil seul
pénétrait, en minces flèches de flamme. Tout de suite, leurs
lèvres s'unirent dans un baiser avide, et elle s'était abandonnée, et il l'avait prise, au milieu de l'odeur fraîche des herbes
foulées. Longtemps, ils restèrent à cette place, attendris
maintenant, avec des paroles rares et basses, occupés de la

seule caresse de leur haleine, comme en extase devant les points d'or qu'ils regardaient luire au fond de leurs yeux bruns.

Puis, deux heures plus tard, quand ils sortirent du bois, ils tressaillirent : un paysan était là, sur la porte grande ouverte de la maison, et qui paraissait les avoir guettés de ses yeux rapetissés de vieux loup. Elle devint toute rose, tandis que lui criait, pour cacher sa gêne :

« Tiens ! le père Poirette... C'est donc à vous, la cambuse ? »

Alors, le vieux raconta avec des larmes que ses locataires étaient partis sans le payer, en lui laissant leurs meubles. Et il les invita à entrer.

« Vous pouvez toujours voir, peut-être que vous connaissez du monde... Ah ! il y en a, des Parisiens, qui seraient contents !... Trois cents francs par an avec les meubles, n'est-ce pas que c'est pour rien ? »

Curieusement, ils le suivirent. C'était une grande lanterne de maison, qui semblait taillée dans un hangar : en bas, une cuisine immense et une salle où l'on aurait pu faire danser ; en haut, deux pièces également, si vastes, qu'on s'y perdait. Quant aux meubles, ils consistaient en un lit de noyer, dans l'une des chambres, et en une table et des ustensiles de ménage, qui garnissaient la cuisine. Mais, devant la maison, le jardin abandonné, planté d'abricotiers magnifiques, se trouvait envahi de rosiers géants, couverts de roses ; tandis que, derrière, allant jusqu'au bois de chênes, il y avait un petit champ de pommes de terre, enclos d'une haie vive.

« Je laisserai les pommes de terre », dit le père Poirette.

Claude et Christine s'étaient regardés, dans un de ces brusques désirs de solitude et d'oubli qui alanguissent les amants. Ah ! que ce serait bon de s'aimer là, au fond de ce trou, si loin des autres ! Mais ils sourirent, est-ce qu'ils pouvaient ? ils avaient à peine le temps de reprendre le train, pour rentrer à Paris. Et le vieux paysan, qui était le père de madame Faucheur [73], les accompagna le long de la berge ; puis, comme ils montaient dans le bac, il leur cria, après tout un combat intérieur :

« Vous savez, ce sera deux cent cinquante francs… Envoyez-moi du monde. »

A Paris, Claude accompagna Christine jusqu'à l'hôtel de madame Vanzade. Ils étaient devenus très tristes, ils échangèrent une longue poignée de main, désespérée et muette, n'osant s'embrasser.

Une vie de tourment commença. En quinze jours, elle ne put venir que trois fois ; et elle accourait, essoufflée, n'ayant que quelques minutes à elle, car justement la vieille dame se montrait exigeante. Lui, la questionnait, inquiet de la voir pâlie, énervée, les yeux brillants de fièvre. Jamais elle n'avait tant souffert de cette maison pieuse, de ce caveau, sans air et sans jour, où elle se mourait d'ennui. Ses étourdissements l'avaient reprise, le manque d'exercice faisait battre le sang à ses tempes. Elle lui avoua qu'elle s'était évanouie, un soir, dans sa chambre, comme tout d'un coup étranglée par une main de plomb. Et elle n'avait pas de paroles mauvaises contre sa maîtresse, elle s'attendrissait au contraire : une pauvre créature si vieille, si infirme, si bonne, qui l'appelait sa fille ! Cela lui coûtait comme une vilaine action, chaque fois qu'elle l'abandonnait, pour courir chez son amant.

Deux semaines encore se passèrent. Les mensonges dont elle devait payer chaque heure de liberté, lui devinrent intolérables. Maintenant, c'était frémissante de honte qu'elle rentrait dans cette maison rigide, où son amour lui semblait une tache. Elle s'était donnée, elle l'aurait crié tout haut, et son honnêteté se révoltait à cacher cela comme une faute, à mentir bassement, ainsi qu'une servante qui craint un renvoi.

Enfin, un soir dans l'atelier au moment où elle partait une fois encore, Christine se jeta entre les bras de Claude, éperdument, sanglotant de souffrance et de passion.

« Ah ! je ne peux pas, je ne peux pas… Garde-moi donc, empêche-moi de retourner là-bas ! »

Il l'avait saisie, il l'embrassait à l'étouffer.

« Bien vrai ? tu m'aimes ! Oh ! cher amour !… Mais je n'ai rien, moi, et tu perdrais tout. Est-ce que je puis tolérer que tu te dépouilles ainsi ? »

Elle sanglota plus fort, ses paroles bégayées se brisaient dans ses larmes.

« Son argent, n'est-ce pas ? ce qu'elle me laisserait... Tu crois donc que je calcule ? Jamais je n'y ai songé, je te le jure. Ah ! qu'elle garde tout et que je sois libre !... Moi, je ne tiens à rien ni à personne, je n'ai aucun parent, ne m'est-il pas permis de faire ce que je veux ? Je ne demande point que tu m'épouses, je demande seulement à vivre avec toi... »

Puis, dans un dernier sanglot de torture :

« Ah ! tu as raison, c'est mal de l'abandonner, cette pauvre femme ! Ah ! je me méprise, je voudrais avoir la force... Mais je t'aime trop, je souffre trop, je ne peux pourtant pas en mourir.

— Reste ! reste ! cria-t-il. Et que ce soient les autres qui meurent, il n'y a que nous deux ! »

Il l'avait assise sur ses genoux, tous deux pleuraient et riaient, en jurant au milieu de leurs baisers qu'ils ne se sépareraient jamais, jamais plus.

Ce fut une folie. Christine quitta brutalement madame Vanzade, emporta sa malle, dès le lendemain. Tout de suite, Claude et elle avaient évoqué la vieille maison déserte de Bennecourt, les rosiers géants, les pièces immenses. Ah ! partir, partir sans perdre une heure, vivre au bout de la terre, dans la douceur de leur jeune ménage ! Elle, joyeuse, battait des mains. Lui, saignant encore de son échec du Salon, ayant le besoin de se reprendre, aspirait à ce grand repos de la bonne nature ; et il aurait là-bas le vrai plein air, il travaillerait dans l'herbe jusqu'au cou, il rapporterait des chefs-d'œuvre. En deux jours, tout fut prêt, le congé de l'atelier donné, les quatre meubles portés au chemin de fer. Une chance heureuse leur était advenue, une fortune, cinq cents francs payés par le père Malgras, pour un lot d'une vingtaine de toiles, qu'il avait triées au milieu des épaves du déménagement. Ils allaient vivre comme des princes, Claude avait sa rente de mille francs, Christine apportait quelques économies, un trousseau, des robes. Et ils se sauvèrent, une véritable fuite, les amis évités, pas même prévenus par une lettre, Paris dédaigné et lâché avec des rires de soulagement.

Juin s'achevait, une pluie torrentielle tomba pendant la semaine de leur installation ; et ils découvrirent que le père Poirette, avant de signer avec eux, avait enlevé la moitié des ustensiles de cuisine. Mais la désillusion restait sans prise, ils pataugeaient avec délices sous les averses, ils faisaient des voyages de trois lieues, jusqu'à Vernon, pour acheter des assiettes et des casseroles, qu'ils rapportaient en triomphe [74]. Enfin, ils furent chez eux, n'occupant en haut qu'une des deux chambres, abandonnant l'autre aux souris, transformant en bas la salle à manger en un vaste atelier, surtout heureux, amusés comme des enfants, de manger dans la cuisine, sur une table de sapin, près de l'âtre où chantait le pot-au-feu. Ils avaient pris pour les servir une fille du village, qui venait le matin et s'en allait le soir, Mélie, une nièce des Faucheur, dont la stupidité les enchantait. Non, on n'en aurait pas trouvé une plus bête dans tout le département !

Le soleil ayant reparu, des journées adorables se suivirent, des mois coulèrent dans une félicité monotone. Jamais ils ne savaient la date, et ils confondaient tous les jours de la semaine. Le matin, ils s'oubliaient très tard au lit, malgré les rayons qui ensanglantaient les murs blanchis de la chambre, à travers les fentes des volets. Puis, après le déjeuner, c'était des flâneries sans fin, de grandes courses sur le plateau planté de pommiers, par des chemins herbus de campagne, des promenades le long de la Seine, au milieu des prés, jusqu'à la Roche-Guyon [75], des explorations plus lointaines, de véritables voyages de l'autre côté de l'eau, dans les champs de blé de Bonnières et de Jeufosse. Un bourgeois, forcé de quitter le pays, leur avait vendu un vieux canot trente francs ; et ils avaient aussi la rivière, ils s'étaient pris pour elle d'une passion de sauvages, y vivant des jours entiers, naviguant, découvrant des terres nouvelles, restant cachés sous les saules des berges, dans les petits bras noirs d'ombre. Entre les îles semées au fil de l'eau, il y avait toute une cité mouvante et mystérieuse, un lacis de ruelles par lesquelles ils filaient doucement, frôlés de la caresse des branches basses, seuls au monde avec les ramiers et les martins-pêcheurs. Lui, parfois, devait sauter sur le sable, les jambes nues, pour pousser le

canot. Elle, vaillante, maniait les rames, voulait remonter les
courants les plus durs, glorieuse de sa force. Et, le soir, ils
mangeaient des soupes aux choux dans la cuisine, ils riaient
de la bêtise de Mélie dont ils avaient ri la veille ; puis, dès
neuf heures, ils étaient au lit, dans le vieux lit de noyer, vaste
à y loger une famille, et où ils faisaient leurs douze heures,
jouant dès l'aube à se jeter les oreillers, puis se rendormant,
leurs bras à leurs cous.

Chaque nuit, Christine disait :

« Maintenant, mon chéri, tu vas me promettre une chose :
c'est que tu travailleras demain.

— Oui, demain, je te le jure.

— Et tu sais, je me fâche, cette fois... Est-ce que c'est moi
qui t'empêche ?

— Toi, quelle idée !... Puisque je suis venu pour travailler, que diable ! Demain, tu verras. »

Le lendemain, ils repartaient en canot ; elle-même le
regardait avec un sourire gêné, quand elle le voyait n'emporter ni toile ni couleurs ; puis, elle l'embrassait en riant, fière
de sa puissance, touchée de ce continuel sacrifice qu'il lui
faisait. Et c'étaient de nouvelles remontrances attendries :
demain, oh ! demain, elle l'attacherait plutôt devant sa toile !

Claude, cependant, fit quelques tentatives de travail. Il
commença une étude du coteau de Jeufosse, avec la Seine au
premier plan ; mais, dans l'île où il s'était installé, Christine
le suivait, s'allongeait sur l'herbe, près de lui, les lèvres
entr'ouvertes, les yeux noyés au fond du bleu ; et elle était si
désirable dans ces verdures, dans ce désert où seules
passaient les voix murmurantes de l'eau, qu'il lâchait sa
palette à chaque minute, couché près d'elle, tous les deux
anéantis et bercés par la terre. Une autre fois, au-dessus de
Bennecourt, une vieille ferme le séduisit, abritée de pommiers antiques, qui avaient grandi comme des chênes. Deux
jours de suite, il y vint ; seulement, le troisième, elle
l'emmena au marché de Bonnières, pour acheter des poules ;
la journée suivante fut encore perdue, la toile avait séché, il
s'impatienta à la reprendre, et finalement l'abandonna.
Pendant toute la saison chaude, il n'eut ainsi que des

velléités, des bouts de tableau ébauchés à peine, quittés au moindre prétexte, sans un effort de persévérance. Sa passion de travail, cette fièvre de jadis qui le mettait debout dès l'aube, bataillant contre la peinture rebelle, semblait s'en être allée, dans une réaction d'indifférence et de paresse ; et, délicieusement, comme après les grandes maladies, il végétait, il goûtait la joie unique de vivre par toutes les fonctions de son corps.

Aujourd'hui, Christine seule existait. C'était elle qui l'enveloppait de cette haleine de flamme, où s'évanouissaient ses volontés d'artiste. Depuis le baiser ardent, irréfléchi, qu'elle lui avait posé aux lèvres la première, une femme était née de la jeune fille, l'amante qui se débattait chez la vierge, qui gonflait sa bouche et l'avançait, dans la carrure du menton. Elle se révélait ce qu'elle devait être, malgré sa longue honnêteté : une chair de passion, une de ces chairs sensuelles, si troublantes, quand elles se dégagent de la pudeur où elles dorment. D'un coup et sans maître, elle savait l'amour, elle y apportait l'emportement de son innocence ; et, elle ignorante jusque-là, lui presque neuf encore, faisant ensemble les découvertes de la volupté, s'exaltaient dans le ravissement de cette initiation commune. Il s'accusait de son ancien mépris : fallait-il être sot, de dédaigner en enfant des félicités qu'on n'avait pas vécues ! Désormais, toute sa tendresse de la chair de la femme, cette tendresse dont il épuisait autrefois le désir dans ses œuvres, ne le brûlait plus que pour ce corps vivant, souple et tiède, qui était son bien. Il avait cru aimer les jours frisant sur les gorges de soie, les beaux tons d'ambre pâle qui dorent la rondeur des hanches, le modelé douillet des ventres purs. Quelle illusion de rêveur ! A cette heure seulement, il le tenait à pleins bras, ce triomphe de posséder son rêve, toujours fuyant jadis sous sa main impuissante de peintre. Elle se donnait entière, il la prenait, depuis sa nuque jusqu'à ses pieds, il la serrait d'une étreinte à la faire sienne, à l'entrer au fond de sa propre chair. Et elle, ayant tué la peinture, heureuse d'être sans rivale, prolongeait les noces. Au lit, le matin, c'étaient ses bras ronds, ses jambes douces qui le gardaient si tard, comme lié par des chaînes, dans la fatigue de leur bonheur ; en canot, lorsqu'elle ramait, il se laissait emporter sans force, ivre, rien qu'à regarder le balancement de ses reins ; sur l'herbe des îles, les yeux au fond de ses yeux, il restait en extase des journées, absorbé par elle, vidé de son cœur et de son sang. Et toujours, et partout, ils se possédaient, avec le besoin inassouvi de se posséder encore.

Une des surprises de Claude était de la voir rougir pour le moindre gros mot qui lui échappait. Les jupes rattachées, elle souriait d'un air de gêne, détournait la tête, aux allusions gaillardes. Elle n'aimait pas ça. Et, à ce propos, un jour, ils se fâchèrent presque.

C'était, derrière leur maison, dans le petit bois de chênes, où ils allaient parfois, en souvenir du baiser qu'ils y avaient échangé, lors de leur première visite à Bennecourt. Lui, travaillé d'une curiosité, l'interrogeait sur sa vie de couvent. Il la tenait à la taille, la chatouillait de son souffle, derrière l'oreille, en tâchant de la confesser. Que savait-elle de l'homme, là-bas ? qu'en disait-elle avec ses amies ? quelle idée se faisait-elle de ça ?

« Voyons, mon mimi, conte-moi un peu... Est-ce que tu te doutais ? »

Mais elle avait son rire mécontent, elle essayait de se dégager.

« Es-tu bête ! laisse-moi donc !... A quoi ça t'avance-t-il ?
— Ça m'amuse... Alors, tu savais ? »

Elle eut un geste de confusion, les joues envahies de rougeur.

« Mon Dieu ! comme les autres, des choses... »

Puis, en se cachant la face contre son épaule :

« On est bien étonnée tout de même. »

Il éclata de rire, la serra follement, la couvrit d'une pluie de baisers. Mais, quand il crut l'avoir conquise et qu'il voulut obtenir ses confidences, ainsi que d'un camarade qui n'a rien à cacher, elle s'échappa en phrases fuyantes, elle finit par bouder, muette, impénétrable. Et jamais elle n'en avoua plus long, même à lui qu'elle adorait. Il y avait là ce fond que les plus franches gardent, cet éveil de leur sexe dont le souvenir

demeure enseveli et comme sacré. Elle était très femme, elle
se réservait, en se donnant toute.

Pour la première fois, ce jour-là, Claude sentit qu'ils
restaient étrangers. Une impression de glace, le froid d'un
autre corps, l'avait saisi. Est-ce que rien de l'un ne pouvait
donc pénétrer dans l'autre, quand ils s'étouffaient, entre
leurs bras éperdus, avides d'étreindre toujours davantage,
au-delà même de la possession ?

Les jours passaient cependant, et ils ne souffraient point de
la solitude. Aucun besoin d'une distraction, d'une visite à
faire ou à recevoir, ne les avait encore sortis d'eux-mêmes.
Les heures qu'elle ne vivait pas près de lui, à son cou, elle les
employait en ménagère bruyante, bouleversant la maison par
de grands nettoyages que Mélie devait exécuter sous ses
yeux, ayant des fringales d'activité qui la faisaient se battre en
personne contre les trois casseroles de la cuisine. Mais le
jardin surtout l'occupait : elle abattait des moissons de roses
sur les rosiers géants, armée d'un sécateur, les mains
déchirées par les épines ; elle s'était donné une courbature à
vouloir cueillir les abricots, dont elle avait vendu la récolte
deux cents francs aux Anglais qui battent le pays chaque
année ; et elle en tirait une vanité extraordinaire, elle rêvait de
vivre des produits du jardin. Lui, mordait moins à la culture.
Il avait mis son divan dans la vaste salle transformée en
atelier, il s'y allongeait pour la regarder semer et planter, par
la fenêtre grande ouverte. C'était une paix absolue, la
certitude qu'il ne viendrait personne, que pas un coup de
sonnette ne le dérangerait, à aucun moment de la journée. Il
poussait si loin cette peur du dehors, qu'il évitait de passer
devant l'auberge des Faucheur, dans la continuelle crainte de
tomber sur une bande de camarades, débarqués de Paris. De
tout l'été, pas une âme ne se montra. Il répétait chaque soir,
en montant se coucher, que tout de même c'était une rude
chance.

Une seule plaie secrète saignait au fond de cette joie. Après
la fuite de Paris, Sandoz ayant su l'adresse et ayant écrit,
demandant s'il pouvait aller le voir, Claude n'avait pas
répondu. Une brouille s'en était suivie, et cette vieille amitié

semblait morte. Christine s'en désolait, car elle sentait bien qu'il avait rompu pour elle. Continuellement, elle en parlait, ne voulant pas le fâcher avec ses amis, exigeant qu'il les rappelât. Mais, s'il promettait d'arranger les choses, il n'en faisait rien. C'était fini, à quoi bon revenir sur le passé ?

Vers les derniers jours de juillet, l'argent devenant rare, il dut se rendre à Paris, pour vendre au père Malgras une demi-douzaine d'anciennes études ; et, en l'accompagnant à la gare, elle lui fit jurer d'aller serrer la main à Sandoz. Le soir, elle était là de nouveau, devant la station de Bonnières, qui l'attendait.

« Eh bien ! l'as-tu vu, vous êtes-vous embrassés ? »

Il se mit à marcher près d'elle, muet d'embarras. Puis, d'une voix sourde :

« Non, je n'ai pas eu le temps. »

Alors, elle dit, navrée, tandis que deux grosses larmes noyaient ses yeux :

« Tu me fais beaucoup de peine. »

Et, comme ils étaient sous les arbres, il la baisa au visage, en pleurant lui aussi, en la suppliant de ne pas augmenter son chagrin. Est-ce qu'il pouvait changer la vie ? N'était-ce point assez déjà d'être heureux ensemble ?

Pendant ces premiers mois, ils firent une seule rencontre. C'était au-dessus de Bennecourt, en remontant du côté de la Roche-Guyon. Ils suivaient un chemin désert et boisé, un de ces délicieux chemins creux, lorsque, à un détour, ils tombèrent sur trois bourgeois en promenade, le père, la mère et la fille. Justement, se croyant bien seuls, ils s'étaient pris à la taille, en amoureux qui s'oublient derrière les haies : elle, ployée, abandonnait ses lèvres ; lui, rieur, avançait les siennes ; et la surprise fut si vive, qu'ils ne se dérangèrent point, toujours liés d'une étreinte, marchant du même pas ralenti. Saisie, la famille restait collée contre un des talus, le père gros et apoplectique, la mère d'une maigreur de couteau, la fille réduite à rien, déplumée comme un oiseau malade, tous les trois laids et pauvres du sang vicié de leur race. Ils étaient une honte, en pleine vie de la terre, sous le grand soleil. Et, soudain, la triste enfant qui regardait passer l'amour avec des yeux stupéfaits, fut poussée par son père, emmenée par sa mère, hors d'eux, exaspérés de ce baiser libre, demandant s'il n'y avait donc plus de police dans nos campagnes ; tandis que, toujours sans hâte, les deux amoureux s'en allaient triomphants, dans leur gloire.

Claude pourtant s'interrogeait, la mémoire hésitante. Où diable avait-il vu ces têtes-là, cette déchéance bourgeoise, ces faces déprimées et tassées, qui suaient les millions gagnés sur le pauvre monde ? C'était assurément dans une circonstance grave de sa vie. Et il se souvint, il reconnut les Margaillan, cet entrepreneur que Dubuche promenait au Salon des Refusés, et qui avait ri devant son tableau, d'un rire tonnant d'imbécile. Deux cents pas plus loin, comme il débouchait avec Christine du chemin creux, et qu'ils se trouvaient en face d'une vaste propriété, une grande bâtisse blanche entourée de beaux arbres, ils apprirent d'une vieille paysanne que la Richaudière, comme on la nommait, appartenait aux Margaillan depuis trois années. Ils l'avaient payée quinze cent mille francs et ils venaient d'y faire des embellissements pour plus d'un million[76].

« Voilà un coin du pays où l'on ne nous reprendra guère, dit Claude en redescendant vers Bennecourt. Ils gâtent le paysage, ces monstres ! »

Mais, dès le milieu d'août, un gros événement changea leur vie : Christine était enceinte, et elle ne s'en apercevait qu'au troisième mois, dans son insouciance d'amoureuse. Ce fut d'abord une stupeur pour elle et pour lui, jamais ils n'avaient songé que cela pût arriver. Puis, ils se raisonnèrent, sans joie pourtant, lui troublé de ce petit être qui allait venir compliquer l'existence, elle saisie d'une angoisse qu'elle ne s'expliquait pas, comme si elle eût craint que cet accident-là ne fût la fin de leur grand amour. Elle pleura longtemps à son cou, il tâchait vainement de la consoler, étranglé de la même tristesse sans nom. Plus tard, quand ils se furent habitués, ils s'attendrirent sur le pauvre petit, qu'ils avaient fait sans le vouloir, le jour tragique où elle s'était livrée à lui, dans les larmes, sous le crépuscule navré qui noyait l'atelier : les dates y étaient, ce serait l'enfant de la souffrance et de la pitié, souffleté à sa conception du rire bête des foules. Et, dès lors, comme ils n'étaient pas méchants, ils l'attendirent, le souhaitèrent même, s'occupant déjà de lui et préparant tout pour sa venue.

L'hiver eut des froids terribles, Christine fut retenue par un gros rhume dans la maison mal close, qu'on ne parvenait pas à chauffer. Sa grossesse lui causait de fréquents malaises, elle restait accroupie devant le feu, elle était obligée de se fâcher, pour que Claude sortît sans elle, fît de longues marches sur la terre gelée et sonore des routes. Et lui, pendant ces promenades, en se retrouvant seul après des mois de continuelle existence à deux, s'étonnait de la façon dont avait tourné sa vie, en dehors de sa volonté. Jamais il n'avait voulu ce ménage, même avec elle ; il en aurait eu l'horreur, si on l'avait consulté ; et ça s'était fait cependant, et ça n'était plus à défaire ; car, sans parler de l'enfant, il était de ceux qui n'ont point le courage de rompre. Évidemment, cette destinée l'attendait, il devait s'en tenir à la première qui n'aurait pas honte de lui. La terre dure sonnait sous ses galoches, le vent glacial figeait sa rêverie, attardée à des pensées vagues, à sa chance d'être tombé du moins sur une fille honnête, à tout ce qu'il aurait souffert de cruel et de sale, s'il s'était mis avec un modèle, las de rouler les ateliers ; et il était repris de tendresse, il se hâtait de rentrer pour serrer Christine de ses deux bras tremblants, comme s'il avait failli la perdre, déconcerté seulement lorsqu'elle se dégageait, en poussant un cri de douleur.

« Oh ! pas si fort ! tu me fais du mal ! »

Elle portait les mains à son ventre, et lui regardait ce ventre, toujours avec la même surprise anxieuse.

L'accouchement eut lieu vers le milieu de février. Une sage-femme était venue de Vernon, tout marcha très bien : la mère fut sur pied au bout de trois semaines, l'enfant, un garçon, très fort, tétait si goulûment, qu'elle devait se lever jusqu'à cinq fois la nuit, pour l'empêcher de crier et de réveiller son père. Dès lors, le petit être révolutionna la maison, car elle, si active ménagère, se montra nourrice très maladroite. La maternité ne poussait pas en elle, malgré son

bon cœur et ses désolations au moindre bobo ; elle se lassait,
se rebutait tout de suite, appelait Mélie, qui aggravait les
embarras par sa stupidité béante ; et il fallait que le père
accourût l'aider, plus gêné encore que les deux femmes. Son
ancien malaise à coudre, son inaptitude aux travaux de son
sexe, reparaissait dans les soins que réclamait l'enfant. Il fut
assez mal tenu, il s'éleva un peu à l'aventure, au travers du
jardin et des pièces laissées en désordre de désespoir,
encombrées de langes, de jouets cassés, de l'ordure et du
massacre d'un petit monsieur qui fait ses dents. Et, quand les
choses se gâtaient par trop, elle ne savait que se jeter aux bras
de son cher amour : c'était son refuge, cette poitrine de
l'homme qu'elle aimait, l'unique source de l'oubli et du
bonheur. Elle n'était qu'amante, elle aurait donné vingt fois
le fils pour l'époux. Une ardeur même l'avait reprise après la
délivrance, une sève remontante d'amoureuse qui se
retrouve, avec sa taille libre, sa beauté refleurie. Jamais sa
chair de passion ne s'était offerte dans un tel frisson de désir.

Ce fut l'époque cependant où Claude se remit un peu à
peindre. L'hiver finissait, il ne savait à quoi employer les
gaies matinées de soleil, depuis que Christine ne pouvait
sortir avant midi, à cause de Jacques, le gamin qu'ils avaient
nommé ainsi, du nom de son grand-père maternel, en
négligeant du reste de le faire baptiser. Il travailla dans le
jardin, d'abord par désœuvrement, fit une pochade de l'allée
d'abricotiers, ébaucha les rosiers géants, composa des natures
mortes, quatre pommes, une bouteille et un pot de grès, sur
une serviette. C'était pour se distraire. Puis, il s'échauffa,
l'idée de peindre une figure habillée en plein soleil finit par le
hanter ; et, dès ce moment, sa femme fut sa victime,
d'ailleurs complaisante, heureuse de lui faire plaisir, sans
comprendre encore quelle rivale terrible elle se donnait. Il la
peignit à vingt reprises, vêtue de blanc, vêtue de rouge au
milieu des verdures, debout ou marchant, à demi allongée
sur l'herbe, coiffée d'un grand chapeau de campagne, tête
nue sous une ombrelle, dont la soie cerise baignait sa face
d'une lumière rose. Jamais il ne se contentait pleinement, il
grattait les toiles au bout de deux ou trois séances, recom-

mençait tout de suite, s'entêtant au même sujet. Quelques
études, incomplètes, mais d'une notation charmante dans la
vigueur de leur facture, furent sauvées du couteau à palette et
pendues aux murs de la salle à manger.

Et, après Christine, ce fut Jacques qui dut poser. On le
mettait nu comme un petit saint Jean, on le couchait, par les
journées chaudes, sur une couverture ; et il ne fallait plus
qu'il bougeât. Mais c'était le diable. Égayé, chatouillé par le
soleil, il riait et gigotait, ses petits pieds roses en l'air, se
roulant, culbutant, le derrière par-dessus la tête. Le père,
après avoir ri, se fâchait, jurait contre ce sacré mioche qui ne
pouvait pas être sérieux une minute. Est-ce qu'on plaisantait
avec la peinture ? Alors, la mère, à son tour, faisait les gros
yeux, maintenait le petit pour que le peintre attrapât au vol le
dessin d'un bras ou d'une jambe. Pendant des semaines, il
s'obstina, tellement les tons si jolis de cette chair d'enfance le
tentaient. Il ne le couvait plus que de ses yeux d'artiste,
comme un motif à chef-d'œuvre, clignant les paupières,
rêvant le tableau. Et il recommençait l'expérience, il le
guettait des jours entiers, exaspéré que ce polisson-là ne
voulût même pas dormir, aux heures où l'on aurait pu le
peindre.

Un jour que Jacques sanglotait, en refusant de tenir la
pose, Christine dit doucement :

« Mon ami, tu le fatigues, ce pauvre mignon. »

Alors, Claude s'emporta, plein de remords.

« Tiens ! c'est vrai, je suis stupide, avec ma peinture !...
Les enfants, ce n'est pas fait pour ça. »

Le printemps et l'été se passèrent encore, dans une grande
douceur. On sortait moins, on avait presque délaissé le canot,
qui achevait de se pourrir contre la berge ; car c'était toute
une histoire que d'emmener le petit dans les îles. Mais on
descendait souvent à pas ralentis le long de la Seine, sans
jamais s'écarter à plus d'un kilomètre. Lui, fatigué des
éternels motifs du jardin, tentait maintenant des études au
bord de l'eau ; et, ces jours-là, elle allait le chercher avec
l'enfant, s'asseyait pour le regarder peindre, en attendant de
rentrer languissamment tous les trois, sous la cendre fine du

crépuscule. Une après-midi, il fut surpris de la voir apporter
son ancien album de jeune fille. Elle en plaisanta, elle
expliqua que ça réveillait des choses en elle, d'être là, derrière
lui. Sa voix tremblait un peu, la vérité était qu'elle éprouvait
le besoin de se mettre de moitié dans sa besogne, depuis que
cette besogne le lui enlevait davantage chaque jour. Elle
dessina, risqua deux ou trois aquarelles, d'une main soigneuse de pensionnaire. Puis, découragée par ses sourires,
sentant bien que la communion ne se faisait pas sur ce
terrain, elle lâcha de nouveau son album, en le forçant à
promettre qu'il lui donnerait des leçons de peinture, plus
tard, quand il aurait le temps.

D'ailleurs, elle trouvait très jolies ses dernières toiles.
Après cette année de repos en pleine campagne, en pleine
lumière, il peignait avec une vision nouvelle, comme éclair-
cie, d'une gaieté de tons chantante. Jamais encore il n'avait
eu cette science des reflets, cette sensation si juste des êtres et
des choses, baignant dans la clarté diffuse. Et, désormais, elle
aurait déclaré cela absolument bien, gagnée par ce régal de
couleurs, s'il avait voulu finir davantage, et si elle n'était
restée interdite parfois, devant un terrain lilas ou devant un
arbre bleu, qui déroutaient toutes ses idées arrêtées de
coloration. Un jour qu'elle osait se permettre une critique,
précisément à cause d'un peuplier lavé d'azur, il lui avait fait
constater, sur la nature même, ce bleuissement délicat des
feuilles. C'était vrai pourtant, l'arbre était bleu ; mais, au
fond, elle ne se rendait pas, condamnait la réalité : il ne
pouvait y avoir des arbres bleus dans la nature [77].

Elle ne parla plus que gravement des études qu'il accrochait aux murs de la salle. L'art rentrait dans leur vie, et elle
en demeurait toute songeuse. Quand elle le voyait partir avec
son sac, sa pique et son parasol, il lui arrivait de se pendre
d'un élan à son cou.

« Tu m'aimes, dis ?

— Es-tu bête ! pourquoi veux-tu que je ne t'aime pas ?

— Alors, embrasse-moi comme tu m'aimes, bien fort,
bien fort ! »

Puis, l'accompagnant jusque sur la route :

« Et travaille, tu sais que je ne t'ai jamais empêché de travailler... Va, va, je suis contente, lorsque tu travailles. »

Une inquiétude parut s'emparer de Claude, lorsque l'automne de cette seconde année fit jaunir les feuilles et ramena les premiers froids. La saison fut justement abominable, quinze jours de pluies torrentielles le retinrent oisif à la maison ; ensuite, des brouillards vinrent à chaque instant contrarier ses séances. Il restait assombri devant le feu, il ne parlait jamais de Paris, mais la ville se dressait là-bas, à l'horizon, la ville d'hiver avec son gaz qui flambait dès cinq heures, ses réunions d'amis se fouettant d'émulation, sa vie de production ardente que même les glaces de décembre ne ralentissaient pas. En un mois, il s'y rendit à trois reprises, sous le prétexte de voir Malgras, auquel il avait encore vendu quelques petites toiles. Maintenant, il n'évitait plus de passer devant l'auberge des Faucheur, il se laissait même arrêter par le père Poirette, acceptait un verre de vin blanc ; et ses regards fouillaient la salle, comme s'il eût cherché, malgré la saison, des camarades d'autrefois, tombés là du matin. Il s'attardait, dans l'attente ; puis, désespéré de solitude, il rentrait, étouffant de tout ce qui bouillonnait en lui, malade de n'avoir personne pour crier ce dont éclatait son crâne.

L'hiver s'écoula pourtant, et Claude eut la consolation de peindre quelques beaux effets de neige. Une troisième année commençait, lorsque, dans les derniers jours de mai, une rencontre inattendue l'émotionna. Il était, ce matin-là, monté sur le plateau, pour chercher un motif, les bords de la Seine ayant fini par le lasser ; et il resta stupide, au détour d'un chemin, devant Dubuche qui s'avançait entre deux haies de sureau, coiffé d'un chapeau noir, pincé correctement dans sa redingote.

« Comment ! c'est toi ! »

L'architecte bégaya de contrariété.

« Oui, je vais faire une visite... Hein ? c'est joliment bête, à la campagne ! Mais, que veux-tu ? on est forcé à des ménagements... Et toi, tu habites par ici ? Je le savais... C'est-à-dire, non ! on m'avait bien appris quelque chose comme ça, mais je croyais que c'était de l'autre côté, plus loin. »

Claude, très remué, le tira d'embarras.

« Bon, bon, mon vieux, tu n'as pas à t'excuser, c'est moi le plus coupable... Ah ! qu'il y a donc longtemps qu'on ne s'est vu ! Si je te disais le coup que j'ai reçu au cœur, quand ton nez a débouché des feuilles ! »

Alors, il lui prit le bras, il l'accompagna en ricanant de plaisir ; et l'autre, dans la continuelle préoccupation de sa fortune, qui le faisait parler de lui sans cesse, se mit tout de suite à causer de son avenir. Il venait de passer élève de première classe à l'École, après avoir décroché avec une peine infinie les mentions réglementaires. Mais ce succès le laissait perplexe. Ses parents ne lui envoyaient plus un sou, pleurant misère, pour qu'il les soutînt à son tour ; il avait renoncé au prix de Rome, certain d'être battu, pressé de gagner sa vie ; et il était las déjà, écœuré de faire la place, de gagner un franc vingt-cinq de l'heure chez des architectes ignorants, qui le traitaient en manœuvre. Quelle route choisir ? où prendre le plus court chemin ? Il quitterait l'École, il aurait un bon coup d'épaule de son patron, le puissant Dequersonnière, dont il était aimé pour sa docilité d'élève piocheur. Seulement que de peine encore, que d'inconnu devant lui ! Et il se plaignait avec amertume de ces Écoles du gouvernement, où l'on trimait tant d'années, et qui n'assuraient pas même une position à tous ceux qu'elles jetaient sur le pavé.

Brusquement, il s'arrêta au milieu du sentier. Les haies du sureau débouchaient en plaine rase, et la Richaudière apparaissait, au milieu de ses grands arbres.

« Tiens ! c'est vrai, s'écria Claude, je n'avais pas compris... Tu vas dans cette baraque. Ah ! les magots, ont-ils de sales têtes ! »

Dubuche, l'air vexé de ce cri d'artiste, protesta d'un air gourmé.

« N'empêche que le père Margaillan, tout crétin qu'il te semble, est un fier homme dans sa partie. Il faut le voir sur ses chantiers, au milieu de ses bâtisses : une activité du diable, un sens étonnant de la bonne administration, un flair merveilleux des rues à construire et des matériaux à acheter. Du reste, on ne gagne pas des millions sans être un monsieur... Et puis, pour ce que je veux faire de lui, moi ! Je serai bien bête de n'être pas poli à l'égard d'un homme qui peut m'être utile. »

Tout en parlant, il barrait l'étroit chemin, il empêchait son ami d'avancer, sans doute par crainte d'être compromis, si on les voyait ensemble, et pour lui faire entendre qu'ils devaient se séparer là.

Claude allait l'interroger sur les camarades de Paris ; mais il se tut. Pas un mot de Christine ne fut même prononcé. Et il se résignait à le quitter, il tendait la main, lorsque cette question sortit malgré lui de ses lèvres tremblantes :

« Sandoz va bien ?

— Oui, pas mal. Je le vois rarement... Il m'a encore parlé de toi, le mois dernier. Il est toujours désolé que tu nous aies mis à la porte.

— Mais je ne vous ai pas mis à la porte ! cria Claude hors de lui ; mais, je vous en supplie, venez me voir ! Je serais si heureux !

— Alors, c'est ça, nous viendrons. Je lui dirai de venir, parole d'honneur !... Adieu, adieu, mon vieux. Je suis pressé. »

Et Dubuche s'en alla vers la Richaudière, et Claude le regarda qui se rapetissait au milieu des cultures, avec la soie luisante de son chapeau et la tache noire de sa redingote. Il rentra lentement, le cœur gros d'une tristesse sans cause. Il ne dit rien à sa femme de cette rencontre.

Huit jours plus tard, Christine était allée chez les Faucheur acheter une livre de vermicelle, et elle s'attardait au retour, elle causait avec une voisine, son enfant au bras, lorsqu'un monsieur, qui descendait du bac, s'approcha et lui demanda :

« Monsieur Claude Lantier ? c'est par ici, n'est-ce pas ? »

Elle resta saisie, elle répondit simplement :

« Oui, monsieur. Si vous voulez bien me suivre... »

Pendant une centaine de mètres, ils marchèrent côte à côte. L'étranger, qui semblait la connaître, l'avait regardée

avec un bon sourire ; mais, comme elle hâtait le pas, cachant
son trouble sous un air grave, il se taisait. Elle ouvrit la porte,
elle l'introduisit dans la salle, en disant :

« Claude, une visite pour toi. »

Il y eut une grande exclamation, les deux hommes étaient
déjà dans les bras l'un de l'autre.

« Ah ! mon vieux Pierre, ah ! que tu es gentil d'être
venu !... Et Dubuche ?

— Au dernier moment, une affaire l'a retenu, et il m'a
envoyé une dépêche pour que je parte sans lui.

— Bon ! je m'y attendais un peu... Mais te voilà, toi ! Ah !
tonnerre de Dieu, que je suis content ! »

Et, se tournant vers Christine, qui souriait, gagnée par leur
joie :

« C'est vrai, je ne t'ai pas conté. J'ai rencontré l'autre jour
Dubuche, qui se rendait là-haut, à la propriété de ces
monstres... »

Mais il s'interrompit de nouveau, pour crier avec un geste
fou :

« Je perds la tête, décidément ! Vous ne vous êtes jamais
parlé, et je vous laisse là... Ma chérie, tu vois ce monsieur :
c'est mon vieux camarade Pierre Sandoz, que j'aime comme
un frère... Et toi, mon brave, je te présente ma femme. Et
vous allez vous embrasser tous les deux ! »

Christine se mit à rire franchement, et elle tendit la joue,
de grand cœur. Tout de suite, Sandoz lui avait plu, avec sa
bonhomie, sa solide amitié, l'air de sympathie paternelle dont
il la regardait. Une émotion mouilla ses yeux, lorsqu'il lui
retint les mains entre les siennes, en disant :

« Vous êtes bien gentille, d'aimer Claude, et il faut vous
aimer toujours, car c'est encore ce qu'il y a de meilleur. »

Puis, se penchant pour baiser le petit, qu'elle avait au
bras :

« Alors, en voilà déjà un ? »

Le peintre eut un geste vague d'excuse.

« Que veux-tu ? ça pousse sans qu'on y songe ! »

Claude garda Sandoz dans la salle, pendant que Christine
révolutionnait la maison pour le déjeuner. En deux mots, il

lui conta leur histoire, qui elle était, comment il l'avait connue, quelles circonstances les avaient fait se mettre en ménage ; et il parut s'étonner, lorsque son ami voulut savoir pourquoi ils ne se mariaient pas. Mon Dieu ! pourquoi ? parce qu'ils n'en avaient même jamais causé, parce qu'elle ne semblait pas y tenir, et qu'ils n'en seraient certainement ni plus ni moins heureux. Enfin, c'était une chose sans conséquence.

« Bon ! dit l'autre. Moi, ça ne me gêne point... Tu l'as eue honnête, tu devrais l'épouser.

— Mais quand elle voudra, mon vieux ! Bien sûr que je ne songe pas à la planter là, avec un enfant. »

Ensuite, Sandoz s'émerveilla des études pendues aux murs. Ah ! le gaillard avait joliment employé son temps ! Quelle justesse de ton, quel coup de vrai soleil ! Et Claude, qui l'écoutait, ravi, avec des rires d'orgueil, allait le questionner sur les camarades, sur ce qu'ils faisaient tous, lorsque Christine rentra, en criant :

« Venez vite, les œufs sont sur la table. »

On déjeuna dans la cuisine, un déjeuner extraordinaire, une friture de goujons après les œufs à la coque, puis le bouilli de la veille assaisonné en salade, avec des pommes de terre et un hareng saur. C'était délicieux, l'odeur forte et appétissante du hareng que Mélie avait culbuté sur la braise, la chanson du café qui passait goutte à goutte dans le filtre, au coin du fourneau. Et, quand le dessert parut, des fraises cueillies à l'instant, un fromage qui sortait de la laiterie d'une voisine, on causa sans fin, les coudes carrément sur la table. A Paris ? mon Dieu ! à Paris, les camarades ne faisaient rien de bien neuf. Pourtant, dame ! ils jouaient des coudes, ils se poussaient à qui se caserait le premier. Naturellement, les absents avaient tort, il était bon d'y être, lorsqu'on ne voulait pas se laisser trop oublier. Mais est-ce que le talent n'était pas le talent ? est-ce qu'on n'arrivait pas toujours, lorsqu'on en avait la volonté et la force ? Ah ! oui, c'était le rêve, vivre à la campagne, y entasser des chefs-d'œuvre, puis un beau jour écraser Paris, en ouvrant ses malles !

Le soir, lorsque Claude accompagna Sandoz à la gare, ce dernier lui dit :

« A propos, je comptais te faire une confidence... Je crois que je vais me marier. »

Du coup, le peintre éclata de rire.

« Ah ! farceur, je comprends pourquoi tu me sermonnais ce matin ! »

En attendant le train, ils causèrent encore. Sandoz expliqua ses idées sur le mariage, qu'il considérait bourgeoisement comme la condition même du bon travail, de la besogne réglée et solide, pour les grands producteurs modernes. La femme dévastatrice, la femme qui tue l'artiste, lui broie le cœur et lui mange le cerveau, était une idée romantique, contre laquelle les faits protestaient. Lui, d'ailleurs, avait le besoin d'une affection gardienne de sa tranquillité, d'un intérieur de tendresse où il pût se cloîtrer, afin de consacrer sa vie entière à l'œuvre énorme dont il promenait le rêve. Et il ajoutait que tout dépendait du choix, il croyait avoir trouvé celle qu'il cherchait, une orpheline, la simple fille de petits commerçants sans un sou, mais belle, intelligente. Depuis six mois, après avoir donné sa démission d'employé, il s'était lancé dans le journalisme, où il gagnait plus largement sa vie. Il venait d'installer sa mère dans une petite maison des Batignolles, il y voulait l'existence à trois, deux femmes pour l'aimer, et lui des reins assez forts pour nourrir tout son monde [78].

« Marie-toi, mon vieux, dit Claude. On doit faire ce que l'on sent... Et adieu, voici ton train. N'oublie pas ta promesse de revenir nous voir. »

Sandoz revint très souvent. Il tombait au hasard, quand son journal le lui permettait, libre encore, ne devant se mettre en ménage qu'à l'automne. C'étaient des journées heureuses, des après-midi entières de confidences, les anciennes volontés de gloire reprises en commun.

Un jour, seul avec Claude, dans une île, étendus côte à côte, les yeux perdus au ciel, il lui conta sa vaste ambition, il se confessa tout haut.

« Le journal, vois-tu, ce n'est qu'un terrain de combat. Il

faut vivre et il faut se battre pour vivre... Puis, cette gueuse
de presse, malgré les dégoûts du métier, est une sacrée
puissance, une arme invincible aux mains d'un gaillard
convaincu... Mais, si je suis forcé de m'en servir, je n'y
vieillirai pas, ah ! non ! Et je tiens mon affaire, oui, je tiens ce
que je cherchais, une machine à crever de travail, quelque
chose où je vais m'engloutir pour n'en pas ressortir peut-
être. »

Un silence tomba des feuillages, immobiles dans la grosse
chaleur. Il reprit d'une voix ralentie, en phrases sans suite :

« Hein ? étudier l'homme tel qu'il est, non plus leur pantin
métaphysique, mais l'homme physiologique, déterminé par
le milieu, agissant sous le jeu de tous ses organes... N'est-ce
pas une farce que cette étude continue et exclusive de la
fonction du cerveau, sous le prétexte que le cerveau est
l'organe noble ?... La pensée, eh ! tonnerre de Dieu ! la
pensée est le produit du corps entier. Faites donc penser un
cerveau tout seul, voyez donc ce que devient la noblesse du
cerveau, quand le ventre est malade !... Non ! c'est imbécile,
la philosophie n'y est plus, la science n'y est plus, nous
sommes des positivistes, des évolutionnistes, et nous garde-
rions le mannequin littéraire des temps classiques, et nous
continuerions à dévider les cheveux emmêlés de la raison
pure ! Qui dit psychologue dit traître à la vérité. D'ailleurs,
physiologie, psychologie, cela ne signifie rien : l'une a
pénétré l'autre, toutes deux ne sont qu'une aujourd'hui, le
mécanisme de l'homme aboutissant à la somme totale de ses
fonctions... Ah ! la formule est là, notre révolution moderne
n'a pas d'autre base, c'est la mort fatale de l'antique société,
c'est la naissance d'une société nouvelle, et c'est nécessaire-
ment la poussée d'un nouvel art, dans ce nouveau terrain...
Oui, on verra, on verra la littérature qui va germer pour le
prochain siècle de science et de démocratie [79] ! »

Son cri monta, se perdit au fond du ciel immense. Pas un
souffle ne passait, il n'y avait, le long des saules, que le
glissement muet de la rivière. Et il se tourna brusquement
vers son compagnon, il lui dit dans la face :

« Alors, j'ai trouvé ce qu'il me fallait, à moi. Oh ! pas

grand'chose, un petit coin seulement, ce qui suffit pour une vie humaine, même quand on a des ambitions trop vastes... Je vais prendre une famille, et j'en étudierai les membres, un à un, d'où ils viennent, où ils vont, comment ils réagissent les uns sur les autres ; enfin, une humanité en petit, la façon dont l'humanité pousse et se comporte... D'autre part, je mettrai mes bonshommes dans une période historique déterminée, ce qui me donnera le milieu et les circonstances, un morceau d'histoire... Hein ? tu comprends, une série de bouquins, quinze, vingt bouquins, des épisodes qui se tiendront, tout en ayant chacun son cadre à part, une suite de romans à me bâtir une maison pour mes vieux jours, s'ils ne m'écrasent pas ! »

Il retomba sur le dos, il élargit les bras dans l'herbe, parut vouloir entrer dans la terre, riant, plaisantant.

« Ah ! bonne terre, prends-moi, toi qui es la mère commune, l'unique source de vie ! toi l'éternelle, l'immortelle, où circule l'âme du monde, cette sève épandue jusque dans les pierres, et qui fait des arbres nos grands frères immobiles !... Oui, je veux me perdre en toi, c'est toi que je sens là, sous mes membres, m'étreignant et m'enflammant, c'est toi seule qui seras dans mon œuvre comme la force première, le moyen et le but, l'arche immense, où toutes les choses s'animent du souffle de tous les êtres ! »

Mais, commencée en blague, avec l'enflure de son emphase lyrique, cette invocation s'acheva en un cri de conviction ardente, que faisait trembler une émotion profonde de poète ; et ses yeux se mouillèrent ; et, pour cacher cet attendrissement, il ajouta d'une voix brutale, avec un vaste geste qui embrassait l'horizon :

« Est-ce bête, une âme à chacun de nous, quand il y a cette grande âme ! »

Claude n'avait pas bougé, disparu au fond de l'herbe. Après un nouveau silence, il conclut :

« Ça y est, mon vieux ! crève-les tous !... Mais tu vas te faire assommer.

— Oh ! dit Sandoz qui se leva et s'étira, j'ai les os trop

durs. Ils se casseront les poignets… Rentrons, je ne veux pas manquer le train. »

Christine s'était prise pour lui d'une vive amitié, en le voyant droit et robuste dans la vie ; et elle osa enfin lui demander un service, celui d'être le parrain de Jacques. Sans doute, elle ne mettait plus les pieds à l'église ; mais à quoi bon laisser ce gamin en dehors de l'usage ? Puis, ce qui surtout la décidait, c'était de lui donner un soutien, ce parrain qu'elle sentait si pondéré, si raisonnable, dans les éclats de sa force. Claude s'étonna, consentit avec un haussement d'épaules. Et le baptême eut lieu, on trouva une marraine, la fille d'une voisine. Ce fut une fête, on mangea un homard, apporté de Paris.

Justement, ce jour-là, comme on se séparait, Christine prit Sandoz à part, et lui dit, d'une voix suppliante :

« Revenez bientôt, n'est-ce pas ? Il s'ennuie. »

Claude, en effet, tombait dans des tristesses noires. Il abandonnait ses études, sortait seul, rôdait malgré lui devant l'auberge des Faucheur, à l'endroit où le bac abordait, comme s'il eût toujours compté voir Paris débarquer. Paris le hantait, il y allait chaque mois, en revenait désolé, incapable de travail. L'automne arriva, puis l'hiver, un hiver humide, trempé de boue ; et il le passa dans un engourdissement maussade, amer pour Sandoz lui-même, qui, marié d'octobre, ne pouvait plus faire si souvent le voyage de Bennecourt. Il ne semblait s'éveiller qu'à chacune de ces visites, il en gardait une excitation pendant une semaine, ne tarissait pas en paroles fiévreuses sur les nouvelles de là-bas. Lui qui, auparavant, cachait son regret de Paris, étourdissait maintenant Christine, l'entretenait du matin au soir, à propos d'affaires qu'elle ignorait et de gens qu'elle n'avait jamais vus. C'était, au coin du feu, lorsque Jacques dormait, des commentaires sans fin. Il se passionnait, et il fallait encore qu'elle donnât son opinion, qu'elle se prononçât dans les histoires.

Est-ce que Gagnière n'était pas idiot, à s'abrutir avec sa musique, lui qui aurait pu avoir un talent si consciencieux de paysagiste ? Maintenant, disait-on, il prenait chez une demoi-

selle des leçons de piano, à son âge ! Hein ? qu'en pensait-
elle ? une vraie toquade ! Et Jory qui cherchait à se remettre
avec Irma Bécot, depuis que celle-ci avait un petit hôtel, rue
de Moscou ! Elle les connaissait, ces deux-là, deux bonnes
rosses qui faisaient la paire, n'est-ce pas ? Mais le malin des
malins, c'était Fagerolles, auquel il flanquerait ses quatre
vérités, quand il le verrait. Comment ! ce lâcheur venait de
concourir pour le prix de Rome, qu'il avait raté, du reste !
Un gaillard qui blaguait l'École, qui parlait de tout démolir !
Ah ! décidément, la démangeaison du succès, le besoin de
passer sur le ventre des camarades et d'être salué par des
crétins, poussait à faire de bien grandes saletés. Voyons, elle
ne le défendait pas, peut-être ? elle n'était pas assez bourgeoise pour le défendre ? Et, quand elle avait dit comme lui,
il retombait toujours avec de grands rires nerveux sur la
même histoire, qu'il trouvait d'un comique extraordinaire :
l'histoire de Mahoudeau et de Chaîne, qui avaient tué le petit
Jabouille, le mari de Mathilde, la terrible herboriste : oui !
tué, un soir que ce cocu phtisique avait eu une syncope, et
que tous deux, appelés par la femme, s'étaient mis à le
frictionner si dur, qu'il leur était resté dans les mains !

Alors, si Christine ne s'égayait pas, Claude se levait et
disait d'une voix bourrue :

« Oh ! toi, rien ne te fait rire... Allons nous coucher, ça
vaudra mieux. »

Il l'adorait encore, il la possédait avec l'emportement
désespéré d'un amant qui demande à l'amour l'oubli de tout,
la joie unique. Mais il ne pouvait aller au-delà du baiser, elle
ne suffisait plus, un autre tourment l'avait repris, invincible.

Au printemps, Claude, qui avait juré de ne plus exposer,
par une affectation de dédain, s'inquiéta beaucoup du Salon.
Quand il voyait Sandoz, il le questionnait sur les envois des
camarades. Le jour de l'ouverture, il y alla, et revint le soir
même, frémissant, très sévère. Il n'y avait qu'un buste de
Mahoudeau, bien, sans importance ; un petit paysage de
Gagnière, reçu dans le tas, était aussi d'une jolie note blonde ;
puis, rien autre, rien que le tableau de Fagerolles, une actrice
devant sa glace, faisant sa figure. Il ne l'avait pas cité

d'abord, il en parla ensuite avec des rires indignés. Ce Fagerolles, quel truqueur ! Maintenant qu'il avait raté son prix, il ne craignait plus d'exposer, il lâchait décidément l'École, mais il fallait voir avec quelle adresse, pour quel compromis, une peinture qui jouait l'audace du vrai, sans une seule qualité originale ! Et ça aurait du succès, les bourgeois aimaient trop qu'on les chatouillât, en ayant l'air de les bousculer. Ah ! comme il était temps qu'un véritable peintre parût, dans ce désert morne du Salon, au milieu de ces malins et de ces imbéciles ! Quelle place à prendre, tonnerre de Dieu !

Christine, qui l'écoutait se fâcher, finit par dire en hésitant :

« Si tu voulais, nous rentrerions à Paris.

— Qui te parle de ça ? cria-t-il. On ne peut causer avec toi, sans que tu cherches midi à quatorze heures. »

Six semaines plus tard, il apprit une nouvelle qui l'occupa huit jours : son ami Dubuche épousait mademoiselle Régine Margaillan, la fille du propriétaire de la Richaudière ; et c'était une histoire compliquée, dont les détails l'étonnaient et l'égayaient énormément. D'abord, cet animal de Dubuche venait de décrocher une médaille, pour un projet de pavillon au milieu d'un parc, qu'il avait exposé ; ce qui était déjà très amusant, car le projet, disait-on, avait dû être remis debout par son patron Dequersonnière, lequel, tranquillement, l'avait fait médailler par le jury, qu'il présidait. Ensuite, le comble était que cette récompense attendue avait décidé le mariage. Hein ? un joli trafic, si, maintenant, les médailles servaient à caser les bons élèves nécessiteux au sein des familles riches ! Le père Margaillan, comme tous les parvenus, rêvait de trouver un gendre qui l'aidât, qui lui apportât, dans sa partie, des diplômes authentiques et d'élégantes redingotes ; et, depuis quelque temps, il couvait des yeux ce jeune homme, cet élève de l'École des Beaux-Arts, dont les notes étaient excellentes, si appliqué, si recommandé par ses maîtres. La médaille l'enthousiasma, du coup il donna sa fille, il prit cet associé qui déculperait les millions en caisse, puisqu'il savait ce qu'il était nécessaire de savoir pour bien

bâtir. D'ailleurs, la pauvre Régine, toujours triste, d'une
santé chancelante, aurait là un mari bien portant.

« Crois-tu ? répétait Claude à sa femme, faut-il aimer
l'argent, pour épouser ce malheureux petit chat écorché ! »

Et, comme Christine, apitoyée, la défendait :

« Mais je ne tape pas sur elle. Tant mieux si le mariage ne
l'achève pas ! Elle est certainement innocente de ce que son
maçon de père a eu l'ambition stupide d'épouser une fille de
bourgeois, et de ce qu'ils l'ont si mal fichue à eux deux, lui le
sang gâté par des générations d'ivrognes, elle épuisée, la chair
mangée de tous les virus des races finissantes. Ah ! une jolie
dégringolade, au milieu des pièces de cent sous ! Gagnez,
gagnez donc des fortunes, pour mettre vos fœtus dans de
l'esprit-de-vin ! »

Il tournait à la férocité, sa femme devait l'étreindre, le
garder entre ses bras, et le baiser, et rire, pour qu'il redevînt
le bon enfant des premiers jours. Alors, plus calme, il
comprenait, il approuvait les mariages de ses deux vieux
compagnons. C'était vrai, pourtant, que tous les trois avaient
pris femme ! Comme la vie était drôle !

Une fois encore, l'été s'acheva, le quatrième qu'ils passaient à Bennecourt. Jamais ils ne devaient être plus heureux,
l'existence leur était douce et à bon compte, au fond de ce
village. Depuis qu'ils y habitaient, l'argent ne leur avait pas
manqué, les mille francs de rente et les quelques toiles
vendues suffisaient à leurs besoins ; même ils faisaient des
économies, ils avaient acheté du linge. De son côté, le petit
Jacques, âgé de deux ans et demi, se trouvait admirablement
de la campagne. Du matin au soir, il se traînait dans la terre,
en loques et barbouillé, poussant à sa guise, d'une belle santé
rougeaude. Souvent, sa mère ne savait plus par quel bout le
prendre, pour le nettoyer un peu ; et, lorsqu'elle le voyait
bien manger, bien dormir, elle ne s'en préoccupait pas
autrement, elle réservait ses tendresses inquiètes pour son
autre grand enfant d'artiste, son cher homme, dont les
humeurs noires l'emplissaient d'angoisse. Chaque jour, la
situation empirait, ils avaient beau vivre tranquilles, sans
cause de chagrin aucune, ils n'en glissaient pas moins à une

tristesse, à un malaise qui se traduisait par une exaspération de toutes les heures.

Et c'en était fait, des joies premières de la campagne. Leur barque pourrie, défoncée, avait coulé au fond de la Seine. Du reste, ils n'avaient même plus l'idée de se servir du canot que les Faucheur mettaient à leur disposition. La rivière les ennuyait, une paresse leur était venue de ramer, ils répétaient sur certains coins délicieux des îles les exclamations enthousiastes d'autrefois, sans jamais être tentés d'y retourner voir. Même, les promenades le long des berges avaient perdu de leur charme ; on y était grillé l'été, on s'y enrhumait l'hiver ; et, quant au plateau, à ces vastes terres plantées de pommiers qui dominaient le village, elles devenaient comme un pays lointain, quelque chose de trop reculé pour qu'on eût la folie d'y risquer ses jambes. Leur maison aussi les irritait, cette caserne où il fallait manger dans le graillon de la cuisine, où leur chambre était le rendez-vous des quatre vents du ciel. Par un surcroît de malchance, la récolte des abricots avait manqué, cette année-là, et les plus beaux des rosiers géants, très vieux, envahis d'une lèpre, étaient morts. Ah ! quelle usure mélancolique de l'habitude ! comme l'éternelle nature avait l'air de se faire vieille, dans cette satiété lasse des mêmes horizons ! Mais le pis était que, en lui, le peintre se dégoûtait de la contrée, ne trouvant plus un seul motif qui l'enflammât, battant les champs d'un pas morne, ainsi qu'un domaine vide désormais, dont il aurait épuisé la vie, sans y laisser l'intérêt d'un arbre ignoré, d'un coup de lumière imprévu. Non, c'était fini, c'était glacé, il ne ferait plus rien de bon, dans ce pays de chien !

Octobre arriva, avec son ciel noyé d'eau. Un des premiers soirs de pluie, Claude s'emporta, parce que le dîner n'était pas prêt. Il flanqua cette oie de Mélie à la porte, il gifla Jacques qui se roulait dans ses jambes. Alors, Christine, pleurante, l'embrassa, en disant :

« Allons-nous-en, oh ! retournons à Paris ! »

Il se dégagea, il cria d'une voix de colère :

« Encore cette histoire !... Jamais, entends-tu !

— Fais-le pour moi, reprit-elle ardemment. C'est moi qui te le demande, c'est à moi que tu feras plaisir.

— Tu t'ennuies donc ici ?

— Oui, j'y mourrai, si nous restons… Et puis, je veux que tu travailles, je sens bien que ta place est là-bas. Ce serait un crime, de t'enterrer davantage.

— Non, laisse-moi ! »

Il frémissait, Paris l'appelait à l'horizon, le Paris d'hiver qui s'allumait de nouveau. Il y entendait le grand effort des camarades, il y rentrait pour qu'on ne triomphât pas sans lui, pour redevenir le chef, puisque pas un n'avait la force ni l'orgueil de l'être. Et, dans cette hallucination, dans le besoin qu'il éprouvait de courir là-bas, il s'obstinait à refuser d'y aller, par une contradiction involontaire, qui montait du fond de ses entrailles, sans qu'il se l'expliquât lui-même. Était-ce la peur dont tremble la chair des plus braves, le débat sourd du bonheur contre la fatalité du destin ?

« Écoute, dit violemment Christine, je fais les malles et je t'emmène. »

Cinq jours plus tard, ils partaient pour Paris, après avoir tout emballé et tout envoyé au chemin de fer.

Claude était déjà sur la route, avec le petit Jacques, lorsque Christine s'imagina qu'elle oubliait quelque chose. Elle revint seule dans la maison, elle la trouva complètement vide et se mit à pleurer : c'était une sensation d'arrachement, quelque chose d'elle-même qu'elle laissait, sans pouvoir dire quoi. Comme elle serait volontiers restée ! quel ardent désir elle avait de vivre toujours là, elle qui venait d'exiger ce départ, ce retour dans la ville de passion, où elle sentait une rivale ! Pourtant, elle continuait à chercher ce qui lui manquait, elle finit par cueillir une rose, devant la cuisine, une dernière rose, rouillée par le froid. Puis, elle ferma la porte sur le jardin désert.

VII

Lorsqu'il se retrouva sur le pavé de Paris, Claude fut pris d'une fièvre de vacarme et de mouvement, du besoin de sortir, de battre la ville, d'aller voir les camarades. Il filait dès son réveil, il laissait Christine installer seule l'atelier qu'ils avaient loué rue de Douai, près du boulevard de Clichy[80]. Ce fut de la sorte que, le surlendemain de sa rentrée, il tomba chez Mahoudeau, à huit heures du matin, par un petit jour gris et glacé de novembre, qui se levait à peine.

Pourtant, la boutique de la rue du Cherche-Midi, que le sculpteur occupait toujours, était ouverte ; et celui-ci, la face blanche, mal réveillé, enlevait les volets en grelottant.

« Ah ! c'est toi !... Fichtre ! tu étais matinal, à la campagne... Est-ce fait ? es-tu de retour ?

— Oui, depuis avant-hier.

— Bon ! on va se voir... Entre donc, ça commence à piquer, ce matin. »

Mais Claude, dans la boutique, eut plus froid que dans la rue. Il garda le collet de son paletot relevé, il fourra les mains au fond de ses poches, saisi d'un frisson devant l'humidité ruisselante des murailles nues, la boue des tas d'argile et les continuelles flaques d'eau qui trempaient le sol. Un vent de misère avait soufflé là, vidant les planches des moulages antiques, cassant les selles et les baquets, raccommodés avec des cordes. C'était un coin de gâchis et de désordre, une cave de maçon tombé en déconfiture. Et, sur la vitre de la porte, barbouillée de craie, il y avait, comme par dérision, un grand soleil rayonnant, dessiné à coups de pouce, agrémenté d'un visage au centre, dont la bouche en demi-cercle éclatait de rire.

« Attends, reprit Mahoudeau, on allume du feu. Ces sacrés ateliers, avec l'eau des linges, ça se refroidit tout de suite. »

Alors, en se retournant, Claude aperçut Chaîne agenouillé près du poêle, achevant de dépailler un vieux tabouret pour enflammer le charbon. Il lui dit bonjour ; mais il n'en tira qu'un sourd grognement, sans le décider à lever la tête.

« Et que fais-tu, en ce moment, mon vieux ? demanda-t-il au sculpteur.

— Oh ! pas grand'chose de propre, va ! Une fichue année, plus mauvaise encore que la dernière, qui n'avait rien valu !... Tu sais que les bons dieux traversent une crise. Oui, il y a baisse sur la sainteté ; et, dame ! j'ai dû me serrer le ventre... Tiens ! en attendant, j'en suis réduit à ça. »

Il débarrassait un buste de ses linges, il montra une figure longue, allongée encore par des favoris, monstrueuse de prétention et d'infinie bêtise.

« C'est un avocat d'à côté... Hein ? est-il assez répugnant, le coco ! Et ce qu'il m'embête à vouloir que je soigne sa bouche !... Mais il faut manger, n'est-ce pas ? »

Il avait bien une idée pour le Salon, une figure debout, une *Baigneuse,* tâtant l'eau de son pied, dans cette fraîcheur dont le frisson rend si adorable la chair de la femme ; et il en montra une maquette déjà fendillée à Claude, qui la regarda en silence, surpris et mécontent des concessions qu'il y remarquait : un épanouissement du joli sous l'exagération persistante des formes, une envie naturelle de plaire, sans trop lâcher encore le parti pris du colossal. Seulement, il se désolait, car c'était une histoire qu'une figure debout. Il fallait des armatures de fer, qui coûtaient bon, et une selle qu'il n'avait pas, et tout un attirail. Aussi allait-il sans doute se décider à la coucher au bord de l'eau.

« Hein ? qu'en dis-tu ?... Comment la trouves-tu ?

— Pas mal, répondit enfin le peintre. Un peu romance, malgré ses cuisses de bouchère ; mais ça ne se jugera qu'à l'exécution... Et debout, mon vieux, debout, autrement tout fiche le camp ! »

Le poêle ronflait, et Chaîne, muet, se releva. Il rôda un instant, entra dans l'arrière-boutique noire, où se trouvait le lit qu'il partageait avec Mahoudeau ; puis, il reparut, le chapeau sur la tête, plus silencieux encore, d'un silence volontaire, accablant. Sans hâte, de ses doigts gourds de paysan, il prit un morceau de fusain, il écrivit sur le mur :

« Je vais acheter du tabac, remets du charbon dans le poêle. »
Et il sortit.

Stupéfait, Claude l'avait regardé faire. Il se tourna vers l'autre.

« Quoi donc ?

— Nous ne nous parlons plus, nous nous écrivons, dit tranquillement le sculpteur.

— Depuis quand ?

— Trois mois.

— Et vous couchez ensemble ?

— Oui. »

Claude éclata d'un grand rire. Ah ! par exemple, il fallait des caboches joliment dures ! Et à propos de quoi cette brouille ? Mais, vexé, Mahoudeau s'emportait contre cette brute de Chaîne. Est-ce qu'un soir, rentrant à l'improviste, il ne l'avait pas surpris avec Mathilde, l'herboriste d'à côté, en chemise tous les deux, mangeant un pot de confiture ! Ce n'était pas l'affaire de la trouver sans jupon : ça, il s'en fichait ; seulement, le pot de confiture était de trop. Non ! jamais il ne pardonnerait qu'on se payât salement des douceurs en cachette, lorsque lui mangeait son pain sec ! Que diable, on fait comme pour la femme, on partage !

Et il y avait bientôt trois mois que la rancune durait, sans une détente, sans une explication. La vie s'était organisée, ils réduisaient les rapports strictement nécessaires aux courtes phrases, charbonnées le long des murs. D'ailleurs, ils continuaient à n'avoir qu'une femme comme ils n'avaient qu'un lit, après être tacitement tombés d'accord sur les heures de chacun d'eux, l'un sortant quand venait le tour de l'autre. Mon Dieu ! on n'avait pas besoin de tant parler dans l'existence, on s'entendait tout de même.

Cependant, Mahoudeau, qui achevait de charger le poêle, se soulagea de tout ce qu'il amassait.

« Eh bien ! Tu me croiras si tu veux, mais quand on crève la faim, ce n'est pas désagréable de ne jamais s'adresser la parole. Oui, on s'abrutit dans le silence, c'est comme un empâtement qui calme un peu les maux d'estomac... Ah ! ce Chaîne, tu n'as pas idée de son fond paysan ! Lorsqu'il a eu

mangé son dernier sou, sans arriver à gagner avec la peinture
la fortune attendue, il s'est lancé dans le négoce, un petit
négoce qui devait lui permettre d'achever ses études. Hein ?
très fort, le bonhomme ! et tu vas voir son plan : il se faisait
envoyer de l'huile d'olive de Saint-Firmin, son village, puis il
battait le pavé, il plaçait l'huile dans les riches familles
provençales, qui ont des positions à Paris. Malheureusement,
ça n'a pas duré, il est trop rustre, il s'est fait mettre à la porte
de partout... Alors, mon vieux, comme il reste une jarre
d'huile dont personne ne veut, ma foi ! nous vivons dessus.
Oui, les jours où nous avons du pain, nous trempons notre
pain dedans. »

Et il montra la jarre, dans un coin de la boutique. L'huile
avait coulé, la muraille et le sol étaient noirs de larges taches
grasses.

Claude cessa de rire. Ah ! cette misère, quel découragement ! comment en vouloir à ceux qu'elle écrase ? Il se
promenait par l'atelier, ne se fâchait plus contre les maquettes aveulies de concessions, tolérait l'affreux buste lui-même.
Et il tomba ainsi sur une copie que Chaîne avait faite au
Louvre, un Mantegna, rendu avec une sécheresse d'exactitude extraordinaire.

« L'animal ! murmura-t-il, c'est presque ça, jamais il n'a
fait mieux... Peut-être n'a-t-il que le tort d'être né quatre
siècles trop tard. »

Puis, la chaleur devenant forte, il ôta son paletot, en
ajoutant :

« Il est bien long à aller chercher son tabac.

— Oh ! son tabac, je le connais, dit Mahoudeau, qui s'était
mis à son buste, fouillant les favoris. Il est là, derrière le mur,
son tabac... Quand il me voit occupé, il file trouver Mathilde,
parce qu'il croit voler sur ma part... Idiot, va !

— Ça dure donc toujours, les amours avec elle ?

— Oui, une habitude ! Elle ou une autre ! Et puis, c'est
elle qui revient... Ah ! grand Dieu ! elle m'en donne encore
de trop ! »

Du reste, il parlait de Mathilde sans colère, en disant
simplement qu'elle devait être malade. Depuis la mort du

petit Jabouille, elle était retombée à la dévotion, ce qui ne
l'empêchait pas de scandaliser le quartier. Malgré les quelques dames pieuses qui continuaient à acheter chez elle des
objets délicats et intimes, pour éviter à leur pudeur le
premier embarras de les demander autre part, l'herboristerie
périclitait, la faillite semblait imminente. Un soir, la Compagnie du Gaz lui ayant fermé son compteur, pour défaut de
paiement, elle était venue emprunter chez ses voisins de
l'huile d'olive, qui d'ailleurs avait refusé de brûler dans les
lampes. Elle ne payait plus personne, elle en arrivait à s'éviter
les frais d'un ouvrier, en confiant à Chaîne la réparation des
injecteurs et des seringues que les dévotes lui rapportaient,
soigneusement dissimulés dans des journaux. On prétendait
même, chez le marchand de vin d'en face, qu'elle revendait à
des couvents des canules qui avaient servi. Enfin, c'était un
désastre, la boutique mystérieuse, avec ses ombres fuyantes
de soutanes, ses chuchotements discrets de confessionnal,
son encens refroidi de sacristie, tout ce qu'on y remuait de
petits soins dont on ne pouvait parler à voix haute, glissait à
un abandon de ruine. Et la misère en était à ce point, que les
herbes séchées du plafond grouillaient d'araignées, et que des
sangsues, crevées, déjà vertes, surnageaient dans les bocaux.

« Tiens ! le voilà, reprit le sculpteur. Tu vas la voir arriver
derrière lui. »

Chaîne, en effet, rentrait. Il sortit avec affectation un
cornet de tabac, bourra sa pipe, se mit à fumer devant le
poêle, dans un redoublement de silence, comme s'il n'y avait
eu personne là. Et, tout de suite, Mathilde parut, en voisine
qui vient dire un petit bonjour. Claude la trouva maigrie
encore, la face éclaboussée de sang sous la peau, avec ses yeux
de flamme, sa bouche élargie par la perte de deux autres
dents. Les odeurs d'aromates qu'elle portait toujours dans
ses cheveux dépeignés, semblaient rancir ; ce n'était plus la
douceur des camomilles, la fraîcheur des anis ; et elle emplit
la pièce de cette menthe poivrée, qui paraissait être son
haleine, mais tournée, comme gâtée par la chair meurtrie qui
la soufflait.

« Déjà au travail ! cria-t-elle. Bonjour, mon bibi. »

Sans s'inquiéter de Claude, elle embrassa Mahoudeau. Puis, elle vint serrer la main du premier, avec cette impudeur, cette façon de jeter le ventre en avant, qui la faisait s'offrir à tous les hommes. Et elle continua :

« Vous ne savez pas, j'ai retrouvé une boîte de guimauve, et nous allons nous la payer pour déjeuner... Hein ? c'est gentil, partageons !

— Merci, dit le sculpteur, ça m'empâte, j'aime mieux fumer une pipe. »

Et, voyant Claude remettre son paletot :

« Tu pars ?

— Oui, j'ai hâte de me dérouiller, de respirer un peu l'air de Paris. »

Pourtant, il s'attarda quelques minutes encore à regarder Chaîne et Mathilde qui se gavaient de guimauve, prenant chacun son morceau, l'un après l'autre. Et, bien qu'averti, il fut de nouveau stupéfié, lorsqu'il vit Mahoudeau saisir le fusain et écrire sur le mur : « Donne-moi le tabac que tu as fourré dans ta poche. »

Sans une parole, Chaîne tira le cornet, le tendit au sculpteur, qui bourra sa pipe.

« Alors, à bientôt.

— Oui, à bientôt... En tout cas, à jeudi prochain, chez Sandoz. »

Dehors, Claude eut une exclamation, en se heurtant contre un monsieur, planté devant l'herboristerie, très occupé à fouiller du regard l'intérieur de la boutique, entre les bandages maculés et poussiéreux de la vitrine.

« Tiens, Jory ! qu'est-ce que tu fais là ? »

Le grand nez rose de Jory remua, effaré.

« Moi, rien... Je passais, je regardais... »

Il se décida à rire, il baissa la voix pour demander, comme si l'on avait pu l'entendre .

« Elle est chez les camarades, à côté, n'est-ce pas ?... Bon ! filons vite. Ce sera pour un autre jour. »

Et il emmena le peintre, il lui apprit des abominations. Maintenant, toute la bande venait chez Mathilde ; ça s'était dit de l'un à l'autre, on y défilait chacun à son tour, plusieurs même à la fois, si l'on trouvait ça plus drôle ; et il se passait de vraies horreurs, des choses épatantes, qu'il lui conta dans l'oreille, en l'arrêtant sur le trottoir, au milieu des bousculades de la foule. Hein ? c'était renouvelé des Romains ! voyait-il le tableau, derrière le rempart des bandages et des clysopompes, sous les fleurs à tisane qui pleuvaient du plafond ! Une boutique très chic, une débauche à curés, avec son empoisonnement de parfumeuse louche, installée dans le recueillement d'une chapelle.

« Mais, dit Claude en riant, tu la déclarais affreuse, cette femme. »

Jory eut un geste d'insouciance.

« Oh ! pour ce qu'on en fait !... Ainsi, moi, ce matin, je reviens de la gare de l'Ouest, où j'ai accompagné quelqu'un. Et c'est en passant dans la rue, que l'idée m'a pris de profiter de l'occasion... Tu comprends, on ne se dérange pas exprès. »

Il donnait ces explications d'un air d'embarras. Puis, soudain, la franchise de son vice lui arracha ce cri de vérité, à lui qui mentait toujours :

« Et, zut ! d'ailleurs, je la trouve extraordinaire, si tu veux le savoir... Pas belle, c'est possible, mais ensorcelante ! Enfin, une de ces femmes qu'on affecte de ne pas ramasser avec des pincettes, et pour qui on fait des bêtises à en crever. »

Alors, seulement, il s'étonna de voir Claude à Paris, et quand il fut au courant, qu'il le sut réinstallé, il reprit, tout d'un coup :

« Écoute donc ! je t'enlève, tu vas venir déjeuner avec moi chez Irma. »

Violemment, le peintre, intimidé, refusa, prétexta qu'il n'avait pas même de redingote.

« Qu'est-ce que ça fiche ? Au contraire, c'est plus drôle, elle sera enchantée... Je crois que tu lui as tapé dans l'œil, elle nous parle toujours de toi... Voyons, ne fais pas la bête, je te dis qu'elle m'attend ce matin et que nous allons être reçus comme des princes. »

Il ne lui lâchait plus le bras, tous deux continuèrent à remonter vers la Madeleine, en causant. D'ordinaire, il se taisait sur ses amours, comme les ivrognes se taisent sur le vin. Mais, ce matin-là, il débordait, il se plaisanta, avoua des histoires. Depuis longtemps, il avait rompu avec la chanteuse de café-concert, amenée par lui de sa petite ville, celle qui lui dépouillait la face à coups d'ongles. Et c'était, d'un bout de l'année à l'autre, un furieux galop de femmes traversant son existence, les femmes les plus extravagantes, les plus inattendues : la cuisinière d'une maison bourgeoise où il dînait ; l'épouse légitime d'un sergent de ville, dont il devait guetter les heures de faction ; la jeune employée d'un dentiste, qui gagnait soixante francs par mois à se laisser endormir, puis réveiller, devant chaque client, pour donner confiance ; d'autres, d'autres encore, les filles vagues des bastringues, les dames comme il faut en quête d'aventures, les petites blanchisseuses qui rapportaient son linge, les femmes de ménage qui retournaient ses matelas, toutes celles qui voulaient bien, toute la rue avec ses hasards, ses raccrocs, ce qui s'offre et ce qu'on vole ; et cela au petit bonheur, les jolies, les laides, les jeunes, les vieilles, sans choix, uniquement pour la satisfaction de ses gros appétits de mâle, sacrifiant la qualité à la quantité. Chaque nuit, quand il rentrait seul, la terreur de son lit froid le jetait en chasse, battant les trottoirs jusqu'aux heures où l'on assassine, n'allant se coucher que lorsqu'il en avait braconné une, si myope d'ailleurs, que cela l'exposait à des méprises : ainsi, il raconta qu'un matin, à son réveil, il avait trouvé sur l'oreiller la tête blanche d'une misérable de soixante ans, qu'il avait crue blonde, dans sa hâte.

Au demeurant, il était enchanté de la vie, ses affaires marchaient. Son avare de père lui avait bien coupé les vivres de nouveau, en le maudissant de s'entêter à suivre une voie de scandale ; mais il s'en moquait maintenant, il gagnait sept ou huit mille francs dans le journalisme, où il faisait son trou comme chroniqueur et comme critique d'art. Les jours tapageurs du *Tambour*, les articles à un louis, étaient loin ; il se rangeait, collaborait à deux journaux très lus ; et, bien qu'il restât au fond le jouisseur sceptique, l'adorateur du succès quand même, il prenait une importance bourgeoise et commençait à rendre des arrêts. Chaque mois, travaillé de sa ladrerie héréditaire, il plaçait déjà de l'argent dans d'infimes spéculations, connues de lui seul ; car jamais ses vices ne lui avaient moins coûté, il ne payait, les matins de grande largesse, qu'une tasse de chocolat aux femmes dont il était très content.

On arrivait rue de Moscou. Claude demanda :

« Alors, c'est toi qui l'entretiens, cette petite Bécot ?

— Moi ! cria Jory, révolté. Mais, mon vieux, elle a un loyer de vingt mille francs, elle parle de faire bâtir un hôtel qui coûtera cinq cent mille... Non, non, je déjeune et je dîne parfois chez elle, c'est bien assez.

— Et tu couches ? »

Il se mit à rire, sans répondre directement.

« Bête ! on couche toujours... Allons, nous y sommes, entre vite. »

Mais Claude se débattit encore. Sa femme l'attendait pour déjeuner, il ne pouvait pas. Et il fallut que Jory sonnât, puis le poussât dans le vestibule, en répétant que ce n'était pas une excuse, qu'on allait envoyer le valet de chambre prévenir rue de Douai. Une porte s'ouvrit, ils se trouvèrent devant Irma Bécot, qui s'exclama, lorsqu'elle aperçut le peintre.

« Comment ! c'est vous, sauvage ! »

Elle le mit tout de suite à l'aise, en l'accueillant comme un ancien camarade, et il vit, en effet, qu'elle ne remarquait même pas son vieux paletot. Lui, s'étonnait, car il la reconnaissait à peine. En quatre ans, elle était devenue autre, la tête faite avec un art de cabotine, le front diminué par la frisure des cheveux, la face tirée en longueur, grâce à un effort de sa volonté sans doute, rousse ardente de blonde pâle qu'elle était, si bien qu'une courtisane du Titien semblait maintenant s'être levée du petit voyou de jadis. Ainsi qu'elle le disait parfois, dans ses heures d'abandon : ça, c'était sa tête pour les jobards. L'hôtel, étroit, avait encore des trous, au milieu de son luxe. Ce qui frappa le peintre, ce fut quelques bons tableaux pendus aux murs, un Courbet, une ébauche de

Delacroix surtout. Elle n'était donc pas bête, cette fille, malgré un chat en biscuit colorié, affreux, qui se prélassait sur une console du salon ?

Lorsque Jory parla d'envoyer le valet de chambre prévenir chez son ami, elle s'écria, pleine de surprise :

« Comment ! vous êtes marié ?

— Mais oui », répondit Claude simplement.

Elle regarda Jory qui souriait, elle comprit et ajouta :

« Ah ! vous vous êtes collé... Que me disait-on que vous aviez horreur des femmes ?... Et vous savez que me voilà vexée joliment, moi qui vous ai fait peur, rappelez-vous ! Hein ? vous me trouvez donc bien laide, que vous vous reculez encore ? »

Des deux mains, elle avait pris les siennes, et elle avançait le visage, souriante et vraiment blessée au fond, le regardant de tout près, dans les yeux, avec la volonté aiguë de plaire. Il eut un petit frisson sous cette haleine de fille qui lui chauffait la barbe ; tandis qu'elle le lâchait, en disant :

« Enfin, nous recauserons de ça. »

Ce fut le cocher qui alla rue de Douai porter une lettre de Claude, car le valet de chambre avait ouvert la porte de la salle à manger, pour annoncer que madame était servie. Le déjeuner, très délicat, se passa correctement, sous l'œil froid du domestique : on parla des grands travaux qui bouleversaient Paris, on discuta ensuite le prix des terrains, ainsi que des bourgeois ayant de l'argent à placer. Mais, au dessert, lorsque tous trois furent seuls devant le café et les liqueurs, qu'ils avaient décidé de prendre là, sans quitter la table, peu à peu il s'animèrent, ils s'oublièrent, comme s'ils s'étaient retrouvés au café Baudequin.

« Ah ! mes enfants, dit Irma, il n'y a que ça de bon, rigoler ensemble et se ficher du monde ! »

Elle roulait des cigarettes, elle venait de prendre le flacon de chartreuse près d'elle, et elle le vidait, très rouge, les cheveux envolés, retombée sur son trottoir de drôlerie canaille.

« Alors, continua Jory qui s'excusait de ne pas lui avoir envoyé le matin un livre qu'elle désirait, alors, j'allais donc l'acheter, hier soir, vers dix heures, lorsque j'ai rencontré Fagerolles...

— Tu mens », dit-elle en l'interrompant d'une voix nette.

Et, pour couper court aux protestations :

« Fagerolles était ici, tu vois bien que tu mens. »

Puis, elle se tourna vers Claude :

« Non, c'est dégoûtant, vous n'avez pas idée d'un menteur pareil !... Il ment comme une femme, pour le plaisir, pour des petites saletés sans conséquence. Ainsi, au fond de toute son histoire, il n'y a qu'une chose : ne pas dépenser trois francs à m'acheter ce livre. Chaque fois qu'il a dû m'envoyer un bouquet, une voiture a passé dessus, ou bien il n'y avait plus de fleurs dans Paris. Ah ! en voilà un qu'il faut aimer pour lui ! »

Jory, sans se fâcher, renversait sa chaise, se balançait en suçant son cigare. Il se contenta de dire avec un ricanement :

« Du moment que tu as renoué avec Fagerolles...

— Je n'ai pas renoué du tout ! cria-t-elle, furieuse. Et puis, est-ce que ça te regarde ?... Je m'en moque, entends-tu ! de ton Fagerolles. Il sait bien, lui, qu'on ne se fâche pas avec moi. Oh ! nous nous connaissons tous les deux, nous avons poussé dans la même fente de pavé... Tiens ! regarde, quand je voudrai, je n'aurai qu'à faire ça, rien qu'un signe du petit doigt, et il sera là, à me lécher les pieds... Il m'a dans le sang, ton Fagerolles ! »

Elle s'animait, il crut prudent de battre en retraite.

« Mon Fagerolles, murmura-t-il, mon Fagerolles...

— Oui, ton Fagerolles ! Est-ce que tu t'imagines que je ne vous vois pas, lui toujours à te passer la main dans le dos, parce qu'il espère des articles, et toi faisant le bon prince, calculant le bénéfice que tu en tireras, si tu appuies un artiste aimé du public ? »

Jory, cette fois, bégaya, très ennuyé devant Claude. Il ne se défendit pas d'ailleurs, il préféra tourner la querelle au plaisant. Hein ? était-elle amusante, quand elle s'allumait ainsi ? l'œil en coin luisant de vice, la bouche tordue pour l'engueulade !

« Seulement, ma chère, tu fais craquer ton Titien. »

Elle se mit à rire, désarmée.

Claude, noyé de bien-être, buvait des petits verres de cognac, sans savoir. Depuis deux heures qu'on était là, une griserie montait, cette griserie hallucinante des liqueurs, au milieu de la fumée de tabac. On causait d'autre chose, il était question des grands prix que commençait à atteindre la peinture. Irma, qui ne parlait plus, gardait un bout éteint de cigarette aux lèvres, les yeux fixés sur le peintre. Et elle l'interrogea brusquement, le tutoyant comme dans un songe.

« Où l'as-tu prise, ta femme ? »

Cela ne parut pas le surprendre, ses idées s'en allaient à l'abandon.

« Elle arrivait de province, elle était chez une dame, et honnête pour sûr.

— Jolie ?

— Mais oui, jolie. »

Un instant, Irma retomba dans son rêve ; puis, avec un sourire :

« Fichtre ! quelle veine ! Il n'y en avait plus, on en a fait une pour toi, alors ! »

Mais elle se secoua, elle cria, en quittant la table :

« Bientôt trois heures... Ah ! mes enfants, je vous flanque à la porte. Oui, j'ai rendez-vous avec un architecte, je vais visiter un terrain près du parc Monceau, vous savez, dans ce quartier neuf qu'on bâtit. J'ai flairé un coup par là. »

On était revenu au salon, elle s'arrêta devant une glace, fâchée de se voir si rouge.

« C'est pour cet hôtel, n'est-ce pas ? demanda Jory. Tu as donc trouvé l'argent ? »

Elle rabattait ses cheveux sur son front, elle semblait effacer de la main le sang de ses joues, rallongeait l'ovale de sa figure, se refaisait sa tête de courtisane fauve, d'un charme intelligent d'œuvre d'art ; et, se tournant, elle lui jeta pour toute réponse :

« Regarde ! le revoilà, mon Titien ! »

Déjà, au milieu des rires, elle les poussait vers le vestibule, où elle reprit les deux mains de Claude, sans parler, en lui plantant de nouveau son regard de désir au fond des yeux.

Dans la rue, il éprouva un malaise. L'air froid le dégrisait, un remords le torturait maintenant, d'avoir parlé de Christine à cette fille. Il fit le serment de ne jamais remettre les pieds chez elle.

« Hein ? n'est-ce pas ? une bonne enfant, disait Jory, en allumant un cigare, qu'il avait pris dans la boîte, avant de partir. Tu sais, d'ailleurs, ça n'engage à rien : on déjeune, on dîne, on couche ; et bonjour, bonsoir, on va chacun à ses affaires. »

Mais une sorte de honte empêchait Claude de rentrer tout de suite, et lorsque son compagnon, excité par le déjeuner, mis en appétit de flâne, parla de monter serrer la main à Bongrand, il fut ravi de l'idée, tous deux gagnèrent le boulevard de Clichy.

Bongrand occupait là, depuis vingt ans, un vaste atelier, où il n'avait point sacrifié au goût du jour, à cette magnificence de tentures et de bibelots dont commençaient à s'entourer les jeunes peintres. C'était l'ancien atelier nu et gris, orné des seules études du maître, accrochées sans cadre, serrées comme les ex-voto d'une chapelle. Le seul luxe consistait en une psyché empire, une vaste armoire normande, deux fauteuils de velours d'Utrecht, limés par l'usage. Dans un coin, une peau d'ours, qui avait perdu tous ses poils, recouvrait un large divan. Mais l'artiste gardait, de sa jeunesse romantique, l'habitude d'un costume de travail spécial, et ce fut en culotte flottante, en robe nouée d'une cordelière, le sommet du crâne coiffé d'une calotte ecclésiastique, qu'il reçut les visiteurs.

Il était venu ouvrir lui-même, sa palette et ses pinceaux à la main.

« Vous voilà ! ah, la bonne idée !... Je pensais à vous, mon cher. Oui, je ne sais plus qui m'avait annoncé votre retour, et je me disais que je ne tarderais pas à vous voir. »

Sa main libre était allée d'abord à Claude, dans un élan de vive affection. Il serra ensuite celle de Jory, en ajoutant :

« Et vous, jeune pontife, j'ai lu votre dernier article, je vous remercie du mot aimable qui s'y trouvait pour moi. . Entrez, entrez donc tous les deux ! Vous ne me dérangez pas,

je profite du jour jusqu'à la dernière minute, car on n'a le
temps de rien faire, par ces sacrées journées de novembre. »

Il s'était remis au travail, debout devant un chevalet où se
trouvait une petite toile, deux femmes, la mère et la fille,
cousant dans l'embrasure d'une fenêtre ensoleillée[81]. Derrière lui, les jeunes gens regardaient.

« C'est exquis », finit par murmurer Claude.

Bongrand haussa les épaules, sans se retourner.

« Bah ! une petite bêtise. Il faut bien s'occuper, n'est-ce
pas ?... J'ai fait ça sur nature, chez des amies, et je nettoie un
peu.

— Mais c'est complet, c'est un bijou de vérité et de
lumière, reprit Claude qui s'échauffait. Ah ! la simplicité de
ça, voyez-vous, la simplicité, c'est ce qui me bouleverse,
moi ! »

Du coup, le peintre se recula, cligna les yeux, d'un air
plein de surprise.

« Vous trouvez ? ça vous plaît, vraiment ?... Eh bien !
quand vous êtes entrés, j'étais en train de la juger infecte,
cette toile... Parole d'honneur ! je broyais du noir, j'étais
convaincu que je n'avais plus pour deux sous de talent. »

Ses mains tremblaient, tout son grand corps était dans le
tressaillement douloureux de la création. Il se débarrassa de
sa palette, il revint vers eux, avec des gestes qui battaient le
vide ; et cet artiste vieilli au milieu du succès, dont la place
était assurée dans l'École française, leur cria :

« Ça vous étonne, mais il y a des jours où je me demande si
je vais savoir dessiner un nez... Oui, à chacun de mes
tableaux, j'ai encore une grosse émotion de débutant, le cœur
qui bat, une angoisse qui sèche la bouche, enfin un trac
abominable. Ah ! le trac, jeunes gens, vous croyez le
connaître, et vous ne vous en doutez même pas, parce que,
mon Dieu ! vous autres, si vous ratez une œuvre, vous en êtes
quittes pour vous efforcer d'en faire une meilleure, personne
ne vous accable ; tandis que nous, les vieux, nous qui avons
donné notre mesure, qui sommes forcés d'être égaux à nous-
mêmes, sinon de progresser, nous ne pouvons faiblir, sans
culbuter dans la fosse commune... Va donc, homme célèbre,

grand artiste, mange-toi la cervelle, brûle ton sang, pour
monter encore, toujours plus haut, toujours plus haut ; et, si
tu piétines sur place, au sommet, estime-toi heureux, use tes
pieds à piétiner le plus longtemps possible ; et, si tu sens que
tu déclines, eh bien ! achève de te briser, en roulant dans
l'agonie de ton talent qui n'est plus de l'époque, dans l'oubli
où tu es de tes œuvres immortelles, éperdu de ton effort
impuissant à créer davantage ! »

Sa voix forte s'était enflée avec un éclat final de tonnerre ;
et sa grande face rouge exprimait une angoisse. Il marcha, il
continua, emporté comme malgré lui par un souffle de
violence :

« Je vous l'ai dit vingt fois qu'on débutait toujours, que la
joie n'était pas d'être arrivé là-haut, mais de monter, d'en
être encore aux gaietés de l'escalade. Seulement, vous ne
comprenez pas, vous ne pouvez pas comprendre, il faut y
passer soi-même… Songez donc ! on espère tout, on rêve
tout. C'est l'heure des illusions sans bornes : on a de si
bonnes jambes, que les plus durs chemins paraissent courts ;
on est dévoré d'un tel appétit de gloire, que les premiers
petits succès emplissent la bouche d'un goût délicieux. Quel
festin, quand on va pouvoir rassasier son ambition ! et l'on y
est presque, et l'on s'écorche avec bonheur ! Puis, c'est fait,
la cime est conquise, il s'agit de la garder. Alors, l'abomination commence, on a épuisé l'ivresse, on la trouve courte,
amère au fond, ne valant pas la lutte qu'elle a coûté. Plus
d'inconnu à connaître, de sensations à sentir. L'orgueil a eu
sa ration de renommée, on sait qu'on a donné ses grandes
œuvres, on s'étonne qu'elles n'aient pas apporté des jouissan-
ces plus vives. Dès ce moment, l'horizon se vide, aucun
espoir nouveau ne vous appelle là-bas, il ne reste qu'à
mourir. Et pourtant on se cramponne, on ne veut pas être
fini, on s'entête à la création comme les vieillards à l'amour,
péniblement, honteusement… Ah ! l'on devrait avoir le
courage et la fierté de s'étrangler, devant son dernier chef-
d'œuvre [82] ! »

Il s'était grandi, ébranlant le haut plafond de l'atelier,
secoué d'une émotion si forte, que des larmes parurent dans

ses yeux. Et il revint tomber sur une chaise, en face de sa toile, il demanda de l'air inquiet d'un élève qui a besoin d'être encouragé :

« Alors, vraiment, ça vous paraît bien?... Moi, je n'ose plus croire. Mon malheur doit être que j'ai à la fois trop et pas assez de sens critique. Dès que je me mets à une étude, je l'exalte ; puis, si elle n'a pas de succès, je me torture. Il vaudrait mieux ne pas y voir du tout, comme cet animal de Chambouvard, ou bien y voir très clair et ne plus peindre... Franchement, vous aimez cette petite toile ? »

Claude et Jory restaient immobiles, étonnés, embarrassés devant ce sanglot de grande douleur, dans l'enfantement. A quel instant de crise étaient-ils donc venus, pour que ce maître hurlât de souffrance, en les consultant comme des camarades ? Et le pis était qu'ils n'avaient pu cacher une hésitation, sous les gros yeux ardents dont il les suppliait, des yeux où se lisait la peur cachée de sa décadence. Eux, connaissaient bien le bruit courant, ils partageaient l'opinion que le peintre, depuis sa *Noce au village,* n'avait rien fait qui valût ce tableau fameux. Même, après s'être maintenu dans quelques toiles, il glissait désormais à une facture plus savante et plus sèche. L'éclat s'en allait, chaque œuvre semblait déchoir. Mais c'étaient là des choses qu'on ne pouvait dire, et Claude, lorsqu'il se fut remis, s'exclama :

« Vous n'avez jamais rien peint de si puissant ! »

Bongrand le regarda encore, droit dans les yeux. Puis, il se retourna vers son œuvre, s'absorba, eut un mouvement de ses deux bras d'hercule, comme s'il eût fait craquer ses os, pour soulever cette petite toile, si légère. Et il murmura, se parlant à lui-même :

« Nom de Dieu ! que c'est lourd ! N'importe, j'y laisserai la peau, plutôt que de dégringoler ! »

Il reprit sa palette, se calma dès le premier coup de pinceau, arrondissant ses épaules de brave homme, avec sa nuque large, où il restait de la carrure obstinée du paysan, dans le croisement de finesse bourgeoise dont il était le produit.

Un silence s'était fait. Jory, les yeux toujours sur le tableau, demanda :

« C'est vendu ? »

Le peintre répondit sans hâte, en artiste qui travaillait à ses heures et qui n'avait pas le souci du gain.

« Non... Ça me paralyse, quand j'ai un marchand dans le dos. »

Et, sans cesser de travailler, il continua, mais goguenard à présent.

« Ah ! on commence à en faire un négoce, avec la peinture !... Positivement, je n'ai jamais vu ça, moi qui tourne à l'ancêtre... Ainsi, vous, l'aimable journaliste, leur en avez-vous flanqué des fleurs aux jeunes, dans cet article où vous me nommiez ! Ils étaient deux ou trois cadets là-dedans qui avaient tout bonnement du génie. »

Jory se mit à rire.

« Dame ! quand on a un journal, c'est pour en user. Et puis, le public aime ça, qu'on lui découvre des grands hommes.

— Sans doute, la bêtise du public est infinie, je veux bien que vous l'exploitiez... Seulement, je me rappelle nos débuts, à nous autres. Fichtre ! nous n'étions pas gâtés, nous avions devant nous dix ans de travail et de lutte, avant de pouvoir imposer grand comme ça de peinture... Tandis que, maintenant, le premier godelureau sachant camper un bonhomme fait retentir toutes les trompettes de la publicité. Et quelle publicité ! un charivari d'un bout de la France à l'autre, de soudaines renommées qui poussent du soir au matin, et qui éclatent en coups de foudre, au milieu des populations béantes. Sans parler des œuvres, ces pauvres œuvres annoncées par des salves d'artillerie, attendues dans un délire d'impatience, enrageant Paris pendant huit jours, puis tombant à l'éternel oubli !

— C'est le procès à la presse d'informations que vous faites là, déclara Jory, qui était allé s'allonger sur le divan, en allumant un nouveau cigare. Il y a du bien et du mal à en dire, mais il faut être de son temps, que diable ! »

Bongrand secouait la tête ; et il repartit, dans une hilarité énorme :

« Non ! non ! on ne peut plus lâcher la moindre croûte, sans devenir un jeune maître... Moi, voyez-vous, ce qu'ils m'amusent, vos jeunes maîtres ! »

Mais, comme si une association d'idées s'était produite en lui, il s'apaisa, il se tourna vers Claude, pour poser cette question :

« A propos, et Fagerolles, avez-vous vu son tableau ?

— Oui », répondit seulement le jeune homme.

Tous deux continuaient de se regarder, un sourire invincible était monté à leurs lèvres, et Bongrand ajouta enfin :

« En voilà un qui vous pille ! »

Jory, pris d'un embarras, avait baissé les yeux, se demandant s'il défendrait Fagerolles. Sans doute, il lui sembla profitable de le faire, car il loua le tableau, cette actrice dans sa loge, dont une reproduction gravée avait alors un grand succès aux étalages. Est-ce que le sujet n'était pas moderne ? est-ce que ce n'était pas joliment peint, dans la gamme claire de l'école nouvelle ? Peut-être aurait-on pu désirer plus de force ; seulement, il fallait laisser sa nature à chacun ; puis, ça ne traînait pas dans les rues, le charme et la distinction.

Penché sur sa toile, Bongrand, qui d'habitude ne lâchait que des éloges paternels sur les jeunes, frémissait, faisait un visible effort pour ne pas éclater. Mais l'explosion eut lieu malgré lui.

« Fichez-nous la paix, hein ! avec votre Fagerolles ! Vous nous croyez donc plus bêtes que nature !... Tenez ! vous voyez le grand peintre ici présent. Oui, ce jeune monsieur-là, qui est devant vous ! Eh bien ! tout le truc consiste à lui voler son originalité et à l'accommoder à la sauce veule de l'École des Beaux-Arts. Parfaitement ! on prend du moderne, on peint clair, mais on garde le dessin banal et correct, la composition agréable de tout le monde, enfin la formule qu'on enseigne là-bas, pour l'agrément des bourgeois. Et l'on noie ça de facilité, oh ! de cette facilité exécrable des doigts, qui sculpteraient aussi bien des noix de coco, de cette facilité

coulante, plaisante, qui fait le succès et qui devrait être punie
du bagne, entendez-vous ! »

Il brandissait en l'air sa palette et ses brosses, dans ses deux
poings fermés.

« Vous êtes sévère, dit Claude gêné. Fagerolles a vraiment
des qualités de finesse.

— On m'a conté, murmura Jory, qu'il venait de passer un
traité très avantageux avec Naudet. »

Ce nom, jeté ainsi dans la conversation, détendit une fois
encore Bongrand, qui répéta, en dodelinant des épaules :

« Ah ! Naudet... ah ! Naudet... »

Et il les amusa beaucoup, avec Naudet, qu'il connaissait
bien. C'était un marchand, qui, depuis quelques années,
révolutionnait le commerce des tableaux. Il ne s'agissait plus
du vieux jeu, la redingote crasseuse et le goût si fin du père
Malgras, les toiles des débutants guettées, achetées dix francs
pour être revendues quinze, tout ce petit train-train de
connaisseur, faisant la moue devant l'œuvre convoitée pour la
déprécier, adorant au fond la peinture, gagnant sa pauvre vie
à renouveler rapidement ses quelques sous de capital, dans
des opérations prudentes. Non, le fameux Naudet avait des
allures de gentilhomme, jaquette de fantaisie, brillant à la
cravate, pommadé, astiqué, verni ; grand train d'ailleurs,
voiture au mois, fauteuil à l'Opéra, table réservée chez
Bignon, fréquentant partout où il était décent de se montrer.
Pour le reste, un spéculateur, un boursier, qui se moquait
radicalement de la bonne peinture. Il apportait l'unique flair
du succès, il devinait l'artiste à lancer, non pas celui qui
promettait le génie discuté d'un grand peintre, mais celui
dont le talent menteur, enflé de fausses hardiesses, allait faire
prime sur le marché bourgeois. Et c'était ainsi qu'il bouleversait ce marché, en écartant l'ancien amateur de goût et en ne
traitant plus qu'avec l'amateur riche, qui ne se connaît pas en
art, qui achète un tableau comme une valeur de Bourse, par
vanité ou dans l'espoir qu'elle montera [83].

Là, Bongrand, très farceur, avec un vieux fond de cabotin,
se mit à jouer la scène. Naudet arrive chez Fagerolles. « Vous
avez du génie, mon cher. Ah ! votre tableau de l'autre jour est

vendu. Combien ? — Cinq cents francs. — Mais vous êtes
fou ! il en valait douze cents. Et celui-ci, qui vous reste,
combien ? — Mon Dieu ! je ne sais pas, mettons douze cents.
— Allons donc, douze cents ! Vous ne m'entendez donc pas,
mon cher ? il en vaut deux mille. Je le prends à deux mille.
Et, dès aujourd'hui, vous ne travaillez plus que pour moi,
Naudet ! Adieu, adieu, mon cher, ne vous prodiguez pas,
votre fortune est faite, je m'en charge[84]. » — Le voilà parti,
il emporte le tableau dans sa voiture, il le promène chez ses
amateurs, parmi lesquels il a répandu la nouvelle qu'il venait
de découvrir un peintre extraordinaire. Un de ceux-ci finit
par mordre et demande le prix. « Cinq mille. — Comment !
cinq mille ! le tableau d'un inconnu, vous vous moquez de
moi ! — Écoutez, je vous propose une affaire : je vous le
vends cinq mille et je vous signe l'engagement de le
reprendre à six mille dans un an, s'il a cessé de vous
plaire. » Du coup, l'amateur est tenté : que risque-t-il ?
bon placement au fond, et il achète. Alors, Naudet ne perd
pas de temps, il en case de la sorte neuf ou dix dans l'année.
La vanité se mêle à l'espoir du gain, les prix montent, une
cote s'établit, si bien que, lorsqu'il retourne chez son
amateur, celui-ci, au lieu de rendre le tableau, en paie un
autre huit mille. Et la hausse va toujours son train, et la
peinture n'est plus qu'un terrain louche, des mines d'or aux
buttes Montmartre, lancées par des banquiers, et autour
desquelles on se bat à coups de billets de banque !

Claude s'indignait, Jory trouvait ça très fort, lorsqu'on
frappa. Bongrand, qui alla ouvrir, eut une exclamation.

« Tiens ! Naudet !... Justement, nous parlions de vous. »

Naudet, très correct, sans une moucheture de boue,
malgré le temps atroce, saluait, entrait avec la politesse
recueillie d'un homme du monde, qui pénètre dans une
église.

« Très heureux, très flatté, cher maître... Et vous ne disiez
que du bien, j'en suis sûr.

— Mais pas du tout, Naudet, pas du tout ! reprit Bongrand d'une voix tranquille. Nous disions que votre façon
d'exploiter la peinture était en train de nous donner une jolie

génération de peintres moqueurs, doublés d'hommes d'affaires malhonnêtes. »

Sans s'émouvoir, Naudet souriait.

« Le mot est dur, mais si charmant ! Allez, allez, cher maître, rien ne me blesse de vous. »

Et, tombant en extase devant le tableau, les deux petites femmes qui cousaient :

« Ah ! mon Dieu ! je ne le connaissais pas, c'est une merveille !... Ah ! cette lumière, cette facture si solide et si large ! Il faut remonter à Rembrandt, oui, à Rembrandt !... Écoutez, cher maître, je suis venu simplement pour vous rendre mes devoirs, mais c'est ma bonne étoile qui m'a conduit. Faisons enfin une affaire, cédez-moi ce bijou... Tout ce que vous voudrez, je le couvre d'or. »

On voyait le dos de Bongrand s'irriter à chaque phrase. Il l'interrompit rudement.

« Trop tard, c'est vendu.

— Vendu, mon Dieu ! Et vous ne pouvez vous dégager ?... Dites-moi au moins à qui, je ferai tout, je donnerai tout... Ah ! quel coup terrible ! vendu, en êtes-vous bien sûr ? Si l'on vous offrait le double ?

— C'est vendu, Naudet, et en voilà assez, hein ! »

Pourtant, le marchand continua à se lamenter. Il resta quelques minutes encore, se pâma devant d'autres études, fit le tour de l'atelier avec les coups d'œil aigus d'un parieur qui cherche la chance. Lorsqu'il comprit que l'heure était mauvaise et qu'il n'emporterait rien, il s'en alla, saluant d'un air de gratitude, s'exclamant d'admiration jusque sur le palier.

Dès qu'il ne fut plus là, Jory, qui avait écouté avec surprise, se permit une question.

« Mais vous nous aviez dit, il me semble... Ce n'est pas vendu, n'est-ce pas ? »

Bongrand, sans répondre d'abord, revint devant sa toile. Puis, de sa voix tonnante, mettant dans ce cri toute la souffrance cachée, tout le combat naissant qu'il n'avouait pas :

« Il m'embête ! jamais il n'aura rien !... Qu'il achète à Fagerolles ! »

Un quart d'heure plus tard, Claude et Jory prirent eux-mêmes congé, en le laissant au travail, acharné dans le jour qui tombait. Et, dehors, quand le premier se fut séparé de son compagnon, il ne rentra pas tout de suite rue de Douai, malgré sa longue absence. Un besoin de marcher encore, de s'abandonner à ce Paris, où les rencontres d'une seule journée lui emplissaient le crâne, le fit errer jusqu'à la nuit noire, dans la boue glacée des rues, sous la clarté des becs de gaz, qui s'allumaient un à un, pareils à des étoiles fumeuses au fond du brouillard.

Claude attendit impatiemment le jeudi, pour dîner chez Sandoz ; car ce dernier, immuable, recevait toujours les camarades, une fois par semaine. Venait qui voulait, le couvert était mis. Il avait eu beau se marier, changer son existence, se jeter en pleine lutte littéraire : il gardait son jour, ce jeudi qui datait de sa sortie du collège, au temps des premières pipes. Ainsi qu'il le répétait lui-même, en faisant allusion à sa femme, il n'y avait qu'un camarade de plus.

« Dis donc, mon vieux, avait-il dit franchement à Claude, ça m'ennuie beaucoup...

— Quoi donc ?

— Tu n'es pas marié... Oh ! moi, tu sais, je recevrais bien volontiers ta femme... Mais ce sont les imbéciles, un tas de bourgeois qui me guettent et qui raconteraient des abominations...

— Mais certainement, mon vieux, mais Christine elle-même refuserait d'aller chez toi !... Oh ! nous comprenons très bien, j'irai seul, compte là-dessus ! »

Dès six heures, Claude se rendit chez Sandoz, rue Nollet, au fond des Batignolles ; et il eut toutes les peines du monde à découvrir le petit pavillon que son ami occupait. D'abord, il entra dans une grande maison bâtie sur la rue, s'adressa au concierge, qui lui fit traverser trois cours ; puis, il fila le long d'un couloir entre deux autres bâtisses, descendit un escalier de quelques marches, buta contre la grille d'un étroit jardin : c'était là, le pavillon se trouvait au bout d'une allée. Mais il faisait si noir, il avait si bien failli se rompre les jambes dans l'escalier, qu'il n'osait se risquer davantage, d'autant plus qu'un chien énorme aboyait furieusement. Enfin, il entendit la voix de Sandoz, qui s'avançait en calmant le chien.

« Ah ! c'est toi... Hein ? nous sommes à la campagne. On va mettre une lanterne, pour que notre monde ne se casse pas la tête... Entre, entre... Sacré Bertrand, veux-tu te taire ! Tu ne vois donc pas que c'est un ami, imbécile [85] ! »

Alors, le chien les accompagna vers le pavillon, la queue haute, en sonnant une fanfare d'allégresse. Une jeune bonne avait paru avec une lanterne, qu'elle vint accrocher à la grille, pour éclairer le terrible escalier. Dans le jardin, il n'y avait qu'une petite pelouse centrale, plantée d'un immense prunier, dont l'ombrage pourrissait l'herbe ; et, devant la maison, très basse, de trois fenêtres de façade seulement, régnait une tonnelle de vigne vierge, où luisait un banc tout neuf, installé là comme ornement sous les pluies d'hiver, en attendant le soleil.

« Entre », répéta Sandoz.

Il l'introduisit, à droite du vestibule, dans le salon, dont il avait fait son cabinet de travail. La salle à manger et la cuisine étaient à gauche. En haut, sa mère, qui ne quittait plus le lit, occupait la grande chambre ; tandis que le ménage se contentait de l'autre et du cabinet de toilette, placé entre les deux pièces. Et c'était tout, une vraie boîte de carton, des compartiments de tiroir, que séparaient des cloisons minces comme des feuilles de papier. Petite maison de travail et d'espoir cependant, vaste à côté des greniers de jeunesse, égayée déjà d'un commencement de bien-être et de luxe.

« Hein ? cria-t-il, nous en avons, de la place ! Ah ! c'est joliment plus commode que rue d'Enfer ! Tu vois, j'ai une pièce à moi tout seul. Et j'ai acheté une table de chêne pour écrire, et ma femme m'a donné ce palmier, dans ce vieux pot de Rouen... Hein ? c'est chic ! »

Justement, sa femme entrait. Grande, le visage calme et gai, avec de beaux cheveux bruns, elle avait par-dessus sa robe de popeline noire, très simple, un large tablier blanc ; car, bien qu'ils eussent pris une servante à demeure, elle s'occupait de la cuisine, était fière de certains de ses plats, mettait le ménage sur un pied de propreté et de gourmandise bourgeoises.

Tout de suite, Claude et elle furent d'anciennes connaissances.

« Appelle-le Claude, chérie... Et toi, vieux, appelle-la Henriette... Pas de madame, pas de monsieur, ou je vous flanque chaque fois une amende de cinq sous. »

Ils rirent, et elle s'échappa, réclamée à la cuisine par un plat du Midi, une bouillabaisse, dont elle voulait faire la surprise aux amis de Plassans. Elle en tenait la recette de son mari lui-même, elle y avait acquis un tour de main extraordinaire, disait-il.

« Elle est charmante, ta femme, dit Claude, et elle te gâte. »

Mais Sandoz, assis devant sa table, les coudes parmi les pages du livre en train, écrites dans la matinée, se mit à parler du premier roman de sa série, qu'il avait publié en octobre. Ah ! on le lui arrangeait, son pauvre bouquin ! C'était un égorgement, un massacre, toute la critique hurlant à ses trousses, une bordée d'imprécations, comme s'il eût assassiné les gens, à la corne d'un bois [86]. Et il en riait, excité plutôt, les épaules solides, avec la tranquille carrure du travailleur qui sait où il va. Un étonnement seul lui restait, la profonde inintelligence de ces gaillards, dont les articles bâclés sur des coins de bureau, le couvraient de boue, sans paraître soupçonner la moindre de ses intentions. Tout se trouvait jeté dans le baquet aux injures : son étude nouvelle de l'homme physiologique, le rôle tout-puissant rendu aux milieux, la vaste nature éternellement en création, la vie enfin, la vie totale, universelle, qui va d'un bout de l'animalité à l'autre, sans haut ni bas, sans beauté ni laideur ; et les audaces de langage, la conviction que tout doit se dire, qu'il y a des mots abominables nécessaires comme des fers rouges, qu'une langue sort enrichie de ces bains de force ; et surtout l'acte sexuel, l'origine et l'achèvement continu du monde, tiré de la honte où on le cache, remis dans sa gloire, sous le soleil. Qu'on se fâchât, il l'admettait aisément ; mais il aurait voulu au moins qu'on lui fît l'honneur de comprendre et de se fâcher pour ses audaces, non pour les saletés imbéciles qu'on lui prêtait.

« Tiens ! continua-t-il, je crois qu'il y a encore plus de niais que de méchants... C'est la forme qui les enrage en moi, la phrase écrite, l'image, la vie du style. Oui, la haine de la littérature, toute la bourgeoisie en crève ! »

Il se tut, envahi d'une tristesse.

« Bah ! dit Claude après un silence, tu es heureux, tu travailles, tu produis, toi ! »

Sandoz s'était levé, il eut un geste de brusque douleur.

« Ah ! oui, je travaille, je pousse mes livres jusqu'à la dernière page... Mais si tu savais ! si je te disais dans quels désespoirs, au milieu de quels tourments ! Est-ce que ces crétins ne vont pas s'aviser aussi de m'accuser d'orgueil ! moi que l'imperfection de mon œuvre poursuit jusque dans le sommeil ! moi qui ne relis jamais mes pages de la veille, de crainte de les juger si exécrables, que je ne puisse trouver ensuite la force de continuer !... Je travaille, eh ! sans doute, je travaille ! je travaille comme je vis, parce que je suis né pour ça ; mais, va, je n'en suis pas plus gai, jamais je ne me contente, et il y a toujours la grande culbute au bout ! »

Un éclat de voix l'interrompit, et Jory parut, enchanté de l'existence, racontant qu'il venait de retaper une vieille chronique, pour avoir sa soirée libre. Presque aussitôt, Gagnière et Mahoudeau, qui s'étaient rencontrés à la porte, arrivèrent en causant. Le premier, enfoncé depuis quelques mois dans une théorie des couleurs, expliquait à l'autre son procédé.

« Je pose mon ton, continuait-il. Le rouge du drapeau s'éteint et jaunit, parce qu'il se détache sur le bleu du ciel, dont la couleur complémentaire, l'orangé, se combine avec le rouge [87]. »

Claude, intéressé, le questionnait déjà, lorsque la bonne apporta un télégramme.

« Bon ! dit Sandoz, c'est Dubuche qui s'excuse, il promet de nous surprendre vers onze heures. »

A ce moment, Henriette ouvrit la porte toute grande, et

annonça elle-même le dîner. Elle n'avait plus son tablier de cuisinière, elle serrait gaiement, en maîtresse de maison, les mains qui se tendaient. A table ! à table ! il était sept heures et demie, la bouillabaisse n'attendait pas. Jory ayant fait remarquer que Fagerolles lui avait juré qu'il viendrait, on ne voulut rien entendre : il devenait ridicule, Fagerolles, à poser pour le jeune maître, accablé de travaux !

La salle à manger où l'on passa était si petite que, voulant y installer le piano, on avait dû percer une sorte d'alcôve, dans un cabinet noir, réservé jusque-là à la vaisselle. Pourtant, les grands jours, on tenait encore une dizaine autour de la table ronde, sous la suspension de porcelaine blanche, mais à la condition de condamner le buffet, si bien que la bonne ne pouvait plus y aller chercher une assiette. D'ailleurs, c'était la maîtresse de maison qui servait ; et le maître, lui, se plaçait en face, contre le buffet bloqué, pour y prendre et passer ce dont on avait besoin.

Henriette avait mis Claude à sa droite, Mahoudeau à sa gauche ; tandis que Jory et Gagnière s'étaient assis aux deux côtés de Sandoz.

« Françoise ! appela-t-elle. Donnez-moi donc les rôties, elles sont sur le fourneau. »

Et, la bonne lui ayant apporté les rôties, elle les distribuait deux par deux dans les assiettes, puis commençait à verser dessus le bouillon de la bouillabaisse, lorsque la porte s'ouvrit.

« Fagerolles, enfin ! dit-elle. Placez-vous là, près de Claude. »

Il s'excusa d'un air de galante politesse, allégua un rendez-vous d'affaires. Très élégant maintenant, pincé dans des vêtements de coupe anglaise, il avait une tenue d'homme de cercle, relevée par la pointe de débraillé artiste qu'il gardait. Tout de suite, en s'asseyant, il secoua la main de son voisin, il affecta une vive joie.

« Ah ! mon vieux Claude ! Il y a si longtemps que je voulais te voir ! Oui, j'ai eu vingt fois l'idée d'aller là-bas ; et puis, tu sais, la vie... »

Claude, pris de malaise devant ces protestations, tâchait de

répondre avec une cordialité pareille. Mais Henriette, qui
continuait de servir, le sauva, en s'impatientant.

« Voyons, Fagerolles, répondez-moi... Est-ce deux rôties
que vous désirez ?

— Certainement, madame, deux rôties... Je l'adore, la
bouillabaisse. D'ailleurs, vous la faites si bonne ! une merveille ! »

Tous, en effet, se pâmaient, Mahoudeau et Jory surtout,
qui déclaraient n'en avoir jamais mangé de meilleure à
Marseille ; si bien que la jeune femme, ravie, rose encore de
la chaleur du fourneau, la grande cuiller en main, ne suffisait
que juste à remplir les assiettes qui lui revenaient ; et même
elle quitta sa chaise, courut en personne chercher à la cuisine
le reste du bouillon, car la servante perdait la tête.

« Mange donc ! lui cria Sandoz. Nous attendrons bien que
tu aies mangé. »

Mais elle s'entêtait, demeurait debout.

« Laisse... Tu ferais mieux de passer le pain. Oui, derrière
toi, sur le buffet... Jory préfère les tartines, la mie qui
trempe. »

Sandoz se leva à son tour, aida au service, pendant qu'on
plaisantait Jory sur les pâtées qu'il aimait.

Et Claude, pénétré par cette bonhomie heureuse, comme
réveillé d'un long sommeil, les regardait tous, se demandait
s'il les avait quittés la veille, ou s'il y avait bien quatre années
qu'il n'eût dîné là, un jeudi. Ils étaient autres pourtant, il les
sentait changés, Mahoudeau aigri de misère, Jory enfoncé
dans sa jouissance, Gagnière plus lointain, envolé ailleurs ; et,
surtout, il lui semblait que Fagerolles, près de lui, dégageait
du froid, malgré l'exagération de sa cordialité. Sans doute,
leurs visages avaient vieilli un peu, à l'usure de l'existence ;
mais ce n'était pas cela seulement, des vides paraissaient se
faire entre eux, il les voyait à part, étrangers, bien qu'ils
fussent coude à coude, trop serrés autour de cette table. Puis,
le milieu était nouveau : une femme, aujourd'hui, apportait
son charme, les calmait par sa présence. Alors, pourquoi
devant ce cours fatal de choses qui meurent et se renouvel-
lent, avait-il donc cette sensation de recommencement ?

pourquoi aurait-il juré qu'il s'était assis à cette place, le jeudi
de la semaine précédente ? et il crut comprendre enfin :
c'était Sandoz qui, lui, n'avait pas bougé, aussi entêté dans
ses habitudes de cœur que dans ses habitudes de travail,
radieux de les recevoir à la table de son jeune ménage, ainsi
qu'il l'était jadis de partager avec eux son maigre repas de
garçon. Un rêve d'éternelle amitié l'immobilisait, des jeudis
pareils se succédaient à l'infini, jusqu'aux derniers lointains
de l'âge. Tous éternellement ensemble ! tous partis à la même
heure et arrivés dans la même victoire !

Il dut deviner la pensée qui rendait Claude muet, il lui dit
au travers de la nappe, avec son bon rire de jeunesse :

« Hein ? vieux, t'y voilà encore ! Ah ! nom d'un chien ! que
tu nous as manqué !... Mais, tu vois, rien ne change, nous
sommes tous les mêmes... N'est-ce pas ? vous autres ! »

Ils répondirent par des hochements de tête. Sans doute,
sans doute !

« Seulement, continua-t-il épanoui, la cuisine est un peu
meilleure que rue d'Enfer... Vous en ai-je fait manger, des
ratatouilles [88] ! »

Après la bouillabaisse, un civet de lièvre avait paru ; et une
volaille rôtie, accompagnée d'une salade, termina le dîner.
Mais on resta longtemps à table, le dessert traîna, bien que la
conversation n'eût pas la fièvre ni les violences d'autrefois :
chacun parlait de lui, finissait par se taire, en voyant que
personne ne l'écoutait. Au fromage, cependant, lorsqu'on eut
goûté d'un petit vin de Bourgogne, un peu aigrelet, dont le
ménage s'était risqué à faire venir une pièce, sur les droits
d'auteur du premier roman, les voix s'élevèrent, on s'anima.

« Alors, tu as traité avec Naudet ? demanda Mahoudeau,
dont le visage osseux d'affamé s'était creusé encore. Est-ce
vrai qu'il t'assure cinquante mille francs la première
année ? »

Fagerolles répondit du bout des lèvres :

« Oui, cinquante mille... Mais rien n'est fait, je me tâte,
c'est raide de s'engager ainsi. Ah ! c'est moi qui ne m'emballe
pas ! »

— Fichtre ! murmura le sculpteur, tu es difficile. Pour vingt francs par jour, moi, je signe ce qu'on voudra. »

Tous, maintenant, écoutaient Fagerolles, qui jouait l'homme excédé par le succès naissant. Il avait toujours sa jolie figure inquiétante de gueuse ; mais un certain arrangement des cheveux, la coupe de la barbe, lui donnaient une gravité. Bien qu'il vînt encore de loin en loin chez Sandoz, il se séparait de la bande, se lançait sur les boulevards, fréquentait les cafés, les bureaux de rédaction, tous les lieux de publicité où il pouvait faire des connaissances utiles. C'était une tactique, une volonté de se tailler son triomphe à part, cette idée maligne que, pour réussir, il ne fallait plus avoir rien de commun avec ces révolutionnaires, ni un marchand, ni les relations, ni les habitudes. Et l'on disait même qu'il mettait les femmes de deux ou trois salons dans sa chance, non pas en mâle brutal comme Jory, mais en vicieux supérieur à ses passions, en simple chatouilleur de baronnes sur le retour.

Justement, Jory lui signala un article, dans l'unique but de se donner une importance, car il avait la prétention d'avoir fait Fagerolles, comme il prétendait jadis avoir fait Claude.

« Dis donc, as-tu lu l'étude de Vernier sur toi ? En voilà un encore qui me répète !

— Ah ! il en a, lui, des articles ! » soupira Mahoudeau.

Fagerolles eut un geste insouciant de la main ; mais il souriait, avec le mépris caché de ces pauvres diables si peu adroits, s'entêtant à une rudesse de niais, lorsqu'il était si facile de conquérir la foule. Ne lui suffisait-il pas de rompre, après les avoir pillés ? Il bénéficiait de toute la haine qu'on avait contre eux, on couvrait d'éloges ses toiles adoucies, pour achever de tuer leurs œuvres obstinément violentes.

« As-tu lu, toi, l'article de Vernier ? répéta Jory à Gagnière. N'est-ce pas qu'il dit ce que j'ai dit ? »

Depuis un instant, Gagnière s'absorbait dans la contemplation de son verre sur la nappe blanche, que le reflet du vin tachait de rouge. Il sursauta.

« Hein ! l'article de Vernier ?

« — Oui, enfin tous ces articles qui paraissent sur Fagerolles. »

Stupéfait, il se tourna vers celui-ci.

« Tiens ! on écrit des articles sur toi... Je n'en sais rien, je
ne les ai pas vus... Ah ! on écrit des articles sur toi ! pourquoi
donc ? »

Un fou rire s'éleva, Fagerolles seul ricanait de mauvaise
grâce, croyant à une farce méchante. Mais Gagnière était
d'une absolue bonne foi : il s'étonnait qu'on pût faire un
succès à un peintre qui n'observait seulement pas la loi des
valeurs. Un succès à ce truqueur-là, jamais de la vie ! Que
devenait la conscience ?

Cette gaieté bruyante échauffa la fin du dîner. On ne
mangeait plus, seule la maîtresse de maison voulait encore
remplir les assiettes.

« Mon ami, veille donc, répétait-elle à Sandoz, très excité
au milieu du bruit. Allonge la main, les biscuits sont sur le
buffet. »

On se récria, tous se levèrent. Comme on passait ensuite la
soirée là, autour de la table, à prendre du thé, ils se tinrent
debout, continuant de causer contre les murs, pendant que la
bonne ôtait le couvert. Le ménage aidait, elle remettant les
salières dans un tiroir, lui donnant un coup de main pour
plier la nappe.

« Vous pouvez fumer, dit Henriette. Vous savez que ça ne
me gêne nullement. »

Fagerolles, qui avait attiré Claude dans l'embrasure de la
fenêtre, lui offrit un cigare, que celui-ci refusa.

« Ah ! c'est vrai, tu ne fumes pas... Et, dis donc, j'irai voir
ce que tu rapportes. Hein ? des choses très intéressantes. Tu
sais, moi, ce que je pense de ton talent. Tu es le plus fort... »

Il se montrait très humble, sincère au fond, laissant
remonter son admiration d'autrefois, marqué pour toujours à
l'empreinte de ce génie d'un autre, qu'il reconnaissait,
malgré les calculs compliqués de sa malice. Mais son humilité
s'aggravait d'une gêne, bien rare chez lui, du trouble où le
jetait le silence que le maître de sa jeunesse gardait sur son
tableau. Et il se décida, les lèvres tremblantes.

« Est-ce que tu as vu mon actrice, au Salon ? Aimes-tu ça, franchement ? »

Claude hésita une seconde, puis en bon camarade :

« Oui, il y a des choses très bien. »

Déjà, Fagerolles saignait d'avoir posé cette question stupide ; et il achevait de perdre pied, il s'excusait maintenant, tâchait d'innocenter ses emprunts et de plaider ses compromis. Lorsqu'il s'en fut tiré à grand'peine, exaspéré contre sa maladresse, il redevint un instant le farceur de jadis, fit rire aux larmes Claude lui-même, les amusa tous. Puis, il tendit la main à Henriette, pour prendre congé.

« Comment ! vous nous quittez si vite ?

— Hélas ! oui, chère madame. Mon père traite ce soir un chef de bureau, qu'il travaille pour la décoration... Et, comme je suis un de ses titres, j'ai dû jurer de paraître. »

Lorsqu'il fut parti, Henriette, qui avait échangé quelques mots tout bas avec Sandoz, disparut ; et l'on entendit le bruit léger de ses pas au premier étage : depuis le mariage, c'était elle qui soignait la vieille mère infirme, s'absentant ainsi à plusieurs reprises dans la soirée, comme le fils autrefois.

Du reste, pas un des convives n'avait remarqué sa sortie. Mahoudeau et Gagnière causaient de Fagerolles, se montraient d'une aigreur sourde, sans attaque directe. Ce n'était encore que des regards ironiques de l'un à l'autre, des haussements d'épaules, tout le muet mépris de garçons qui ne veulent pas exécuter un camarade. Et ils se rabattirent sur Claude, ils se prosternèrent, l'accablèrent des espérances qu'ils mettaient en lui. Ah ! il était temps qu'il revînt, car lui seul, avec ses dons de grand peintre, sa poigne solide, pouvait être le maître, le chef reconnu. Depuis le Salon des Refusés, l'école du plein air s'était élargie, toute une influence croissante se faisait sentir ; malheureusement, les efforts s'éparpillaient, les nouvelles recrues se contentaient d'ébauches, d'impressions bâclées en trois coups de pinceau ; et l'on attendait l'homme de génie nécessaire, celui qui incarnerait la formule en chefs-d'œuvre. Quelle place à prendre ! dompter la foule, ouvrir un siècle, créer un art ! Claude les écoutait, les yeux à terre, la face envahie d'une pâleur. Oui, c'était bien là son rêve inavoué, l'ambition qu'il n'osait se confesser à lui-même. Seulement, il se mêlait à la joie de la flatterie une étrange angoisse, une peur de cet avenir, en les entendant le hausser à ce rôle de dictateur, comme s'il eût triomphé déjà.

« Laissez donc ! finit-il par crier, il y en a qui me valent, je me cherche encore ! »

Jory, agacé, fumait en silence. Brusquement, comme les deux autres s'entêtaient, il ne put retenir cette phrase :

« Tout ça, mes petits, c'est parce que vous êtes embêtés du succès de Fagerolles. »

Ils se récrièrent, éclatèrent en protestations. Fagerolles ! le jeune maître ! quelle bonne farce !

« Oh ! tu nous lâches, nous le savons, dit Mahoudeau. Il n'y a pas de danger que tu écrives deux lignes sur nous, maintenant.

— Dame ! mon cher, répondit Jory vexé, tout ce que j'écris sur vous, on me le coupe. Vous vous faites exécrer partout... Ah ! si j'avais un journal à moi ! »

Henriette reparut, et les yeux de Sandoz ayant cherché les siens, elle lui répondit d'un regard, elle eut ce sourire tendre et discret, qu'il avait lui-même jadis, quand il sortait de la chambre de sa mère. Puis, elle les appela tous, ils se rassirent autour de la table, tandis qu'elle faisait le thé et qu'elle le versait dans les tasses. Mais la soirée s'attrista, engourdie d'une lassitude. On eut beau laisser entrer Bertrand, le grand chien, qui se livra à des bassesses devant le sucre, et qui alla se coucher contre le poêle, où il ronfla comme un homme. Depuis la discussion sur Fagerolles, des silences régnaient, une sorte d'ennui irrité s'alourdissait dans la fumée épaissie des pipes. Même Gagnière, à un moment, quitta la table, pour se mettre au piano, où il estropia en sourdine des phrases de Wagner, avec les doigts raides d'un amateur qui fait ses premières gammes à trente ans.

Vers onze heures, Dubuche, arrivant enfin, acheva de glacer la réunion. Il s'était échappé d'un bal, désireux de remplir envers ses anciens camarades ce qu'il regardait comme un dernier devoir ; et son habit, sa cravate blanche, sa grosse face pâle exprimaient à la fois la contrariété d'être venu, l'importance qu'il donnait à ce sacrifice, la peur qu'il avait de compromettre sa fortune nouvelle. Il évitait de parler de sa femme, pour ne pas avoir à l'amener chez Sandoz. Quand il eut serré la main de Claude, sans plus d'émotion que s'il l'avait rencontré la veille, il refusa une tasse de thé, il parla lentement, en gonflant les joues, des tracas de son installation dans une maison neuve dont il essuyait les plâtres, du travail qui l'accablait, depuis qu'il s'occupait des constructions de son beau-père, toute une rue à bâtir, près du parc Monceau.

Alors Claude sentit nettement quelque chose se rompre. La vie avait-elle donc emporté déjà les soirées d'autrefois, si fraternelles dans leur violence, où rien ne les séparait encore, où pas un d'eux ne réservait sa part de gloire ? Aujourd'hui, la bataille commençait, chaque affamé donnait son coup de dents. La fissure était là, la fente à peine visible, qui avait fêlé les vieilles amitiés jurées, et qui devait les faire craquer, un jour, en mille pièces.

Mais Sandoz, dans son besoin d'éternité, ne s'apercevait toujours de rien, les voyait tels que rue d'Enfer, aux bras les uns des autres, partis en conquérants. Pourquoi changer ce qui était bon ? est-ce que le bonheur n'était pas dans une joie choisie entre toutes, puis éternellement goûtée ? Et, une heure plus tard, lorsque les camarades se décidèrent à s'en aller, somnolents sous l'égoïsme morne de Dubuche qui parlait sans fin de ses affaires, lorsqu'on eut arraché du piano Gagnière hypnotisé, Sandoz, suivi de sa femme, malgré la nuit froide, voulut absolument les accompagner jusqu'au bout du jardin, à la grille. Il distribuait des poignées de main, il criait :

« A jeudi, Claude !... A jeudi, tous !... Hein ? venez tous !

— A jeudi ! » répéta Henriette, qui avait pris la lanterne et qui la haussait, pour éclairer l'escalier.

Et, au milieu des rires, Gagnière et Mahoudeau répondirent en plaisantant :

« A jeudi, jeune maître !... Bonne nuit, jeune maître ! »

Dehors, dans la rue Nollet, Dubuche appela tout de suite un fiacre, qui l'emporta. Les quatre autres remontèrent ensemble jusqu'au boulevard extérieur, presque sans échanger un mot, l'air étourdi d'être depuis si longtemps ensemble. Sur le boulevard, une fille ayant passé, Jory se lança derrière ses jupes, après avoir prétexté des épreuves, qui l'attendaient au journal. Et, comme Gagnière arrêtait machinalement Claude devant le café Baudequin, dont le gaz flambait encore, Mahoudeau refusa d'entrer, s'en alla seul, roulant des idées tristes, là-bas, jusqu'à la rue du Cherche-Midi.

Claude se trouva, sans l'avoir voulu, assis à leur ancienne table, en face de Gagnière silencieux. Le café n'avait pas changé, on s'y réunissait toujours le dimanche, une ferveur s'était déclarée même, depuis que Sandoz habitait le quartier ; mais la bande s'y noyait dans un flot de nouveaux venus, on était peu à peu submergé par la banalité montante des élèves du plein air. A cette heure, du reste, le café se vidait ; trois jeunes peintres, que Claude ne connaissait pas, vinrent, en se retirant, lui serrer la main ; et il n'y eut plus qu'un petit rentier du voisinage, endormi devant une soucoupe.

Gagnière, très à l'aise, comme chez lui, indifférent aux bâillements de l'unique garçon qui s'étirait dans la salle, regardait Claude sans le voir, les yeux vagues.

« A propos, demanda ce dernier, qu'expliquais-tu donc à Mahoudeau, ce soir ? Oui, le rouge du drapeau qui tourne au jaune, dans le bleu du ciel... Hein ? tu pioches la théorie des couleurs complémentaires. »

Mais l'autre ne répondit pas. Il prit sa chope, la reposa sans avoir bu, finit par murmurer, avec un sourire d'extase :

« Haydn, c'est la grâce rhétoricienne, une petite musique chevrotante de vieille aïeule poudrée... Mozart, c'est le génie précurseur, le premier qui ait donné à l'orchestre une voix individuelle... Et ils existent surtout, ces deux-là, parce qu'ils ont fait Beethoven... Ah ! Beethoven, la puissance, la force dans la douleur sereine, Michel-Ange au tombeau des Médicis ! Un logicien héroïque, un pétrisseur de cervelles, car ils sont tous partis de la symphonie avec chœurs, les grands d'aujourd'hui[89] ! »

Le garçon, las d'attendre, se mit à éteindre les becs de gaz, d'une main paresseuse, en traînant les pieds. Une mélancolie envahissait la salle déserte, salie de crachats et de bouts de cigare, exhalant l'odeur de ses tables poissées par les consommations ; tandis que, du boulevard assoupi, ne venaient plus que les sanglots perdus d'un ivrogne.

Gagnière, au loin, continuait à suivre la chevauchée de ses rêves.

« Weber passe dans un paysage romantique, conduisant la ballade des morts, au milieu des saules éplorés et des chênes qui tordent leurs bras... Schubert le suit, sous la lune pâle, le long des lacs d'argent... Et voilà Rossini, le don en personne, si gai, si naturel, sans souci de l'expression, se moquant du monde, qui n'est pas mon homme, ah ! non, certes ! mais si étonnant tout de même par l'abondance de son invention, par les effets énormes qu'il tire de l'accumulation des voix et de la répétition enflée du même thème... Ces trois-là, pour aboutir à Meyerbeer, un malin qui a profité de tout, mettant après Weber la symphonie dans l'opéra, donnant l'expression dramatique à la formule inconsciente de Rossini. Oh ! des souffles superbes, la pompe féodale, le mysticisme militaire, le frisson des légendes fantastiques, un cri de passion traversant l'histoire ! Et des trouvailles, la personnalité des instruments, le récitatif dramatique accompagné symphoniquement à l'orchestre, la phrase typique sur laquelle toute l'œuvre est construite... Un grand bonhomme ! un très grand bonhomme !

— Monsieur, vint dire le garçon, je ferme. »

Et, comme Gagnière ne tournait même pas la tête, il alla réveiller le petit rentier, toujours endormi devant sa soucoupe.

« Je ferme, monsieur. »

Frissonnant, le consommateur attardé se leva, tâtonna dans le coin d'ombre où il se trouvait, pour avoir sa canne ; et, quand le garçon la lui eut ramassée sous les chaises, il sortit.

« Berlioz a mis de la littérature dans son affaire. C'est l'illustrateur musical de Shakespeare, de Virgile et de Gœthe.

Mais quel peintre ! le Delacroix de la musique, qui a fait
flamber les sons, dans des oppositions fulgurantes de couleurs. Avec ça, la fêlure romantique au crâne, une religiosité
qui l'emporte, des extases par-dessus les cimes. Mauvais
constructeur d'opéra, merveilleux dans le morceau, exigeant
trop parfois de l'orchestre qu'il torture, ayant poussé à
l'extrême la personnalité des instruments, dont chacun pour
lui représente un personnage. Ah ! ce qu'il a dit des
clarinettes : « Les clarinettes sont les femmes aimées », ah !
cela m'a toujours fait couler un frisson sur la peau... Et
Chopin, si dandy dans son byronisme, le poète envolé des
névroses ! Et Mendelssohn, ce ciseleur impeccable, Shakespeare en escarpins de bal, dont les romances sans paroles sont
des bijoux pour les dames intelligentes !... Et puis, et puis, il
faut se mettre à genoux... »

Il n'y avait plus qu'un bec de gaz allumé au-dessus de sa
tête, et le garçon, derrière son dos, attendait, dans le vide
noir et glacé de la salle. Sa voix avait pris un tremblement
religieux, il en arrivait à ses dévotions, au tabernacle reculé,
au saint des saints.

« Oh ! Schumann, le désespoir, la jouissance du désespoir !
Oui, la fin de tout, le dernier chant d'une pureté triste,
planant sur les ruines du monde !... Oh ! Wagner, le dieu, en
qui s'incarnent des siècles de musique ! Son œuvre est l'arche
immense, tous les arts en un seul, l'humanité vraie des
personnages exprimée enfin, l'orchestre vivant à part la vie
du drame ; et quel massacre des conventions, des formules
ineptes ! quel affranchissement révolutionnaire dans l'infini !... L'ouverture du *Tannhäuser*[90], ah ! c'est l'alléluia
sublime du nouveau siècle : d'abord, le chant des pèlerins, le
motif religieux, calme, profond, à palpitations lentes ; puis,
les voix des sirènes qui l'étouffent peu à peu, les voluptés de
Vénus pleines d'énervantes délices, d'assoupissantes lan-
gueurs, de plus en plus hautes et impérieuses, désordonnées ;
et, bientôt le thème sacré qui revient graduellement comme
une aspiration de l'espace, qui s'empare de tous les chants et
les fond en une harmonie suprême, pour les emporter sur les
ailes d'un hymne triomphal !

— Je ferme, monsieur », répéta le garçon.

Claude, qui n'écoutait plus, enfoncé, lui aussi dans sa passion, acheva sa chope et dit très haut :

« Hé ! mon vieux, on ferme ! »

Alors, Gagnière tressaillit. Sa face enchantée eut une contraction douloureuse, et il grelotta, comme s'il retombait d'un astre. Goulûment, il but sa bière ; puis, sur le trottoir, après avoir serré en silence la main de son compagnon, il s'éloigna, s'effaça au fond des ténèbres.

Il était près de deux heures, lorsque Claude rentra rue de Douai. Depuis une semaine qu'il battait de nouveau Paris, il y rapportait ainsi chaque soir les fièvres de sa journée. Mais jamais encore il n'était revenu si tard, la tête si chaude et si fumante. Christine, vaincue par la fatigue, dormait sous la lampe éteinte, le front tombé au bord de la table.

VIII

Enfin, Christine donna un dernier coup de plumeau, et ils furent installés. Cet atelier de la rue de Douai, petit et incommode, était accompagné seulement d'une étroite chambre et d'une cuisine grande comme une armoire : il fallait manger dans l'atelier, le ménage y vivait, avec l'enfant toujours en travers des jambes. Et elle avait eu bien du mal à tirer parti de leurs quatre meubles, car elle voulait éviter la dépense. Pourtant, elle dut acheter un vieux lit d'occasion, elle céda même au besoin luxueux d'avoir des rideaux de mousseline blanche, à sept sous le mètre. Dès lors, ce trou lui parut charmant, elle se mit à le tenir sur un pied de propreté bourgeoise, ayant résolu de faire tout en personne et de se passer de servante, pour ne pas trop charger leur vie, qui allait être difficile.

Claude vécut ces premiers mois dans une excitation croissante. Les courses au milieu des rues tumultueuses, les visites chez les camarades enfiévrées de discussions, toutes les colères, toutes les idées chaudes qu'il rapportait ainsi du dehors, le faisaient se passionner à voix haute, jusque dans son sommeil. Paris l'avait repris aux moelles, violemment ; et, en pleine flambée de cette fournaise, c'était une seconde jeunesse, un enthousiasme et une ambition à désirer tout voir, tout faire, tout conquérir. Jamais il ne s'était senti une telle rage de travail, ni un tel espoir, comme s'il lui avait suffi d'étendre la main, pour créer les chefs-d'œuvre qui le mettraient à son rang, au premier. Quand il traversait Paris, il découvrait des tableaux partout, la ville entière, avec ses rues, ses carrefours, ses ponts, ses horizons vivants, se déroulait en fresques immenses, qu'il jugeait toujours trop petites, pris de l'ivresse des besognes colossales. Et il rentrait frémissant, le crâne bouillonnant de projets, jetant des croquis sur des bouts de papier, le soir, à la lampe, sans pouvoir décider par où il entamerait la série des grandes pages qu'il rêvait.

Un obstacle sérieux lui vint de la petitesse de son atelier. S'il avait eu seulement l'ancien comble du quai de Bourbon, ou bien même la vaste salle à manger de Bennecourt ! Mais que faire, dans cette pièce en longueur, un couloir, que le propriétaire avait l'effronterie de louer quatre cents francs à des peintres, après l'avoir couvert d'un vitrage ? Et le pis était que ce vitrage, tourné au nord, resserré entre deux murailles hautes, ne laissait tomber qu'une lumière verdâtre de cave. Il dut donc remettre à plus tard ses grandes ambitions, il résolut de s'attaquer d'abord à des toiles moyennes, en se disant que la dimension des œuvres ne fait point le génie.

Le moment lui paraissait si bon pour le succès d'un artiste brave, qui apporterait enfin une note d'originalité et de franchise, dans la débâcle des vieilles écoles ! Déjà les formules de la veille se trouvaient ébranlées, Delacroix était mort sans élèves, Courbet avait à peine derrière lui quelques imitateurs maladroits ; leurs chefs-d'œuvre n'allaient plus être que des morceaux de musée, noircis par l'âge, simples témoignages de l'art d'une époque ; et il semblait aisé de prévoir la formule nouvelle qui se dégagerait des leurs, cette poussée du grand soleil, cette aube limpide qui se levait dans les récents tableaux, sous l'influence commençante de l'école du plein air. C'était indéniable, les œuvres blondes dont on avait tant ri au Salon des Refusés travaillaient sourdement bien des peintres, éclaircissaient peu à peu toutes les palettes. Personne n'en convenait encore, mais le branle était donné, une évolution se déclarait, qui devenait de plus en plus sensible à chaque Salon. Et quel coup, si, au milieu de ces copies inconscientes des impuissants, de ces tentatives peureuses et sournoises des habiles, un maître se révélait, réalisant la formule avec l'audace de la force, sans ménagements, telle qu'il fallait la planter, solide et entière, pour qu'elle fût la vérité de cette fin de siècle !

Dans cette première heure de passion et d'espoir, Claude, si ravagé par le doute d'habitude, crut en son génie. Il n'avait plus de ces crises, dont l'angoisse le lançait pendant des jours sur le pavé, en quête de son courage perdu. Une fièvre le raidissait, il travaillait avec l'obstination aveugle de l'artiste qui s'ouvre la chair, pour en tirer le fruit dont il est tourmenté. Son long repos à la campagne lui avait donné une fraîcheur de vision singulière, une joie ravie d'exécution ; il lui semblait renaître à son métier, dans une facilité et un équilibre qu'il n'avait jamais eus ; et c'était aussi une certitude de progrès, un profond contentement, devant des morceaux réussis, où aboutissaient enfin d'anciens efforts stériles. Comme il le disait à Bennecourt, il tenait son plein air, cette peinture d'une gaieté de tons chantante, qui étonnait les camarades, quand ils le venaient voir. Tous admiraient, convaincus qu'il n'aurait qu'à se produire, pour prendre sa place, très haut, avec des œuvres d'une notation si personnelle, où pour la première fois la nature baignait dans de la vraie lumière, sous le jeu des reflets et la continuelle décomposition des couleurs.

Et, durant trois années, Claude lutta sans faiblir, fouetté par les échecs, n'abandonnant rien de ses idées, marchant droit devant lui, avec la rudesse de la foi.

D'abord, la première année, il alla, pendant les neiges de décembre, se planter quatre heures chaque jour derrière la butte Montmartre, à l'angle d'un terrain vague, d'où il peignait un fond de misère, des masures basses, dominées par des cheminées d'usine ; et, au premier plan, il avait mis dans la neige une fillette et un voyou en loques, qui dévoraient des pommes volées. Son obstination à peindre sur nature compliquait terriblement son travail, l'embarrassait de difficultés presque insurmontables. Pourtant, il termina cette toile dehors, il ne se permit à son atelier qu'un nettoyage. L'œuvre, quand elle fut posée sous la clarté morte du vitrage, l'étonna lui-même par sa brutalité ; c'était comme une porte ouverte sur la rue, la neige aveuglait, les deux figures se détachaient, lamentables, d'un gris boueux. Tout de suite, il sentit qu'un pareil tableau ne serait pas reçu ; mais il n'essaya point de l'adoucir, il l'envoya quand même au Salon. Après avoir juré qu'il ne tenterait jamais plus d'exposer, il établissait maintenant en principe qu'on devait toujours présenter quelque chose au jury, uniquement pour le mettre dans son tort ; et il reconnaissait du reste l'utilité du Salon, le seul terrain de bataille où un artiste pouvait se révéler d'un coup. Le jury refusa le tableau.

La seconde année, il chercha une opposition. Il choisit un bout du square des Batignolles, en mai : de gros marronniers jetant leur ombre, une fuite de pelouse, des maisons à six étages, au fond ; tandis que, au premier plan, sur un banc d'un vert cru, s'alignaient des bonnes et des petits-bourgeois du quartier, regardant trois gamines en train de faire des pâtés de sable. Il lui avait fallu de l'héroïsme, la permission obtenue, pour mener à bien son travail, au milieu de la foule goguenarde [91]. Enfin, il s'était décidé à venir, dès cinq heures du matin, peindre les fonds ; et, réservant les figures, il avait dû se résoudre à n'en prendre que des croquis, puis à finir dans l'atelier. Cette fois, le tableau lui parut moins rude, la facture avait un peu de l'adoucissement morne qui tombait du vitrage. Il le crut reçu, tous les amis crièrent au chef-d'œuvre, répandirent le bruit que le Salon allait en être révolutionné. Et ce fut de la stupeur, de l'indignation, lorsqu'une rumeur annonça un nouveau refus du jury. Le parti pris n'était plus niable, il s'agissait de l'étranglement systématique d'un artiste original. Lui, après le premier

emportement, tourna sa colère contre son tableau, qu'il
déclarait menteur, déshonnête, exécrable. C'était une leçon
méritée, dont il se souviendrait : est-ce qu'il aurait dû
retomber dans ce jour de cave de l'atelier ? est-ce qu'il
retournerait à la sale cuisine bourgeoise des bonshommes
faits de chic ? Quand la toile lui revint, il prit un couteau et la
fendit.

Aussi, la troisième année, s'enragea-t-il sur une œuvre de
révolte. Il voulut le plein soleil, ce soleil de Paris, qui,
certains jours, chauffe à blanc le pavé, dans la réverbération
éblouissante des façades : nulle part il ne fait plus chaud, les
gens des pays brûlés s'épongent eux-mêmes, on dirait une
terre d'Afrique, sous la pluie lourde d'un ciel en feu. Le sujet
qu'il traita fut un coin de la place du Carrousel, à une heure,
lorsque l'astre tape d'aplomb. Un fiacre cahotait, au cocher
somnolent, au cheval en eau, la tête basse, vague dans la
vibration de la chaleur ; des passants semblaient ivres,
pendant que, seule, une jeune femme, rose et gaillarde sous
son ombrelle, marchait à l'aise d'un pas de reine, comme
dans l'élément de flamme où elle devait vivre. Mais ce qui,
surtout, rendait ce tableau terrible, c'était l'étude nouvelle de
la lumière, cette décomposition, d'une observation très
exacte, et qui contrecarrait toutes les habitudes de l'œil, en
accentuant des bleus, des jaunes, des rouges, où personne
n'était accoutumé d'en voir. Les Tuileries, au fond, s'évanouissaient en nuée d'or ; les pavés saignaient, les passants
n'étaient plus que des indications, des taches sombres
mangées par la clarté trop vive [92]. Cette fois, les camarades,
tout en s'exclamant encore, restèrent gênés, saisis d'une
même inquiétude : le martyre était au bout d'une peinture
pareille. Lui, sous leurs éloges, comprit très bien la rupture
qui s'opérait ; et, quand le jury, de nouveau, lui eut fermé le
Salon, il s'écria douloureusement, dans une minute de
lucidité :

« Allons ! c'est entendu... J'en crèverai ! »

Peu à peu, si la bravoure de son obstination paraissait
grandir, il retombait pourtant à ses doutes d'autrefois, ravagé
par la lutte qu'il soutenait contre la nature. Toute toile qui

revenait lui semblait mauvaise, incomplète surtout, ne réalisant pas l'effort tenté. C'était cette impuissance qui l'exaspérait, plus encore que les refus du jury. Sans doute, il ne pardonnait pas à ce dernier : ses œuvres, même embryonnaires, valaient cent fois les médiocrités reçues ; mais quelle souffrance de ne jamais se donner entier, dans le chef-d'œuvre dont il ne pouvait accoucher son génie ! Il y avait toujours des morceaux superbes, il était content de celui-ci, de celui-là, de cet autre. Alors, pourquoi de brusques trous ? pourquoi des parties indignes, inaperçues pendant le travail, tuant le tableau ensuite d'une tare ineffaçable ? Et il se sentait incapable de correction, un mur se dressait à un moment, un obstacle infranchissable, au-delà duquel il lui était défendu d'aller. S'il reprenait vingt fois le morceau, vingt fois il aggravait le mal, tout se brouillait et glissait au gâchis. Il s'énervait, ne voyait plus, n'exécutait plus, en arrivait à une véritable paralysie de la volonté. Étaient-ce donc ses yeux, étaient-ce ses mains qui cessaient de lui appartenir, dans le progrès des lésions anciennes, qui l'avait inquiété déjà ? Les crises se multipliaient, il recommençait à vivre des semaines abominables, se dévorant, éternellement secoué de l'incertitude à l'espérance ; et l'unique soutien, pendant ces heures mauvaises, passées à s'acharner sur l'œuvre rebelle, c'était le rêve consolateur de l'œuvre future, celle où il se satisferait enfin, où ses mains se délieraient pour la création. Par un phénomène constant, son besoin de créer allait ainsi plus vite que ses doigts, il ne travaillait jamais à une toile, sans concevoir la toile suivante. Une seule hâte lui restait, se débarrasser du travail en train, dont il agonisait ; sans doute, ça ne vaudrait rien encore, il en était aux concessions fatales, aux tricheries, à tout ce qu'un artiste doit abandonner de sa conscience ; mais ce qu'il ferait ensuite, ah ! ce qu'il ferait, il le voyait superbe et héroïque, inattaquable, indestructible. Perpétuel mirage qui fouette le courage des damnés de l'art, mensonge de tendresse et de pitié sans lequel la production serait impossible, pour tous ceux qui se meurent de ne pouvoir faire de la vie !

Et, en dehors de cette lutte sans cesse renaissante avec lui-même, les difficultés matérielles s'accumulaient. N'était-ce donc point assez de ne pas arriver à sortir ce qu'on avait dans le ventre ? Il fallait en outre se battre contre les choses ! Bien qu'il refusât de le confesser, la peinture sur nature, au plein air, devenait impossible, dès que la toile dépassait certaines dimensions. Comment s'installer dans les rues, au milieu des foules ? comment obtenir, pour chaque personnage, les heures de pose suffisantes ? Cela, évidemment, n'admettait que certains sujets déterminés, des paysages, des coins restreints de ville, où les figures ne sont que des silhouettes faites après coup. Puis, il y avait les mille contrariétés du temps, le vent qui emportait le chevalet, la pluie qui arrêtait les séances. Ces jours-là, il rentrait hors de lui, menaçant du poing le ciel, accusant la nature de se défendre, pour ne pas être prise et vaincue. Il se plaignait amèrement de n'être pas riche, car il rêvait d'avoir des ateliers mobiles, une voiture à Paris, un bateau sur la Seine, dans lesquels il aurait vécu comme un bohémien de l'art. Mais rien ne l'aidait, tout conspirait contre son travail.

Christine, alors, souffrit avec Claude. Elle avait partagé ses espoirs, très brave, égayant l'atelier de son activité de ménagère ; et, maintenant, elle s'asseyait, découragée quand elle le voyait sans force. A chaque tableau refusé, elle montrait une douleur plus vive, blessée dans son amour-propre de femme, ayant cet orgueil du succès qu'elles ont toutes. L'amertume du peintre l'aigrissait aussi, elle épousait ses passions, identifiée à ses goûts, défendant sa peinture qui était devenue comme une dépendance d'elle-même, la grande affaire de leur vie, la seule importante désormais, celle dont elle espérait son bonheur. Chaque jour, elle devinait bien que cette peinture lui prenait son amant davantage ; et elle n'en était pas encore à la lutte, elle cédait, se laissait emporter avec lui, pour ne faire qu'un, au fond du même effort. Mais une tristesse montait de ce commencement d'abdication, une crainte de ce qui l'attendait là-bas. Parfois, un frisson de recul la glaçait jusqu'au cœur. Elle se sentait vieillir, tandis qu'une pitié immense la bouleversait, une envie de pleurer sans cause, qu'elle contentait dans l'atelier lugubre, pendant des heures, quand elle y était seule.

A cette époque, son cœur s'ouvrit, plus large, et une mère se dégagea de l'amante. Cette maternité pour son grand enfant d'artiste était faite de la pitié vague et infinie qui l'attendrissait, de la faiblesse illogique où elle le voyait tomber à chaque heure, des pardons continuels qu'elle était forcée de lui accorder. Il commençait à la rendre malheureuse, elle n'avait plus de lui que ces caresses d'habitude, données ainsi qu'une aumône aux femmes dont on se détache ; et, comment l'aimer encore, quand il s'échappait de ses bras, qu'il montrait un air d'ennui dans les étreintes ardentes dont elle l'étouffait toujours ? comment l'aimer, si elle ne l'aimait pas de cette autre affection de chaque minute, en adoration devant lui, s'immolant sans cesse ? Au fond d'elle, l'insatiable amour grondait, elle demeurait la chair de passion, la sensuelle aux lèvres fortes dans la saillie têtue des mâchoires. C'était une douceur triste, alors, après les chagrins secrets de la nuit, de n'être plus qu'une mère jusqu'au soir, de goûter une dernière et pâle jouissance dans la bonté, dans le bonheur qu'elle tâchait de lui faire, au milieu de leur vie gâtée maintenant.

Seul, le petit Jacques eut à pâtir de ce déplacement de tendresse. Elle le négligeait davantage, la chair restée muette pour lui, ne s'étant éveillée à la maternité que par l'amour. C'était l'homme adoré, désiré, qui devenait son enfant ; et l'autre, le pauvre être, demeurait un simple témoignage de leur grande passion d'autrefois. A mesure qu'elle l'avait vu grandir et ne plus demander autant de soins, elle s'était mise à le sacrifier, sans dureté au fond, simplement parce qu'elle sentait ainsi. A table, elle ne lui donnait que les seconds morceaux ; la meilleure place, près du poêle, n'était pas pour sa petite chaise ; si la peur d'un accident la secouait, le premier cri, le premier geste de protection n'allait jamais vers sa faiblesse. Et sans cesse elle le reléguait, le supprimait : « Jacques, tais-toi, tu fatigues ton père ! Jacques, ne remue donc pas, tu vois bien que ton père travaille ! »

L'enfant s'accommodait mal de Paris. Lui, qui avait eu la

campagne vaste pour se rouler en liberté, étouffait dans l'espace étroit où il devait se tenir sage. Ses belles couleurs rouges pâlissaient, il ne poussait plus que chétif, sérieux comme un petit homme, les yeux élargis sur les choses. Il venait d'avoir cinq ans, sa tête avait démesurément grossi, par un phénomène singulier, qui faisait dire à son père : « Le gaillard a la caboche d'un grand homme ! » Mais, au contraire, il semblait que l'intelligence diminuât, à mesure que le crâne augmentait. Très doux, craintif, l'enfant s'absorbait pendant des heures, sans savoir répondre, l'esprit en fuite ; et, s'il sortait de cette immobilité, c'était dans des crises folles de sauts et de cris, comme une jeune bête joueuse que l'instinct emporte. Alors, les « tiens-toi tranquille ! » pleuvaient, car la mère ne pouvait comprendre ces vacarmes subits, bouleversée de voir le père s'irriter à son chevalet, se fâchant elle-même, courant vite rasseoir le petit dans son coin. Calmé tout d'un coup, avec le frisson peureux d'un réveil trop brusque, il se rendormait, les yeux ouverts, si paresseux à vivre, que les jouets, des bouchons, des images, de vieux tubes de couleur, lui tombaient des mains. Déjà, elle avait essayé de lui apprendre ses lettres. Il s'était débattu avec des larmes, et l'on attendait un an ou deux encore pour le mettre à l'école, où les maîtres sauraient bien le faire travailler.

Christine, enfin, commençait à s'effrayer, devant la misère menaçante. A Paris, avec cet enfant qui poussait, la vie était plus chère, et les fins de mois devenaient terribles, malgré ses économies de toutes sortes. Le ménage n'avait d'assurés que les mille francs de rente ; et comment vivre avec cinquante francs par mois, lorsqu'on avait prélevé les quatre cents francs du loyer ? D'abord, ils s'étaient tirés d'embarras, grâce à quelques toiles vendues, Claude ayant retrouvé l'ancien amateur de Gagnière, un de ces bourgeois détestés, qui ont des âmes ardentes d'artistes, dans les habitudes maniaques où ils s'enferment ; celui-ci, M. Hue, un ancien chef de bureau, n'était malheureusement pas assez riche pour acheter toujours, et il ne pouvait que se lamenter sur l'aveuglement du public, qui laissait une fois de plus le génie mourir de faim ; car lui, convaincu, frappé par la grâce dès le premier coup d'œil, avait choisi les œuvres les plus rudes, qu'il pendait à côté de ses Delacroix, en leur prophétisant une fortune égale [93]. Le pis était que le père Malgras venait de se retirer, après fortune faite : une très modeste aisance d'ailleurs, une rente d'une dizaine de mille francs, qu'il s'était décidé à manger dans une petite maison de Bois-Colombes, en homme prudent. Aussi fallait-il l'entendre parler du fameux Naudet, avec le dédain des millions que remuait cet agioteur, des millions qui lui retomberaient sur le nez, disait-il. Claude, à la suite d'une rencontre, ne réussit qu'à lui vendre une dernière toile, pour lui, une de ses académies de l'atelier Boutin, la superbe étude de ventre que l'ancien marchand n'avait pu revoir sans un regain de passion au cœur. C'était donc la misère prochaine, les débouchés se fermaient au lieu de s'ouvrir, une légende inquiétante se créait peu à peu autour de cette peinture continuellement repoussée du Salon ; sans compter qu'il aurait suffi, pour effrayer l'argent, d'un art si incomplet et si révolutionnaire, où l'œil effaré ne retrouvait aucune des conventions admises. Un soir, ne sachant comment acquitter une note de couleurs, le peintre s'était écrié qu'il vivrait sur le capital de sa rente, plutôt que de descendre à la production basse des tableaux de commerce. Mais Christine, violemment, s'était opposée à ce moyen extrême : elle rognerait encore sur les dépenses, enfin elle préférait tout à cette folie, qui les jetterait ensuite au pavé, sans pain.

Après le refus de son troisième tableau, l'été fut si miraculeux, cette année-là, que Claude sembla y puiser une nouvelle force. Pas un nuage, des journées limpides sur l'activité géante de Paris. Il s'était remis à courir la ville, avec la volonté de chercher un coup, comme il le disait : quelque chose d'énorme, de décisif, il ne savait pas au juste. Et, jusqu'à septembre, il ne trouva rien, se passionnant pendant une semaine pour un sujet, puis déclarant que ce n'était pas encore ça. Il vivait dans un continuel frémissement, aux aguets, toujours à la minute de mettre la main sur cette réalisation de son rêve, qui fuyait toujours. Au fond, son intransigeance de réaliste cachait des superstitions de femme nerveuse, il croyait à des influences compliquées et secrètes : tout allait dépendre de l'horizon choisi, néfaste ou heureux.

Une après-midi, par un des derniers beaux jours de la saison, Claude avait emmené Christine, laissant le petit Jacques à la garde de la concierge, une vieille brave femme, comme ils faisaient d'ordinaire, quand ils sortaient ensemble. C'était une envie soudaine de promenade, un besoin de revoir avec elle des coins chéris autrefois, derrière lequel se cachait le vague espoir qu'elle lui porterait chance. Et ils descendirent ainsi jusqu'au pont Louis-Philippe, restèrent un quart d'heure sur le quai aux Ormes, silencieux, debout contre le parapet, à regarder en face, de l'autre côté de la Seine, le vieil hôtel du Martoy, où ils s'étaient aimés. Puis, toujours sans une parole, ils refirent leur ancienne course, faite tant de fois ; ils filèrent le long des quais, sous les platanes, voyant à chaque pas se lever le passé ; et tout se déroulait, les ponts avec la découpure de leurs arches sur le satin de l'eau, la Cité dans l'ombre que dominaient les tours jaunissantes de Notre-Dame, la courbe immense de la rive droite, noyée de soleil, terminée par la silhouette perdue du pavillon de Flore, et les larges avenues, les monuments des deux rives, et la vie de la rivière, les lavoirs, les bains, les péniches. Comme jadis, l'astre à son déclin les suivait, roulant sur les toits des maisons lointaines, s'écornant derrière la coupole de l'Institut : un coucher éblouissant, tel qu'ils n'en avaient pas eu de plus beau, une lente descente au milieu de petits nuages, qui se changèrent en un treillis de pourpre, dont toutes les mailles lâchaient des flots d'or. Mais, de ce passé qui s'évoquait, rien ne venait qu'une mélancolie invincible, la sensation de l'éternelle fuite, l'impossibilité de remonter et de revivre. Ces antiques pierres demeuraient froides, ce continuel courant sous les ponts, cette eau qui avait coulé, leur semblait avoir emporté un peu d'eux-mêmes, le charme du premier désir, la joie de l'espoir. Maintenant qu'ils s'appartenaient, ils ne goûtaient plus ce simple bonheur de sentir la pression tiède de leurs bras, pendant qu'ils mar-

chaient doucement, comme enveloppés dans la vie énorme de
Paris.

Au pont des Saints-Pères, Claude, désespéré, s'arrêta. Il
avait quitté le bras de Christine, il s'était retourné vers la
pointe de la Cité. Elle sentait le détachement qui s'opérait,
elle devenait très triste ; et, le voyant s'oublier là, elle voulut
le reprendre.

« Mon ami, rentrons, il est l'heure... Jacques nous attend,
tu sais. »

Mais il s'avança jusqu'au milieu du pont. Elle dut le
suivre. De nouveau, il demeurait immobile, les yeux toujours
fixés là-bas, sur l'île continuellement à l'ancre, sur ce berceau
et ce cœur de Paris, où depuis des siècles vient battre tout le
sang de ses artères, dans la perpétuelle poussée des faubourgs
qui envahissent la plaine. Une flamme était montée à son
visage, ses yeux s'allumaient, il eut enfin un geste large.

« Regarde ! regarde ! »

D'abord, au premier plan, au-dessous d'eux, c'était le port
Saint-Nicolas, les cabines basses des bureaux de la navigation, la grande berge pavée qui descend, encombrée de tas de
sable, de tonneaux et de sacs, bordée d'une file de péniches
encore pleines, où grouillait un peuple de débardeurs, que
dominait le bras gigantesque d'une grue de fonte ; tandis que,
de l'autre côté de l'eau, un bain froid, égayé par les éclats des
derniers baigneurs de la saison, laissait flotter au vent les
drapeaux de toile grise qui lui servaient de toiture. Puis, au
milieu, la Seine vide montait, verdâtre avec des petits flots
dansants, fouettée de blanc, de bleu et de rose. Et le pont des
Arts établissait un second plan, très haut sur ses charpentes
de fer, d'une légèreté de dentelle noire, animé du perpétuel
va-et-vient des piétons, une chevauchée de fourmis, sur la
mince ligne de son tablier. En dessous, la Seine continuait,
au loin ; on voyait les vieilles arches du Pont-Neuf, bruni de
la rouille des pierres ; une trouée s'ouvrait à gauche, jusqu'à
l'île Saint-Louis, une fuite de miroir d'un raccourci aveu-
glant ; et l'autre bras tournait court, l'écluse de la Monnaie
semblait boucher la vue de sa barre d'écume. Le long du
Pont-Neuf, de grands omnibus jaunes, des tapissières bario-

lées, défilaient avec une régularité mécanique de jouets d'enfant. Tout le fond s'encadrait là, dans les perspectives des deux rives : sur la rive droite, les maisons des quais, à demi cachées par un bouquet de grands arbres, d'où émergeaient, à l'horizon, une encoignure de l'Hôtel de Ville et le clocher carré de Saint-Gervais, perdus dans une confusion de faubourg ; sur la rive gauche, une aile de l'Institut, la façade plate de la Monnaie, des arbres encore, en enfilade. Mais ce qui tenait le centre de l'immense tableau, ce qui montait du fleuve, se haussait, occupait le ciel, c'était la Cité, cette proue de l'antique vaisseau, éternellement dorée par le couchant. En bas, les peupliers du terre-plein verdissaient en une masse puissante, cachant la statue. Plus haut, le soleil opposait les deux faces, éteignant dans l'ombre les maisons grises du quai de l'Horloge, éclairant d'une flamblée les maisons vermeilles du quai des Orfèvres, des files de maisons irrégulières, si nettes, que l'œil en distinguait les moindres détails, les boutiques, les enseignes, jusqu'aux rideaux des fenêtres. Plus haut, parmi la dentelure des cheminées, derrière l'échiquier oblique des petits toits, les poivrières du Palais et les combles de la Préfecture étendaient des nappes d'ardoises, coupées d'une colossale affiche bleue, peinte sur un mur, dont les lettres géantes, vues de tout Paris, étaient comme l'efflorescence de la fièvre moderne au front de la ville. Plus haut, plus haut encore, par-dessus les tours jumelles de Notre-Dame, d'un ton de vieil or, deux flèches s'élançaient, en arrière la flèche de la cathédrale, sur la gauche la flèche de la Sainte-Chapelle, d'une élégance si fine, qu'elles semblaient frémir à la brise, hautaine mâture du vaisseau séculaire, plongeant dans la clarté, en plein ciel.

« Viens-tu, mon ami ? » répéta Christine doucement.

Claude ne l'écoutait toujours pas, ce cœur de Paris l'avait pris tout entier. La belle soirée élargissait l'horizon. C'étaient des lumières vives, des ombres franches, une gaieté dans la précision des détails, une transparence de l'air vibrante d'allégresse. Et la vie de la rivière, l'activité des quais, cette humanité dont le flot débouchait des rues, roulait sur les ponts, venait de tous les bords de l'immense cuve, fumait là en une onde visible, en un frisson qui tremblait dans le soleil. Un vent léger soufflait, un vol de petits nuages roses traversait très haut l'azur pâlissant, tandis qu'on entendait une palpitation énorme et lente, cette âme de Paris épandue autour de son berceau.

Alors, Christine s'empara du bras de Claude, inquiète de le voir si absorbé, saisie d'une sorte de peur religieuse ; et elle l'entraîna, comme si elle l'avait senti en grand péril.

« Rentrons, tu te fais du mal... Je veux rentrer. »

Lui, à son contact, avait eu le tressaillement d'un homme qu'on réveille. Puis, tournant la tête, dans un dernier regard :

« Ah ! mon Dieu ! murmura-t-il, ah ! mon Dieu ! que c'est beau ! »

Il se laissa emmener. Mais, toute la soirée, à table, près du poêle ensuite, et jusqu'en se couchant, il resta étourdi, si préoccupé, qu'il ne prononça pas quatre phrases, et que sa femme, ne pouvant tirer de lui une réponse, finit également par se taire. Elle le regardait, anxieuse : était-ce donc l'envahissement d'une maladie grave, quelque mauvais air qu'il aurait pris au milieu de ce pont ? Ses yeux vagues se fixaient sur le vide, son visage s'empourprait d'un effort intérieur, on aurait dit le travail sourd d'une germination, un être qui naissait en lui, cette exaltation et cette nausée que les femmes connaissent. D'abord, cela parut pénible, confus, obstrué de mille liens ; puis, tout se dégagea, il cessa de se retourner dans le lit, il s'endormit du sommeil lourd des grandes fatigues.

Le lendemain, dès qu'il eut déjeuné, il se sauva. Et elle passa une journée douloureuse, car si elle s'était rassurée un peu, en l'entendant siffler au réveil des airs du Midi, elle avait une autre préoccupation, qu'elle venait de lui cacher, dans la crainte de l'abattre encore. Ce jour-là, pour la première fois, ils allaient manquer de tout ; une semaine entière les séparait du jour où ils touchaient la petite rente ; et elle avait dépensé son dernier sou le matin, il ne lui restait rien pour le soir, pas même de quoi mettre un pain sur la table. A quelle porte frapper ? comment lui mentir davan-

tage, quand il rentrerait ayant faim ? Elle se décida à engager
la robe de soie noire dont madame Vanzade lui avait fait
cadeau, autrefois ; mais cela lui coûta beaucoup, elle tremblait de peur et de honte, à l'idée de ce Mont-de-Piété, cette
maison publique des pauvres, où elle n'était jamais entrée.
Une telle crainte de l'avenir la tourmentait maintenant, que,
sur les dix francs qu'on lui prêta, elle se contenta de faire une
soupe à l'oseille et un ragoût de pommes de terre. Au sortir
du bureau d'engagement, une rencontre l'avait achevée.

Claude, justement, rentra très tard, avec des gestes gais,
des yeux clairs, toute une excitation de joie secrète ; et il avait
une grosse faim, il cria, parce que le couvert n'était pas mis.
Puis, quand il fut attablé, entre Christine et le petit Jacques,
il avala la soupe, dévora une assiettée de pommes de terre.

« Comment ! c'est tout ? demanda-t-il ensuite. Tu aurais
bien pu ajouter un peu de viande... Est-ce qu'il a fallu encore
acheter des bottines ? »

Elle balbutia, n'osa dire la vérité, blessée au cœur de cette
injustice. Mais lui, continuait, la plaisantait sur les sous
qu'elle faisait disparaître pour se payer des choses ; et, de
plus en plus surexcité, dans cet égoïsme des sensations vives
qu'il semblait vouloir garder pour lui, il s'emporta tout d'un
coup contre Jacques.

« Tais-toi donc, sacré mioche ! C'est agaçant à la fin ! »

Jacques, oubliant de manger, tapait sa cuiller au bord de
son assiette, les yeux rieurs, l'air ravi de cette musique.

« Jacques, tais-toi ! gronda la mère à son tour. Laisse ton
père manger tranquille ! »

Et le petit, effrayé, tout de suite très sage, retomba dans
son immobilité morne, les yeux ternes sur ses pommes de
terre, qu'il ne mangeait toujours pas.

Claude affecta de se bourrer de fromage, tandis que
Christine, désolée, parlait d'aller chercher un morceau de
viande froide chez le charcutier ; mais il refusait, il la
retenait, par des paroles qui la chagrinaient davantage. Puis,
quand la table fut desservie et qu'ils se retrouvèrent tous les
trois autour de la lampe pour la soirée, elle cousant, le petit
muet devant un livre d'images, lui tambourina longtemps de

ses doigts, l'esprit perdu, retourné là-bas, d'où il venait.
Brusquement, il se leva, se rassit avec une feuille de papier et
un crayon, se mit à jeter des traits rapides, sous la clarté
ronde et vive qui tombait de l'abat-jour. Et ce croquis, fait de
souvenir, dans le besoin qu'il avait de traduire au-dehors le
tumulte d'idées battant son crâne, ne suffit même bientôt
plus à le soulager. Cela le fouettait au contraire, toute la
rumeur dont il débordait lui sortait des lèvres, il finit par
dégonfler son cerveau en un flot de paroles. Il aurait parlé
aux murs, il s'adressait à sa femme, parce qu'elle était là.

« Tiens ! c'est ce que nous avons vu hier... Oh ! superbe !
J'y ai passé trois heures aujourd'hui, je tiens mon affaire, oh !
quelque chose d'étonnant, un coup à tout démolir...
Regarde ! je me plante sous le pont, j'ai pour premier plan le
port Saint-Nicolas, avec sa grue, ses péniches qu'on
décharge, son peuple de débardeurs. Hein ? tu comprends,
c'est Paris qui travaille, ça ! des gaillards solides, étalant le nu
de leur poitrine et de leurs bras... Puis, de l'autre côté, j'ai le
bain froid, Paris qui s'amuse, et une barque sans doute, là,
pour occuper le centre de la composition ; mais ça, je ne sais
pas bien encore, il faut que je cherche... Naturellement, la
Seine au milieu, large, immense [94]... »

Du crayon, à mesure qu'il parlait, il indiquait les contours
fortement, reprenant à dix fois les traits hâtifs, crevant le
papier, tant il y mettait d'énergie. Elle, pour lui être
agréable, se penchait, affectait de s'intéresser vivement à ses
explications. Mais le croquis s'embrouillait d'un tel écheveau
de lignes, se chargeait d'une si grande confusion de détails
sommaires, qu'elle n'y distinguait rien.

« Tu suis, n'est-ce pas ?

— Oui, oui, très beau !

— Enfin, j'ai le fond, les deux trouées de la rivière avec les
quais, la Cité triomphale au milieu, s'enlevant sur le ciel...
Ah ! ce fond, quel prodige ! On le voit tous les jours, on passe
devant sans s'arrêter ; mais il vous pénètre, l'admiration
s'amasse ; et, une belle après-midi, il apparaît. Rien au
monde n'est plus grand, c'est Paris lui-même, glorieux sous
le soleil... Dis ? étais-je bête de n'y pas songer ! Que de fois

j'ai regardé sans voir ! Il m'a fallu tomber là, après cette
course le long des quais... Et, tu te rappelles, il y a un coup
d'ombre de ce côté, le soleil ici tape droit, les tours sont là-
bas, la flèche de la Sainte-Chapelle s'amincit, d'une légèreté
d'aiguille dans le ciel... Non, elle est plus à droite, attends
que je te montre... »

Il recommença, il ne se lassait point, reprenait sans cesse le
dessin, se répandait en mille petites notes caractéristiques,
que son œil de peintre avait retenues : à cet endroit,
l'enseigne rouge d'une boutique lointaine qui vibrait ; plus
près, un coin verdâtre de la Seine, où semblaient nager des
plaques d'huile ; et le ton fin d'un arbre, et la gamme des gris
pour les façades, et la qualité lumineuse du ciel. Elle,
complaisamment, l'approuvait toujours, tâchait de s'émerveiller.

Mais Jacques, une fois encore, s'oubliait. Après être resté
longtemps silencieux devant son livre, absorbé sur une image
qui représentait un chat noir, il s'était mis à chantonner
doucement des paroles de sa composition : « Oh ! gentil
chat ! oh ! vilain chat ! oh ! gentil et vilain chat ! » et cela à
l'infini, du même ton lamentable.

Claude, agacé par ce bourdonnement, n'avait pas compris
d'abord ce qui l'énervait ainsi, pendant qu'il parlait. Puis, la
phrase obsédante de l'enfant lui était nettement entrée dans
les oreilles.

« As-tu fini de nous assommer avec ton chat ! cria-t-il,
furieux.

— Jacques, tais-toi, quand ton père cause ! répéta Christine.

— Non, ma parole ! il devient idiot... Vois-moi sa tête, s'il
n'a pas l'air d'un idiot. C'est désespérant... Réponds, qu'est-
ce que tu veux dire, avec ton chat qui est gentil et qui est
vilain ? »

Le petit, blême, dodelinant sa tête trop grosse, répondit
d'un air de stupeur :

« Sais pas. »

Et, comme son père et sa mère se regardaient, découragés,

il appuya une de ses joues dans son livre ouvert, il ne bougea plus, ne parla plus, les yeux tout grands.

La soirée s'avançait, Christine voulut le coucher ; mais Claude avait déjà repris ses explications. Maintenant, il annonçait qu'il irait, dès le lendemain, faire un croquis sur nature, simplement pour fixer ses idées. Il en vint ainsi à dire qu'il s'achèterait un petit chevalet de campagne, une emplette rêvée depuis des mois. Il insista, parla d'argent. Elle se troublait, elle finit par avouer tout, le dernier sou mangé le matin, la robe de soie engagée pour le dîner du soir. Et il eut alors un accès de remords et de tendresse, il l'embrassa en lui demandant pardon de s'être plaint, à table. Elle devait l'excuser, il aurait tué père et mère, comme il le répétait, lorsque cette sacrée peinture le tenait aux entrailles. D'ailleurs, le Mont-de-Piété le fit rire, il défiait la misère.

« Je te dis que ça y est ! s'écria-t-il. Ce tableau-là, vois-tu, c'est le succès. »

Elle se taisait, elle songeait à la rencontre qu'elle avait faite et qu'elle voulait lui cacher ; mais, invinciblement, cela sortit de ses lèvres, sans cause apparente, sans transition, dans la sorte de torpeur qui l'avait envahie.

« Madame Vanzade est morte. »

Lui, s'étonna. Ah ! vraiment ! Comment le savait-elle ?

« J'ai rencontré l'ancien valet de chambre... Oh ! un monsieur à cette heure, très gaillard, malgré ses soixante-dix ans. Je ne le reconnaissais pas, c'est lui qui m'a parlé... Oui, elle est morte, il y a six semaines. Ses millions ont passé aux hospices, sauf une rente que les deux serviteurs mangent aujourd'hui en petits bourgeois. »

Il la regardait, il murmura enfin d'une voix triste :

« Ma pauvre Christine, tu as des regrets, n'est-ce pas ? Elle t'aurait dotée, elle t'aurait mariée, je te le disais bien jadis. Tu serais peut-être son héritière, et tu ne crèverais pas la faim avec un toqué comme moi. »

Mais elle parut alors s'éveiller. Elle rapprocha violemment sa chaise, elle le saisit d'un bras, s'abandonna contre lui, dans une protestation de tout son être.

« Qu'est-ce que tu dis ? Oh ! non, oh ! non... Ce serait une honte, si j'avais songé à son argent. Je te l'avouerais, tu sais que je ne suis pas menteuse ; mais j'ignore moi-même ce que j'ai eu, un bouleversement, une tristesse, ah ! vois-tu, une tristesse à croire que tout allait finir pour moi... C'est le remords sans doute, oui, le remords de l'avoir quittée brutalement, cette pauvre infirme, cette femme si vieille, qui m'appelait sa fille. J'ai mal agi, ça ne me portera pas chance. Va, ne dis pas non, je le sens bien, que c'est fini pour moi désormais. »

Et elle pleura, suffoquée par ces regrets confus, où elle ne pouvait lire, sous cette sensation unique que son existence était gâtée, qu'elle n'avait plus que du malheur à attendre de la vie.

« Voyons, essuie tes yeux, reprit-il, devenu tendre. Toi qui n'étais pas nerveuse, est-ce possible que tu te forges des chimères et que tu te tourmentes de la sorte ?... Que diable, nous nous en tirerons ! Et, d'abord, tu sais que c'est toi qui m'as fait trouver mon tableau... Hein ? tu n'es pas si maudite, puisque tu portes chance ! »

Il riait, elle hocha la tête, en voyant bien qu'il voulait la faire sourire. Son tableau, elle en souffrait déjà ; car, là-bas, sur le pont, il l'avait oubliée, comme si elle eût cessé d'être à lui ; et, depuis la veille, elle le sentait de plus en plus loin d'elle, ailleurs, dans un monde où elle ne montait pas. Mais elle se laissa consoler, ils échangèrent un de leurs baisers d'autrefois, avant de quitter la table, pour se mettre au lit.

Le petit Jacques n'avait rien entendu. Engourdi d'immobilité, il venait de s'endormir, la joue dans son livre d'images ; et sa tête trop grosse d'enfant manqué du génie, si lourde parfois qu'elle lui pliait le cou, blêmissait sous la lampe. Lorsque sa mère le coucha, il n'ouvrit même pas les yeux.

Ce fut à cette époque seulement que Claude eut l'idée d'épouser Christine. Tout en cédant aux conseils de Sandoz, qui s'étonnait d'une irrégularité inutile, il obéit surtout à un sentiment de pitié, au besoin de se montrer bon pour elle et de se faire ainsi pardonner ses torts. Depuis quelque temps, il la voyait si triste, si inquiète de l'avenir, qu'il ne savait de quelle joie l'égayer. Lui-même s'aigrissait, retombait dans ses

anciennes colères, la traitait parfois en servante à qui l'on
donne ses huit jours. Sans doute, d'être sa femme légitime,
elle se sentirait plus chez elle et souffrirait moins de ses
brusqueries. Du reste, elle n'avait pas reparlé de mariage,
comme détachée du monde, d'une discrétion qui s'en
remettait à lui seul ; mais il comprenait qu'elle se chagrinait
de n'être pas reçue chez Sandoz ; et, d'autre part, ce n'était
plus la liberté ni la solitude de la campagne, c'était Paris, avec
les mille méchancetés du voisinage, des liaisons forcées, tout
ce qui blesse une femme vivant chez un homme. Lui, au
fond, n'avait contre le mariage que ses anciennes préventions
d'artiste débridé dans la vie. Puisqu'il ne devait jamais la
quitter, pourquoi ne pas lui faire ce plaisir ? Et, en effet,
quand il lui en parla, elle eut un grand cri, elle se jeta à son
cou, surprise elle-même d'en éprouver une si grosse émotion.
Pendant une semaine, elle en fut profondément heureuse.
Ensuite, cela se calma, longtemps avant la cérémonie.

D'ailleurs, Claude ne hâta aucune des formalités, et
l'attente des papiers nécessaires fut longue. Il continuait à
réunir des études pour son tableau, elle semblait ainsi que lui
sans impatience. A quoi bon ? Cela n'apporterait certainement rien de nouveau dans leur existence. Ils avaient résolu
de se marier seulement à la mairie, non par un mépris affiché
de la religion, mais pour faire vite et simple. La question des
témoins les embarrassa un instant. Comme elle ne connaissait
personne, il lui donna Sandoz et Mahoudeau ; d'abord, au
lieu de ce dernier, il avait bien songé à Dubuche ; seulement,
il ne le voyait plus, et il craignit de le compromettre. Pour
lui-même, il se contenta de Jory et de Gagnière. La chose
resterait ainsi entre camarades, personne n'en causerait.

Des semaines s'étaient passées, on se trouvait en décembre, par un froid terrible. La veille du mariage, bien qu'il
leur restât trente-cinq francs à peine, ils se dirent qu'ils ne
pouvaient renvoyer leurs témoins, avec une simple poignée
de main ; et, voulant éviter un gros dérangement chez eux, ils
résolurent de leur offrir à déjeuner, dans un petit restaurant
du boulevard de Clichy. Puis, chacun rentrerait chez soi.

Le matin, comme Christine mettait un col à une robe de

laine grise, qu'elle avait eu la coquetterie de se faire pour la circonstance, Claude, déjà en redingote, piétinant d'ennui, eut l'idée d'aller prendre Mahoudeau, en prétextant que ce gaillard était bien capable d'oublier le rendez-vous. Depuis l'automne, le sculpteur habitait Montmartre, un petit atelier de la rue des Tilleuls, à la suite d'une série de drames qui avaient bouleversé son existence : d'abord, faute de paiement, une expulsion de l'ancienne boutique de fruitière qu'il occupait rue du Cherche-Midi ; ensuite, une rupture définitive avec Chaîne, que le désespoir de ne pas vivre de ses pinceaux venait de jeter dans une aventure commerciale, faisant les foires de la banlieue de Paris, tenant un jeu de tourne-vire pour le compte d'une veuve ; et, enfin, un envolement brusque de Mathilde, l'herboristerie vendue, l'herboriste disparue, enlevée sans doute, cachée au fond d'un logement discret par quelque monsieur à passions. Maintenant donc, il vivait seul, dans un redoublement de misère, mangeant lorsqu'il avait des ornements de façade à gratter ou quelque figure d'un confrère plus heureux à mettre au point.

« Tu entends, je vais le chercher, c'est plus sûr, répéta Claude à Christine. Nous avons encore deux heures devant nous... Et, si les autres arrivent, fais-les attendre. Nous descendrons tous ensemble à la mairie. »

Dehors, Claude hâta le pas, dans le froid cuisant, qui chargeait ses moustaches de glaçons. L'atelier de Mahoudeau se trouvait au fond d'une cité ; et il dut traverser une suite de petits jardins, blancs de givre, d'une tristesse nue et raidie de cimetière. De loin, il reconnut la porte, au plâtre colossal de *la Vendangeuse,* l'ancien succès du Salon, qu'on n'avait pu loger dans le rez-de-chaussée étroit : elle achevait de se pourrir là, pareille à un tas de gravats déchargés d'un tombereau, rongée, lamentable, le visage creusé par les grandes larmes noires de la pluie. La clef était sur la porte, il entra.

« Tiens ! tu viens me prendre ? dit Mahoudeau surpris. Je n'ai que mon chapeau à mettre... Mais, attends, j'étais à me

demander si je ne devrais pas faire un peu de feu. J'ai peur
pour ma bonne femme. »

L'eau d'un baquet était prise, il gelait dans l'atelier aussi
fort que dehors ; car, depuis huit jours, sans un sou, il
économisait un petit reste de charbon, en n'allumant le poêle
qu'une heure ou deux le matin. Cet atelier était une sorte de
caveau tragique, près duquel la boutique d'autrefois éveillait
des souvenirs de tiède bien-être, tellement les murs nus, le
plafond lézardé, jetaient aux épaules une glace de suaire.
Dans les coins, d'autres statues, moins encombrantes, des
plâtres faits avec passion, exposés, puis revenus là, faute
d'acheteurs, grelottaient, le nez contre la muraille, rangés en
une file lugubre d'infirmes, plusieurs déjà cassés, étalant des
moignons, tous encrassés de poussière, éclaboussés de terre
glaise ; et ces misérables nudités traînaient ainsi des années
leur agonie, sous les yeux de l'artiste qui leur avait donné de
son sang, conservées d'abord avec une passion jalouse,
malgré le peu de place, tombées ensuite à une horreur
grotesque de choses mortes, jusqu'au jour où, prenant un
marteau, il les achevait lui-même, les écrasait en plâtras, pour
en débarrasser son existence.

« Hein ? tu dis que nous avons deux heures, reprit
Mahoudeau. Eh bien ! je vais faire une flambée, ce sera plus
prudent. »

Alors, en allumant le poêle, il se plaignit, d'une voix de
colère. Ah ! quel chien de métier que cette sculpture ! Les
derniers des maçons étaient plus heureux. Une figure que
l'administration achetait trois mille francs en avait coûté près
de deux mille, le modèle, la terre, le marbre ou le bronze,
toutes sortes de frais ; et cela pour rester emmagasinée dans
quelque cave officielle, sous le prétexte que la place manquait : les niches des monuments étaient vides, des socles
attendaient dans les jardins publics, n'importe ! la place
manquait toujours. Pas de travaux possibles chez les particuliers, à peine quelques bustes, une statue bâclée au rabais de
loin en loin, pour une souscription. Le plus noble des arts, le
plus viril, oui ! mais l'art dont on crevait le plus sûrement de
faim.

« Ta machine avance ? demanda Claude.

— Sans ce maudit froid, elle serait terminée, répondit-il. Tu vas la voir. »

Il se releva, après avoir écouté ronfler le poêle. Au milieu de l'atelier, sur une selle faite d'une caisse d'emballage, consolidée de traverses, se dressait une statue que de vieux linges emmaillotaient ; et, gelés fortement, d'une dureté cassante de plis, ils la dessinaient, comme sous la blancheur d'un linceul. C'était enfin son ancien rêve, irréalisé jusque-là, faute d'argent : une figure debout, la *Baigneuse* dont plus de dix maquettes traînaient chez lui, depuis des années. Dans une heure de révolte impatiente, il avait fabriqué lui-même une armature avec des manches à balai, se passant du fer nécessaire, espérant que le bois serait assez solide. De temps à autre, il la secouait, pour voir ; mais elle n'avait pas encore bougé.

« Fichtre ! murmura-t-il, un air de feu lui fera du bien… C'est collé sur elle, une vraie cuirasse. »

Les linges craquaient sous ses doigts, se brisaient en morceaux de glace. Il dut attendre que la chaleur les eût dégelés un peu ; et, avec mille précautions, il la désemmaillotait, la tête d'abord, puis la gorge, puis les hanches, heureux de la revoir intacte, souriant en amant à sa nudité de femme adorée.

« Hein ? qu'en dis-tu ? »

Claude, qui ne l'avait vue qu'en ébauche, hocha la tête, pour ne pas répondre tout de suite. Décidément, ce bon Mahoudeau trahissait, en arrivait à la grâce malgré lui, par les jolies choses qui fleurissaient de ses gros doigts d'ancien tailleur de pierres. Depuis sa *Vendangeuse* colossale, il était allé en rapetissant ses œuvres, sans paraître s'en douter lui-même, lançant toujours le mot féroce de tempérament, mais cédant à la douceur dont se noyaient ses yeux. Les gorges géantes devenaient enfantines, les cuisses s'allongeaient en fuseaux élégants, c'était enfin la nature vraie qui perçait sous le dégonflement de l'ambition. Exagérée encore, sa *Baigneuse* était déjà d'un grand charme, avec son frissonnement des épaules, ses deux bras serrés qui remontaient les seins, des seins amoureux, pétris dans le désir de la femme, qu'exaspérait sa misère ; et, forcément chaste, il en avait ainsi fait une chair sensuelle, qui le troublait.

« Alors, ça ne te va pas ? reprit-il, l'air fâché.

— Oh ! si, si... Je crois que tu as raison d'adoucir un peu ton affaire, puisque tu sens de la sorte. Et tu auras du succès avec ça. Oui, c'est évident, ça plaira beaucoup. »

Mahoudeau, que des éloges pareils auraient consterné autrefois, sembla ravi. Il expliqua qu'il voulait conquérir le public, sans rien lâcher de ses convictions.

« Ah ! nom d'un chien ! ça me soulage, que tu sois content, car je l'aurais démolie, si tu m'avais dit de la démolir, parole d'honneur !... Encore quinze jours de travail, et je vendrai ma peau à qui la voudra, pour payer le mouleur... Dis ? ça va me faire un fameux salon. Peut-être une médaille ! »

Il riait, s'agitait ; et, s'interrompant :

« Puisque nous ne sommes pas pressés, assieds-toi donc... J'attends que les linges soient dégelés complètement. »

Le poêle commençait à rougir, une grosse chaleur se dégageait. Justement, la *Baigneuse,* placée très près semblait revivre, sous le souffle tiède qui lui montait le long de l'échine, des jarrets à la nuque. Et tous les deux, assis maintenant, continuaient à la regarder de face et à causer d'elle, la détaillant, s'arrêtant à chaque partie de son corps. Le sculpteur surtout s'excitait dans sa joie, la caressait de loin d'un geste arrondi. Hein ? le ventre en coquille, et ce joli pli à la taille, qui accusait le renflement de la hanche gauche !

A ce moment, Claude, les yeux sur le ventre, crut avoir une hallucination. La *Baigneuse* bougeait, le ventre avait frémi d'une onde légère, la hanche gauche s'était tendue encore, comme si la jambe droite allait se mettre en marche.

« Et les petits plans qui filent vers les reins, continuait Mahoudeau, sans rien voir. Ah ! c'est ça que j'ai soigné ! Là, mon vieux, la peau, c'est du satin. »

Peu à peu, la statue s'animait tout entière. Les reins roulaient, la gorge se gonflait dans un grand soupir, entre les bras desserrés. Et, brusquement, la tête s'inclina, les cuisses

fléchirent, elle tombait d'une chute vivante, avec l'angoisse
effarée, l'élan de douleur d'une femme qui se jette.

Claude comprenait enfin, lorsque Mahoudeau eut un cri
terrible.

« Nom de Dieu ! ça casse, elle se fout par terre ! »

En dégelant, la terre avait rompu le bois trop faible de
l'armature. Il y eut un craquement, on entendit des os se
fendre. Et lui, du même geste d'amour dont il s'enfiévrait à la
caresser de loin, ouvrit les deux bras, au risque d'être tué
sous elle. Une seconde, elle oscilla, puis s'abattit d'un coup,
sur la face, coupée aux chevilles, laissant ses pieds collés à la
planche.

Claude s'était élancé pour le retenir.

« Bougre ! tu vas te faire écraser ! »

Mais, tremblant de la voir s'achever sur le sol, Mahoudeau
restait les mains tendues. Et elle sembla lui tomber au cou, il
la reçut dans son étreinte, serra les bras sur cette grande
nudité vierge, qui s'animait comme sous le premier éveil de la
chair. Il y entra, la gorge amoureuse s'aplatit contre son
épaule, les cuisses vinrent battre les siennes, tandis que la
tête, détachée, roulait par terre. La secousse fut si rude, qu'il
se trouva emporté, culbuté jusqu'au mur ; et, sans lâcher ce
tronçon de femme, il demeura étourdi, gisant près d'elle.

« Ah ! bougre ! » répétait furieusement Claude, qui le
croyait mort.

Péniblement, Mahoudeau s'agenouilla, et il éclata en gros
sanglots. Dans sa chute, il s'était seulement meurtri le visage.
Du sang coulait d'une de ses joues, se mêlant à ses larmes.

« Chienne de misère, va ! Si ce n'est pas à se ficher à l'eau,
que de ne pouvoir seulement acheter deux tringles !... Et la
voilà, et la voilà... »

Ses sanglots redoublaient, une lamentation d'agonie, une
douleur hurlante d'amant devant le cadavre mutilé de ses
tendresses. De ses mains égarées, il en touchait les membres,
épars autour de lui, la tête, le torse, les bras qui s'étaient
rompus ; mais surtout la gorge défoncée, ce sein aplati,
comme opéré d'un mal affreux, le suffoquait, le faisait
revenir toujours là, sondant la plaie, cherchant la fente par

laquelle la vie s'en était allée ; et ses larmes sanglantes ruisselaient, tachaient de rouge les blessures.

« Aide-moi donc, bégaya-t-il. On ne peut pas la laisser comme ça. »

L'émotion avait gagné Claude, dont les yeux se mouillaient, eux aussi, dans sa fraternité d'artiste. Il s'empressa, mais le sculpteur, après avoir réclamé son aide, voulait être le seul à ramasser ces débris, comme s'il eût craint pour eux la brutalité de tout autre. Lentement, il se traînait à genoux, prenait les morceaux un à un, les couchait, les rapprochait sur une planche. Bientôt, la figure fut de nouveau entière, pareille à une de ces suicidées d'amour, qui se sont fracassées du haut d'un monument, et qu'on recolle, comiques et lamentables, pour les porter à la Morgue. Lui, retombé sur le derrière, devant elle, ne la quittait pas du regard, s'oubliait dans une contemplation navrée. Pourtant, ses sanglots se calmaient, il dit enfin avec un grand soupir :

« Je la ferai couchée, que veux-tu !... Ah ! ma pauvre bonne femme, j'avais eu tant de peine à la mettre debout, et je la trouvais si grande ! »

Mais, tout d'un coup, Claude s'inquiéta. Et son mariage ? Il fallut que Mahoudeau changeât de vêtements. Comme il n'avait pas d'autre redingote, il dut se contenter d'un veston. Puis, lorsque la figure fut couverte de linges, ainsi qu'une morte sur laquelle on a tiré le drap, tous deux s'en allèrent en courant. Le poêle ronflait, un dégel emplissait d'eau l'atelier, où les vieux plâtres poussiéreux ruisselaient de boue.

Rue de Douai, il n'y avait plus que le petit Jacques, laissé en garde chez la concierge. Christine, lasse d'attendre, venait de partir avec les trois autres témoins, croyant à un malentendu : peut-être Claude lui avait-il dit qu'il irait directement là-bas, en compagnie de Mahoudeau. Et ceux-ci se remirent vivement en marche, ne rattrapèrent la jeune femme et les camarades que rue Drouot, devant la mairie. On monta tous ensemble, on fut très mal reçu par l'huissier de service, à cause du retard. D'ailleurs, le mariage se trouva bâclé en quelques minutes, dans une salle absolument vide. Le maire ânonnait, les deux époux dirent le « oui » sacramentel d'une voix brève ; tandis que les témoins s'émerveillaient du mauvais goût de la salle. Dehors, Claude reprit le bras de Christine, et ce fut tout.

Il faisait bon marcher, par cette gelée claire. La bande revint tranquillement à pied, gravit la rue des Martyrs, pour se rendre au restaurant du boulevard de Clichy. Un petit salon était retenu, le déjeuner fut très amical ; et on ne dit pas un mot de la simple formalité qu'on venait de remplir, on parla d'autre chose tout le temps, comme à une de leurs réunions ordinaires, entre camarades.

Ce fut ainsi que Christine, très émue au fond, sous son affectation d'indifférence, entendit pendant trois heures son mari et les témoins s'enfiévrer au sujet de la bonne femme à Mahoudeau. Depuis que les autres savaient l'histoire, ils en remâchaient les moindres détails. Sandoz trouvait ça d'une allure étonnante. Jory et Gagnière discutaient la solidité des armatures, le premier sensible à la perte d'argent, le second démontrant avec une chaise qu'on aurait pu maintenir la statue. Quant à Mahoudeau, encore ébranlé, envahi d'une stupeur, il se plaignait d'une courbature, qu'il n'avait pas sentie d'abord : tous ses membres s'endolorissaient, il avait les muscles froissés, la peau meurtrie, comme au sortir des bras d'une amante de pierre. Et Christine lui lava l'écorchure de sa joue de nouveau saignante, et il lui semblait que cette statue de femme mutilée s'asseyait à la table avec eux, que c'était elle seule qui importait ce jour-là, elle seule qui passionnait Claude, dont le récit, répété à vingt reprises, ne tarissait pas sur son émotion, devant cette gorge et ces hanches d'argile broyées à ses pieds.

Pourtant, au dessert, il y eut une diversion. Gagnière demanda soudain à Jory :

« A propos, toi, je t'ai vu avec Mathilde, dimanche. . Oui, oui, rue Dauphine. »

Jory, devenu très rouge, tâcha de mentir ; mais son nez remuait, sa bouche se fronçait, il se mit à rire d'un air bête.

« Oh ! une rencontre... Parole d'honneur ! je ne sais pas où elle loge, je vous l'aurais dit.

— Comment ! c'est toi qui la caches ? s'écria Mahoudeau. Va, tu peux la garder, personne ne te la redemande. »

La vérité était que Jory, rompant avec toutes ses habitudes de prudence et d'avarice, cloîtrait maintenant Mathilde dans une petite chambre. Elle le tenait par son vice, il glissait au ménage avec cette goule, lui qui, pour ne pas payer, vivait autrefois des raccrocs de la rue.

« Bah ! on prend son plaisir où on le trouve, dit Sandoz, plein d'une indulgence philosophique.

— C'est bien vrai », répondit-il simplement, en allumant un cigare.

On s'attarda, la nuit tombait, quand on reconduisit Mahoudeau, qui, décidément, voulait se mettre au lit. Et, en rentrant, Claude et Christine, après avoir repris Jacques chez la concierge, trouvèrent l'atelier tout froid, noyé d'une ombre si épaisse, qu'ils tâtonnèrent longtemps, avant de pouvoir allumer la lampe. Il fallut aussi rallumer le poêle, sept heures sonnaient, lorsqu'ils respirèrent enfin à l'aise. Mais ils n'avaient pas faim, ils achevèrent un reste de bouilli, plutôt pour engager l'enfant à manger sa soupe ; et, quand ils l'eurent couché, ils s'installèrent sous la lampe, ainsi que tous les soirs.

Cependant, Christine n'avait pas mis d'ouvrage devant elle, trop remuée pour travailler. Elle restait là, les mains oisives sur la table, regardant Claude, qui, lui, s'était tout de suite enfoncé dans un dessin, un coin de son tableau, des ouvriers du port Saint-Nicolas déchargeant du plâtre. Une songerie invincible, des souvenirs, des regrets, passaient en elle, au fond de ses yeux vagues ; et, peu à peu, ce fut une tristesse croissante, une grande douleur muette qui parut l'envahir tout entière, au milieu de cette indifférence, de cette solitude sans bornes, où elle tombait, si près de lui. Il était bien toujours avec elle, de l'autre côté de la table ; mais comme elle le sentait loin, là-bas, devant la pointe de la Cité, plus loin encore, dans l'infini inaccessible de l'art, si loin maintenant, que jamais plus elle ne le rejoindrait ! Plusieurs fois, elle avait tenté de causer, sans le décider à répondre. Les heures passaient, elle s'engourdissait à ne rien faire, elle finit par tirer son porte-monnaie et par compter son argent.

« Tu sais ce que nous avons pour entrer en ménage ? »

Claude ne leva même pas la tête.

« Nous avons neuf sous… Ah ! quelle misère ! »

Il haussa les épaules, il gronda enfin :

« Nous serons riches, laisse donc ! »

Et le silence recommença, elle n'essaya même plus de le rompre, contemplant les neuf sous alignés sur la table. Minuit sonnèrent, elle eut un frisson, malade d'attente et de froid.

« Couchons-nous, dis ? murmura-t-elle. Je n'en puis plus. »

Il s'enrageait tellement à son travail, qu'il n'entendit pas.

« Dis ? le poêle s'est éteint, nous allons prendre du mal… Couchons-nous. »

Cette voix suppliante le pénétra, le fit tressaillir d'une brusque exaspération.

« Eh ! couche-toi, si tu veux !… Tu vois bien que je veux achever quelque chose. »

Un instant, elle demeura encore, saisie devant cette colère, la face douloureuse. Puis, se sentant importune, comprenant que sa seule présence de femme inoccupée le mettait hors de lui, elle quitta la table et alla se coucher, en laissant la porte grande ouverte. Une demi-heure, trois quarts d'heure s'écoulèrent ; aucun bruit, pas même un souffle, ne sortait de la chambre ; mais elle ne dormait point, allongée sur le dos, les yeux ouverts dans l'ombre ; et elle se risqua timidement à jeter un dernier appel, du fond de l'alcôve ténébreuse.

« Mon mimi, je t'attends… De grâce, mon mimi, viens te coucher. »

Un juron seul répondit. Rien ne bougea plus, elle s'était assoupie peut-être. Dans l'atelier, le froid de glace augmentait, la lampe charbonnée brûlait avec une flamme rouge ; tandis que lui, penché sur son dessin, ne paraissait pas avoir conscience de la marche lente des minutes.

A deux heures, pourtant, Claude se leva, furieux de ce que la lampe s'éteignait, faute d'huile. Il n'eut que le temps de

l'apporter dans la chambre, pour ne pas s'y déshabiller à
tâtons. Mais son mécontentement grandit encore, en apercevant Christine, sur le dos, les yeux ouverts.

« Comment ! tu ne dors pas ?

— Non, je n'ai pas sommeil.

— Ah ! je sais, c'est un reproche... Je t'ai dit vingt fois
combien ça me contrarie que tu m'attendes. »

Et, la lampe morte, il s'allongea près d'elle, dans l'obscurité. Elle ne bougeait toujours pas, il bâilla deux fois, écrasé
de fatigue. Tous deux restaient éveillés, mais ils ne trouvaient
rien, ils ne se disaient rien. Lui, refroidi, les jambes gourdes,
glaçait les draps. Enfin, au bout de réflexions vagues, comme
le sommeil le prenait, il s'écria en sursaut :

« Ce qu'il y a d'étonnant, c'est qu'elle ne se soit pas abîmé
le ventre, oh ! un ventre d'un joli !

— Qui donc ? demanda Christine, effarée.

— Mais la bonne femme à Mahoudeau. »

Elle eut une secousse nerveuse, elle se retourna, enfouit la
tête dans l'oreiller ; et il fut stupéfait de l'entendre éclater en
larmes.

« Quoi ? tu pleures ! »

Elle étouffait, elle sanglotait si fort, que le matelas en était
secoué.

« Voyons, qu'est-ce que tu as ? Je ne t'ai rien dit... Ma
chérie, voyons ! »

A mesure qu'il parlait, il devinait à présent la cause de ce
gros chagrin. Certes, un jour comme celui-là, il aurait dû se
coucher en même temps qu'elle ; mais il était bien innocent,
il n'avait pas seulement songé à ces histoires. Elle le
connaissait, il devenait une vraie brute, quand il était au
travail.

« Voyons, ma chérie, nous ne sommes pas d'hier ensemble... Oui, tu avais arrangé ça, dans ta petite tête. Tu voulais
être la mariée, hein ?... Voyons, ne pleure plus, tu sais bien
que je ne suis pas méchant. »

Il l'avait prise, elle s'abandonna. Mais ils eurent beau
s'étreindre, la passion était morte. Ils le comprirent, quand
ils se lâchèrent et qu'ils se retrouvèrent étendus côte à côte,

étrangers désormais, avec cette sensation d'un obstacle entre
eux, d'un autre corps, dont le froid les avait déjà effleurés,
certains jours, dès le début ardent de leur liaison. Jamais
plus, maintenant, ils ne se pénétreraient. Il y avait là quelque
chose d'irréparable, une cassure, un vide qui s'était produit.
L'épouse diminuait l'amante, cette formalité du mariage
semblait avoir tué l'amour.

IX

Claude, qui ne pouvait peindre son grand tableau dans le
petit atelier de la rue de Douai, résolut de louer autre part
quelque hangar, d'espace suffisant ; et il trouva son affaire,
en flânant sur la butte Montmartre, à mi-côte de la rue
Tourlaque, cette rue qui dévale derrière le cimetière, et d'où
l'on domine Clichy, jusqu'aux marais de Gennevilliers[95].
C'était un ancien séchoir de teinturier, une baraque de
quinze mètres de long sur dix de large, dont les planches et
le plâtre laissaient passer tous les vents du ciel. On lui louait
ça trois cents francs. L'été allait venir, il abattrait vite son
tableau, puis donnerait congé.

Dès lors, il se décida à tous les frais nécessaires, dans sa
fièvre de travail et d'espoir. Puisque la fortune était certaine,
pourquoi l'entraver par des prudences inutiles ? Usant de son
droit, il entama le capital de sa rente de mille francs, il
s'habitua à prendre sans compter. D'abord, il s'était caché de
Christine, car elle l'en avait empêché deux fois déjà ; et,
lorsqu'il dut le dire, elle aussi, après huit jours de reproches
et d'alarmes, s'y accoutuma, heureuse du bien-être où elle
vivait, cédant à la douceur d'avoir toujours de l'argent dans la
poche. Ce furent quelques années de tiède abandon.

Bientôt, Claude ne vécut plus que pour son tableau. Il
avait meublé le grand atelier sommairement : des chaises,
son ancien divan du quai de Bourbon, une table de sapin,
payée cent sous chez une fripière. La vanité d'une installation

luxueuse lui manquait, dans la pratique de son art. Sa seule
dépense fut une échelle roulante, à plate-forme et à marche-
pied mobile. Ensuite, il s'occupa de sa toile, qu'il voulait
longue de huit mètres, haute de cinq ; et il s'entêta à la
préparer lui-même, commanda le châssis, acheta la toile sans
couture, que deux camarades et lui eurent toutes les peines
du monde à tendre avec des tenailles ; puis, il se contenta de
la couvrir au couteau d'une couche de céruse, refusant de la
coller, pour qu'elle restât absorbante, ce qui, disait-il, rendait
la peinture claire et solide. Il ne fallait pas songer à un
chevalet, on n'aurait pu y manœuvrer une telle pièce. Aussi
imagina-t-il un système de madriers et de cordes, qui la tenait
contre le mur, un peu penchée, sous un jour frisant. Et, le
long de cette vaste nappe blanche, l'échelle roulait : c'était
toute une construction, une charpente de cathédrale, devant
l'œuvre à bâtir [96].

Mais, lorsque tout se trouva prêt, il fut pris de scrupules.
L'idée qu'il n'avait peut-être pas choisi, là-bas, sur nature, le
meilleur éclairage, le tourmentait. Peut-être un effet de matin
aurait-il mieux valu ? peut-être aurait-il dû choisir un temps
gris ? Il retourna au pont des Saints-Pères, il y vécut trois
mois encore.

A toutes les heures, par tous les temps, la Cité se leva
devant lui, entre les deux trouées du fleuve. Sous une tombée
de neige tardive, il la vit fourrée d'hermine, au-dessus de
l'eau couleur de boue, se détachant sur un ciel d'ardoise
claire. Il la vit, aux premiers soleils, s'essuyer de l'hiver,
retrouver une enfance, avec les pousses vertes des grands
arbres du terre-plein. Il la vit, un jour de fin brouillard, se
reculer, s'évaporer, légère et tremblante comme un palais des
songes. Puis, ce furent des pluies battantes qui la submer-
geaient, la cachaient derrière l'immense rideau tiré du ciel à
la terre ; des orages, dont les éclairs la montraient fauve,
d'une lumière louche de coupe-gorge, à demi détruite par
l'écroulement des grands nuages de cuivre ; des vents qui la
balayaient d'une tempête, aiguisant les angles, la découpant
sèchement, nue et flagellée, dans le bleu pâli de l'air.
D'autres fois encore, quand le soleil se brisait en poussière

parmi les vapeurs de la Seine, elle baignait au fond de cette
clarté diffuse, sans une ombre, également éclairée partout,
d'une délicatesse charmante de bijou taillé en plein or fin. Il
voulut la voir sous le soleil levant, se dégageant des brumes
matinales, lorsque le quai de l'Horloge rougeoie et que le
quai des Orfèvres reste appesanti de ténèbres, toute vivante
déjà dans le ciel rose par le réveil éclatant de ses tours et de
ses flèches, tandis que, lentement, la nuit descend des
édifices, ainsi qu'un manteau qui tombe. Il voulut la voir à
midi, sous le soleil frappant d'aplomb, mangée de clarté crue,
décolorée et muette comme une ville morte, n'ayant plus que
la vie de la chaleur, le frisson dont remuaient les toitures
lointaines. Il voulut la voir sous le soleil à son déclin, se
laissant reprendre par la nuit montée peu à peu de la rivière,
gardant aux arêtes des monuments les franges de braise d'un
charbon près de s'éteindre, avec de derniers incendies qui se
rallumaient dans des fenêtres, de brusques flambées de vitres
qui lançaient des flammèches et trouaient les façades. Mais,
devant ces vingt Cités différentes, quelles que fussent les
heures, quel que fût le temps, il en revenait toujours à la Cité
qu'il avait vue la première fois, vers quatre heures, un beau
soir de septembre, cette Cité sereine sous le vent léger, ce
cœur de Paris battant dans la transparence de l'air, comme
élargi par le ciel immense, que traversait un vol de petits
nuages [97].

Claude passait là ses journées, dans l'ombre du pont des
Saints-Pères. Il s'y abritait, en avait fait sa demeure, son toit.
Le fracas continu des voitures, semblable à un roulement
éloigné de foudre, ne le gênait plus. Installé contre la
première culée, au-dessous des énormes cintres de fonte, il
prenait des croquis, peignait des études. Jamais il ne se
trouvait assez renseigné, il dessinait le même détail à dix
reprises. Les employés de la navigation, dont les bureaux
étaient là, avaient fini par le connaître ; et même la femme
d'un surveillant, qui habitait une sorte de cabine goudron-
née, avec son mari, deux enfants et un chat, lui gardait ses
toiles fraîches, afin qu'il n'eût pas la peine de les promener
chaque jour à travers les rues. C'était une joie pour lui, ce

refuge, sous ce Paris qui grondait en l'air, dont il sentait la vie
ardente couler sur sa tête. Le port Saint-Nicolas le passionna
d'abord de sa continuelle activité de lointain port de mer, en
plein quartier de l'Institut : la grue à vapeur, la *Sophie*,
manœuvrait, hissait des blocs de pierre ; des tombereaux
venaient s'emplir de sable ; des bêtes et des hommes tiraient,
s'essoufflaient, sur les gros pavés en pente qui descendaient
jusqu'à l'eau, à ce bord de granit où s'amarrait une double
rangée de chalands et de péniches ; et, pendant des semaines,
il s'était appliqué à une étude, des ouvriers déchargeant un
bateau de plâtre, portant sur l'épaule des sacs blancs, laissant
derrière eux un chemin blanc, poudrés de blanc eux-mêmes,
tandis que, près de là, un autre bateau, vide de son
chargement de charbon, avait maculé la berge d'une large
tache d'encre. Ensuite, il prit le profil du bain froid, sur la
rive gauche, ainsi qu'un lavoir à l'autre plan, les châssis vitrés
ouverts, les blanchisseuses alignées, agenouillées au ras du
courant, tapant leur linge. Dans le milieu, il étudia une
barque menée à la godille par un marinier, puis un remor-
queur plus au fond, un vapeur du touage qui se halait sur sa
chaîne et remontait un train de tonneaux et de planches. Les
fonds, il les avait depuis longtemps, il en recommença
pourtant des morceaux, les deux trouées de la Seine, un
grand ciel tout seul où ne s'élevaient que les flèches et les
tours dorées de soleil. Et, sous le pont hospitalier, dans ce
coin aussi perdu qu'un creux lointain de roches, rarement un
curieux le dérangeait, les pêcheurs à la ligne passaient avec le
mépris de leur indifférence, il n'avait guère pour compagnon
que le chat du surveillant, faisant sa toilette au soleil, paisible
dans le tumulte du monde d'en haut.

Enfin, Claude eut tous ses cartons. Il jeta en quelques jours
une esquisse d'ensemble, et la grande œuvre fut commencée.
Mais, durant tout l'été, il s'engagea, rue Tourlaque, entre lui
et sa toile immense, une première bataille ; car il s'était
obstiné à vouloir mettre lui-même sa composition au carreau,
et il ne s'en tirait pas, empêtré dans de continuelles erreurs,
pour la moindre déviation de ce tracé mathématique, dont il
n'avait point l'habitude. Cela l'indignait. Il passa outre,

quitte à corriger plus tard, il couvrit la toile violemment, pris
d'une telle fièvre, qu'il vivait sur son échelle les journées
entières, maniant des brosses énormes, dépensant une force
musculaire à remuer des montagnes. Le soir, il chancelait
comme un homme ivre, il s'endormait à la dernière bouchée,
foudroyé ; et il fallait que sa femme le couchât, ainsi qu'un
enfant. De ce travail héroïque, il sortit une ébauche magistrale, une de ces ébauches où le génie flambe, dans le chaos
encore mal débrouillé des tons. Bongrand, qui vint la voir,
saisit le peintre dans ses grands bras et le baisa à l'étouffer, les
yeux aveuglés de larmes. Sandoz, enthousiaste, donna un
dîner ; les autres, Jory, Mahoudeau, Gagnière, colportèrent
de nouveau l'annonce d'un chef-d'œuvre ; quant à Fagerolles, il resta un instant immobile, puis éclata en félicitations,
trouvant ça trop beau.

Et Claude, en effet, comme si cette ironie d'un habile
homme lui eût porté malheur, ne fit ensuite que gâter son
ébauche. C'était sa continuelle histoire, il se dépensait d'un
coup, en un élan magnifique ; puis, il n'arrivait pas à faire
sortir le reste, il ne savait pas finir. Son impuissance
recommença, il vécut deux années sur cette toile, n'ayant
d'entrailles que pour elle, tantôt ravi en plein ciel par des
joies folles, tantôt retombé à terre, si misérable, si déchiré de
doutes, que les moribonds râlant dans des lits d'hôpital
étaient plus heureux que lui. Déjà deux fois, il n'avait pu être
prêt pour le Salon ; car toujours, au dernier moment,
lorsqu'il espérait terminer en quelques séances, des trous se
déclaraient, il sentait la composition craquer et crouler sous
ses doigts. A l'approche du troisième Salon, il eut une crise
terrible, il resta quinze jours sans aller à son atelier de la rue
Tourlaque ; et, quand il y rentra, ce fut comme on rentre
dans une maison vidée par la mort ; il tourna la grande toile
contre le mur, il roula l'échelle dans un coin, il aurait tout
cassé, tout brûlé, si ses mains défaillantes en avaient trouvé la
force. Mais rien n'existait plus, un vent de colère venait de
balayer le plancher, il parlait de se mettre à de petites choses,
puisqu'il était incapable des grands labeurs.

Malgré lui, son premier projet de petit tableau le ramena

là-bas, devant la Cité. Pourquoi n'en ferait-il pas simplement
une vue, sur une toile moyenne ? Seulement, une sorte de
pudeur, mêlée d'une étrange jalousie, l'empêcha d'aller
s'asseoir sous le pont des Saints-Pères : il lui semblait que
cette place fût sacrée maintenant, qu'il ne devait pas déflorer
la virginité de la grande œuvre, même morte. Et il s'installa
au bout de la berge, en amont du port Saint-Nicolas. Cette
fois, au moins, il travaillait directement sur la nature, il se
réjouissait de n'avoir pas à tricher, comme cela était fatal
pour les toiles de dimensions démesurées. Le petit tableau,
très soigné, plus poussé que de coutume, eut cependant le
sort des autres devant le jury, indigné par cette peinture de
balai ivre, selon la phrase qui courut alors les ateliers. Ce fut
un soufflet d'autant plus sensible, qu'on avait parlé de
concessions, d'avances faites à l'École pour être reçu ; et le
peintre, ulcéré, pleurant de rage, arracha la toile par minces
lambeaux et la brûla dans son poêle, lorsqu'elle lui revint.
Celle-ci, il ne suffisait pas de la tuer d'un coup de couteau, il
fallait l'anéantir.

Une autre année se passa pour Claude à des besognes
vagues. Il travaillait par habitude, ne finissait rien, disait lui-
même, avec un rire douloureux, qu'il s'était perdu et qu'il se
cherchait. Au fond, la conscience tenace de son génie lui
laissait un espoir indestructible, même pendant les plus
longues crises d'abattement. Il souffrait comme un damné
roulant l'éternelle roche qui retombait et l'écrasait ; mais
l'avenir lui restait, la certitude de la soulever de ses deux
poings, un jour, et de la lancer dans les étoiles. On vit enfin
ses yeux se rallumer de passion, on sut qu'il se cloîtrait de
nouveau rue Tourlaque. Lui qui, autrefois, était toujours
emporté, au-delà de l'œuvre présente, par le rêve élargi de
l'œuvre future, se heurtait le front maintenant à ce sujet de la
Cité. C'était l'idée fixe, la barre qui fermait sa vie. Et,
bientôt, il en reparla librement, dans une nouvelle flambée
d'enthousiasme, criant avec des gaietés d'enfant qu'il avait
trouvé et qu'il était certain du triomphe.

Un matin, Claude, qui jusque-là n'avait pas rouvert sa
porte, voulut bien laisser entrer Sandoz. Celui-ci tomba sur

une esquisse, faite de verve, sans modèle, admirable encore
de couleur. D'ailleurs, le sujet restait le même : le port Saint-
Nicolas à gauche, l'école de natation à droite, la Seine et la
Cité au fond. Seulement, il demeura stupéfait en apercevant,
à la place de la barque conduite par un marinier, une autre
barque, très grande, tenant tout le milieu de la composition,
et que trois femmes occupaient : une, en costume de bain,
ramant ; une autre, assise au bord, les jambes dans l'eau, son
corsage à demi arraché montrant l'épaule ; la troisième, toute
droite, toute nue à la proue, d'une nudité si éclatante, qu'elle
rayonnait comme un soleil.

« Tiens ! quelle idée ! murmura Sandoz. Que font-elles là,
ces femmes ?

— Mais elles se baignent, répondit tranquillement
Claude. Tu vois bien qu'elles sont sorties du bain froid, ça
me donne un motif de nu, une trouvaille, hein ?... Est-ce que
ça te choque ? »

Son vieil ami, qui le connaissait, trembla de le rejeter dans
ses doutes.

« Moi, oh ! non !... Seulement, j'ai peur que le public ne
comprenne pas, cette fois encore. Ce n'est guère vraisemblable, cette femme nue, au beau milieu de Paris. »

Il s'étonna naïvement.

« Ah ! tu crois... Eh bien ! tant pis ! Qu'est-ce que ça fiche,
si elle est bien peinte, ma bonne femme ? j'ai besoin de ça,
vois-tu, pour me monter. »

Les jours suivants, Sandoz revint avec douceur sur cette
étrange composition, plaidant, par un besoin de sa nature, la
cause de la logique outragée. Comment un peintre moderne,
qui se piquait de ne peindre que des réalités, pouvait-il
abâtardir une œuvre, en y introduisant des imaginations
pareilles ? Il était si aisé de prendre d'autres sujets, où
s'imposait la nécessité du nu ! Mais Claude s'entêtait, donnait
des explications mauvaises et violentes, car il ne voulait pas
avouer la vraie raison, une idée à lui, si peu claire, qu'il
n'aurait pu la dire avec netteté, le tourment d'un symbolisme
secret, ce vieux regain de romantisme qui lui faisait incarner
dans cette nudité la chair même de Paris, la ville nue et

passionnée, resplendissante d'une beauté de femme. Et il y mettait encore sa propre passion, son amour des beaux ventres, des cuisses et des gorges fécondes, comme il brûlait d'en créer à pleines mains, pour les enfantements continus de son art.

Devant l'argumentation pressante de son ami, il feignit pourtant d'être ébranlé.

« Eh bien ! je verrai, je l'habillerai plus tard, ma bonne femme, puisqu'elle te gêne... Mais je vais toujours la faire comme ça. Hein ? tu comprends, elle m'amuse[98]. »

Jamais il n'en reparla, d'une obstination sourde, se contentant de gonfler le dos et de sourire d'un air embarrassé, lorsqu'une allusion disait l'étonnement de tous, à voir cette Vénus naître de l'écume de la Seine, triomphale, parmi les omnibus des quais et les débardeurs du port Saint-Nicolas.

On était au printemps, Claude allait se remettre à son grand tableau, lorsqu'une décision, prise en un jour de prudence, changea la vie du ménage. Parfois, Christine s'inquiétait de tout cet argent dépensé si vite, des sommes dont ils écornaient sans cesse le capital. On ne comptait plus, depuis que la source paraissait inépuisable. Puis, après quatre années, ils s'étaient épouvantés un matin, lorsque, ayant demandé des comptes, ils avaient appris que, sur les vingt mille francs, il en restait à peine trois mille. Tout de suite, ils se jetèrent à une réaction d'économie excessive, rognant sur le pain, projetant de couper court même aux besoins nécessaires ; et ce fut ainsi que, dans ce premier élan de sacrifice, ils quittèrent le logement de la rue de Douai. A quoi bon deux loyers ? il y avait assez de place dans l'ancien séchoir de la rue Tourlaque, encore éclaboussé des eaux de teinture, pour qu'on y pût caser l'existence de trois personnes. Mais l'installation n'en fut pas moins laborieuse, car cette halle de quinze mètres sur dix ne leur donnait qu'une pièce, un hangar de bohémiens faisant tout en commun. Il fallut que le peintre lui-même, devant la mauvaise grâce du propriétaire, la coupât, dans un bout, d'une cloison de planches, derrière laquelle il ménagea une cuisine et une chambre à coucher. Cela les enchanta, malgré les crevasses de

la toiture, où soufflait le vent : les jours de gros orages, ils
étaient obligés de mettre des terrines sous les fentes trop
larges. C'était d'un vide lugubre, leurs quatre meubles
dansaient le long des murailles nues. Et ils se montraient fiers
d'être logés si à l'aise, ils disaient aux amis que le petit
Jacques aurait au moins de l'espace, pour courir un peu. Ce
pauvre Jacques, malgré ses neuf ans sonnés, ne poussait
guère vite ; sa tête seule continuait de grossir, on ne pouvait
l'envoyer plus de huit jours de suite à l'école, d'où il revenait
hébété, malade d'avoir voulu apprendre ; si bien que, le plus
souvent, ils le laissaient vivre à quatre pattes autour d'eux, se
traînant dans les coins.

Alors, Christine, qui, depuis longtemps, n'était plus mêlée
au travail quotidien de Claude, vécut de nouveau avec lui
chaque heure des longues séances. Elle l'aida à gratter et à
poncer l'ancienne toile, elle lui donna des conseils pour la
rattacher au mur plus solidement. Mais ils constatèrent un
désastre : l'échelle roulante s'était détraquée sous l'humidité
du toit ; et, de crainte d'une chute, il dut la consolider par
une traverse de chêne, pendant que, un à un, elle lui passait
les clous. Tout, une seconde fois, était prêt. Elle le regarda
mettre au carreau la nouvelle esquisse, debout derrière lui,
jusqu'à défaillir de fatigue, se laissant ensuite glisser par
terre, restant là, accroupie, à regarder encore.

Ah ! comme elle aurait voulu le reprendre à cette peinture
qui le lui avait pris ! C'était pour cela qu'elle se faisait sa
servante, heureuse de se rabaisser à des travaux de manœuvre. Depuis qu'elle rentrait dans son travail, côte à côte ainsi
tous les trois, lui, elle et cette toile, un espoir la ranimait. S'il
lui avait échappé, lorsqu'elle pleurait toute seule rue de
Douai, et qu'il s'attardait rue Tourlaque, acoquiné et épuisé
comme chez une maîtresse, peut-être allait-elle le reconquérir, maintenant qu'elle était là, elle aussi, avec sa passion.
Ah ! cette peinture, de quelle haine jalouse elle l'exécrait ! Ce
n'était plus son ancienne révolte de petite bourgeoise peignant l'aquarelle, contre cet art libre, superbe et brutal. Non,
elle l'avait compris peu à peu, rapprochée d'abord par sa
tendresse pour le peintre, gagnée ensuite par le régal de la

lumière, le charme original des notes blondes. Aujourd'hui,
elle avait tout accepté, les terrains lilas, les arbres bleus.
Même un respect commençait à la faire trembler devant ces
œuvres qui lui avaient paru si abominables jadis. Elle les
voyait puissantes, elle les traitait en rivales dont on ne
pouvait plus rire. Et sa rancune grandissait avec son admiration, elle s'indignait d'assister à cette diminution d'elle-
même, à cet autre amour qui la souffletait dans son ménage.

Ce fut d'abord une lutte sourde, de toutes les minutes. Elle
s'imposait, glissait à chaque instant ce qu'elle pouvait de son
corps, une épaule, une main, entre le peintre et son tableau.
Toujours, elle demeurait là, à l'envelopper de son haleine, à
lui rappeler qu'il était sien. Puis, son ancienne idée repoussa,
peindre elle aussi, l'aller retrouver au fond même de sa fièvre
d'art : pendant un mois, elle mit une blouse, travailla ainsi
qu'une élève près du maître, dont elle copiait docilement une
étude ; et elle ne lâcha qu'en voyant sa tentative tourner
contre son but, car il achevait d'oublier la femme en elle,
comme trompé par cette besogne commune, sur un pied de
simple camaraderie, d'homme à homme. Aussi revint-elle à
son unique force.

Souvent, déjà, pour camper les petites figures de ses
derniers tableaux, Claude avait pris d'après Christine des
indications, une tête, un geste des bras, une allure du corps.
Il lui jetait un manteau aux épaules, il la saisissait dans un
mouvement et lui criait de ne plus bouger. C'étaient des
services qu'elle se montrait heureuse de lui rendre, répugnant pourtant à se dévêtir, blessée de ce métier de modèle,
maintenant qu'elle était sa femme. Un jour qu'il avait besoin
de l'attache d'une cuisse, elle refusa, puis consentit à
retrousser sa robe, honteuse, après avoir fermé la porte à
double tour, de peur que, sachant le rôle où elle descendait,
on ne la cherchât nue dans tous les tableaux de son mari. Elle
entendait encore les rires insultants des camarades et de
Claude lui-même, leurs plaisanteries grasses, lorsqu'ils
parlaient des toiles d'un peintre qui se servait ainsi uniquement de sa femme, d'aimables nudités proprement léchées
pour les bourgeois, et dans lesquelles on la retrouvait sous

toutes les faces, avec des particularités bien connues, la chute des reins un peu longue, le ventre trop haut ; ce qui la promenait sans chemise au travers de Paris goguenard, quand elle passait habillée, cuirassée, serrée jusqu'au menton par des robes sombres, qu'elle portait justement très montantes.

Mais, depuis que Claude avait établi largement, au fusain, la grande figure de femme debout, qui allait tenir le milieu de son tableau, Christine regardait cette vague silhouette, songeuse, envahie d'une pensée obsédante, devant laquelle s'en allaient un à un ses scrupules. Et, quand il parla de prendre un modèle, elle s'offrit.

« Comment, toi ! Mais tu te fâches, dès que je te demande le bout de ton nez ! »

Elle souriait, pleine d'embarras.

« Oh ! le bout de mon nez ! Avec ça que je ne t'ai pas posé la figure de ton *Plein air,* autrefois, et lorsqu'il n'y avait rien eu encore entre nous !... Un modèle va te coûter sept francs par séance. Nous ne sommes pas si riches, autant économiser cet argent. »

Cette idée d'économie le décida tout de suite.

« Je veux bien, c'est même très gentil à toi d'avoir ce courage, car tu sais que ce n'est pas un amusement de fainéante, avec moi... N'importe ! avoue-le donc, grande bête ! tu as peur qu'une autre femme n'entre ici, tu es jalouse. »

Jalouse ! oui, elle l'était, et à en agoniser de souffrance. Mais elle se moquait bien des autres femmes, tous les modèles de Paris pouvaient retirer là leurs jupons ! Elle n'avait qu'une rivale, cette peinture préférée, qui lui volait son amant. Ah ! jeter sa robe, jeter jusqu'au dernier linge, et se donner nue à lui pendant des jours, des semaines, vivre nue sous ses regards, et le reprendre ainsi, et l'emporter, lorsqu'il retomberait dans ses bras ! Avait-elle donc à offrir autre chose qu'elle-même ? N'était-ce pas légitime, ce dernier combat où elle payait de son corps, quitte à n'être plus rien, rien qu'une femme sans charmes, si elle se laissait vaincre ?

Claude, enchanté, fit d'abord d'après elle une étude, une

simple académie pour son tableau, dans la pose. Ils attendaient que Jacques fût parti à l'école, ils s'enfermaient, et la
séance durait des heures. Les premiers jours, Christine
souffrit beaucoup de l'immobilité ; puis, elle s'accoutuma,
n'osant se plaindre, de peur de le fâcher, retenant ses larmes,
quand il la bousculait. Et, bientôt, l'habitude en fut prise, il
la traita en simple modèle, plus exigeant que s'il l'eût payée,
sans jamais craindre d'abuser de son corps, puisqu'elle était
sa femme. Il l'employait pour tout, la faisait se déshabiller à
chaque minute, pour un bras, pour un pied, pour le moindre
détail dont il avait besoin. C'était un métier où il la ravalait,
un emploi de mannequin vivant, qu'il plantait là et qu'il
copiait, comme il aurait copié la cruche ou le chaudron d'une
nature morte.

Cette fois, Claude procéda sans hâte ; et, avant d'ébaucher
la grande figure, il avait déjà lassé Christine pendant des
mois, à l'essayer de vingt façons, voulant se bien pénétrer de
la qualité de sa peau, disait-il. Enfin, un jour, il attaqua
l'ébauche. C'était un matin d'automne, par une bise déjà
aigre : il ne faisait pas chaud, dans le vaste atelier, malgré le
poêle qui ronflait. Comme le petit Jacques, malade d'une de
ses crises de stupeur souffrante, n'avait pu aller à l'école, on
s'était décidé à l'enfermer au fond de la chambre, en lui
recommandant d'être bien sage. Et, frissonnante, la mère se
déshabilla, se planta près du poêle, immobile, tenant la pose.

Pendant la première heure, le peintre, du haut de son
échelle, lui jeta des coups d'œil qui la sabraient des épaules
aux genoux, sans lui adresser une parole. Elle, envahie d'une
tristesse lente, craignait de défaillir, ne sachant plus si elle
souffrait du froid ou d'un désespoir, venu de loin, dont elle
sentait monter l'amertume. Sa fatigue était si grande, qu'elle
trébucha et marcha péniblement, de ses jambes engourdies.

« Comment, déjà ! cria Claude. Mais il y a un quart
d'heure au plus que tu poses ! Tu ne veux donc pas gagner tes
sept francs ? »

Il plaisantait d'un air bourru, ravi de son travail. Et elle
avait à peine retrouvé l'usage de ses membres, sous le
peignoir dont elle s'était couverte, qu'il dit violemment :

« Allons, allons, pas de paresse ! C'est un grand jour, aujourd'hui. Il faut avoir du génie ou en crever ! »

Puis, lorsqu'elle eut repris la pose, nue sous la lumière blafarde, et qu'il se fut remis à peindre, il continua de lâcher des phrases, de loin en loin, par ce besoin qu'il avait de faire du bruit, dès que sa besogne le contentait.

« C'est curieux comme tu as une drôle de peau ! Elle absorbe la lumière, positivement... Ainsi, on ne le croirait pas, tu es toute grise, ce matin. Et l'autre jour, tu étais rose, oh ! d'un rose qui n'avait pas l'air vrai... Moi, ça m'embête, on ne sait jamais. »

Il s'arrêta, il cligna les yeux.

« Très épatant tout de même, le nu... Ça fiche une note sur le fond... Et ça vibre, et ça prend une sacrée vie, comme si l'on voyait couler le sang dans les muscles... Ah ! un muscle bien dessiné, un membre peint solidement, en pleine clarté, il n'y a rien de plus beau, rien de meilleur, c'est le bon Dieu !... Moi, je n'ai pas d'autre religion, je me collerais à genoux là devant, pour toute l'existence. »

Et, comme il était obligé de descendre chercher un tube de couleur, il s'approcha d'elle, il la détailla avec une passion croissante, en touchant du bout de son doigt chacune des parties qu'il voulait désigner.

« Tiens ! là, sous le sein gauche, eh bien ! c'est joli comme tout. Il y a des petites veines qui bleuissent, qui donnent à la peau une délicatesse de ton exquise... Et là, au renflement de la hanche, cette fossette où l'ombre se dore, un régal !... Et là, sous le modelé si gras du ventre, ce trait pur des aines, une pointe à peine de carmin dans de l'or pâle... Le ventre, moi, ça m'a toujours exalté. Je ne puis en voir un, sans vouloir manger le monde. C'est si beau à peindre, un vrai soleil de chair ! »

Puis, remonté sur son échelle, il cria dans sa fièvre de création :

« Nom de Dieu ! si je ne fiche pas un chef-d'œuvre avec toi, il faut que je sois un cochon ! »

Christine se taisait, et son angoisse grandissait, dans la certitude qui se faisait en elle. Immobile, sous la brutalité des

choses, elle sentait le malaise de sa nudité. A chaque place où
le doigt de Claude l'avait touchée, il lui était resté une
impression de glace, comme si le froid dont elle frissonnait,
entrait par là maintenant. L'expérience était faite, à quoi bon
espérer davantage ? Ce corps, couvert partout de ses baisers
d'amant, il ne le regardait plus, il ne l'adorait plus qu'en
artiste. Un ton de la gorge l'enthousiasmait, une ligne du
ventre l'agenouillait de dévotion, lorsque, jadis, aveuglé de
désir, il l'écrasait toute contre sa poitrine, sans la voir, dans
des étreintes où l'un et l'autre auraient voulu se fondre. Ah !
c'était bien la fin, elle n'était plus, il n'aimait plus en elle que
son art, la nature, la vie. Et, les yeux au loin, elle gardait la
rigidité d'un marbre, elle retenait les larmes dont se gonflait
son cœur, réduite à cette misère de ne pouvoir même pleurer.

Une voix vint de la chambre, tandis que des petits poings
tapaient contre la porte.

« Maman, maman, je ne dors pas, je m'ennuie... Ouvre-
moi, dis, maman ? »

C'était Jacques qui s'impatientait. Claude se fâcha, grondant qu'on n'avait pas une minute de repos.

« Tout à l'heure ! cria Christine. Dors, laisse ton père
travailler. »

Mais une inquiétude nouvelle parut la prendre, elle lançait
des coups d'œil vers la porte, elle finit par quitter un instant
la pose, pour aller accrocher sa jupe à la clef, de façon à
boucher le trou de la serrure. Puis, sans rien dire, elle vint se
remettre près du poêle, la tête droite, la taille un peu
renversée, enflant les seins.

Et la séance s'éternisa, des heures, des heures se passèrent.
Toujours elle était là, à s'offrir, avec son mouvement de
baigneuse qui se jette ; pendant que lui, sur son échelle, à des
lieues, brûlait pour cette autre femme qu'il peignait. Il avait
même cessé de lui parler, elle retombait à son rôle d'objet,
beau de couleur. Il ne regardait qu'elle depuis le matin, et
elle ne se voyait plus dans ses yeux, étrangère désormais,
chassée de lui.

Enfin, il s'interrompit de fatigue, il remarqua qu'elle
tremblait.

« Tiens ! est-ce que tu as froid ?

— Oui, un peu.

— C'est drôle, moi je brûle... Je ne veux pas que tu t'enrhumes. A demain. »

Comme il descendait, elle crut qu'il venait l'embrasser. D'habitude, par une dernière galanterie de mari, il payait d'un baiser rapide l'ennui de la séance. Mais, plein de son travail, il oublia, il lava tout de suite ses pinceaux, qu'il trempait, agenouillé, dans un pot de savon noir. Et elle, qui attendait, restait nue, debout, espérant encore. Une minute se passa, il fut étonné de cette ombre immobile, il la regarda d'un air de surprise, puis recommença à frotter énergiquement. Alors, les mains tremblantes de hâte, elle se rhabilla, dans une confusion affreuse de femme dédaignée. Elle enfilait sa chemise, se battait avec ses jupes, agrafait son corsage de travers, comme si elle eût voulu échapper à la honte de cette nudité impuissante, bonne désormais à vieillir sous les linges. Et c'était un mépris d'elle-même, un dégoût d'en être descendue à ce moyen de fille, dont elle sentait la bassesse charnelle, maintenant qu'elle était vaincue.

Mais, dès le lendemain, Christine dut se remettre nue, dans l'air glacé, sous la lumière brutale. N'était-ce pas son métier, désormais ? Comment se refuser, à présent que l'habitude en était prise ? Jamais elle n'aurait causé un chagrin à Claude ; et elle recommençait chaque jour cette défaite de son corps. Lui, n'en parlait même plus, de ce corps brûlant et humilié. Sa passion de la chair s'était reportée dans son œuvre, sur les amantes peintes qu'il se donnait. Elles faisaient seules battre son sang, celles dont chaque membre naissait d'un de ses efforts. Là-bas, à la campagne, lors de son grand amour, s'il avait cru tenir le bonheur, en en possédant une enfin, vivante, à pleins bras, ce n'était encore que l'éternelle illusion, puisqu'ils étaient restés quand même étrangers ; et il préférait l'illusion de son art, cette poursuite de la beauté jamais atteinte, ce désir fou que rien ne contentait. Ah ! les vouloir toutes, les créer selon son rêve, des gorges de satin, des hanches couleur d'ambre, des ventres douillets de vierges, et ne les aimer que pour les beaux tons,

et les sentir qui fuyaient, sans pouvoir les étreindre !
Christine était la réalité, le but que la main atteignait, et
Claude en avait eu le dégoût en une saison, lui le soldat de
l'incréé, ainsi que Sandoz l'appelait parfois en riant.

Pendant des mois, la pose fut ainsi pour elle une torture.
La bonne vie à deux avait cessé, un ménage à trois semblait se
faire, comme s'il eût introduit dans la maison une maîtresse,
cette femme qu'il peignait d'après elle. Le tableau immense
se dressait entre eux, les séparait d'une muraille infranchissable ; et c'était au-delà qu'il vivait, avec l'autre. Elle en
devenait folle, jalouse de ce dédoublement de sa personne,
comprenant la misère d'une telle souffrance, n'osant avouer
son mal dont il l'aurait plaisantée. Et pourtant elle ne se
trompait pas, elle sentait bien qu'il préférait sa copie à elle-
même, que cette copie était l'adorée, la préoccupation
unique, la tendresse de toutes les heures. Il la tuait à la pose
pour embellir l'autre ; il ne tenait plus que de l'autre sa joie ou
sa tristesse, selon qu'il la voyait vivre ou languir sous son
pinceau. N'était-ce donc pas de l'amour, cela ? et quelle
souffrance de prêter sa chair, pour que l'autre naquît, pour
que le cauchemar de cette rivale les hantât, fût toujours entre
eux, plus puissant que le réel, dans l'atelier, à table, au lit,
partout ! Une poussière, un rien, de la couleur sur de la toile,
une simple apparence qui rompait tout leur bonheur, lui,
silencieux, indifférent, brutal parfois, elle, torturée de son
abandon, désespérée de ne pouvoir chasser de son ménage
cette concubine, si envahissante et si terrible dans son
immobilité d'image !

Et ce fut dès lors que Christine, décidément battue, sentit
peser sur elle toute la souveraineté de l'art. Cette peinture,
qu'elle avait déjà acceptée sans restrictions, elle la haussa
encore, au fond d'un tabernacle farouche, devant lequel elle
demeurait écrasée, comme devant ces puissants dieux de
colère, que l'on honore, dans l'excès de haine et d'épouvante
qu'ils inspirent. C'était une peur sacrée, la certitude qu'elle
n'avait plus à lutter, qu'elle serait broyée ainsi qu'une paille,
si elle s'entêtait davantage. Les toiles grandissaient comme
des blocs, les plus petites lui semblaient triomphales, les

moins bonnes l'accablaient de leur victoire ; tandis qu'elle ne les jugeait plus, à terre, tremblante, les trouvant toutes formidables, répondant toujours aux questions de son mari :

« Oh ! très bien !... Oh ! superbe !... Oh ! extraordinaire, extraordinaire, celle-là ! »

Cependant, elle était sans colère contre lui, elle l'adorait d'une tendresse en pleurs, tellement elle le voyait se dévorer lui-même. Après quelques semaines d'heureux travail, tout s'était gâté, il ne pouvait se sortir de sa grande figure de femme. C'était pourquoi il tuait son modèle de fatigue, s'acharnant pendant des journées, puis lâchant tout pour un mois. A dix reprises, la figure fut commencée, abandonnée, refaite complètement. Une année, deux années s'écoulèrent, sans que le tableau aboutît, presque terminé parfois, et le lendemain gratté, entièrement à reprendre.

Ah ! cet effort de création dans l'œuvre d'art, cet effort de sang et de larmes dont il agonisait, pour créer de la chair, souffler de la vie ! Toujours en bataille avec le réel, et toujours vaincu, la lutte contre l'Ange ! Il se brisait à cette besogne impossible de faire tenir toute la nature sur une toile, épuisé à la longue dans les perpétuelles douleurs qui tendaient ses muscles, sans qu'il pût jamais accoucher de son génie. Ce dont les autres se satisfaisaient, l'à-peu-près du rendu, les tricheries nécessaires, le tracassaient de remords, l'indignaient comme une faiblesse lâche ; et il recommençait, et il gâtait le bien pour le mieux, trouvant que ça ne « parlait » pas, mécontent de ses bonnes femmes, ainsi que le disaient plaisamment les camarades, tant qu'elles ne descendaient pas coucher avec lui. Que lui manquait-il donc, pour les créer vivantes ? Un rien sans doute. Il était un peu en deçà, un peu au-delà peut-être. Un jour, le mot de génie incomplet, entendu derrière son dos, l'avait flatté et épouvanté. Oui, ce devait être cela, le saut trop court ou trop long, le déséquilibrement des nerfs dont il souffrait, le détraquement héréditaire qui, pour quelques grammes de substance en plus ou en moins, au lieu de faire un grand homme, allait faire un fou. Quand un désespoir le chassait de son atelier, et qu'il fuyait son œuvre, il emportait maintenant cette idée d'une impuissance fatale, il l'écoutait battre contre son crâne, comme le glas obstiné d'une cloche.

Son existence devint misérable. Jamais le doute de lui-même ne l'avait traqué ainsi. Il disparaissait des journées entières ; même il découcha une nuit, rentra hébété le lendemain, sans pouvoir dire d'où il revenait : on pensa qu'il avait battu la banlieue, plutôt que de se retrouver en face de son œuvre manquée. C'était son unique soulagement, fuir dès que cette œuvre l'emplissait de honte et de haine, ne reparaître que lorsqu'il se sentait le courage de l'affronter encore. Et, à son retour, sa femme elle-même n'osait le questionner, trop heureuse de le revoir, après l'anxiété de l'attente. Il courait furieusement Paris, les faubourgs surtout, par un besoin de s'encanailler, vivant avec des manœuvres, exprimant à chaque crise son ancien désir d'être le goujat d'un maçon. Est-ce que le bonheur n'était pas d'avoir des membres solides, abattant vite et bien le travail pour lequel ils étaient taillés ? Il avait raté son existence, il aurait dû se faire embaucher autrefois, quand il déjeunait chez Gomard, au *Chien de Montargis*, où il avait eu pour ami un Limousin, un grand gaillard très gai, dont il enviait les gros bras. Puis, lorsqu'il rentrait rue Tourlaque, les jambes brisées, le crâne vide, il jetait sur sa peinture le regard navré et peureux qu'on risque sur une morte, dans une chambre de deuil ; jusqu'à ce qu'un nouvel espoir de la ressusciter, de la créer vivante enfin, lui fît remonter une flamme au visage.

Un jour, Christine posait, et la figure de femme, une fois de plus, allait être finie. Mais, depuis une heure, Claude s'assombrissait, perdait de la joie d'enfant qu'il avait montrée, au début de la séance. Aussi n'osait-elle souffler, sentant à son propre malaise que tout se gâtait encore, craignant de précipiter la catastrophe, si elle bougeait un doigt. Et, en effet, il eut brusquement un cri de douleur, il jura dans un éclat de tonnerre.

« Ah ! nom de Dieu de nom de Dieu ! »

Il avait jeté sa poignée de brosses du haut de l'échelle. Puis, aveuglé de rage, d'un coup de poing terrible, il creva la toile.

Christine tendait ses mains tremblantes.

« Mon ami, mon ami... »

Mais, quand elle eut couvert ses épaules d'un peignoir, et qu'elle se fut approchée, elle éprouva au cœur une joie aiguë, un grand élancement de rancune satisfaite. Le poing avait tapé en plein dans la gorge de l'autre, un trou béant se creusait là. Enfin, elle était donc tuée !

Immobile, saisi de son meurtre, Claude regardait cette poitrine ouverte sur le vide. Un immense chagrin lui venait de la blessure, par où le sang de son œuvre lui semblait couler. Était-ce possible ? était-ce lui qui avait assassiné ainsi ce qu'il aimait le plus au monde ? Sa colère tombait à une stupeur, il se mit à promener ses doigts sur la toile, tirant les bords de la déchirure, comme s'il avait voulu rapprocher les lèvres d'une plaie. Il étranglait, il bégayait, éperdu d'une douleur douce, infinie :

« Elle est crevée... elle est crevée... »

Alors, Christine fut remuée jusqu'aux entrailles, dans sa maternité pour son grand enfant d'artiste. Elle pardonnait comme toujours, elle voyait bien qu'il n'avait plus qu'une idée, raccommoder à l'instant la déchirure, guérir le mal ; et elle l'aida, ce fut elle qui tint les lambeaux, pendant que, par-derrière, il collait un morceau de toile. Quand elle se rhabilla, l'autre était là de nouveau, immortelle, ne gardant à la place du cœur qu'une mince cicatrice, qui acheva de passionner le peintre.

Dans ce déséquilibrement qui s'aggravait, Claude en arrivait à une sorte de superstition, à une croyance dévote aux procédés. Il proscrivait l'huile, en parlait comme d'une ennemie personnelle. Au contraire, l'essence faisait mat et solide ; et il avait des secrets à lui qu'il cachait, des solutions d'ambre, du copal liquide, d'autres résines encore, qui séchaient vite et empêchaient la peinture de craquer. Seulement, il devait ensuite se battre contre des embus terribles, car ses toiles absorbantes buvaient du coup le peu d'huile des couleurs. Toujours la question des pinceaux l'avait préoccupé : il les voulait d'un emmanchement spécial, dédaignant la martre, exigeant du crin séché au four. Puis, la grosse affaire était le couteau à palette, car il l'employait pour les fonds, comme Courbet ; il en possédait une collection, de longs et flexibles, de larges et trapus, un surtout, triangulaire, pareil à celui des vitriers, qu'il avait fait fabriquer exprès, le vrai couteau de Delacroix [99]. Du reste, il n'usait jamais du grattoir, ni du rasoir, qu'il trouvait déshonorants. Mais il se permettait toutes sortes de pratiques mystérieuses dans l'application du ton, il se forgeait des recettes, en changeait chaque mois, croyait avoir brusquement découvert la bonne peinture, parce que, répudiant le flot d'huile, la coulée ancienne, il procédait par des touches successives, béjoitées, jusqu'à ce qu'il fût arrivé à la valeur exacte [100]. Une de ses manies avait longtemps été de peindre de droite à gauche : sans le dire, il était convaincu que cela lui portait bonheur. Et le cas terrible, l'aventure où il s'était détraqué encore, venait d'être sa théorie envahissante des couleurs complémentaires. Gagnière, le premier, lui en avait parlé, très enclin également aux spéculations techniques. Après quoi, lui-même, par la continuelle outrance de sa passion, s'était mis à exagérer ce principe scientifique qui fait découler des trois couleurs primaires, le jaune, le rouge, le bleu, les trois couleurs secondaires, l'orange, le vert, le violet, puis toute une série de couleurs complémentaires et similaires, dont les composés s'obtiennent mathématiquement les uns des autres [101]. Ainsi, la science entrait dans la peinture, une méthode était créée pour l'observation logique, il n'y avait qu'à prendre la dominante d'un tableau, à en établir la complémentaire ou la similaire, pour arriver d'une façon expérimentale aux variations qui se produisent, un rouge se transformant en un jaune près d'un bleu, par exemple, tout un paysage changeant de ton, et par les reflets, et par la décomposition même de la lumière, selon les nuages qui passent. Il en tirait cette conclusion vraie, que les objets n'ont pas de couleur fixe, qu'ils se colorent suivant les circonstances ambiantes ; et le grand mal était que, lorsqu'il revenait maintenant à l'observation directe, la tête bourdonnante de cette science, son œil prévenu forçait les nuances délicates, affirmait en notes trop vives l'exactitude de la théorie ; de sorte que son originalité de notation, si claire, si vibrante de soleil, tournait à la gageure, à un renversement de toutes les habitudes de l'œil, des chairs violâtres sous des cieux tricolores. La folie semblait au bout.

La misère acheva Claude. Elle avait grandi peu à peu, à mesure que le ménage puisait sans compter ; et, lorsque plus un sou ne resta des vingt mille francs, elle s'abattit, affreuse, irréparable. Christine, qui voulut chercher du travail, ne savait rien faire, pas même coudre : elle se désolait, les mains inertes, s'irritait contre son éducation imbécile de demoiselle, qui lui laissait la seule ressource de se placer un jour domestique, si leur vie continuait à se gâter. Lui, tombé dans la moquerie parisienne, ne vendait absolument plus rien. Une exposition indépendante, où il avait montré quelques toiles, avec des camarades, venait de l'achever près des amateurs, tant le public s'était égayé de ces tableaux bariolés de tous les tons de l'arc-en-ciel [102]. Les marchands étaient en fuite, M. Hue seul faisait le voyage de la rue Tourlaque, restait là, extasié, devant les morceaux excessifs, ceux qui éclataient en fusées imprévues, se désespérant de ne pas les couvrir d'or ; et le peintre avait beau dire qu'il les lui donnait, qu'il le suppliait de les accepter, le petit bourgeois y mettait une délicatesse extraordinaire, rognait sur sa vie pour amasser une somme de loin en loin, puis emportait alors avec religion la toile délirante, qu'il pendait à côté de ses tableaux de maître. Cette aubaine était trop rare, Claude avait dû se résigner à des travaux de commerce, si répugné, si désespéré de culbuter à ce bagne où il jurait de ne jamais descendre, qu'il aurait préféré mourir de faim, sans les deux pauvres êtres qui agonisaient avec lui. Il connut les chemins de croix bâclés au rabais, les saints et les saintes à la grosse, les stores dessinés d'après des poncifs, toutes les besognes basses encanaillant la peinture dans une imagerie bête et sans naïveté. Même il eut la honte de se faire refuser des portraits à vingt-cinq francs, parce qu'il ratait la ressemblance ; et il en arriva au dernier degré de la misère, il travailla « au numéro » : des petits marchands infimes, qui vendent sur les ponts et qui expédient chez les sauvages, lui achetèrent tant

par toile, deux francs, trois francs, selon la dimension
réglementaire. C'était pour lui comme une déchéance physique, il en dépérissait, il en sortait malade, incapable d'une
séance sérieuse, regardant son grand tableau en détresse,
avec des yeux de damné, sans y toucher d'une semaine
parfois, comme s'il s'était senti les mains encrassées et
déchues. A peine avait-on du pain, la vaste baraque devenait
inhabitable l'hiver, cette halle dont Christine s'était montrée
glorieuse, en s'y installant. Aujourd'hui, elle, si active
ménagère autrefois, s'y traînait, n'avait plus de cœur à la
balayer ; et tout coulait à l'abandon dans le désastre, et le
petit Jacques débilité de mauvaise nourriture, et leurs repas
faits debout d'une croûte, et leur vie entière, mal conduite,
mal soignée, glissée à la saleté des pauvres qui perdent
jusqu'à l'orgueil d'eux-mêmes.

Après une année encore, Claude, dans un de ces jours de
défaite où il fuyait son tableau manqué, fit une rencontre.
Cette fois, il s'était juré de ne rentrer jamais, il courait Paris
depuis midi, comme s'il avait entendu galoper derrière ses
talons le spectre blafard de la grande figure nue, ravagée de
continuelles retouches, toujours laissée informe, le poursuivant de son désir douloureux de naître. Un brouillard fondait
en une petite pluie jaune, salissant les rues boueuses. Et, vers
cinq heures, il traversait la rue Royale de son pas de
somnambule, au risque d'être écrasé, les vêtements en
loques, crotté jusqu'à l'échine, quand un coupé s'arrêta
brusquement.

« Claude, eh ! Claude !... Vous ne reconnaissez donc pas
vos amies ? »

C'était Irma Bécot, délicieusement vêtue d'une toilette de
soie grise, recouverte de chantilly. Elle avait abaissé la glace
d'une main vive, elle souriait, elle rayonnait dans l'encadre-
ment de la portière.

« Où allez-vous ? »

Lui, béant, répondit qu'il n'allait nulle part. Elle s'égaya
plus haut, en le regardant de ses yeux de vice, avec le
retroussis de lèvres pervers d'une dame que tourmente

l'envie subite d'une crudité, aperçue chez une fruitière
borgne.

« Montez alors, il y a si longtemps qu'on ne s'est vu !...
Montez donc, vous allez être renversé ! »

En effet, les cochers s'impatientaient, poussaient leurs
chevaux, au milieu d'un vacarme ; et il monta, étourdi ; et
elle l'emporta, ruisselant, avec son hérissement farouche de
pauvre, dans le petit coupé de satin bleu, assis à moitié sur les
dentelles de sa jupe ; tandis que les fiacres rigolaient de
l'enlèvement, en prenant la queue, pour rétablir la circulation.

Irma Bécot avait enfin réalisé son rêve d'un hôtel à elle, sur
l'avenue de Villiers. Mais elle y avait mis des années, le
terrain d'abord acheté par un amant, puis les cinq cent mille
francs de la bâtisse, les trois cent mille francs des meubles,
fournis par d'autres, au petit bonheur des coups de passion.
C'était une demeure princière, d'un luxe magnifique, surtout
d'un extrême raffinement dans le bien-être voluptueux, une
grande alcôve de femme sensuelle, un grand lit d'amour qui
commençait aux tapis du vestibule, pour monter et s'étendre
jusqu'aux murs capitonnés des chambres. Aujourd'hui, après
avoir beaucoup coûté, l'auberge rapportait davantage, car on
y payait le renom de ses matelas de pourpre, les nuits y
étaient chères.

En rentrant avec Claude, Irma défendit sa porte. Elle
aurait mis le feu à toute cette fortune, pour un caprice
satisfait. Comme ils passaient ensemble dans la salle à
manger, monsieur, l'amant qui payait alors, tenta d'y
pénétrer quand même ; mais elle le fit renvoyer, très haut,
sans craindre d'être entendue. Puis, à table, elle eut des rires
d'enfant, mangea de tout, elle qui n'avait jamais faim ; et elle
couvait le peintre d'un regard ravi, l'air amusé de sa forte
barbe mal tenue, de son veston de travail aux boutons
arrachés. Lui, dans un rêve, se laissait faire, mangeait aussi
avec l'appétit glouton des grandes crises. Le dîner fut
silencieux, le maître d'hôtel servait avec une dignité hautaine.

« Louis, vous porterez le café et les liqueurs dans ma chambre. »

Il n'était guère plus de huit heures, et Irma voulut s'y enfermer tout de suite avec Claude. Elle poussa le verrou, plaisanta : bonsoir, madame est couchée !

« Mets-toi à ton aise, je te garde... Hein ? il y a assez longtemps qu'on en cause ! A la fin, c'est trop bête ! »

Alors, lui, tranquillement, enleva son veston dans la chambre somptueuse, aux murs de soie mauve, garnis d'une dentelle d'argent, au lit colossal, drapé de broderies anciennes, pareil à un trône. Il avait l'habitude d'être en manches de chemise, il se crut chez lui. Autant dormir là que sous un pont, puisqu'il avait juré de ne rentrer jamais plus. Son aventure ne l'étonnait même pas, dans le détraquement de sa vie. Et elle, ne pouvant comprendre cet abandon brutal, le trouvait drôle à mourir, se récréait comme une fille échappée, à moitié dévêtue elle-même, le pinçant, le mordant, jouant à des jeux de mains, en vrai petit voyou du pavé.

« Tu sais, ma tête pour les jobards, mon Titien, comme ils disent, ce n'est pas pour toi... Ah ! tu me changes, vrai ! tu es différent ! »

Et elle l'empoignait, lui disait combien elle avait eu envie de lui, parce qu'il était mal peigné. De grands rires étranglaient les mots dans sa gorge. Il lui semblait si laid, si comique, qu'elle le baisait partout avec rage.

Vers trois heures du matin, au milieu des draps froissés, arrachés, Irma s'allongea, nue, la chair gonflée de sa débauche, bégayante de lassitude.

« Et ton collage à propos, tu l'as donc épousé ? »

Claude, qui s'endormait, rouvrit des yeux hébétés.

« Oui.

— Et tu couches toujours avec ?

— Mais oui. »

Elle se remit à rire, elle ajouta simplement :

« Ah ! mon pauvre gros, mon pauvre gros, ce que vous devez vous embêter ! »

Le lendemain, quand Irma laissa partir Claude, toute rose comme après une nuit de grand repos, correcte dans son peignoir, coiffée déjà et calmée, elle garda un instant ses mains entre les siennes ; et, très affectueuse, elle le contemplait d'un air à la fois attendri et blagueur.

« Mon pauvre gros, ça ne t'a pas fait plaisir. Non ! ne jure pas, nous le sentons, nous autres femmes... Mais, à moi, ça m'en a fait beaucoup, oh ! beaucoup... Merci, merci bien ! »

Et c'était fini, il aurait fallu qu'il la payât très cher, pour qu'elle recommençât.

Claude, directement, rentra rue Tourlaque, dans la secousse de cette bonne fortune. Il en éprouvait un singulier mélange de vanité et de remords, qui pendant deux jours le rendit indifférent à la peinture, rêvassant qu'il avait peut-être bien manqué sa vie. D'ailleurs, il était si étrange à son retour, si débordant de sa nuit, que Christine l'ayant questionné, il balbutia d'abord, puis avoua tout. Il y eut une scène, elle pleura longtemps, pardonna encore, pleine d'une indulgence infinie pour ses fautes, s'inquiétant maintenant, comme si elle eût craint qu'une pareille nuit ne l'eût trop fatigué. Et, du fond de son chagrin, montait une joie inconsciente, l'orgueil qu'on ait pu l'aimer, l'égaiement passionné de le voir capable d'une escapade, l'espoir aussi qu'il lui reviendrait, puisqu'il était allé chez une autre. Elle frissonnait dans l'odeur de désir qu'il rapportait, elle n'avait toujours au cœur qu'une jalousie, cette peinture exécrée, à ce point qu'elle l'aurait plutôt jeté à une femme.

Mais, vers le milieu de l'hiver, Claude eut une nouvelle poussée de courage. Un jour, rangeant de vieux châssis, il retrouva, tombé derrière, un ancien bout de toile. C'était la figure nue, la femme couchée de *Plein air,* qu'il avait seule gardée, en la coupant dans le tableau, lorsque celui-ci lui était revenu du Salon des Refusés. Et, comme il la déroulait, il lâcha un cri d'admiration.

« Nom de Dieu ! que c'est beau ! »

Tout de suite, il la fixa au mur par quatre clous ; et dès lors, il passa des heures à la contempler. Ses mains tremblaient, un flot de sang lui montait au visage. Était-ce possible qu'il eût peint un tel morceau de maître ? Il avait donc du génie, en ce temps-là ? On lui avait donc changé le

crâne, et les yeux, et les doigts ? Une telle fièvre l'exaltait, un
tel besoin de s'épancher, qu'il finissait par appeler sa femme.

« Viens donc voir !… Hein ? est-elle plantée ? en a-t-elle
des muscles emmanchés finement ?… Cette cuisse-là, tiens !
baignée de soleil. Et l'épaule, ici, jusqu'au renflement du
sein… Ah ! mon Dieu ! c'est de la vie, je la sens vivre, moi,
comme si je la touchais, la peau souple et tiède, avec son
odeur. »

Christine, debout près de lui, regardait, répondait par des
paroles brèves. Cette résurrection d'elle-même, après des
années, telle qu'elle était à dix-huit ans, l'avait d'abord flattée
et surprise. Mais, depuis qu'elle le voyait se passionner ainsi,
elle ressentait un malaise grandissant, une vague irritation
sans cause avouée.

« Comment ! tu ne la trouves pas d'une beauté à s'age-
nouiller devant elle ?

— Si, si… Seulement, elle a noirci. »

Claude protestait avec violence. Noirci, allons donc !
Jamais elle ne noircirait, elle avait l'immortelle jeunesse. Un
véritable amour s'était emparé de lui, il parlait d'elle ainsi
que d'une personne, avait de brusques besoins de la revoir,
qui lui faisaient tout quitter, comme pour courir à un rendez-
vous.

Puis, un matin, il fut pris d'une fringale de travail.

« Mais, nom d'un chien ! puisque j'ai fait ça, je puis bien le
refaire… Ah ! cette fois, si je ne suis pas une brute, nous
allons voir ! »

Et Christine, immédiatement, dut lui donner une séance
de pose, car il était déjà sur son échelle, brûlant de se
remettre à son grand tableau. Pendant un mois, il la tint huit
heures par jour, nue, les pieds malades d'immobilité, sans
pitié pour l'épuisement où il la sentait, de même qu'il se
montrait d'une dureté féroce pour sa propre fatigue. Il
s'entêtait à un chef-d'œuvre, il exigeait que sa figure debout
valût cette figure couchée, qu'il voyait sur le mur rayonner de
vie. Continuellement, il la consultait, il la comparait, désespéré et fouetté par la peur de ne l'égaler jamais plus. Il lui
jetait un coup d'œil, un autre à Christine, un autre à sa toile,

s'emportait en jurons, quand il ne se contentait pas. Enfin, il tomba sur sa femme.

« Aussi, ma chère, tu n'es plus comme là-bas, quai de Bourbon. Ah ! mais, plus du tout !... C'est très drôle, tu as eu la poitrine mûre de bonne heure. Je me souviens de ma surprise, quand je t'ai vue avec une gorge de vraie femme, tandis que le reste gardait la finesse grêle de l'enfance... Et si souple, et si frais, une éclosion de bouton, un charme de printemps... Certes, oui, tu peux t'en flatter, ton corps a été bigrement bien ! »

Il ne disait pas ces choses pour la blesser, il parlait simplement en observateur, fermant les yeux à demi, causant de son corps comme d'une pièce d'étude qui s'abîmait.

« Le ton est toujours splendide, mais le dessin, non, non, ce n'est plus ça !... Les jambes, oh ! les jambes, très bien encore : c'est ce qui s'en va en dernier, chez la femme... Seulement, le ventre et les seins, dame ! ça se gâte. Ainsi, regarde-toi dans la glace : il y a là, près des aisselles, des poches qui se gonflent, et ça n'a rien de beau. Va, tu peux chercher sur son corps, à elle, ces poches n'y sont pas. »

D'un regard tendre, il désignait la figure couchée ; et il conclut :

« Ce n'est point ta faute, mais c'est évidemment ça qui me fiche dedans... Ah ! pas de chance ! »

Elle écoutait, elle chancelait, dans son chagrin. Ces heures de pose, dont elle avait déjà tant souffert, tournaient maintenant à un supplice intolérable. Quelle était donc cette nouvelle invention, de l'accabler avec sa jeunesse, de souffler sur sa jalousie, en lui donnant le regret empoisonné de sa beauté disparue ? Voilà qu'elle devenait sa propre rivale, qu'elle ne pouvait plus regarder son ancienne image, sans être mordue au cœur d'une envie mauvaise ! Ah ! que cette image, cette étude faite d'après elle, avait pesé sur son existence ! Tout son malheur était là : sa gorge montrée d'abord dans son sommeil ; puis, son corps vierge dévêtu librement, en une minute de tendresse charitable ; puis, ce don d'elle-même, après les rires de la foule, huant sa nudité ; puis, sa vie entière, son abaissement à ce métier de modèle,

où elle avait perdu jusqu'à l'amour de son mari. Et elle
renaissait, cette image, elle ressuscitait, plus vivante qu'elle,
pour achever de la tuer ; car il n'y avait désormais qu'une
œuvre, c'était la femme couchée de l'ancienne toile qui se
relevait à présent, dans la femme debout du nouveau tableau.

Alors, à chaque séance, Christine se sentit vieillir. Elle
abaissait sur elle des regards troubles, elle croyait voir se
creuser des rides, se déformer les lignes pures. Jamais elle ne
s'était étudiée ainsi, elle avait la honte et le dégoût de son
corps, ce désespoir infini des femmes ardentes, lorsque
l'amour les quitte avec leur beauté. Était-ce donc pour cela
qu'il ne l'aimait plus, qu'il allait passer les nuits chez
d'autres, et qu'il se réfugiait dans la passion hors nature de
son œuvre ? Elle en perdait l'intelligence nette des choses,
elle en tombait à une déchéance, vivant en camisole et en jupe
sales, n'ayant plus la coquetterie de sa grâce, découragée par
cette idée qu'il devenait inutile de lutter, puisqu'elle était
vieille.

Un jour, Claude, enragé par une mauvaise séance, eut un
cri terrible dont elle ne devait plus guérir. Il avait failli crever
de nouveau sa toile, hors de lui, secoué d'une de ces colères,
où il semblait irresponsable. Et, se soulageant sur elle, le
poing tendu :

« Non, décidément, je ne puis rien faire avec ça... Ah !
vois-tu, quand on veut poser, il ne faut pas avoir d'enfant ! »

Révoltée sous l'outrage, pleurante, elle courut se rhabiller.
Mais ses mains s'égaraient, elle ne trouvait pas ses vêtements
pour se couvrir assez vite. Tout de suite, lui, plein de
remords, était descendu la consoler.

« Voyons, j'ai eu tort, je suis un misérable... De grâce,
pose, pose encore un peu, pour me prouver que tu ne m'en
veux point. »

Il la rattrapait, nue entre ses bras, il lui disputait sa
chemise, qu'elle avait déjà passée à moitié. Et elle pardonna
une fois de plus, elle reprit la pose, si frémissante, que des
ondes douloureuses passaient le long de ses membres ; tandis
que, dans son immobilité de statue, de grosses larmes
muettes continuaient de tomber de ses joues sur sa gorge, où

elles ruisselaient. Son enfant, ah ! certes, oui, il aurait mieux fait de ne pas naître ! C'était lui peut-être la cause de tout. Elle ne pleura plus, elle excusait déjà le père, elle se sentait une colère sourde contre le pauvre être, pour qui sa maternité ne s'était jamais éveillée, et qu'elle haïssait maintenant, à cette idée qu'il avait pu, en elle, détruire l'amante.

Pourtant, Claude s'obstinait cette fois, et il acheva le tableau, il jura qu'il l'enverrait quand même au Salon. Il ne quittait plus son échelle, il nettoyait les fonds jusqu'à la nuit noire. Enfin, épuisé, il déclara qu'il n'y toucherait pas davantage ; et, ce jour-là, comme Sandoz montait le voir, vers quatre heures, il ne le trouva point. Christine répondit qu'il venait de sortir, pour prendre l'air un moment sur la butte.

La lente rupture s'était aggravée entre Claude et les amis de l'ancienne bande. Chacun de ces derniers avait écourté et espacé ses visites, mal à l'aise devant cette peinture troublante, de plus en plus bousculé par le détraquage de cette admiration de jeunesse ; et, maintenant, tous étaient en fuite, pas un n'y retournait. Gagnière, lui, avait même quitté Paris, pour aller habiter l'une de ses maisons de Melun, où il vivait chichement de la location de l'autre, après s'être marié, à la stupéfaction des camarades, avec sa maîtresse de piano, une vieille demoiselle qui lui jouait du Wagner, le soir. Quant à Mahoudeau, il alléguait son travail, car il commençait à gagner quelque argent, grâce à un fabricant de bronzes d'art qui lui faisait retoucher ses modèles. C'était une autre histoire pour Jory, que personne ne voyait, depuis que Mathilde le tenait cloîtré, despotiquement : elle le nourrissait à crever de petits plats, l'abêtissait de pratiques amoureuses, le gorgeait de tout ce qu'il aimait, à un tel point, que lui, l'ancien coureur de trottoirs, l'avare qui ramassait ses plaisirs au coin des bornes pour ne pas les payer, en était tombé à une domesticité de chien fidèle, donnant les clefs de son argent, ayant en poche de quoi acheter un cigare, les jours seulement où elle voulait bien lui laisser vingt sous ; on racontait même qu'en fille autrefois dévote, afin de consolider sa conquête, elle le jetait dans la religion et lui parlait de la mort, dont il avait une peur atroce. Seul, Fagerolles affectait une vive cordialité à l'égard de son vieil ami, lorsqu'il le rencontrait, promettant toujours d'aller le voir, ce qu'il ne faisait jamais du reste : il avait tant d'occupations, depuis son grand succès, tambouriné, affiché, célébré, en marche pour toutes les fortunes et tous les honneurs ! Et Claude ne regrettait guère que Dubuche, par une lâcheté tendre des vieux souvenirs d'enfance, malgré les froissements que la différence de leurs natures avait amenés plus tard. Mais Dubuche, semblait-il, n'était pas heureux non plus de son côté, comblé de millions sans doute, et cependant misérable, en continuelle dispute avec son beau-père qui se plaignait d'avoir été trompé sur ses capacités d'architecte, obligé de vivre dans les potions de sa femme malade et de ses deux enfants, des fœtus venus avant terme, que l'on élevait sous de la ouate.

De toutes ces amitiés mortes, il n'y avait donc que Sandoz qui parût connaître encore le chemin de la rue Tourlaque. Il y revenait pour le petit Jacques, son filleul, pour cette triste femme aussi, cette Christine dont le visage de passion, au milieu de cette misère, le remuait profondément, comme une de ces visions de grandes amoureuses qu'il aurait voulu faire passer dans ses livres. Et, surtout, sa fraternité d'artiste augmentait, depuis qu'il voyait Claude perdre pied, sombrer au fond de la folie héroïque de l'art. D'abord, il en était resté plein d'étonnement, car il avait cru à son ami plus qu'à lui-même, il se mettait le second depuis le collège, en le plaçant très haut, au rang des maîtres qui révolutionnent une époque. Ensuite, un attendrissement douloureux lui était venu de cette faillite du génie, une amère et saignante pitié, devant ce tourment effroyable de l'impuissance. Est-ce qu'on savait jamais, en art, où était le fou ? Tous les ratés le touchaient aux larmes, et plus le tableau ou le livre tombait à l'aberration, à l'effort grotesque et lamentable, plus il frémissait de charité, avec le besoin d'endormir pieusement dans l'extravagance de leurs rêves, ces foudroyés de l'œuvre.

Le jour où Sandoz était monté sans trouver le peintre, il ne s'en alla pas, il insista, en voyant les yeux de Christine rougis de larmes.

« Si vous pensez qu'il doive rentrer bientôt, je vais l'attendre.

— Oh ! il ne peut tarder.

— Alors, je reste, à moins que je ne vous dérange. »

Jamais elle ne l'avait ému à ce point, avec son affaissement de femme délaissée, ses gestes las, sa parole lente, son insouciance de tout ce qui n'était pas la passion dont elle brûlait. Depuis une semaine peut-être, elle ne rangeait plus une chaise, n'essuyait plus un meuble, laissant s'accomplir la débâcle du ménage, ayant à peine la force de se mouvoir elle-même. Et c'était à serrer le cœur, sous la lumière crue de la grande baie, cette misère culbutant dans la saleté, cette sorte de hangar mal crépi, nu et encombré de désordre, où l'on grelottait de tristesse, malgré la claire après-midi de février.

Christine, pesamment, était allée se rasseoir près d'un lit de fer, que Sandoz n'avait pas remarqué en entrant.

« Tiens ! demanda-t-il, est-ce que Jacques est malade ? »

Elle recouvrait l'enfant, dont les mains, sans cesse, repoussaient le drap.

« Oui, il ne se lève plus depuis trois jours. Nous avons apporté là son lit, pour qu'il soit avec nous... Oh ! il n'a jamais été solide. Mais il va de moins en moins bien, c'est désespérant. »

Les regards fixes, elle parlait d'une voix monotone, et il s'effraya, quand il se fut approché. Blême, la tête de l'enfant semblait avoir grossi encore, si lourde de crâne maintenant, qu'il ne pouvait plus la porter. Elle reposait inerte, on l'aurait crue déjà morte, sans le souffle fort qui sortait des lèvres décolorées.

« Mon petit Jacques, c'est moi, c'est ton parrain... Est-ce que tu ne veux pas me dire bonjour ? »

Péniblement, la tête fit un vain effort pour se soulever, les paupières s'entr'ouvrirent, montrant le blanc des yeux, puis se refermèrent.

« Mais avez-vous vu un médecin ? »

Elle eut un haussement d'épaules.

« Oh ! les médecins ! est-ce qu'ils savent ?... Il en est venu un, il a dit qu'il n'y avait rien à faire... Espérons que ce sera une alerte encore. Le voilà qui a douze ans. C'est la croissance. »

Sandoz, glacé, se tut, pour ne pas augmenter son inquiétude, puisqu'elle ne paraissait pas voir la gravité du mal. Il se promena en silence, il s'arrêta devant le tableau.

« Ah ! ah ! ça marche, il est en bonne route, cette fois.

— Il est fini.

— Comment, fini ! »

Et, quand elle eut ajouté que la toile devait partir la semaine suivante pour le Salon, il resta gêné, il s'assit sur le divan, en homme qui désirait la juger sans hâte. Les fonds, les quais, la Seine, d'où montait la pointe triomphale de la Cité, demeuraient à l'état d'ébauche, mais d'ébauche magistrale, comme si le peintre avait eu peur de gâter le Paris de son rêve, en le finissant davantage. A gauche se trouvait aussi un groupe excellent, les débardeurs qui déchargeaient les sacs de plâtre, des morceaux très travaillés ceux-là, d'une belle puissance de facture. Seulement, la barque des femmes, au milieu, trouait le tableau d'un flamboiement de chairs qui n'étaient pas à leur place ; et la grande figure nue surtout, peinte dans la fièvre, avait un éclat, un grandissement d'hallucination d'une fausseté étrange et déconcertante, au milieu des réalités voisines.

Sandoz, silencieux, se désespérait, en face de cet avortement superbe. Mais il rencontra les yeux de Christine fixés sur lui, et il eut la force de murmurer :

« Étonnante, oh ! la femme, étonnante ! »

D'ailleurs, Claude rentra au même moment. Il eut une exclamation de joie en apercevant son vieil ami, il lui serra vigoureusement la main. Puis, il s'approcha de Christine, baisa le petit Jacques, qui avait de nouveau rejeté la couverture.

« Comment va-t-il ?

— Toujours la même chose.

— Bon ! bon ! il grandit trop, le repos le remettra. Je te disais bien de ne pas t'inquiéter. »

Et Claude alla s'asseoir sur le divan, près de Sandoz. Tous deux s'abandonnaient, se renversaient, couchés à demi, les regards en l'air, parcourant le tableau ; tandis que Christine, à côté du lit, ne regardait rien, ne semblait penser à rien, dans la désolation continue de son cœur. Peu à peu, la nuit venait, la vive lumière de la baie vitrée pâlissait déjà, se décolorait en une tombée de crépuscule, uniforme et lente.

« Alors, c'est décidé, ta femme m'a dit que tu l'envoyais ?

— Oui.

— Tu as raison, il faut en sortir, de cette machine... Oh ! il y a des morceaux, là-dedans ! Cette fuite du quai, à gauche ; et l'homme qui soulève un sac, en bas... Seulement... »

Il hésitait, il osa enfin.

« Seulement, c'est drôle que tu te sois entêté à laisser ces baigneuses nues... Ça ne s'explique guère, je t'assure, et tu m'avais promis de les habiller, te souviens-tu ?... Tu y tiens donc bien, à ces femmes ?

— Oui. »

Claude répondait sèchement, avec l'obstination de l'idée fixe, qui dédaigne même de donner des raisons. Il avait croisé les deux bras sous sa nuque, il se mit à parler d'autre chose, sans quitter des yeux son tableau, que le crépuscule commençait à obscurcir d'une ombre fine.

« Tu ne sais pas d'où je viens ? Je viens de chez Courajod... Hein ? le grand paysagiste, le peintre de la *Mare de Gagny*, qui est au Luxembourg [103] ! Tu te rappelles, je le croyais mort, et nous avons su qu'il habitait une maison près d'ici, de l'autre côté de la butte, rue de l'Abreuvoir... Eh bien ! mon vieux, il me tracassait, Courajod. En allant prendre l'air parfois, j'avais découvert sa baraque, je ne pouvais plus passer devant, sans avoir l'envie d'entrer. Pense donc ! un maître, un gaillard qui a inventé notre paysage d'à présent, et qui vit là, inconnu, fini, terré comme une taupe !... Puis, tu n'as pas idée de la rue ni de la cambuse : une rue de campagne, emplie de volailles, bordée de talus gazonnés ; une cambuse pareille à un jouet d'enfant, avec de petites fenêtres, une petite porte, un petit jardin, oh ! le jardin, une lichette de terre en pente raide, plantée de quatre poiriers, encombrée de toute une basse-cour faite de planches verdies, de vieux plâtres, de grillages en fer consolidés de ficelles... »

Sa voix se ralentissait, il clignait les paupières, comme si la préoccupation de son tableau fût invinciblement rentrée en lui, l'envahissant peu à peu, au point de le gêner dans ce qu'il disait.

« Aujourd'hui, voilà que j'aperçois justement Courajod sur sa porte... Un vieux de quatre-vingts ans passés, ratatiné, rapetissé à la taille d'un gamin. Non ! il faut l'avoir rencontré avec ses sabots, son tricot de paysan, sa marmotte de vieille femme... Et, bravement, je m'approche, je lui dis : « Monsieur Courajod, je vous connais bien, vous avez au Luxembourg un tableau qui est un chef-d'œuvre, permettez à un peintre de vous serrer la main, ainsi qu'à un maître. » Ah ! du coup, si tu l'avais vu prendre peur, bégayer, reculer, comme si je voulais le battre. Une fuite... Je l'avais suivi, il s'est calmé, m'a montré ses poules, ses canards, ses lapins, ses chiens, une ménagerie extraordinaire, jusqu'à un corbeau ! Il vit au milieu de ça, il ne parle plus qu'à des bêtes. Quant à l'horizon, superbe ! toute la plaine Saint-Denis, des lieues et des lieues, avec des rivières, des villes, des fabriques qui fument, des trains qui soufflent. Enfin, un vrai trou d'ermite sur la montagne, le dos tourné à Paris, les yeux là-bas, dans la campagne sans bornes... Naturellement, je suis revenu à mon affaire. « Oh ! monsieur Courajod, quel talent ! Si vous saviez l'admiration que nous avons pour vous ! Vous êtes une de nos gloires, vous resterez comme notre père à tous. » Ses lèvres s'étaient remises à trembler, il me regardait de son air d'épouvante stupide, il ne m'aurait pas repoussé d'un geste plus suppliant, si j'avais déterré devant lui quelque cadavre de sa jeunesse ; et il mâchonnait des paroles sans suite, entre ses gencives, un zézaiement de vieillard retombé en enfance, impossible à comprendre : « Sais pas... si loin... trop vieux... m'en fiche bien... » Bref, il m'a flanqué dehors, je l'ai entendu qui tournait sa clef violemment, qui se barricadait avec ses bêtes, contre les tentatives d'admiration de la rue... Ah ! ce grand homme finissant en épicier retiré, ce retour volontaire au néant, avant la mort ! Ah ! la gloire, la gloire pour qui nous mourrons, nous autres ! »

De plus en plus étouffée, sa voix s'éteignit en un grand

soupir douloureux. La nuit continuait à se faire, une nuit dont le flot peu à peu amassé dans les coins montait d'une crue lente, inexorable, submergeant les pieds de la table et des chaises, toute la confusion des choses traînant sur le carreau. Déjà, le bas de la toile se noyait ; et lui, les yeux désespérément fixés, semblait étudier le progrès des ténèbres, comme s'il eût enfin jugé son œuvre, dans cette agonie du jour ; pendant que, au milieu du profond silence, on n'entendait plus que le souffle rauque du petit malade, près de qui apparaissait encore la silhouette noire de la mère, immobile.

Sandoz, alors, parla à son tour, les bras également noués sous la nuque, le dos renversé sur un coussin du divan.

« Est-ce qu'on sait ? est-ce qu'il ne vaudrait pas mieux vivre et mourir inconnu ? Quelle duperie, si cette gloire de l'artiste n'existait pas plus que le paradis du catéchisme, dont les enfants eux-mêmes se moquent désormais ! Nous qui ne croyons plus à Dieu, nous croyons à notre immortalité... Ah ! misère ! »

Et, pénétré par la mélancolie du crépuscule, il se confessa, il dit ses propres tourments, que réveillait tout ce qu'il sentait là de souffrance humaine.

« Tiens ! moi que tu envies peut-être, mon vieux, oui ! moi qui commence à faire mes affaires, comme disent les bourgeois, qui publie des bouquins et qui gagne quelque argent, eh bien ! moi, j'en meurs... Je te l'ai répété souvent, mais tu ne me crois pas, parce que le bonheur pour toi qui produis avec tant de peine, qui ne peux arriver au public, ce serait naturellement de produire beaucoup, d'être vu, loué ou éreinté... Ah ! sois reçu au prochain Salon, entre dans le vacarme, fais d'autres tableaux, et tu me diras ensuite si cela te suffit, si tu es heureux enfin... Écoute, le travail a pris mon existence. Peu à peu, il m'a volé ma mère, ma femme, tout ce que j'aime. C'est le germe apporté dans le crâne, qui mange la cervelle, qui envahit le tronc, les membres, qui ronge le corps entier. Dès que je saute du lit, le matin, le travail m'empoigne, me cloue à ma table, sans me laisser respirer une bouffée de grand air ; puis, il me suit au déjeuner, je remâche sourdement mes phrases avec mon pain ; puis, il m'accompagne quand je sors, rentre dîner dans mon assiette, se couche le soir sur mon oreiller, si impitoyable, que jamais je n'ai le pouvoir d'arrêter l'œuvre en train, dont la végétation continue, jusqu'au fond de mon sommeil... Et plus un être n'existe en dehors, je monte embrasser ma mère, tellement distrait, que dix minutes après l'avoir quittée, je me demande si je lui ai réellement dit bonjour. Ma pauvre femme n'a pas de mari, je ne suis plus avec elle, même lorsque nos mains se touchent. Parfois, la sensation aiguë me vient que je leur rends les journées tristes, et j'en ai un grand remords, car le bonheur est uniquement fait de bonté, de franchise et de gaieté, dans un ménage ; mais est-ce que je puis m'échapper des pattes du monstre ! Tout de suite, je retombe au somnambulisme des heures de création, aux indifférences et aux maussaderies de mon idée fixe. Tant mieux si les pages du matin ont bien marché, tant pis si une d'elles est restée en détresse ! La maison rira ou pleurera, selon le bon plaisir du travail dévorateur... Non ! non ! plus rien n'est à moi, j'ai rêvé des repos à la campagne, des voyages lointains, dans mes jours de misère ; et, aujourd'hui que je pourrais me contenter, l'œuvre commencée est là qui me cloître : pas une sortie au soleil matinal, pas une escapade chez un ami, pas une folie de paresse ! Jusqu'à ma volonté qui y passe, l'habitude est prise, j'ai fermé la porte du monde derrière moi, et j'ai jeté la clef par la fenêtre... Plus rien, plus rien dans mon trou que le travail et moi, et il me mangera, et il n'y aura plus rien, plus rien ! »

Il se tut, un nouveau silence régna dans l'ombre croissante. Puis, il recommença péniblement.

« Encore si l'on se contentait, si l'on tirait quelque joie de cette existence de chien !... Ah ! je ne sais pas comment ils font, ceux qui fument des cigarettes et qui se chatouillent béatement la barbe en travaillant. Oui, il y en a, paraît-il, pour lesquels la production est un plaisir facile, bon à prendre, bon à quitter, sans fièvre aucune. Ils sont ravis, ils s'admirent, ils ne peuvent écrire deux lignes qui ne soient pas deux lignes d'une qualité rare, distinguée, introuvable... Eh

bien ! moi, je m'accouche avec les fers, et l'enfant, quand
même, me semble une horreur. Est-il possible qu'on soit
assez dépourvu de doute, pour croire en soi ? Cela me
stupéfie de voir des gaillards qui nient furieusement les
autres, perdre toute critique, tout bon sens, lorsqu'il s'agit de
leurs enfants bâtards. Eh ! c'est toujours très laid, un livre ! il
faut ne pas en avoir fait la sale cuisine, pour l'aimer... Je ne
parle pas des potées d'injures qu'on reçoit. Au lieu de
m'incommoder, elles m'excitent plutôt. J'en vois que les
attaques bouleversent, qui ont le besoin peu fier de se créer
des sympathies. Simple fatalité de nature, certaines femmes
en mourraient, si elles ne plaisaient pas. Mais l'insulte est
saine, c'est une mâle école que l'impopularité, rien ne vaut,
pour vous entretenir en souplesse et en force, la huée des
imbéciles. Il suffit de se dire qu'on a donné sa vie à une
œuvre, qu'on n'attend ni justice immédiate, ni même examen
sérieux, qu'on travaille enfin sans espoir d'aucune sorte,
uniquement parce que le travail bat sous votre peau comme le
cœur, en dehors de la volonté ; et l'on arrive très bien à en
mourir, avec l'illusion consolante qu'on sera aimé un jour...
Ah ! si les autres savaient de quelle gaillarde façon je porte
leurs colères ! Seulement, il y a moi, et moi, je m'accable, je
me désole à ne plus vivre une minute heureux. Mon Dieu !
que d'heures terribles, dès le jour où je commence un roman !
Les premiers chapitres marchent encore, j'ai de l'espace pour
avoir du génie ; ensuite, me voilà éperdu, jamais satisfait de la
tâche quotidienne, condamnant déjà le livre en train, le
jugeant inférieur aux aînés, me forgeant des tortures de
pages, de phrases, de mots, si bien que les virgules elles-
mêmes prennent des laideurs dont je souffre. Et, quand il est
fini, ah ! quand il est fini, quel soulagement ! non pas cette
jouissance du monsieur qui s'exalte dans l'adoration de son
fruit, mais le juron du portefaix qui jette bas le fardeau dont
il a l'échine cassée... Puis, ça recommence ; puis, ça recom-
mencera toujours ; puis, j'en crèverai, furieux contre moi,
exaspéré de n'avoir pas eu plus de talent, enragé de ne pas
laisser une œuvre plus complète, plus haute, des livres sur
des livres, l'entassement d'une montagne ; et j'aurai, en

mourant, l'affreux doute de la besogne faite, me demandant si c'était bien ça, si je ne devais pas aller à gauche, lorsque j'ai passé à droite ; et ma dernière parole, mon dernier râle sera pour vouloir tout refaire... »

Une émotion l'avait pris, ses paroles s'étranglaient, il dut souffler un instant, avant de jeter ce cri passionné, où s'envolait tout son lyrisme impénitent :

« Ah ! une vie, une seconde vie, qui me la donnera, pour que le travail me la vole et pour que j'en meure encore ! »

La nuit s'était faite, on n'apercevait plus la silhouette raidie de la mère, il semblait que le souffle rauque de l'enfant vînt des ténèbres, une détresse énorme et lointaine, montant des rues. De tout l'atelier, tombé à un noir lugubre, la grande toile seule gardait une pâleur, un dernier reste de jour qui s'effaçait. On voyait, pareille à une vision agonisante, flotter la figure nue, mais sans forme précise, les jambes déjà évanouies, un bras mangé, n'ayant de net que la rondeur du ventre, dont la chair luisait, couleur de lune.

Après un long silence, Sandoz demanda :

« Veux-tu que j'aille avec toi, lorsque tu accompagneras là-bas ton tableau ? »

Claude ne lui répondant pas, il crut l'entendre pleurer. Était-ce la tristesse infinie, le désespoir dont il venait d'être secoué lui-même ? Il attendit, il répéta sa question ; et le peintre, alors, après avoir ravalé un sanglot, bégaya enfin :

« Merci, mon vieux, le tableau reste, je ne l'enverrai pas.

— Comment, tu étais décidé ?

— Oui, oui, j'étais décidé... Mais je ne l'avais pas vu, et je viens de le voir, sous ce jour qui tombait... Ah ! c'est raté, raté encore, ah ! ça m'a tapé dans les yeux comme un coup de poing, j'en ai eu la secousse au cœur ! »

Ses larmes, maintenant, ruisselaient lentes et tièdes, dans l'obscurité qui le cachait. Il s'était contenu, et le drame dont l'angoisse silencieuse l'avait ravagé éclatait malgré lui.

« Mon pauvre ami, murmura Sandoz bouleversé, c'est dur à se dire, mais tu as peut-être raison tout de même d'attendre, pour soigner des morceaux... Seulement, je suis furieux, car je vais croire que c'est moi qui t'ai découragé, avec mon éternel et stupide mécontentement des choses. »

Claude, simplement, répondit :

« Toi ! quelle idée ! je ne t'écoutais pas... Non, je regardais tout qui fichait le camp, dans cette sacrée toile. La lumière s'en allait, et il y a eu un moment, sous un petit jour gris, très fin, où j'ai brusquement vu clair : oui, rien ne tient, les fonds seuls sont jolis, la femme nue détonne comme un pétard, pas même d'aplomb, les jambes mauvaises... Ah ! c'était à en crever du coup, j'ai senti que la vie se décrochait dans ma carcasse... Puis, les ténèbres ont coulé encore, encore : un vertige, un engouffrement, la terre roulée au néant du vide, la fin du monde ! Je n'ai plus vu bientôt que son ventre, décroissant comme une lune malade. Et tiens ! tiens ! à cette heure, il n'y a plus rien d'elle, plus une lueur, elle est morte, toute noire ! »

En effet, le tableau, à son tour, avait complètement disparu. Mais le peintre s'était levé, on l'entendit jurer dans la nuit épaisse.

« Nom de Dieu ! ça ne fait rien... Je vais m'y remettre... »

Christine, qui, elle aussi, avait quitté sa chaise, et contre laquelle il se heurtait, l'interrompit.

« Prends garde, j'allume la lampe. »

Elle l'alluma, elle reparut très pâle, jetant vers le tableau un regard de crainte et de haine. Eh quoi ! il ne partait pas, l'abomination recommençait !

« Je vais m'y remettre, répéta Claude, et il me tuera, et il tuera ma femme, mon enfant, toute la baraque, mais ce sera un chef-d'œuvre, nom de Dieu ! »

Christine alla se rasseoir, on revint près de Jacques, qui s'était découvert une fois encore, du tâtonnement égaré de ses petites mains. Il soufflait toujours, inerte, la tête enfoncée dans l'oreiller, pareille à un poids dont le lit craquait. En partant, Sandoz dit ses craintes. La mère semblait hébétée, le père retournait déjà devant sa toile, l'œuvre à créer, dont l'illusion passionnée combattait en lui la réalité douloureuse de son enfant, cette chair vivante de sa chair.

Le lendemain matin, Claude achevait de s'habiller, lorsqu'il entendit la voix effarée de Christine. Elle aussi venait de s'éveiller en sursaut, du lourd sommeil qui l'avait engourdie sur la chaise, pendant qu'elle gardait le malade.

« Claude ! Claude ! vois donc… Il est mort. »

Il accourut, les yeux gros, trébuchant, sans comprendre, répétant d'un air de profonde surprise :

« Comment, il est mort ? »

Un instant, ils restèrent béants au-dessus du lit. Le pauvre être, sur le dos, avec sa tête trop grosse d'enfant du génie, exagérée jusqu'à l'enflure des crétins, ne paraissait pas avoir bougé depuis la veille ; seulement, sa bouche élargie, décolorée, ne soufflait plus, et ses yeux vides s'étaient ouverts. Le père le toucha, le trouva d'un froid de glace.

« C'est vrai, il est mort. »

Et leur stupeur était telle, qu'un instant encore ils demeurèrent les yeux secs, uniquement frappés de la brutalité de l'aventure, qu'ils jugeaient incroyable.

Puis, les genoux cassés, Christine s'abattit devant le lit ; et elle pleurait à grands sanglots, qui la secouaient toute, les bras tordus, le front au bord du matelas. Dans ce premier moment terrible, son désespoir s'aggravait surtout d'un poignant remords, celui de ne l'avoir pas aimé assez, le pauvre enfant. Une vision rapide déroulait les jours, chacun d'eux lui apportait un regret, des paroles mauvaises, des caresses différées, des rudesses même parfois. Et c'était fini, jamais plus elle ne le dédommagerait du vol qu'elle lui avait fait de son cœur. Lui qu'elle trouvait si désobéissant, il venait de trop obéir. Elle lui avait tant de fois répété, quand il jouait : « Tiens-toi tranquille, laisse travailler ton père ! » qu'à la fin il était sage, pour longtemps. Cette idée la suffoqua, chaque sanglot lui arrachait un cri sourd.

Claude s'était mis à marcher, dans un besoin nerveux de changer de place. La face convulsée, il ne pleurait que de grosses larmes rares, qu'il essuyait régulièrement, d'un revers de main. Et, quand il passait devant le petit cadavre, il ne pouvait s'empêcher de lui jeter un regard. Les yeux fixes, grands ouverts, semblaient exercer sur lui une puissance. D'abord, il résista, l'idée confuse se précisait, finissait par être une obsession. Il céda enfin, alla prendre une petite toile, commença une étude de l'enfant mort. Pendant les premières minutes, ses larmes l'empêchèrent de voir, noyant tout d'un brouillard : il continuait de les essuyer, s'entêtait d'un pinceau tremblant. Puis, le travail sécha ses paupières, assura sa main ; et, bientôt, il n'y eut plus là son fils glacé, il n'y eut qu'un modèle, un sujet dont l'étrange intérêt le passionna. Ce dessin exagéré de la tête, ce ton de cire des chairs, ces yeux pareils à des trous sur le vide, tout l'excitait, le chauffait d'une flamme. Il se reculait, se complaisait, souriait vaguement à son œuvre.

Lorsque Christine se releva, elle le trouva ainsi à la besogne. Alors, reprise d'un accès de larmes, elle dit seulement :

« Ah ! tu peux le peindre, il ne bougera plus ! »

Durant cinq heures, Claude travailla. Et, le surlendemain, lorsque Sandoz le ramena du cimetière, après l'enterrement, il frémit de pitié et d'admiration devant la petite toile. C'était un des bons morceaux de jadis, un chef-d'œuvre de clarté et de puissance, avec une immense tristesse en plus, la fin de tout, la vie mourant de la mort de cet enfant.

Mais Sandoz, qui se récriait, plein d'éloges, resta saisi d'entendre Claude lui dire :

« Vrai, tu aimes ça ?... Alors, tu me décides. Puisque l'autre machine n'est pas prête, je vais envoyer ça au Salon [104]. »

X

La veille, Claude avait porté l'*Enfant mort* au Palais de l'Industrie, lorsqu'il rencontra Fagerolles, un matin qu'il vaguait du côté du parc Monceau.

« Comment ! c'est toi, mon vieux ! s'écria cordialement ce dernier. Et qu'est-ce que tu deviens, qu'est-ce que tu fais ? On se voit si peu ! »

Puis, lorsque l'autre lui eut parlé de son envoi au Salon, de cette petite toile, dont il était plein, il ajouta :

« Ah ! tu as envoyé, mais alors je vais te faire recevoir ça. Tu sais que, cette année, je suis candidat au jury. »

En effet, dans le tumulte et l'éternel mécontentement des artistes, après des tentatives de réformes vingt fois reprises, puis abandonnées, l'administration venait de confier aux exposants le droit d'élire eux-mêmes les membres du jury d'admission ; et cela bouleversait le monde de la peinture et de la sculpture, une véritable fièvre électorale s'était déclarée, les ambitions, les coteries, les intrigues, toute la basse cuisine qui déshonore la politique [105].

« Je t'emmène, continua Fagerolles. Il faut que tu visites mon installation, mon petit hôtel, où tu n'as pas encore mis les pieds, malgré tes promesses... C'est là, tout près, au coin de l'avenue de Villiers. »

Et Claude, dont il avait pris gaiement le bras, dut le suivre. Il était envahi d'une lâcheté, cette idée que son ancien camarade pourrait le faire recevoir, l'emplissait à la fois de honte et de désir. Sur l'avenue, devant le petit hôtel, il s'arrêta, pour en regarder la façade, un découpage coquet et précieux d'architecte, la reproduction exacte d'une maison renaissance de Bourges, avec les fenêtres à meneaux, la tourelle d'escalier, le toit historié de plomb. C'était un vrai bijou de fille ; et il demeura surpris, lorsque, en se retournant, il aperçut, à l'autre bord de la chaussée, l'hôtel royal d'Irma Bécot, où il avait passé une nuit dont le souvenir lui restait comme un rêve. Vaste, solide, presque sévère, ce dernier gardait une importance de palais, en face de son voisin, l'artiste, réduit à une fantaisie de bibelot.

« Hein ? cette Irma, dit Fagerolles, avec une nuance de respect, elle en a, une cathédrale !... Ah ! dame, moi, je ne vends que de la peinture !... Entre donc. »

L'intérieur était d'un luxe magnifique et bizarre : de vieilles tapisseries, de vieilles armes, un amas de meubles anciens, de curiosités de la Chine et du Japon, dès le vestibule ; une salle à manger, à gauche, toute en panneaux de laque, tendue au plafond d'un dragon rouge ; un escalier de bois sculpté, où flottaient des bannières, où montaient en panaches des plantes vertes. Mais, en haut, l'atelier surtout était une merveille, assez étroit, sans un tableau, entièrement recouvert de portières d'Orient, occupé d'un bout par une cheminée énorme, dont des chimères portaient la hotte, empli à l'autre bout par un vaste divan sous une tente, tout un monument, des lances soutenant en l'air le dais somptueux des tentures, au-dessus d'un entassement de tapis, de fourrures et de coussins, presque au ras du parquet.

Claude examinait, et une question lui venait aux lèvres, qu'il retint. Est-ce que cela était payé ? Décoré de l'année précédente, Fagerolles exigeait, assurait-on, dix mille francs d'un portrait. Naudet, qui, après l'avoir lancé, exploitait maintenant son succès par coupes réglées, ne lâchait pas un de ses tableaux à moins de vingt, trente, quarante mille francs. Les commandes seraient tombées chez lui dru comme grêle, si le peintre n'avait pas affecté le dédain, l'accablement de l'homme dont on se disputait les moindres ébauches. Et, cependant, ce luxe étalé sentait la dette, il n'y avait que des acomptes donnés aux fournisseurs, tout l'argent, cet argent gagné comme à la Bourse, dans des coups de hausse, filait entre les doigts, se dépensait sans qu'on en retrouvât la trace. Du reste, Fagerolles, encore en pleine flamme de cette brusque fortune, ne comptait pas, ne s'inquiétait pas, fort de l'espoir de vendre toujours, de plus en plus cher, glorieux de la grande situation qu'il prenait dans l'art contemporain.

A la fin, Claude remarqua une petite toile sur un chevalet de bois noir, drapé de peluche rouge. C'était tout ce qui traînait du métier, avec un casier à couleurs de palissandre et une boîte de pastels, oubliée sur un meuble.

« Très fin, dit Claude devant la petite toile, pour être aimable. Et ton Salon, il est envoyé ?

— Ah ! oui, Dieu merci ! Ce que j'ai eu de monde ! Un vrai défilé qui m'a tenu huit jours sur les jambes, du matin au soir... Je ne voulais pas exposer, ça déconsidère. Naudet, lui aussi, s'y opposait. Mais, que veux-tu ? on m'a tant sollicité, tous les jeunes gens désirent me mettre du jury, pour que je les défende... Oh ! mon tableau est bien simple, *Un Déjeuner,*

comme j'ai nommé ça, deux messieurs et trois dames sous des
arbres, les invités d'un château qui ont emporté une collation
et qui la mangent dans une clairière... Tu verras, c'est assez
original. »

Sa voix hésitait, et quand il rencontra les yeux de Claude
qui le regardait fixement, il acheva de se troubler, il plaisanta
la petite toile, posée sur le chevalet.

« Ça, c'est une cochonnerie que Naudet m'a demandée.
Va, je n'ignore pas ce qui me manque, un peu de ce que tu as
de trop, mon vieux... Moi, tu sais, je t'aime toujours, je t'ai
encore défendu hier chez des peintres. »

Il lui tapait sur les épaules, il avait senti le mépris secret de
son ancien maître, et il voulait le reprendre, par ses caresses
d'autrefois, des câlineries de gueuse disant : « Je suis une
gueuse », pour qu'on l'aime. Ce fut très sincèrement, dans
une sorte de déférence inquiète, qu'il lui promit encore de
s'employer de tout son pouvoir à la réception de son tableau.

Mais du monde arrivait, plus de quinze personnes entrè-
rent et sortirent en moins d'une heure : des pères qui
amenaient de jeunes élèves, des exposants qui venaient se
recommander, des camarades qui avaient à échanger des
influences, jusqu'à des femmes qui mettaient leur talent sous
la protection de leur charme. Et il fallait voir le peintre faire
son métier de candidat, prodiguer les poignées de main, dire
à l'un : « C'est si joli votre tableau de cette année, ça me plaît
tant ! » s'étonner devant un autre : « Comment ! vous n'avez
pas encore eu de médaille ! » répéter à tous : « Ah ! si j'en
étais, ce que je les ferais marcher ! » Il renvoyait les gens
ravis, il poussait la porte sur chaque visite d'un air d'amabilité extrême, où perçait le ricanement secret de l'ancien
rouleur de trottoirs.

« Hein ? crois-tu ! dit-il à Claude, dans un moment où ils se
retrouvèrent seuls, en ai-je, du temps à perdre avec ces
crétins ! »

Mais, comme il s'approchait de la baie vitrée, il en ouvrit
brusquement un des panneaux, et l'on distingua, de l'autre
côté de l'avenue, à un des balcons de l'hôtel d'en face, une
forme blanche, une femme vêtue d'un peignoir de dentelle,

qui levait son mouchoir. Lui-même agita la main, à trois fois.
Puis, les deux fenêtres se refermèrent.

Claude avait reconnu Irma ; et, dans le silence qui s'était
fait, Fagerolles s'expliqua tranquillement.

« Tu vois, c'est commode, on peut correspondre... Nous
avons une télégraphie complète. Elle m'appelle, il faut que
j'y aille... Ah ! mon vieux, en voilà une qui nous donnerait
des leçons !

— Des leçons, de quoi ?

— Mais de tout ! Un vice, un art, une intelligence !... Si je
te disais que c'est elle qui me fait peindre ! oui, parole
d'honneur, elle a un flair du succès extraordinaire !... Et,
avec ça, toujours voyou au fond, oh ! d'une drôlerie, d'une
rage si amusante, quand ça la prend de vous aimer ! »

Deux petites flammes rouges lui étaient montées aux joues,
tandis qu'une sorte de vase remuée troublait un instant ses
yeux. Ils s'étaient remis ensemble, depuis qu'ils habitaient
l'avenue ; on disait même que lui, si adroit, rompu à toutes
les farces du pavé parisien, se laissait manger par elle, saigné
à chaque instant de quelque somme ronde, qu'elle envoyait
sa femme de chambre demander, pour un fournisseur, pour
un caprice, pour rien souvent, pour l'unique plaisir de lui
vider les poches ; et cela expliquait en partie la gêne où il
était, sa dette grandissante, malgré le mouvement continu
qui enflait la cote de ses toiles. D'ailleurs, il n'ignorait pas
qu'il était chez elle le luxe inutile, une distraction de femme
aimant la peinture, prise derrière le dos des messieurs
sérieux, payant en maris. Elle en plaisantait, il y avait entre
eux comme le cadavre de leur perversité, un ragoût de
bassesse, qui le faisait rire et s'exciter lui-même de ce rôle
d'amant de cœur, oublieux de tout l'argent qu'il donnait.

Claude avait remis son chapeau. Fagerolles piétinait, jetant
des regards d'inquiétude vers l'hôtel d'en face.

« Je ne te renvoie pas, mais tu vois, elle m'attend... Eh
bien ! c'est convenu, ton affaire est faite, à moins qu'on ne me
nomme pas... Viens donc au Palais de l'Industrie, le soir du
dépouillement. Oh ! une bousculade, un vacarme ! et, du
reste, tu saurais tout de suite si tu dois compter sur moi. »

D'abord, Claude jura qu'il ne se dérangerait point. Cette
protection de Fagerolles lui était lourde ; et il n'avait pourtant
qu'une peur, au fond, celle que le terrible gaillard ne tînt pas
sa promesse, par lâcheté devant l'insuccès. Puis, le jour du
vote, il ne put demeurer en place, il s'en alla rôder aux
Champs-Élysées, en se donnant le prétexte d'une longue
promenade. Autant là qu'ailleurs ; car il avait cessé tout
travail, dans l'attente inavouée du Salon, et il recommençait
ses interminables courses à travers Paris. Lui, ne pouvait
voter, puisqu'il fallait avoir été reçu au moins une fois. Mais,
à plusieurs reprises, il passa devant le Palais de l'Industrie,
dont le trottoir l'intéressait, avec sa turbulence, son défilé
d'artistes électeurs, que s'arrachaient des hommes en bourge-
rons sales, criant les listes, une trentaine de listes, de toutes
les coteries, de toutes les opinions, la liste des ateliers de
l'École, la liste libérale, intransigeante, de conciliation, des
jeunes, des dames. On eût dit, au lendemain d'une émeute, la
folie du scrutin, à la porte d'une section.

Le soir, dès quatre heures, lorsque le vote fut terminé,
Claude ne résista pas à la curiosité de monter voir. Maintenant, l'escalier était libre, entrait qui voulait. En haut, il
tomba dans l'immense salle du jury, dont les fenêtres
donnent sur les Champs-Élysées. Une table de douze mètres
en occupait le centre ; tandis que, dans la cheminée monu-
mentale, à l'un des bouts, brûlaient des arbres entiers. Et il y
avait là quatre ou cinq cents électeurs, restés pour le
dépouillement, mêlés à des amis, à de simples curieux,
parlant fort, riant, déchaînant sous le haut plafond un
grondement d'orage. Déjà, autour de la table, des bureaux
s'installaient, fonctionnaient, une quinzaine en tout, composés chacun d'un président et de deux scrutateurs. Mais il
restait à en organiser trois ou quatre, et personne ne se
présentait plus, tous fuyaient, par crainte de l'écrasante
besogne qui clouait les gens de zèle une partie de la nuit.

Justement, Fagerolles, sur la brèche depuis le matin,
s'agitait, criait, pour dominer le vacarme.

« Voyons, messieurs, il nous manque un homme !...
Voyons, un homme de bonne volonté par ici ! »

Et, à ce moment, ayant aperçu Claude, il se précipita,
l'amena de force.

« Ah ! toi, tu vas me faire le plaisir de t'asseoir à cette place
et de nous aider ! C'est pour la bonne cause, que diable ! »

Claude, du coup, se trouva président d'un bureau, et il
remplit sa fonction avec une gravité de timide, émotionné au
fond, ayant l'air de croire que la réception de sa toile allait
dépendre de sa conscience à cette besogne. Il appelait tout
haut les noms inscrits sur les listes, qu'on lui passait par
petits paquets égaux ; pendant que ses deux scrutateurs les
inscrivaient. Et cela dans le plus effroyable des charivaris,
dans le bruit cinglant de grêle de ces vingt, trente noms criés
ensemble par des voix différentes, au milieu du ronflement
continu de la foule. Comme il ne pouvait rien faire sans
passion, il s'animait, désespéré quand une liste ne contenait
pas le nom de Fagerolles, heureux dès qu'il avait à lancer ce
nom une fois de plus. Du reste, il goûtait souvent cette joie,
car le camarade s'était rendu populaire, se montrant partout,
fréquentant les cafés où se tenaient des groupes influents,
risquant même des professions de foi, s'engageant vis-à-vis
des jeunes, sans négliger de saluer très bas les membres de
l'Institut. Une sympathie générale montait, Fagerolles était
là comme l'enfant gâté de tous.

Vers six heures, par cette pluvieuse journée de mars, la
nuit tomba. Les garçons apportèrent les lampes ; et des
artistes méfiants, des profils muets et sombres qui surveillaient le dépouillement d'un œil oblique, se rapprochèrent.
D'autres commençaient les farces, risquaient des cris d'animaux, lâchaient un essai de tyrolienne. Mais ce fut à huit
heures seulement, lorsqu'on servit la collation, des viandes
froides et du vin, que la gaieté déborda. On vidait violemment les bouteilles, on s'empiffrait au petit bonheur des plats
attrapés, c'était une kermesse en goguette, dans cette salle
géante, que les bûches de la cheminée éclairaient d'un reflet
de forge. Puis, tous fumèrent, la fumée brouilla d'une vapeur
la lumière jaune des lampes ; tandis que, sur le parquet,
traînaient les bulletins jetés pendant le vote, une couche
épaisse de papiers, salis encore des bouchons, des miettes de

pain, des quelques assiettes cassées, tout un fumier où s'enfonçaient les talons des bottes. On se lâchait, un petit sculpteur pâle monta sur une chaise pour haranguer le peuple, un peintre à la moustache raide, sous un nez crochu, enfourcha une chaise et galopa autour de la table, saluant, faisant l'Empereur.

Peu à peu, cependant, beaucoup se lassaient, s'en allaient. Vers onze heures, on n'était plus que deux cents. Mais, après minuit, il revint du monde, des flâneurs en habit noir et en cravate blanche, qui sortaient du théâtre ou de soirée, piqués du désir de connaître avant Paris les résultats du scrutin. Il arriva aussi des reporters ; et on les voyait s'élancer hors de la salle, un à un, dès qu'une addition partielle leur était communiquée.

Claude, enroué, appelait toujours. La fumée et la chaleur devenaient intolérables, une odeur d'étable montait de la jonchée boueuse du sol. Une heure du matin, puis deux heures, sonnèrent. Il dépouillait, il dépouillait, et la conscience qu'il y mettait, l'attardait tellement, que les autres bureaux avaient depuis longtemps fini leur travail, quand le sien se trouvait empêtré encore dans des colonnes de chiffres. Enfin, toutes les additions furent centralisées, on proclama les résultats définitifs. Fagerolles était nommé le quinzième sur quarante, de cinq places avant Bongrand, porté sur la même liste, mais dont le nom avait dû être souvent rayé. Et le jour pointait, lorsque Claude rentra rue Tourlaque, brisé et ravi [106].

Alors, pendant deux semaines, il vécut anxieux. Dix fois, il eut l'idée d'aller aux nouvelles, chez Fagerolles ; mais une honte le retenait. D'ailleurs, comme le jury procédait par ordre alphabétique, rien peut-être n'était décidé. Et, un soir, il eut un coup au cœur, sur le boulevard de Clichy, en voyant venir deux larges épaules, dont le dandinement lui était bien connu.

C'était Bongrand, qui parut embarrassé. Le premier, il lui dit :

« Vous savez, là-bas, avec ces bougres, ça ne marche guère... Mais tout n'est pas perdu, nous veillons, Fagerolles et moi. Et comptez sur Fagerolles, car moi, mon bon, j'ai une peur de chien de vous compromettre. »

La vérité était que Bongrand se trouvait en continuelle hostilité avec Mazel, nommé président du jury, un maître célèbre de l'École, le dernier rempart de la convention élégante et beurrée [107]. Bien qu'ils se traitassent de chers collègues, en échangeant de grandes poignées de main, cette hostilité avait éclaté dès le premier jour, l'un ne pouvait demander l'admission d'un tableau, sans que l'autre votât un refus. Au contraire, Fagerolles, élu secrétaire, s'était fait l'amuseur, le vice de Mazel, qui lui pardonnait sa défection d'ancien élève, tant ce renégat l'adulait aujourd'hui. Du reste, le jeune maître, très rosse, comme disaient les camarades, se montrait pour les débutants, les audacieux, plus dur que les membres de l'Institut ; et il ne s'humanisait que lorsqu'il voulait faire recevoir un tableau, abondant alors en inventions drôles, intriguant, enlevant le vote avec des souplesses d'escamoteur.

Ces travaux du jury étaient une rude corvée, où Bongrand lui-même usait ses fortes jambes. Tous les jours, le travail se trouvait préparé par les gardiens, un interminable rang de grands tableaux posés à terre, appuyés contre la cimaise, fuyant à travers les salles du premier étage, faisant le tour entier du Palais ; et, chaque après-midi, dès une heure, les quarante, ayant à leur tête le président, armé d'une sonnette, recommençaient la même promenade, jusqu'à l'épuisement de toutes les lettres de l'alphabet. Les jugements étaient rendus debout, on bâclait le plus possible la besogne, rejetant sans vote les pires toiles ; pourtant, des discussions arrêtaient parfois le groupe, on se querellait pendant dix minutes, on réservait l'œuvre en cause pour la révision du soir ; tandis que deux hommes, tenant une corde de dix mètres, la raidissaient, à quatre pas de la ligne des tableaux, afin de maintenir à bonne distance le flot des jurés, qui poussaient dans le feu de la dispute, et dont les ventres, malgré tout, creusaient la corde. Derrière le jury, marchaient les soixante-dix gardiens en blouse blanche, évoluant sous les ordres d'un brigadier, faisant le tri à chaque décision communiquée par les secrétaires, les reçus séparés des refusés qu'on emportait à l'écart, comme des cadavres après la bataille. Et le tour durait deux grandes heures, sans un répit, sans un siège pour s'asseoir, tout le temps sur les jambes, dans un piétinement de fatigue, au milieu des courants d'air glacés, qui forçaient les moins frileux à s'enfouir au fond de paletots de fourrure.

Aussi la collation de trois heures était-elle la bienvenue : un repos d'une demi-heure à un buffet, où l'on trouvait du bordeaux, du chocolat, des sandwichs. C'était là que s'ouvrait le marché aux concessions mutuelles, les échanges d'influences et de voix. La plupart avaient de petits carnets, pour n'oublier personne, dans la grêle de recommandations qui s'abattait sur eux ; et ils le consultaient, ils s'engageaient à voter pour les protégés d'un collègue, si celui-ci votait pour les leurs. D'autres, au contraire, détachés de ces intrigues, austères ou insouciants, achevaient une cigarette, le regard perdu.

Puis, la besogne reprenait, mais plus douce, dans une salle unique, où il y avait des chaises, même des tables, avec des plumes, du papier, de l'encre. Tous les tableaux qui n'atteignaient pas un mètre cinquante étaient jugés là, « passaient au chevalet », rangés par dix ou douze le long d'une sorte de tréteau, recouvert de serge verte. Beaucoup de jurés s'oubliaient béatement sur les sièges, plusieurs faisaient leur correspondance, il fallait que le président se fâchât, pour avoir des majorités présentables. Parfois, un coup de passion soufflait, tous se bousculaient, le vote à main levée était rendu dans une telle fièvre, que des chapeaux et des cannes s'agitaient en l'air, au-dessus du flot tumultueux des têtes.

Et ce fut là, au chevalet, que l'*Enfant mort* parut enfin. Depuis huit jours, Fagerolles, dont le carnet débordait de notes, se livrait à des marchandages compliqués pour trouver des voix en faveur de Claude ; mais l'affaire était dure, elle ne s'emmanchait pas avec ses autres engagements, il n'essuyait que des refus, dès qu'il prononçait le nom de son ami ; et il se plaignait de ne tirer aucune aide de Bongrand, qui, lui, n'avait pas de carnet, d'une telle maladresse d'ailleurs, qu'il gâtait les meilleures causes, par des éclats de franchise

inopportuns. Vingt fois, Fagerolles aurait lâché Claude, sans
l'obstination qu'il mettait à vouloir essayer sa puissance, sur
cette admission réputée impossible. On verrait bien s'il
n'était pas de taille déjà à violenter le jury. Peut-être y avait-il
en outre, au fond de sa conscience, un cri de justice, le sourd
respect pour l'homme dont il volait le talent.

Justement, ce jour-là, Mazel était d'une humeur détesta-
ble. Dès le début de la séance, le brigadier venait d'accourir.

« Monsieur Mazel, il y a eu une erreur, hier. On a refusé
un hors-concours... Vous savez le numéro 2530, une femme
nue sous un arbre. »

En effet, la veille, on avait jeté ce tableau à la fosse
commune, dans le mépris unanime, sans remarquer qu'il
était d'un vieux peintre classique, respecté de l'Institut ; et
l'effarement du brigadier, cette bonne farce d'une exécution
involontaire, égayait les jeunes du jury, qui se mirent à
ricaner, d'un air provocant.

Mazel abominait ces histoires, qu'il sentait désastreuses
pour l'autorité de l'École. Il avait eu un geste de colère, il dit
sèchement :

« Eh bien ! repêchez-le, portez-le aux reçus... Aussi, on
faisait hier un bruit insupportable. Comment veut-on qu'on
juge de la sorte, au galop, si je ne puis pas même obtenir le
silence ! »

Il donna un terrible coup de sonnette.

« Allons, messieurs, nous y sommes... Un peu de bonne
volonté, je vous prie. »

Par malheur, dès les premiers tableaux posés sur le
chevalet, il eut encore une mésaventure. Entre autres, une
toile attira son attention, tellement il la trouvait mauvaise,
d'un ton aigre à agacer les dents ; et, comme sa vue baissait, il
se pencha pour voir la signature, en murmurant :

« Quel est donc le cochon... ? »

Mais il se releva vivement, tout secoué d'avoir lu le nom
d'un de ses amis, un artiste qui était, lui aussi, le rempart des
saines doctrines. Espérant qu'on ne l'avait pas entendu, il
cria :

« Superbe !... Le numéro un, n'est-ce pas, messieurs ? »

On accorda le numéro un, l'admission qui donnait droit à
la cimaise. Seulement, on riait, on se poussait du coude. Il en
fut très blessé et devint farouche.

Et ils en étaient tous là, beaucoup s'épanchaient au
premier regard, puis rattrapaient leurs phrases, dès qu'ils
avaient déchiffré la signature ; ce qui finissait par les rendre
prudents, gonflant le dos, s'assurant du nom, l'œil furtif,
avant de se prononcer. D'ailleurs, lorsque passait l'œuvre
d'un collègue, quelque toile suspecte d'un membre du jury,
on avait la précaution de s'avertir d'un signe, derrière les
épaules du peintre : « Prenez garde, pas de gaffe, c'est de
lui ! »

Malgré l'énervement de la séance, Fagerolles enleva une
première affaire. C'était un épouvantable portrait, peint par
un de ses élèves, dont la famille, très riche, le recevait. Il
avait dû emmener Mazel à l'écart, pour l'attendrir, en lui
contant une histoire sentimentale, un malheureux père de
trois filles, qui mourait de faim ; et le président s'était
longtemps fait prier : que diable ! on lâchait la peinture,
quand on avait faim ! on n'abusait pas à ce point de ses trois
filles ! Il leva la main pourtant, seul avec Fagerolles. On
protestait, on se fâchait, deux autres membres de l'Institut se
révoltaient eux-mêmes, lorsque Fagerolles leur souffla très
bas :

« C'est pour Mazel, c'est Mazel qui m'a supplié de voter...
Un parent, je crois. Enfin, il y tient. »

Et les deux académiciens levèrent promptement la main, et
une grosse majorité se déclara.

Mais des rires, des mots d'esprit, des cris indignés
éclatèrent : on venait de placer sur le chevalet l'*Enfant mort*.
Est-ce qu'on allait, maintenant, leur envoyer la Morgue ? Et
les jeunes blaguaient la grosse tête, un singe crevé d'avoir
avalé une courge, évidemment ; et les vieux effarés, recu-
laient.

Fagerolles, tout de suite, sentit la partie perdue. D'abord,
il tâcha d'escamoter le vote en plaisantant, selon sa manœuvre adroite.

« Voyons, messieurs, un vieux lutteur... »

Des paroles furieuses l'interrompirent. Ah! non, pas celui-là! On le connaissait, le vieux lutteur! Un fou qui s'entêtait depuis quinze ans, un orgueilleux qui posait pour le génie, qui avait parlé de démolir le Salon, sans jamais y envoyer une toile possible! Toute la haine de l'originalité déréglée, de la concurrence d'en face dont on a eu peur, de la force invincible qui triomphe, même battue, grondait dans l'éclat des voix. Non, non, à la porte!

Alors, Fagerolles eut le tort de s'irriter, lui aussi, cédant à la colère de constater son peu d'influence sérieuse.

« Vous êtes injustes, soyez justes au moins! »

Du coup, le tumulte fut à son comble. On l'entourait, on le poussait, des bras s'agitaient menaçants, des phrases partaient comme des balles.

« Monsieur, vous déshonorez le jury. »

« Si vous défendez ça, c'est pour qu'on mette votre nom dans les journaux. »

« Vous ne vous y connaissez pas. »

Et, Fagerolles, hors de lui, perdant jusqu'à la souplesse de sa blague, répondit lourdement :

« Je m'y connais autant que vous.

— Tais-toi donc! reprit un camarade, un petit peintre blond très rageur, tu ne vas pas vouloir nous faire avaler un pareil navet! »

Oui, oui, un navet! tous répétaient le nom avec conviction, ce mot qu'ils jetaient d'habitude aux dernières des croûtes, à la peinture pâle, froide et plate des barbouilleurs.

« C'est bon, dit enfin Fagerolles, les dents serrées, je demande le vote. »

Depuis que la discussion s'aggravait, Mazel agitait sa sonnette sans relâche, très rouge de voir son autorité méconnue.

« Messieurs, allons, messieurs... C'est extraordinaire, qu'on ne puisse s'entendre sans crier... Messieurs, je vous en prie... »

Enfin, il obtint un peu de silence. Au fond, il n'était pas mauvais homme. Pourquoi ne recevrait-on pas ce petit

tableau, bien qu'il le jugeât exécrable ? On en recevait tant
d'autres !

« Voyons, messieurs, on demande le vote. »

Lui-même allait peut-être lever la main, lorsque Bongrand, muet jusque-là, le sang aux joues, dans une colère
qu'il contenait, partit brusquement, hors de propos, lâcha ce
cri de sa conscience révoltée :

« Mais, nom de Dieu ! il n'y en a pas quatre parmi nous
capables de foutre un pareil morceau ! »

Des grognements coururent, le coup de massue était si
rude, que personne ne répondit.

« Messieurs, on demande le vote », répéta Mazel, devenu
pâle, la voix sèche.

Et le ton suffit, c'était la haine latente, les rivalités féroces
sous la bonhomie des poignées de main. Rarement, on en
arrivait à ces querelles. Presque toujours, on s'entendait.
Mais, au fond des vanités ravagées, il y avait des blessures à
jamais saignantes, des duels au couteau dont on agonisait en
souriant.

Bongrand et Fagerolles levèrent seuls la main, et l'*Enfant
mort*, refusé, n'eut plus que la chance d'être repris, lors de la
révision générale [108].

C'était la besogne terrible, cette révision générale. Le jury,
après ses vingt jours de séances quotidiennes, avait beau
s'accorder deux journées de repos, afin de permettre aux
gardiens de préparer le travail, il éprouvait un frisson,
l'après-midi où il tombait au milieu de l'étalage des trois mille
tableaux refusés, parmi lesquels il devait repêcher un
appoint, pour compléter le chiffre réglementaire de deux
mille cinq cents œuvres reçues. Ah ! ces trois mille tableaux
placés bout à bout, contre les cimaises de toutes les salles,
autour de la galerie extérieure, partout enfin, jusque sur les
parquets, étendus en mares stagnantes, entre lesquelles on
ménageait de petits sentiers filant le long des cadres, une
inondation, un débordement qui montait, envahissait le
Palais de l'Industrie, le submergeait sous le flot trouble de
tout ce que l'art peut rouler de médiocrité et de folie ! Et ils
n'avaient qu'une séance, d'une heure à sept, six heures de

galop désespéré, au travers de ce dédale! D'abord, ils
tenaient bon contre la fatigue, les regards clairs; mais,
bientôt, leurs jambes se cassaient à cette marche forcée, leurs
yeux s'irritaient à ces couleurs dansantes; et il fallait marcher
toujours, voir et juger toujours, jusqu'à défaillir de lassitude.
Dès quatre heures, c'était une déroute, une débâcle d'armée
battue. En arrière, très loin, des jurés se traînaient, hors
d'haleine. D'autres, un à un, perdus entre les cadres,
suivaient les sentiers étroits, renonçant à en sortir, tournant
sans espoir de trouver jamais le bout. Comment être justes,
grand Dieu! Que reprendre dans ce tas d'épouvante? Au
petit bonheur, sans bien distinguer un paysage d'un portrait,
on complétait le nombre. Deux cents, deux cent quarante,
encore huit, il en manquait encore huit. Celui-là? Non, cet
autre! Comme vous voudrez. Sept, huit, c'était fait! Enfin,
ils avaient trouvé le bout, ils s'en allaient en béquillant,
sauvés, libres!

Une nouvelle scène les avait arrêtés dans une salle, autour
de l'*Enfant mort*, étalé à terre, parmi d'autres épaves. Mais,
cette fois, on plaisantait, un farceur feignait de trébucher et
de mettre le pied au milieu de la toile, d'autres couraient le
long des petits sentiers, comme pour chercher le vrai sens du
tableau, déclarant qu'il était beaucoup mieux à l'envers.

Fagerolles se mit à blaguer, lui aussi.

« Un peu de courage à la poche, messieurs. Voyez le tour,
examinez, vous en aurez pour votre argent... De grâce,
messieurs, soyez gentils, reprenez-le, faites cette bonne
action. »

Tous s'égayaient à l'entendre, mais ils refusaient plus
rudement, dans la cruauté de leur rire. Non, non, jamais!

« Le prends-tu pour ta charité? » cria la voix d'un
camarade.

C'était un usage, les jurés avaient droit à une « charité »,
chacun d'eux pouvait choisir dans le tas une toile, si
exécrable qu'elle fût, et qui, dès lors, se trouvait reçue sans
examen. D'ordinaire, on faisait l'aumône de cette admission
à des pauvres. Ces quarante repêchés de la dernière heure

étaient les mendiants de la porte, ceux qu'on laissait se glisser au bas bout de la table, le ventre vide.

« Pour ma charité, répéta Fagerolles plein d'embarras, c'est que j'en ai un autre, pour ma charité... Oui, des fleurs, d'une dame... »

Des ricanements l'interrompirent. Était-elle jolie ? Ces messieurs, devant la peinture de femme, se montraient goguenards, sans galanterie aucune. Et lui, demeurait perplexe, car la dame en question était une protégée d'Irma. Il tremblait à l'idée de la terrible scène, s'il ne tenait pas sa promesse. Un expédient lui vint.

« Tiens ! et vous, Bongrand ?... Vous pouvez bien le prendre pour votre charité, ce petit rigolo d'enfant mort ? »

Bongrand, le cœur crevé, indigné de ce négoce, agita ses grands bras.

« Moi ! je ferais cette injure à un vrai peintre !... Qu'il soit donc plus fier, nom de Dieu ! qu'il ne foute jamais rien au Salon ! »

Alors, comme on ricanait toujours, Fagerolles, voulant que la victoire lui restât, se décida, l'air superbe, en gaillard très fort qui ne craignait pas d'être compromis.

« C'est bon, je le prends pour ma charité. »

On cria bravo, on lui fit une ovation railleuse, de grands saluts, des poignées de main. Honneur au brave qui avait le courage de son opinion ! Et un gardien emporta entre ses bras la pauvre toile huée, cahotée, souillée ; et ce fut de la sorte qu'un tableau du peintre de *Plein air* se trouva enfin reçu par le jury.

Dès le lendemain matin, un billet de Fagerolles apprit à Claude, en deux lignes, qu'il avait réussi à faire passer l'*Enfant mort,* mais que cela n'avait pas été sans peine. Claude, malgré la joie de la nouvelle, éprouva un serrement de cœur : cette brièveté, quelque chose de bienveillant, de pitoyable, toute l'humiliation de l'aventure sortait de chaque mot. Un instant, il fut malheureux de cette victoire, à un point tel, qu'il aurait voulu reprendre son œuvre et la cacher. Puis, cette délicatesse s'émoussa, il retomba aux défaillances de sa fierté d'artiste, tant sa misère humaine saignait de la

longue attente du succès. Ah ! être vu, arriver quand même !
Il en était aux capitulations dernières, il se remit à souhaiter
l'ouverture du Salon, avec l'impatience fébrile d'un débutant, vivant dans une illusion qui lui montrait une foule, un
flot de têtes moutonnant et acclamant sa toile.

Peu à peu, Paris avait décrété à la mode le jour du
vernissage, cette journée accordée aux seuls peintres autrefois, pour venir faire la toilette suprême de leurs tableaux.
Maintenant, c'était une primeur, une de ces solennités qui
mettent la ville debout, qui la font se ruer dans un
écrasement de cohue. Depuis une semaine, la presse, la rue,
le public appartenaient aux artistes. Ils tenaient Paris, il était
uniquement question d'eux, de leurs envois, de leurs faits, de
leurs gestes, de tout ce qui touchait à leurs personnes : un de
ces engouements en coup de foudre, dont l'énergie soulève
les pavés, jusqu'à des bandes de campagnards, de tourlou-
rous et de bonnes d'enfant poussées les jours gratuits au
travers des salles, jusqu'à ce chiffre effrayant de cinquante
mille visiteurs, par certains beaux dimanches, toute une
armée, les arrière-bataillons du menu peuple ignorant,
suivant le monde, défilant les yeux arrondis, dans cette
grande boutique d'images.

D'abord, Claude eut peur de ce jour fameux du vernissage,
intimidé par la bousculade de beau monde dont on parlait,
résolu à attendre le jour plus démocratique de la véritable
ouverture. Il refusa même à Sandoz de l'accompagner. Puis,
une telle fièvre le brûla, qu'il partit brusquement, dès huit
heures, en se donnant à peine le temps d'avaler un morceau
de pain et de fromage. Christine, qui ne s'était pas senti le
courage d'aller avec lui, le rappela, l'embrassa encore, émue,
inquiète.

« Et, surtout, mon chéri, ne te fais pas de chagrin, quoi
qu'il arrive. »

Claude étouffa un peu en entrant dans le salon d'honneur,
le cœur battant d'avoir monté vite le grand escalier. Il faisait
dehors un limpide ciel de mai, le velum de toile, tendu sous
les vitres du plafond, tamisait le soleil en une vive lumière
blanche ; et, par des portes voisines, ouvertes sur la galerie du

jardin, venaient des souffles humides, d'une fraîcheur frissonnante. Lui, un moment, reprit haleine, dans cet air qui
s'alourdissait déjà, gardant une vague odeur de vernis, au
milieu du musc discret des femmes. Il parcourut d'un coup
d'œil les tableaux des murs, une immense scène de massacre
en face, ruisselant de rouge, une colossale et pâle sainteté à
gauche, une commande de l'État, la banale illustration d'une
fête officielle à droite, puis des portraits, des paysages, des
intérieurs, tous éclatant en notes aigres, dans l'or trop neuf
des cadres. Mais la peur qu'il gardait du public fameux de
cette solennité, lui fit ramener ses regards sur la foule peu à
peu grossie. Le pouf circulaire, placé au centre, et d'où
jaillissait une gerbe de plantes vertes, n'était occupé que par
trois dames, trois monstres, abominablement mises, instal-
lées pour une journée de médisances. Derrière lui, il entendit
une voix rauque broyer de dures syllabes : c'était un Anglais
en veston à carreaux, expliquant la scène de massacre à une
femme jaune, enfouie au fond d'un cache-poussière de
voyage. Des espaces restaient vides, des groupes se for-
maient, s'émiettaient, allaient se reformer plus loin ; toutes
les têtes étaient levées, les hommes avaient des cannes, des
paletots sur le bras, les femmes marchaient doucement,
s'arrêtaient en profil perdu ; et son œil de peintre était surtout
accroché par les fleurs de leurs chapeaux, très aiguës de ton,
parmi les vagues sombres des hauts chapeaux de soie noire. Il
aperçut trois prêtres, deux simples soldats tombés là on ne
savait d'où, des queues ininterrompues de messieurs décorés,
des cortèges de jeunes filles et de mères barrant la circulation.
Cependant, beaucoup se connaissaient, il y avait, de loin, des
sourires, des saluts, parfois une poignée de main rapide, au
passage. Les voix demeuraient discrètes, couvertes par le
roulement continu des pieds [109].

Alors, Claude se mit à chercher son tableau. Il tâcha de
s'orienter d'après les lettres, se trompa, suivit les salles de
gauche. Toutes les portes s'ouvraient à la file, c'était une
profonde perspective de portières en vieille tapisserie, avec
des angles de tableaux entrevus. Il alla jusqu'à la grande salle
de l'Ouest, revint par l'autre enfilade, sans trouver sa lettre.

Et, quand il retomba dans le salon d'honneur, la cohue y
avait grandi rapidement, on commençait à y marcher avec
peine. Cette fois, ne pouvant avancer, il reconnut des
peintres, le peuple des peintres, chez lui ce jour-là, et qui
faisait les honneurs de la maison : un surtout, un ancien ami
de l'atelier Boutin, jeune, dévoré d'un besoin de publicité,
travaillant pour la médaille, racolant tous les visiteurs de
quelque influence et les amenant de force voir ses tableaux ;
puis, le peintre célèbre, riche, qui recevait devant son œuvre,
un sourire de triomphe aux lèvres, d'une galanterie affichante
avec les femmes, dont il avait une cour sans cesse renouvelée ;
puis, les autres, les rivaux qui s'exècrent en se criant à pleine
voix des éloges, les farouches guettant d'une porte les succès
des camarades, les timides qu'on ne ferait pas pour un empire
passer dans leurs salles, les blagueurs cachant sous un mot
drôle la plaie saignante de leur défaite, les sincères absorbés,
tâchant de comprendre, distribuant déjà les médailles [110] ; et
il y avait aussi les familles des peintres, une jeune femme,
charmante, accompagnée d'un enfant, coquettement pom-
ponné, une bourgeoise revêche, maigre, flanquée de deux
laiderons en noir, une grosse mère, échouée sur une banquette au milieu de toute une tribu de mioches mal mouchés,
une dame mûre, belle encore, qui regardait, avec sa grande
fille, passer une gueuse, la maîtresse du père, toutes deux au
courant, très calmes, échangeant un sourire ; et il y avait
encore les modèles, des femmes qui se tiraient par les bras,
qui se montraient leurs corps les unes aux autres, dans les
nudités des tableaux, parlant haut, habillées sans goût, gâtant
leurs chairs superbes sous de telles robes, qu'elles semblaient
bossues, à côté des poupées bien mises, des Parisiennes dont
rien ne serait resté, au déballage.

Quand il se fut dégagé, Claude enfila les portes de droite.
Sa lettre était de ce côté. Il visita les salles marquées d'un L,
ne trouva rien. Peut-être sa toile, égarée, confondue, avait-
elle servi à boucher un trou ailleurs. Alors, comme il était
arrivé dans la grande salle de l'Est, il se lança au travers des
autres petites salles en retour, cette queue reculée, moins
fréquentée, où les tableaux semblent se rembrunir d'ennui,

et qui est la terreur des peintres. Là encore, il ne découvrit rien. Ahuri, désespéré, il vagabonda, sortit sur la galerie du jardin, continua de chercher, parmi le trop-plein des numéros débordant au-dehors, blafards et grelottants sous la lumière crue ; puis, après d'autres courses lointaines, il retomba pour la troisième fois dans le salon d'honneur. On s'y écrasait, maintenant. Le Paris célèbre, riche, adoré, tout ce qui éclate en vacarme, le talent, le million, la grâce, les maîtres du roman, du théâtre et du journal, les hommes de cercle, de cheval ou de Bourse, les femmes de tous les rangs, catins, actrices, mondaines, affichées ensemble, montaient en une houle accrue sans cesse ; et, dans la colère de ses vaines recherches, il s'étonnait de la vulgarité des visages, vus de la sorte en masse, du disparate des toilettes, peu d'élégantes pour beaucoup de communes, du manque de majesté de ce monde, à tel point, que la peur dont il avait tremblé se changeait en mépris. Était-ce donc ces gens qui allaient encore huer son tableau, si on le retrouvait ? Deux petits reporters blonds complétaient une liste des personnes à citer. Un critique affectait de prendre des notes sur les marges de son catalogue ; un autre professait, au centre d'un groupe de débutants ; un autre, les mains derrière le dos, solitaire, demeurait planté, accablait chaque œuvre d'une impassibilité auguste. Et ce qui le frappait surtout, c'était cette bousculade de troupeau, cette curiosité en bande sans jeunesse ni passion, l'aigreur des voix, la fatigue des visages, un air de souffrance mauvaise. Déjà, l'envie était à l'œuvre : le monsieur qui fait de l'esprit avec les dames ; celui qui, sans un mot, regarde, hausse terriblement les épaules, puis s'en va ; les deux qui restent un quart d'heure, coude à coude, appuyés à la planchette de la cimaise, le nez sur une petite toile, chuchotant très bas avec des regards torves de conspirateurs[111].

Mais Fagerolles venait de paraître ; et, au milieu du flux continuel des groupes, il n'y avait plus que lui, la main tendue, se montrant partout à la fois, se prodiguant dans son double rôle de jeune maître et de membre influent du jury. Accablé d'éloges, de remerciements, de réclamations, il avait une réponse pour chacun, sans rien perdre de sa bonne grâce. Depuis le matin, il supportait l'assaut des petits peintres de sa clientèle qui se trouvaient mal placés. C'était le galop ordinaire de la première heure, tous se cherchant, courant se voir, éclatant en récriminations, en fureurs bruyantes, interminables : on était trop haut, le jour tombait mal, les voisinages tuaient l'effet, on parlait de décrocher son tableau et l'emporter. Un surtout s'acharnait, un grand maigre, relançant de salle en salle Fagerolles, qui avait beau lui expliquer son innocence : il n'y pouvait rien, on suivait l'ordre des numéros de classement, les panneaux de chaque mur étaient disposés par terre, puis accrochés, sans qu'on favorisât personne. Et il poussa l'obligeance jusqu'à promettre son intervention, lors du remaniement des salles, après les médailles, sans arriver à calmer le grand maigre, qui continua de le poursuivre.

Un instant, Claude fendit la foule pour lui demander où l'on avait mis sa toile. Mais une fierté l'arrêta, à le voir si entouré. N'était-ce pas imbécile et douloureux, ce continuel besoin d'un autre ? Du reste, il réfléchissait brusquement qu'il devait avoir sauté toute une file de salons, à droite ; et, en effet, il y avait là des lieues nouvelles de peinture. Il finit par déboucher dans une salle, où la foule s'étouffait, en tas devant un grand tableau qui occupait le panneau d'honneur, au milieu. D'abord, il ne put le voir, tant le flot des épaules moutonnait, une muraille épaissie de têtes, un rempart de chapeaux. On se ruait, dans une admiration béante. Enfin, à force de se hausser sur la pointe des pieds, il aperçut la merveille, il reconnut le sujet, d'après ce qu'on lui en avait dit.

C'était le tableau de Fagerolles. Et il retrouvait son *Plein air,* dans ce *Déjeuner,* la même note blonde, la même formule d'art, mais combien adoucie, truquée, gâtée, d'une élégance d'épiderme, arrangée avec une adresse infinie pour les satisfactions basses du public. Fagerolles n'avait pas commis la faute de mettre ses trois femmes nues ; seulement, dans leurs toilettes osées de mondaines, il les avait déshabillées, l'une montrant sa gorge sous la dentelle transparente du corsage,

l'autre découvrant sa jambe droite jusqu'au genou, en se
renversant pour prendre une assiette, la troisième qui ne
livrait pas un coin de sa peau, vêtue d'une robe si étroitement
ajustée, qu'elle en était troublante d'indécence, avec sa
croupe tendue de cavale. Quant aux deux messieurs, galants,
en vestons de campagne, ils réalisaient le rêve du distingué ;
tandis qu'un valet, au loin, tirait encore un panier du landau,
arrêté derrière les arbres. Tout cela, les figures, les étoffes, la
nature morte du déjeuner, s'enlevait gaiement en plein soleil,
sur les verdures assombries du fond ; et l'habileté suprême
était dans cette forfanterie d'audace, dans cette force menteuse qui bousculait juste assez la foule, pour la faire se
pâmer. Une tempête dans un pot de crème.

Claude, ne pouvant s'approcher, écoutait des mots, autour
de lui. Enfin, en voilà un qui faisait de la vraie vérité ! Il
n'appuyait pas comme ces goujats de l'école nouvelle, il
savait tout mettre sans rien mettre. Ah ! les nuances, l'art des
sous-entendus, le respect du public, les suffrages de la bonne
compagnie ! Et avec ça une finesse, un charme, un esprit ! Ce
n'était pas lui qui se lâchait incongrûment en morceaux
passionnés, d'une création débordante ; non, quand il avait
pris trois notes sur nature, il donnait les trois notes, pas une
de plus. Un chroniqueur qui arrivait, s'extasia, trouva le
mot : une peinture bien parisienne. On le répéta, on ne passa
plus sans déclarer ça bien parisien.

Ces dos enflés, ces admirations montant en une marée
d'échines, finissaient par exaspérer Claude ; et, pris du
besoin de voir les têtes dont se composait un succès, il tourna
le tas, il manœuvra de façon à s'adosser contre la cimaise [112].
Là, il avait le public de face, dans le jour gris que filtrait la
toile du plafond, éteignant le milieu de la salle ; tandis que la
lumière vive, glissée des bords de l'écran, éclairait les
tableaux des murs, d'une nappe blanche, où l'or des cadres
prenait le ton chaud du soleil. Tout de suite, il reconnut les
gens qui l'avaient hué, autrefois : si ce n'étaient ceux-là,
c'étaient leurs frères ; mais sérieux, extasiés, embellis de
respectueuse attention. L'air mauvais des figures, cette
fatigue de la lutte, cette bile de l'envie tirant et jaunissant la

peau, qu'il avait remarquées d'abord, s'attendrissaient ici, dans l'unanime régal d'un mensonge aimable. Deux grosses dames, la bouche ouverte, bâillaient d'aise. De vieux messieurs arrondissaient les yeux, d'un air entendu. Un mari expliquait tout bas le sujet à sa jeune femme, qui hochait le menton, dans un joli mouvement du col. Il y avait des émerveillements béats, étonnés, profonds, gais, austères, des sourires inconscients, des airs mourants de tête. Les chapeaux noirs se renversaient à demi, les fleurs des femmes coulaient sur leurs nuques. Et tous ces visages s'immobilisaient une minute, étaient poussés, remplacés par d'autres qui leur ressemblaient, continuellement.

Alors, Claude s'oublia, stupide devant ce triomphe. La salle devenait trop petite, toujours des bandes nouvelles s'y entassaient. Ce n'étaient plus les vides de la première heure, les souffles froids montés du jardin, l'odeur de vernis errante encore ; maintenant, l'air s'échauffait, s'aigrissait du parfum des toilettes. Bientôt, ce qui domina, ce fut l'odeur de chien mouillé. Il devait pleuvoir, une de ces averses brusques de printemps, car les derniers venus apportaient une humidité, des vêtements lourds qui semblaient fumer, dès qu'ils entraient dans la chaleur de la salle. En effet, des coups de ténèbres passaient, depuis un instant, sur l'écran du plafond. Claude, qui leva les yeux, devina un galop de grandes nuées fouettées de bise, des trombes d'eau battant les vitres de la baie. Une moire d'ombres courait le long des murs, tous les tableaux s'obscurcissaient, le public se noyait de nuit ; jusqu'à ce que, la nuée emportée, le peintre revît sortir les têtes de ce crépuscule, avec les mêmes bouches rondes, les mêmes yeux ronds de ravissement imbécile.

Mais une autre amertume était réservée à Claude. Il aperçut, sur le panneau de gauche, le tableau de Bongrand, en pendant avec celui de Fagerolles. Et, devant celui-là, personne ne se bousculait, les visiteurs défilaient avec indifférence. C'était pourtant l'effort suprême, le coup que le grand peintre cherchait à porter depuis des années, une dernière œuvre enfantée dans le besoin de se prouver la virilité de son déclin. La haine qu'il nourrissait contre *la*

Noce au village, ce premier chef-d'œuvre dont on avait écrasé
sa vie de travailleur, venait de le pousser à choisir le sujet
contraire et symétrique : *l'Enterrement au village,* un convoi
de jeune fille, débandé parmi des champs de seigle et
d'avoine. Il luttait contre lui-même, on verrait bien s'il était
fini, si l'expérience de ses soixante ans ne valait pas la fougue
heureuse de sa jeunesse ; et l'expérience était battue, l'œuvre
allait être un insuccès morne, une de ces chutes sourdes de
vieil homme, qui n'arrêtent même pas les passants. Des
morceaux de maître s'indiquaient toujours, l'enfant de chœur
tenant la croix, le groupe des filles de la Vierge portant la
bière, et dont les robes blanches, plaquées sur des chairs
rougeaudes, faisaient un joli contraste avec l'endimanchement noir du cortège, au travers des verdures ; seulement, le
prêtre en surplis, la fille à la bannière, la famille derrière le
corps, toute la toile d'ailleurs était d'une facture sèche,
désagréable de science, raidie par l'obstination. Il y avait là
un retour inconscient, fatal, au romantisme tourmenté, d'où
était parti l'artiste, autrefois. Et c'était bien le pis de
l'aventure, l'indifférence du public avait sa raison dans cet art
d'une autre époque, dans cette peinture cuite et un peu terne,
qui ne l'accrochait plus au passage, depuis la vogue des
grands éblouissements de lumière.

Justement, Bongrand, avec l'hésitation d'un débutant
timide, entra dans la salle, et Claude eut le cœur serré, en le
voyant jeter un coup d'œil à son tableau solitaire, puis un
autre à celui de Fagerolles, qui faisait émeute. En cette
minute, le peintre dut avoir la conscience aiguë de sa fin. Si,
jusque-là, la peur de sa lente déchéance l'avait dévoré, ce
n'était qu'un doute ; et, maintenant, il avait une brusque
certitude, il se survivait, son talent était mort, jamais plus il
n'enfanterait des œuvres vivantes. Il devint très pâle, il eut
un mouvement pour fuir, lorsque le sculpteur Chambouvard,
qui arrivait par l'autre porte avec sa queue ordinaire de
disciples, l'interpella, de sa voix grasse, sans se soucier des
personnes présentes.

« Ah ! farceur, je vous y prends, à vous admirer ! »

Lui, cette année-là, avait une *Moissonneuse* exécrable, une

de ces figures stupidement ratées, qui semblaient des gageu-
res, sorties de ses puissantes mains ; et il n'en était pas moins
rayonnant, certain d'un chef-d'œuvre de plus, promenant
son infaillibilité de dieu, au milieu de la foule, qu'il
n'entendait pas rire.

Sans répondre, Bongrand le regarda de ses yeux brûlés de
fièvre.

« Et ma machine, en bas, continua l'autre, l'avez-vous
vue ?... Qu'ils y viennent donc, les petits d'à présent ! Il n'y a
que nous, la vieille France ! »

Déjà, il s'en allait, suivi de sa cour, saluant le public
étonné.

« Brute ! » murmura Bongrand, étranglé de chagrin,
révolté comme de l'éclat d'un rustre dans la chambre d'un
mort.

Il avait aperçu Claude, il s'approcha. N'était-ce pas lâche
de fuir cette salle ? Et il voulait montrer son courage, son âme
haute, où l'envie n'était jamais entrée.

« Dites donc, notre ami Fagerolles en a, un succès !... Je
mentirais, si je m'extasiais sur son tableau, que je n'aime
guère ; mais lui est très gentil, vraiment... Et puis, vous savez
qu'il a été tout à fait bien pour vous. »

Claude s'efforçait de trouver un mot d'admiration sur
l'*Enterrement*.

« Le petit cimetière, au fond, est si joli !... Est-il possible
que le public... »

D'une voix rude, Bongrand l'arrêta.

« Hein ! mon ami, pas de condoléances... Je vois clair. »

A ce moment, quelqu'un les salua d'un geste familier, et
Claude reconnut Naudet, un Naudet grandi, enflé, doré par
le succès des affaires colossales qu'il brassait à présent.
L'ambition lui tournant la tête, il parlait de couler les autres
marchands de tableaux, il avait fait bâtir un palais, où il se
posait en roi du marché, centralisant les chefs-d'œuvre,
ouvrant les grands magasins modernes de l'art. Des bruits de
millions sonnaient dès son vestibule, il installait chez lui des
expositions, montait au-dehors des galeries, attendait en mai
l'arrivée des amateurs américains, auxquels il vendait cin-

quante mille francs ce qu'il avait acheté dix mille ; et il menait
un train de prince, femme, enfants, maîtresse, chevaux,
domaine en Picardie, grandes chasses. Ses premiers gains
venaient de la hausse des morts illustres, niés de leur vivant,
Courbet, Millet, Rousseau ; ce qui avait fini par lui donner le
mépris de toute œuvre signée du nom d'un peintre encore
dans la lutte. Cependant, d'assez mauvais bruits couraient
déjà. Le nombre des toiles connues étant limité, et celui des
amateurs ne pouvant guère s'étendre, l'époque arrivait où les
affaires allaient devenir difficiles. On parlait d'un syndicat,
d'une entente avec des banquiers pour soutenir les hauts
prix ; à la salle Drouot, on en était à l'expédient des ventes
fictives, des tableaux rachetés très cher par le marchand lui-
même ; et la faillite semblait être fatalement au bout de ces
opérations de Bourse, une culbute dans l'outrance et les
mensonges de l'agio [113].

« Bonjour, cher maître, dit Naudet, qui s'était avancé.
Hein ? vous venez, comme tout le monde, admirer mon
Fagerolles. »

Son attitude n'avait plus pour Bongrand l'humilité câline
et respectueuse d'autrefois. Et il causa de Fagerolles comme
d'un peintre à lui, d'un ouvrier à ses gages, qu'il gourmandait
souvent. C'était lui qui l'avait installé avenue de Villiers, le
forçant à avoir un hôtel, le meublant ainsi qu'une fille,
l'endettant par des fournitures de tapis et de bibelots, pour le
tenir ensuite à sa merci ; et, maintenant, il commençait à
l'accuser de manquer d'ordre, de se compromettre en garçon
léger. Par exemple, ce tableau, jamais un peintre sérieux ne
l'aurait envoyé au Salon ; sans doute, cela faisait du tapage,
on parlait même de la médaille d'honneur ; mais rien n'était
plus mauvais pour les hauts prix. Quand on voulait avoir les
Américains, il fallait savoir rester chez soi, comme un bon
dieu au fond de son tabernacle.

« Mon cher, vous me croirez si vous voulez, j'aurais donné
vingt mille francs de ma poche pour que ces imbéciles de
journaux ne fissent pas tout ce vacarme autour de mon
Fagerolles de cette année. »

Bongrand, qui écoutait bravement, malgré sa souffrance, eut un sourire.

« En effet, ils ont peut-être poussé les indiscrétions un peu loin... Hier, j'ai lu un article, où j'ai appris que Fagerolles mangeait tous les matins deux œufs à la coque. »

Il riait de ce coup brutal de publicité, qui, depuis une semaine, occupait Paris du jeune maître, à la suite d'un premier article sur son tableau, que personne encore n'avait vu. Toute la bande des reporters s'était mise en campagne, on le déshabillait, son enfance, son père le fabricant de zinc d'art, ses études, où il logeait, comment il vivait, jusqu'à la couleur de ses chaussettes, jusqu'à une manie qu'il avait de se pincer le bout du nez. Et il était la passion du moment, le jeune maître selon le goût du jour, ayant eu la chance de rater le prix de Rome et de rompre avec l'École, dont il gardait les procédés : fortune d'une saison que le vent apporte et remporte, caprice nerveux de la grande détraquée de ville, succès de l'à-peu-près, de l'audace gris perle, de l'accident qui bouleverse la foule le matin, pour se perdre le soir dans l'indifférence de tous.

Mais Naudet remarqua l'*Enterrement au village*.

« Tiens ! c'est votre tableau ?... Et, alors, vous avez voulu donner un pendant à la *Noce ?* Moi je vous en aurais détourné... Ah ! *la Noce ! la Noce !* »

Bongrand l'écoutait toujours, sans cesser de sourire ; et, seul, un pli douloureux coupait ses lèvres tremblantes. Il oubliait ses chefs-d'œuvre, l'immortalité assurée à son nom, il ne voyait plus que la vogue immédiate, sans effort, venant à ce galopin indigne de nettoyer sa palette, le poussant à l'oubli, lui qui avait lutté dix années avant d'être connu. Ces générations nouvelles, quand elles vous enterrent, si elles savaient quelles larmes de sang elles vous font pleurer dans la mort !

Puis, comme il se taisait, la peur le prit d'avoir laissé deviner son mal. Est-ce qu'il tomberait à cette bassesse de l'envie ? Une colère contre lui-même le redressa, on devait mourir debout. Et, au lieu de la réponse violente qui lui montait aux lèvres, il dit familièrement :

« Vous avez raison, Naudet, j'aurais mieux fait d'aller me coucher, le jour où j'ai eu l'idée de cette toile.

— Ah ! c'est lui, pardon ! » cria le marchand, qui s'échappa.

C'était Fagerolles, qui se montrait à l'entrée de la salle. Il n'entra pas, discret, souriant, portant sa fortune avec son aisance de garçon d'esprit. Du reste, il cherchait quelqu'un, il appela d'un signe un jeune homme et lui donna une réponse, heureuse sans doute, car ce dernier déborda de reconnaissance. Deux autres se précipitèrent pour le congratuler ; une femme le retint, en lui montrant avec des gestes de martyre une nature morte, placée dans l'ombre d'une encoignure. Puis, il disparut, après avoir jeté, sur le peuple en extase devant son tableau, un seul coup d'œil.

Claude, qui regardait et écoutait, sentit alors sa tristesse lui noyer le cœur. La bousculade augmentait toujours, il n'avait plus en face de lui que des figures béantes et suantes, dans la chaleur devenue intolérable. Par-dessus les épaules, d'autres épaules montaient, jusqu'à la porte, d'où ceux qui ne pouvaient rien voir se signalaient le tableau, du bout de leurs parapluies, ruisselant des averses du dehors. Et Bongrand restait là par fierté, tout droit dans sa défaite, solide sur ses vieilles jambes de lutteur, les regards clairs sur Paris ingrat. Il voulait finir en brave homme, dont la bonté est large. Claude, qui lui parla sans recevoir de réponse, vit bien que, derrière cette face calme et gaie, l'âme était absente, envolée dans le deuil, saignante d'un affreux tourment ; et, saisi d'un respect effrayé, il n'insista pas, il partit, sans même que Bongrand s'en aperçût, de ses yeux vides.

De nouveau, au travers de la foule, une idée venait de pousser Claude. Il s'ébahissait de n'avoir pu découvrir son tableau. Rien n'était plus simple. N'y avait-il donc pas une salle où l'on riait, un coin de blague et de tumulte, un attroupement de public farceur injuriant une œuvre ? Cette œuvre serait la sienne, à coup sûr. Il avait encore dans les oreilles les rires du Salon des Refusés, autrefois. Et, de chaque porte, il écoutait maintenant, pour entendre si ce n'était pas là qu'on le huait.

Mais comme il se retrouvait dans la salle de l'Est, cette halle où agonise le grand art, le dépotoir où l'on empile les vastes compositions historiques et religieuses, d'un froid sombre, il eut une secousse, il demeura immobile, les yeux en l'air. Cependant, il avait passé deux fois déjà. Là-haut, c'était bien sa toile, si haut, si haut, qu'il hésitait à la reconnaître, toute petite, posée en hirondelle, sur le coin d'un cadre, le cadre monumental d'un immense tableau de dix mètres, représentant le Déluge, le grouillement d'un peuple jaune, culbuté dans de l'eau lie-de-vin. A gauche, il y avait encore le pitoyable portrait en pied d'un général couleur de cendre ; à droite, une nymphe colosse, dans un paysage lunaire, le cadavre exsangue d'une assassinée, qui se gâtait sur l'herbe ; et alentour, partout, des choses rosâtres, violâtres, des images tristes, jusqu'à une scène comique de moines se grisant, jusqu'à une ouverture de la Chambre, avec toute une page écrite sur un cartouche doré, où les têtes des députés connus étaient reproduites au trait, accompagnées des noms. Et, là-haut, là-haut, au milieu de ces voisinages blafards, la petite toile, trop rude, éclatait férocement, dans une grimace douloureuse de monstre.

Ah ! l'*Enfant mort,* le misérable petit cadavre, qui n'était plus, à cette distance, qu'une confusion de chairs, la carcasse échouée de quelque bête informe ! Était-ce un crâne, était-ce un ventre, cette tête phénoménale, enflée et blanchie ? et ces pauvres mains tordues sur les linges, comme des pattes rétractées d'oiseau tué par le froid ! et le lit lui-même, cette pâleur des draps, sous la pâleur des membres, tout ce blanc si triste, un évanouissement du ton, la fin dernière ! Puis, on distinguait les yeux clairs et fixes, on reconnaissait une tête d'enfant, le cas de quelque maladie de la cervelle, d'une profonde et affreuse pitié.

Claude s'approcha, se recula, pour mieux voir. Le jour était si mauvais, que des reflets dansaient dans la toile, de partout. Son petit Jacques, comme on l'avait placé ! sans doute par dédain, ou par honte plutôt, afin de se débarrasser de sa laideur lugubre. Lui, pourtant, l'évoquait, le retrouvait, là-bas, à la campagne, frais et rose, quand il se roulait

dans l'herbe, puis rue de Douai, peu à peu pâli et stupide,
puis rue Tourlaque, ne pouvant plus porter son front,
mourant une nuit tout seul, pendant que sa mère dormait ; et
il la revoyait, elle aussi, la mère, la triste femme, restée à la
maison, pour y pleurer sans doute, ainsi qu'elle pleurait
maintenant les journées entières. N'importe, elle avait bien
fait de ne pas venir : c'était trop triste, leur petit Jacques,
déjà froid dans son lit, jeté à l'écart en paria, si brutalisé par
la lumière, que le visage semblait rire, d'un rire abominable.

Et Claude souffrait plus encore de l'abandon de son œuvre.
Un étonnement, une déception, le faisait chercher des yeux la
foule, la poussée à laquelle il s'attendait. Pourquoi ne le
huait-on pas ? Ah ! les insultes de jadis, les moqueries, les
indignations, ce qui l'avait déchiré et fait vivre ! Non, plus
rien, pas même un crachat au passage : c'était la mort. Dans
la salle immense, le public défilait rapidement, pris d'un
frisson d'ennui. Il n'y avait du monde que devant l'image de
l'ouverture de la Chambre, où sans cesse un groupe se
renouvelait, lisant la légende, se montrant les têtes des
députés. Des rires ayant éclaté derrière lui, il se retourna ;
mais on ne se moquait point, on s'égayait simplement des
moines en goguette, le succès comique du Salon, que des
messieurs expliquaient à des dames, en déclarant ça étourdis-
sant d'esprit. Et tous ces gens passaient sous le petit Jacques,
et pas un ne levait la tête, pas un ne savait même qu'il fût là-
haut !

Le peintre, cependant, eut un espoir. Sur le pouf central,
deux personnages, un gros et un mince, décorés tous les
deux, causaient, renversés contre le dossier de velours,
regardant les tableaux, en face. Il s'approcha, il les écouta.

« Et je les ai suivis, disait le gros. Ils ont pris la rue Saint-
Honoré, la rue Saint-Roch, la rue de la Chaussée-d'Antin, la
rue La Fayette...

— Enfin, vous leur avez parlé ? demanda le mince, d'un
air de profond intérêt.

— Non, j'ai eu peur de me mettre en colère. »

Claude s'en alla, revint à trois reprises, le cœur battant,
chaque fois qu'un rare visiteur stationnait et promenait un

lent regard de la cimaise au plafond. Un besoin maladif l'enrageait d'entendre une parole, une seule. Pourquoi exposer ? comment savoir ? tout, plutôt que cette torture du silence ! Et il étouffa, lorsqu'il vit s'approcher un jeune ménage, l'homme gentil avec des petites moustaches blondes, la femme ravissante, l'allure délicate et fluette d'une bergère en Saxe. Elle avait aperçu le tableau, elle en demandait le sujet, stupéfiée de n'y rien comprendre ; et, quand son mari, feuilletant le catalogue, eut trouvé le titre : l'*Enfant mort*, elle l'entraîna, frissonnante, avec ce cri d'effroi :

« Oh ! l'horreur ! est-ce que la police devrait permettre une horreur pareille ! »

Alors, Claude demeura là, debout, inconscient et hanté, les yeux cloués en l'air, au milieu du troupeau continu de la foule qui galopait, indifférente, sans un regard à cette chose unique et sacrée, visible pour lui seul ; et ce fut là, dans ces coudoiements, que Sandoz finit par le reconnaître.

Flânant en garçon, lui aussi, sa femme étant restée près de sa mère souffrante, Sandoz venait de s'arrêter, le cœur fendu, en bas de la petite toile, rencontrée par hasard. Ah ! quel dégoût de cette misérable vie ! Il revécut brusquement leur jeunesse, le collège de Plassans, les longues escapades au bord de la Viorne, les courses libres sous le brûlant soleil, toute cette flambée de leurs ambitions naissantes ; et, plus tard, dans leur existence commune, il se rappelait leurs efforts, leurs certitudes de gloire, la belle fringale, d'appétit démesuré, qui parlait d'avaler Paris d'un coup. A cette époque, que de fois il avait vu en Claude le grand homme, celui dont le génie débridé devait laisser en arrière, très loin, le talent des autres ! C'était d'abord l'atelier de l'impasse des Bourdonnais, plus tard l'atelier du quai de Bourbon, des toiles immenses rêvées, des projets à faire éclater le Louvre ; c'était une lutte incessante, un travail de dix heures par jour, un don entier de son être. Et puis, quoi ? après vingt années de cette passion, aboutir à ça, à cette pauvre chose sinistre, toute petite, inaperçue, d'une navrante mélancolie dans son isolement de pestiférée ! Tant d'espoirs, de tortures, une vie usée au dur labeur de l'enfantement, et ça, et ça, mon Dieu !

Sandoz, près de lui, reconnut Claude. Une fraternelle émotion fit trembler sa voix.

« Comment ! tu es venu ?... Pourquoi as-tu refusé de passer me prendre ? »

Le peintre ne s'excusa même pas. Il semblait très fatigué, sans révolte, frappé d'une stupeur douce et sommeillante.

« Allons, ne reste pas là. Il est midi sonné, tu vas déjeuner avec moi... Des gens m'attendaient chez Ledoyen. Mais je les lâche, descendons au buffet, cela nous rajeunira, n'est-ce pas ? vieux ! »

Et Sandoz l'emmena, un bras sous le sien, le serrant, le réchauffant, tâchant de le tirer de son silence morne.

« Voyons, sapristi ! il ne faut pas te démonter de la sorte. Ils ont beau l'avoir mal placé, ton tableau est superbe, un fameux morceau de peintre !... Oui, je sais, tu avais rêvé autre chose. Que diable ! tu n'es pas mort, ce sera pour plus tard... Et, regarde ! tu devrais être fier, car c'est toi le véritable triomphateur du Salon, cette année. Il n'y a pas que Fagerolles qui te pille, tous maintenant t'imitent, tu les as révolutionnés, depuis ton *Plein air,* dont ils ont tant ri... Regarde, regarde ! en voilà encore un de *Plein air,* en voilà un autre, et ici, et là-bas, tous, tous ! »

De la main, au travers des salles, il désignait des toiles. En effet, le coup de clarté, peu à peu introduit dans la peinture contemporaine, éclatait enfin. L'ancien Salon noir, cuisiné au bitume, avait fait place à un Salon ensoleillé, d'une gaieté de printemps. C'était l'aube, le jour nouveau qui avait pointé jadis au Salon des Refusés, et qui, à cette heure, grandissait, rajeunissant les œuvres d'une lumière fine, diffuse, décomposée en nuances infinies. Partout, ce bleuissement se retrouvait, jusque dans les portraits et dans les scènes de genre, haussées aux dimensions et au sérieux de l'histoire. Eux aussi, les vieux sujets académiques, s'en étaient allés, avec les jus recuits de la tradition, comme si la doctrine condamnée emportait son peuple d'ombres ; les imaginations devenaient rares, les cadavéreuses nudités des mythologies et du catholi-

cisme, les légendes sans foi, les anecdotes sans vie, le bric-à-
brac de l'École, usé par des générations de malins ou
d'imbéciles ; et, chez les attardés des antiques recettes, même
chez les maîtres vieillis, l'influence était évidente, le coup de
soleil avait passé là. De loin, à chaque pas, on voyait un
tableau trouer le mur, ouvrir une fenêtre sur le dehors.
Bientôt, les murs tomberaient, la grande nature entrerait, car
la brèche était large, l'assaut avait emporté la routine, dans
cette gaie bataille de témérité et de jeunesse.

« Ah ! ta part est belle encore, mon vieux ! continua
Sandoz. L'art de demain sera le tien, tu les as tous faits. »

Claude, alors, desserra les dents, dit très bas avec une
brutalité sombre :

« Qu'est-ce que ça me fout de les avoir faits, si je ne me
suis pas fait moi-même ?... Vois-tu, c'était trop gros pour
moi, et c'est ça qui m'étouffe. »

D'un geste, il acheva sa pensée, son impuissance à être le
génie de la formule qu'il apportait, son tourment de précurseur qui sème l'idée sans récolter la gloire, sa désolation de se
voir volé, dévoré par des bâcleurs de besogne, toute une nuée
de gaillards souples, éparpillant leurs efforts, encanaillant
l'art nouveau, avant que lui ou un autre ait eu la force de
planter le chef-d'œuvre qui daterait cette fin de siècle.

Sandoz protesta, l'avenir restait libre. Puis, pour le
distraire, il l'arrêta, en traversant le salon d'honneur.

« Oh ! cette dame en bleu, devant ce portrait ! Quelle
claque la nature fiche à la peinture !... Tu te souviens, quand
nous regardions le public autrefois, les toilettes, la vie des
salles. Pas un tableau ne tenait le coup. Et, aujourd'hui, il y
en a qui ne se démolissent pas trop. J'ai même remarqué, là-
bas, un paysage dont la tonalité jaune éteignait complètement
les femmes qui s'en approchaient. »

Mais Claude eut un tressaillement d'indicible souffrance.

« Je t'en prie, allons-nous-en, emmène-moi... Je n'en puis
plus. »

Au buffet, ils eurent toutes les peines du monde à trouver
une table libre. C'était un étouffement, un empilement, dans
le vaste trou d'ombre, que des draperies de serge brune

ménageaient, sous les travées du haut plancher de fer. Au
fond, à demi noyés de ténèbres, trois dressoirs étageaient
symétriquement leurs compotiers de fruits ; tandis que, plus
en avant, occupant les comptoirs de droite et de gauche, deux
dames, une blonde, une brune, surveillaient la mêlée, d'un
regard militaire ; et, des profondeurs obscures de cet antre,
un flot de petites tables de marbre, une marée de chaises,
serrées, enchevêtrées, moutonnait, s'enflait, venait déborder
et s'étaler jusque dans le jardin, sous la grande clarté pâle qui
tombait des vitres.

Enfin, Sandoz vit des personnes se lever. Il s'élança, il
conquit la table de haute lutte, au milieu du tas.

« Ah ! fichtre ! nous y sommes... Que veux-tu manger ? »

Claude eut un geste insouciant. Le déjeuner d'ailleurs fut
exécrable, de la truite amollie par le court-bouillon, un filet
desséché au four, des asperges sentant le linge humide ; et
encore fallut-il se battre pour être servi, car les garçons,
bousculés, perdant la tête, restaient en détresse dans les
passages trop étroits, que le flux des chaises resserrait
toujours, jusqu'à les boucher complètement. Derrière la
draperie de gauche, on entendait un tintamarre de casseroles
et de vaisselle, la cuisine installée là, sur le sable, ainsi que ces
fourneaux de kermesse qui campent au plein air des routes.

Sandoz et Claude devaient manger de biais, étranglés entre
deux sociétés, dont les coudes peu à peu entraient dans leurs
assiettes ; et, chaque fois que passait un garçon, il ébranlait
les chaises d'un violent coup de hanche. Mais cette gêne,
ainsi que l'abominable nourriture, égayait. On plaisantait les
plats, une familiarité s'établissait de table à table, dans la
commune infortune qui se changeait en partie de plaisir. Des
inconnus finissaient par sympathiser, des amis soutenaient
des conversations à trois rangs de distance, la tête tournée,
gesticulant par-dessus les épaules des voisins. Les femmes
surtout s'animaient, d'abord inquiètes de cette cohue, puis se
dégantant, relevant leurs voilettes, riant au premier doigt de
vin pur. Et ce qui était le ragoût de ce jour du vernissage,
c'était justement la promiscuité où se coudoyaient là tous les
mondes, des filles, des bourgeoises, de grands artistes, de

simples imbéciles, une rencontre de hasard, un mélange dont le louche imprévu allumait les yeux des plus honnêtes.

Cependant, Sandoz, qui avait renoncé à finir sa viande, haussait la voix, au milieu du terrible vacarme des conversations et du service.

« Un morceau de fromage, hein ?... Et tâchons d'avoir du café. »

Les yeux vagues, Claude n'entendait pas. Il regardait dans le jardin. De sa place, il voyait le massif central, de grands palmiers qui se détachaient sur les draperies brunes, dont tout le pourtour était orné. Là, s'espaçait un cercle de statues : le dos d'une faunesse, à la croupe enflée ; le joli profil d'une étude de jeune fille, une rondeur de joue, une pointe de petit sein rigide ; la face d'un Gaulois en bronze, une colossale romance, irritante de patriotisme bête ; le ventre laiteux d'une femme pendue par les poignets, quelque Andromède du quartier Pigalle ; et d'autres, d'autres encore, des files d'épaules et de hanches qui suivaient les tournants des allées, des fuites de blancheurs au travers des verdures, des têtes, des gorges, des jambes, des bras, confondus et envolés dans l'éloignement de la perspective. A gauche se perdait une ligne de bustes, la joie des bustes, l'extraordinaire comique d'une enfilade de nez, un prêtre à nez énorme et pointu, une soubrette à petit nez retroussé, une Italienne du XVᵉ siècle au beau nez classique, un matelot au nez de simple fantaisie, tous les nez, le nez magistrat, le nez industriel, le nez décoré, immobiles et sans fin.

Mais Claude ne voyait rien, ce n'étaient que des taches grises dans le jour brouillé et verdi. Sa stupeur continuait, il eut une seule sensation, le grand luxe des toilettes, qu'il avait mal jugé au milieu de la poussée des salles, et qui là se développait librement, ainsi que sur le gravier de quelque serre de château. Toute l'élégance de Paris défilait, les femmes venues pour se montrer, les robes méditées, destinées à être dans les journaux du lendemain. On regardait beaucoup une actrice marchant d'un pas de reine, au bras d'un monsieur qui prenait des airs complaisants de prince époux. Les mondaines avaient des allures de gueuses, toutes

se dévisageaient de ce lent coup d'œil dont elles se déshabil-
lent, estimant la soie, aunant les dentelles, fouillant de la
pointe des bottines à la plume du chapeau. C'était comme un
salon neutre, des dames assises avaient rapproché leurs
chaises, ainsi qu'aux Tuileries, uniquement occupées de
celles qui passaient. Deux amies hâtaient le pas, en riant.
Une autre, solitaire, allait et revenait, muette, avec un regard
noir. D'autres encore, qui s'étaient perdues, se retrouvaient,
s'exclamaient de l'aventure. Et la masse mouvante et assom-
brie des hommes stationnait, se remettait en marche, s'arrêtait en face d'un marbre, refluait devant un bronze ; tandis
que, parmi les rares bourgeois égarés là, circulaient des noms
célèbres, tout ce que Paris comptait d'illustrations, le nom
d'une gloire retentissante, au passage d'un gros monsieur mal
mis, le nom ailé d'un poète, à l'approche d'un homme blême,
qui avait la face plate d'un portier. Une onde vivante montait
de cette foule dans la lumière égale et décolorée, lorsque,
brusquement, derrière les nuages d'une dernière averse, un
coup de soleil enflamma les vitres hautes, fit resplendir le
vitrail du couchant, plut en gouttes d'or, à travers l'air
immobile ; et tout se chauffa, la neige des statues dans les
verdures luisantes, les pelouses tendres que découpait le
sable jaune des allées, les toilettes riches aux vifs réveils de
satin et de perles, les voix elles-mêmes, dont le grand
murmure nerveux et rieur sembla pétiller comme une claire
flambée de sarments. Des jardiniers, en train d'achever la
plantation des corbeilles, tournaient les robinets des bouches
d'arrosage, promenaient des arrosoirs dont la pluie s'exhalait
des gazons trempés, en une fumée tiède. Un moineau très
hardi, descendu des charpentes de fer, malgré le monde,
piquait le sable devant le buffet, mangeant les miettes de pain
qu'une jeune femme s'amusait à lui jeter.

Alors, Claude, de tout ce tumulte, n'entendit au loin que le
bruit de mer, le grondement du public roulant en haut, dans
les salles. Et un souvenir lui revint, il se rappela ce bruit, qui
avait soufflé en ouragan devant son tableau. Mais, à cette
heure, on ne riait plus : c'était Fagerolles, là-haut, que
l'haleine géante de Paris acclamait.

Justement, Sandoz, qui se retournait, dit à Claude :

« Tiens ! Fagerolles ! »

En effet, Fagerolles et Jory, sans les voir, venaient de s'emparer d'une table voisine. Le dernier continuait une conversation de sa grosse voix.

« Oui, j'ai vu son enfant crevé. Ah ! le pauvre bougre, quelle fin ! »

Fagerolles lui donna un coup de coude ; et, tout de suite, l'autre, ayant aperçu les deux camarades, ajouta :

« Ah ! ce vieux Claude !… Comment va, hein ?… Tu sais que je n'ai pas encore vu ton tableau. Mais on m'a dit que c'était superbe.

— Superbe ! » appuya Fagerolles.

Ensuite, il s'étonna.

« Vous avez mangé ici, quelle idée ! on y est si mal !… Nous autres, nous revenons de chez Ledoyen. Oh ! un monde, une bousculade, une gaieté !… Approchez donc votre table, que nous causions un peu. »

On réunit les deux tables. Mais déjà des flatteurs, des solliciteurs relançaient le jeune maître triomphant. Trois amis se levèrent, le saluèrent bruyamment de loin. Une dame tomba dans une contemplation souriante, lorsque son mari le lui eut nommé à l'oreille. Et le grand maigre, l'artiste mal placé qui ne dérageait pas et le poursuivait depuis le matin, quitta une table du fond où il se trouvait, accourut de nouveau se plaindre, en exigeant la cimaise, immédiatement.

« Eh ! fichez-moi la paix ! » finit par crier Fagerolles, à bout d'amabilité et de patience.

Puis, lorsque l'autre s'en fut allé, en mâchonnant de sourdes menaces :

« C'est vrai, on a beau vouloir être obligeant, ils vous rendraient enragés !… Tous sur la cimaise ! des lieues de cimaise !… Ah ! quel métier que d'être du jury ! On s'y casse les jambes et l'on n'y récolte que des haines ! »

De son air accablé, Claude le regardait. Il sembla s'éveiller un instant, il murmura d'une langue pâteuse :

« Je t'ai écrit, je voulais aller te voir pour te remercier…

Bongrand m'a dit la peine que tu as eue... Merci encore, n'est-ce pas ? »

Mais Fagerolles, vivement, l'interrompit.

« Que diable ! je devais bien ça à notre vieille amitié... C'est moi qui suis content de t'avoir fait ce plaisir. »

Et il avait cet embarras qui le reprenait toujours devant le maître inavoué de sa jeunesse, cette sorte d'humilité invincible, en face de l'homme dont le muet dédain suffisait en ce moment à gâter son triomphe.

« Ton tableau est très bien », ajouta Claude lentement, pour être bon et courageux.

Ce simple éloge gonfla le cœur de Fagerolles d'une émotion exagérée, irrésistible, montée il ne savait d'où ; et le gaillard, sans foi, brûlé à toutes les farces, répondit d'une voix tremblante :

« Ah ! mon brave, ah ! tu es gentil de me dire ça ! »

Sandoz venait enfin d'obtenir deux tasses de café, et comme le garçon avait oublié le sucre, il dut se contenter des morceaux laissés par une famille voisine. Quelques tables se vidaient, mais la liberté avait grandi, un rire de femme sonna si haut, que toutes les têtes se retournèrent. On fumait, une lente vapeur bleue s'exhalait au-dessus de la débandade des nappes, tachées de vin, encombrées de vaisselle grasse. Lorsque Fagerolles eut également réussi à se faire apporter deux chartreuses, il se mit à causer avec Sandoz, qu'il ménageait, devinant là une force. Et Jory, alors, s'empara de Claude, redevenu morne et silencieux.

« Dis donc, mon cher, je ne t'ai pas envoyé de lettre, pour mon mariage... Tu sais, à cause de notre position, nous avons fait ça entre nous, sans personne... Mais, tout de même, j'aurais voulu te prévenir. Tu m'excuses, n'est-ce pas ? »

Il se montra expansif, donna des détails, heureux de vivre, dans la joie égoïste de se sentir gras et victorieux, en face de ce pauvre diable vaincu. Tout lui réussissait, disait-il. Il avait lâché la chronique, flairant la nécessité d'installer sérieusement sa vie ; puis, il s'était haussé à la direction d'une grande revue d'art ; et l'on assurait qu'il y touchait trente mille francs par an, sans compter tout un obscur trafic dans les

ventes de collections. La rapacité bourgeoise qu'il tenait de
son père, cette hérédité du gain qui l'avait jeté secrètement à
des spéculations infimes, dès les premiers sous gagnés,
s'étalait aujourd'hui, finissait par faire de lui un terrible
monsieur saignant à blanc les artistes et les amateurs qui lui
tombaient sous la main.

Et c'était au milieu de cette fortune que Mathilde, toute-
puissante, venait de l'amener à la supplier en pleurant d'être
sa femme, ce qu'elle avait fièrement refusé pendant six mois.

« Lorsqu'on doit vivre ensemble, continuait-il, le mieux
est encore de régler la situation. Hein ? toi qui as passé par là,
mon cher, tu en sais quelque chose... Si je te disais qu'elle ne
voulait pas, oui ! par crainte d'être mal jugée et de me faire du
tort. Oh ! une âme d'une grandeur, d'une délicatesse !...
Non, vois-tu, on n'a pas idée des qualités de cette femme-là.
Dévouée, toujours aux petits soins, économe, et fine, et de
bon conseil... Ah ! c'est une rude chance que je l'aie
rencontrée ! Je n'entreprends plus rien sans elle, je la laisse
aller, elle mène tout, ma parole ! »

La vérité était que Mathilde avait achevé de le réduire à
une obéissance peureuse de petit garçon, que la seule menace
d'être privé de confiture rend sage. Une épouse autoritaire,
affamée de respect, dévorée d'ambition et de lucre, s'était
dégagée de l'ancienne goule impudique. Elle ne le trompait
même pas, d'une vertu aigre de femme honnête, en dehors
des pratiques d'autrefois, qu'elle avait gardées avec lui seul,
pour en faire l'instrument conjugal de sa puissance. On disait
les avoir vus communier tous les deux à Notre-Dame de
Lorette. Ils s'embrassaient devant le monde, ils s'appelaient
de petits noms tendres. Seulement, le soir, il devait raconter
sa journée, et si l'emploi d'une heure restait louche, s'il ne
rapportait pas jusqu'aux centimes des sommes qu'il touchait,
elle lui faisait passer une telle nuit, à le menacer de maladies
graves, à refroidir le lit de ses refus dévots, que, chaque fois,
il achetait plus chèrement son pardon.

« Alors, répéta Jory, se complaisant dans son histoire,
nous avons attendu la mort de mon père, et je l'ai épousée. »

Claude, l'esprit perdu jusque-là, hochant la tête sans écouter, fut seulement frappé par la dernière phrase.

« Comment, tu l'as épousée ?... Mathilde ! »

Il mit dans cette exclamation son étonnement de l'aventure, tous les souvenirs qui lui revenaient de la boutique à Mahoudeau. Ce Jory, il l'entendait encore parler d'elle en termes abominables, il se rappelait ses confidences, un matin, sur un trottoir, des orgies romantiques, des horreurs, au fond de l'herboristerie empestée par l'odeur forte des aromates. Toute la bande y avait passé, lui s'était montré plus insultant que les autres, et il l'épousait ! Vraiment, un homme était bête de mal parler d'une maîtresse, même de la plus basse, car il ne savait jamais s'il ne l'épouserait pas, un jour.

« Eh ! oui, Mathilde, répondit l'autre souriant. Va, ces vieilles maîtresses, ça fait encore les meilleures femmes. »

Il était plein de sérénité, la mémoire morte, sans une allusion, sans un embarras sous les regards des camarades. Elle semblait venir d'ailleurs, il la leur présentait, comme s'ils ne l'avaient pas connue aussi bien que lui.

Sandoz, qui suivait d'une oreille la conversation, très intéressé par ce beau cas, s'écria, quand ils se turent :

« Hein ? filons... J'ai les jambes engourdies. »

Mais, à ce moment, Irma Bécot parut et s'arrêta devant le buffet. Elle était en beauté, les cheveux dorés à neuf, dans son éclat truqué de courtisane fauve, descendue d'un vieux cadre de la Renaissance ; et elle portait une tunique de brocart bleu pâle, sur une jupe de satin couverte d'Alençon, d'une telle richesse, qu'une escorte de messieurs l'accompagnait. Un instant, en apercevant Claude parmi les autres, elle hésita, saisie d'une honte lâche, en face de ce misérable mal vêtu, laid et méprisé. Puis, elle eut la vaillance de son ancien caprice, ce fut à lui qu'elle serra la main le premier, au milieu de tous ces hommes corrects, arrondissant des yeux surpris. Elle riait d'un air de tendresse, avec une amicale moquerie qui pinçait un peu le coin de sa bouche.

« Sans rancune », lui dit-elle gaiement.

Et ce mot, qu'ils furent les seuls à comprendre, redoubla

son rire. C'était toute leur histoire. Le pauvre garçon qu'elle
avait dû violenter, et qui n'y avait pris aucun plaisir !

Déjà, Fagerolles payait les deux chartreuses et s'en allait
avec Irma, que Jory se décida également à suivre. Claude les
regarda s'éloigner tous les trois, elle entre les deux hommes,
marchant royalement parmi la foule, très admirés, très
salués.

« On voit bien que Mathilde n'est pas là, dit simplement
Sandoz. Ah ! mes amis, quelle paire de gifles en rentrant ! »

Lui-même demanda l'addition. Toutes les tables se dégar-
nissaient, il n'y avait plus qu'un saccage d'os et de croûtes.
Deux garçons lavaient les marbres à l'éponge, tandis qu'un
autre, armé d'un râteau, grattait le sable, trempé de crachats,
sali de miettes. Et, derrière la draperie de serge brune, c'était
maintenant le personnel qui déjeunait, des bruits de mâchoires, des rires empâtés, toute la mastication forte d'un
campement de bohémiens, en train de torcher les marmites.

Claude et Sandoz firent le tour du jardin, et ils découvrirent une figure de Mahoudeau, très mal placée, dans un coin,
près du vestibule de l'Est. C'était enfin la *Baigneuse* debout,
mais rapetissée encore, à peine grande comme une fillette de
dix ans, et d'une élégance charmante, les cuisses fines, la
gorge toute petite, une hésitation exquise de bouton naissant.
Un parfum s'en dégageait, la grâce que rien ne donne et qui
fleurit où elle veut, la grâce invincible, entêtée et vivace,
repoussant quand même de ces gros doigts d'ouvrier, qui
s'ignoraient au point de l'avoir si longtemps méconnue.

Sandoz ne put s'empêcher de sourire.

« Et dire que ce gaillard a tout fait pour gâter son talent !…
S'il était mieux placé, il aurait un gros succès.

— Oui, un gros succès, répéta Claude. C'est très joli. »

Justement, ils aperçurent Mahoudeau, déjà sous le vestibule, se dirigeant vers l'escalier. Ils l'appelèrent, ils coururent, et tous trois restèrent à causer quelques minutes. La
galerie du rez-de-chaussée s'étendait, vide, sablée, éclairée
d'une clarté blafarde par ses grandes fenêtres rondes ; et l'on
aurait pu se croire sous un pont de chemin de fer : de forts
piliers soutenaient les charpentes métalliques, un froid de

glace soufflait de haut, mouillant le sol, où les pieds
enfonçaient. Au loin, derrière un rideau déchiré, s'alignaient
des statues, les envois refusés de la sculpture, les plâtres que
les sculpteurs pauvres ne retiraient même pas, une Morgue
blême, d'un abandon lamentable. Mais ce qui surprenait, ce
qui faisait lever la tête, c'était le fracas continu, le piétinement énorme du public sur le plancher des salles. Là, on en
était assourdi, cela roulait démesurément, comme si des
trains interminables, lancés à toute vapeur, avaient ébranlé
sans fin les solives de fer.

Quand on l'eut complimenté, Mahoudeau dit à Claude
qu'il avait vainement cherché sa toile : au fond de quel trou
l'avait-on fourrée ? Puis, il s'inquiéta de Gagnière et de
Dubuche, dans un attendrissement du passé. Où étaient les
Salons d'autrefois, lorsqu'on y débarquait en bande, les
courses rageuses à travers les salles, comme en pays ennemi,
les violents dédains de la sortie ensuite, les discussions qui
enflaient les langues et vidaient les crânes ! Personne ne
voyait plus Dubuche. Deux ou trois fois par mois, Gagnière
arrivait de Melun effaré, pour un concert ; et il se désintéres-
sait tellement de la peinture, qu'il n'était même pas venu au
Salon, où il avait pourtant son paysage ordinaire, le bord de
Seine qu'il envoyait depuis quinze ans, d'un joli ton gris,
consciencieux et si discret, que le public ne l'avait jamais
remarqué.

« J'allais monter, reprit Mahoudeau. Montez-vous avec
moi ? »

Claude, pâli d'un malaise, levait les yeux, à chaque
seconde. Ah ! ce grondement terrible, ce galop dévorateur du
monstre, dont il sentait la secousse jusque dans ses membres !

Il tendit la main sans parler.

« Tu nous quittes ? s'écria Sandoz. Fais encore un tour
avec nous, et nous partirons ensemble. »

Puis, une pitié lui serra le cœur, en le voyant si las. Il le
sentait à bout de courage, désireux de solitude, pris du besoin
de fuir seul, pour cacher sa blessure.

« Alors, adieu, mon vieux... Demain, j'irai chez toi. »

Claude, chancelant, poursuivi par la tempête d'en haut, disparut derrière les massifs du jardin.

Et deux heures plus tard, dans la salle de l'Est, Sandoz, qui, après avoir perdu Mahoudeau, venait de le retrouver avec Jory et Fagerolles, aperçut Claude, debout devant sa toile, à la place même où il l'avait rencontré la première fois. Le misérable, au moment de partir, était remonté là, malgré lui, attiré, obsédé.

C'était l'étouffement embrasé de cinq heures, lorsque la cohue, épuisée de tourner le long des salles, saisie du vertige des troupeaux lâchés dans un parc, s'effare et s'écrase, sans trouver la sortie. Depuis le petit froid du matin, la chaleur des corps, l'odeur des haleines avaient alourdi l'air d'une vapeur rousse ; et la poussière des parquets, volante, montait en un fin brouillard, dans cette exhalaison de litière humaine. Des gens s'emmenaient encore devant des tableaux, dont les sujets seuls frappaient et retenaient le public. On s'en allait, on revenait, on piétinait sans fin. Les femmes surtout s'entêtaient à ne pas lâcher pied, à en être jusqu'au moment où les gardiens les pousseraient dehors, dès le premier coup de six heures. De grosses dames s'étaient échouées. D'autres, n'ayant pas découvert le moindre petit coin pour s'asseoir, s'appuyaient fortement sur leurs ombrelles, défaillantes, obstinées quand même. Tous les yeux, inquiets et suppliants, guettaient les banquettes chargées de monde. Et il n'y avait plus, flagellant ces milliers de têtes, que ce dernier coup de la fatigue, qui délabrait les jambes, tirait la face, ravageait le front de migraine, cette migraine spéciale des Salons, faite de la cassure continuelle de la nuque et de la danse aveuglante des couleurs.

Seuls, sur le pouf où ils se contaient déjà leurs histoires, dès midi, les deux messieurs décorés causaient toujours tranquillement, à cent lieues. Peut-être y étaient-ils revenus, peut-être n'en avaient-ils pas même bougé.

« Et, comme ça, disait le gros, vous êtes entré, en affectant de ne pas comprendre ?

— Parfaitement, répondait le mince, je les ai regardés et j'ai ôté mon chapeau... Hein ? c'était clair.

— Étonnant ! Vous êtes étonnant, mon cher ami ! »

Mais Claude n'entendait que les sourds battements de son cœur, ne voyait que l'*Enfant mort,* en l'air, près du plafond. Il ne le quittait pas des yeux, il subissait la fascination qui le clouait là, en dehors de son vouloir. La foule, dans sa nausée de lassitude, tournoyait autour de lui ; des pieds écrasaient les siens, il était heurté, emporté ; et, comme une chose inerte, il s'abandonnait, flottait, se retrouvait à la même place, sans baisser la tête, ignorait ce qui se passait en bas, ne vivant plus que là-haut, avec son œuvre, son petit Jacques, enflé dans la mort. Deux grosses larmes, immobiles entre ses paupières, l'empêchaient de bien voir. Il lui semblait que jamais il n'aurait le temps de voir assez.

Alors, Sandoz, dans sa pitié profonde, feignit de ne pas avoir aperçu son vieil ami, comme s'il eût voulu le laisser seul, sur la tombe de sa vie manquée. De nouveau, les camarades passaient en bande, Fagerolles et Jory filaient en avant ; et, justement, Mahoudeau lui ayant demandé où était le tableau de Claude, Sandoz mentit, l'écarta, l'emmena. Tous s'en allèrent.

Le soir, Christine n'obtint de Claude que des paroles brèves : tout marchait bien, le public ne se fâchait pas, le tableau faisait bon effet, un peu haut peut-être. Et, malgré cette tranquillité froide, il était si étrange, qu'elle fut prise de peur.

Après le dîner, comme elle revenait de porter des assiettes à la cuisine, elle ne le trouva plus devant la table. Il avait ouvert une fenêtre qui donnait sur un terrain vague, il était là, tellement penché, qu'elle ne le voyait pas. Puis, terrifiée, elle se précipita, elle le tira violemment par son veston.

« Claude ! Claude ! que fais-tu ? »

Il s'était retourné, d'une pâleur de linge, les yeux fous.

« Je regarde. »

Mais elle ferma la fenêtre de ses mains tremblantes, et elle en garda une telle angoisse, qu'elle ne dormait plus la nuit.

XI

Dès le lendemain, Claude s'était remis au travail, et les jours s'écoulèrent, l'été se passa, dans une tranquillité lourde. Il avait trouvé une besogne, des petits tableaux de fleurs pour l'Angleterre, dont l'argent suffisait au pain quotidien. Toutes ses heures disponibles étaient de nouveau consacrées à sa grande toile : il n'y montrait plus les mêmes éclats de colère, il semblait se résigner à ce labeur éternel, l'air calme, d'une application entêtée et sans espoir. Mais ses yeux restaient fous, on y voyait comme une mort de la lumière, quand ils se fixaient sur l'œuvre manquée de sa vie.

Vers cette époque, Sandoz, lui aussi, eut un grand chagrin. Sa mère mourut, toute son existence fut bouleversée, cette existence à trois, si intime, où ne pénétraient que quelques amis [114]. Il avait pris en haine le pavillon de la rue Nollet. D'ailleurs, un brusque succès s'était déclaré, dans la vente jusque-là pénible de ses livres ; et le ménage, comblé de cette richesse, venait de louer rue de Londres un vaste appartement, dont l'installation l'occupa pendant des mois. Son deuil avait encore rapproché Sandoz de Claude, dans un dégoût commun des choses. Après le coup terrible du Salon, il s'était inquiété de son vieux camarade, devinant en lui une cassure irréparable, quelque plaie par où la vie coulait, invisible. Puis, à le voir si froid, si sage, il avait fini par se rassurer un peu.

Souvent, Sandoz montait rue Tourlaque, et quand il lui arrivait de n'y rencontrer que Christine, il la questionnait, comprenant qu'elle aussi vivait dans l'effroi d'un malheur, dont elle ne parlait jamais. Elle avait la face tourmentée, les tressaillements nerveux d'une mère qui veille son enfant et qui tremble de voir la mort entrer, au moindre bruit.

Un matin de juillet, il lui demanda :

« Eh bien ! vous êtes contente ? Claude est tranquille, il travaille bien. »

Elle jeta vers le tableau son regard accoutumé, un regard oblique de terreur et de haine.

« Oui, oui, il travaille... Il veut tout finir, avant de se remettre à la femme... »

Et, sans avouer la crainte qui l'obsédait, elle ajouta plus bas :

« Mais ses yeux, avez-vous remarqué ses yeux ?... Il a toujours ses mauvais yeux. Moi, je sais bien qu'il ment, avec son air de ne pas se fâcher... Je vous en prie, venez le prendre, emmenez-le pour le distraire. Il n'a plus que vous, aidez-moi, aidez-moi ! »

Dès lors, Sandoz inventa des motifs de promenade, arriva dès le matin chez Claude et l'enleva de force au travail. Presque toujours, il fallait l'arracher de son échelle, où il restait assis, même quand il ne peignait pas. Des lassitudes l'arrêtaient, une torpeur qui l'engourdissait pendant de longues minutes, sans qu'il donnât un coup de pinceau. A ces moments de contemplation muette, son regard revenait avec une ferveur religieuse sur la figure de femme, à laquelle il ne touchait plus : c'était comme le désir hésitant d'une volupté mortelle, l'infinie tendresse et l'effroi sacré d'un amour qu'il se refusait, dans la certitude d'y laisser la vie. Puis, il se remettait aux autres figures, aux fonds du tableau, la sachant toujours là pourtant, l'œil vacillant lorsqu'il la rencontrait, seulement maître de son vertige, tant qu'il ne retournerait point à sa chair et qu'elle ne refermerait pas les bras sur lui.

Un soir, Christine, qui était reçue maintenant chez Sandoz, et qui ne manquait plus un jeudi, dans l'espérance de voir s'y égayer son grand enfant malade d'artiste, prit à part le maître de la maison, en le suppliant de tomber le lendemain chez eux. Et, le lendemain, Sandoz, ayant justement des notes à chercher pour un roman, de l'autre côté de la butte Montmartre, alla violenter Claude, l'emporta, le débaucha jusqu'à la nuit.

Ce jour-là, comme ils étaient descendus à la porte de Clignancourt, où se tenait une fête perpétuelle, des chevaux de bois, des tirs, des guinguettes, ils eurent la stupeur de se trouver brusquement en face de Chaîne, trônant au milieu

d'une vaste et riche baraque. C'était une sorte de chapelle
très ornée : quatre jeux de tournevire s'y alignaient, des
ronds chargés de porcelaines, de verreries, de bibelots dont le
vernis et les dorures luisaient dans un éclair, avec des
tintements d'harmonica, quand la main d'un joueur lançait le
plateau, qui grinçait contre la plume ; même un lapin vivant,
le gros lot, noué de faveurs roses, valsait, tournait sans fin,
ivre d'épouvante. Et ces richesses s'encadraient dans des
tentures rouges, des lambrequins, des rideaux, entre lesquels, au fond de la boutique, comme au saint des saints d'un
tabernacle, on voyait pendus trois tableaux, les trois chefs-
d'œuvre de Chaîne, qui le suivaient de foire en foire, d'un
bout à l'autre de Paris ; la *Femme adultère* au centre, la copie
du Mantegna à gauche, le poêle de Mahoudeau à droite. Le
soir, quand les lampes à pétrole flambaient, que les tournevires ronflaient et rayonnaient comme des astres, rien n'était
plus beau que ces peintures, dans la pourpre saignante des
étoffes ; et le peuple béant s'attroupait.

Une pareille vue arracha une exclamation à Claude.

« Ah ! mon Dieu !... Mais elles sont très bien, ces toiles !
elles étaient faites pour ça. »

Le Mantegna surtout, d'une sécheresse si naïve, avait l'air
d'une image d'Épinal décolorée, clouée là pour le plaisir des
gens simples ; tandis que le poêle minutieux et de guingois,
en pendant avec le *Christ* de pain d'épices, prenait une gaieté
inattendue.

Mais Chaîne, qui venait d'apercevoir les deux amis, leur
tendit la main, comme s'il les avait quittés la veille. Il était
calme, sans orgueil ni honte de sa boutique, et il n'avait pas
vieilli, toujours en cuir, le nez complètement disparu entre
les deux joues, la bouche empâtée de silence, enfoncée dans
la barbe.

« Hein ? on se retrouve ! dit gaiement Sandoz. Vous savez
qu'ils font rudement de l'effet, vos tableaux.

— Ce farceur ! ajouta Claude, il a son petit Salon à lui tout
seul. C'est très malin, ça ! »

La face de Chaîne resplendit, et il lâcha son mot .

« Bien sûr ! »

Puis, dans le réveil de son orgueil d'artiste, lui dont on ne tirait guère que des grognements, il prononça toute une phrase.

« Ah ! bien sûr que si j'avais eu de l'argent comme vous, je serais arrivé comme vous, tout de même. »

C'était sa conviction. Jamais il n'avait mis son talent en doute, il lâchait simplement la partie, parce qu'elle ne nourrissait pas son homme. Au Louvre, devant les chefs-d'œuvre, il était uniquement persuadé qu'il fallait du temps.

« Allez, reprit Claude redevenu sombre, n'ayez point de regrets, vous seul avez réussi... Ça marche, n'est-ce pas ? le commerce. »

Mais Chaîne mâchonna des paroles amères. Non, non, rien ne marchait, pas même les tournevires. Le peuple ne jouait plus, tout l'argent filait chez les marchands de vin. On avait beau acheter des rebuts et donner le coup de paume sur la table, pour que la plume ne s'arrêtât pas aux gros lots : c'était à peine s'il y avait désormais de l'eau à boire. Puis, comme du monde s'était approché, il s'interrompit, il cria d'une grosse voix que les deux autres ne lui connaissaient point, et qui les stupéfia.

« Voyez, voyez le jeu !... A tous les coups l'on gagne ! »

Un ouvrier, qui avait dans ses bras une petite fille souffreteuse, aux grands yeux avides, lui fit jouer deux coups. Les plateaux grinçaient, les bibelots dansaient dans un éblouissement, le lapin en vie tournait, les oreilles rabattues, si rapide, qu'il s'effaçait et n'était plus qu'un cercle blanchâtre. Il y eut une forte émotion, la fillette avait failli le gagner.

Alors, après avoir serré la main de Chaîne encore tremblant, les deux amis s'éloignèrent.

« Il est heureux, dit Claude au bout d'une cinquantaine de pas, faits en silence.

— Lui ! s'écria Sandoz, il croit qu'il a raté l'Institut, et il en meurt ! »

A quelque temps de là, vers le milieu d'août, Sandoz imagina la distraction d'un vrai voyage, toute une partie qui devait leur prendre une journée entière. Il avait rencontré

Dubuche, un Dubuche ravagé, morne, qui s'était montré plaintif et affectueux, remuant le passé, invitant ses deux vieux camarades à déjeuner à la Richaudière, où il se trouvait seul pour quinze jours encore, avec ses deux enfants. Pourquoi n'irait-on pas le surprendre, puisqu'il semblait si désireux de renouer ? Mais Sandoz répétait en vain qu'il lui avait fait jurer d'amener Claude, celui-ci refusait obstiné-ment, comme s'il était saisi de peur, à l'idée de revoir Bennecourt, la Seine, les îles, toute cette campagne où des années heureuses étaient défuntes et ensevelies. Il fallut que Christine s'en mêlât, et il finit par céder, plein de répu-gnance. Justement, la veille du jour convenu, il avait travaillé très tard à son tableau, repris de fièvre. Aussi, le matin, un dimanche, dévoré de l'envie de peindre, s'en alla-t-il avec peine, dans une sorte d'arrachement douloureux. A quoi bon retourner là-bas ? C'était mort, ça n'existait plus. Rien n'existait que Paris, et encore, dans Paris, il n'existait qu'un horizon, la pointe de la Cité, cette vision qui le hantait toujours et partout, ce coin unique où il laissait son cœur.

Dans le wagon, Sandoz, en le voyant nerveux, les yeux à la portière, comme s'il eût quitté pour des années la ville peu à peu décrue et noyée de vapeurs, s'efforça de l'occuper et lui conta ce qu'il savait de la situation vraie de Dubuche. D'abord, le père Margaillan, glorieux de son gendre médaillé, l'avait promené, présenté en tous lieux, à titre d'associé et de successeur. En voilà un qui allait mener les affaires rondement, construire moins cher et plus beau, car le gaillard avait pâli sur les livres ! Mais la première idée de Dubuche fut déplorable : il inventa un four à briques et l'installa en Bourgogne, sur des terrains à son beau-père, dans des conditions si désastreuses, d'après un plan si défectueux, que la tentative se solda par une perte sèche de deux cent mille francs. Il se rabattit alors sur les construc-tions, où il prétendait vouloir appliquer des vues personnel-les, un ensemble très mûri, qui renouvellerait l'art de bâtir. C'étaient les anciennes théories qu'il tenait des camarades révolutionnaires de sa jeunesse, tout ce qu'il avait promis de réaliser quand il serait libre, mais mal digéré, appliqué hors

de propos, avec la lourdeur du bon élève sans flamme
créatrice : les décorations de terres cuites et de faïences, les
grands dégagements vitrés, surtout l'emploi du fer, les
solives de fer, les escaliers de fer, les combles de fer ; et,
comme ces matériaux augmentent les frais, il avait de
nouveau abouti à une catastrophe, d'autant plus qu'il était un
administrateur pitoyable et qu'il perdait la tête depuis sa
fortune, épaissi encore par l'argent, gâté, désorienté, ne
retrouvant même pas son application au travail. Cette fois, le
père Margaillan se fâcha, lui qui, depuis trente ans, achetait
les terrains, bâtissait, revendait, en établissant d'un coup
d'œil les devis des maisons de rapport : tant de mètres de
construction, à tant le mètre, devant donner tant d'apparte-
ments, à tant de loyer. Qui est-ce qui lui avait fichu un
gaillard qui se trompait sur la chaux, la brique, la meulière,
qui mettait du chêne où le sapin devait suffire, qui ne se
résignait pas à couper un étage, comme un pain bénit, en
autant de petits carrés qu'il le fallait ! Non, non, pas de ça ! il
se révoltait contre l'art, après avoir eu l'ambition d'en
introduire un peu dans sa routine, pour satisfaire un vieux
tourment d'ignorant. Et, dès lors, les choses allèrent de mal
en pis, des querelles terribles éclatèrent entre le gendre et le
beau-père, l'un dédaigneux, se retranchant derrière sa
science, l'autre criant que le dernier des manœuvres, décidément, en savait davantage qu'un architecte. Les millions
périclitaient. Margaillan, un beau jour, jeta Dubuche à la
porte de ses bureaux, en lui défendant d'y remettre les pieds,
puisqu'il n'était pas même bon à conduire un chantier de
quatre hommes. Un désastre, une faillite lamentable, la
banqueroute de l'École devant un maçon [115] !

Claude, qui s'était mis à écouter, demanda :

« Alors, que fait-il, maintenant ?

— Je ne sais pas, rien sans doute, répondit Sandoz. Il m'a
dit que la santé de ses enfants l'inquiétait et qu'il les
soignait. »

Madame Margaillan, cette femme pâle, en lame de couteau, était morte phtisique ; et c'était le mal héréditaire, la
dégénérescence, car sa fille, Régine, toussait elle-même

depuis son mariage. En ce moment, elle faisait une cure aux eaux du Mont-Dore, où elle n'avait point osé emmener ses enfants, qui s'étaient trouvés très mal, l'année précédente, d'une saison dans cet air trop vif pour leur débilité. Cela expliquait l'éparpillement de la famille : la mère là-bas, avec une seule femme de chambre ; le grand-père à Paris, où il avait repris ses grands travaux, se battant au milieu de ses quatre cents ouvriers, accablant de son mépris les paresseux et les incapables ; et le père réfugié à la Richaudière, commis à la garde de sa fille et de son fils, interné là, dès la première lutte, ainsi qu'un invalide de la vie. Dans un instant d'expansion, Dubuche avait même laissé entendre que, sa femme ayant failli mourir à ses secondes couches, et s'évanouissant d'ailleurs au moindre contact trop vif, il s'était fait un devoir de cesser tous rapports conjugaux avec elle. Pas même cette récréation.

« Un beau mariage », dit simplement Sandoz, pour conclure.

Il était dix heures, quand les deux amis sonnèrent à la grille de la Richaudière. La propriété, qu'ils ne connaissaient point, les émerveilla : une futaie superbe, un jardin français avec des rampes et des perrons qui se déroulaient royalement, trois serres immenses, surtout une cascade colossale, une folie de rocs rapportés, de ciment et de conduites d'eau, où le propriétaire avait englouti une fortune, par une vanité d'ancien gâcheur de plâtre. Et ce qui les frappa plus encore, ce fut le désert mélancolique de ce domaine, les avenues ratissées, sans une trace de pas, les lointains vides que traversaient les rares silhouettes des jardiniers, la maison morte dont toutes les fenêtres étaient closes, sauf deux, entrebâillées à peine.

Pourtant, un valet de chambre, qui s'était décidé à paraître, les interrogea ; et, quand il sut qu'ils venaient pour monsieur, il se montra insolent, il répondit que monsieur était derrière la maison, au gymnase. Puis, il rentra.

Sandoz et Claude suivirent une allée, débouchèrent en face d'une pelouse, et ce qu'ils virent les arrêta un instant. Dubuche, debout devant un trapèze, levait les bras, pour y maintenir son fils Gaston, un pauvre être malingre, qui avait, à dix ans, les petits membres mous de la première enfance ; tandis que, assise dans une voiture, la fillette, Alice, attendait son tour, venue avant terme celle-là, si mal finie, qu'elle ne marchait pas encore, à six ans. Le père, absorbé, continua d'exercer les membres grêles du petit garçon, le balança, tâcha vainement de le faire se hausser sur les poignets ; puis, comme ce léger effort avait suffi pour le mettre en sueur, il l'emporta et le roula dans une couverture : tout cela en silence, isolé sous le ciel large, d'une pitié navrée au milieu de ce beau parc. Mais, en se relevant, il aperçut les deux amis.

« Comment ! c'est vous !... Un dimanche, et sans m'avoir prévenu ! »

Il avait eu un geste désolé, il expliqua tout de suite que, le dimanche, la femme de chambre, la seule femme à qui il osât confier les enfants, allait à Paris, et que, dès lors, il lui était impossible de quitter Alice et Gaston une minute.

« Je parie que vous veniez déjeuner ? »

Sur un regard suppliant de Claude, Sandoz se hâta de répondre :

« Non, non. Justement, nous ne pouvions que te serrer la main... Claude a dû se rendre dans le pays, pour des affaires. Tu sais, il a vécu à Bennecourt. Et, comme je l'ai accompagné, nous avons eu l'idée de pousser jusqu'ici. Mais on nous attend, ne te dérange pas. »

Alors, Dubuche, soulagé, affecta de les retenir. Ils avaient bien une heure, que diable ! Et tous trois causèrent. Claude le regardait, étonné de le retrouver si vieux : le visage bouffi s'était ridé, d'un jaune veiné de rouge, comme si la bile avait éclaboussé la peau ; tandis que les cheveux et les moustaches grisonnaient déjà. En outre, le corps semblait s'être tassé, une lassitude amère appesantissait chaque geste. Les défaites de l'argent étaient donc aussi lourdes que celles de l'art ? La voix, le regard, tout chez ce vaincu disait la dépendance honteuse où il devait vivre, la faillite de son avenir qu'on lui jetait à la face, la continuelle accusation d'avoir mis au contrat un talent qu'il n'avait point, l'argent de la famille qu'il volait aujourd'hui, ce qu'il mangeait, les vêtements qu'il portait, les sous de poche qu'il lui fallait, la continuelle aumône enfin qu'on lui faisait, comme à un vulgaire filou dont on ne pouvait se débarrasser.

« Attendez-moi, reprit Dubuche, j'en ai encore pour cinq minutes avec l'un de mes pauvres mimis, et nous rentrons. »

Doucement, avec des précautions infinies de mère, il tira la petite Alice de la voiture, la souleva jusqu'au trapèze ; et là, en bégayant des chatteries, en lui faisant risette, il l'encouragea, la laissa deux minutes accrochée, pour développer ses muscles ; mais il restait les bras ouverts, à suivre chaque mouvement, dans la crainte de la voir se briser, si elle lâchait de fatigue ses frêles mains de cire. Elle ne disait rien, elle avait de grands yeux pâles, obéissante pourtant malgré sa terreur de cet exercice, d'une telle légèreté pitoyable, qu'elle ne tendait pas les cordes, pareille à un de ces petits oiseaux étiques qui tombent des branches, sans les plier.

A ce moment, Dubuche, ayant jeté un coup d'œil sur Gaston, s'affola, en remarquant que la couverture avait glissé et que les jambes de l'enfant se trouvaient découvertes.

« Mon Dieu ! mon Dieu ! le voilà qui va prendre froid, dans cette herbe ! Et moi qui ne puis bouger !... Gaston, mon mimi ! Tous les jours, c'est la même chose : tu attends que je sois occupé avec ta sœur... Sandoz, recouvre-le, de grâce !... Ah ! merci, rabats encore la couverture, n'aie pas peur ! »

C'était ça que son beau mariage avait fait de la chair de sa chair, c'étaient ces deux êtres inachevés, vacillants, que le moindre souffle du ciel menaçait de tuer comme des mouches. De la fortune épousée, il ne lui restait que ça, le continuel chagrin de voir son sang se gâter et s'endolorir, dans ce fils, dans cette fille lamentables, qui allaient pourrir sa race, tombée à la déchéance dernière de la scrofule et de la phtisie. Et, chez ce gros garçon égoïste, un père s'était révélé, admirable, un cœur enflammé d'une passion unique. Il n'avait plus que la volonté de faire vivre ses enfants, il luttait heure par heure, les sauvait chaque matin, avec l'effroi de les perdre chaque soir. Maintenant, eux seuls existaient, au milieu de son existence finie, dans l'amertume des reproches insultants de son beau-père, des jours maussades et des nuits glacées que lui apportait sa triste femme ; et il s'acharnait, il achevait de les mettre au monde, par un continuel miracle de tendresse.

« Là, mon mimi, c'est assez, n'est-ce pas ? Tu verras comme tu deviendras grande et belle ! »

Il replaça Alice dans la voiture, il prit Gaston, toujours enveloppé, sur l'un de ses bras ; et, comme ses amis voulaient l'aider, il refusa, il se mit à pousser la petite fille de sa main restée libre.

« Merci, j'ai l'habitude. Ah ! les pauvres mignons, ils ne sont pas lourds... Et puis, avec les domestiques, on n'est jamais sûr. »

En entrant dans la maison, Sandoz et Claude revirent le valet de chambre qui s'était montré insolent ; et ils s'aperçurent que Dubuche tremblait devant lui. L'office et l'antichambre, épousant les mépris du beau-père qui payait, traitaient le mari de madame en mendiant toléré par charité. A chaque chemise qu'on lui préparait, à chaque morceau de pain qu'il osait redemander, il sentait l'aumône dans le geste impoli des domestiques.

« Eh bien ! adieu, nous te laissons, dit Sandoz qui souffrait.

— Non, non, attendez un moment... Les enfants vont déjeuner, et je vous accompagnerai avec eux. Il faut qu'ils fassent leur promenade. »

Chaque journée était ainsi réglée heure par heure. Le matin, la douche, le bain, la séance de gymnastique, puis le déjeuner, qui était toute une affaire, car il leur fallait une nourriture spéciale, discutée, pesée, et l'on allait jusqu'à faire tiédir leur eau rougie, de crainte qu'une goutte trop fraîche ne leur donnât un rhume. Ce jour-là, ils eurent un jaune d'œuf délayé dans du bouillon, et une noix de côtelette, que le père leur coupa en tout petits morceaux. Ensuite, venait la promenade, avant la sieste.

Sandoz et Claude se retrouvèrent dehors, le long des larges avenues, avec Dubuche, qui poussait de nouveau la voiture d'Alice ; tandis que Gaston, à présent, marchait près de lui. On causa de la propriété, en se dirigeant vers la grille. Le maître jetait sur le vaste parc des yeux timides et inquiets, comme s'il ne se fût pas senti chez lui. Du reste, il ne savait rien, il ne s'occupait de rien. Il semblait avoir oublié jusqu'à son métier d'architecte qu'on l'accusait de ne pas connaître, dévoyé, anéanti d'oisiveté.

« Et tes parents, comment vont-ils ? » demanda Sandoz.

Une flamme ralluma les yeux éteints de Dubuche.

« Oh ! mes parents, ils sont heureux. Je leur ai acheté une petite maison, où ils mangent la rente que j'ai fait mettre au contrat... N'est-ce pas ? maman avait assez avancé pour mon instruction, il fallait bien tout rendre, comme je l'avais promis... Ça, je peux le dire, mes parents n'ont pas de reproches à m'adresser. »

On était arrivé à la grille, on stationna quelques minutes. Enfin, il serra de son air brisé les mains de ses vieux camarades ; puis, gardant un instant celle de Claude, il conclut, dans une simple constatation, où il n'y avait même pas de colère :

« Adieu, tâche de t'en sortir... Moi, j'ai raté ma vie. »

Et ils le virent s'en retourner, poussant Alice, soutenant les pas déjà trébuchants de Gaston, lui-même avec le dos voûté et la marche lourde d'un vieillard.

Une heure sonnait, tous deux se hâtèrent de descendre vers Bennecourt, attristés, affamés. Mais d'autres mélancolies les y attendaient, un vent meurtrier avait passé là ; les Faucheur, le mari, la femme, le père Poirette, étaient morts : et l'auberge, tombée aux mains de cette oie de Mélie, devenait répugnante de saleté et de grossièreté [116]. On leur y servit un déjeuner abominable, des cheveux dans l'omelette, des côtelettes sentant le suint, au milieu de la salle grande ouverte à la pestilence du trou à fumier, tellement remplie de mouches, que les tables en étaient noires. La chaleur de la brûlante après-midi d'août entrait avec la puanteur, ils n'eurent pas le courage de commander du café, ils se sauvèrent.

« Et toi qui célébrais les omelettes de la mère Faucheur ! dit Sandoz. Une maison finie... Nous faisons un tour, n'est-ce pas ? »

Claude allait refuser. Depuis le matin, il n'avait qu'une hâte, marcher plus vite, comme si chaque pas abrégeait la corvée et le ramenait vers Paris. Son cœur, sa tête, son être entier était resté là-bas. Il ne regardait ni à droite, ni à gauche, filant sans rien distinguer des champs ni des arbres, n'ayant au crâne que son idée fixe, dans une hallucination telle, que, par moments, la pointe de la Cité lui semblait se dresser et l'appeler du milieu des vastes chaumes. Pourtant, la proposition de Sandoz éveillait en lui des souvenirs ; et, une mollesse l'envahissant, il répondit :

« Oui, c'est ça, allons voir. »

Mais, à mesure qu'il avançait le long de la berge, il se révoltait de douleur. C'était à peine s'il reconnaissait le pays. On avait construit un pont pour relier Bonnières à Bennecourt [117] : un pont, grand Dieu ! à la place de ce vieux bac craquant sur sa chaîne, et dont la note noire, coupant le courant, était si intéressante ! En outre, le barrage établi en aval, à Port-Villez, ayant remonté le niveau de la rivière, la plupart des îles se trouvaient submergées, les petits bras s'élargissaient. Plus de jolis coins, plus de ruelles mouvantes où se perdre, un désastre à étrangler tous les ingénieurs de la marine !

« Tiens ! ce bouquet de saules qui émergent encore, à gauche, c'était le Barreux, l'île où nous allions causer dans l'herbe, tu te souviens ?... Ah ! les misérables ! »

Sandoz, qui ne pouvait voir couper un arbre sans montrer le poing au bûcheron, pâlissait de la même colère, exaspéré qu'on se fût permis d'abîmer la nature.

Puis, Claude, lorsqu'il s'approcha de son ancienne demeure, devint muet, les dents serrées. On avait vendu la maison à des bourgeois, il y avait maintenant une grille, à laquelle il colla son visage. Les rosiers étaient morts, les abricotiers étaient morts, le jardin très propre, avec ses petites allées, ses carrés de fleurs et de légumes entourés de buis, se reflétait dans une grosse boule de verre étamé, posée sur un pied, au beau milieu ; et la maison, badigeonnée à neuf, peinturlurée aux angles et aux encadrements en fausses pierres de taille, avait un endimanchement gauche de rustre parvenu, qui enragea le peintre. Non, non, il ne restait là rien de lui, rien de Christine, rien de leur grand amour de jeunesse ! Il voulut voir encore, il monta derrière l'habitation, chercha le petit bois de chênes, ce trou de verdure où ils avaient laissé le vivant frisson de leur première étreinte ; mais le petit bois était mort, mort avec le reste, abattu, vendu, brûlé. Alors, il eut un geste de malédiction, il jeta son chagrin à toute cette campagne, si changée, où il ne retrouvait pas un vestige de leur existence. Quelques années suffisaient donc pour effacer la place où l'on avait travaillé, joui et souffert ? A quoi bon cette agitation vaine, si le vent, derrière l'homme qui marche, balaye et emporte la trace de ses pas ? Il l'avait bien senti qu'il n'aurait point dû revenir, car le passé n'était que le cimetière de nos illusions, on s'y brisait les pieds contre des tombes.

« Allons-nous-en ! cria-t-il, allons-nous-en vite ! C'est stupide, de se crever ainsi le cœur ! »

Sur le nouveau pont, Sandoz tenta de le calmer, en lui faisant voir un motif qui n'existait pas autrefois, la coulée de la Seine élargie, roulant à pleins bords, dans une lenteur superbe. Mais cette eau n'intéressait plus Claude. Il fit une seule réflexion : c'était la même eau qui, en traversant Paris, avait ruisselé contre les vieux quais de la Cité ; et elle le toucha dès lors, il se pencha un instant, il crut y apercevoir des reflets glorieux, les tours de Notre-Dame et l'aiguille de la Sainte-Chapelle, que le courant emportait à la mer.

Les deux amis manquèrent le train de trois heures. Ce fut un supplice que de passer deux grandes heures encore, dans ce pays si lourd à leurs épaules. Heureusement, ils avaient prévenu chez eux qu'ils rentreraient par un train de nuit, si on les retenait. Aussi résolurent-ils de dîner en garçons, dans un restaurant de la place du Havre, pour tâcher de se remettre, en causant au dessert, comme jadis. Huit heures allaient sonner, lorsqu'ils s'attablèrent.

Claude, au sortir de la gare, les pieds sur le pavé de Paris, avait cessé de s'agiter nerveusement, en homme qui se retrouvait enfin chez lui. Et il écoutait, de l'air froid et absorbé qu'il gardait maintenant, les paroles bavardes dont

Sandoz essayait de l'égayer. Celui-ci le traitait comme une maîtresse qu'il aurait voulu étourdir : des plats fins et épicés, des vins qui grisent. Mais la gaieté restait rebelle, Sandoz lui-même finit par s'assombrir. Cette campagne ingrate, ce Bennecourt tant chéri et oublieux, dans lequel ils n'avaient pas rencontré une pierre qui eût conservé leur souvenir, ébranlait en lui tous ses espoirs d'immortalité. Si les choses, qui ont l'éternité, oubliaient si vite, est-ce qu'on pouvait compter une heure sur la mémoire des hommes ?

« Vois-tu, mon vieux, c'est ce qui me donne des sueurs froides, parfois... As-tu jamais songé à cela, toi, que la postérité n'est peut-être pas l'impeccable justicière que nous rêvons ? On se console d'être injurié, d'être nié, on compte sur l'équité des siècles à venir, on est comme le fidèle qui supporte l'abomination de cette terre, dans la ferme croyance à une autre vie, où chacun sera traité selon ses mérites. Et s'il n'y avait pas plus de paradis pour l'artiste que pour le catholique, si les générations futures se trompaient comme les contemporains, continuaient le malentendu, préféraient aux œuvres fortes les petites bêtises aimables !... Ah ! quelle duperie, hein ? quelle existence de forçat, cloué au travail, pour une chimère !... Remarque que c'est bien possible, après tout. Il y a des admirations consacrées dont je ne donnerais pas deux liards. Par exemple, l'enseignement classique a tout déformé, nous a imposé comme génies des gaillards corrects et faciles, auxquels on peut préférer les tempéraments libres, de production inégale, connus des seuls lettrés. L'immortalité ne serait donc qu'à la moyenne bourgeoise, à ceux qu'on nous entre violemment dans le crâne, quand nous n'avons pas encore la force de nous défendre... Non, non, il ne faut pas se dire ces choses, j'en frissonne, moi ! Est-ce que je garderais le courage de ma besogne, est-ce que je resterais debout sous les huées, si je n'avais plus l'illusion consolante que je serai aimé un jour ! »

Claude l'avait écouté, de son air d'accablement. Puis, il eut un geste d'amère indifférence.

« Bah ! qu'est-ce que ça fiche ? il n'y a rien... Nous sommes plus fous encore que les imbéciles qui se tuent pour

une femme. Quand la terre claquera dans l'espace comme
une noix sèche, nos œuvres n'ajouteront pas un atome à sa
poussière.

— Ça, c'est bien vrai, conclut Sandoz très pâle. A quoi
bon vouloir combler le néant ?... Et dire que nous le savons,
et que notre orgueil s'acharne ! »

Ils quittèrent le restaurant, vaguèrent dans les rues,
s'échouèrent de nouveau au fond d'un café. Ils philoso-
phaient, ils en étaient venus aux souvenirs de leur enfance, ce
qui achevait de leur noyer le cœur de tristesse. Une heure
du matin sonnait, quand ils se décidèrent à rentrer chez
eux.

Mais Sandoz parla d'accompagner Claude jusqu'à la rue
Tourlaque. La nuit d'août était superbe, chaude, criblée
d'étoiles. Et, comme ils faisaient un détour, remontant par le
quartier de l'Europe, ils passèrent devant l'ancien café
Baudequin, sur le boulevard des Batignolles. Le propriétaire
avait changé trois fois ; la salle n'était plus la même, repeinte,
disposée autrement, avec deux billards à droite ; et les
couches de consommateurs s'y étaient succédé, les unes
recouvrant les autres, si bien que les anciennes avaient
disparu comme des peuples ensevelis. Pourtant la curiosité,
l'émotion de toutes les choses mortes qu'ils venaient de
remuer ensemble, leur firent traverser le boulevard, pour
jeter un coup d'œil dans le café, par la porte grande ouverte.
Ils voulaient revoir leur table d'autrefois, au fond, à gauche.

« Oh ! regarde ! dit Sandoz, stupéfait.

— Gagnière ! » murmura Claude.

C'était Gagnière, en effet, tout seul à cette table, au fond
de la salle vide. Il avait dû venir de Melun pour un de ces
concerts du dimanche, dont il se donnait la débauche ; puis,
le soir, perdu dans Paris, il était monté au café Baudequin,
par une vieille habitude des jambes. Pas un des camarades
n'y remettait les pieds, et lui, témoin d'un autre âge, s'y
entêtait, solitaire. Il n'avait pas encore touché à sa chope, il la
regardait, si pensif, que les garçons commençaient à mettre
les chaises sur les tables pour le balayage du lendemain, sans
qu'il bougeât.

Les deux amis hâtèrent le pas, inquiets de cette figure vague, pris de la terreur enfantine des revenants. Et ils se séparèrent rue Tourlaque.

« Ah ! ce triste Dubuche ! dit Sandoz en serrant la main de Claude, c'est lui qui nous a gâté notre journée. »

Dès novembre, lorsque tous les vieux amis furent rentrés, Sandoz songea à les réunir dans un de ses dîners du jeudi, comme il en avait gardé la coutume. C'était toujours la meilleure de ses joies : la vente de ses livres augmentait, le faisait riche ; l'appartement de la rue de Londres prenait un grand luxe, à côté de la petite maison bourgeoise des Batignolles ; et lui restait immuable. En outre, cette fois, il complotait, dans sa bonhomie, de donner à Claude une distraction certaine, par une de leurs chères soirées de jeunesse. Aussi veilla-t-il aux invitations : Claude et Christine naturellement ; Jory et sa femme, qu'il avait fallu recevoir depuis le mariage ; puis, Dubuche qui venait toujours seul ; Fagerolles, Mahoudeau, Gagnière enfin. On serait dix, et rien que des camarades de l'ancienne bande, pas un gêneur, pour que la bonne entente et la gaieté fussent complètes.

Henriette, plus méfiante, hésita, lorsqu'ils arrêtèrent cette liste de convives.

« Oh ! Fagerolles ? Tu crois, Fagerolles avec les autres ? Ils ne l'aiment guère... Et Claude non plus d'ailleurs, j'ai cru remarquer un froid... »

Mais il l'interrompit, ne voulant pas en convenir.

« Comment ! un froid ?... C'est drôle, les femmes ne peuvent comprendre qu'on se plaisante. Au fond, ça n'empêche pas d'avoir le cœur solide. »

Ce jeudi-là, Henriette voulut soigner le menu. Elle avait maintenant tout un petit personnel à diriger, une cuisinière, un valet de chambre ; et, si elle ne faisait plus des plats elle-même, elle continuait à tenir la maison sur un pied de chère très délicate, par tendresse pour son mari, dont la gourmandise était le seul vice. Elle accompagna la cuisinière à la halle, passa en personne chez les fournisseurs. Le ménage avait le goût des curiosités gastronomiques, venues des quatre coins du monde. Cette fois, on se décida pour un potage queue de bœuf, des rougets de roche grillés, un filet aux cèpes, des raviolis à l'italienne, des gelinottes de Russie, et une salade de truffes, sans compter du caviar et des kilkis en hors-d'œuvre, une glace pralinée, un petit fromage hongrois couleur d'émeraude, des fruits, des pâtisseries. Comme vin, simplement, du vieux bordeaux dans les carafes, du chambertin au rôti, et un vin mousseux de la Moselle au dessert, en remplacement du vin de champagne, jugé banal.

Dès sept heures, Sandoz et Henriette attendirent leurs convives, lui en simple jaquette, elle très élégante dans une robe de satin noir tout unie. On venait chez eux en redingote, librement. Le salon, qu'ils achevaient d'installer, s'encombrait de vieux meubles, de vieilles tapisseries, de bibelots de tous les peuples et de tous les siècles, un flot montant, débordant à cette heure, qui avait commencé aux Batignolles par le vieux pot de Rouen, qu'elle lui avait donné un jour de fête. Ils couraient ensemble les brocanteurs, ils avaient une rage joyeuse d'acheter ; et lui contentait là d'anciens désirs de jeunesse, des ambitions romantiques, nées jadis de ses premières lectures ; si bien que cet écrivain, si farouchement moderne, se logeait dans le moyen âge vermoulu qu'il rêvait d'habiter à quinze ans. Comme excuse, il disait en riant que les beaux meubles d'aujourd'hui coûtaient trop cher, tandis qu'on arrivait tout de suite à de l'allure et à de la couleur, avec des vieilleries, même communes. Il n'avait rien du collectionneur, il était tout pour le décor, pour les grands effets d'ensemble ; et le salon, à la vérité, éclairé par deux lampes de vieux Delft, prenait des tons fanés très doux et très chauds, les ors éteints des dalmatiques réappliquées sur les sièges, les incrustations jaunies des cabinets italiens et des vitrines hollandaises, les teintes fondues des portières orientales, les cent petites notes des ivoires, des faïences, des émaux, pâlis par l'âge et se détachant contre la tenture neutre de la pièce, d'un rouge sombre.

Claude et Christine arrivèrent les premiers. Cette dernière avait mis son unique robe de soie noire, une robe usée, finie, qu'elle entretenait avec des soins extrêmes, pour les occasions semblables. Tout de suite, Henriette lui prit les deux mains, en l'attirant sur un canapé. Elle l'aimait beaucoup, elle la questionna, en la voyant singulière, les yeux inquiets dans sa pâleur touchante. Qu'avait-elle donc ? souffrait-elle ? Non, non, elle répondit qu'elle était très gaie, très heureuse de venir ; et ses regards, à chaque minute, allaient vers Claude, comme pour l'étudier, puis se détournaient. Lui, paraissait excité, d'une fièvre de paroles et de gestes qu'il n'avait pas montrée depuis plusieurs mois. Seulement, par instants, cette agitation tombait, il demeurait silencieux, les yeux larges et perdus, fixés là-bas, au loin dans le vide, sur quelque chose qui semblait l'appeler.

« Ah ! mon vieux, dit-il à Sandoz, j'ai achevé ton bouquin cette nuit. C'est rudement fort, tu leur as cloué le bec, cette fois. »

Tous deux causèrent devant la cheminée, où des bûches flambaient. L'écrivain, en effet, venait de publier un nouveau roman ; et, bien que la critique ne désarmât pas, il se faisait enfin, autour de ce dernier, cette rumeur du succès qui consacre un homme, sous les attaques persistantes de ses adversaires. D'ailleurs, il n'avait aucune illusion, il savait bien que la bataille, même gagnée, recommencerait à chacun de ses livres. Le grand travail de sa vie avançait, cette série de romans, ces volumes qu'il lançait coup sur coup, d'une main obstinée et régulière, marchant au but qu'il s'était donné, sans se laisser vaincre par rien, obstacles, injures, fatigues.

« C'est vrai, répondit-il gaiement, ils faiblissent cette fois. Il y en a même un qui a fait la fâcheuse concession de reconnaître que je suis un honnête homme. Voilà comment tout dégénère !... Mais, va ! ils se rattraperont. J'en sais dont le crâne est trop différent du mien, pour qu'ils acceptent jamais ma formule littéraire, mes audaces de langue, mes bonshommes physiologiques, évoluant sous l'influence des milieux ; et je parle des confrères qui se respectent, je laisse de côté les imbéciles et les gredins... Le mieux, vois-tu, pour travailler gaillardement, c'est de n'attendre ni bonne foi ni justice. Il faut mourir pour avoir raison. »

Les yeux de Claude s'étaient brusquement dirigés vers un

coin du salon, trouant le mur, allant là-bas, où quelque chose
l'avait appelé. Puis, ils se troublèrent, ils revinrent, tandis
qu'il disait :

« Bah ! tu parles pour toi. Si je crevais, moi, j'aurais tort...
N'importe, ton bouquin m'a fichu une sacrée fièvre. J'ai
voulu peindre aujourd'hui, impossible ! Ah ! ça va bien que je
ne puisse pas être jaloux de toi, autrement tu me rendrais
trop malheureux. »

Mais la porte s'était ouverte, et Mathilde entra, suivie de
Jory. Elle avait une toilette riche, une tunique de velours
capucine, sur une jupe de satin paille, avec des brillants aux
oreilles et un gros bouquet de roses au corsage. Et ce qui
étonnait Claude, c'était qu'il ne la reconnaissait pas, devenue
très grasse, ronde et blonde, de maigre et brûlée qu'elle était.
Sa laideur inquiétante de fille se fondait dans une enflure
bourgeoise de la face, sa bouche aux trous noirs montrait
maintenant des dents trop blanches, quand elle voulait bien
sourire, d'un retroussement dédaigneux des lèvres. On la
sentait respectable avec exagération, ses quarante-cinq ans lui
donnaient du poids, à côté de son mari plus jeune, qui
semblait être son neveu. La seule chose qu'elle gardait était
une violence de parfums, elle se noyait des essences les plus
fortes, comme si elle eût tenté d'arracher de sa peau les
senteurs d'aromates dont l'herboristerie l'avait imprégnée ;
mais l'amertume de la rhubarbe, l'âpreté du sureau, la
flamme de la menthe poivrée persistaient ; et le salon, dès
qu'elle le traversa, s'emplit d'une odeur indéfinissable de
pharmacie, corrigée d'une pointe aiguë de musc.

Henriette, qui s'était levée, la fit asseoir en face de
Christine.

« Vous vous connaissez, n'est-ce pas ? Vous vous êtes déjà
rencontrées ici. »

Mathilde eut un regard froid sur la toilette modeste de
cette femme, qui, disait-on, avait vécu longtemps avec un
homme, avant d'être mariée. Elle était d'une rigidité excessive sur ce point, depuis que la tolérance du monde littéraire
et artistique l'avait fait admettre elle-même dans quelques

salons. D'ailleurs, Henriette, qui l'exécrait, reprit sa conversation avec Christine, après les strictes politesses d'usage.

Jory avait serré les mains de Claude et de Sandoz. Et,
debout avec eux, devant la cheminée, il s'excusait, auprès de
ce dernier, d'un article paru le matin même dans sa revue,
qui maltraitait le roman de l'écrivain.

« Mon cher, tu le sais, on n'est jamais le maître chez soi...
Je devrais tout faire, mais j'ai si peu de temps ! Imagine-toi
que je ne l'avais même pas lu, cet article, me fiant à ce qu'on
m'en avait dit. Aussi tu comprends ma colère, quand je l'ai
parcouru tout à l'heure... Je suis désolé, désolé...

— Laisse donc, c'est dans l'ordre, répondit tranquillement Sandoz. Maintenant que mes ennemis se mettent à me
louer, il faut bien que ce soient mes amis qui m'attaquent. »

De nouveau, la porte s'entrebâilla, et Gagnière se glissa
doucement, de son air vague d'ombre falote. Il arrivait droit
de Melun, et tout seul, car il ne montrait sa femme à
personne. Quand il venait dîner ainsi, il gardait à ses souliers
la poussière de la province, qu'il remportait le soir même, en
reprenant un train de nuit. Du reste, il ne changeait pas, l'âge
semblait le rajeunir, il blondissait en vieillissant.

« Tiens ! mais Gagnière est là ! » s'écria Sandoz.

Alors, comme Gagnière se décidait à saluer les dames,
Mahoudeau fit son entrée. Lui, avait blanchi déjà, avec sa
face creusée et farouche, où vacillaient des yeux d'enfance. Il
portait encore un pantalon trop court, une redingote qui
plissait dans le dos, malgré l'argent qu'il gagnait à présent ;
car le marchand de bronzes pour lequel il travaillait avait
lancé de lui des statuettes charmantes, que l'on commençait à
voir sur les cheminées et les consoles bourgeoises.

Sandoz et Claude s'étaient tournés, curieux d'assister à
cette rencontre de Mahoudeau avec Mathilde et Jory. Mais la
chose se passa très simplement. Le sculpteur s'inclinait
devant elle, respectueux, lorsque le mari, de son air d'incons-
cience sereine, crut devoir la lui présenter, pour la vingtième
fois peut-être.

« Eh ! c'est ma femme, camarade ! Serrez-vous donc la
main ! »

Alors, très graves, en gens du monde que l'on force à une familiarité un peu prompte, Mathilde et Mahoudeau se serrèrent la main. Seulement, dès que celui-ci se fut débarrassé de la corvée, et qu'il eut retrouvé Gagnière dans un coin du salon, tous deux se mirent à ricaner et à se rappeler en mots terribles les abominations d'autrefois. Hein ? elle avait des dents aujourd'hui, elle qui jadis ne pouvait pas mordre, heureusement !

On attendait Dubuche, car il avait formellement promis de venir.

« Oui, expliqua tout haut Henriette, nous ne serons que neuf. Fagerolles nous a écrit ce matin, pour s'excuser : un dîner officiel, où il a été brusquement forcé de paraître... Il s'échappera et nous rejoindra vers onze heures. »

Mais, à ce moment, on apporta une dépêche. C'était Dubuche qui télégraphiait : « Impossible de bouger. Toux inquiétante d'Alice. »

« Eh bien ! nous ne serons que huit », reprit Henriette, avec la résignation chagrine d'une maîtresse de maison qui voit s'émietter ses convives.

Et, le domestique ayant ouvert la porte de la salle à manger, en annonçant que madame était servie, elle ajouta :

« Nous y sommes tous... Offrez-moi votre bras, Claude. »

Sandoz avait pris celui de Mathilde, Jory se chargea de Christine, tandis que Mahoudeau et Gagnière suivaient, en continuant de plaisanter crûment ce qu'ils appelaient le rembourrage de la belle herboriste.

La salle à manger où l'on entra, très grande, était d'une vive gaieté de lumière, au sortir de la clarté discrète du salon. Les murs, couverts de vieilles faïences, avaient des tons amusants d'imagerie d'Épinal. Deux dressoirs, l'un de verrerie, l'autre d'argenterie, étincelaient comme des vitrines de joyaux. Et la table surtout braisillait au milieu, en chapelle ardente, sous la suspension garnie de bougies, avec la blancheur de sa nappe, qui détachait la belle ordonnance du couvert, les assiettes peintes, les verres taillés, les carafes blanches et rouges, les hors-d'œuvre symétriques, rangés autour du bouquet central, une corbeille de roses pourpres.

· On s'asseyait, Henriette entre Claude et Mahoudeau, Sandoz ayant à ses côtés Mathilde et Christine, Jory et Gagnière aux deux bouts, et le domestique achevait à peine de servir le potage, lorsque madame Jory lâcha une phrase malheureuse. Voulant être aimable, n'ayant pas entendu les excuses de son mari, elle dit au maître de la maison :

« Eh bien ! vous avez été content de l'article de ce matin, Édouard en a revu lui-même les épreuves avec tant de soin ! »

Du coup, Jory se troubla, bégaya :

« Mais non ! mais non ! Il est très mauvais, cet article, tu sais bien qu'il a passé pendant mon absence, l'autre soir. »

Au silence gêné qui s'était fait, elle comprit sa faute. Mais elle aggrava la situation, elle lui jeta un regard aigu, en répondant très haut, pour l'accabler et se mettre à part :

« Encore un de tes mensonges ! Je répète ce que tu m'as dit... Tu entends, je ne veux pas que tu me rendes ridicule ! »

Cela glaça le commencement du dîner. Vainement, Henriette recommanda les kilkis, seule Christine les trouva très bons. Sandoz, que l'embarras de Jory récréait, lui rappela, joyeusement, quand les rougets grillés parurent, un déjeuner qu'ils avaient fait ensemble à Marseille, autrefois. Ah ! Marseille, la seule ville où l'on mange !

Claude, absorbé depuis un instant, sembla sortir d'un rêve, pour demander, sans transition :

« Est-ce que c'est décidé ? est-ce qu'ils ont choisi les artistes, pour les nouvelles décorations de l'Hôtel de Ville ?

— Non, dit Mahoudeau, ça va se faire... Moi, je n'aurai rien, je ne connais personne... Fagerolles lui-même est très inquiet. S'il n'est point ici ce soir, c'est que ça ne marche pas tout seul... Ah ! il a mangé son pain blanc, ça se gâte, ça craque, leur peinture à millions ! »

Il eut un rire de rancune enfin satisfaite, et Gagnière, à l'autre bout de la table, laissa entendre le même ricanement. Alors, ils se soulagèrent en paroles mauvaises, ils se réjouirent de la débâcle qui consternait le monde des jeunes maîtres. C'était fatal, les temps prédits arrivaient, la hausse exagérée sur les tableaux aboutissait à une catastrophe. Depuis que la panique s'était mise chez les amateurs, pris de l'affolement des gens de Bourse, sous le vent de la baisse, les prix s'effondraient de jour en jour, on ne vendait plus rien. Et il fallait voir le fameux Naudet au milieu de la déroute ! Il avait tenu bon d'abord, il avait inventé le coup de l'Américain, le tableau unique caché au fond d'une galerie, solitaire comme un dieu, le tableau dont il ne voulait même pas dire le prix, avec la certitude méprisante de ne pouvoir trouver un homme assez riche, et qu'il vendait enfin deux ou trois cent mille francs à un marchand de porcs de New York, glorieux d'emporter la toile la plus chère de l'année. Mais ces coups-là ne se recommençaient pas, et Naudet, dont les dépenses avaient grandi avec les gains, entraîné et englouti dans le mouvement fou qui était son œuvre, entendait maintenant crouler sous lui son hôtel royal, qu'il devait défendre contre l'assaut des huissiers.

« Mahoudeau, vous ne reprenez pas des cèpes ? », interrompit obligeamment Henriette.

Le domestique présentait le filet, on mangeait, on vidait les carafes de vin ; mais l'aigreur était telle, que les bonnes choses passaient sans être goûtées, ce qui désolait la maîtresse et le maître de la maison.

« Hein ? des cèpes ? finit par répéter le sculpteur. Non, merci. »

Et il continua.

« Le drôle, c'est que Naudet poursuit Fagerolles. Parfaitement ! il est en train de le faire saisir... Ah ! ce que je rigole, moi ! Nous allons en voir, un nettoyage, avenue de Villiers, chez tous ces petits peintres à hôtel. La bâtisse sera pour rien, au printemps... Donc, Naudet, qui avait forcé Fagerolles à bâtir, et qui l'avait meublé comme une catin, a voulu reprendre ses bibelots et ses tentures. Mais l'autre a emprunté dessus, paraît-il... Vous voyez l'histoire : le marchand l'accuse d'avoir gâché son affaire en exposant, par une vanité d'étourdi ; le peintre répond qu'il entend ne plus être volé ; et ils vont se manger, j'espère bien ! »

La voix de Gagnière s'éleva, une voix inexorable et douce de rêveur éveillé.

« Rasé, Fagerolles !... D'ailleurs, il n'a jamais eu de succès. »

On se récria. Et sa vente annuelle de cent mille francs, et ses médailles, et sa croix ? Mais lui, obstiné, souriait d'un air mystérieux, comme si les faits ne pouvaient rien contre sa conviction de l'au-delà. Il hochait la tête, plein de dédain.

« Laissez-moi donc tranquille ! Jamais il n'a su ce que c'était qu'une valeur. »

Jory allait défendre le talent de Fagerolles, qu'il regardait comme son œuvre, lorsque Henriette leur demanda un peu de recueillement pour les raviolis. Il y eut une courte détente, au milieu du bruit cristallin des verres et du léger cliquetis des fourchettes. La table, dont la belle symétrie se débandait déjà, semblait s'être allumée davantage, au feu âpre de la querelle. Et Sandoz, gagné d'une inquiétude, s'étonnait : qu'avaient-ils donc à l'attaquer si durement ? n'avait-on pas débuté ensemble, ne devait-on pas arriver dans la même victoire ? Un malaise, pour la première fois, troublait son rêve d'éternité, cette joie de ses jeudis qu'il voyait se succéder, tous pareils, tous heureux, jusqu'aux derniers lointains de l'âge. Mais ce ne fut encore qu'un frisson à fleur de peau. Il dit en riant :

« Claude, ménage-toi, voici les gelinottes... Eh ! Claude, où es-tu ? »

Depuis qu'on se taisait, Claude était retourné dans son rêve, les regards perdus, reprenant des raviolis, sans savoir ; et Christine, qui ne disait rien, triste et charmante, ne le quittait pas des yeux. Il eut un sursaut, il choisit une cuisse parmi les morceaux de gelinottes, qu'on servait, et dont le fumet violent emplissait la pièce d'une odeur de résine.

« Hein ! sentez-vous ça ? cria Sandoz, amusé. On croirait qu'on avale toutes les forêts de la Russie. »

Mais Claude revint à sa préoccupation.

« Alors, vous dites que Fagerolles aura la salle du Conseil municipal ? »

Et cette parole suffit, Mahoudeau et Gagnière, remis sur la piste, repartirent. Ah ! un joli badigeonnage à l'eau claire, si on la lui donnait, cette salle ; et il faisait assez de vilenies pour l'avoir. Lui, qui, autrefois, affectait de cracher sur les commandes, en grand artiste débordé par les amateurs, il assiégeait l'administration de ses bassesses, depuis que sa peinture ne se vendait plus. Connaissait-on quelque chose d'aussi plat qu'un peintre devant un fonctionnaire, et les courbettes, et les concessions, et les lâchetés ? une honte, une école de domesticité, que cette dépendance de l'art, sous le bon vouloir imbécile d'un ministre ! Ainsi, Fagerolles, pour sûr, à ce dîner officiel, était en train de lécher consciencieusement les bottes de quelque chef de bureau, quelque crétin à empailler !

« Mon Dieu ! dit Jory, il fait ses affaires, et il a raison… Ce n'est pas vous qui paierez ses dettes.

— Des dettes, est-ce que j'en ai, moi qui ai crevé la faim ? répondit Mahoudeau d'un ton rogue. Est-ce qu'on se fait bâtir un palais, est-ce qu'on a des maîtresses comme cette Irma, qui le ruine ? »

Gagnière, de nouveau, l'interrompit, de son étrange voix d'oracle, lointaine et fêlée.

« Irma, mais c'est elle qui le paie ! »

On se fâchait, on plaisantait, le nom d'Irma volait par-dessus la table, lorsque Mathilde, réservée et muette jusque-là, par une affectation de bon genre, s'indigna vivement, avec des gestes effarés, une bouche prude de dévote qu'on violente.

« Oh ! messieurs, oh ! messieurs… Devant nous, cette fille… Pas cette fille, de grâce ! »

Dès lors, Henriette et Sandoz, consternés, assistèrent à la déroute de leur menu. La salade de truffes, la glace, le dessert, tout fut avalé sans joie, dans la colère montante de la querelle ; et le chambertin, et le vin de la Moselle, passèrent comme de l'eau pure. Vainement, elle souriait, tandis que lui, bonhomme, s'efforçait de les calmer, en faisant la part des infirmités humaines. Pas un ne lâchait prise, un mot les rejetait les uns sur les autres, acharnés. Ce n'était plus l'ennui vague, la satiété somnolente qui attristait parfois les anciennes réunions ; c'était maintenant de la férocité dans la lutte, un besoin de se détruire. Les bougies de la suspension

brûlaient très hautes, les faïences des murs épanouissaient
leurs fleurs peintes, la table semblait s'être incendiée, avec la
débâcle de son couvert, sa violence de causerie, ce saccage
qui les enfiévrait là, depuis deux heures.

Et Claude, au milieu du bruit, dit enfin, lorsque Henriette
se décida à se lever, pour les faire taire :

« Ah ! l'Hôtel de Ville, si je l'avais, moi, et si je pouvais !...
C'était mon rêve, les murs de Paris à couvrir ! »

On retourna au salon, dont le petit lustre et les appliques
venaient d'être allumés. On y eut presque froid, en comparaison de l'étuve d'où l'on sortait ; et le café calma un instant les
convives. Personne, du reste, n'était attendu, en dehors de
Fagerolles. C'était un salon très fermé, le ménage n'y racolait
pas des clients littéraires, n'y muselait pas la presse à coups
d'invitations. La femme exécrait le monde, le mari disait en
riant qu'il lui fallait dix ans pour aimer quelqu'un, et l'aimer
toujours. N'était-ce pas le bonheur, irréalisable ? quelques
amitiés solides, un coin d'affection familiale. On n'y faisait
jamais de musique, et jamais on n'y avait lu une page de
littérature.

Ce jeudi-là, la soirée parut longue, dans la sourde irritation
qui persistait. Les dames, devant le feu mourant, s'étaient
mises à causer ; et, comme le domestique, après avoir ôté le
couvert, rouvrait la salle voisine, elles restèrent seules, les
hommes allèrent y fumer, en buvant de la bière.

Sandoz et Claude, qui ne fumaient pas, revinrent bientôt
s'asseoir côte à côte sur un canapé, près de la porte. Le
premier, heureux de voir son vieil ami excité et bavard, lui
rappelait des souvenirs de Plassans, à propos d'une nouvelle
apprise la veille : oui, Pouillaud, l'ancien farceur du dortoir,
devenu un avoué si grave, avait des ennuis, pour s'être laissé
pincer avec des petites gueuses de douze ans. Ah ! l'animal de
Pouillaud ! Mais Claude ne répondait plus, l'oreille aux
aguets, ayant entendu prononcer son nom dans la salle à
manger, et tâchant de comprendre.

C'étaient Jory, Mahoudeau et Gagnière, qui avaient
recommencé le massacre, inassouvis, les dents longues.

Leurs voix, d'abord chuchotantes, s'élevaient peu à peu. Ils en arrivaient à crier.

« Oh ! l'homme, je vous abandonne l'homme, disait Jory en parlant de Fagerolles. Il ne vaut pas cher... Et il vous a roulés, c'est vrai, ah ! ce qu'il vous a roulés, en rompant avec vous et en se faisant un succès sur votre dos ! Aussi vous n'avez guère été malins. »

Mahoudeau furieux répondit :

« Pardi ! il suffisait d'être avec Claude pour être flanqué à la porte de partout.

— C'est Claude qui nous a tués », affirma carrément Gagnière.

Et ils continuèrent, abandonnant Fagerolles auquel ils reprochaient son aplatissement devant les journaux, son alliance avec leurs ennemis, ses câlineries à des baronnes sexagénaires, tapant désormais sur Claude devenu le grand coupable. Mon Dieu ! l'autre après tout n'était qu'une simple gueuse, comme il y en a tant, parmi les artistes, qui raccrochent le public au coin des rues, qui lâchent et déchirent les camarades, pour faire monter le bourgeois chez eux. Mais Claude, ce grand peintre raté, cet impuissant incapable de mettre une figure debout, malgré son orgueil, les avait-il assez compromis, assez fichus dedans ! Ah ! oui, le succès était dans la rupture ! S'ils avaient pu recommencer, c'étaient eux qui n'auraient pas eu la bêtise de s'entêter à des histoires impossibles ! Et ils l'accusaient de les avoir paralysés, de les avoir exploités, parfaitement ! exploités, et d'une main si maladroite et si lourde, qu'il n'en avait lui-même tiré aucun parti.

« Enfin, moi, reprit Mahoudeau, ne m'a-t-il pas rendu idiot un moment ? Quand je songe à ça, je me tâte, je ne comprends plus pourquoi je m'étais mis de sa bande. Est-ce que je lui ressemble ? Est-ce qu'il y avait quelque chose de commun entre nous ?... Hein ? c'est exaspérant de s'en apercevoir si tard !

— Et à moi donc, continua Gagnière, il m'a bien volé mon originalité ! Croyez-vous que ça m'amuse, d'entendre, à chaque tableau, répéter derrière moi, depuis quinze ans :

C'est un Claude !... Ah ! non, j'en ai assez, j'aime mieux ne plus rien faire... N'empêche que si j'avais vu clair, autrefois, je ne l'aurais pas fréquenté. »

C'était le sauve-qui-peut, les derniers liens qui se rompaient, dans la stupeur de se voir tout d'un coup étrangers et ennemis, après une longue jeunesse de fraternité. La vie les avait débandés en chemin, et les profondes dissemblances apparaissaient, il ne leur restait à la gorge que l'amertume de leur ancien rêve enthousiaste, cet espoir de bataille et de victoire côte à côte, qui maintenant aggravait leur rancune.

« Le fait est, ricana Jory, que Fagerolles ne s'est pas laissé piller comme un niais. »

Mais, vexé, Mahoudeau se fâcha.

« Tu as tort de rire, toi, car tu es aussi un joli lâcheur.. Oui, tu nous disais toujours que tu nous donnerais un coup de main, quand tu aurais un journal à toi...

— Ah ! permets, permets... »

Gagnière se joignit à Mahoudeau.

« C'est vrai, ça ! Tu ne vas plus raconter qu'on te coupe ce que tu écris sur nous, puisque tu es le maître... Et jamais un mot, tu ne nous as pas seulement nommés, dans ton dernier Salon. »

Gêné et bégayant, Jory s'emporta à son tour.

« Eh ! c'est la faute de ce bougre de Claude !... Je n'ai pas envie de perdre mes abonnés, pour vous être agréable. Vous êtes impossibles, là, comprenez-vous ! Toi, Mahoudeau, tu peux te décarcasser à faire des petites choses gentilles ; toi, Gagnière, tu auras beau même ne plus rien faire du tout : vous avez une étiquette dans le dos, il vous faudra dix ans d'efforts avant de la décoller ; et encore on en a vu qui ne se décollaient jamais... Le public s'amuse, vous savez ! il n'y avait que vous pour croire au génie de ce grand toqué ridicule, qu'on enfermera un de ces quatre matins. »

Alors, ce fut terrible, tous les trois parlèrent à la fois, en arrivèrent aux reproches abominables, avec des éclats tels, des coups si durs de mâchoires, qu'ils semblaient se mordre.

Sur le canapé, Sandoz, troublé dans les gais souvenirs qu'il

évoquait, avait dû lui-même prêter l'oreille à ce tumulte, qui
lui arrivait par la porte ouverte.

« Tu entends, lui dit Claude très bas, avec un sourire de
souffrance, ils m'arrangent bien !... Non, non, reste là, je ne
veux pas que tu les fasses taire. J'ai mérité ça, puisque je n'ai
pas réussi. »

Et Sandoz, pâlissant, continua d'écouter cet enragement
dans la lutte pour la vie, cette rancune des personnalités aux
prises, qui emportait sa chimère d'éternelle amitié[118].

Henriette, heureusement, s'inquiétait de la violence des
voix. Elle se leva et alla faire honte aux fumeurs d'abandonner ainsi les dames, pour se quereller. Tous rentrèrent dans
le salon, suant, soufflant, gardant la secousse de leur colère.
Et, comme elle disait, les yeux sur la pendule, qu'ils
n'auraient décidément pas Fagerolles ce soir-là, ils se remirent à ricaner, en échangeant un regard. Ah ! il avait bon nez,
lui ! ce n'était pas lui qu'on prendrait à se rencontrer avec
d'anciens amis devenus gênants, et qu'il excéderait !

En effet, Fagerolles ne vint pas. La soirée s'acheva
péniblement. On était retourné dans la salle à manger, où le
thé se trouvait servi sur une nappe russe, brodée en rouge
d'une chasse au cerf ; et il y avait, sous les bougies rallumées,
une brioche, des assiettes de sucreries et de gâteaux, tout un
luxe barbare de liqueurs, whisky, genièvre, kummel, raki de
Chio. Le domestique apporta encore du punch, et il s'empressait autour de la table, pendant que la maîtresse de la
maison remplissait la théière au samovar, bouillant en face
d'elle. Mais ce bien-être, cette joie des yeux, cette odeur fine
du thé, ne détendaient pas les cœurs. La conversation était
retombée sur le succès des uns et la mauvaise chance des
autres. Par exemple, n'était-ce pas une honte, ces médailles,
ces croix, toutes ces récompenses qui déshonoraient l'art,
tant on les distribuait mal ? Est-ce qu'on devait rester
d'éternels petits garçons en classe ? Toutes les platitudes
venaient de là, cette docilité et cette lâcheté devant les pions,
pour avoir des bons points !

Puis dans le salon de nouveau, comme Sandoz désolé en
arrivait à souhaiter ardemment de les voir partir, il remarqua

Mathilde et Gagnière, assis côte à côte sur un canapé, parlant
musique avec langueur, au milieu des autres exténués, sans
salive, les mâchoires mortes. Gagnière, en extase, philoso-
phait et poétisait. Mathilde, cette vieille gaupe engraissée,
exhalant sa senteur louche de pharmacie, faisait les yeux
blancs, se pâmait sous le chatouillement d'une aile invisible.
Ils s'étaient aperçus, le dernier dimanche, aux concerts du
Cirque, et ils se communiquaient leur jouissance, en phrases
alternées, envolées, lointaines.

« Ah ! monsieur, ce Meyerbeer, cette ouverture de *Struen-
sée,* cette phrase funèbre, et puis cette danse de paysans si
emportée, si colorée, et puis la phrase de mort qui reprend, le
duo des violoncelles... Ah ! monsieur, les violoncelles, les
violoncelles... [119].

— Et, madame, Berlioz, l'air de fête de *Roméo*... Oh ! le
solo des clarinettes, les femmes aimées, avec l'accompagne-
ment des harpes ! Un ravissement, une blancheur qui
monte... La fête éclate, un Véronèse, la magnificence
tumultueuse des *Noces de Cana ;* et le chant d'amour
recommence, oh ! combien doux ! oh ! toujours plus haut,
toujours plus haut...

— Monsieur, avez-vous entendu, dans la *Symphonie en la*
de Beethoven, ce glas qui revient toujours, qui vous bat sur le
cœur ?... Oui, je le vois bien, vous sentez comme moi, c'est
une communion que la musique... Beethoven, mon Dieu !
qu'il est triste et bon d'être deux à le comprendre, et de
défaillir...

— Et Schumann, madame, et Wagner, madame... La
rêverie de Schumann, rien que les instruments à cordes, une
petite pluie tiède sur les feuilles des acacias, un rayon qui les
essuie, à peine une larme dans l'espace... Wagner, ah !
Wagner, l'ouverture du *Vaisseau fantôme,* vous l'aimez, dites
que vous l'aimez ! Moi, ça m'écrase. Il n'y a plus rien, plus
rien, on meurt... »

Leurs voix s'éteignaient, ils ne se regardaient même pas,
anéantis coude à coude, leur visage en l'air, noyé.

Surpris, Sandoz se demanda d'où Mathilde pouvait tenir
ce jargon. D'un article de Jory, peut-être. D'ailleurs, il avait

remarqué que les femmes causaient très bien musique, sans
en connaître une note. Et lui, que l'aigreur des autres n'avait
fait que chagriner, s'exaspéra de cette pose langoureuse.
Non, non, c'en était assez ! qu'on se déchirât, passe encore !
mais quelle fin de soirée, cette farceuse sur le retour,
roucoulant et se chatouillant avec du Beethoven et du
Schumann !

Gagnière, heureusement, se leva tout d'un coup. Il savait
l'heure au fond de son extase, il n'avait que juste le temps de
reprendre son train de nuit. Et, après des poignées de main
molles et silencieuses, il s'en alla coucher à Melun.

« Quel raté ! murmura Mahoudeau. La musique a tué la
peinture, jamais il ne fichera rien. »

Lui-même dut partir, et à peine la porte s'était-elle
refermée sur son dos, que Jory déclara :

« Avez-vous vu son dernier presse-papier ? Il finira par
sculpter des boutons de manchette… En voilà un qui a raté la
puissance ! »

Mais déjà, Mathilde était debout, saluant Christine d'un
petit geste sec, affectant une familiarité mondaine à l'égard
d'Henriette, emmenant son mari, qui l'habilla dans l'antichambre, humble et terrifié des yeux sévères dont elle le
regardait, ayant à régler un compte.

Alors, derrière eux, Sandoz cria, hors de lui :

« C'est la fin, c'est fatalement le journaliste qui traite les
autres de ratés, le bâcleur d'articles tombé dans l'exploitation
de la bêtise publique !… Ah ! Mathilde la Revanche ! »

Il ne restait que Christine et Claude. Ce dernier, depuis
que le salon se vidait, affaissé au fond d'un fauteuil, ne parlait
plus, repris par cette sorte de sommeil magnétique qui le
raidissait, les regards fixes, très loin, au-delà des murs. Sa
face se tendait, une attention convulsée la portait en avant : il
voyait certainement l'invisible, il entendait un appel du
silence.

Christine s'étant levée à son tour, en s'excusant de partir ainsi
les derniers, Henriette lui avait saisi les mains, et elle lui
répétait combien elle l'aimait, elle la suppliait de venir
souvent, d'user d'elle en tout comme d'une sœur ; tandis que

la triste femme, d'un charme si douloureux dans sa robe
noire, secouait la tête avec un pâle sourire.

« Voyons, lui dit Sandoz à l'oreille, après avoir jeté un
coup d'œil vers Claude, il ne faut pas vous désoler ainsi... Il a
beaucoup causé, il a été plus gai ce soir. Ça va très bien. »

Mais elle, d'une voix de terreur :

« Non, non, regardez ses yeux... Tant qu'il aura ces yeux-
là, je tremblerai... Vous avez fait ce que vous avez pu, merci.
Ce que vous n'avez pas fait, personne ne le fera. Ah ! que je
souffre, de ne plus compter, moi ! de ne rien pouvoir ! »

Et tout haut :

« Claude, viens-tu ? »

Deux fois, elle dut répéter la phrase. Il ne l'entendait pas,
il finit par tressaillir et par se lever, en disant, comme s'il
avait répondu à l'appel lointain, là-bas, à l'horizon :

« Oui, j'y vais, j'y vais. »

Lorsque Sandoz et sa femme se retrouvèrent seuls enfin,
dans le salon où l'air étouffait, chauffé par les lampes, comme
alourdi d'un silence mélancolique après l'éclat mauvais des
querelles, tous les deux se regardèrent, et ils laissèrent
tomber leurs bras, dans le navrement de leur malheureuse
soirée. Elle, pourtant, tâcha d'en rire, murmurant :

« Je t'avais prévenu, j'avais bien compris... »

Mais il l'interrompit encore d'un geste désespéré. Eh quoi !
était-ce donc la fin de sa longue illusion, de ce rêve d'éternité,
qui lui avait fait mettre le bonheur dans quelques amitiés
choisies dès l'enfance, puis goûtées jusqu'à l'extrême vieillesse. Ah ! la bande lamentable, quelle cassure dernière, quel
bilan à pleurer, après cette banqueroute du cœur ! Et il
s'étonnait des amis qu'il avait semés le long de la route, des
grandes affections perdues en chemin, du perpétuel changement des autres, autour de son être qu'il ne voyait pas
changer. Ses pauvres jeudis l'emplissaient de pitié, tant de
souvenirs en deuil, cette mort lente de ce qu'on aime ! Est-ce
qu'ils allaient se résigner, sa femme et lui, à vivre au désert,
cloîtrés dans la haine du monde ? Est-ce qu'ils ouvriraient la
porte toute large, devant le flot des inconnus et des indiffé-
rents ? Peu à peu, une certitude se faisait au fond de son

chagrin : tout finissait et rien ne recommençait, dans la
vie [120]. Il sembla se rendre à l'évidence, il dit avec un gros
soupir :

« Tu avais raison... Nous ne les inviterons plus à dîner
ensemble, ils se mangeraient. »

Dehors, dès qu'ils débouchèrent sur la place de la Trinité,
Claude lâcha le bras de Christine ; et il bégaya qu'il avait une
course, il la pria de rentrer sans lui. Elle l'avait senti trembler
d'un grand frisson, elle resta effarée de surprise et de
crainte : une course, à une pareille heure, à minuit passé !
pour aller où, pour quoi faire ? Il tournait le dos, il
s'échappait, quand elle le rattrapa, en le suppliant, en
prétextant qu'elle avait peur, qu'il ne la laisserait pas, si tard,
remonter ainsi à Montmartre. Cette considération parut seule
le ramener. Il lui reprit le bras, ils gravirent la rue Blanche et
la rue Lepic, se trouvèrent enfin rue Tourlaque. Et, devant
leur porte, après avoir sonné, de nouveau il la quitta.

« Te voici chez nous... Moi, je vais faire ma course. »

Déjà, il se sauvait, à grandes enjambées, en gesticulant
comme un fou. La porte s'était ouverte, et elle ne la referma
même pas, elle s'élança, pour le suivre. Rue Lepic, elle le
rejoignit ; mais, de crainte de l'exalter davantage, elle se
contenta dès lors de ne pas le perdre de vue, marchant à une
trentaine de mètres, sans qu'il la sût derrière ses talons.
Après la rue Lepic, il redescendit la rue Blanche, puis il fila
par la rue de la Chaussée-d'Antin et la rue du Quatre-
Septembre, jusqu'à la rue Richelieu. Quand elle le vit
s'engager dans cette dernière, un froid mortel l'envahit : il
allait à la Seine, c'était l'affreuse peur qui la tenait, la nuit,
éveillée d'angoisse. Et que faire, mon Dieu ! Aller avec lui, se
pendre à son cou, là-bas ? Elle n'avançait plus qu'en chancelant, et à chaque pas qui les rapprochait de la rivière, elle
sentait la vie se retirer de ses membres. Oui, il s'y rendait
tout droit : la place du Théâtre-Français, le Carrousel, enfin
le pont des Saints-Pères. Il y marcha un instant, s'approcha
de la rampe, au-dessus de l'eau ; et elle crut qu'il se jetait,
un grand cri s'étouffa dans l'étranglement de sa gorge.

Mais non, il demeurait immobile. N'était-ce donc que la

Cité, en face, qui le hantait, ce cœur de Paris dont il
emportait l'obsession partout, qu'il évoquait de ses yeux fixes
au travers des murs, qui lui criait ce continuel appel, à des
lieues, entendu de lui seul ? Elle n'osait l'espérer encore, elle
s'était arrêtée en arrière, le surveillant dans un vertige
d'inquiétude, le voyant toujours faire le terrible saut, et
résistant au besoin de s'approcher, et redoutant de précipiter
la catastrophe, si elle se montrait. Mon Dieu ! être là, avec sa
passion ravagée, sa maternité saignante, être là, assister à
tout, sans pouvoir même risquer un mouvement pour le
retenir !

Lui, debout, très grand, ne bougeait pas, regardait dans la
nuit.

C'était une nuit d'hiver, au ciel brouillé, d'un noir de suie,
qu'une bise, soufflant de l'ouest, rendait très froide. Paris
allumé s'était endormi, il n'y avait plus là que la vie des becs
de gaz, des taches rondes qui scintillaient, qui se rapetis-
saient, pour n'être, au loin, qu'une poussière d'étoiles fixes.
D'abord, les quais se déroulaient, avec leur double rang de
perles lumineuses, dont la réverbération éclairait d'une lueur
les façades des premiers plans, à gauche les maisons du quai
du Louvre, à droite les deux ailes de l'Institut, masses
confuses de monuments et de bâtisses qui se perdaient
ensuite, en un redoublement d'ombre, piqué des étincelles
lointaines. Puis, entre ces cordons fuyant à perte de vue, les
ponts jetaient des barres de lumières, de plus en plus minces,
faites chacune d'une traînée de paillettes, par groupes et
comme suspendues. Et là, dans la Seine, éclatait la splendeur
nocturne de l'eau vivante des villes, chaque bec de gaz
reflétait sa flamme, un noyau qui s'allongeait en une queue
de comète. Les plus proches, se confondant, incendiaient le
courant de larges éventails de braise, réguliers et symétriques ; les plus reculés, sous les ponts, n'étaient que des
petites touches de feu immobiles. Mais les grandes queues
embrasées vivaient, remuantes à mesure qu'elles s'étalaient,
noir et or, d'un continuel frissonnement d'écailles, où l'on
sentait la coulée infinie de l'eau. Toute la Seine en était
allumée comme d'une fête intérieure, d'une féerie mysté-

rieuse et profonde, faisant passer des valses derrière les vitres rougeoyantes du fleuve. En haut, au-dessus de cet incendie, au-dessus des quais étoilés, il y avait dans le ciel sans astres une rouge nuée, l'exhalaison chaude et phosphorescente qui, chaque nuit, met au sommeil de la ville une crête de volcan [121].

Le vent soufflait, et Christine grelottante, les yeux emplis de larmes, sentait le pont tourner sous elle, comme s'il l'avait emportée dans une débâcle de tout l'horizon. Claude n'avait-il pas bougé ? N'enjambait-il pas la rampe ? Non, tout s'immobilisait de nouveau, elle le retrouvait à la même place, dans sa raideur entêtée, les yeux sur la pointe de la Cité, qu'il ne voyait pas.

Il était venu, appelé par elle, et il ne la voyait pas, au fond des ténèbres. Il ne distinguait que les ponts, des carcasses fines de charpentes se détachant en noir sur l'eau braisillante. Puis, au-delà, tout se noyait, l'île tombait au néant, il n'en aurait pas même retrouvé la place, si des fiacres attardés n'avaient promené, par moments, le long du Pont-Neuf, ces étincelles filantes qui courent encore dans les charbons éteints. Une lanterne rouge, au ras du barrage de la Monnaie, jetait dans l'eau un filet de sang. Quelque chose d'énorme et de lugubre, un corps à la dérive, une péniche détachée sans doute, descendait avec lenteur au milieu des reflets, parfois entrevue, et reprise aussitôt par l'ombre. Où avait donc sombré l'île triomphale ? Était-ce au fond de ces flots incendiés ? Il regardait toujours, envahi peu à peu par le grand ruissellement de la rivière dans la nuit. Il se penchait sur ce fossé si large, d'une fraîcheur d'abîme, où dansait le mystère de ces flammes. Et le gros bruit triste du courant l'attirait, il en écoutait l'appel, désespéré jusqu'à la mort.

Christine, cette fois, sentit, à un élancement de son cœur, qu'il venait d'avoir la pensée terrible. Elle tendit ses mains vacillantes, que flagellait la bise. Mais Claude était resté tout droit, luttant contre cette douceur de mourir ; et il ne bougea pas d'une heure encore, n'ayant plus la conscience du temps, les regards toujours là-bas, sur la Cité, comme si, par un miracle de puissance, ses yeux allaient faire de la lumière et l'évoquer pour la revoir.

Lorsque enfin Claude quitta le pont d'un pas qui trébuchait, Christine dut le dépasser et courir, afin d'être rentrée rue Tourlaque avant lui.

XII

Cette nuit-là, par cette bise aigre de novembre qui soufflait au travers de leur chambre et du vaste atelier, ils se couchèrent à près de trois heures. Christine, haletante de sa course, s'était glissée vivement sous la couverture, pour cacher qu'elle venait de le suivre ; et Claude, accablé, avait quitté ses vêtements un à un, sans une parole. Leur couche, depuis de longs mois, se glaçait ; ils s'y allongeaient côte à côte, en étrangers, après une lente rupture des liens de leur chair : volontaire abstinence, chasteté théorique, où il devait aboutir pour donner à la peinture toute sa virilité, et qu'elle avait acceptée, dans une douleur fière et muette, malgré le tourment de sa passion. Et jamais encore, avant cette nuit-là, elle n'avait senti entre eux un tel obstacle, un pareil froid, comme si rien désormais ne pouvait les réchauffer et les remettre aux bras l'un de l'autre.

Pendant près d'un quart d'heure, elle lutta contre le sommeil envahissant. Elle était très lasse, une torpeur l'engourdissait ; et elle ne cédait pas, inquiète de le laisser éveillé. Pour dormir elle-même tranquille, elle attendait chaque soir qu'il s'endormît avant elle. Mais il n'avait pas éteint la bougie, il restait les yeux ouverts, fixés sur cette flamme qui l'aveuglait. A quoi songeait-il donc ? était-il demeuré là-bas, dans la nuit noire, dans cette haleine humide des quais, en face de Paris criblé d'étoiles, comme un ciel d'hiver ? et quel débat intérieur, quelle résolution à prendre convulsait ainsi son visage ? Puis, invinciblement, elle succomba, elle tomba au néant des grandes fatigues.

Une heure plus tard, la sensation d'un vide, l'angoisse d'un malaise, l'éveilla dans un tressaillement brusque. Tout de suite, elle avait tâté de la main la place déjà froide, à côté d'elle : il n'était plus là, elle l'avait bien senti en dormant. Et elle s'effarait, mal réveillée, la tête lourde et bourdonnante, lorsqu'elle aperçut, par la porte entr'ouverte de la chambre, une raie de lumière qui venait de l'atelier. Elle se rassura, pensa qu'il y était allé chercher quelque livre, pris d'insomnie. Ensuite, comme il ne reparaissait pas, elle finit par se lever doucement, pour voir. Mais ce qu'elle vit la bouleversa, la planta sur le carreau, pieds nus, dans une telle surprise, qu'elle n'osa d'abord se montrer.

Claude, en manches de chemise malgré la rude température, n'ayant mis dans sa hâte qu'un pantalon et des pantoufles, était debout sur sa grande échelle, devant son tableau. Sa palette se trouvait à ses pieds, et d'une main il tenait la bougie, tandis que de l'autre il peignait. Il avait des yeux élargis de somnambule, des gestes précis et raides, se baissant à chaque instant, pour prendre de la couleur, se relevant, projetant contre le mur une grande ombre fantastique, aux mouvements cassés d'automate. Et pas un souffle, rien autre, dans l'immense pièce obscure, qu'un effrayant silence.

Frissonnante, Christine devinait. C'était l'obsession, l'heure passée là-bas, sur le pont des Saints-Pères, qui lui rendait le sommeil impossible, et qui l'avait ramené en face de sa toile, dévoré du besoin de la revoir, malgré la nuit. Sans doute, il n'était monté sur l'échelle que pour s'emplir les yeux de plus près. Puis, torturé de quelque ton faux, malade de cette tare au point de ne pouvoir attendre le jour, il avait saisi une brosse, d'abord dans le désir d'une simple retouche, peu à peu emporté ensuite de correction en correction, arrivant à peindre comme un halluciné, la bougie au poing, dans cette clarté pâle que ses gestes effaraient. Sa rage impuissante de création l'avait repris, il s'épuisait en dehors de l'heure, en dehors du monde, il voulait souffler la vie à son œuvre, tout de suite.

Ah ! quelle pitié, et de quels yeux trempés de larmes

Christine le regardait ! Un instant, elle eut la pensée de le
laisser à cette besogne folle, comme on laisse un maniaque au
plaisir de sa démence. Ce tableau, jamais il ne le finirait,
c'était bien certain maintenant. Plus il s'y acharnait, et plus
l'incohérence augmentait, un empâtement de tons lourds, un
effort épaissi et fuyant du dessin. Les fonds eux-mêmes, le
groupe des débardeurs surtout, autrefois solides, se gâtaient ;
et il se butait là, il s'était obstiné à vouloir terminer tout,
avant de repeindre la figure centrale, la Femme nue, qui
demeurait la peur et le désir de ses heures de travail, la chair
de vertige qui l'achèverait, le jour où il s'efforcerait encore de
la faire vivante. Depuis des mois, il n'y donnait plus un coup
de pinceau ; et c'était ce qui tranquillisait Christine, ce qui la
rendait tolérante et pitoyable, dans sa rancune jalouse : tant
qu'il ne retournait pas à cette maîtresse désirée et redoutée,
elle se croyait moins trahie.

Les pieds gelés par le carreau, elle faisait un mouvement
pour regagner le lit, lorsqu'une secousse la ramena. Elle
n'avait pas compris d'abord, elle voyait enfin. De sa brosse
trempée de couleur, il arrondissait à grands coups des formes
grasses, le geste éperdu de caresse ; et il avait un rire
immobile aux lèvres, et il ne sentait pas la cire brûlante de la
bougie qui lui coulait sur les doigts ; tandis que, silencieux, le
va-et-vient passionné de son bras remuait seul contre la
muraille : une confusion énorme et noire, une étreinte
emmêlée de membres dans un accouplement brutal. C'était à
la Femme nue qu'il travaillait.

Alors, Christine ouvrit la porte et s'avança. Une révolte
invincible, la colère d'une épouse souffletée chez elle,
trompée pendant son sommeil, dans la pièce voisine, la
poussait. Oui, il était bien avec l'autre, il peignait le ventre et
les cuisses en visionnaire affolé, que le tourment du vrai jetait
à l'exaltation de l'irréel ; et ces cuisses se doraient en colonnes
de tabernacle, ce ventre devenait un astre, éclatant de jaune
et de rouge purs, splendide et hors de la vie. Une si étrange
nudité d'ostensoir, où des pierreries semblaient luire, pour
quelque adoration religieuse, acheva de la fâcher. Elle avait
trop souffert, elle ne voulait plus tolérer cette trahison.

Pourtant, d'abord, elle se montra simplement désespérée et suppliante. Ce n'était que la mère qui sermonnait son grand fou d'artiste.

« Claude, que fais-tu là ?... Claude, est-ce raisonnable, d'avoir des idées pareilles ? Je t'en prie, reviens te coucher, ne reste pas sur cette échelle, où tu vas prendre du mal. »

Il ne répondit pas, il se baissa encore pour tremper son pinceau, et fit flamboyer les aines, qu'il accusa de deux traits de vermillon vif.

« Claude, écoute-moi, reviens avec moi, de grâce... Tu sais que je t'aime, tu vois l'inquiétude où tu m'as mise... Reviens, oh ! reviens, si tu ne veux pas que j'en meure, moi aussi, d'avoir si froid et de t'attendre. »

Hagard, il ne la regarda pas, il lâcha seulement d'une voix étranglée, en fleurissant de carmin le nombril :

« Fous-moi la paix, hein ! Je travaille. »

Un instant, Christine resta muette. Elle se redressait, ses yeux s'allumaient d'un feu sombre, toute une rébellion gonflait son être doux et charmant. Puis, elle éclata, dans un grondement d'esclave poussée à bout.

« Eh bien ! non, je ne te foutrai pas la paix !... En voilà assez, je te dirai ce qui m'étouffe, ce qui me tue, depuis que je te connais... Ah ! cette peinture, oui ! ta peinture, c'est elle, l'assassine, qui a empoisonné ma vie. Je l'avais pressenti, le premier jour ; j'en avais eu peur comme d'un monstre, je la trouvais abominable, exécrable ; et puis, on est lâche, je t'aimais trop pour ne pas l'aimer, j'ai fini par m'y faire, à cette criminelle... Mais, plus tard, que j'en ai souffert, comme elle m'a torturée ! En dix ans, je ne me souviens pas d'avoir vécu une journée sans larmes... Non, laisse-moi, je me soulage, il faut que je parle, puisque j'en ai trouvé la force... Dix années d'abandon, d'écrasement quotidien ; ne plus rien être pour toi, se sentir de plus en plus jetée à l'écart, en arriver à un rôle de servante ; et l'autre, la voleuse, la voir s'installer entre toi et moi, et te prendre, et triompher, et m'insulter... Car ose donc dire qu'elle ne t'a pas envahi membre à membre, le cerveau, le cœur, la chair, tout ! Elle te tient comme un vice, elle te mange. Enfin, elle

est ta femme, n'est-ce pas ? Ce n'est plus moi, c'est elle qui
couche avec toi... Ah, maudite ! ah, gueuse ! »

Maintenant, Claude l'écoutait, dans l'étonnement de ce
grand cri de souffrance, mal éveillé de son rêve exaspéré de
créateur, ne comprenant pas bien encore pourquoi elle lui
parlait ainsi. Et, devant cet hébétement, ce frissonnement
d'homme surpris et dérangé dans sa débauche, elle s'emporta
davantage, elle monta sur l'échelle, lui arracha la bougie du
poing, la promena à son tour devant le tableau.

« Mais regarde donc ! mais dis-toi donc où tu en es ! C'est
hideux, c'est lamentable et grotesque, il faut que tu t'en
aperçoives à la fin ! Hein ? est-ce laid, est-ce imbécile ?... Tu
vois bien que tu es vaincu, pourquoi t'obstiner encore ? Ça
n'a pas de bon sens, voilà ce qui me révolte... Si tu ne peux
être un grand peintre, la vie nous reste, ah ! la vie, la vie... »

Elle avait posé la bougie sur la plate-forme de l'échelle, et
comme il était descendu, trébuchant, elle sauta pour le
rejoindre, ils se trouvèrent tous les deux en bas, lui tombé sur
la dernière marche, elle accroupie, serrant avec force les
mains inertes qu'il laissait pendre.

« Voyons, il y a la vie... Chasse ton cauchemar, et vivons,
vivons ensemble... N'est-ce pas trop bête de n'être que deux,
de vieillir déjà, et de nous torturer, de ne pas savoir nous faire
du bonheur ? La terre nous prendra assez tôt, va ! tâchons
d'avoir un peu chaud, de vivre, de nous aimer. Rappelle-toi,
à Bennecourt !... Écoute mon rêve. Moi, je voudrais t'emporter demain. Nous irions loin de ce Paris maudit, nous
trouverions quelque part un coin de tranquillité, et tu verrais
comme je te rendrais l'existence douce, comme ce serait bon,
d'oublier tout aux bras l'un de l'autre... Le matin, on dort
dans son grand lit ; puis, ce sont des flâneries au soleil, le
déjeuner qui sent bon, l'après-midi paresseuse, la soirée
passée sous la lampe. Et plus de tourments pour des
chimères, et rien que la joie de vivre !... Cela ne te suffit donc
pas que je t'aime, que je t'adore, que je consente à être ta
servante, à exister uniquement pour ton plaisir... Entends-
tu, je t'aime, je t'aime, et il n'y a rien de plus, c'est assez, je
t'aime ! »

Il avait dégagé ses mains, il dit d'une voix morne, avec un geste de refus :

« Non, ce n'est point assez... Je ne veux pas m'en aller avec toi, je ne veux pas être heureux, je veux peindre.

— Et que j'en meure, n'est-ce pas ? et que tu en meures, que nous achevions tous les deux d'y laisser notre sang et nos larmes !... Il n'y a que l'art, c'est le Tout-Puissant, le Dieu farouche qui nous foudroie et que tu honores. Il peut nous anéantir, il est le maître, tu diras merci.

— Oui, je lui appartiens, qu'il fasse de moi ce qu'il voudra... Je mourrais de ne plus peindre, je préfère peindre et en mourir... Et puis, ma volonté n'y est pour rien. C'est ainsi, rien n'existe en dehors, que le monde crève ! »

Elle se redressa, dans une nouvelle poussée de colère. Sa voix redevenait dure et emportée.

« Mais je suis vivante, moi ! et elles sont mortes, les femmes que tu aimes... Oh ! ne dis pas non, je sais bien que ce sont tes maîtresses, toutes ces femmes peintes. Avant d'être la tienne, je m'en étais aperçue déjà, il n'y avait qu'à voir de quelle main tu caressais leur nudité, de quels yeux tu les contemplais ensuite, pendant des heures. Hein ? était-ce malsain et stupide, un pareil désir chez un garçon ? brûler pour des images, serrer dans ses bras le vide d'une illusion ! et tu en avais conscience, tu t'en cachais comme d'une chose inavouable... Puis, tu as paru m'aimer un instant. C'est à cette époque que tu m'as raconté ces bêtises, tes amours avec tes bonnes femmes, comme tu disais en te plaisantant toi-même. Souviens-toi ? tu prenais en pitié ces ombres, lorsque tu me tenais entre tes bras... Et ça n'a pas duré, tu es retourné à elles, oh ! si vite ! comme un maniaque retourne à sa manie. Moi qui existais, je n'étais plus, et c'étaient elles, les visions, qui redevenaient les seules réalités de ton existence... Ce que j'ai enduré alors, tu ne l'as jamais su, car tu nous ignores toutes, j'ai vécu près de toi, sans que tu me comprennes. Oui, j'étais jalouse d'elles. Quand je posais, là, toute nue, une idée seule m'en donnait le courage : je voulais lutter, j'espérais te reprendre ; et rien, pas même un baiser sur mon épaule, avant de me laisser rhabiller ! Mon Dieu !

que j'ai été honteuse souvent ! quel chagrin j'ai dû dévorer, de me sentir dédaignée et trahie !... Depuis ce moment, ton mépris n'a fait que grandir, et tu vois où nous en sommes, à nous allonger côte à côte toutes les nuits, sans nous toucher du doigt. Il y a huit mois et sept jours, je les ai comptés ! il y a huit mois et sept jours que nous n'avons rien eu ensemble. »

Elle continua hardiment, elle parla en phrases libres, elle, la sensuelle pudique, si ardente à l'amour, les lèvres gonflées de cris, et si discrète ensuite, si muette sur ces choses, ne voulant pas en causer, détournant la tête avec des sourires confus. Mais le désir l'exaltait, c'était un outrage que cette abstinence. Et sa jalousie ne se trompait pas, accusait la peinture encore, car cette virilité qu'il lui refusait, il la réservait et la donnait à la rivale préférée. Elle savait bien pourquoi il la délaissait ainsi. Souvent d'abord, quand il avait le lendemain un gros travail, et qu'elle se serrait contre lui en se couchant, il lui disait que non, que ça le fatiguerait trop ; ensuite, il avait prétendu qu'au sortir de ses bras, il en avait pour trois jours à se remettre, le cerveau ébranlé, incapable de rien faire de bon ; et la rupture s'était ainsi peu à peu produite, une semaine en attendant l'achèvement d'un tableau, puis un mois pour ne pas déranger la mise en train d'un autre, puis des dates reculées encore, des occasions négligées, la déshabitude lente, l'oubli final. Au fond, elle retrouvait la théorie répétée cent fois devant elle : le génie devait être chaste, il fallait ne coucher qu'avec son œuvre.

« Tu me repousses, acheva-t-elle violemment, tu te recules de moi, la nuit, comme si je te répugnais, tu vas ailleurs, et pour aimer quoi ? un rien, une apparence, un peu de poussière, de la couleur sur de la toile !... Mais, encore un coup, regarde-la donc, ta femme, là-haut ! vois donc quel monstre tu viens d'en faire, dans ta folie ! Est-ce qu'on est bâtie comme ça ? est-ce qu'on a des cuisses en or et des fleurs sous le ventre ?... Réveille-toi, ouvre les yeux, rentre dans l'existence. »

Claude, obéissant au geste dominateur dont elle lui montrait le tableau, s'était levé et regardait. La bougie, restée sur la plate-forme de l'échelle, en l'air, éclairait comme d'une

lueur de cierge la Femme, tandis que toute l'immense pièce
demeurait plongée dans les ténèbres. Il s'éveillait enfin de
son rêve, et la Femme, vue ainsi d'en bas, avec quelques pas
de recul, l'emplissait de stupeur. Qui donc venait de peindre
cette idole d'une religion inconnue ? qui l'avait faite de
métaux, de marbres et de gemmes, épanouissant la rose
mystique de son sexe, entre les colonnes précieuses des
cuisses, sous la voûte sacrée du ventre ? Était-ce lui qui, sans
le savoir, était l'ouvrier de ce symbole du désir insatiable, de
cette image extra-humaine de la chair, devenue de l'or et du
diamant entre ses doigts, dans son vain effort d'en faire de la
vie ? Et, béant, il avait peur de son œuvre, tremblant de ce
brusque saut dans l'au-delà, comprenant bien que la réalité
elle-même ne lui était plus possible, au bout de sa longue
lutte pour la vaincre et la repétrir plus réelle, de ses mains
d'homme.

« Tu vois ! tu vois ! » répétait victorieusement Christine.

Et lui, très bas, balbutiait :

« Oh ! qu'ai-je fait ?... Est-ce donc impossible de créer ?
nos mains n'ont-elles donc pas la puissance de créer des
êtres ? »

Elle le sentit faiblir, elle le saisit entre ses deux bras.

« Mais pourquoi ces bêtises, pourquoi autre chose que
moi, qui t'aime ?... Tu m'as prise pour modèle, tu as voulu
des copies de mon corps. A quoi bon, dis ? est-ce que ces
copies me valent ? elles sont affreuses, elles sont raides et
froides comme des cadavres... Et je t'aime, et je veux t'avoir.
Il faut tout te dire, tu ne comprends pas, quand je rôde
autour de toi, que je t'offre de poser, que je suis là, à te frôler,
dans ton haleine. C'est que je t'aime, entends-tu ? c'est que je
suis en vie, moi ! et que je te veux... »

Éperdument, elle le liait de ses membres, de ses bras nus,
de ses jambes nues. Sa chemise, à moitié arrachée, avait laissé
jaillir sa gorge, qu'elle écrasait contre lui, qu'elle voulait
entrer en lui, dans cette dernière bataille de sa passion. Et elle
était la passion elle-même, débridée enfin avec son désordre
et sa flamme, sans les réserves chastes d'autrefois, emportée à
tout dire, à tout faire, pour vaincre. Sa face s'était gonflée, les

yeux doux et le front limpide disparaissaient sous les mèches
tordues des cheveux, il n'y avait plus que les mâchoires
saillantes, le menton violent, les lèvres rouges.

« Oh! non, laisse! murmura Claude. Oh! je suis trop
malheureux! »

De sa voix ardente, elle continua :

« Tu me crois peut-être vieille. Oui, tu disais que je me
gâtais, et je l'ai cru moi-même, je m'examinais pendant la
pose, pour chercher des rides... Mais ce n'était pas vrai, ça!
Je le sens bien, que je n'ai pas vieilli, que je suis toujours
jeune, toujours forte... »

Puis, comme il se débattait encore :

« Regarde donc! »

Elle s'était reculée de trois pas; et, d'un grand geste, elle
ôta sa chemise, elle se trouva toute nue, immobile, dans cette
pose qu'elle avait gardée durant de si longues séances. D'un
simple mouvement du menton, elle indiqua la figure du
tableau.

« Va, tu peux comparer, je suis plus jeune qu'elle... Tu as
eu beau lui mettre des bijoux dans la peau, elle est fanée
comme une feuille sèche... Moi, j'ai toujours dix-huit ans,
parce que je t'aime. »

Et, en effet, elle rayonnait de jeunesse sous la clarté pâle.
Dans ce grand élan d'amour, les jambes s'effilaient, charmantes et fines, les hanches élargissaient leur rondeur
soyeuse, la gorge ferme se redressait, gonflée du sang de son
désir.

Déjà, elle l'avait repris, collée à lui maintenant, sans cette
chemise gênante; et ses mains s'égaraient, le fouillaient
partout, aux flancs, aux épaules, comme si elle eût cherché
son cœur, dans cette caresse tâtonnante, cette prise de
possession, où elle semblait vouloir le faire sien; tandis
qu'elle le baisait rudement, d'une bouche inassouvie, sur la
peau, sur la barbe, sur les manches, dans le vide. Sa voix
expirait, elle ne parlait plus que d'un souffle haletant, coupé
de soupirs.

« Oh! reviens, oh! aimons-nous... Tu n'as donc pas de
sang, que des ombres te suffisent? Reviens, et tu verras que

c'est bon de vivre... Tu entends ! vivre au cou l'un de l'autre, passer des nuits comme ça, serrés, confondus, et recommencer le lendemain, et encore, et encore... »

Il frémissait, il lui rendait peu à peu son étreinte, dans la peur que lui avait faite l'autre, l'idole ; et elle redoublait de séduction, elle l'amollissait et le conquérait.

« Écoute, je sais que tu as une affreuse pensée, oui ! je n'ai jamais osé t'en parler, parce qu'il ne faut pas attirer le malheur ; mais je ne dors plus la nuit, tu m'épouvantes... Ce soir, je t'ai suivi, là-bas, sur ce pont que je hais, et j'ai tremblé, oh ! j'ai cru que c'était fini, que je ne t'avais plus... Mon Dieu ! qu'est-ce que je deviendrais ? J'ai besoin de toi, tu ne vas pas me tuer peut-être !... Aimons-nous, aimons-nous... »

Alors, il s'abandonna, dans l'attendrissement de cette passion infinie. C'était une immense tristesse, un évanouissement du monde entier où se fondait son être. Il la serra éperdument, lui aussi, sanglotant, bégayant :

« C'est vrai, j'ai eu la pensée affreuse... Je l'aurais fait, et j'ai résisté en songeant à ce tableau inachevé... Mais puis-je vivre encore, si le travail ne veut plus de moi ? Comment vivre, après ça, après ce qui est là, ce que j'ai abîmé tout à l'heure ?

— Je t'aimerai et tu vivras.

— Ah ! jamais tu ne m'aimeras assez... Je me connais bien. Il faudrait une joie qui n'existe pas, quelque chose qui me fît oublier tout... Déjà tu as été sans force. Tu ne peux rien.

— Si, si, tu verras... Tiens ! je te prendrai ainsi, je te baiserai sur les yeux, sur la bouche, sur toutes les places de ton corps. Je te réchaufferai contre ma gorge, je lierai mes jambes aux tiennes, je nouerai mes bras à tes reins, je serai ton souffle, ton sang, ta chair... »

Cette fois, il fut vaincu, il brûla avec elle, se réfugia en elle, enfonçant la tête entre ses seins, la couvrant à son tour de ses baisers.

« Eh bien ! sauve-moi, oui ! prends-moi, si tu ne veux pas que je me tue... Et invente du bonheur, fais-m'en connaître un qui me retienne... Endors-moi, anéantis-moi, que je devienne ta chose, assez esclave, assez petit, pour me loger sous tes pieds, dans tes pantoufles... Ah! descendre là, ne vivre que de ton odeur, t'obéir comme un chien, manger, t'avoir et dormir, si je pouvais, si je pouvais! »

Elle eut un cri de victoire.

« Enfin! tu es à moi, il n'y a plus que moi, l'autre est bien morte! »

Et elle l'arracha de l'œuvre exécrée, elle l'emporta dans sa chambre à elle, dans son lit, grondante, triomphante. Sur l'échelle, la bougie qui s'achevait, clignota un instant derrière eux, puis se noya. Cinq heures sonnèrent au coucou, pas une lueur n'éclairait encore le ciel brumeux de novembre. Et tout retomba aux froides ténèbres.

Christine et Claude, à tâtons, avaient roulé en travers du lit. Ce fut une rage, jamais ils n'avaient connu un emportement pareil, même aux premiers jours de leur liaison. Tout ce passé leur remontait au cœur, mais dans un renouveau aigu qui les grisait d'une ivresse délirante. L'obscurité flambait autour d'eux, ils s'en allaient sur des ailes de flamme, très haut, hors du monde, à grands coups réguliers, continus, toujours plus haut. Lui-même poussait des cris, loin de sa misère, oubliant, renaissant à une vie de félicité. Elle le fit blasphémer ensuite, provocante, dominatrice, avec un rire d'orgueil sensuel. « Dis que la peinture est imbécile. — La peinture est imbécile. — Dis que tu ne travailleras plus, que tu t'en moques, que tu brûleras tes tableaux, pour me faire plaisir. — Je brûlerai mes tableaux, je ne travaillerai plus. — Et dis qu'il n'y a que moi, que de me tenir là, comme tu me tiens, est le bonheur unique, que tu craches sur l'autre, cette gueuse que tu as peinte. Crache, crache donc, que je t'entende! — Tiens! je crache, il n'y a que toi. » Et elle le serrait à l'étouffer, c'était elle qui le possédait. Ils repartirent, dans le vertige de leur chevauchée à travers les étoiles. Leurs ravissements recommençaient, trois fois il leur sembla qu'ils volaient de la terre au bout du ciel. Quel grand bonheur! comment n'avait-il pas songé à se guérir dans ce bonheur

certain ? Et elle se donnait encore, et il vivrait heureux,
sauvé, n'est-ce pas ? maintenant qu'il avait cette ivresse.

Le jour allait naître, lorsque Christine, ravie, foudroyée de
sommeil, s'endormit aux bras de Claude. Elle le liait d'une
cuisse, la jambe jetée en travers des siennes, comme pour
s'assurer qu'il ne lui échapperait plus ; et, la tête roulée sur
cette poitrine d'homme qui lui servait de tiède oreiller, elle
soufflait doucement, un sourire aux lèvres. Lui, avait fermé
les yeux ; mais, de nouveau, malgré sa fatigue écrasante, il les
rouvrit, il regarda l'ombre. Le sommeil le fuyait, une sourde
poussée d'idées confuses remontait dans son hébétement, à
mesure qu'il se refroidissait et se dégageait de la griserie
voluptueuse, dont tous ses muscles restaient ébranlés. Quand
le petit jour parut, une salissure jaune, une tache de boue
liquide sur les vitres de la fenêtre, il tressaillit, il crut avoir
entendu une voix haute l'appeler du fond de l'atelier. Ses
pensées étaient revenues toutes, débordantes, torturantes,
creusant son visage, contractant ses mâchoires dans un
dégoût humain, deux plis amers qui faisaient de son masque
la face ravagée d'un vieillard. Maintenant, cette cuisse de
femme, allongée sur lui, prenait une lourdeur de plomb ; il en
souffrait comme d'un supplice, d'une meule dont on lui
broyait les genoux, pour des fautes inexpiées ; et la tête
également, posée sur ses côtes, l'étouffait, arrêtait d'un poids
énorme les battements de son cœur. Mais, longtemps, il ne
voulut pas la déranger, malgré l'exaspération lente de tout
son corps, une sorte de répugnance et de haine irrésistibles
qui le soulevait de révolte. L'odeur du chignon dénoué, cette
odeur forte de chevelure, surtout, l'irritait. Brusquement, la
voix haute, au fond de l'atelier, l'appela une seconde fois,
impérieuse. Et il se décida, c'était fini, il souffrait trop, il ne
pouvait plus vivre, puisque tout mentait et qu'il n'y avait rien
de bon. D'abord, il laissa glisser la tête de Christine, qui
garda son vague sourire ; ensuite, il dut se mouvoir avec des
précautions infinies, pour sortir ses jambes du lien de la
cuisse, qu'il repoussa peu à peu, dans un mouvement
naturel, comme si elle fléchissait d'elle-même. Il avait rompu

la chaîne enfin, il était libre. Un troisième appel le fit se
hâter, il passa dans la pièce voisine, en disant :

« Oui, oui, j'y vais ! »

Le jour ne se débrouillait pas, sale et triste, un de ces petits
jours d'hiver lugubres ; et, au bout d'une heure, Christine se
réveilla dans un grand frisson glacé. Elle ne comprit pas.
Pourquoi donc se trouvait-elle seule ? Puis, elle se souvint :
elle s'était endormie, la joue contre son cœur, les membres
mêlés aux siens. Alors, comment avait-il pu s'en aller ? où
pouvait-il être ? Tout d'un coup, dans son engourdissement,
elle sauta du lit avec violence, elle courut à l'atelier. Mon
Dieu ! est-ce qu'il était retourné près de l'autre ? est-ce que
l'autre venait encore de le reprendre, lorsqu'elle croyait
l'avoir conquis à jamais ?

Au premier coup d'œil, elle ne vit rien, l'atelier lui parut
désert, sous le petit jour boueux et froid. Mais, comme elle se
rassurait en n'apercevant personne, elle leva les yeux vers la
toile, et un cri terrible jaillit de sa gorge béante.

« Claude, oh ! Claude… »

Claude s'était pendu à la grande échelle, en face de son
œuvre manquée. Il avait simplement pris une des cordes qui
tenaient le châssis au mur, et il était monté sur la plate-forme
en attacher le bout à la traverse de chêne, clouée par lui un
jour, afin de consolider les montants. Puis, de là-haut, il avait
sauté dans le vide. En chemise, les pieds nus, atroce avec sa
langue noire et ses yeux sanglants sortis des orbites, il pendait
là, grandi affreusement dans sa raideur immobile, la face
tournée vers le tableau, tout près de la Femme au sexe fleuri
d'une rose mystique, comme s'il lui eût soufflé son âme à son
dernier râle, et qu'il l'eût regardée encore, de ses prunelles
fixes.

Christine, pourtant, restait droite, soulevée de douleur,
d'épouvante et de colère. Son corps en était gonflé, sa gorge
ne lâchait plus qu'un hurlement continu. Elle ouvrit les bras,
les tendit vers le tableau, ferma les deux poings.

« Oh ! Claude, oh ! Claude… Elle t'a repris, elle t'a tué,
tué, tué, la gueuse ! »

Et ses jambes fléchirent, elle tourna et s'abattit sur le

carreau. L'excès de la souffrance avait retiré tout le sang de
son cœur, elle demeura évanouie par terre, comme morte,
pareille à une loque blanche, misérable et finie, écrasée sous
la souveraineté farouche de l'art. Au-dessus d'elle, la Femme
rayonnait avec son éclat symbolique d'idole, la peinture
triomphait, seule immortelle et debout, jusque dans sa
démence.

Le lundi seulement, après les formalités et les retards
occasionnés par le suicide, lorsque Sandoz vint le matin, à
neuf heures, pour le convoi, il ne trouva qu'une vingtaine de
personnes sur le trottoir de la rue Tourlaque. Dans son
chagrin, il courait depuis trois jours, forcé de s'occuper de
tout : d'abord, il avait dû faire transporter à l'hôpital de
Lariboisière Christine, ramassée mourante : ensuite, il s'était
promené de la mairie aux pompes funèbres et à l'église,
payant partout, cédant à l'usage, plein d'indifférence, puisque les prêtres voulaient bien de ce cadavre au cou cerclé de
noir. Et, parmi les gens qui attendaient, il n'aperçut encore
que des voisins, augmentés de quelques curieux ; tandis que
des têtes s'allongeaient aux fenêtres, chuchotantes, excitées
par le drame. Sans doute les amis allaient venir. Il n'avait pu
écrire à la famille, ignorant les adresses ; et il s'effaça, dès
qu'il vit arriver deux parents, que les trois lignes sèches des
journaux avaient tirés sans doute de l'oubli où Claude lui-
même les laissait : une cousine âgée à tournure louche de
brocanteuse, un petit cousin, très riche, décoré, propriétaire
d'un des grands magasins de Paris, bon prince dans son
élégance, désireux de prouver son goût éclairé des arts [122].
Tout de suite, la cousine monta, fit le tour de l'atelier, flaira
cette misère nue, redescendit, la bouche dure, irritée d'une
corvée inutile. Au contraire, le petit cousin se redressa et
marcha le premier derrière le corbillard, menant le deuil avec
une correction charmante et fière.

Comme le cortège partait, Bongrand accourut et resta près
de Sandoz, après lui avoir serré la main. Il était assombri, il
murmura, en jetant un coup d'œil sur les quinze à vingt
personnes qui suivaient :

« Ah ! le pauvre bougre !... Comment ! il n'y a que nous deux [123] ? »

Dubuche était à Cannes avec ses enfants. Jory et Fagerolles s'abstenaient, l'un exécrant la mort, l'autre trop affairé. Seul, Mahoudeau rattrapa le convoi à la montée de la rue Lepic, et il expliqua que Gagnière devait avoir manqué le train.

Lentement, le corbillard gravissait la pente rude, dont le lacet tourne sur le flanc de la butte Montmartre. Par moments, des rues transversales qui dévalaient, des trouées brusques, montraient l'immensité de Paris, profonde et large ainsi qu'une mer. Lorsqu'on déboucha devant l'église Saint-Pierre, et qu'on transporta le cercueil, là-haut, il domina un instant la grande ville. C'était par un ciel gris d'hiver, de grandes vapeurs volaient, emportées au souffle d'un vent glacial ; et elle semblait agrandie, sans fin dans cette brume, emplissant l'horizon de sa houle menaçante. Le pauvre mort qui l'avait voulu conquérir et qui s'en était cassé la nuque passa en face d'elle, cloué sous le couvercle de chêne, retournant à la terre, comme un de ces flots de boue qu'elle roulait.

A la sortie de l'église, la cousine disparut, Mahoudeau également. Le petit cousin avait repris sa place derrière le corps. Sept autres personnes inconnues se décidèrent, et l'on partit pour le nouveau cimetière de Saint-Ouen, que le peuple a nommé du nom inquiétant et lugubre de Cayenne. On était dix.

« Allons, il n'y aura que nous deux, décidément », répéta Bongrand, en se remettant en marche près de Sandoz.

Maintenant, le convoi, précédé par la voiture de deuil où s'étaient assis le prêtre et l'enfant de chœur, descendait l'autre versant de la butte, le long de rues tournantes et escarpées comme des sentiers de montagne. Les chevaux du corbillard glissaient sur le pavé gras, on entendait les sourds cahots des roues. A la suite, les dix piétinaient, se retenaient parmi les flaques, si occupés de cette descente pénible, qu'ils ne causaient pas encore. Mais, au bas de la rue du Ruisseau, lorsqu'on tomba à la porte de Clignancourt, au milieu de ces vastes espaces, où se déroulent le boulevard de ronde, le

chemin de fer de ceinture, les talus et les fossés des
fortifications, il y eut des soupirs d'aise, on échangea
quelques mots, on commença à se débander.

Sandoz et Bongrand, peu à peu, se trouvèrent à la queue,
comme pour s'isoler de ces gens qu'ils n'avaient jamais vus.
Au moment où le corbillard passait la barrière, le second se
pencha.

« Et la petite femme, qu'en va-t-on faire ?

— Ah ! quelle pitié ! répondit Sandoz. Je suis allé la voir
hier à l'hôpital. Elle a une fièvre cérébrale. L'interne prétend
qu'on la sauvera, mais qu'elle en sortira vieillie de dix ans et
sans force... Vous savez qu'elle en était venue à oublier
jusqu'à son orthographe. Une déchéance, un écrasement,
une demoiselle ravalée à une bassesse de servante ! Oui, si
nous ne prenons pas soin d'elle comme d'une infirme, elle
finira laveuse de vaisselle quelque part.

— Et pas un sou, naturellement ?

— Pas un sou. Je croyais trouver les études qu'il avait
faites sur nature pour son grand tableau, ces études superbes
dont il tirait ensuite un si mauvais parti. Mais j'ai fouillé
vainement, il donnait tout, des gens le volaient. Non, rien à
vendre, pas une toile possible, rien que cette toile immense
que j'ai démolie et brûlée moi-même, ah ! de grand cœur, je
vous assure, comme on se venge ! »

Ils se turent un instant. La route large de Saint-Ouen s'en
allait toute droite, à l'infini ; et, au milieu de la campagne
rase, le petit convoi filait, pitoyable, perdu, le long de cette
chaussée, où coulait un fleuve de boue. Une double clôture
de palissades la bordait, de vagues terrains s'étalaient à droite
et à gauche, il n'y avait au loin que des cheminées d'usine et
quelques hautes maisons blanches, isolées, plantées de biais.
On traversa la fête de Clignancourt : des baraques, des
cirques, des chevaux de bois aux deux côtés de la route,
grelottant sous l'abandon de l'hiver, des guinguettes vides,
des balançoires verdies, une ferme d'opéra comique : *A la
Ferme de Picardie,* d'une tristesse noire, entre ses treillages
arrachés [124].

« Ah ! ses anciennes toiles, reprit Bongrand, les choses qui

étaient quai de Bourbon, vous vous souvenez ? Des morceaux
extraordinaires ! Hein ? les paysages rapportés du Midi, et les
académies faites chez Boutin, des jambes de fillette, un
ventre de femme, oh ! ce ventre... C'est le père Malgras qui
doit l'avoir, une étude magistrale, que pas un de nos jeunes
maîtres n'est fichu de peindre... Oui, oui, le gaillard n'était
pas une bête. Un grand peintre, simplement !

— Quand je pense, dit Sandoz, que ces petits fignoleurs
de l'École et du journalisme l'ont accusé de paresse et
d'ignorance, en répétant les uns à la suite des autres qu'il
avait toujours refusé d'apprendre son métier !... Paresseux,
mon Dieu ! lui que j'ai vu s'évanouir de fatigue, après des
séances de dix heures, lui qui avait donné sa vie entière, qui
s'est tué dans sa folie de travail !... Et ignorant, est-ce
imbécile ! Jamais ils ne comprendront que ce qu'on apporte,
lorsqu'on a la gloire d'apporter quelque chose, déforme ce
qu'on apprend. Delacroix, aussi, ignorait son métier, parce
qu'il ne pouvait s'enfermer dans la ligne exacte. Ah ! les niais,
les bons élèves au sang pauvre, incapables d'une incorrec-
tion ! »

Il fit quelques pas en silence, puis il ajouta .

« Un travailleur héroïque, un observateur passionné dont
le crâne s'était bourré de science, un tempérament de grand
peintre admirablement doué... Et il ne laisse rien.

— Absolument rien, pas une toile, déclara Bongrand. Je
ne connais de lui que des ébauches, des croquis, des notes
jetées, tout ce bagage de l'artiste qui ne peut aller au public...
Oui, c'est bien un mort, un mort tout entier que l'on va
mettre dans la terre ! »

Mais ils durent presser le pas, ils s'attardaient en causant ;
et, devant eux, après avoir roulé entre des commerces de vins
mêlés à des entreprises de monuments funèbres, le corbillard
tournait à droite, dans le bout d'avenue qui conduisait au
cimetière. Ils le rejoignirent, ils franchirent la porte avec le
petit cortège. Le prêtre en surplis, l'enfant de chœur armé du
bénitier, tous les deux descendus de la voiture de deuil,
marchaient en avant.

C'était un grand cimetière plat, jeune encore, tiré au

cordeau dans ce terrain vide de banlieue, coupé en damier par de larges allées symétriques. De rares tombeaux bordaient les voies principales, toutes les sépultures, débordantes déjà, s'étendaient au ras du sol, dans l'installation bâclée et provisoire des concessions de cinq ans, les seules que l'on accordât ; et l'hésitation des familles à faire des frais sérieux, les pierres qui s'enfonçaient faute de fondations, les arbres verts qui n'avaient pas le temps de pousser, tout ce deuil passager et de pacotille se sentait, donnait au vaste champ une pauvreté, une nudité froide et propre, d'une mélancolie de caserne et d'hôpital. Pas un coin de ballade romantique, pas un détour feuillu, frissonnant de mystère, pas une grande tombe parlant d'orgueil et d'éternité. On était dans le cimetière nouveau, aligné, numéroté, le cimetière des capitales démocratiques, où les morts semblent dormir au fond de cartons administratifs, le flot de chaque matin délogeant et remplaçant le flot de la veille, tous défilant à la queue comme dans une fête, sous les yeux de la police, pour éviter les encombrements.

« Fichtre ! murmura Bongrand, ce n'est pas gai, ici.

— Pourquoi ? dit Sandoz, c'est commode, on a de l'air... Et, même sans soleil, voyez donc comme c'est joli de couleur. »

En effet, sous le ciel gris de cette matinée de novembre, dans le frisson pénétrant de la bise, les tombes basses, chargées de guirlandes et de couronnes de perles, prenaient des tons très fins, d'une délicatesse charmante. Il y en avait de toutes blanches, il y en avait de toutes noires, selon les perles ; et cette opposition luisait doucement, au milieu de la verdure pâlie des arbres nains. Sur ces loyers de cinq ans, les familles épuisaient leur culte : c'était un entassement, un épanouissement que le récent jour des Morts venait d'étaler dans son neuf. Seules, les fleurs naturelles, entre leurs collerettes de papier, s'étaient fanées déjà. Quelques couronnes d'immortelles jaunes éclataient comme de l'or fraîchement ciselé. Mais il n'y avait que les perles, un ruissellement de perles cachant les inscriptions, recouvrant les pierres et les entourages, des perles en cœurs, en festons, en médaillons, des perles qui encadraient des sujets sous verre, des pensées, des mains enlacées, des nœuds de satin, jusqu'à des photographies de femme, de jaunes photographies de faubourg, de pauvres visages laids et touchants, avec leur sourire gauche [125].

Et, comme le corbillard suivait l'avenue du Rond-Point, Sandoz, ramené à Claude par son observation de peintre, se remit à causer.

« Un cimetière qu'il aurait compris, avec son enragement de modernité... Sans doute, il souffrait dans sa chair, ravagé par cette lésion trop forte du génie, trois grammes en moins ou trois grammes en plus, comme il le disait, lorsqu'il accusait ses parents de l'avoir si drôlement bâti. Mais son mal n'était pas en lui seulement, il a été la victime d'une époque... Oui, notre génération a trempé jusqu'au ventre dans le romantisme, et nous en sommes restés imprégnés quand même, et nous avons eu beau nous débarbouiller, prendre des bains de réalité violente, la tache s'entête, toutes les lessives du monde n'en ôteront pas l'odeur. »

Bongrand souriait.

« Oh ! moi, j'en ai eu par-dessus la tête. Mon art en a été nourri, je suis même impénitent. S'il est vrai que ma paralysie dernière vienne de là, qu'importe ! Je ne puis renier la religion de toute ma vie d'artiste... Mais votre remarque est très juste : vous en êtes, vous autres, les fils révoltés. Ainsi, lui, avec sa grande Femme nue au milieu des quais, ce symbole extravagant..

— Ah ! cette Femme, interrompit Sandoz, c'est elle qui l'a étranglé. Si vous saviez comme il y tenait ! Jamais il ne m'a été possible de la chasser de lui... Alors, comment voulez-vous qu'on ait la vue claire, le cerveau équilibré et solide, quand de pareilles fantasmagories repoussent dans le crâne ?... Même après la vôtre, notre génération est trop encrassée de lyrisme pour laisser des œuvres saines. Il faudra une génération, deux générations peut-être, avant qu'on peigne et qu'on écrive logiquement, dans la haute et pure simplicité du vrai... Seule, la vérité, la nature, est la base possible, la police nécessaire, en dehors de laquelle la folie commence ; et qu'on ne craigne pas d'aplatir l'œuvre, le tempérament est là, qui emportera toujours le créateur. Est-ce que quelqu'un songe à nier la personnalité, le coup de pouce involontaire qui déforme et qui fait notre pauvre création à nous ! »

Mais il tourna la tête, il ajouta brusquement :

« Tiens ! qu'est-ce qui brûle ?... Ils allument donc des feux de joie, ici ? »

Le convoi venait de tourner, en arrivant au Rond-Point, où était l'ossuaire, le caveau commun, peu à peu empli de tous les débris enlevés des fosses, et dont la pierre, au centre d'une pelouse ronde, disparaissait sous un amoncellement de couronnes, déposées là au hasard par la piété des parents qui n'avaient plus leurs morts à eux. Et, comme le corbillard roulait doucement à gauche, dans l'avenue transversale numéro 2, un crépitement s'était fait entendre, une grosse fumée avait grandi, au-dessus des petits platanes bordant le trottoir. On approchait avec lenteur, on apercevait de loin un gros tas de choses terreuses qui s'allumaient. Puis, on finit par comprendre. Cela se trouvait au bord d'un vaste carré, qu'on avait fouillé profondément de larges sillons parallèles, pour en arracher les bières, afin de rendre le sol à d'autres corps, de même que le paysan retourne un chaume avant de l'ensemencer de nouveau. Les longues fosses vides bâillaient, les buttes de terre grasse se purgeaient sous le ciel ; et, dans ce coin du champ, ce qu'on brûlait ainsi, c'étaient les planches pourries des bières, un bûcher énorme de planches fendues, brisées, mangées par la terre, tombées en un terreau rougeâtre. Elles refusaient de flamber, humides de boue humaine, éclatant en sourdes détonations, fumant seulement avec une intensité croissante, de grandes fumées qui montaient dans le ciel blafard, et que la bise de novembre rabattait, déchirait en lanières rousses, volantes, au travers des tombes basses de toute une moitié du cimetière [126].

Sandoz et Bongrand avaient regardé, sans une parole. Puis, quand ils eurent dépassé le feu, le premier reprit :

« Non, il n'a pas été l'homme de la formule qu'il apportait. Je veux dire qu'il n'a pas eu le génie assez net pour la planter debout et l'imposer dans une œuvre définitive... Et voyez, autour de lui, après lui, comme les efforts s'éparpillent ! Ils en restent tous aux ébauches, aux impressions hâtives, pas un ne semble avoir la force d'être le maître attendu. N'est-ce pas irritant, cette notation nouvelle de la lumière, cette passion du vrai poussée jusqu'à l'analyse scientifique, cette évolution commencée si originalement, et qui s'attarde, et qui tombe aux mains des habiles, et qui n'aboutit point, parce que l'homme nécessaire n'est pas né ?... Bah ! l'homme naîtra, rien ne se perd, il faut bien que la lumière soit.

— Qui sait ? pas toujours ! dit Bongrand. La vie avorte, elle aussi... Vous savez, je vous écoute, mais je suis un désespéré, moi. Je crève de tristesse, et je sens tout qui crève... Ah ! oui, l'air de l'époque est mauvais, cette fin de siècle encombrée de démolitions, aux monuments éventrés, aux terrains retournés cent fois, qui tous exhalent une puanteur de mort ! Est-ce qu'on peut se bien porter, là-dedans ? Les nerfs se détraquent, la grande névrose s'en mêle, l'art se trouble : c'est la bousculade, l'anarchie, la folie de la personnalité aux abois... Jamais on ne s'est tant querellé et jamais on n'y a vu moins clair que depuis le jour où l'on prétend tout savoir. »

Sandoz, devenu pâle, regardait au loin les grandes fumées rousses rouler dans le vent.

« C'était fatal, songea-t-il à demi-voix, cet excès d'activité et d'orgueil dans le savoir devait nous rejeter au doute ; ce siècle, qui a fait déjà tant de clarté, devait s'achever sous la menace d'un nouveau flot de ténèbres... Oui, notre malaise vient de là. On a trop promis, on a trop espéré, on a attendu la conquête et l'explication de tout ; et l'impatience gronde. Comment ! on ne marche pas plus vite ? la science ne nous a pas encore donné, en cent ans, la certitude absolue, le bonheur parfait ? Alors, à quoi bon continuer, puisqu'on ne saura jamais tout et que notre pain restera aussi amer ? C'est une faillite du siècle, le pessimisme tord les entrailles, le mysticisme embrume les cervelles ; car nous avons eu beau chasser les fantômes sous les grands coups de lumière de l'analyse, le surnaturel a repris les hostilités, l'esprit des légendes se révolte et veut nous reconquérir, dans cette halte de fatigue et d'angoisse... Ah ! certes ! je n'affirme rien, je suis moi-même déchiré. Seulement, il me semble que cette convulsion dernière du vieil effarement religieux était à prévoir. Nous ne sommes pas une fin, mais une transition, un commencement d'autre chose... Cela me calme, cela me fait du bien, de croire que nous marchons à la raison et à la solidité de la science... [127] »

Sa voix s'était altérée d'une émotion profonde, et il ajouta :

« A moins que la folie ne nous fasse culbuter dans le noir, et que nous ne partions tous, étranglés par l'idéal, comme le vieux camarade qui dort là, entre ses quatre planches. »

Le corbillard quittait l'avenue transversale numéro 2, pour tourner à droite dans l'avenue latérale numéro 3 ; et, sans parler, le peintre montra du regard à l'écrivain un carré de sépultures, que longeait le cortège.

Il y avait là un cimetière d'enfants, rien que des tombes d'enfants, à l'infini, rangées avec ordre, régulièrement séparées par des sentiers étroits, pareilles à une ville enfantine de la mort. C'étaient de toutes petites croix blanches, de tout petits entourages blancs, qui disparaissaient presque sous une floraison de couronnes blanches et bleues, au ras du sol ; et le champ paisible, d'un ton si doux, d'un bleuissement de lait, semblait s'être fleuri de cette enfance couchée dans la terre. Les croix disaient les âges : deux ans, seize mois, cinq mois. Une pauvre croix, sans entourage, qui débordait et se trouvait plantée de biais dans une allée, portait simplement : EUGÉNIE, TROIS JOURS. N'être pas encore et dormir déjà là, à part, comme les enfants que les familles, aux soirs de fête, font dîner à la petite table [128] !

Mais, enfin, le corbillard s'était arrêté, au milieu de l'avenue. Lorsque Sandoz aperçut la fosse prête, à l'angle du carré voisin, en face du cimetière des tout petits, il murmura tendrement :

« Ah ! mon vieux Claude, grand cœur d'enfant, tu seras bien à côté d'eux. »

Les croque-morts descendaient le cercueil. Maussade sous la bise, le prêtre attendait ; et des fossoyeurs étaient là, avec des pelles. Trois voisins avaient lâché en route, les dix n'étaient plus que sept. Le petit cousin, qui tenait son chapeau à la main depuis l'église, malgré le temps affreux, se rapprocha. Tous les autres se découvrirent, et les prières allaient commencer, lorsqu'un coup de sifflet déchirant fit lever les têtes.

C'était, dans ce bout vide encore, à l'extrémité de l'avenue latérale numéro 3, un train qui passait sur le haut talus du chemin de fer de ceinture, dont la voie dominait le cimetière. La pente gazonnée montait, et des lignes géométriques se détachaient en noir sur le gris du ciel, les poteaux télégraphiques reliés par les minces fils, une guérite de surveillant, la plaque d'un signal, la seule tache rouge et vibrante. Quand le train roula, avec son fracas de tonnerre, on distingua nettement, comme sur un tansparent d'ombres chinoises, les découpures des wagons, jusqu'aux gens assis dans les trous clairs des fenêtres. Et la ligne redevint nette, un simple trait à l'encre coupant l'horizon ; tandis que, sans relâche, au loin, d'autres coups de sifflet appelaient, se lamentaient, aigus de colère, rauques de souffrance, étranglés de détresse. Puis, une corne d'appel résonna, lugubre [129].

« *Revertitur in terram suam unde erat...* », récitait le prêtre, qui avait ouvert un livre et qui se hâtait.

Mais on ne l'entendait plus, une grosse locomotive était arrivée en soufflant, et elle manœuvrait juste au-dessus de la cérémonie. Celle-là avait une voix énorme et grasse, un sifflet guttural, d'une mélancolie géante. Elle allait, venait, haletait, avec son profil de monstre lourd. Brusquement, elle lâcha sa vapeur, dans une haleine furieuse de tempête.

« *Requiescat in pace,* disait le prêtre.

— *Amen* », répondait l'enfant de chœur.

Et tout fut emporté, au milieu de cette détonation cinglante et assourdissante, qui se prolongeait avec une violence continue de fusillade.

Bongrand, exaspéré, se tournait vers la locomotive. Elle se tut, ce fut un soulagement. Des larmes étaient montées aux yeux de Sandoz, ému déjà des choses sorties involontairement de ses lèvres, derrière le corps de son vieux camarade, comme s'ils avaient eu ensemble une de leurs causeries grisantes d'autrefois ; et, maintenant, il lui semblait qu'on allait mettre en terre sa jeunesse : c'était une part de lui-même, la meilleure, celle des illusions et des enthousiasmes, que les fossoyeurs enlevaient, pour la faire glisser au fond du trou. Mais, à cette minute terrible, un accident vint encore augmenter son chagrin. Il avait tellement plu, les jours précédents, et la terre était si molle, qu'un brusque éboulement se produisit. Un des fossoyeurs dut sauter dans la fosse, pour la vider à la pelle, d'un jet lent et rythmique. Cela n'en finissait pas, s'éternisait au milieu de l'impatience du prêtre et de l'intérêt des quatre voisins, qui avaient suivi jusqu'au bout, sans qu'on sût pourquoi. Et, là-haut, sur le talus, la locomotive avait repris ses manœuvres, reculait en hurlant, à chaque tour de roue, le foyer ouvert, incendiant le jour morne d'une pluie de braise.

Enfin, la fosse fut vidée, on descendit le cercueil, on se passa le goupillon. C'était fini. Debout, de son air correct et charmant, le petit cousin fit les honneurs, serra les mains de tous ces gens qu'il n'avait jamais vus, en mémoire de ce parent dont il ne se rappelait pas le nom la veille.

« Mais il est très bien, ce calicot », dit Bongrand, qui ravalait ses larmes.

Sandoz, sanglotant, répondit :

« Très bien. »

Tous s'en allaient, les surplis du prêtre et de l'enfant de chœur disparaissaient entre les arbres verts, les voisins débandés flânaient, lisaient les inscriptions.

Et Sandoz, se décidant à quitter la fosse à demi comblée, reprit :

« Nous seuls l'aurons connu... Plus rien, pas même un nom !

— Il est bien heureux, dit Bongrand, il n'a pas de tableau en train, dans la terre où il dort... Autant partir que de s'acharner comme nous à faire des enfants infirmes, auxquels il manque toujours des morceaux, les jambes ou la tête, et qui ne vivent pas.

— Oui, il faut vraiment manquer de fierté, se résigner à

l'à-peu-près et tricher avec la vie... Moi qui pousse mes bouquins jusqu'au bout, je me méprise de les sentir incomplets et mensongers, malgré mon effort. »

La face pâle, ils s'en allaient lentement, côte à côte, au bord des blanches tombes d'enfants, le romancier alors dans toute la force de son labeur et de sa renommée, le peintre déclinant et couvert de gloire.

« Au moins, en voilà un qui a été logique et brave, continua Sandoz. Il a avoué son impuissance et il s'est tué.

— C'est vrai, dit Bongrand. Si nous ne tenions pas si fort à nos peaux, nous ferions tous comme lui... N'est-ce pas ?

— Ma foi, oui. Puisque nous ne pouvons rien créer, puisque nous ne sommes que des reproducteurs débiles, autant vaudrait-il nous casser la tête tout de suite. »

Ils se retrouvaient devant le tas allumé des vieilles bières pourries. Maintenant, elles étaient en plein feu, suantes et craquantes ; mais on ne voyait toujours pas les flammes, la fumée seule avait augmenté, une fumée âcre, épaisse, que le vent poussait en gros tourbillons, et qui couvrait le cimetière entier d'une nuée de deuil.

« Fichtre ! onze heures ! dit Bongrand en tirant sa montre. Il faut que je rentre. »

Sandoz eut une exclamation de surprise.

« Comment ! déjà onze heures ! »

Il promena sur les sépultures basses, sur le vaste champ fleuri de perles, si régulier et si froid, un long regard de désespoir, encore aveuglé de larmes. Puis, il ajouta :

« Allons travailler. »

DOSSIER

VIE D'ÉMILE ZOLA
1840-1902

I. L'ENFANCE ET L'ADOLESCENCE EN PROVENCE
1840-1858

Émile Zola naît à Paris le 2 avril 1840, au 10 de la rue Saint-Joseph. Il est le fils d'un ingénieur civil d'origine vénitienne, François Zola (né en 1795 et installé en France après des travaux en Italie et en Autriche, et un séjour, en qualité d'officier, dans la Légion étrangère), et d'une jeune Beauceronne, fille d'un artisan vitrier et d'une couturière : Émilie Aubert, née en 1819.

En 1843, les Zola s'installent à Aix-en-Provence. L'ingénieur François Zola, qui a depuis plusieurs années un bureau à Marseille, va construire un barrage tout près d'Aix, dans les gorges de l'Infernet (sur le territoire du Tholonet) et un canal pour l'alimentation en eau potable de la ville d'Aix. Il crée une société, avec plusieurs commanditaires parisiens. Les parents d'Émilie Aubert, Louis et Henriette Aubert, viennent rejoindre leurs enfants à Aix. Émile Zola fera au moins deux voyages à Paris, l'un en 1845, l'autre en 1846.

François Zola, constructeur et homme d'affaires, est créateur, entreprenant, énergique. Il a proposé à Thiers les plans d'une fortification de Paris, à la ville de Marseille ceux d'un nouveau port. Le barrage de l'Infernet sera sa première grande réalisation en France. C'est un pionnier de la politique des grands travaux. Il touche au succès, lorsque la maladie l'abat. Le 27 mars 1847, il meurt à Marseille d'une pneumonie contractée sur le chantier du barrage. C'est le malheur et la ruine pour la famille. Émilie Zola, spoliée par d'habiles spéculateurs, lutte sans succès, dans d'interminables litiges, pour sauver quelque argent. Les Zola, appauvris, doivent emprunter pour vivre ; ils changent plusieurs fois de domicile ; certains créanciers oubliés relanceront l'écrivain vingt ans plus tard, lorsqu'il aura atteint la célébrité.

Émilie Zola et sa mère veulent cependant donner à l'enfant une éducation de bonne famille. Il reçoit une instruction religieuse : en 1848, il est élève de la pension Notre-Dame, où il a pour camarades Marius Roux et Philippe Solari. Le premier devenu journaliste et le second sculpteur, ils resteront ses amis jusqu'à la fin du siècle. Les Zola traversent sans dommage les événements politiques de la période 1848-1851. En octobre 1852, Zola entre en huitième au collège Bourbon, comme pensionnaire. En 1853, il saute une classe et devient élève demi-pensionnaire de sixième. C'est au collège Bourbon que Zola fait la connaissance d'un autre duo de camarades : Jean-Baptistin Baille, fils d'un aubergiste, et Paul Cézanne, fils d'un banquier, tous deux plus avancés que lui d'un an et d'une classe. En 1854, ils assistent au défilé des troupes partant pour la Crimée. Dans les *Nouveaux Contes à Ninon*, vingt ans plus tard, Zola racontera les souvenirs de sa vie de collégien provençal. Au collège, en quatrième, puis en troisième (section latin-sciences), il remporte des succès. Il joue de la clarinette dans la fanfare du collège, assiste aux cérémonies de la Fête-Dieu, s'enthousiasme pour Hugo et Musset, va applaudir au théâtre les drames romantiques, et, l'été venu, nage et chasse dans la campagne provençale avec Baille et Cézanne. Il se lie avec d'autres jeunes gens de la bourgeoisie d'Aix, Marguery, de Julienne d'Arc, Marquezi, Houchard. De toute cette jeunesse, lui, le plus pauvre, sera le seul à quitter la Provence pour « monter » à Paris. Déjà, il accumule les manuscrits : des vers, surtout, mais aussi un roman sur les croisades, et une comédie de potache en trois actes et en vers, *Enfoncé, le pion !* La plupart de ces premiers écrits ont disparu. Ils portaient sans doute la marque du lyrisme romantique. De la littérature contemporaine, Leconte de Lisle, Gautier, Nerval, Baudelaire, Balzac, Zola ne sait encore à peu près rien.

Le 16 novembre 1857, sa grand-mère, Henriette Aubert, meurt. Émilie Zola part pour Paris, à la recherche de soutiens. Quelques semaines plus tard, en février 1858, Zola la rejoint, avec son grand-père Louis Aubert. C'est l'adieu à la Provence — et à l'insouciance. La famille loue un petit appartement dans un quartier alors très modeste, au 63 de la rue Monsieur-le-Prince. Le 1er mars, Émile entre en seconde au lycée Saint-Louis, sur la recommandation d'un ami de son père, avocat au Conseil d'État, Alexandre Labot.

II. LA VIE DE BOHÈME
1858-1862

Alors commence une longue et riche correspondance entre Zola et ses amis aixois. Seules ont été conservées ses lettres à Baille, le polytechnicien, et à Cézanne, le peintre. Les résultats scolaires de Zola deviennent décevants. Il garde la nostalgie de la Provence. Il ne s'intéresse vraiment qu'à la littérature française, enseignée par Pierre Levasseur, futur historien de renom. Dans le courant de l'été 1858, il passe plusieurs semaines à Aix. De retour en octobre, il tombe gravement malade : peut-être la fièvre typhoïde. Les souvenirs de cette maladie lui inspireront quinze ans plus tard une partie de *La Faute de l'abbé Mouret*. Guéri, il retourne au lycée Saint-Louis, en rhétorique. En janvier 1859, les Zola habitent 241, rue Saint-Jacques, encore plus près de la banlieue sud. Émile Zola compose des vers en hommage à son père, qui paraissent dans *La Provence* (17 février 1859). Il découvre, au Carnaval, la fête nocturne dans Paris, le bal de l'Opéra. En juin, c'est l'effervescence des batailles contre l'Autriche, l'enthousiasme pour la cause italienne. Zola ne parvient ni à l'application de certains de ses condisciples, déjà préparés pour les carrières que l'Empire offre aux fils de la bourgeoisie parisienne, ni à la futilité des autres, qui serviront plus ou moins de modèles au jeune Maxime, dans *La Curée*. Pauvre, à demi étranger, déraciné, poète, idéaliste dans un monde qu'il juge cynique, il n'est pas heureux. Le 4 août 1859, il échoue au baccalauréat. Après des vacances à Aix (et des amours platoniques avec une jeune fille qu'il baptise l'Aérienne), c'est un nouvel échec, à Marseille, en novembre. Il abandonne ses études.

En 1860, son grand-père, Louis Aubert, meurt. Zola cherche du travail. La protection d'Alexandre Labot lui vaut une place d'employé à l'administration des Docks de Paris. Il y reste deux mois. Il échappe à l'ennui de la semaine par de longues randonnées dominicales, dans les villages de la banlieue, à Saint-Cloud, à Vincennes, à Vitry. Les Zola demeurent 35, rue Saint-Victor, où il a, pour lui seul, une mansarde au septième étage. Là, il reçoit de nouveaux amis, le peintre Chaillan, Georges Pajot, et des Provençaux installés comme lui à Paris. Poèmes (*Paolo*), proverbes (*Perrette*), nouvelles (*Un coup de vent*), lettres à Baille et à Cézanne : il écrit, lit les classiques, Michelet, George Sand, Shakespeare, admire Jean Goujon et Greuze. L'été venu, il quitte les Docks, se retrouve sans travail, et sans ressources. Il doit renoncer à l'idée d'aller passer à Aix les premières semaines de l'automne.

L'hiver 1860-1861 lui est très dur. On ne sait pas grand-chose de ces six mois. Zola s'enfonce dans le spleen. Il a une liaison malheureuse avec une fille galante, Berthe (qu'il transposera dans *La Confession de Claude*, commencé dès 1862 et publié en 1865). En février, il habite au 24 de la rue Neuve-Saint-Étienne-du-Mont, dans un hôtel garni. Cézanne, tant attendu, le rejoint en avril 1861. Ensemble, ils visitent le Salon de Peinture, les académies où travaillent les rapins. Zola cherche toujours un emploi, en vain, avec une amertume et un désarroi croissants. Il lit Molière et Montaigne, mais aussi Victor de Laprade. Il mène apparemment la vie de bohème. C'est la fin des soliloques idéalistes, le début des regards sur la grande ville et sur les paysages de plein air — à la manière de ses amis peintres qui cherchent le « motif ». Mais l'œuvre a toujours un temps de retard sur l'expérience : il écrit encore des vers, sans plus guère croire à son talent poétique (*L'Aérienne*). La fin de l'enfance approche. L'attente durera encore tout un hiver, dans le froid, l'oisiveté, le malaise. Le 7 décembre 1861, à la mairie du Ve arrondissement, il réclame, en qualité de fils d'étranger, né en France, la nationalité française. Bénéficiant d'un tirage au sort favorable, il est libéré du service militaire.

III. L'ÉDITION
1862-1865

Le 1er mars 1862, Émile Zola entre à la librairie Hachette, à cent francs par mois, comme employé au bureau des expéditions, où il fait des paquets, puis au bureau de la publicité. Il découvre le monde du livre, de l'intérieur. Il habite alors 11, rue Soufflot. En avril, on le trouve 7, impasse Saint-Dominique. Se détournant désormais de la poésie, il écrit trois contes en août-septembre (trois des futurs *Contes à Ninon*). Louis Hachette s'intéresse à lui, et lui confie les tâches de ce qu'on appellerait aujourd'hui un attaché de presse. Le 31 octobre, il est naturalisé français. Nouveau déménagement : le voilà, à la fin de l'année, au 62, rue de la Pépinière, près de la barrière d'Enfer (aujourd'hui rue Daguerre). En juillet 1863, il habite avec sa mère un appartement de trois pièces 7, rue des Feuillantines.

Il s'enhardit. Ses fonctions le font entrer en contact avec les journaux et les revues, avec les écrivains liés à la librairie Hachette. L'année 1863 est celle de ses véritables premiers pas dans la presse : un proverbe en vers, *Perrette,* est refusé par la *Revue des Deux Mondes,* en février, mais deux contes paraissent dans la *Revue du Mois,* à Lille, en avril et en octobre ; en décembre, il collabore au *Journal populaire de Lille.* Conteur, chroniqueur, critique : ce sera sa marque propre, dans le journalisme de la fin du Second Empire.

Son départ, dans la double carrière de l'édition et des lettres, semble bien pris. En juin 1864, devenu chef de la publicité à la librairie Hachette, à deux cents francs par mois, Zola s'installe avec sa mère 278, rue Saint-Jacques. Il lit Stendhal et Flaubert, fait le compte rendu, pour la *Revue de l'Instruction publique,* des conférences de la rue de la Paix sur Le Sage, Shakespeare, Aristophane, La Bruyère, Molière. Ces conférences sont un foyer de l'opposition libérale à l'Empire. Il affirme sa sympathie littéraire pour le réalisme. Il collabore au *Journal populaire de Lille,* à *L'Écho du Nord,* à *La Nouvelle Revue de Paris,* à *L'Entracte.* Le cercle de ses relations littéraires s'élargit. Il remporte « sa première victoire » avec la publication des *Contes à Ninon,* en décembre, chez Albert Lacroix, l'éditeur de Hugo. Un mois plus tard, il va demeurer 142, boulevard du Montparnasse.

L'année 1865 accentue ce mouvement. Il est désormais chroniqueur régulier du *Petit Journal,* du *Salut public de Lyon.* On trouve sa signature dans *La Vie parisienne, La Revue française, Le Figaro, Le Grand Journal,* etc. En novembre, paraît son premier roman, *La Confession de Claude.* Il écrit deux pièces de théâtre, *La Laide* et *Madeleine.* Il a pris de l'assurance et de la confiance. Il a su exploiter à fond ses fonctions dans l'édition. Il travaille avec acharnement ; c'est au-delà de ses dix heures quotidiennes chez Hachette qu'il doit trouver le temps d'écrire. Ses articles, à eux seuls, lui rapportent deux cents francs par mois. Ce n'est plus tout à fait la pauvreté. Il a rencontré Gabrielle-Alexandrine Meley, qui est devenue sa maîtresse en mars et dont il ne se séparera plus. Il va prendre tous ses risques, en abandonnant la librairie pour ne plus vivre que de sa plume.

IV. LE JOURNALISME LITTÉRAIRE
1866-1868

Le 31 janvier 1866, Zola quitte la librairie Hachette. Depuis trois mois, son nom commençait à faire quelque tapage : *La Confession de Claude* a déclenché une enquête du procureur impérial, une aigre polémique a opposé Zola à Barbey d'Aurevilly et au journal *Le Nain jaune.* Le successeur de Louis Hachette (mort en juillet 1864) a besoin d'un chef de publicité plus discret. Zola, de son côté, pense que le moment est venu de conquérir une complète disponibilité. La librairie Hachette lui commande trois ouvrages (qu'il n'écrira pas) ; la séparation semble se faire à l'amiable. Zola, le 1er février, devient courriériste littéraire de *L'Événement,* journal fondé par Hippolyte de Villemessant. Il conserve sa collaboration au *Salut public de Lyon.* Il écrit un roman-feuilleton pour *L'Événement : Le Vœu d'une morte ;* il donne une grande étude sur Taine à *La Revue contemporaine,* des contes à *L'Illustration.* Il proclame son admiration pour les Goncourt, pour Balzac, pour Flaubert. Son *Salon* dans *L'Événement* fait scandale : il loue Manet et Courbet, et éreinte la peinture académique. Il publie coup sur coup *Mon Salon* (juin), *Mes Haines,* recueil des principales études littéraires du *Salut public, Le Vœu d'une morte* (novembre). Avec Cézanne, le peintre Guillemet, et quelques autres, il découvre Bennecourt, sur les bords de la Seine, au-delà de Mantes, et y fait plusieurs séjours. A Paris, il habite avec Alexandrine Meley, rue de l'École-de-Médecine, puis 10, rue de Vaugirard. Il écrit des lettres sereines, optimistes.

Mais l'année, fort bien commencée, se termine dans la gêne. L'année 1867 n'est pas plus favorable. *L'Événement* a été supprimé le 15 novembre ; *Le Salut public,* après novembre, se passe des services de Zola ; *Le Figaro,* devenu quotidien pour se substituer à *L'Événement,* ne publie que de loin en loin, en 1867, des textes de Zola : des portraits littéraires, des tableaux parisiens, des études critiques. En janvier 1867, Zola affirme encore une fois hautement son estime pour Manet, dans *La Revue du XIXe siècle.* Il rencontre au Café

Guerbois, Grande-rue des Batignolles, les peintres de la nouvelle école (les futurs impressionnistes) : Manet, Pissarro, Monet, bientôt Renoir, Fantin-Latour, Bazille, avec l'écrivain Duranty. Quelques textes ici et là (dans *La Situation*, et dans *La Rue* de Vallès) ne le préservent pas du manque d'argent. Alexandrine fait des bandes pour la librairie Hachette. C'est une année noire. Mais c'est aussi l'année où Zola écrit son premier chef-d'œuvre, *Thérèse Raquin*, qui paraît en décembre. En même temps, il publie un roman-feuilleton dans *Le Messager de Provence : Les Mystères de Marseille*. Une adaptation de ce roman pour la scène, due à Zola et à Roux, sera jouée à Marseille en octobre.

En avril 1867, les Zola se sont installés sur la rive droite, 1, rue Moncey (aujourd'hui rue Dautancourt), aux Batignolles. En avril 1868, ils vont habiter 23, rue Truffaut. Zola écrit *Madeleine Férat*, qui paraîtra en feuilleton dans *L'Événement illustré*, où il a également publié un nouveau *Salon* et de nombreuses chroniques. Il connaît encore des périodes difficiles. A partir de juin, il collabore à *La Tribune*, un des journaux de l'opposition républicaine nés de la loi du 11 mai 1868 sur la libéralisation de la presse. En novembre, il noue des relations amicales avec les Goncourt. Il correspond avec Taine, avec Sainte-Beuve. C'est l'époque où il lit des ouvrages sur l'hérédité, sur la physiologie, et où il jette les premières idées, les premiers projets de l'*Histoire d'une famille,* en dix volumes. Il cherche à s'engager pour un long terme chez un éditeur, qui assurerait sa sécurité matérielle et lui permettrait de construire à loisir une grande œuvre, conforme à ses intuitions « naturalistes » : l'analyse, psychologique, physiologique et sociale, est pour lui la forme moderne du roman.

V. LE JOURNALISME POLITIQUE
1869-1871

L'opposition à l'Empire s'enhardit. Zola multiplie les causeries polémiques dans *La Tribune*, puis dans *Le Rappel*, journal fondé par les proches de Victor Hugo. En même temps, il donne un courrier bibliographique au *Gaulois*. L'*Histoire d'une famille* commencera au coup d'État du 2 décembre 1851, et sera pour une part la peinture satirique des groupes sociaux qui ont trouvé profit dans le régime de Napoléon III. Zola écrit le premier roman du cycle, *La Fortune des Rougon*, et prépare le second, *La Curée*, cependant qu'éclatent des troubles en province (chez les mineurs de La Ricamarie et d'Aubin) et à Paris (juin-octobre 1869). Zola s'est installé 14, rue de La Condamine, toujours dans le quartier des Batignolles. Il y accueille un jeune Aixois, Paul Alexis, qui deviendra son plus fidèle ami. L'éditeur Albert Lacroix accepte le plan des *Rougon-Macquart*, avec un contrat de cinq cents francs par mois pour l'auteur.

1870 compromet cette sécurité retrouvée. Le 31 mai, Zola a épousé Alexandrine Meley. Il continue à fréquenter Bennecourt, et à publier de vigoureux pamphlets contre l'Empire. Il collabore au *Rappel* (qui se passera de ses services après un article jugé par trop élogieux pour Balzac, le 13 mai) et à *La Cloche,* autre journal républicain. Mais le 19 juillet éclate la guerre entre la France et la Prusse. Le 4 septembre, deux jours après la défaite de Sedan, l'Empire s'effondre. L'événement sauve Zola des poursuites judiciaires que lui valait son article du 5 août, plus antibonapartiste que jamais. La publication de *La Fortune des Rougon,* qui paraissait depuis le 28 juin dans *Le Siècle,* est interrompue depuis le 10 août. Le 7 septembre, les Zola quittent Paris pour Marseille, afin d'échapper au siège.

Zola espère du gouvernement de la Défense nationale un poste de sous-préfet, récompensant son passage dans les journaux républicains. Il échoue, malgré l'appui — assez mou — des amis politiques de Gambetta. A Marseille, il fonde avec Marius Roux un journal éphémère, *La Marseillaise.* Le 11 décembre, il part seul pour Bordeaux, où siège une Délégation du Gouvernement. Un membre de la Délégation, Glais-Bizoin, le prend comme secrétaire. Sa femme et sa mère le rejoignent. Après l'armistice du 28 janvier 1871, une Assemblée nationale est élue (le 8 février). Elle siège à Bordeaux. Zola propose à *La Cloche,* et obtient, de devenir son chroniqueur parlementaire ; il fera le même travail pour *Le Sémaphore de Marseille.* Le voilà aux avant-postes de l'observation politique. Le 14 mars, il rentre à Paris, car l'Assemblée siège désormais à Versailles. Pendant la Commune, du 18 mars au 8 mai, il réside d'abord à Paris, puis, à partir du 10 mai, à Bennecourt : sa collaboration à *La Cloche,* journal républicain modéré, suspendu à partir du 19 avril, l'a rendu suspect à la Commune. De retour à Paris, il assiste avec consternation à la répression versaillaise, à l'instauration de « l'ordre moral ». La publication de *La Curée,* qui paraît en feuilleton dans *La Cloche,* est interrompue le 5 novembre sur intervention du Parquet. Après avoir été éloigné par la Commune, Zola est désormais surveillé par la république conservatrice.

VI. LA CONQUÊTE DU SUCCÈS
1872-1877

Zola se partage entre ses chroniques parlementaires et son œuvre littéraire. Il quitte *La Cloche* à la fin de 1872, mais conserve sa collaboration régulière au *Sémaphore de Marseille* jusqu'en février 1877, y publiant surtout, après 1872, des articles sur l'actualité parisienne. Un article vivement polémique contre la majorité monarchiste, dans *Le Corsaire,* en décembre, lui interdit la presse parisienne jusqu'en 1876 (sauf une brève série de critiques dramatiques dans *L'Avenir national*, en 1873). Il noue en 1872 des relations amicales avec Flaubert, Daudet, Tourgueniev. L'éditeur Georges Charpentier réédite *La Curée* et *La Fortune des Rougon*, et prend le relais de Lacroix, avec les mêmes conditions : un versement mensuel de cinq cents francs. *Le Ventre de Paris* paraît en 1873, l'année où Mac-Mahon est élu président de la République, évinçant Thiers. En juillet 1873, Zola tente sa chance au théâtre, avec *Thérèse Raquin :* échec. En 1874, il en va de même pour *Les Héritiers Rabourdin,* tandis que paraissent *La Conquête de Plassans* et les *Nouveaux Contes à Ninon*. Les Zola vont habiter au 21, rue Saint-Georges (aujourd'hui rue des Apennins). Par Manet, Zola noue amitié avec Mallarmé, par Flaubert avec Maupassant. Il suit avec sympathie les expositions impressionnistes, en 1874, 1876, 1877. Après *La Faute de l'abbé Mouret,* en 1875, il reçoit la visite admirative de J.-K. Huysmans, de Henry Céard, puis de Léon Hennique. L'éditeur Charpentier lui assure désormais des droits proportionnels aux ventes. Cette année, les Zola prennent leurs vacances à la mer (à Saint-Aubin, en Normandie).

Zola collabore maintenant à une revue mensuelle de Saint-Pétersbourg, *Le Messager de l'Europe. Son Excellence Eugène Rougon* paraît en 1876. A partir d'avril 1876, *Le Bien public,* journal républicain, lui ouvre une revue dramatique et littéraire hebdomadaire, et publie en feuilleton *L'Assommoir*. La publication fait scandale ; elle devra s'achever dans une revue, *La République des Lettres*. Le roman, en janvier 1877, fait enfin de Zola l'écrivain le plus lu et le plus discuté de Paris. Il amplifie son succès avec ses campagnes en faveur du naturalisme, et ses éreintements de pièces à la mode : théâtre académique, drames historiques et pièces de boulevard. Les Zola, maintenant à l'aise, s'installent en avril 23, rue de Boulogne (aujourd'hui rue Ballu), et passent près de six mois (de mai à octobre) dans un village de pêcheurs près de Marseille, à l'Estaque. En octobre 1877, Mac-Mahon ayant dissous une assemblée où les républicains étaient majoritaires depuis un an, ceux-ci remportent les élections qui suivent. Trois mois plus tard, Mac-Mahon se soumet. La république parlementaire est enfin solidement instaurée. Et de même, la fortune privée et littéraire de Zola. Coïncidence significative, où se lit l'émergence politique, idéologique, esthétique, d'une nouvelle bourgeoisie.

VII. LE CHEF D'ÉCOLE :
DE « L'ASSOMMOIR » A « GERMINAL »
1877-1885

Le 28 mai 1878, avec les droits d'auteur de *L'Assommoir*, Zola acquiert une maison à Médan, au bord de la Seine, à une quarantaine de kilomètres à l'ouest de Paris (pour neuf mille francs). Il y passera

chaque année l'été et l'automne et fera agrandir la demeure dès 1880.
Maupassant lui apporte un bateau, baptisé Nana, du nom de
l'héroïne du roman que prépare Zola. En avril, a paru *Une page
d'amour*. En juillet, *Le Voltaire* se substitue au *Bien public*, mais Zola
y conserve sa chronique hebdomadaire. Il envoie au *Messager de
l'Europe* de longs articles de reportages (sur l'Exposition universelle),
de souvenirs, d'analyses sociales, de théorie littéraire. En mai, il fait
jouer *Le Bouton de Rose*, un vaudeville, au Palais-Royal : c'est un
four. Mais une adaptation de *L'Assommoir*, en 1879, fait les beaux
soirs de l'Ambigu. On commente, on discute, on chansonne et on
caricature ses sujets, ses personnages et ses thèses naturalistes.
Celles-ci culminent dans la publication, en 1880, du *Roman expérimental*. Par ce titre, Zola rattache délibérément son inspiration
idéologique au courant de la pensée scientiste et positiviste, tandis
que son œuvre puise dans des thèmes mythiques permanents :
thèmes de vie, la nature et l'homme en travail, le rut, la gésine, la
germination, la fécondité ; thèmes de mort, l'écroulement, la dissolution, le meurtre, la bêtise, la stérilité, l'agonie, l'absurdité, avec leurs
fantasmes : la machine, la bête, le sang, l'or, l'alcool, la fournaise,
l'enfant qu'on tue, la femme-refuge et la femme-gouffre. Ainsi
Nana, la « Mouche d'Or », dont Flaubert dit en 1880 qu' « elle
tourne au mythe sans cesser d'être une femme ».
  La critique académique est ahurie et scandalisée. Zola, en
réponse, l'étrille dans ses articles du *Voltaire*, puis du *Figaro* (1880-
1881). *Les Soirées de Médan*, en avril 1880 (avec Alexis, Céard,
Huysmans, Hennique et Maupassant), font de Médan le symbole du
naturalisme. Puis Zola abandonne le journalisme. En 1880, il a
perdu deux amis : Duranty et Flaubert, et, le 17 octobre, sa mère.
Ces disparitions lui causent un profond ébranlement affectif, dont
La Joie de vivre, en 1884, porte la trace. Il passe mal la quarantaine.
L'œuvre continue, cependant, comme une drogue ; en 1881, trois
recueils critiques (*Les Romanciers naturalistes, Le Naturalisme au
théâtre, Documents littéraires*) ; en 1882, *Une campagne*, recueil des
articles du *Figaro*, et un roman au vitriol sur les mœurs de la
bourgeoisie, *Pot-Bouille* ; en 1883, *Au Bonheur des Dames*. A Paris et
à Médan, les Zola reçoivent leurs amis, Daudet, Goncourt, Charpentier, Céard, Alexis, Huysmans, Cézanne. Ils passent l'été au bord de
la mer, à Grandcamp en 1881, à Bénodet en 1883. Du 23 février au
3 mars 1884, Zola enquête à Anzin, dans les mines de charbon, en
pleine grève, pour son « roman ouvrier » : *Germinal* paraît en 1885,
cinq ans après le retour des Communards exilés, trois ans après la
formation du parti ouvrier de Jules Guesde, un an après la législation
des syndicats. C'est le sommet des *Rougon-Macquart*, une œuvre où
convergent le génie narratif et la puissance prophétique, et à laquelle
aucun roman contemporain ne peut se mesurer. Zola rejoint Balzac,
Stendhal, Flaubert. Il faudra, désormais, attendre Proust.

VIII. LA FIN DES ROUGON
DE « L'ŒUVRE » AU « DOCTEUR PASCAL »
1886-1893

Rentré d'un séjour au Mont-Dore (août 1885), Zola mène campagne contre la censure, qui a interdit l'adaptation de *Germinal* au théâtre (septembre-octobre 1885). La pièce ne sera jouée qu'en avril 1888, au Châtelet : trop longue, elle échouera. *L'Œuvre*, roman sur les peintres et sur la création artistique, est achevé en février 1886. Cézanne, qui croit s'être reconnu dans le personnage de Claude Lantier, cesse toute relation suivie avec Zola. La demeure de Médan s'agrandit ; Zola est un propriétaire heureux et gourmand ; il prend de l'embonpoint. Du 3 au 11 mai 1886, il voyage en Beauce pour préparer *La Terre*, dont il voudrait faire pour les paysans ce que *Germinal* a été pour les ouvriers. *La Terre*, achevé en août 1887, soulève de nouvelles polémiques. Anatole France parle des « Géorgiques de l'ordure » ; cinq jeunes écrivains de l'entourage de Goncourt (Bonnetain, Descaves, Rosny, etc.) publient un manifeste où ils affirment renier le naturalisme de Zola. Celui-ci passe des vacances paisibles à Royan et, malicieusement, commence à préparer un roman mystique et faussement « convenable », *Le Rêve*.

Il lui reste quatre romans à écrire pour clore le cycle des *Rougon*. Il n'en sera même pas détourné par la révolution qui bouleverse sa vie privée en 1888. Il s'éprend d'une jeune lingère bourguignonne engagée par Alexandrine Zola, et en fait sa maîtresse, en décembre. Jeanne Rozerot lui donnera deux enfants, Denise, en 1889, et Jacques en 1891. Ce sont pour lui, dorénavant, les contraintes d'une double vie, qu'il réussit à vivre dans la dignité et à préserver des ragots, et qu'Alexandrine, après une crise douloureuse, acceptera. Il mincit, découvre à cinquante ans les joies de la paternité, retrouve l'énergie fougueuse de sa jeunesse. *La Bête humaine* (1890) n'en est pas moins un roman noir, hanté par des visions de violence. En septembre 1889, les Zola s'installent dans leur dernier domicile, 21, bis rue de Bruxelles, près de la place Clichy, que Zola, un peu plus tard, photographiera sous tous les angles, avec beaucoup d'autres paysages parisiens. La photographie le passionne ; il devient un excellent preneur de vues et un très bon technicien.

Le 1er mai 1890, il pose pour la première fois sa candidature à l'Académie française. Il échouera toujours, en dépit de sa persévérance ; il ne sera jamais que président de la Société des gens de lettres (1891), où il travaillera sérieusement à la protection des droits des écrivains. En 1891, paraît *L'Argent*, roman sur la Bourse et les grandes affaires. En avril 1891, Zola refait, de Châlons à Sedan, le chemin qu'avait suivi en 1870 l'armée de Châlons, avant d'être écrasée à Sedan. En juin, on joue à l'Opéra-Comique *Le Rêve*, sur une musique d'Alfred Bruneau. Zola se tourne vers le théâtre lyrique et écrit des livrets originaux, que Bruneau, devenu un fidèle de

Médan, met en musique : *L'Attaque du moulin* (1893), *Lazare* (1894), *Messidor* (1897), etc. *La Débâcle* paraît en 1892. En août-septembre, les Zola voyagent à Lourdes, en Provence, en Italie : premier contact avec l'univers des *Trois Villes*. La dernière ligne du *Docteur Pascal* est écrite le 5 mai 1893. Le 21 juin, un grand banquet littéraire célèbre l'achèvement des *Rougon-Macquart ;* le 13 juillet, Zola, chevalier depuis 1888, est fait officier de la Légion d'honneur. En septembre, il est l'invité d'honneur du congrès international de la Presse, à Londres. Mais l'Académie française lui préfère José-Maria de Heredia. Heureusement pour son visage futur, il n'a pas tout à fait conquis tous les honneurs...

IX. DE L' « HISTOIRE D'UNE FAMILLE »
AU CYCLE DE LA CITÉ
« LES TROIS VILLES »
1894-1898

Pendant que Zola terminait *Les Rougon-Macquart*, c'était, à Lourdes le grand marché des miracles, à Rome l'encyclique de Léon XIII sur les conflits sociaux, et à Paris, mêlés, le ralliement catholique à la république modérée de Jules Méline, le scandale de Panama, les attentats anarchistes. Une fin de siècle travaillée par l'inquiétude sociale, le nationalisme, le renouveau mystique, le malaise des foules... Zola reprend partiellement le schéma qui lui a réussi dans *Les Rougon-Macquart :* une même famille suivie de roman en roman (mais sans les multiples ramifications des Rougon-Macquart). Le prêtre Pierre Froment sera successivement le héros de *Lourdes* (1894), de *Rome* (1896) et de *Paris* (1898). Les Zola ont séjourné à Rome en 1894. Zola a été fasciné par les contrastes entre les ruines du monde antique, le baroque, la toute-puissance de la Rome papale, et la fièvre de spéculations et de plaisirs de la capitale civile. Il s'est retrouvé dans Michel-Ange. Il n'a pas rendu visite à ses lointains cousins de Vénétie...

En 1895-1896, il reprend sa plume de journaliste, pour une *Nouvelle Campagne* dans *Le Figaro :* dix-huit articles, parmi lesquels un article malheureux sur l'art moderne, et un article prémonitoire sur l'antisémitisme. *Paris,* en 1898, tentera d'interpréter les tares de la république parlementaire, l'inhumanité de la cité moderne, l'exaltation anarchiste.

X. DE L'AFFAIRE DREYFUS
AUX « QUATRE ÉVANGILES »
1898-1902

Le capitaine Alfred Dreyfus a été condamné en décembre 1894 à la déportation perpétuelle à l'île du Diable, pour avoir prétendument livré des renseignements à l'Allemagne. En 1896, le colonel Picquart a découvert le vrai coupable (le commandant Esterházy). Mais ce n'est qu'à la fin de 1897 que Zola, convaincu par Leblois, Bernard Lazare, Scheurer-Kestner, de l'innocence de Dreyfus, va mettre son nom et son talent au service du condamné. *J'accuse* (Lettre au président de la République), publié le 13 janvier 1898 dans *L'Aurore*, journal de Clemenceau, enflamme l'opinion. L'affaire Dreyfus est désormais au centre du débat politique, contre le vœu des pouvoirs et du parlement. Elle oppose le courant nationaliste et militariste à la gauche radicale et socialiste, la libre pensée à l'intégrisme catholique, les partisans du droit à ceux de l'ordre et de la raison d'État. Zola, injurié de toutes les manières par les ligues d'extrême droite, inculpé de diffamation à l'égard des officiers qu'il a dénoncés pour forfaiture, est jugé par la cour d'assises de Paris du 7 au 23 février 1898 et condamné à un an de prison et trois mille francs d'amende. Le jugement, cassé le 2 avril, est confirmé par la cour de Versailles le 18 juillet 1898, par défaut. Sur le conseil de ses défenseurs (Labori, Albert Clemenceau) et de ses amis (l'éditeur Fasquelle, Alfred Bruneau, Fernand Desmoulins, Octave Mirbeau), Zola s'exile en Angleterre. C'est un nouveau bouleversement dans sa vie. L'écrivain paisible, honoré, fortuné, est devenu un combattant traqué, clandestin. D'Angleterre, il écrit des lettres à la fois attristées et confiantes à Alexandrine, à Jeanne Rozerot, à ses amis. Son action a déclenché un mouvement irréversible. Le 31 août 1898, le commandant Henry, principal accusateur de Dreyfus, est convaincu de faux et se suicide. Le dossier d'Alfred Dreyfus est porté devant la Cour de cassation, qui, le 3 juin, rend un arrêt de révision du procès de 1894. Les défenseurs de Dreyfus triomphent. Zola, le 5 juin, rentre en France, affrontant ouvertement le gouvernement, qui renonce à le faire poursuivre. En septembre 1899, Dreyfus, ramené en France, est de nouveau jugé, de nouveau condamné par des officiers qui se refusent à perdre la face, et aussitôt gracié. Il sera réhabilité et réintégré dans l'armée en 1906. La défaite des adversaires de Dreyfus et de Zola, en dépit de la politique d'apaisement menée par Waldeck-Rousseau, entraînera la victoire de la gauche radicale aux élections de 1902, et une diminution sensible du rôle des congrégations religieuses et des ligues nationalistes.

En Angleterre, Zola a écrit *Fécondité,* qui paraît en 1899. C'est le premier des *Quatre Évangiles,* son dernier cycle, où il cherche à deviner, à travers le destin de la lignée issue de Pierre Froment, ce que sera la société du siècle à venir ; romans longs et touffus, où passent les rêves et les mythes laïques, scientistes et socialisants de 1900. *Travail* paraît en 1901 ; *Vérité,* directement inspiré par l'Affaire, sera publié en 1903, après la mort de Zola. *Justice* est resté à l'état de notes préparatoires.

Après son retour, Zola intervient plusieurs fois dans *L'Aurore* pour hâter la réhabilitation d'Alfred Dreyfus. En 1900, il réalise un reportage photographique de l'Exposition universelle. Pour le reste, c'est de nouveau une vie familiale doublement partagée, entre Alexandrine et Jeanne, entre Paris et Médan. De nombreuses photos le montrent entouré de ses amis à Médan, ou de ses enfants dans la demeure de Jeanne à Verneuil, ou en cycliste sur les routes de campagne. Il s'est retiré à l'écart du mouvement politique et esthétique. Son vieil ami Paul Alexis meurt en 1901. Maupassant est mort en 1893, Goncourt en 1896, Daudet en 1897. Il est le dernier survivant des dîners naturalistes.

Pas pour longtemps. Dans la nuit du 28 au 29 septembre 1902, au retour de Médan, Alexandrine et Émile Zola sont asphyxiés par une cheminée qui tire mal. Seule Alexandrine est ranimée. Accident ? Malveillance ? Zola recevait souvent des menaces de mort. L'enquête conclut à l'accident, sans certitude. Cinquante ans plus tard, un entrepreneur, sans laisser publier son nom, avouera à un journaliste avoir bouché la cheminée de Zola, « pour lui faire une farce ». Zola mort pour la Justice, titre de sa dernière œuvre ? Ce n'est pas invraisemblable.

Le 5 octobre 1902, le peuple de Paris, auquel s'est jointe une délégation des mineurs de Denain, lui fait un cortège de funérailles comme on n'en avait pas vu depuis la mort de Victor Hugo. Le 4 juin 1908, son corps sera porté au Panthéon. Plus tard, selon les vicissitudes politiques et idéologiques, l'État l'honorera ou l'oubliera. Il reste une figure plus aimée à gauche qu'à droite. Le peuple n'a jamais cessé de le lire. La critique moderne a découvert son œuvre, qu'on étudie maintenant à l'égal des classiques.

Henri Mitterand.

NOTICE

LES ORIGINES

On connaît le sophisme répandu par certains commentateurs de *L'Œuvre* : « Cézanne est un peintre de génie. Or Claude Lantier est conçu à l'image de Cézanne, et c'est un impuissant, un raté, un demi-fou. Donc Zola n'a rien compris à Cézanne, ni à sa peinture, ni, du reste, à quelque peinture que ce soit… »

Ce genre de discours ne prouve rien d'autre à vrai dire que l'ignorance de ceux qui le profèrent, et leur propre incompréhension de la nature même du roman, du genre romanesque. Claude Lantier doit, certes, quelques-uns de ses traits à Paul Cézanne, mais il en doit beaucoup d'autres à Édouard Manet, à Claude Monet, à André Gill, etc. Et ce sont des traits tout extérieurs, destinés à lui donner une vraisemblance générale, à charger sa carrière d'épisodes typiques de la vie de toute la bohème artistique d'alors. Il n'est nullement impuissant, et il a produit des toiles merveilleuses. Il a fait figure de chef d'école — ce ne fut jamais le cas de Cézanne. Quant à sa tragédie intérieure, c'est tout simplement celle d'un personnage *de roman*, et d'un personnage sur lequel pèsent toutes les fatalités de la série des *Rougon-Macquart,* y compris des romans dans lesquels il a déjà joué un rôle. Elle obéit à une ligne qui s'exprime en termes fort abstraits dans l'ébauche du roman, et qui doit tout à la dramaturgie et à la philosophie personnelle de Zola, rien aux modèles vivants. Au reste, le personnage prend de plus en plus d'autonomie, par rapport à ses prétendues « sources », au fur et à mesure de la genèse du roman. Il devient une pure figure de fiction. « *L'Œuvre,* écrivait à bon droit René Ternois, n'est pas un roman à clefs, mais avant tout, comme les autres romans de Zola, une construction logique. » Mais les canards ont la vie dure — celui-là est presque centenaire — et il est difficile de leur couper les ailes.

La rencontre du roman et de la peinture n'a rien d'étonnant dans l'œuvre de Zola. Car le monde des peintres est celui qu'il avait le mieux connu avant 1870, avec celui de l'édition et celui du journalisme. Cela tenait précisément à sa très ancienne intimité avec

Cézanne, son meilleur ami de collège. Les pages que le roman consacre (chap. II) à l'enfance et à l'adolescence de Claude et de Sandoz recoupent parfaitement les témoignages que Zola a laissés ailleurs — notamment dans sa *Correspondance,* dans ses *Documents littéraires,* dans ses chroniques du *Voltaire* — sur sa jeunesse aixoise.

Paul Cézanne avait souhaité se consacrer très tôt à la peinture. A Aix, il fréquentait les cours de l'École de dessin. Il avait commencé des études de droit, et son père, le banquier Louis Cézanne (qui lui laissera plus tard un héritage confortable) voulait le faire entrer dans la carrière des affaires, ou dans celle du barreau. Il hésitait, insatisfait devant ses premiers essais de peinture. Mais au printemps de 1861, il se décida, encouragé d'ailleurs par Zola, à venir à Paris et à fréquenter les ateliers et les académies, tournant le dos aux études juridiques. Déjà se préfiguraient et l'amitié inaltérable qui dans le roman unit Claude et Sandoz, et leurs divergences de tempéraments et de conduites. Zola est l'homme de l'effort, du travail régulier (une régularité devenue contraignante, à la limite de la névrose), de la construction inspirée, mais lucide et obstinée ; il est aussi l'homme des stratégies et des tactiques de réussite, tissant patiemment son réseau de relations utiles. Cézanne, selon les propres mots de Zola, est l'homme des « entêtements », de la « fantaisie », des « changements de conduite peu prévus et peu raisonnables »... « Lorsqu'il fait mauvais, écrit Zola à leur ami commun Louis Baille (en juillet 1861), il ne parle rien moins que de retourner à Aix et de se faire commis dans une maison de commerce. Il me faut alors de grands discours pour lui prouver la sottise d'un tel retour ; il en convient facilement et se met au travail. »

Dès 1860, alors que Cézanne était encore à Aix, Zola — qui, rappelons-le, s'était installé à Paris avec sa mère, en février 1858, a fréquenté des peintres, et notamment des peintres d'origine provençale : Jean-Baptiste Mathieu Chaillan (né en 1831) et Joseph-François Villevieille (1829-1915). Villevieille est un ami de Cézanne. Quant à Chaillan, Zola raille son caractère et son talent en des termes qui le font reconnaître dans le personnage de Chaîne. Sur les talons de Chaillan en 1860, puis de Cézanne en 1861, il est entré dans l'atelier du père Suisse, où les peintres peuvent travailler, moyennant redevance, devant des modèles vivants ; il a assisté aux séances de copie des chefs-d'œuvre du passé, au musée du Louvre ou au Luxembourg ; il a partagé la vie quotidienne, les plaisirs, les espoirs et les déceptions des « rapins ». Il connaît bien, à un sou près, le budget type d'un jeune artiste sans fortune, et dès juillet 1860 il en établit le relevé pour Cézanne, concluant : « Viens hardiment, une fois le pain et le vin assurés, on peut, sans péril, se livrer aux arts. » Lui-même vit de peu : un emploi administratif en 1860, les subsides de sa mère en 1861, et, à partir de 1862, son salaire (200 francs par mois) d'employé à la publicité de la librairie Hachette. Vingt-cinq ans plus tard, pour dépeindre la bohème pauvre et insouciante qui entoure Claude Lantier à ses débuts, il n'aura qu'à laisser parler ses souvenirs.

Ses goûts artistiques ont rapidement évolué, en raison même de son amitié pour Cézanne, et des contacts, exceptionnels, et privilégiés, que celle-ci lui assure avec ce que Duranty appellera plus tard « la nouvelle peinture ». Dans ses lettres de 1860, il louait la beauté gracieuse des paysannes de Greuze, les « types, purs, aériens » d'Ary Scheffer, les sculptures de Jean Goujon. Mais de mois en mois on le devine mieux informé du mouvement de l'art contemporain. Les rencontres décisives se font sans doute à l'Académie Suisse, à partir de 1861. Il y a là « une petite bande de jeunes paysagistes », selon les mots de Claude Monet, sur les toiles desquelles Zola découvre l'art moderne et ses recherches de lumière et de tons purs. Au Salon de 1861, qu'il visite avec Cézanne, il peut contempler le *Joueur de guitare espagnol*, de Manet. Il se détourne des toiles historiques, mythologiques, ou romantiques. « Il est curieux de penser, écrira-t-il à Cézanne le 29 septembre 1862, combien notre école historique est faible et combien notre école paysagiste s'élève chaque jour. » Notons en passant que cette adhésion à l'esthétique « paysagiste » en peinture (l'observation patiente de la nature, le rendu de ses matières et de ses formes dans l'instantanéité de la sensation) est peut-être la première forme de son futur « naturalisme », et que ses dialogues avec ces peintres, la connaissance très personnelle de leurs thèmes et de leur facture, n'ont pas moins contribué que ses lectures à modeler ses propres techniques de composition et d'écriture. Il suffit de relire par exemple le portrait de Thérèse, à la première page de *Thérèse Raquin*, pour mesurer ce qu'il doit au Manet des années 60.

En 1862, Cézanne a regagné la Provence. En 1863, le voilà de nouveau à Paris, à l'atelier Suisse. C'est l'année du Salon des Refusés, où *Le Déjeuner sur l'herbe* de Manet fait scandale. Il visite les deux Salons, l'officiel et le scandaleux. On peut penser, bien que nul témoignage n'en laisse trace, que Zola fait de même. Celui-ci a pris l'habitude de réunir chaque jeudi ses proches amis, à son domicile. Ce sont là trois années de camaraderie, de discussions sur l'art, de flâneries dans Paris, d'exaltation mutuelle, sur lesquelles nous n'avons que des informations fragmentaires en raison des « trous » de la correspondance. Les premiers chapitres de *L'Œuvre* en font entendre des échos. Zola habite successivement — avec sa mère — 62, rue de la Pépinière à Montrouge, 7, rue des Feuillantines, 142, boulevard du Montparnasse, 278, rue Saint-Jacques, rue de l'École-de-Médecine, 10, rue de Vaugirard. Il reçoit Cézanne, Baille, le sculpteur Philippe Solari, le journaliste Marius Roux. A partir de 1865, une autre femme est là ; Gabrielle Meley, la future Alexandrine Zola (qu'il épousera le 31 mai 1870). On « remue des tas d'effroyables idées, on examine et rejette tous les systèmes » (préface de *Mon Salon*, 1866). C'est pour toute la petite bande une époque de fièvre, de batailles, et de création. Zola publie désormais un livre par an : *Les Contes à Ninon*, en 1864, *La Confession de Claude*, en 1865, *Le Vœu d'une morte, Mon Salon, Mes Haines* en 1866. Cézanne, encore à Paris en 1864 et en 1865, travaille et songe à exposer. « Nos toiles, écrit-il à Numa Coste le 27 février 1864, feront rougir l'Institut de rage et de désespoir. »

Mais c'est l'Institut qui détient les pouvoirs. En 1865, le jury du Salon, s'il accepte Pissarro, Guillemet, l'*Olympia* de Manet — qui déclenchera un nouveau scandale —, refuse l'œuvre de Cézanne. Il décerne sa grande médaille à Alexandre Cabanel pour son *Portrait de l'Empereur*. Dans ses *Confidences d'une curieuse*, dont les archives de ses descendants conservent le manuscrit, Zola relève qu'on a préféré Cabanel à Corot, « ce qui achève de donner la juste mesure de l'esprit national : nous préférerons toujours un talent propret, bien peigné, discret et effacé, à un talent original, personnel et libre dans ses allures ». La référence à Corot, le maître des « paysagistes », marque une nouvelle fois ses goûts. La polémique, en 1865, est encore feutrée. Elle va se déchaîner en 1866, affermissant davantage la fraternité de Zola et de la nouvelle peinture, et associant en particulier, dans l'esprit du public, son nom et celui d'Édouard Manet. Il fait de ses comptes rendus du Salon pour *L'Événement*, en mai 1866, ceux-là mêmes qu'il réunit l'année même dans le volume intitulé *Mon Salon*, une machine de guerre contre la peinture académique, contre l'institution du jury, contre les grands genres, le « bitume », les Vénus bien léchées, les paysans de pastorales, la peinture en « caramel » et en « poudre de riz ». Et, répondant aux sarcasmes qui accueillent la peinture de Manet — surprenante pour des regards habitués depuis des siècles au dessin, à la perspective, au modelé des contours et des teintes — il hausse le ton du pamphlet et s'écrie : « La place de M. Manet est au Louvre ! » La postérité lui donnera raison, mais sur le moment c'est un beau charivari parmi les chroniqueurs et le public du Salon. Curieusement, *L'Œuvre* valorisera sur le mode burlesque l'ahurissement des visiteurs du Salon devant le *Plein air* de Claude, manifestement inspiré du *Déjeuner sur l'herbe* de Manet, mais ne tirera aucun parti de la belle bataille qu'avait menée Zola au cours de ces années, en véritable porte-parole, voire en « cogneur » de ce groupe de peintres qu'on appelle « paysagistes », faute de mieux (mais cela ne convient guère à Manet), que Zola lui-même préférait appeler « naturalistes », et qui ne trouvera son nom définitif qu'en 1874 : les impressionnistes.

Car l'offensive de mai 1866 n'est nullement isolée. Auparavant, Zola s'est battu pour faire rétablir le Salon des Refusés — en vain. En 1867, il commence un *Salon* dans *La Situation*, mais seul le premier article paraît ; au début de cette même année, il a cependant publié une longue et élogieuse étude sur Manet dans *La Revue du XIXe siècle*. En 1868, il rédige le *Salon de L'Événement illustré*, où il rend hommage à Pissarro, à Monet, au sculpteur Solari, etc. Ces démarches publiques ne sont que l'un des aspects du lien constant

qu'il entretient alors avec le monde des peintres. Il ne se contente pas
de visiter les Salons : il hante les ateliers — en dehors des heures
qu'il doit consacrer, jusqu au début de 1866, à la librairie Hachette,
et de celles qu'il consacre à son œuvre de journaliste et de romancier.
Sur les traces d'un paysagiste de la génération antérieure, Charles
Daubigny, Cézanne a découvert un coin perdu aux frontières de
l'Ile-de-France et de la Normandie : Bennecourt, près de Bonnières,
dans Le Mantois. Zola l'y rejoint, et y entraîne ses amis et leurs
compagnes. La joyeuse équipe tient ses assises à l'auberge du père
Faucheur, à Gloton, le hameau de Bennecourt : ce sera le thème du
chapitre VI de *L'Œuvre* — mais traité un peu de chic, et où l'on ne
retrouve sans doute pas le dixième des anecdotes et des plaisirs vécus
vingt ans auparavant dans le Bennecourt de la réalité. Zola y viendra
régulièrement jusqu'en 1871 (il s'y réfugiera en mai 1871, pour
échapper aux mesures de la Commune sur les otages). Monet y
séjourne en 1868, avec sa compagne et leur bébé : aux abois, il ne
paie pas ses dettes à l'aubergiste, il abandonne momentanément
femme et enfant (voir les lettres de Guillemet à Zola, publiées dans
Les Cahiers naturalistes, nᵒ 52, 1978, par Renée Baligand); le
souvenir de cette aventure passera dans le roman.

   Et de même, passera celui des soirées au café Guerbois, Grande-
rue des Batignolles. En mai 1866, Zola a quitté la rive gauche, pour
aller s'installer rue Moncey, aux Batignolles. En 1869, il passera
à la rue de la Condamine, où il restera jusqu'en 1874. Toute sa
vie, désormais, il restera fidèle à ce quartier. Et c'est au Guerbois
qu'entre 1866 et 1870 il a retrouvé régulièrement ses amis des
ateliers, ainsi que quelques autres écrivains et critiques qui les
soutiennent comme Edmond Duranty, Théodore Duret, Zacharie
Astruc. Il sera le témoin, en 1870, d'un duel — sans conséquences —
entre Manet et Duranty (pour quelques mots malheureux de celui-ci
sur le peintre). C'est « l'école des Batignolles ». Cézanne, assez
sauvage, et qui se partage entre Paris et la Provence, reste un peu à
l'écart. En tout cas, Zola est à ce point un des familiers de toute cette
extraordinaire génération de peintres et de critiques partisans de la
« nouvelle peinture », qu'il figure sur les deux témoignages pictu-
raux que nous ont laissés deux d'entre eux, Bazille et Fantin-Latour,
avec leurs *Atelier du peintre*. Ils le représentent en effet aux côtés de
Manet, Monet, Renoir, Sisley, Zacharie Astruc, Duranty. Aucun
autre écrivain de sa stature littéraire n'a mieux connu — pendant
plus de dix années — leurs aspirations, leurs mentalités, leurs
moyens d'existence, leurs manières de vivre, leurs difficultés, leurs
hésitations, leurs recherches, leurs faiblesses, leurs tourments et
leurs joies. Aucun autre écrivain n'a eu à ce point le privilège
d'assister à l'avènement d'une nouvelle ère dans l'histoire de la
peinture. Il en est resté marqué toute sa vie, et plus qu'on ne l'a dit,
non pas tant dans son attitude à l'égard des peintres et de la peinture

(car il est essentiellement un homme de récit et de langage), que dans son œuvre d'écrivain.

Tout cela explique assez bien qu'en 1868, lorsqu'il jette les bases d'un cycle ambitieux de dix romans réunis par une même trame familiale, Zola ait songé immédiatement à faire une place aux artistes. Il les voit d'ailleurs appartenant à « *un monde à part* », en dehors des quatre mondes principaux qui selon lui constituent la société : peuple, commerçants, bourgeoisie et grand monde. Dans ce « *monde à part* », marginal, l'artiste voisine avec « *la putain* », « *le meurtrier* » et « *le prêtre* ». La maison de passe, la prison, l'église et l'atelier, autant de lieux où le maudit voisine avec le sublime. Ce quatuor, apparemment paradoxal, baigne encore dans l'idéologie romantique, et *Les Misérables* ne sont pas loin. En tout cas la première liste de sujets établie par Zola place au troisième rang « *un roman sur l'art* », se passant à Paris (B.N. Manuscrits Nouvelles acquisitions françaises, Ms. 10345, f⁰ 23). Et l'avant-projet, remis à l'éditeur Albert Lacroix au début de 1869, développe le sujet en ces termes :

« *Un roman qui aura pour cadre le monde artistique et pour héros Claude Dulac, autre enfant du ménage ouvrier. Effet singulier de l'hérédité transmettant le génie à un fils de parents illettrés. Influence nerveuse de la mère. Claude a des appétits intellectuels irrésistibles et effrénés, comme certains membres de sa famille ont des appétits physiques. La violence |à laquelle il| qu'il met à satisfaire les passions de son cerveau le frappe d'impuissance. Tableau de la fièvre d'art de l'époque, de ce qu'on nomme la décadence et qui n'est qu'un produit de l'activité folle des esprits. Physiologie poignante d'un tempérament d'artiste à notre époque et drame terrible d'une intelligence qui se dévore elle-même.* » (B.N., Ms. N.A.f., n⁰ 10.303, f⁰ 62.)

Il est clair que dès les assises les plus lointaines et les plus profondes du roman, le détraquement héréditaire de Claude, joint à une folie propre à « l'éréthisme » de l'époque, sera la cause déterminante de l'échec et de la tragédie du personnage, en dehors de toute « source » biographique réelle.

Mais il faudra attendre plus de quinze années pour que le projet vienne à son terme. Il apparaît encore sur la liste, plus longue, constituée vers 1872. (B.N., N.A.f., Ms. 10.345, f⁰ 129). Dans *Le Ventre de Paris*, le personnage de Claude joue un rôle non négligeable. Il est vrai que Zola conçoit son portrait à l'image de celui de Cézanne : « *Figure longue, front accentué, visage arabe (C)* » (B.N., Ms. N.A.f., n⁰ 10.338, fos. 112, 105, 95. Voir *Le Ventre de Paris*, coll. Folio, éd. Gallimard). Mais c'est une commodité. Le déterminisme héréditaire qui modèle le destin du personnage est encore nettement affirmé sur l'Arbre généalogique des *Rougon-Macquart*, publié en 1878, en tête d'*Une Page d'amour* : « *Claude Lantier, né en*

1842. Mélange fusion. Prépondérance morale et ressemblance physique de la mère [la Gervaise de *L'Assommoir*]. *Hérédité d'une névrose se tournant en génie. Peintre.* » En 1882, dans son *Émile Zola, notes d'un ami*, Paul Alexis révèle les intentions autobiographiques de Zola, son désir de « raconter dans ce roman ses années de Provence » (et même de faire un voyage dans le Midi pour retrouver « la Provence vraie »), « de mettre à contribution ses amis, de recueillir leurs traits les plus typiques ». En réalité, Zola ne prendra pas la peine de retourner à Aix, et ses souvenirs d'adolescence seront condensés dans un unique chapitre de *L'Œuvre*, le chapitre II.

Pendant toute la période qui a suivi la guerre de 1870-1871, Zola n'a pas abandonné l'ancien petit groupe des Batignolles. Mais l'encombrement de ses travaux, l'extrême régularité de son emploi du temps, les obligations de ses relations littéraires, ont un peu desserré les liens. Il continue à les soutenir dans la presse, et par le crédit dont il dispose ici ou là. L'heure est encore à la bataille, les « impressionnistes » sont toujours moqués, et Zola sent que le moment n'est pas venu de composer un roman que sa donnée initiale condamne à finir en tragédie. Au contraire, il consacre chaque année un article à l'exposition indépendante qu'organisent ses amis peintres, à partir de 1874. Celui qu'il publie dans *Le Sémaphore de Marseille*, le 19 avril 1877, loue leur sens de « l'impression vraie des êtres et des choses », leur étude attentive « de la vraie lumière et du plein air », leur prédilection pour les thèmes modernes qui se prêtent à la saisie des silhouettes, des attitudes, des effets de mouvement et de lumière : les danseuses et les cafés-concerts de Degas, les gares de Monet, les visages de Renoir (« on dirait des Rubens sur lesquels a lui le grand soleil de Vélasquez »), les couleurs de Cézanne — « à coup sûr le plus grand coloriste du groupe ». Qui ose prononcer ces jugements à l'époque, à part lui et quelques marchands ou amateurs avisés, comme Durand-Ruel, Caillebotte ou Chocquet ? C'est plus qu'une critique de bonne camaraderie, c'est une véritable parenté du regard, et du langage, devant la nature et devant la ville.

Dans le même temps, Zola entretient des relations continues et très amicales avec plusieurs peintres, et notamment avec Antoine Guillemet, Édouard Manet et Paul Cézanne. Manet lui recommande un roman de son ami Philippe Burty, qui raconte les débuts de l'impressionnisme (*Grave Imprudence*, Paris, Charpentier, 1880). Il a fait en 1878 le portrait d'Alexandrine Zola. Zola intervient auprès de Guillemet, devenu un membre influent du jury du Salon, pour que Cézanne soit admis à exposer : ce sera enfin chose faite en 1882. Cézanne séjourne chez les Zola, à Médan, en 1880 et en 1885. Paul Alexis fait le lien entre l'auteur des *Rougon-Macquart* et le groupe des Batignolles ; il a fait approuver en 1873 un projet de véritable syndicat de peintres par Monet, Pissarro, Jongkind, Sisley, Béliard, Amand Gautier, Guillaumin : c'est de là qu'a surgi en 1874 la première exposition de la « Société anonyme coopérative d'artistes peintres, sculpteurs, graveurs », presque sur-le-champ baptisée « impressionniste », en raison de la toile de Monet qui porte pour titre : « Impression. Soleil levant. » En 1881, à la demande de Cézanne, Zola écrit une préface pour le catalogue d'une vente en faveur du peintre Cabaner, où figurent des toiles de Manet, Degas, Guillemet, Pissarro, Cézanne. En 1884, c'est lui qui écrit la préface du catalogue de l'exposition Manet. Enfin, pendant toutes ces années, s'échange entre lui et Cézanne une correspondance fraternelle : « Si j'ai pu traverser quelques petites mésaventures sans avoir trop à pâtir, lui écrit le peintre le 14 septembre 1878, c'est grâce à la bonne et solide planche que tu m'as tendue. » Tout cela forme un tissu d'amitiés durables, même si l'on ne voit plus guère Zola dans les cafés d'artistes ou dans les ateliers.

Même, aussi, s'il lui arrive d'exprimer des réserves. Dans *Le Messager de l'Europe,* revue russe de Saint-Pétersbourg, en juillet 1878, à la fin d'un article très fouillé sur le Salon de peinture (où ne figurent pas, et pour cause, ses amis, sauf Guillemet), il note que « si la révolution impressionniste est une excellente chose, il n'en est pas moins nécessaire d'attendre l'artiste de génie qui réalisera la nouvelle formule ». Ce qui signifie que cet artiste de génie n'est pas encore là. Un an plus tard, dans la même revue, il consacre plusieurs pages à l'exposition impressionniste de l'avenue de l'Opéra, et à Manet, qui, lui, a exposé au Salon. Au milieu des analyses techniques et des éloges, surgissent des jugements plus distancés : il arrive à Manet de s'égarer, de livrer des toiles imparfaites et inégales ; quant aux peintres impressionnistes, « ils pèchent tous par insuffisance technique ». Ce sont des « pionniers ». « Ils dédaignent à tort la solidité des œuvres longuement méditées ; c'est pourquoi on peut craindre qu'ils ne fassent qu'indiquer le chemin au grand artiste de l'avenir que le monde attend. » En 1880, enfin, dans *Le Voltaire* (18 au 22 juin), Zola constate que l'entrée de Renoir, de Degas et de Monet au Salon officiel est en train de séparer les artistes qui avaient constitué le groupe impressionniste. Mais ici le mouvement de l'article est inverse : après avoir regretté encore une fois que certains « se contentent d'ébauches trop rudimentaires », il leur consacre des pages plus enthousiastes que réservées. Dans les toiles de Monet, « l'eau dort, coule, chante avec une réalité de reflets et de transparence que je n'ai vue nulle part ».

Le discours qu'on entend dans *L'Œuvre* fait donc écho à l'ensemble des propos publics que Zola a tenus sur l'impressionnisme pendant les quinze années qui vont de 1866 à 1880. Il n'a pas cessé de s'émerveiller de la révolution que ses amis et leurs camarades apportaient dans la peinture. Il a su distinguer le génie de l'adresse : il épingle par exemple, au Salon de 1880, ces « impressionnistes adroits, ceux de la dernière heure », tels Bastien-Lesage et Gervex, « qui ont pris le vent et qui ont lâché l'École, lorsqu'ils ont compris où allait souffler le succès ». Prisonnier malgré tout d'une certaine admiration, littéraire, pour les rigueurs du métier, de la composition, de l'achèvement stylistique, et aussi il faut bien le dire, pour les grands maîtres du passé, dans la famille desquels il ne range, pour le XIXᵉ siècle, que Delacroix et Courbet, et peut-être Corot, il croit pouvoir regretter que la modernité n'affiche pas encore une véritable maîtrise. Mais à bien regarder le détail de ses articles, on s'aperçoit que ses palmarès n'ont pas été révoqués par la postérité. Et il ne mérite guère le dédain dont l'ont accablé certains critiques ou historiens de l'art, auxquels les reclassements effectués depuis un siècle par les musées et les collectionneurs ont épargné de prendre le risque du jugement et du pronostic.

Aucun roman d'Émile Zola n'avait été nourri de plus de souvenirs et de plus de réflexions personnelles. Mais, d'une certaine manière, le romancier aurait dû l'écrire plus tôt, au cours de ces années 1875-1880 où il s'intéressait encore de près aux batailles picturales. Quelques années plus tard, en 1885, après les deuils, les premières angoisses de la quarantaine, l'abandon du journalisme, les succès littéraires qui, quoi qu'il en eût, l'éloignaient d'un groupe d'artistes encore en proie aux incertitudes et en butte à la raillerie, après l'énorme effort de *Germinal* aussi, *L'Œuvre* risquait de ne pas retrouver la note exacte des fougues d'autrefois.

On ne saurait du reste, en étudiant les origines de ce roman, se limiter à la seule expérience vécue de l'auteur — disons vécue en dehors des livres. *L'Œuvre* n'est pas le premier roman du XIXᵉ siècle qui prenne pour personnages des artistes. Zola a lu ses prédécesseurs, et consciemment ou non, leurs modèles l'influencent. Il faut aussi laisser une part aux stéréotypes répandus, au moins depuis l'époque romantique, sur la malédiction qui frappe l'artiste, à la fois parce qu'il n'est jamais satisfait, jamais heureux dans la quête de la beauté et de l'originalité, et parce que ses contemporains le méconnaissent d'autant plus que son talent est plus novateur. Dans *Le Chef-d'œuvre inconnu* (1834), Balzac imagine un peintre, Frenhofer, halluciné par un désir de perfection absolue dans la peinture du corps féminin, et qui finit par se suicider. Parmi les peintres de *Manette Salomon,* des frères Goncourt (1867), l'un, Coriolis, ressemble par son tempérament à Claude Lantier, un autre, Garnotelle, à Fagerolles ; les théories de Chassagnol et de Sandoz sont comparables. Dans *L'Éducation sentimentale*, de Flaubert (1869), le peintre Pellerin fait le portrait d'un enfant mort — l'enfant de Rosanette. Il s'est créé ainsi un fonds commun, une vulgate des types de peintres de roman (avec en particulier l'opposition de l'artiste maudit, du raté, et de l'artiste adroit, bon faiseur et bon vendeur), qui s'est d'abord incarnée dans des personnages inspirés de la bohème et des « excentriques », puis, une génération plus tard, dans les types qu'offraient le Salon des Refusés, les expositions indépendantes, ou le café Guerbois : on la retrouve chez Duranty (*Le peintre Marsabiel,*

1867 ; *La Simple Vie du peintre Louis Martin*, 1872), chez Philippe Burty (*Grave Imprudence*, 1880) mais aussi, chez Zola, bien avant *L'Œuvre*, dans *Thérèse Raquin* (1867), avec le personnage de Laurent, dont la maladresse primitive se change en génie sous l'effet de la névrose.

LA PRÉPARATION

Germinal avait paru au début de mars 1885. Zola avait achevé le manuscrit le 23 janvier. Dès le 19 avril, il consulte Frantz Jourdain, sur les études d'architecture. Le lendemain, il demande rendez-vous à son ami le peintre Antoine Guillemet, pour l'interroger sur les aspects techniques du métier de peintre, et sur les Salons (qu'il connaît bien du point de vue du public, mais moins bien du côté des peintres et du jury). C'est en avril aussi qu'il parcourt Paris, à la recherche des effets de soleil sur la Seine, les quais, et les toits. On peut donc dater l'*Ébauche* de *L'Œuvre* de la première quinzaine d'avril 1885, au plus tard.

L'ébauche

Le début en est ambigu. Le roman aura pour personnage principal le peintre Claude Lantier. Mais Zola songe d'abord à prendre comme modèle sa propre « *vie intime de production, ce perpétuel accouchement si douloureux* » :

« *Avec Claude Lantier, je veux peindre la lutte de l'artiste contre la nature, l'effort de la création dans l'œuvre d'art, effort de sang et de larmes pour donner sa chair, faire de la vie : toujours en bataille avec le vrai, et toujours vaincu, la lutte contre l'ange* » (Ms. 10.316, f° 262).

Cet aspect autobiographique se transformera assez vite. D'emblée, la lutte intérieure pour la création reçoit une issue tragique :

« *Je grandirai le sujet par le drame, par Claude qui ne se contente jamais, qui s'exaspère de ne pouvoir accoucher de son génie, et qui se tue à la fin devant son œuvre irréalisée.* » « *Ce ne sera pas un impuissant, mais un créateur à l'ambition trop large.* » Il aura produit « *quelques morceaux superbes* ». « *Puis je lui donnerais le rêve de pages de décoration moderne immense, de fresque résumant toute l'époque ; et c'est là qu'il se brisera* » (f° 263).

Et Zola, emporté dès la deuxième page par le souvenir de ses amis, substitue d'autres modèles au premier, comme sans y prendre garde

Glissement bien naturel, qui va dans le sens de la vraisemblance, et de la commodité. Pour construire le caractère et la carrière de Claude, Zola n'a que l'embarras du choix. Celui des peintres qu'il connaît le plus intimement est Cézanne. Le nom et le prénom de ce dernier apparaissent dès la troisième page de l'*Ébauche*, tandis que Zola, cherchant pour son « *drame* » des « *points saillants* », imagine de faire exposer une toile de Claude au Salon des Refusés ·

> ...« *C'est une scène, toute la bourgeoisie se tordant, devant une toile vivante, et Claude avec un ami au retour, Cézanne et moi à nos retours... Ne pas oublier le désespoir de Paul qui croyait toujours trouver la peinture.* »

Il convient cependant d'être prudent dans la recherche des modèles. Car toutes sortes de souvenirs, d'idées, d'inventions, se superposent et se mêlent ici. Le début même de l'*Ébauche* en offre deux exemples : car le peintre à qui l'on doit penser, lorsque Zola cite ce rêve d'une « *fresque résumant toute l'époque* » et fait allusion au scandale du Salon des Refusés, est Édouard Manet, et non point Paul Cézanne. Quant au déséquilibre de Claude Lantier, il est dû au lien héréditaire qui le rattache à la famille imaginaire des *Rougon-Macquart,* plus qu'à aucun modèle réel :

> « *La question est de savoir ce qui le rend impuissant à se satisfaire : avant tout, sa physiologie, sa race, la lésion de son œil* » (f° 265).

Il est dû aussi à la crise psychologique et esthétique qui a secoué l'ensemble de la génération de 1860 : idée chère à Zola, qui l'a exprimée dès 1866, dans *Mes Haines.* De ce point de vue, le modèle de Lantier est légion :

> « *Je voudrais aussi que notre art moderne y fût pour quelque chose, notre fièvre à tout vouloir, notre impatience à secouer la tradition, notre* déséquilibrement *en un mot.* »

Zola a souci d'affirmer fortement que Claude n'est pas un raté. Des personnages de ratés, il va, certes, en placer dans le roman : ce seront Chaîne, Gagnière, Dubuche. Mais Claude, lui, est tout près du génie ; on devrait tout de même juger significatif, et à tout prendre d'une perspicacité assez étonnante pour l'époque, que Zola, pour mieux se comprendre lui-même, et situer exactement son propos, ait rapproché les deux noms de Manet et de Cézanne :

> « *C'est le génie incomplet, sans la réalisation entière : il ne manque que de peu de chose, il est un peu en deçà ou au-delà par sa physiologie ; et*

j'ajoute qu'il a produit quelques morceaux absolument merveilleux : un Manet, un Cézanne dramatisé ; plus près de Cézanne » (f° 265).

Toute la suite de la première partie de l'*Ébauche* a pour principal objet de diversifier la galerie des personnages : « *les amis de Claude, les comparses* », et une femme, « *une grande passion* », « *le collage tragique* ». Zola utilise sans complaisance ses amis de jeunesse : « *une sorte de Valabrègue qui avec des ambitions énormes et naïves dégringole au petit tableau insignifiant, à la miniature* » — celui-ci disparaîtra pour céder la place à Philippe Solari, clé initiale de Mahoudeau — ; « *Alexis, dramatisé et rendu mauvais, grand baiseur* » — d'abord destiné à un rôle de peintre, il se transforme très vite en journaliste et emprunte des traits à Duranty et à Zola lui-même ; « *un Baille, un employé ne tenant pas à l'art, qui fait un riche mariage, et qui tombe dans une bourgeoisie malade et épuisée (...) Lui, soucieux, plombé, maigri, vie ratée* » — la suite de l'*Ébauche* en fait « *un architecte qui épouse la fille d'un riche entrepreneur (...), compromettant les maisons du beau-père, et n'arrivant pas à bâtir les palais modernes que la fréquentation de mon école lui a soufflés* ». Dans la réalité, Jean-Baptistin Baille, condisciple de Zola et de Cézanne à Aix, ancien polytechnicien, ingénieur, était devenu directeur d'une maison d'optique (Voir Colette Becker, *Les Cahiers naturalistes*, n° 56, 1982, pp. 147-158). Quant à Paul Alexis (1847-1901), ancien Aixois aussi, journaliste, romancier, intrépide trousseur de jupons (jusqu'à son mariage en 1884), il restera sans fortune et mourra sans avoir cessé d'être le plus fidèle ami de Zola. Zola imagine aussi le type du vieux maître « *qui, après un chef-d'œuvre, lutte pour tenir son rang* » [...], « *mais rajeuni dès qu'il touche à la création* » sans cependant « *l'orgueil d'un Hugo ou d'un Courbet* » — ce sera Bongrand ; et « *un vaniteux énorme, toujours content, convaincu de ses chefs-d'œuvre, vivant dans une placidité de dieu* » — ce sera Chambouvard. Les deux images se précisent : le « *Vieux* » ne doit pas avoir plus de cinquante ans, et ce sera « *un Manet très chic, un Flaubert plutôt* » ; et l'autre sera « *l'artiste de génie (...) enflé de sa personnalité, sans critique, et qui est devenu Dieu : Courbet, Hugo* ». Restent un paysagiste « *toqué de musique* », le futur Gagnière, conçu d'après Édouard Béliard, ami d'Alexis et de Zola au cours de la décennie 1870, et « *un Gervex, le peintre à l'hôtel, qui empaume le bourgeois (...) : volant à Claude son idée et y appliquant un faire mou et bourgeois* » : dans le roman, c'est Fagerolles ; mais à la figure de Gervex, Zola surimpose également celle du peintre Breton « *faisant du Paris moderne avec les leçons d'un Cabanel* », et de manière plus inattendue, celle de Maupassant : « *le Gervex devient le Maupassant, très malin, tournant contre la bande, se mettant à part, cajolant les critiques, passant au boulevard* ». Les visages des années 80 s'ajoutent ici à ceux des années 60, pour créer des personnages aux modèles croisés, dans un jeu de réminiscences complexes où il serait bien vain de chercher des clés assurées. Ce discours secret de l'*Ébauche* de

L'Œuvre montre en tout cas que Zoda, par-delà son inaltérable courtoisie dans les relations quotidiennes, portait in petto sur ses amis littéraires des jugements parfois cruels. « *Le Valabrègue* », de même, devient « *le C se rétrécissant et accusant le maître d'avoir barré le chemin* » : si l'on suppose que ce C pourrait désigner Henry Céard, on constate que Zola devinait fort bien l'amertume des jeunes gens qui s'étaient d'abord donnés pour ses disciples, et qui désormais rongeaient leur frein de n'être pour la critique et le public que les « petits naturalistes », selon le mot de Brunetière.

L'Œuvre est donc un roman déguisé sur la société littéraire, presque autant que sur le monde des ateliers et des expositions. C'est également sensible pour la préparation des deux personnages du premier plan : Claude et Sandoz. Claude est un « naturaliste », au sens pictural du terme :

> « *Je le prends dans l'histoire de la peinture, après Ingres, Delacroix, Courbet. Delacroix romantique, grand décorateur. Courbet ouvrier classique, tous deux noirs et cuisinés au fond. Lui voudrait plus de nature, plus de plein air, de lumière. Décomposition de la lumière. Peinture très claire. Mais cela dans des toiles immenses, dans du grand décor. Et il y a un romantique au fond, un constructeur. De là, la lutte : il veut embrasser d'une étreinte la nature qui lui échappe.* »

Tout cela, notons-le en passant, reflète les aspirations profondes de Zola, plus que de tout autre. Les lignes qui suivent prouvent que l'écrivain n'a nullement abandonné l'idée de se peindre à travers Claude, et que, lorsqu'il se résigne à cet abandon, tout se passe comme s'il partageait son être intime entre les deux personnages. Cela nous vaut une profession de foi précieuse pour une biographie intérieure de l'écrivain :

> « *Si je me mets en scène, je voudrais ou compléter Claude, ou lui être opposé. D'abord, tout le côté philosophique : psychologie nouvelle, l'âme dans toute la nature, non plus prise à part, mais répandue partout ; l'homme, non plus vu dans le cerveau seulement, mais dans tous les organes ; les bêtes aimées, peintes ; les milieux complétant l'être, l'expliquant, etc. Enfin, la vaste création, prise et mise dans une œuvre. — Les témérités de langage, tout dire et tout montrer. L'acte sexuel, origine et entretien du monde, le plus important. — Puis les deux questions, le lyrisme, le coup d'aile qui résume la synthèse, emporte et agrandit. Puis le pessimisme : pourtant, la foi, l'acte générateur divinisé au fond. Et les contradictions, un commencement d'évolution, un début de XXe siècle : de là, les efforts inutiles, les luttes de Claude.* »

Il est difficile, cependant, de construire un personnage qui serait à la fois Moi et un Autre. De surcroît, toute l'œuvre passée de Zola atteste que l'équilibre et le dynamisme de ses romans sont fondés sur une distribution des personnages par couples : couples que créent, de manière naturelle, le désir et l'amour, mais aussi, plus profondément, couples de personnages à la fois antithétiques et complémentaires, et qui peuvent, soit se confondre avec les premiers (Laurent et Thérèse, Octave et Denise, Lazare et Pauline, Étienne et Catherine), soit au contraire démultiplier les structures de l'œuvre (Camille et Laurent, Lantier et Coupeau, Étienne et Chaval, Étienne et Maheu, Catherine et la Mouquette, etc.). Pas plus dans *L'Œuvre* que dans *Germinal*, et malgré la poussée des souvenirs, Zola ne peut échapper à cette logique, qui lui donne précisément la force de créer. Moi et l'Autre feront bien *deux* personnages, tout proches et pourtant tout différents, et en tout cas dépendant l'un de l'autre :

« *Mais je n'ai pas le couple, Claude et moi. Le mieux ce sera de ne me prendre que comme théoricien, de me laisser à l'arrière-plan, sans donner aucun détail net sur ma production. Ami de collège de Claude, travaillant de mon côté, bafoué, honni, avec du succès vers la fin ; et n'apportant que des idées sur les œuvres, une parité de tempérament ; mais moins absolu, cédant à ma nature et produisant, tandis que Claude se bute… Je n'apporterai que des idées, avec la fatigue, la pâleur du travail, sans détail ; tandis que toute la bataille de la production sera sur Claude* » (f°s 276 à 279).

La dernière partie de l'*Ébauche* reviendra sur les personnages de « *femmes* », et mettra en mouvement ce même mécanisme de création par dédoublement. Zola avait d'abord songé à faire de la compagne de Claude une ancienne fille entretenue, une habituée des « *bastringues* », « *pas une vierge, bien sûr,* […] *une fille de Paris qui a roulé très jeune* ». Mais ce type de « *la fille* », de « *l'éternelle fille* » est bien usé, y compris dans l'œuvre passée de Zola. Celui-ci s'en rend compte et décide de prendre au contraire « *une bourgeoise, une demoiselle de seize ans sans fortune* », mais avec « *de la passion, une âme et une chair ardentes* ». L'érotisme de sa première nuit d'amour avec Claude sera ainsi plus subtil et plus tendre. Cependant, comme Zola n'aime rien laisser perdre, la défroque de « *la fille* », abandonnée par Christine, servira pour une autre : ainsi surgit Irma Bécot, « *petite femme très gentille, et très baiseuse* », qui sera « *la maîtresse de Gervex* », qui prendra un malin plaisir à débaucher Claude pour une nuit, et qui compensera, par sa « *bonhomie* » et sa « *gaieté* », le côté orpheline méritante et malheureuse de Christine. Le contraste entre leurs deux physionomies et leurs deux destinées sera d'autant plus net qu'Irma Bécot, « *d'abord petite sauteuse sans conséquences* », finira « *très chic* », en cocotte célèbre, « *une Valtesse* » — Valtesse de la Bigne, qui fut un des modèles de Nana. Mais la vraie rivale de la brune Christine n'est pas la blonde Irma ; c'est la peinture même, thème qu'annonce la fin de l'*Ébauche* : « *Ne pas la faire jalouse d'une femme, elle n'est que jalouse de la peinture. De là le désir expliqué qu'il s'oublie avec Irma.* »

Les premiers plans et les fiches « personnages »

Un plan général succéda à l'*Ébauche*, avant même que Zola n'eût donné un nom à ses personnages, sauf pour Claude et Irma (dans l'*Ébauche*, les autres ne sont désignés que par le nom de leur « modèle » : « *le Gervex* », « *le Baille* », etc.). Le schéma général ainsi construit ne devait plus guère changer [1] :

> « *La passion, la bonhomie, la gaieté.*
> *Genèse de l'œuvre d'art, la nature embrassée et jamais vaincue.*
> *Lutte de la femme contre l'œuvre, l'enfantement de l'œuvre contre l'enfantement de la vraie chair.*
> *Tout un groupe d'artistes.* (fº 1).
> 1. [|octobre| juillet] [*en action*]. — |Arrivée de l| *La maîtresse chez Claude. Atelier. Tous les deux posés. Dessin de la gorge. Demande de pose. Tout jusqu'au départ.*
> 2. [| octobre| juillet] [*en récit*]. — *Claude, moi, puis l'architecte. Le tableau posé. Toute notre amitié à Plassans. Toutes mes idées posé* (sic). *Les trois posés, Plassans et Paris. Moi je pose. Toutes mes théories. L'art, historique et où l'on en est.*
> 3. [| octobre| juillet] [*en action*]. — *Chapitre pour poser tous les personnages secondaires. Une soirée chez moi. Promenades dans Paris. Le vieux qui décline. Irma Bécot avec le Gervex. Discussion. La bande, l'école.*
> 4. [| octobre| juillet à mai] [*en récit*]. — *La maîtresse reparaît. Camarade chez Claude. Le duel peut-être. Voir un cadre général. Je voudrais un fait dramatique. Le tableau fini.*
> 5. [*mai*] [*en action*]. — *Le salon des refusés. Grandes discussions avec moi. Tous les amis reparaissent. Le dieu passant dans le fond. A la fin du chapitre, Claude |tombant| pleurant et couchant avec la maîtresse. Le Baille avec Irma.*
> 6. [| deux| deux ans]. — *La passion de la maîtresse et de Claude* [*comment ils vivent*]. *A la campagne sans doute. Habitant |Vétheuil| Bennecourt ou autre. Grosse. Jusqu'à Claude repris. Des amis (à voir). Irma Bécot amenée par | le Baille| l'Alexis. La future propriété du Baille* (fº 2).
> 7. [*un an*]. | Le mariage.| [*Retour à Paris, autre atelier*]. *Tous les amis reparaissent. Autre dîner chez moi, ou soirée. Le vieux qui décline. Irma Bécot plus chic.* — *Le Baille va se marier.*
> 8. [*en accolade sur 8 et 9 : 10 à 12 ans*]. [*Trois années s'écoulent. Le mariage. Je voudrais une scène là. Le mariage doit être le cadre.*]. *L'idée première du tableau. Vie à Paris, Claude se détachant de la maîtresse,*

---

1. Nous plaçons entre deux traits verticaux les mots rayés par Zola, et entre crochets les mots qu'il a ajoutés en interligne.

qui lutte et déchoit de jour en jour. Le grand tableau renvoyé de Salon en Salon.

9. [*sept ans*]. *Profonde misère. La maîtresse travaillant, oubliée.* [*pas mère*]. *Irma Bécot tolérée par elle.* [*autre atelier plus misérable*]. *L'enfant mort et peint.* — *La lutte* |, une| *de Christine, une violence* [*une scène de bataille*]. *Le tableau renvoyé de salon en salon, les autres refusés. La pose.*

10. [*mai*]. *Le Salon, tous reviennent, très brillant.* [*le Gervex, le vieux, le dieu repasse*]. *Claude s'en va seul, pas de discussion avec moi. Un mot de la maîtresse qui est venue seule avec* [*un mot illisible*]. *Fin très triste* [*mais pas de larmes*] *Comment il rentre chez lui, ou plutôt sa maîtresse l'attend. Poser déjà le suicide.* [*une visite au motif*].

11. [*mai*] — *Un chapitre avec moi, dernier jeudi, tous finis et débandés. Visite au Baille et à ses enfants. Le vieux qui décline. Claude retourne à la campagne, où il a été heureux. (Les trois chapitres se suivent dans le même élan).*

12. [*mai*] — *Tout le drame de la maîtresse avec Claude. Elle sent la mort et lutte. Grande misère. Il lui échappe, va revoir le motif, et se pend devant la toile* — *L'enterrement* [*le dieu*], *entretien du vieux et de moi. La maîtresse devenue bonne.* »

Les fiches signalétiques des *Personnages*, dont la rédaction suit celle du Plan général, précisent les traits physiques, la mentalité, la carrière de tous ceux qui composent « *la petite bande* ». Zola met à profit les souvenirs qu'il a gardés de ses propres camarades, au temps de leur jeunesse. Il ajoute des traits aux silhouettes déjà crayonnées dans l'*Ebauche*. Les uns sont authentiques, d'autres sont, selon son propre mot, « *transformés* », retouchés. Un biographe de Zola ne devrait donc utiliser ces fiches qu'avec beaucoup de circonspection. Le romancier rappelle les farces de jeunesse d'Alexis, son « *caractère insinuant, souple, et faisant ses affaires, en ayant l'air de plaisanter* », « *les allures lentes et lourdes* » de Chaillan, la carrière avortée de Béliard ; mais il change les origines familiales : d'Alexis, fils d'un notaire, il fait le fils d'un président de chambre, et si Mahoudeau a pour père un tailleur de pierres de Plassans, Solari était le fils d'un quincaillier, etc. Il diversifie les procédés de superposition : Bongrand, « *le vieux maître* », a peint une noce de campagne, qui fait songer à Millet pour ses paysans, et, par antiphrase, à Courbet pour son *Enterrement à Ornans*, mais il a rapporté d'Espagne « *des toiles superbes* », détail auquel on pourrait reconnaître Manet ; sa bonhomie paternelle à l'égard des jeunes fait songer à Daubigny ; enfin son aisance matérielle, son père « *passionné pour l'histoire naturelle* » et ses angoisses d'artiste sont des traits empruntés à Gustave Flaubert ! En réalité, Zola tente de synthétiser en chacun de ses personnages tout un courant, toute une tendance de l'évolution de la peinture. Mais il le fait en mêlant des éléments de personnalité et de carrière, de vision picturale, arrachés superficiellement à des peintres fort éloignés les uns des autres : cela suffit, certes, à empêcher l'attribution à chacun d'une source unique, et à construire un système de personnages ne se définissant que par leurs oppositions mutuelles ; mais cela se paie par des effets de raideur psychologique, de lourdeur appliquée, d'artifice dans la distribution des rôles, qui nuisent à l'authenticité du témoignage (si l'on voulait tenter une lecture « réaliste » du roman), et à la finesse des structures (si l'on voulait n'y voir qu'un jeu de destinées divergentes).

Reste Claude Lantier. Nous avons déjà dit ce qu'il faut penser de son identification à Paul Cézanne. Si aucun des personnages secondaires ne se laisse ramener à un seul modèle, il serait bien étonnant que le personnage principal ne ramasse pas, lui aussi, une multiplicité de traits hétérogènes. Paradoxalement, le dossier préparatoire est fort peu prolixe à son sujet, et il faut chercher, comme M. Patrick Brady et M. Niess l'ont fait dans leurs livres sur *L'Œuvre,* des rapprochements entre son histoire et celle des peintres que Zola a connus.

Claude Lantier ressemble à Cézanne par sa physionomie, par son enfance aixoise, par ses amitiés de collège, et aussi par son caractère : sa timidité, sa maladresse, son affectation de mépris devant la femme, son intransigeance brutale et ses coups de tête. Il partage certains aspects de son style pictural. Comme Cézanne enfin, il se heurtera jusqu'au bout à l'hostilité du jury. *L'Enfant mort* n'est reçu que par une « charité » de Fagerolles, de même qu'une toile de Cézanne n'a été reçue au Salon de 1882 que sur la recommandantion de Guillemet.

En revanche, c'est à Manet que fait penser son rêve de sujets vastes et modernes, de lieues de murailles à couvrir, de gares et de halles à décorer. Son maître Berthou, l'auteur de *Néron au cirque,* est une réplique de Thomas Couture, dont Manet suivit les leçons pendant six années. Le succès burlesque de *Plein air* fut celui-là même du *Bain* (ou *Déjeuner sur l'herbe*), au Salon des Refusés, en 1863. Par son contenu et ses effets, *Plein air* est imaginé en partie d'après *le Bain.*

La vie sentimentale de Lantier fait penser à Cézanne, mais aussi à d'autres peintres, parmi ceux que Zola a connus : Manet lui-même, Guillemet, Pissarro, Monet. Celui-ci, dans un moment de misère, en 1868, a tenté de se suicider. Comme Lantier il sera considéré comme un chef d'école.

Pour la scène du dernier Salon, et le désespoir de Claude devant l'accueil qui a été fait à son *Enfant mort,* M. Brady propose le nom d'André Gill. Jehan Valter, dans *Le Figaro* du 2 mai 1885, racontait la crise de folie qui saisit André Gill au Salon de 1882, avec des détails dont Zola semble s'être inspiré :

« *Le 1er mai, le jour de l'ouverture du Salon, Gill voulut juger par ses yeux de l'effet que produisait son tableau. A la première heure, il était au*

*Palais de l'Industrie, où il le chercha d'abord sans le trouver ; puis, il
finit par l'apercevoir, accroché tout en haut en troisième ligne, dans les
frises. Alors il y eut pour lui une déception et un froissement d'amour-
propre. Le sang lui monta au visage. Il balbutia quelques mots et sortit.
   Des amis le rencontrèrent dans la soirée, errant seul, sur le boulevard
Il divaguait de nouveau et ne reconnaissait plus personne. Le lendemain
il fallut le reconduire à Charenton. »*

   Le suicide de Claude, qui pouvait rappeler la tentative de Monet, a
été rapproché par plusieurs commentateurs — J. Rewald,
R.-J. Niess, P. Brady — du suicide du peintre Jules Holtzapfel, qui
se tua d'un coup de revolver, en avril 1866, à la suite du refus de ses
toiles par le jury du Salon. Zola, sans se dissimuler que cette mort
pouvait avoir d'autres causes, l'avait fait servir à « *grossir le dossier de
ses griefs contre le jury* », dans un article intitulé « *Un suicide* », publié
par *L'Événement* le 19 avril 1866. L'analogie est cependant incomplète : car Holtzapfel avait fait admettre des toiles dans plusieurs des
Salons antérieurs.
   Enfin, l'enterrement de Claude est décrit à l'image de ce que
furent les obsèques de Duranty, en avril 1880. Duranty n'avait-il pas
été dans la vie littéraire ce que Claude devait être dans la peinture ?
l'homme d'une formule neuve — le Réalisme — « *qui n'a pas eu le
génie assez net pour la planter debout et l'imposer dans une œuvre définitive* ». La misère dans laquelle il laissait sa compagne est un autre et
dernier point de rapprochement. Sandoz viendra en aide à Christine,
de même que Zola, à plusieurs reprises, a secouru Pauline Duranty.
   Il semble ainsi amplement prouvé que Claude Lantier n'est pas
seulement, ni même principalement Paul Cézanne. Ce qu'il tient de
Cézanne, c'est son enfance et sa jeunesse, la partie heureuse de sa
vie. Ses échecs, sa misère, son néant final, viennent d'ailleurs. Plus
d'une demi-douzaine de personnages — Zola y compris — lui ont
prêté de leur existence, à parts égales, sans parler de ce qu'il doit
tout simplement à l'*invention* dramatique. Le miracle est que le
personnage n'en ait pas moins acquis une unité. C'est cette unité, et
cette intensité sauvegardées, qui, paradoxalement, ont porté préju-
dice à Zola : car elles ont empêché les lecteurs prévenus, et sans
doute Cézanne tout le premier, de rapporter à chacune des multiples
sources du personnage ce qui lui revenait.

   Le premier plan détaillé conserve la disposition en douze chapitres. Il abandonne l'idée du duel (souvenir du duel entre Manet et
Duranty) et celle de la visite de Christine au Salon. On y trouve en
revanche des éléments qui disparaîtront : par exemple un début en
flash-back, Claude se réveillant, trouvant Christine endormie dans sa
chambre, et se remémorant la scène de la nuit ; Sandoz posant pour
un personnage de batelier, sur la toile de Claude ; Jory apparaissait
au chapitre III avec une fille ramenée de Plassans ; une errance de la

bande de brasserie en brasserie ; une grande explication entre Claude et Christine dans le chapitre IX (elle sera reportée au chapitre XII). Il manque encore des personnages secondaires : Mathilde, Malgras, Naudet ; les descriptions de l'atelier de Claude et des paysages parisiens ; les théories de Sandoz sur l'art. L'ensemble des événements s'étend sur quinze années. Zola a conscience de l'extrême rapidité de son récit, et de la disproportion entre des chapitres qui occupent quelques mois et d'autres qui englobent plusieurs années (douze pour le VII et le VIII). Mais il ne réussira pas à atténuer complètement cet effet. Enfin, dans ce premier plan détaillé, apparaissent nettement, et la progression dramatique de l'ensemble — du travail heureux et confiant du chapitre I à la rage désespérée du chapitre XII — et l'entrelacement des thèmes complémentaires : scènes d'atelier, visites de Sandoz, flâneries dans Paris, visites du Salon, selon une sorte de combinatoire à trois variantes : les tête-à-tête de Claude et de Christine, les tête-à-tête de Claude et de Sandoz, et les réunions de la bande entière. Autant de cellules narratives et descriptives qui n'attendent plus que les dialogues : « *la discussion*, note Zola dans le premier plan du chapitre V, *nos anciennes discussions avec Paul, la tête sonnante, bourrée de peinture.* » Hélas ! De ces discussions fiévreuses et passionnées, on n'entendra pas le son authentiquement restitué, mais seulement un écho qu'assourdissent les certitudes du Sandoz de 1885.

LA DOCUMENTATION

Après avoir construit son premier plan détaillé, Zola constitua plusieurs dossiers documentaires, dont il répartit ensuite les références en notes additionnelles, à la fin de chacun des chapitres du plan, et avant de refondre le tout dans un second plan détaillé.

Le dossier des *Notes Guillemet*, qui résulte d'un ou plusieurs entretiens avec Antoine Guillemet (à la fin d'avril 1885), contient d'abondantes informations sur le travail des peintres et des sculpteurs, la vente des toiles, le monde des marchands et des amateurs, la préparation du Salon. Zola y trouva notamment l'idée de ses deux marchands de tableaux et de l'amateur (Hue). D'une visite à l'architecte Frantz Jourdain (à qui il avait déjà eu recours lorsqu'il préparait *Au Bonheur des Dames*), il tira une série de notes sur l'École des Beaux-Arts et les ateliers d'architecture, qui lui permit de compléter le personnage de Dubuche. Henry Céard, qui avait déjà fourni, si l'on peut dire, la partie musicale de *Pot-Bouille,* l'informa sur le style des grands musiciens européens des XVIIIe et XIXe siècles, et l'aida ainsi à préciser le côté mélomane de Gagnière.

L'enquête personnelle — sur « le motif », auraient dit ses amis peintres — a également étoffé, dans une importante proportion, la documentation de *L'Œuvre*. Le Salon de peinture s'ouvrit au Palais des Champs-Élysées le 1er mai. Comme chaque année, Guillemet fournit à Zola une carte d'entrée. C'est de cette visite que sont issues les notes sur le *Salon :* notations instantanées, mots attrapés au vol, un reportage très « impressionniste » qui a engendré les pages les mieux enlevées du roman. En avril-mai, Zola parcourut également les quais et les ponts de la Seine, de l'île Saint-Louis au pont des Saints-Pères, et releva tous les aspects du paysage : la topographie, l'agitation des quais et des ports, la course du soleil, les effets de ciel, la succession des plans et des perspectives, tout ce qui devait servir pour dépeindre les errances et les immobilisations de Claude à travers Paris. Enfin c'est sans doute plus tardivement, vers le début de l'hiver 1885-1886, au moment même de rédiger le dernier chapitre, qu'il suivit l'itinéraire du boulevard Ornano au cimetière de Saint-Ouen, où Duranty avait été inhumé en avril 1880 : car tous les dédales — « *les loques éclatantes qui grelottent dans l'hiver* », « *les poteaux télégraphiques et les fils, maigres sur le ciel, dans le brouillard* », « *le jaune éclatant de l'immortelle fraîche* » sur les tombes — évoquent plutôt l'époque de la Toussaint.

Avant même d'utiliser ces documents pour nourrir de substance vivante — quoique exploitée parfois de façon un peu trop didactique — une ossature romanesque bâtie sur beaucoup de souvenirs, quelques idées et une intrigue assez mince, Zola en tira parti pour modifier quelques épisodes, comme on le voit dans le second plan détaillé. En particulier, il introduisit dans le roman le père Malgras, ajouta au chapitre IV l'épisode de la pose de gorge, fit un sort à l'hilarité des bourgeois devant la toile exposée par Claude au Salon des Refusés, et construisit une grande partie du chapitre X à partir des *Notes Guillemet*.

LA RÉDACTION ET LA PUBLICATION

Zola commença à écrire le 12 mai 1885. Il s'installa à Médan le 30 juin. Il hésitait encore sur le titre qu'il avait retenu entre une cinquantaine d'autres auxquels il avait songé : *L'Œuvre*. Mais il ne trouva pas mieux. « C'est en effet, écrira-t-il à Van Santen Kolff le 26 juillet, l'histoire d'une œuvre, la genèse et le drame de l'œuvre dans le cerveau d'un artiste. »

Cézanne, pendant ce temps, séjournait à La Roche-Guyon, puis à Villennes, puis à Vernon, et enfin, à partir du 22 juillet, à Médan, où il resta quelques jours. Mais sa présence n'était pas de nature à infléchir en quelque sens que ce fût la logique du roman. Tout au plus, le spectacle de son désarroi, qui avait pour cause une malheureuse aventure sentimentale avec la servante du Jas de

Bouffan, n'était-il pas fait pour inciter Zola à rendre moins sombre la destinée de son personnage.

Comme Edmond de Goncourt avait laissé percer, par l'intermédiaire du *Figaro*, son inquiétude de voir *L'Œuvre* plagier *Manette Salomon*, Zola répliqua dans le même journal par une note laconique : « Il ne s'agit nullement d'une suite de tableaux sur le monde des peintres, d'une collection d'eau-fortes et d'aquarelles accrochées à la suite les unes des autres. Il s'agit simplement d'une étude de psychologie très fouillée et de profonde passion. » Goncourt, dans son *Journal*, fulmina : « Va, va, mon gigantesque Zola, fais simplement une psychologie comme celle du ménage de Coriolis et de Manette ! » Daudet s'entremit. Zola lui répondit : « J'avoue que Goncourt commence à m'énerver, avec sa manie maladive de crier au voleur. » Les relations entre Zola et ses deux confrères tournaient à l'aigre, sous les dehors d'une parfaite amitié, et en dépit de son souci de « serrer les rangs ».

Le 8 août, les Zola partirent pour le Mont-Dore où ils restèrent jusqu'au 3 septembre. Au retour à Paris, un quart du roman, seulement, était rédigé. En octobre, il fut retardé par la campagne que mena Zola contre la censure qui frappait l'adaptation de *Germinal*. Il parvint à la deuxième moitié de son livre vers la mi-décembre. Le *Gil Blas* en commença la publication en feuilleton le 23 décembre 1885, alors même que l'auteur était loin du terme. Goncourt, lisant les premières livraisons, nota, toujours aimable : « Ce commencement de *L'Œuvre* de Zola, ça a l'air de l'ouverture d'un roman de Restif de la Bretonne. » Il fallut encore deux mois de travail pour parvenir à la dernière page manuscrite, qui porte cette mention : « Fini le 22 février 1886 ». Le dossier était resté ouvert une année entière. Ce jour-là, Goncourt, lisant le chapitre IX, continuait à exhaler sa rancune : « C'est particulier chez Zola, comme le dialogue est toujours d'un manœuvre, jamais d'un artiste (...) Ce sont toujours des charpentiers qui parlent dans *L'Œuvre*. »

Le feuilleton s'acheva dans le *Gil Blas* le 27 mars 1886. Le volume parut aussitôt et fut annoncé dans la *Bibliographie de la France* du 2 avril. Et Goncourt ne put se retenir d'un dernier jugement au vitriol, toujours dans le secret de son *Journal* :

« Voici ma critique à vol d'oiseau sur *L'Œuvre*. Bonne construction du roman *vieux jeu*, du roman fabriqué par un faiseur vulgaire. — L'amour de Christine joliment et délicatement posé dans cette succession de chastes visites faites au peintre, mais un amour commençant et finissant par deux situations *non vraies* et qu'a seul pu trouver vraisemblables un ignorant de la pudeur de la femme comme Zola. — J'aime à rencontrer Zola dans ses livres, c'est au moins un humain qu'il a étudié, — et il semble en avoir connu si peu, d'humains, hommes ou femmes ! Mais vraiment, dans un seul roman, le trouver fabriquant de sa personnalité dux individus, Sandoz et Claude : c'est trop. Bientôt, à l'instar d'Hugo, tous les personnages des livres de Zola seront des Zola et je ne désespère pas que prochainement, il s'introduise en personne dans ses héroïnes... Oh là là, ce sera *mince* de distinction ! Il est au fond à mourir de rire, le Zola de *L'Œuvre*, le Zola de l'imprimé !... Oh le tendre, le caressant, l'affectueux bonhomme, et qui apparaît, lorsqu'il donne un gigot et de la raie à ses amis, comme le Christ naturaliste partageant sa chair et son sang avec ses disciples ! Puis il le fait un peu trop violemment à la piété filiale, à la *croix de ma mère,* et avec toutes les affiches de sentimentalité, usées jusqu'à la corde dans la vie courante pour le peintre Marchal.

Quant aux idées révolutionnaires en art de Zola, c'est partout un rabâchage patent des tirades et des *morceaux de bravoure* de Chassagnol et des autres. Et partout, et plus qu'ailleurs, partout des *démarquages*. Je ne veux en citer qu'un seul. A la fin de *Manette Salomon*, Coriolis est pris d'une folie de l'œil, il ne veut plus en ses toiles et ses tableaux que de la lumière de pierre précieuse. Eh bien, le Claude de Zola, avant de se tuer, est pris de la même folie. Mais sacredieu ! c'est un roublard que mon Zola, et il en sait un peu tirer parti, de la folie de l'œil qu'il m'a chipée ! Il fait peindre à son artiste des rubis dans le nombril et les parties génitales de son modèle ; et cette folie empruntée aux dernières années de Turner, cette folie tout bonnement esthétique, cette folie désintéressée et improductive chez moi, par la note cochonne, obscène qu'il y ajoute, à lui, ça lui vaudra la vente de quelques milliers d'exemplaires de plus. Et la pendaison de la fin, ne dirait-on pas que c'est un dénouement venu de la fréquentation de Busnach ?

Au fond, Zola n'est qu'un ressemeleur en littérature, et maintenant qu'il a fini de rééditer *Manette Salomon,* il s'apprête à recommencer *Les Paysans* de Balzac. »

Céard envoya à Zola des compliments de courtoisie. Alexis se reconnut dans Jory, et crut reconnaître Flaubert et Cézanne. Il en fut tout ému : « Notre jeunesse à tous, est dans ce livre. » Déjà s'affirmait, parmi les plus proches amis de Zola, cette lecture superficielle qui identifiait Claude à Cézanne. On a longuement glosé sur la lettre que ce dernier écrivit à Zola. Elle est assez ambiguë, dans sa rédaction ampoulée (mais d'autres lettres antérieures de Cézanne à Zola ne sont pas moins cérémonieuses), pour pouvoir être interprétée en plusieurs sens :

« Gardanne, 4 avril 1886.

« Mon cher Émile, je viens de recevoir *L'Œuvre* que tu as bien voulu m'adresser. Je remercie l'auteur des *Rougon-Macquart* de ce bon témoignage de souvenir, et je lui demande de me permettre de lui serrer la main en songeant aux anciennes années.

Tout à toi sous l'inspiration des temps écoulés

Paul Cézanne.

à Gardanne, arrondissement d'Aix. »

Cependant, ce qui ne paraît pas équivoque, c'est le silence qui la suivit — jusqu'à la mort de Zola. La publication de *L'Œuvre* semble bien avoir rompu les relations mutuelles des deux amis de jeunesse. Zola, apparemment, ne fit rien pour dissiper ce qui n'était qu'un malentendu. Il savait pourtant ce que Claude devait à d'autres peintres, et tout simplement ce qu'il devait aux contraintes du genre romanesque. Mais il connaissait aussi, mieux que personne, son ancien ami, et il savait que, l'ayant involontairement blessé, il était vain d'espérer le ramener à lui.

Les autres peintres de l'ancienne « petite bande » exprimèrent eux aussi une déception. Guillemet s'était d'abord réjoui à lire l'évocation de Bennecourt, dans le *Gil Blas*. Puis la lecture du volume en entier lui inspira une tristesse qu'il confia à Zola, le 4 avril 1886 : « Tout le monde y est découragé, fait mauvais, pense mauvais. Gens doués de génie et ratés finissent tous par faire mauvaise besogne : vous-même à la fin du livre êtes tout démonté et voyez tout en noir ´) Pourvu mon Dieu que la petite bande, comme dit Mme Zola, n'aille pas vouloir se reconnaître dans vos héros — si peu intéressants car ils sont méchants par-dessus le marché. » Certes, elle se reconnaissait : les peintres, pas plus que le reste du public, ne sont à l'abri d'une lecture qui confond le roman et la réalité. Monet écrivit sans ambages à Zola : « Je reste troublé, inquiet, je vous l'avoue (...) je lutte depuis un assez long temps et j'ai les craintes qu'au moment d'arriver, les ennemis ne se servent de votre livre pour nous assommer. »

Et pourtant, chacun proposait des « clés » différentes. Si Guillemet songeait à Cézanne, Monet citait Manet, et Frantz Jourdain évoquait le destin de son propre frère, Gaston Jourdain. Octave Mirbeau admirait dans Claude l'expression de ses propres douleurs : « Un moment, je vous en ai voulu de voir si clair dans le cœur et le cerveau de l'homme. Mais vous avez entouré ce pauvre Lantier d'une telle tendresse, d'un tel charme de pitié, il y a dans votre génie si fier une bonté si simple, que j'ai pensé que vous pourriez peut-être m'aimer, moi aussi, et me plaindre » (lettre du 19 avril 1886). Cette lettre ouvrait le chemin à une critique du type d'être et de situation imaginé par le romancier et tournait le dos à une interrogation anecdotique sur ses prétendues sources. Mais c'était une exception.

La critique professionnelle ne fut pas moins décevante. Armand de Pontmartin, dans *La Gazette de France* du 16 mai 1886, s'effarouchait devant la « lubricité » du dernier chapitre, « dépassent tout ce que nous inflige, depuis dix ans, l'école naturaliste ». Gustave Geffroy dans *La Justice* du 12 mai 1886, s'attacha longuement aux anachronismes du roman. Il nota toutefois la parenté et la complémentarité de Claude et de Sandoz. Beaucoup de critiques restaient sous l'empire des dernières pages du livre. Dancourt, dans *La Revue générale*, en mai 1886, rapprochait le suicide de Claude et celui de plusieurs personnages de Hugo : Claude Frollo, Gilliatt, Javert, Gwynplaine. « Zola ira-t-il plus loin dans cette vie aussi lugubre, demandait Marcel Fouquier (*La France*, 2 mai 1886), que l'allée de cimetière où le peintre Bongrand et le romancier Sandoz devisent mélancoliquement de la vanité de toutes choses, tandis que le vent disperse la fumée des vieilles bières pourries ? » Et Jules Lemaître renchérissait : « Vous trouverez, presque à chaque page, une tristesse affreuse, une violence de vision hyperbolique, qui accable et qui fait mal. Nul n'a jamais vu plus tragiquement tout l'extérieur du drame humain. Il y a du Michel-Ange dans M. Zola. Les figures font penser à la fresque du *Jugement dernier*. J'attends avec impatience son prochain cauchemar. S'il ne sort de Médan, il finira par des livres d'un naturalisme apocalyptique, qui pourront, d'ailleurs, être fort beaux » (*La Revue politique et littéraire*, 17 avril 1886). A quoi Albert Dethez répondait dans *Le Siècle* du 18 avril en montrant ce que la mélancolie latente à travers tout le roman laissait néanmoins subsister de passion pour l'art, de mépris pour les habiletés et les capitulations de l'arrivisme, de pitié pour la souffrance humaine, et d'espérance dans la fécondité du travail. Et un critique du *xixe siècle*, le 17 avril, opposant *L'Œuvre* à *Manette Salomon*, dégageait l'essentiel : « Zola, brusquement, a élargi les choses et nous a mis en face de deux passions : la passion d'un artiste pour son art, la passion d'une femme pour l'homme qui la dédaigne et qui lui préfère son œuvre (...) Le livre, d'ailleurs, est merveilleusement composé, souvent pittoresque, d'une audace tranquille, hautaine et large (...) Et cette *œuvre*, cette œuvre grandiose de Claude, dans laquelle, par une hantise singulière et malaisément explicable, le peintre veut toujours dresser une femme nue « aux cuisses énormes », qu'est-ce sinon l'œuvre même de Zola ? La femme nue « aux cuisses énormes », mais c'est Gervaise, c'est Nana, c'est Pauline, c'est la Mouquette, toutes ces gaillardes (...) qui sont les mères, les filles ou les sœurs des *Rougon-Macquart*. » Dans cette page anonyme, une des plus intelligentes qu'ait suscitées la lecture de *L'Œuvre*, un critique découvrait enfin que le roman — même un roman à clés, même un roman à thèse — est avant tout une « composition », et un discours symbolique, et qu'il faut l'analyser et le juger là-dessus. Mais sa voix resta solitaire, et au surplus ce n'était pas une des plus écoutées. On ne peut pas dire que les commentaires modernes sur *L'Œuvre* soient venus lui faire cortège.

LE TEXTE

Le manuscrit et le dossier préparatoire

Manuscrit autographe : Bibliothèque Nationale, Département des Manuscrits, Nouvelles Acquisitions françaises, n° 10316, fᵒˢ 1 à 476.

Ce dossier comporte une ébauche (f°s 261 à 318), des plans (f°s 1 à 214), des notes sur les personnages (f°s 216 à 255 et 256 à 259) et des notes documentaires (notes Guillemet, f°s 342 à 387 ; notes sur le Salon, f°s 320 à 340 ; notes Jourdain, f°s 389 à 401 ; notes sur la musique, f°s 403 à 413 ; notes sur Paris, f°s 415 à 464 ; notes sur le cimetière, f°s 466 à 475).

La publication en feuilleton

L'Œuvre parut dans le *Gil Blas,* en 80 livraisons, du 23 décembre 1885 au 27 mars 1886. Un tirage à part de cette publication, hors commerce, sur 2 colonnes in-8 (Paris, impr. Dubuisson et Cie, 5, rue Coq-Héron, 1886) constitue l'édition pré-originale de *L'Œuvre*.

Les principales éditions

— L'édition originale : *Les Rougon-Macquart : L'Œuvre* in-18 jésus, 491 p. Paris, lib. Charpentier, 3 fr. 50. Bibliothèque Charpentier, 1886. Il a été tiré, en outre, 10 exemplaires sur papier du Japon, et 175 exemplaires sur papier de Hollande, tous numérotés.

— L'édition Bernouard, en 1928, avec des notes et des commentaires de Maurice Le Blond.

— L'édition Rencontre (Lausanne, 1961) avec une préface d'Henri Guillemin.

— L'édition de la Bibliothèque de la Pléiade (*Les Rougon-Macquart,* tome IV, éditions Gallimard, 1966), avec une étude et des notes d'Henri Mitterand. C'est le texte de cette édition que nous reprenons ici.

— L'édition du Cercle du Livre Précieux (*Œuvres complètes* de Zola, tome V, 1967), sous la direction d'Henri Mitterand, avec une introduction de Pierre Daix.

— L'édition de l'Intégrale (*Les Rougon-Macquart,* tome IV, Paris, éditions du Seuil, 1970), avec une introduction de Pierre Cogny.

— L'édition Garnier-Flammarion (Paris, 1974), avec une introduction d'Antoinette Ehrard.

Henri Mitterand.

BIBLIOGRAPHIE

Ouvrages et articles antérieurs ou contemporains :

HONORÉ DE BALZAC. *Le Chef-d'œuvre inconnu*, Paris, 1834.
DESNOYERS. *Le Salon des Refusés*, Paris, 1863.
EDMOND ET JULES DE GONCOURT. *Manette Salomon*, Paris, 1867.
GUSTAVE FLAUBERT. *L'Éducation sentimentale*, Paris, 1869.
EDMOND DURANTY. *La Nouvelle Peinture*, Paris, Dentu, 1876.
THÉODORE VÉRON. *La Légende des Refusés*, Paris, 1876.
THÉODORE DURET. *Les Peintres Impressionnistes*, Paris, 1878.
A. GOBIN. *Fernande, histoire d'un modèle*, Paris, Vanier, 1878.
    A l'atelier, Paris, 1882.
ALFRED STEVENS. *Le Salon des Refusés*, Paris, 1886.
    Voir aussi l'ensemble des articles consacrés par Zola à la peinture
dans : *Œuvres complètes*, éd. Henri Mitterand, Cercle du Livre
Précieux, t. XII (*Salons et études de critique d'art*), Paris, 1969. —
Voir enfin la *Correspondance* de Zola, jusqu'à 1886 (Émile Zola,
Correspondance, Presses de l'Université de Montréal et Éditions du
C.N.R.S., tomes I à V).

Principaux ouvrages et articles à consulter sur L'ŒUVRE :

JOHN REWALD. *Cézanne et Zola*, Paris, 1936.
LIONELLO VENTURI. *Cézanne, son art, son œuvre*, Paris, Rosenberg,
    1936.
JOHN REWALD. *Paul Cézanne, Correspondance*, Paris, Grasset, 1937.
JOHN REWALD. *Cézanne, sa vie, son œuvre, son amitié pour Zola*,
    Paris, 1939.
LIONELLO VENTURI. *Les Archives de l'Impressionnisme*, Paris,
    Durand-Ruel, 1939.
IMA N. EBIN. « Manet et Zola », *Gazette des Beaux-Arts*, t. 87, 1945,
    pp. 337 à 378.

HÉLÈNE ET JEAN ADHÉMAR. « Zola et la peinture », *Arts,* 12 et 18 décembre 1952.

JOHN REWALD. *Histoire de l'Impressionnisme,* Paris, Albin Michel, 1955.

CALVIN S. BROWN. « Music in Zola's fiction », *P.M.L.A.,* mars 1956, pp. 84 à 96.

G. UNTERSTEINER. L'*Œuvre e i suoi rapporti con Cézanne. Indicazioni bibliografiche,* Milano, La Goliardica, 1957.

MICHEL ROBIDA. *Le Salon Charpentier et les Impressionnistes,* Paris, 1958.

HENRI PERRUCHOT. *La Vie de Cézanne,* Paris, 1958.

RENÉ TERNOIS. « La naissance de *L'Œuvre* », *Les Cahiers naturalistes,* nº 17, 1961, pp. 1 à 9.

RODOLPHE WALTER. « Zola et ses amis à Bennecourt », *Les Cahiers naturalistes,* nº 17, 1961, pp. 19 à 55.

RODOLPHE WALTER. « Émile Zola et Paul Cézanne à Bennecourt en 1866 », *Bulletin de la Société des Amis du Mantois,* 1ᵉʳ mars 1961, pp. 1 à 36.

PIERRE LAUBRIET. *L'Intelligence de l'art chez Balzac,* Paris, Didier, 1961 — *Un catéchisme esthétique.* « *Le Chef-d'œuvre inconnu* » *de Balzac,* Paris, Didier, 1961.

RODOLPHE WALTER. « Cézanne à Bennecourt en 1866 », *Gazette des Beaux-Arts,* février 1962, pp. 103 à 118.

HENRI MITTERAND. *Zola journaliste. De l'affaire Manet à l'affaire Dreyfus,* Paris, A. Colin, 1962.

PIERRE CITRON. « Quelques aspects romantiques du Paris de Zola », *Les Cahiers naturalistes,* nᵒˢ 24-25, 1963, pp. 47 à 55.

RODOLPHE WALTER. « Émile Zola et Claude Monet », *Les Cahiers naturalistes,* nº 26, 1964, pp. 51 à 61.

MARCEL CROUZET. *Un méconnu du Réalisme : Duranty,* Paris, Nizet, 1964.

DANIEL WILDENSTEIN. « Le Salon des Refusés en 1963, Catalogue et documents », *Gazette des Beaux-Arts,* septembre 1965, pp. 125 à 152.

JOY NEWTON. « Émile Zola impressionniste », *Les Cahiers naturalistes,* nº 33, 1967, pp. 39 à 52 et nº 34, 1967.

PATRICK BRADY. *L'Œuvre, d'Émile Zola,* Genève, Droz, 1968.

ROBERT J. NIESS. *Zola, Cézanne and Manet. A study of « L'Œuvre »,* Ann Arbor, The University of Michigan Press, 1968.

PHILIPPE HAMON. « A propos de l'impressionnisme de Zola », *Les Cahiers naturalistes,* nº 34, 1967, pp. 139 à 147.

ANTOINETTE EHRARD. « Zola et Courbet », *Europe,* avril-mai 1968, pp. 241 à 251.

PIERRE LAUBRIET. « Zola et les arts », *Europe,* avril-mai 1968, pp. 394 à 399.

HENRI MITTERAND. « Le regard d'Émile Zola », *Europe,* avril-mai 1968, pp. 182 à 199.

GAËTAN PICON. « Zola's painters », *Yale French Studies,* n° 42, 1969, pp. 126 à 142.

THOMAS ZAMPARELLI. « Zola and the quest for the absolute in art », *Yale French Studies,* n° 42, 1969, pp. 143-158.

ANTOINETTE ERHARD. Introduction à Émile Zola, *Mon Salon. Manet, Écrits sur l'art,* éd. Garnier-Flammarion, 1970.

JOY NEWTON. « Zola et l'expressionnisme : le point de vue hallucinatoire », *Les Cahiers naturalistes,* n° 41, 1971, pp. 1 à 14.

ALLAN H. PASCO. « The failure of *L'Œuvre* », *L'Esprit créateur,* vol. XI, n° 4, 1971, pp. 45 à 55.

PHILIP D. WALKER. « Zola et la lutte avec l'ange », *Les Cahiers naturalistes,* n° 42, 1971, pp. 79 à 92.

PATRICK BRADY. « Symbolic Structures of Mediation and Conflict in Zola's Fiction : from « Une farce » to Madame Sourdis to *L'Œuvre* », *Substance,* n° 2, 1971, pp. 85 à 92.

D. GERLAND. « Réminiscences de *L'Éducation sentimentale* dans *L'Œuvre* d'Émile Zola », *Les Amis de Flaubert,* n° 41, 1972, pp. 35 à 40.

HILDE OLRIK. « Œil lésé, corps morcelé. Réflexions à propos de *L'Œuvre* d'Émile Zola », *Revue romane,* t. XI, 1976, pp. 334 à 357.

PATRICK BRADY. « Pour une nouvelle orientation en sémiotique. A propos de *L'Œuvre* de Zola », *Rice University Studies,* t. LXIII, 1977, pp. 43 à 84.

JEAN-LUC STEINMETZ. « *L'Œuvre* », in *Le Naturalisme,* éd. Pierre Cogny, Paris, Union Générale d'éditions, coll. 10-18, 1978, pp. 415 à 431.

SOPHIE MONNERET. *Cézanne, Zola... la fraternité du génie,* Paris, Denoël, 1978.

RENÉE BALIGAND. « Lettres inédites d'Antoine Guillemet à Émile Zola (1866-1870) », *Les Cahiers naturalistes,* n° 52, 1978, p. 173 à 205.

RODOLPHE WALTER. « L'Exposition universelle de 1878, ou amours et haines d'Émile Zola », *L'Œil,* novembre 1978, pp. 38 à 45.

JEAN SOLARI. « Philippe Solari », *Les Cahiers naturalistes,* n° 53, 1979, pp. 214 à 218.

SOPHIE MONNERET. *Dictionnaire de l'Impressionnisme,* Paris, 1979.

JEAN-PIERRE LEDUC-ADINE. « Le vocabulaire de la critique d'art en 1866 », *Les Cahiers naturalistes,* n° 54, 1980, pp. 138 à 153.

ROBERT LETHBRIDGE. « Zola, Manet and *Thérèse Raquin* », *French Studies,* juillet 1980, pp. 278 à 299.

MARIANNE MARCUSSEN ET HILDE OLRIK. « Le réel chez Zola et chez les peintres impressionistes ; perception et représentation », *Revue d'Histoire littéraire de la France,* nov.-déc. 1980, pp. 965 à 977

NOTES

Page 29.

1. Dans l'île Saint-Louis ont habité de nombreux peintres : Philippe de Champaigne, Le Sueur, Le Brun, Daubigny, Daumier, Meissonier (qui demeurait quai Bourbon).

2. Ce nom a été donné jusqu'en 1870 à la partie nord de la rue Le Regrattier, d'après une enseigne qui montrait une femme sans tête et portait cette devise : « Tout en est bon. » Cette enseigne s'inspirait d'une statue mutilée de saint Nicolas, patron de la Confrérie des Mariniers, dont Nicolas Jassaud était le dignitaire (d'après P. Brady, *ouvr. cité*).

Page 30.

3. Voir les notes *Paris*, f°s 417 à 424, où Zola décrit minutieusement le spectacle du quai de Bourbon, sans doute d'après des notes qu'il a prises en parcourant les lieux, et d'après un plan du quartier.

Page 34.

4. Voir le premier portrait de Claude Lantier dans *Le Ventre de Paris*, Bibl. de la Pléiade, t, I, p. 617 : « *C'était un garçon maigre, avec de gros os, une grosse tête, barbu, le nez très fin, les yeux minces et clairs. Il portait un chapeau de feutre noir, roussi, déformé, et se boutonnait au fond d'un immense paletot, jadis marron tendre, que les pluies avaient déteint en larges traînées verdâtres. Un peu courbé, agité d'un frisson d'inquiétude nerveuse qui devait lui être habituel* [...]. » On sait que Claude est dessiné, au physique, sur le modèle de Paul Cézanne.

Page 42.

5. Cela semble bien caractériser pour une part la peinture de Cézanne. Citons un article de J.-K. Huysmans, postérieur à *L'Œuvre* de deux ans :

« En pleine lumière dans des compotiers de porcelaine ou sur de blanches nappes, des poires et des pommes, brutales, frustes, maçonnées avec une truelle, rebroussées par des roulis de pouce [...] Et des vérités jusqu'alors omises s'aperçoivent, des tons étranges et réels, des taches d'une authenticité singulière, des nuances de linge, vassales des ombres épandues du tournant des fruits et éparses en des bleutés possibles et charmants qui font de ces toiles des œuvres initiatrices, alors qu'on se réfère aux inhabituelles natures mortes enlevées en des repoussoirs de bitume, sur d'inintelligibles fonds. » (« *Trois peintres* », dans *La Cravache parisienne*, 4 août 1888. Cité par J. Lethève, *Impressionnistes et Symbolistes devant la presse.*)

Un article publié par Duranty dans *La Rue*, le 20 juillet 1867, sous le titre « *Le Peintre Marsabiel* », semble bien, par certains traits, un portrait, chargé, de Cézanne. Duranty insiste sur l'accent marseillais de son personnage, sur ses grossièretés de langage, sur son goût pour les toiles immenses, sur son emploi de la couleur en touches heurtées et en couches épaisses, sur son mépris du sujet. Marsabiel a peint un tableau intitulé *La Sole frite ou le crépuscule dans les Abruzzes*, qui parodie le tableau de Cézanne refusé par le jury du Salon de 1867, *Le Grog au Vin*, baptisé par Guillemet *Le Grog au Vin ou l'Après-midi de Naples*. Arnold Mortier, dans *Le Nain Jaune*, s'était moqué du sujet de ce tableau, ainsi que de la seconde toile de Cézanne refusée par le jury : *Ivresse*. Francis Magnard, dans *Le Figaro*, y voyait par dérision une idée philosophique. Zola avait protesté dans une lettre publiée par *Le Figaro* du 12 avril 1867 : « *Si vous voulez des artistes philosophes, adressez-vous aux Allemands, adressez-vous même à nos jolis rêveurs français ; mais croyez que les peintres analystes, que la jeune école dont j'ai l'honneur de défendre la cause, se contentent des larges réalités de la nature.* » Or Duranty, à propos de la nudité des personnages, prête à Marsabiel cette explication : « C'est parce que le nu est beaucoup plus beau, et parce que cela renverse la société. Je suis démocrate [...] La nature est bourgeoise ! Je lui donne du tempérament. » L'intention parodique paraît assurée. (Voir Marcel Crouzet, *Un méconnu du Réalisme : Duranty*, pp. 245 à 247 ; Jacques Lethève, *Impressionnistes et Symbolistes devant la presse*, éd. A. Colin pp. 44 à 46 ; Henri Mitterand, *Zola journaliste*, pp. 73-74.)

Page 52.

6. On trouvera dans l'*Album Zola* (Bibliothèque de la Pléiade), plusieurs portraits de Zola jeune, qui illustrent ces lignes (pp. 36, 45, 59).

Page 53.

7. Dans le premier plan détaillé du chap. II, le tableau primitive-

ment imaginé comportait des variantes importantes. Il devait s'intituler : « *Les Baigneuses* », et était ainsi décrit :

> « *Une ébauche à peine indiquée avec des parties plus poussées. Une ride, un pré, avec des saules et des peupliers au fond. Et quatre femmes, l'une nageant encore, une autre sortant de l'eau, deux couchées sur l'herbe, l'une toute nue (jeune fille, celle pour qui servira la gorge et la tête de Christine), l'autre plus âgée, en chemise. Les taches des corps sur l'herbe dure. Plein soleil. La jeune brune, la vieille blonde. Il n'avait pas trouvé de corps jeune. Et dans le fond, tranquillement, un batelier [jeune] qui a dû amener les femmes, vu de dos, en bras de chemise, les bras nus. Côté [obscène] qu'on lui reproche, et auquel il n'a pas songé.* »

Le titre, et tout ce passage, ont été plus tard rayés. Mais aucune autre description n'a remplacé la première. On peut admettre que Zola a modifié le thème et la composition du tableau à partir du moment où il a ajouté au tableau du port Saint-Nicolas le motif des baigneuses, qui surprendra tant Sandoz (chap. IX). D'autre part, il semble clair qu'après avoir pris pour modèles des tableaux de Cézanne (*La Pastorale, La Lutte d'amour, Femmes au bain, Déjeuner sur l'herbe*, etc.), Zola en a modifié le thème et la facture en empruntant quelques traits importants au *Bain* de Manet. M. Brady suggère d'autre part que *Les Grandes Baigneuses*, de Renoir — commencé vers 1883-1884 — a pu inspirer la première version de *Plein Air*. (Voir L. Venturi, *Cézanne, son art, son œuvre*.)

8. Zola a posé plusieurs fois pour Paul Cézanne. Voir les lettres de Zola à Baille, des 1er mai, 10 juin, juillet 1861. Il existe un portrait de Zola à vingt ans, par Cézanne (*Album Zola*, Bibl. de la Pléiade, p. 45). Cézanne a peint d'autre part, vers 1864, *Une lecture chez Zola* (*ibid.*, p. 61), et, quelques années plus tard, *Paul Alexis lisant à Zola* (*ibid.*, p. 95).

On connaît, d'autre part, le portrait de Zola par Manet, peint entre novembre 1866 et juin 1867 (conservé au Musée du Jeu de Paume ; *Album Zola*, p. 94). On identifie enfin Zola parmi les personnages de *Mon atelier*, de Bazille (*ibid.*, p. 76), et de l'*Atelier aux Batignolles*, par Fantin-Latour (*ibid.*, p. 77).

Chaillan, de son côté, pendant l'année 1860, avait peint Zola en Amphyon (lettre de Zola à Baille, 2 juin 1860, et à Cézanne, juillet 1860).

Voir le catalogue de l'exposition organisée à la Bibliothèque Nationale pour le cinquantième anniversaire de la mort de Zola, Paris, 1952, nos 47, 51, 53, 87, 115.

Page 54.

9. Voir *L'Assommoir*, coll. Folio, p. 124 ; et *Le Ventre de Paris*, *ibid.*, passim.

Page 55.

10. Sur les origines, la carrière et les travaux de l'ingénieur François Zola, père d'Émile, voir René Ternois : *Les Zola, histoire d'une famille vénitienne, Les Cahiers naturalistes,* nᵒ 18, 1961, J. Dhur, *Le Père d'Émile Zola,* Paris, 1899, et J. Rigaud, *L'Ingénieur François Zola,* Aix-en-Provence, 1957.

Voir aussi l'*Album Zola,* Bibl. de la Pléiade, pp. 6-7, et 15 à 17.

Page 56.

11. C'est en 1852 que Zola entra comme pensionnaire dans la classe de huitième du Collège Bourbon, à Aix-en-Provence. Il sauta la classe de septième et entra en sixième à la rentrée de 1853, comme demi-pensionnaire. Il quitta Aix en février 1858, alors qu'il était élève de seconde.

Il a évoqué son séjour au Collège Bourbon dans un article publié par *Le Voltaire,* le 12 août 1879, et demeuré inédit.

Dans *Émile Zola, Notes d'un ami* (éd. Charpentier, 1882), Paul Alexis avait donné en 1881 une description du Collège Bourbon dont se rapproche celle de Zola :

> « ... Je revois tout : la petite place tranquille et la fontaine des Quatre-Dauphins, dont les monstres rococo tordent leur queue de pierre et crachent l'eau par leur bouche perpétuellement ouverte ; la porte extérieure de la chapelle, noire en ce temps-là, toujours fermée ; la fenêtre grillée du concierge que nous allions gratter timidement, chaque fois que nous arrivions en retard. Puis, la grande cour carrée, ombragée de quatre beaux platanes ; le grand bassin ; la seconde cour, où étaient installés le trapèze, la poutre, les parallèles. Et les « études » du rez-de-chaussée, tristes, humides, manquant d'air. Et les classes du premier étage, plus claires, plus gaies, avec leurs fenêtres donnant sur les ombrages des jardins voisins. »

Page 58.

12. Faut-il voir ici une allusion à Louis Marguery, né à Aix le 24 octobre 1841, dont le père était avoué et avocat à la Cour d'Appel d'Aix, et qui fut le condisciple de Zola au Collège Bourbon, de la huitième à la seconde ? Marguery eut des prétentions au théâtre et à la musique, et publia des articles dans *La Provence.* Il devint avoué, comme son père. Il se suicida en 1881 : « Fin terrible, écrit Paul Alexis (*ouvr. cité,* p. 30), que ne faisait pas prévoir son caractère insouciant, ni sa bruyante gaieté. » — Sur Louis Marguery, voir G. Robert, « *La Terre* » *d'Émile Zola,* p. 19, et *Une polémique entre Zola et le Mémorial d'Aix en 1868,* dans *Arts et Livres,* nᵒ 6, 1946, pp. 11 et sq.

13. Voir, sur ces escapades, *Souvenirs,* dans les *Nouveaux Contes à Ninon ;* et l'ouvrage de Paul Alexis, *Émile Zola, Notes d'un ami,* qui

est tissé de souvenirs confiés directement par Zola à son biographe
(pp. 26 à 33).

Page 60.

14. Sur l'admiration que Zola adolescent portait à Hugo et à
Musset, voir l'article qu'il publia dans *Le Bien Public*, le 4 juin 1877,
et qu'il recueillit dans *Documents littéraires* (1881).

15. La Viorne, qui occupe une place importante dans le décor de
La Fortune des Rougon (coll. Folio), est dans la réalité l'Arc, qui
coule au pied d'Aix-en-Provence.

Page 61.

16. Le docteur François Émile-Zola conserve la clarinette dont
Émile Zola jouait à Aix. Voir le catalogue de l'Exposition Zola
(Bibliothèque Nationale, 1952), n° 23.

17. La gorge des Infernets est celle-là même où le père d'Émile
Zola a construit le barrage de retenue des eaux qui alimentent le
canal Zola (voir l'*Album Zola,* p. 17).

18. Le Jas de Bouffan — la Demeure des Vents — est situé sur la
route de Roquefavour, à 1 km 500 d'Aix. C'est une construction du
XVIIIᵉ siècle, l'ancienne maison de campagne du gouverneur de
Provence, M. de Villard. Le père de Paul Cézanne, Louis-Auguste
Cézanne, banquier à Aix, s'en était rendu propriétaire en 1859, pour
en faire une résidence d'été (voir H. Perruchot, *La Vie de Cézanne*).

Page 62.

19. Ces paysages, typiquement aixois, ont en effet servi de motifs
à d'innombrables toiles de Cézanne, durant toute sa vie.

20. Cela rappelle les promenades habituelles de Zola pendant les
années 1862 à 1865. *La Confession de Claude* décrit beaucoup plus
longuement ces paysages de la banlieue sud (chap. XXI). A partir de
mai 1866, Zola et ses amis s'éloigneront davantage de Paris, et
découvriront Bennecourt. Le 26 juillet 1866, Zola écrit à son ami
aixois Numa Coste :

> « *Vous vous trompez, lorsque vous vous imaginez que nous nous
> contentons de Fontenay-aux-Roses. Il nous faut plus d'air et de liberté.
> Nous avons, à seize lieues de Paris, une contrée inconnue encore aux
> Parisiens, et nous y avons établi notre petite colonie. Notre désert est
> traversé par la Seine ; nous y vivons en canot ; nous avons pour retraite
> des îles désertes, noires d'ombrages. Vous voyez combien vous êtes en
> retard en songeant encore aux misérables bosquets efflanqués de la
> Mère Cense.* »

Voir aussi l'*Album Zola*, pp. 62 à 64, et le tome I de la
Correspondance de Zola.

21. C'est en réalité à l'administration des Docks, rue de la
Douane, que Zola travailla après avoir échoué à l'oral du baccalau-

réat, en août 1859, à l'issue de sa rhétorique. « *Pas de fortune, pas de métier, rien que du découragement* », écrivait-il le 9 février 1860, dans une lettre à Cézanne. En avril 1860, un ancien ami de son père, Me Labot, avocat au Conseil d'État — celui-là même qui l'avait fait entrer comme boursier au lycée Saint-Louis, en février 1858 — lui procura une place aux Docks :

> « *Ma nouvelle vie est assez monotone. Je vais à neuf heures au bureau, j'enregistre jusqu'à quatre heures des déclarations de douanes, je transcris la correspondance, etc, etc ; ou mieux, je lis mon journal, je bâille, je me promène de long en large, etc, etc. Triste en vérité. Mais dès que je sors, je me secoue comme un oiseau mouillé, j'allume ma bouffarde, je respire, je vis. Je roule dans ma tête de longs poèmes, de longs drames, de longs romans ; j'attends l'été pour donner carrière à ma verve* » (lettre à Cézanne, 16 avril 1860).

Mais Zola quitta cet emploi, où il gagnait soixante francs par mois — pas même de quoi vivre —, au bout de deux mois.

> « Et alors, raconte Paul Alexis (*ouvr. cité*, p. 46), tout le reste de cette année 1860, toute l'année 1861, et pendant les trois premiers mois de l'année 1862 [détail erroné, puisque Zola entra chez Hachette le 1er février 1862], le voilà lâché sur le pavé de Paris, sans position, sans ressources, ne faisant rien, n'ayant devant lui aucun avenir. Deux années entières de bohème. Une vie de misère, d'emprunts sollicités la rougeur au front, de dettes contractées sous la griffe du besoin. Une vie de hasards, d'engagements au mont-de-piété, de meubles abandonnés en paiement. »

On constate que Zola a interprété librement, et largement condensé, ses souvenirs de jeunesse.

Page 63.

22. Voir *L'Assommoir,* coll. Folio, chap. IX et sq.
23. Voir *Le Ventre de Paris,* coll. Folio.

Page 64.

24. Il y a peut-être ici un rappel déguisé de Joseph Gibert, Conservateur du musée d'Aix, et professeur à l'école de dessin de la ville, installée dans le musée même. Joseph Gibert, né à Aix en 1808, était « nourri de la plus stricte tradition académique » (H. Perruchot, *La Vie de Cézanne,* chap. II). Le jeune Paul Cézanne a suivi les cours du soir de l'école.
25. Ici, il faut voir la transposition d'une anecdote bien connue de la vie de Manet. Celui-ci, en 1850, s'était inscrit à l'atelier de Thomas Couture, que le succès des *Romains de la décadence,* au Salon de 1847, avait rendu célèbre. Il s'opposa vite à son maître. Antonin Proust, l'ami de Manet, rapporte dans ses Souvenirs le dialogue de Couture et de Manet, devant un modèle à qui Manet avait fait

prendre une pose *naturelle* et *habillée :* « Est-ce que vous payez Gilbert pour qu'il ne soit pas nu ? Qui a fait cette sottise ? — C'est moi, dit Manet. — Allez, mon pauvre garçon, vous ne serez jamais que le Daumier de votre temps. »

Néron au Cirque pastiche ici *Les Romains de la décadence.*

26. Paul Cézanne arriva à Paris en avril 1861. Il entra immédiatement à l'Académie Suisse, fondée par un ancien modèle, le père Suisse, et installée dans un immeuble aujourd'hui disparu, au coin du boulevard du Palais et du Quai des Orfèvres. — Manet y avait travaillé quelques années plus tôt. C'est chez Suisse que Cézanne fit la connaissance d'Antoine Guillemet, de Francisco Oller, de Pissarro. Par Cézanne, Zola connut ces peintres, puis, un peu plus tard, Bazille, Monet, Degas, Renoir, Fantin-Latour, Béliard, etc. (Voir : J. Rewald, *Histoire de l'Impressionnisme ;* H. Perruchot, *La Vie de Cézanne ;* G. Poulain, *Bazille et ses amis.*)

Le 28 mars 1879, un certain A. Gobin, envoya à Émile Zola un ouvrage intitulé *Fernande, histoire d'un modèle,* qui évoquait l'atelier Suisse :

« Le père Suisse était un vieux modèle qui avait posé pour toutes les célébrités du commencement du siècle : David, Gros, Girodet, Vernet et une foule d'autres [...]

C'était une *académie* libre, c'est-à-dire qu'il n'y avait pas de professeurs : chacun y faisait du dessin, de la peinture, de la sculpture suivant son inspiration et son tempérament. Coloristes, ingristes, faiseurs de chic, réalistes, impressionnistes, — le mot n'était pas encore inventé, mais plusieurs fondateurs de la nouvelle école qui porte ce nom y figuraient, — tout le monde y vivait en bonne intelligence, à quelques attrapades près, par-ci, par-là, entre les fanatiques. L'amateur lui-même avait son droit au barbouillage sans être exposé aux charges d'atelier. Sans être trop conspué, on pouvait salir du papier ou de la toile, pourvu qu'on payât bien exactement sa cotisation mensuelle. »

Le livre de Gobin n'a rien apporté à Zola que celui-ci ne connût par ses propres souvenirs. Gobin décrit assez longuement le métier du modèle, ses séances de pose, ses fatigues, mais ce thème n'occupe dans *L'Œuvre* qu'une place très secondaire.

Voir aussi les *Notes Guillemet,* f⁰ 363 :

« *L'École des Beaux-Arts pour les élèves. Puis des ateliers libres. Bonnat, etc. L'atelier Jacques, un ancien modèle. L'atelier Julian. Maintenant, un spéculateur loue un local, paie le chauffage et les modèles, et se rembourse sur les rétributions ramassées par le massier. Plusieurs peintres connus viennent chaque semaine et donnent des conseils gratuitement. [Élève de Corot, sans local. Couture atelier libre, Américains. Les demoiselles. — Le Louvre, vieux jeu. Vieux messieurs, vieilles dames à tirebouchons.]* »

Léon Bonnat (1833-1922), élève de Madrazzo à Madrid, puis de Cogniet à Paris, fut le peintre des portraits officiels sous la Troisième République. — Jugements de Zola : « *Bonnat n'est pas de ceux que j'aime, mais je conviens volontiers qu'aucun des peintres d'aujourd'hui ne sait rendre une figure avec tant de force* » (*Salon* de 1875) ; « *Il alourdit tout ce qu'il reproduit* » (*Salon* de 1876) ; « *Il y a le métier solide de Bonnat* » (*Salon* de 1878).

Page 66.

27. Cette tirade reprend un des thèmes de la *Préface* que Zola avait écrite en 1884 pour le catalogue de l'*Exposition des œuvres d'Édouard Manet* :

« *Si vous voulez vous rendre un compte exact de la grande place que Manet occupe dans notre art, cherchez à nommer quelqu'un après Ingres, Delacroix et Courbet. Ingres reste le champion de notre école classique agonisante ; Delacroix flamboie pendant toute l'époque romantique ; puis vient Courbet, réaliste dans le choix de ses sujets, mais classique de ton et de facture, empruntant aux vieux maîtres leur métier savant. Certes, après ces grands noms, je ne méconnais pas de beaux talents qui ont laissé des œuvres nombreuses ; seulement je cherche un novateur, un artiste qui ait apporté une nouvelle vision de la nature, qui surtout ait profondément modifié la production artistique de l'école ; et je suis obligé d'en arriver à Manet, à cet homme de scandale, si longtemps nié, et dont l'influence est aujourd'hui dominante.* »

Voir aussi les *Salons* de Zola (Salon de 1875, Exposition Universelle de 1878, Salon de 1879).

Page 67.

28. Le premier livre de Zola fut les *Contes à Ninon*, publié en 1864, chez Hetzel et Lacroix, et qui répond assez exactement à la définition qu'en donne ici son auteur. Cependant, les *Contes à Ninon* n'ont pas été écrits à Aix, mais à Paris, entre 1859 et 1863.

29. Le projet d'une « genèse de l'univers », inspiré sans doute par *La Légende des siècles* de Hugo, apparaît dans une lettre de Zola à Baille, du 15 juin 1860 :

« *Je vais terminer par l'exposition du plan d'un petit poème qui roule depuis plus de trois ans dans ma tête. Le titre est :* La Chaîne des Êtres. *Il aura trois chants que j'appellerai volontiers le Passé, le Présent, le Futur. Le premier chant (le Passé) comprendra la création successive des êtres jusqu'à celle de l'homme. Là, seront racontés tous les bouleversements survenus sur le globe, tout ce que la géologie nous apprend sur ces campagnes détruites et sur les animaux maintenant engloutis dans leurs débris. Le second chant (le Présent) prendra l'humanité à sa naissance, dans l'état sauvage, et la mènera jusqu'à ces temps de civilisation ; ce que la physiologie nous apprend de l'homme physique, ce que la philosophie nous apprend de l'homme moral, entrera, en résumé du moins, dans cette partie. Enfin, le troisième et dernier chant (le Futur) sera une magnifique divagation. Se basant sur ce que l'œuvre de Dieu n'a fait que se parfaire depuis les premiers êtres créés, ces zoophytes, ces êtres informes qui vivaient à peine, jusqu'à l'homme, sa dernière création, on pourra imaginer que cette créature n'est pas le dernier mot du Créateur, et qu'après l'extinction de la race humaine, de nouveaux êtres de plus en plus parfaits viendront habiter ce monde. Description de ces êtres, de leurs mœurs, etc., etc.*

Ainsi donc au premier chant, savant ; au second, philosophe ; au troisième, chantre lyrique : dans tous les trois, poète.

Paul Alexis (*ouvr. cité*, p. 54) affirme que Zola n'écrivit que les huit premiers vers de sa *Genèse*. Les voici :

« LA NAISSANCE DU MONDE

I

Principe créateur, seule Force première,
Qui d'un souffle vivant souleva la matière.
Toi qui vis, ignorant la naissance et la mort,
Du prophète inspiré donne-moi l'aile d'or.
Je chanterai ton œuvre et, sur elle tracée,
Dans l'espace et les temps je lirai ta pensée,
Je monterai vers toi, par ton souffle emporté,
T'offrir ce chant mortel de l'immortalité. »

30. Voir la lettre de Zola à Antony Valabrègue, 19 février 1867 : « *Paul travaille beaucoup, il a déjà fait plusieurs toiles, et il rêve des tableaux immenses.* » Ce rêve fut aussi un moment celui de Manet, ainsi qu'en témoigne la lettre que celui-ci adressa au Préfet de Police, à l'automne de 1879 :

« Monsieur le Préfet,
J'ai l'honneur de soumettre à votre haute approbation le projet suivant pour la décoration de la salle des séances du Conseil Municipal du nouvel Hôtel de Ville de Paris :
Peindre une série de compositions représentant, pour me servir d'une expression aujourd'hui consacrée et qui peint bien ma pensée, « le Ventre de Paris », avec les diverses corporations se mouvant dans leur milieu, la vie publique et commerciale de nos jours. J'aurais Paris-Halles, Paris-Chemins de fer, Paris-Ponts, Paris-Souterrain, Paris-Courses et Jardins.
Pour le plafond, une galerie autour de laquelle circuleraient

dans des mouvements appropriés tous les hommes vivants qui, dans l'élément civil, ont contribué ou contribuent à la grandeur et à la richesse de Paris.

Veuillez agréer, etc.

ÉDOUARD MANET,
Artiste peintre, né à Paris, 77, rue d'Amsterdam. »

Dans ses *Salons*, Zola a développé les mêmes idées, notamment à propos de Puvis de Chavannes, à qui fait peut-être allusion la phrase : « *Des fresques hautes comme le Panthéon !* » Zola porte sur Puvis de Chavannes un jugement nuancé, mais favorable, par exemple dans son *Salon de 1875* : « *La question des peintures murales est devenue critique [...]* ». *Puvis de Chavannes « est un talent réellement original [...] Lui seul peut réussir [...] dans les vastes fresques que demande le jour cru des édifices publics »* [...] » *Il sait être intéressant et vivant, en simplifiant les lignes et en peignant par tons uniformes [...] Puvis de Chavannes n'est qu'un précurseur. Il est indispensable que la grande peinture puisse trouver des sujets dans la vie contemporaine »* (*Salons*).

Page 71.

31. Voir les *Notes Guillemet*, fᵒˢ 375-376 :

> « *La question du modèle. — On les paie, les femmes de 5 à 6 fr. la séance de quatre heures. Mais les prix ont augmenté, on en paie 10 fr. aujourd'hui. Les très belles filles se font payer cher, posent très mal, et sont levées pendant qu'on fait le tableau : désespoir du peintre. Le modèle d'atelier, d'ensemble, est celui qui pose tout nu : différence entre le modèle de l'école, qui pose devant vingt à trente hommes, et le modèle qui va chez un peintre seul. Les adresses de modèles sur le mur, à la craie. La pudeur, effarouchement, hâte de mettre un bas, devant un étranger. Et toutes les histoires. Les peintres couchent peu avec leurs modèles. A l'École, un élève débauche un modèle et l'emmène à Meudon. Il y a des modèles atroces de tête, superbes de corps, les surprises ; la robe, la toilette abîme ou arrange. — Le modèle homme n'est jamais payé que 5 francs — Des modèles de femmes ne posent que la tête et les mains »*

Page 72.

32. Cela fait penser à l'église Saint-Augustin, et à son constructeur l'architecte Victor Baltard (1805-1874).

L'ensemble de ce passage emprunte sa matière aux notes que l'architecte Frantz Jourdain a fournies à Zola, et dont le dossier de *L'Œuvre* ne conserve que la transcription, de la main de l'écrivain. Sur la collaboration de Frantz Jourdain à la préparation des *Rougon-Macquart*, voir notre Notice et nos Notes sur *Au Bonheur des Dames* (coll. Folio).

Page 74.

33. Il arriva plus d'une fois à Paul Cézanne de crever ses toiles. Voir une lettre de Zola à Baille, sans date, mais probablement écrite vers le début de juillet 1861 (*Correspondance*). — Il s'agit du portrait de Zola :

> « *Après l'avoir recommencé deux fois, toujours mécontent de lui, Paul voulut en finir et me demanda une dernière séance pour hier matin. Hier donc je vais chez lui ; lorsque j'entre, je vois la malle ouverte, les tiroirs à demi vides ; Paul, d'un visage sombre, bousculait les objets et les entassait sans ordre dans la malle. Puis il me dit tranquillement : « Je pars demain. — Et mon portrait, lui dis-je ? — Ton portrait, me répondit-il, je viens de le crever. J'ai voulu le retoucher ce matin, et comme il devenait de plus en plus mauvais, je l'ai anéanti ; et je pars. »*

Mais quel peintre n'a pas été saisi de tels accès de fureur contre ses propres esquisses ? La fin de ce passage montre que les découragements de Claude sont dus à « son inconnu héréditaire », c'est-à-dire à l'hypothèse de travail générale qui oriente la psychologie des Rougon et des Macquart — autant qu'à tel ou tel peintre de l'entourage d'Émile Zola. Zola a voulu créer dans *L'Œuvre* le type du peintre maudit : s'il emprunte des traits ou des épisodes isolés à la carrière de ses amis peintres, sans se limiter d'ailleurs à celle de Cézanne, il les concentre artificiellement pour créer une destinée définie depuis longtemps comme tragique, en conformité avec l'intention générale d'une œuvre d'imagination, d'une œuvre *romanesque*.

Page 75.

34. Le personnage de Malgras est ainsi défini dans la série des *Personnages* (fo 258) :

> « *Le père Malgras, dit la Crasse, un compromis entre* Martin *et* Aubourg *(voir les notes de Guillemet). Le marchand de tableaux ancien jeu. Grand, gros, l'air d'un maquignon. Rouge, violacé, avec une bouche fine et des yeux bleus très vifs. Ancien blond qui a blanchi vite. Grands cheveux blanc sale, mal tenu. Habillé d'une redingote très sale. »*

Page 76.

35. Le comportement de Malgras amalgame des traits empruntés au « *père Aubourg* » et à Martin, tels que Guillemet les a dépeints à Zola (*Notes Guillemet* — de la main de Zola —, fos 348, 349, 350) :

> « *Le père Aubourg, dit le père la Crasse, achetait une toile de cinq fr. à quinze francs. Tous lui ont vendu, commencement de Ribot, de Fantin, etc. Il avait beaucoup de goût, beaucoup de flair, se connaissait en bonne peinture et savait ce qu'il achetait. Du reste, il se*

contentait de petits gains. C'est lui qui faisait le coup du gigot, qui donnait un gigot à un artiste, à la condition qu'il ferait une étude et qu'il la lui donnerait. Très mal habillé, houppelande très sale et insultant son peintre : « *Hein ? tu ne fais rien, sacrée rosse, tu crèves la faim, c'est bien fait ! Qu'est-ce que tu dirais si je te donnais un gigot, etc.* » *Il vendait à de petits amateurs, à de [mot illisible] amateurs. Très malin, s'est retiré avec quelques petites rentes.* »

« *Martin, rue Laffitte, petit marchand vieux jeu. Mis simplement, plutôt mal, sans façons, démocrate. Il allait chez le peintre, faisait la moue devant les études, s'arrêtait devant une. Le commerce n'allait pas, enfin il voulait bien faire quelque chose. — Que voulez-vous de ça ? — Soixante francs, quatre-vingts francs. — Mais vous n'y pensez pas, je ne suis pas riche, ça ne se vend pas du tout, je voulais vous obliger. Vous avez du talent, mais que voulez-vous ? Je ne sais plus où mettre les toiles. Et il finissait par acheter à quarante francs. Du reste, il avait auparavant le placement de la toile. Il s'adressait aux artistes un peu connus, mais pas encore cotés. Un brave homme. Très fin, se connaissait en peinture. Tout son système était basé sur le renouvellement rapide de son capital. Achetait à bas prix, revendait tout de suite avec un bénéfice de vingt pour cent, opérait ainsi sur de petits chiffres, avec un petit capital et un roulement rapide. Il s'est retiré avec une dizaine de mille francs de rente — Dans mon type, réunir le père Aubourg et Martin.* »

Page 81.

36. Le passage est tiré des *Notes Jourdain*, f⁰ˢ 391-392.

« *Description de l'atelier. Une vaste salle blanchie à la chaux, avec de grandes fenêtres claires* [nues]. *Soixante élèves, mais quarante présents. De longues tables placées perpendiculairement aux fenêtres. Plates. Larges pour deux feuilles de papier grand aigle, 2 mètres 20 cent. Chaque élève a en outre une petite boîte en sapin qui traîne près de lui, et où il met ses affaires : crayons, sa blouse de toile blanche, ses compas, ses couleurs, etc. En outre sur la table, les godets, une éponge mouillée à nu, le solitaire, un pot à confiture avec goulot, pour l'eau, un chandelier en fer à pied plombé (pas de gaz, chaque élève apporte ses bougies). — Un fort poêle, une cloche, avec le tas de coke à nu, par terre. Une fontaine pour les mains, avec serviette. Aux murs, les tés et les équerres de toutes grandeurs à des clous [des chassis en masse dans une soupente] [coller les projets] ; mais surtout, ce qui est caractéristique, des planches en masse, supportées contre les murs, par des suspensoirs. Sur des planches, des plâtres, des moulages, des antiques — Et, sur les murs, bientôt salis, des inscriptions de toutes sortes : un tel a dit ça, signé ; des charges portraits des élèves, des obscénités, écrites et dessinées. — Les mœurs y sont terribles, gros mots, fortes engueulades. Les natures les plus distinguées y posent pour la grossièreté. Pas un étranger n'y entre, sans être hué, même un peintre. »*

37. A propos des élèves de l'École qui « *font la place* », Zola a écrit dans les *Notes Jourdain* (f°s 397-398) :

« *Mais l'élève a alors bien peu de temps. Ses travaux retardés. Souvent, il ne lui reste que 15 jours avant de rendre son projet à l'École. Alors, il dit : « Oh ! que je suis en charrette ». L'étymologie vient de ce détail. Le dernier jour, quand il faut emporter à l'école tous les projets des élèves de l'atelier, on loue une charrette à bras, on y entasse tous les châssis avec les projets, et dernier nouveau* (sic) *s'attelle, tandis que les autres poussent. Un vacarme affreux, des cris, des farces à révolutionner le quartier. On arrive hurlant dans la grande cour de l'École, à 9 heures du matin. Tout l'atelier suit, même ceux qui n'ont pas de projet. La nuit qui précède s'appelle la nuit de charrette. On passe la nuit. Tous les élèves viennent aider ceux qui ont des projets à rendre. Ceux qui aident « des nègres ». Nuit de travail et d'orgie. Des femmes d'une maison voisine. Vin au litre. Saucisson, etc. »*

Page 85.

38. Voir les notes *Paris*, f° 449 :

« *Rue Vieille-du-Temple. Je mettrai la maison du père de Fragerolles au coin de la rue des Rosiers. Un des endroits les plus resserrés, une maison avance, pas à l'alignement, et le trottoir ne peut plus que donner passage à une personne. Les voitures ont éclaboussé les murs, la porte, la boutique. La maison a un porche très profond ; au fond, une cour noire et humide, avec des industries, et un escalier en pierre, à rampe forgée, bas et large, ouvrant au plein air. Les ateliers de Fragerolles père seront au rez-de-chaussée avec les magasins, sans devanture, et l'appartement de la famille au premier. Des fenêtres ouvrent sur la rue des Rosiers, étroite, plus calme, noire et humide [le marché des Blancs-Manteaux, lourd et obscur, l'enfilade des dalles dans l'ombre]. — Boutiques voisines : coiffeur, tripier, échoppe à journaux avec images, [boulanger, pharmacien] [la rue pas alignée] Maisons plates avec enseignes jusqu'en haut, commerce, ouvriers en chambre, — Ruisseau qui éclabousse, trottoir toujours mouillé, odeur fade et moisie, fraîcheur par soleil chaud [une bouche d'égout] Omnibus, tapissière, camions, coudoiement dans ce passage étranglé [menace d'être écrasé] [la foule]. Ouvriers, petites ouvrières. »*

Page 86.

39. La rue d'Enfer se trouvait tout près du boulevard Montparnasse. Zola avait habité en 1864 au n° 142 du boulevard. Dès le milieu du XIXe siècle, le quartier Montparnasse était pour les artistes un lieu de travail et de rencontres. M. Brady (*ouvr. cité*) indique que Manet, Jongkind, Gauguin, Whistler ont travaillé à l'Académie de la

Grande-Chaumière. Au 6 de la rue de la Grande-Chaumière se trouvera l'atelier de Gauguin.

La mère de Zola n'était nullement paralytique. Les quelques lettres d'elle qui ont été conservées témoignent d'un caractère actif et attentif aux menus événements de la vie quotidienne, et d'une grande affection pour son fils. Mais on a très peu de renseignements sur la manière dont était organisée la maison des Zola, en ce qui concerne les rapports entre la mère et le fils, puis, plus tard, entre Mme François Zola et sa bru.

Page 87.

40. Voir la lettre de Zola à Antony Valabrègue du 10 décembre 1866 :

« *J'ai repris mes réceptions du jeudi. Pissarro, Baille, Solari, Georges Pajot viennent chaque semaine gémir avec moi et se plaindre de la dureté des temps. Baille a cependant remporté aujourd'hui une grande victoire ; il est lauréat de l'Institut depuis ce matin, et son prix est de la valeur de trois mille francs. Je l'ai cru fou lorsqu'il est venu m'annoncer cette bonne nouvelle. Solari gratte ses bons dieux, il veut se marier. Pissarro ne fait rien et attend Guillemet.* »

Page 88.

41. *Notes Paris*, f° 450 :

« Rue du Cherche-Midi. *En haut, très loin de la prison et de la rue Saint-Placide. Un endroit où les boutiques sont assez rares, avant le boulevard, où elles se pressent. Entre un couvent et un herboriste, une boutique de fruitière qui a mal tourné ; en face d'un marchand de bric-à-brac. La rue est peu peuplée, rue de province avec une odeur ecclésiastique ; enfants jouant à la balle et à la corde. Par les portes charretières, des successions de cours, très profondes. Une vacherie, avec l'odeur. Un long mur de couvent, couvert d'affiches. Des cloches de couvent. Rue de la Barouillère, pas de boutiques, déserte. Une agence de déménagement.* »

42. *Notes Guillemet*, f° 365 :

« *Le sculpteur est celui qui gagne le moins. Il ne vit que par le buste. Des amateurs achètent quelques figures. Les commandes de l'État, les monuments, les statues, etc. Un sculpteur très en vue qui a cent mille francs de commande, gagne trente mille francs.* »

Ibid., f° 369 :

« *L'atelier du sculpteur* [vide] [cette misère du sculpteur], *rez-de-chaussée humide.* — *L'argile, les baquets, le poêle, les sellettes boueuses, les ébauchoirs qui traînent. Le plâtre. De l'eau répandue, des morceaux de sculpture couverts de poussière.* »

Page 89.

43. Ce détail est emprunté à un document qui figure dans le dossier manuscrit, et fait partie du même ensemble que les notes fournies par Guillemet (f° 347). Le texte est écrit d'une autre main que celle de Zola :

« En 1865, la ville d'Aix disposait de 2 pensions différentes, réglées chacune par des dispositions distinctes :

1° Pension municipale, instituée en 1824, en faveur d'un jeune artiste *peintre, sculpteur* ou *architecte.* — Accordée à tour de rôle — montant, 800 f. — Durée de la jouissance, 4 ans. — Condition, avoir *été élève* de l'école d'Aix pendant 3 ans, sans condition de lieu de naissance.

2° Pension Granet, fondée en 1849 et accordée pour trois ans, et à tour de rôle, soit à un peintre, soit à un sculpteur. — Montant 1 200 f. — Condition, être né à Aix.

L'une et l'autre pension accordée au concours, à l'École de dessin, sous la surveillance du Directeur.

La commission de surveillance de l'École délibérait sur la nature des épreuves et constituait le jury du concours en s'adjoignant trois personnes compétentes.

Depuis 1880, les deux pensions ont été fondues en une seule de 1 600 fr. »

44. Rappel de la « pension Notre-Dame », tenue par M. Isoard, et où le jeune Émile Zola avait été élève pendant cinq ans, de sept à douze ans, en même temps que Philippe Solari et Marius Roux. Voir Paul Alexis, *ouvr. cité,* p. 18 : « A mon dernier voyage à Aix, je me souviens d'avoir passé devant le pensionnat Notre-Dame [...] Et je me suis demandé si, dans quelque trente ans d'ici, un autre de ces jeunes élèves saperait à son tour les croyances artistiques d'aujourd'hui et nous traiterait de ganaches, nous autres naturalistes. »

Page 90.

45. Le motif que Zola fait traiter ici par Chaîne était celui du *Poêle dans l'atelier,* de Cézanne (peint vers 1865-66). Ce tableau appartenait à Zola, et fut vendu en 1903, après sa mort. Voir le catalogue de l'exposition Zola, Bibliothèque Nationale, 1952, n° 345.

Page 98.

46. C'est au café tenu par Auguste Guerbois, 11, Grande-Rue des Batignolles (devenu ultérieurement, jusqu'en 1957, la Brasserie Muller, 9 Avenue de Clichy), que Zola rencontrait, depuis le printemps de 1866, Duranty, Philippe Burty, Théodore Duret, Armand Silvestre, Manet, Guillemet, et tous les peintres du groupe des Batignolles. Les jours de réunion étaient généralement le

vendredi et le dimanche. Sur le Guerbois, voir Duranty, *La Double Vue de Louis Seguin* (inédit, analysé par M. Marcel Crouzet, dans *Un méconnu du réalisme : Duranty,* chap. VIII, « Le café Guerbois », pp. 239 à 241) ; Armand Silvestre, *Au pays des Souvenirs. Mes Maîtres et mes Maîtresses,* Paris, 1892.

Page 100.

47. Dans le quartier des Halles. On rejoint ici par un biais l'univers du *Ventre de Paris,* dont Claude a été l'un des personnages.

48. Ce trait rappelle les escapades de la jeune Nana, au chapitre XI de *L'Assommoir.*

Page 101.

49. La rue de Bréda avait donné son nom à l'ensemble du quartier du IXᵉ arrondissement (quartiers Saint-Georges, de la Chaussée-d'Antin, du Faubourg-Montmartre, de Rochechouart). C'est là, écrit le *Grand Dictionnaire Universel du XIXᵉ siècle* de Pierre Larousse, que « fleurit réellement cette créature indéfinissable qu'on chercherait vainement ailleurs : la biche issue de la lorette ». « Quelle que soit l'origine de l'habitant du quartier Bréda, ses désirs tendent vers le même but : être richement entretenue. »

Page 102.

50. Le Musée du Luxembourg, fondé en 1801 par Chaptal, fut destiné en 1818 à contenir les œuvres d'artistes *vivants,* achetées par les services officiels. Les toiles qui se trouvaient au Musée du Luxembourg ont été transportées au Musée du Louvre en 1886.

Page 106.

51. Mazel a pour modèle le peintre Alexandre Cabanel.

Page 107.

52. Ces paroles de Gagnière sont tirées des notes *Musique,* que Zola a transcrites d'après les renseignements fournis par Henry Céard (et qui sont désignées, dans les notes additionnelles aux premiers plans détaillés, sous ce titre : *Notes Céard*) :

« Schumann. — *Mort vers 63 [très chic. A la puissance de Beethoven] — La musique de Schopenhauer. Le désespoir, la jouissance du désespoir. Le beau ténébreux (?). Sensation triste, des choses jetées. Trois symphonies les plus belles après Beethoven — Le chant des violons, d'une pureté triste, et les instruments à vent qui les étouffent. Grande quantité d'œuvres pour piano, où il rejoint Chopin. Série d'impressions jetées, où l'on met beaucoup plus qu'il n'y a. On rêve, prétexte pour rêver. Ce qu'on voit dans le feu, des paysages mélancoliques, la tristesse d'Henri Heine, des baisers qui ne se rendent pas, des femmes rencontrées puis perdues, des rêveries d'amour vague et sans objet. Byron, plus nature. Schumann s'est jeté à l'eau, un soir*

*de carnaval — Musique de l'homme atteint d'une hypocondrie
nerveuse. Il ne pouvait habiter au 1ᵉʳ étage, une chaise trop haute lui
donnait le vertige — Quelquefois, gaieté maladive. Très lettré, très
savant. »*

Page 108.

53. Plus que les articles de Paul Alexis, ce passage évoque la
campagne de Zola lui-même (sous le pseudonyme transparent de
Claude) dans *L'Événement*, en avril-mai 1866. Dans son deuxième
article (30 avril 1866) rédigé pour une large part à l'aide d'informations communiquées par ses amis peintres, il avait passé en revue
tous les membres du jury, envoyant à chacun, sauf à Corot et à
Daubigny, un paquet d'insolences (*Salons*, pp. 53 à 60) :

*« Gérome : « S'est sauvé en Espagne un jour avant l'ouverture des
assises, pour revenir juste un jour après leur fermeture. » Bida :
« Dessinateur sans doute élu pour juger les dessinateurs, car il n'a
jamais réussi comme peintre. » Français : « Je ne connais de lui que
des sortes d'aquarelles lavées à grande eau. Il a dû être très dur pour
les tempéraments vigoureux. » Fromentin : « Il a été en Afrique et en a
rapporté de délicieux sujets de pendule. » Breton : « En est aux
paysannes qui ont lu Lélia et qui font des vers le soir, en regardant la
lune. » Dubufe : « Il a manqué de s'évanouir devant le joueur de fifre,
de M. Manet. » Isabey : « Un romantique égaré dans notre époque. »
Lajolais : « M. de Lajolais qui ?, M. de Lajolais quoi ?... Le plus
inconnu des jurés. »*

En 1866, les jeunes peintres réclamaient soit l'abolition du jury,
soit le rétablissement du Salon des Refusés. Cézanne écrivit une
lettre en ce sens au comte de Nieuwerkerke, surintendant des Beaux-
Arts, qui l'annota de ces mots : « Ce qu'il demande est impossible,
on a reconnu tout ce que l'exposition des refusés avait de peu
convenable pour la dignité de l'art et elle ne sera pas rétablie. » (Voir
Émile Zola, *Salons* ; Henri Mitterand, *Zola journaliste*, pp. 59 à 68.)

Page 109.

54. *Geindre :* ce mot désignait le premier ouvrier d'une boulan-
gerie.

Page 110.

55. L'hypothèse de M. Patrick Brady, qui, dans sa thèse sur
L'Œuvre, voit dans la *Noce au village* la transposition de deux toiles
de Courbet, la *Noce à Ornans* et *L'Enterrement à Ornans*, nous paraît
vraisemblable.

Page 112.

56. *Notes Guillemet,* fᵒ 358 :

« Les amateurs   Les amateurs aiment mieux avoir affaire au

marchand de tableaux, car ils comptent payer moins cher. Chez l'artiste, ils n'osent marchander, ils pensent toujours que l'artiste les surfait et les vole. C'est ce qui explique l'intermédiaire des marchands, bien que l'amateur puisse avoir l'adresse des peintres dans les catalogues. »

Page 121.

57. Émile Zola a visité Clermont-Ferrand pendant le séjour qu'il a fait avec sa femme au Mont-Dore, en août 1884. Les Zola retournèrent au Mont-Dore l'été suivant. Voir Henri Mitterand, *Un projet inédit d'Émile Zola en 1884-85 : Le roman des villes d'eaux,* « *Notes sur le Mont-Dore* ». — *Les Cahiers naturalistes,* n° 10, 1958, pp. 401 à 423.

Page 122.

58. Le quartier de Passy est longuement décrit dans *Une Page d'Amour.*

Page 129.

59. Les bains de la Seine étaient très populaires au milieu du XIXe siècle et sous le Second Empire. Zola les évoque dans ses lettres de jeunesse (lettre à Paul Cézanne, 14 juin 1858), dans *La Curée* (Bibl. de la Pléiade, t. I, p. 403), et dans les *Nouveaux Contes à Ninon.*

60. Toute cette longue évocation des quais de la Seine est tirée des f°s 425 à 435 des notes *Paris :*

« Entre le pont Notre-Dame et le Pont-au-Change, un peu avant celui-ci, on commence à voir le dôme de l'Institut. On peut même ne le voir qu'à la place du Châtelet. Le soleil en avril, se couche à droite du dôme ; au-dessus de la Seine. La ligne des quais lointains, quai Malaquais, quai Voltaire, découpé en noir : une falaise sombre, on ne distingue pas les fenêtres, les petits traits noirs des cheminées ; falaises confuses, baignées dans une poussière. Tout le temps d'ailleurs, le soleil m'a suivi, au-dessus des maisons, derrière Notre-Dame, puis derrière le palais, puis derrière l'Institut. Me servir de ce soleil qui s'incline peu à peu, dans la succession de la description ; et le faire enfin coucher dans la Seine, à droite du dôme. Il sera le lien pour ce côté, en noir de plus en plus ; et pour l'autre aussi, qu'il rougira davantage, à mesure que ses rayons deviendront plus obliques. Les tons changent. J'aurais un certain coucher de soleil, peut-être celui-ci, par un beau jour, une boule de feu qui descend dans une poussière d'or ; cette poussière devient violette, et la boule rougit, devient lie-de-vin. Le coucher dans l'eau, sous les ponts. — Ensuite, d'autres couchers, toute la série. La pluie, les nuages, le gris, etc. Les saisons. »

Page 133.

61. Zola se souvient ici du duel qui avait opposé Manet à Duranty en 1870. Le dimanche 20 février 1870, Manet, ayant entendu dire que Duranty s'était exprimé sur son compte en termes désobligeants, l'avait souffleté, au cours d'une rencontre au Guerbois. Un duel à l'épée eut lieu le 23 février 1870 dans la forêt de Saint-Germain. Les témoins de Manet étaient Émile Zola et Henri Vigneau, ceux de Duranty, Paul Lafargue et Eugène Schnerb. Duranty fut légèrement blessé à la poitrine. (Voir Marcel Crouzet, *ouvr. cité*, p. 291 à 293.)

Page 142.

62. Le 24 avril 1863, *Le Moniteur Universel* avait publié cette note :

« De nombreuses réclamations sont parvenues à l'empereur au sujet des œuvres d'art qui ont été refusées par le jury de l'Exposition. Sa Majesté, voulant laisser le public juge de la légitimité de ces réclamations, a décidé que les œuvres d'art qui ont été refusées seraient exposées dans une autre partie du Palais de l'Industrie.

Cette Exposition sera facultative, et les artistes qui ne voudraient pas y prendre part n'auront qu'à en informer l'administration qui s'empressera de leur restituer leurs œuvres.

Cette Exposition s'ouvrira le 15 mai. Les artistes ont jusqu'au 7 mai pour retirer leurs œuvres. Passé ce délai, leurs tableaux seront considérés comme non retirés, et seront placés dans les galeries. »

Parmi les peintres refusés, se trouvaient Chintreuil, Harpignies, Amand Gautier, Fantin-Latour, Jongkind, J.-P. Laurens, Manet, Pissarro, Whistler, et, pour la gravure, de nouveau Manet, ainsi qu'Amand Gautier et Bracquemond.

Les Refusés publièrent un *Catalogue des ouvrages de peinture, sculpture, gravure, lithographie et architecture refusés par le jury de 1863, et exposés, par décision de S. M. l'Empereur, au Salon annexe, Palais des Champs-Élysées, le 15 mai 1863*. Plusieurs références, dans le dossier préparatoire de *L'Œuvre*, montrent que Zola avait en main cette brochure, lorsqu'il composa le chapitre V de son roman.

63. Le Palais de l'Industrie avait été édifié pour l'Exposition Universelle de 1855. C'était un parallélogramme de 250 mètres sur 108, flanqué de quatre pavillons, un peu dans la manière de l'architecture des Halles centrales, que préparait dans le même temps l'architecte Baltard. Au milieu de la plus grande dimension, une arche colossale servait d'entrée, surmontée d'un groupe allégorique d'Élias Robert, représentant « la France, couronnant l'Art et l'Industrie ». On avait largement utilisé le métal dans la construction.

Le Palais de l'Industrie a été démoli de 1897 à 1900.

Page 147.

64. Dans le Catalogue des Refusés, figure, sous le n° 57 : « Brivet (Vincent), élève de M. Yvon, 23, rue Oudinot : *Études de chevaux ; dix types* ».

Page 151.

65. Le thème du Christ pardonnant à la femme adultère était représenté plusieurs fois au Salon des Refusés, notamment par une toile d'Amand Gautier. — Parmi les tableaux « historiques », on pouvait voir *Dernier jour de Louis XI*, de Célestin Allard-Combray, *Bonaparte le matin de combat*, d'Auguste Andrieux, *Funérailles du général Marceau*, de Henry Dupray, etc. — *Jezabel morte* était due à Jean-Eugène Doneaud, qui se présentait comme un élève de Flandrin. — *Le Berger et la mer*, fable de la Fontaine était exposé par G. Doyen. — Nous n'avons pas retrouvé *les Espagnols jouant à la paume* ; mais Manet exposait, en plus du *Bain*, deux toiles à sujet « espagnol », le *Jeune homme en costume de Majo*, et *Mademoiselle V... en costume d'Espada*.

66. James Whistler (1834-1903), peintre américain d'origine irlandaise, venu à Paris en 1855, refusé au Salon de 1859, exposa en 1863 au Salon des Refusés, *La Jeune Fille en blanc*. Il devint l'ami des Impressionnistes et de Mallarmé.

Page 155.

67. L'hilarité épique et stupide qui se déchaîne devant le *Plein Air* de Claude rappelle exactement celle qui accueillit au Salon des Refusés le *Bain* (ou *Déjeuner sur l'herbe*) de Manet.

Page 157.

68. Les critiques les plus avisés étaient si interloqués devant *Le Bain* de Manet qu'ils ne savaient plus qu'en dire. Ainsi Thoré-Burger, dans *L'Indépendance belge* :

> « Le *Bain* est d'un goût bien risqué. La personne nue n'est pas de belle forme, malheureusement... et on n'imaginerait rien de plus laid que le monsieur étendu près d'elle, et qui n'a pas même eu l'idée d'ôter en plein air son horrible chapeau en bourrelet... Je ne devine pas ce qui a pu faire choisir à un artiste intelligent et distingué une composition si absurde. Mais il y a des qualités de couleur et de lumière dans le paysage, et même des morceaux très réels de modelé dans le torse de la femme. M. Manet adore l'Espagne, et son maître d'affection paraît être Goya, dont il imite les tons vifs et heurtés, la touche libre et fougueuse. »

Quant au grand public, dont les goûts ne marchent jamais du même pas que ceux des novateurs, il s'esclaffa.

Le récit de Zola est à peine une caricature. Il suffit de lire les

comptes rendus donnés à l'époque par les « salonniers » (voir
J. Lethève : *Impressionnistes et Symbolistes devant la presse*, Paris,
1959). Témoin, également, la page qu'inspiraient à Paul de Saint-
Victor les toiles « espagnoles » de Manet — *Le Chanteur espagnol,
Lola de Valence* — exposées la même année à la galerie Martinet, sur
le boulevard des Italiens : « Imaginez Goya passé au Mexique,
devenu sauvage au milieu des pampas et barbouillant des toiles avec
de la cochenille, vous aurez M. Manet, le réaliste de la dernière
heure. Jamais on n'a fait plus effroyablement grimacer les lignes et
hurler les tons. »

Combien plus perspicace Baudelaire, qui avait consacré à *Lola de
Valence* ce quatrain :

> « Entre tant de beautés que partout on peut voir,
> Je comprends bien, amis, que le désir balance ;
> Mais on voit scintiller en Lola de Valence
> Le charme inattendu d'un bijou rose et noir. »

Zola, comme Baudelaire, aimait la juxtaposition de ces deux tons
favoris du peintre, les deux intensités subtilement complémentaires
de ces couleurs franches, l'accord pur de ces taches colorées
s'enlevant l'une sur l'autre. Mais l'œil de la majorité de leurs
contemporains, habitué aux demi-teintes, aux clairs-obscurs, aux
savants dégradés, aux fonds sombres de la peinture traditionnelle,
n'était pas prêt à recevoir cet éclat neuf.

Voir Émile Zola, *Salons* (éd. Hemmings-Niess), p. 96 :

> « *Le Déjeuner sur l'herbe est la plus grande toile d'Édouard
> Manet, celle où il a réalisé le rêve que font tous les peintres : mettre des
> figures de grandeur naturelle dans un paysage. On sait avec quelle
> puissance il a vaincu cette difficulté. Il y a là quelques feuillages,
> quelques troncs d'arbres et, au fond, une rivière dans laquelle se baigne
> une femme en chemise ; sur le premier plan, deux jeunes gens sont assis
> en face d'une seconde femme qui vient de sortir de l'eau et qui sèche sa
> peau nue au grand air. Cette femme nue a scandalisé le public, qui n'a
> vu qu'elle dans la toile. Bon Dieu ! quelle indécence : une femme sans
> le moindre voile entre deux hommes habillés ! Cela ne s'était jamais vu.
> Et cette croyance était une grossière erreur, car il y a au musée du
> Louvre plus de cinquante tableaux dans lesquels se trouvent mêlés des
> personnages habillés et des personnages nus. Mais personne ne va
> chercher à se scandaliser au musée du Louvre. La foule s'est bien
> gardée d'ailleurs de regarder* Le Déjeuner sur l'herbe *comme une
> véritable œuvre d'art doit être regardée ; elle y a vu seulement des gens
> qui mangeaient sur l'herbe, au sortir du bain, et elle a cru que l'artiste
> avait mis une intention indécente et tapageuse dans la disposition du
> sujet, lorsque l'artiste avait simplement cherché à obtenir des opposi-
> tions vives et des masses franches. Les peintres, surtout Édouard
> Manet qui est un peintre analyste, n'ont pas cette préoccupation du
> sujet qui tourmente la foule avant tout ; le sujet pour eux est un prétexte*

à peindre, tandis que pour la foule le sujet seul existe. Ainsi, assurément, la femme nue du Déjeuner sur l'herbe *n'est là que pour fournir à l'artiste l'occasion de peindre un peu de chair. Ce qu'il faut voir dans le tableau, ce n'est pas un déjeuner sur l'herbe, c'est le paysage entier, avec ses vigueurs et ses finesses, avec ses premiers plans si larges et si solides et ses fonds d'une délicatesse si légère ; c'est cette chair ferme, modelée à grands pans de lumière, ces étoffes souples et fortes, et surtout cette délicieuse silhouette de femme qui fait, dans le fond, une adorable tache blanche au milieu des feuilles vertes ; c'est enfin cet ensemble vaste, plein d'air, ce coin de la nature rendue avec une simplicité si juste, toute cette page admirable dans laquelle un artiste a mis les éléments particuliers et rares qui étaient en lui. »*

Page 159.

69. *La* Vendangeuse *de Mahoudeau doit être rapprochée de la* Bacchante *que Philippe Solari avait exposée au Salon de 1867. — En 1868, Zola, « salonnier » de* L'Événement illustré, *consacra une grande partie de son article sur la sculpture à son ami Philippe Solari.

Page 169.

70. On doit lire, sur l'ensemble de ce chapitre, l'étude fondamentale de M. Rodolphe Walter : *Zola et ses amis à Bennecourt* (1866), dans *Les Cahiers naturalistes*, nᵒ 17, 1961, pp. 19 à 35. Les notes qui suivent sont empruntées à ses découvertes.

Zola et Cézanne firent plusieurs séjours à Bennecourt en 1866. A leur suite, y vinrent Baille, Valabrègue, Chaillan, Marius Roux, Solari. Zola y loua une maison, et y revint tous les ans jusqu'en 1871. Il y retourna peut-être pour la préparation de *L'Œuvre*, en 1885.

« Sur la rive gauche de la Seine, écrit Rodolphe Walter, parallèlement à la voie ferrée, la Nationale 13 conduit de Mantes à Bonnières en une douzaine de kilomètres. De Bonnières, on franchit la Seine par un grand pont moderne, une avenue qui traverse une île et un petit pont en fer, et on débouche sur la rive droite du fleuve, très exactement entre Gloton à l'Est et Bennecourt à l'Ouest. »

Sous le Second Empire, les ponts n'existaient pas encore, et il fallait prendre des bacs pour passer de la gare de Bonnières à Bennecourt (côté Gloton) en traversant les deux bras du fleuve et « la Grande-Ile ».

Zola évoqua plusieurs fois ce paysage avant 1870, dans ses lettres et dans ses articles. Voir notamment ses articles de *L'Événement illustré*, 17 juin 1868, et de *La Tribune*, 28 juin 1868. Dans ce dernier, daté de Gloton, il écrivait : « *Si jamais on bâtit un pont, je fuirai plus loin, je chercherai un nouveau désert.* » Les deux ponts furent construits en 1884. Le site de Bennecourt réapparaît dans *La Rivière*, publié dans *Le Figaro* le 10 octobre 1880, et dans *Une Farce ou Bohèmes en villégiature* (É. Zola, *Contes et Nouvelles*, éd. Roger Ripoll, Bibl. de la Pléiade, éd. Gallimard).

71. Cette auberge, lieu de rendez-vous de Zola et de ses amis, à Bennecourt, sera dans *Une Farce ou Bohèmes en villégiature*, l'auberge de « *la mère Gigoux* ». Alors aussi, « *la mère Gigoux* » régalera d'une omelette les bohèmes attablés. — il s'agissait, dans la réalité, de la boulangerie-auberge de Gloton, tenue par Louis-Joseph Dumont (né en 1823 à Bennecourt), ancien passeur, et sa femme, Marie-Anne Dumont, née Rouvel. Ces cabaretiers sont cités par Cézanne, dans sa lettre envoyée de Gloton, le 30 juin 1866, à Émile Zola (Cézanne, *Correspondance*, pp. 95 à 97).

Page 170.

72. De même, dans une lettre à Numa Coste du 26 juillet 1866, Émile Zola appelle Alexandrine, qui est sa maîtresse depuis le début de 1865 : « ma femme », alors qu'il ne l'épousera que le 31 mai 1870. Alexandrine l'a sans doute accompagné plusieurs fois à Bennecourt. Ces « mariages », au sens extensif du terme, sont la règle plutôt que l'exception, dans la bande d'amis qui fréquentent Bennecourt. Le sculpteur Philippe Solari, père d'une petite fille depuis février 1865, se mariera au début de 1867. Cézanne, Monet, Pissaro, se trouveront dans une situation identique.

Page 171.

73. Le père Poirette rappelle à la fois Pierre-Vincent Rouvel, né en 1795 et mort en 1874, père de la femme de l'aubergiste de Gloton, Marie-Anne Dumont ; et un certain Pernelle, propriétaire de la maison que Zola loua pendant plusieurs années, à côté de l'auberge. Dans sa lettre à Zola du 30 juin 1866, Cézanne écrivait : « J'ai commencé un portrait du père Rouvel le vieux, qui ne vient pas trop mal, mais il faut le travailler encore » (Cézanne, *Correspondance*, p. 96).

Page 174.

74. Voir R. Walter, *Zola à Bennecourt en 1867 : Quelques aperçus nouveaux sur « Thérèse Raquin »*, dans *Les Cahiers naturalistes*, n° 30, 1965, pp. 119 à 131. Pour les villageois de Bennecourt, Vernon, à une dizaine de kilomètres en aval de Bonnières, était « la ville ». La tradition locale atteste qu'on faisait couramment le voyage aller-retour de Bennecourt à Vernon, à pied.

75. La Roche-Guyon se trouve en amont, sur la rive droite de la Seine, le long de la route qui conduit de Vétheuil (où se passe

l'intrigue de *Madeleine Férat*) à Bennecourt. Paul Cézanne séjourna à La Roche-Guyon, chez Auguste Renoir, en juin-juillet 1885.

Page 180.

76. M. Rodolphe Walter nous a communiqué la note suivante, sur le personnage de Margaillan. On sait que Bennecourt fait face à Bonnières, de l'autre côté de la Seine, à quelques kilomètres en aval de Mantes :

« L'industriel Jules Michaux (1822-1884), maire de Bonnières de 1874 à 1884, semble avoir été l'un des principaux, sinon l'unique modèle du personnage de Margaillan, le gros entrepreneur, que Émile Zola présente dans *L'Œuvre* comme l'incarnation du bourgeois arrivé et satisfait.

Sans doute Margaillan a-t-il gagné ses millions à Paris, mais c'est dans la région de Bonnières qu'il acquiert pour une somme fabuleuse une vaste propriété, « *une grande bâtisse blanche entourée de beaux arbres* », où son apparition avec les siens produit un effet saisissant : « *le père gros et apoplectique, la mère d'une maigreur de couteau, la fille réduite à rien, déplumée comme un oiseau malade, tous les trois laids et pauvres du sang vicié de leur race. Ils étaient une honte, en pleine vie de la terre, sous le grand soleil.* »

Dans le roman, la propriété des Margaillan est située sur la rive droite de la Seine au-dessus de Bennecourt, « *en remontant du côté de la Roche-Guyon* » ; mais dans le manuscrit conservé à la Bibliothèque Nationale, une phrase biffée montre que Zola a d'abord placé le domaine des Margaillan sur la rive gauche, au-dessus de Jeufosse et de Bonnières. Le romancier pensait manifestement au Mesnil Renard de Jules Michaux, mais, ne pouvant conserver aucun de ces noms dans son livre, il forge le terme de *la Bîchaudière*, contamination évidente de Renard-Renaudière avec Michaux-Michaudière.

Ajoutons que Jules Michaux, ayant perdu son fils (dont la santé ne paraît pas avoir été meilleure que celle de la fille de Margaillan), tenta de se suicider d'un coup de fusil. »

Mais Zola semble avoir pensé aussi, pour la Richaudière, à une « *grand bâtisse blanche* » de Villennes (près de Médan), avec une « *cascade* » (Ms. 10.316, f⁰ 178).

Page 184.

77. Bennecourt et Bonnières ont inspiré plusieurs toiles à Paul Cézanne, mais aussi à Daubigny, et à Monet, qui séjourna à Bennecourt en 1868, et qui se fixa plus tard à Giverny, quelques kilomètres en aval. Voir R. Walter, *Cézanne à Bennecourt en 1866*, *Gazette des Beaux-Arts*, février 1962, pp. 103 à 118 ; et *Un vrai Cézanne : « La vue de Bonnières »*, *ibid.*, mai 1963, pp. 359 à 366.

Page 190.

78. C'est le 31 janvier 1866 qu'Émile Zola quitta la librairie Hachette, où il travaillait depuis le 1ᵉʳ mars 1862. Il entra, comme

courriériste littéraire, à *L'Événement,* où il fit en mai le compte rendu du Salon. Voir Henri Mitterand, *Zola journaliste.*

La même année, il abandonna les quartiers de la rive gauche pour venir s'installer dans le quartier des Batignolles : il habita d'abord 1, rue Moncey (aujourd'hui rue Dautancourt), puis 11, avenue de Clichy. A partir d'avril 1868, il se fixa dans le quartier des Batignolles : d'abord, 23, rue Truffaut, puis, de 1869 à 1874, 14, rue de La Condamine, et, de 1874 à 1877, 21, rue Saint-Georges (devenue depuis lors la rue des Apennins).

Paul Alexis raconte la première visite qu'il fit à Zola, en compagnie d'Antony Valabrègue, vers le 15 septembre 1869, au 14 de la rue de La Condamine :

> « Dans la salle à manger du petit pavillon qu'il habitait alors au fond d'un jardin, dans l'étroite salle à manger, — si étroite que, ayant acheté plus tard un piano, il dut faire creuser une niche dans le mur, afin de l'y caser, — je me revois, assis devant la table ronde, d'où la mère et la femme du romancier venaient de retirer la nappe » (Paul Alexis, *Émile Zola, Notes d'un ami,* p. 91).

Page 191.

79. Il n'est pas possible de citer tous les textes de Zola dont les propos de Sandoz renvoient l'écho. On les trouvera dans sa *Correspondance,* dans ses *Œuvres critiques,* dans ses *Préfaces* diverses, et aussi dans ses confidences à ses amis, rapportées par Paul Alexis, J.-K. Huysmans, H. Céard, le *Journal* des Goncourt, le docteur Toulouse, etc. (Voir notre Bibliographie générale, en Appendice au t. V des *Rougon-Macquart,* Bibl. de la Pléiade.)

Page 199.

80. La rue de Douai se trouve dans un quartier pour lequel les écrivains et les artistes, dans la seconde moitié du XIXᵉ siècle, ont une prédilection. Edmond About, Jules Claretie, Ludovic Halévy, Tourgueniev, habitent rue de Douai. Manet et Béliard y ont eu leur atelier. Tout près de là, le boulevard de Clichy : Daumier a habité au n° 36, de 1869 à 1873. Sur la place Pigalle, se trouve la Nouvelle-Athènes, où se rencontrent les peintres de l' « école des Batignolles ». Au voisinage immédiat sont installés également les ateliers de Puvis de Chavannes, Thomas Couture, Jongkind, etc., sur le modèle desquels Zola décrira l'atelier de Bongrand.

Page 212.

81. Cette toile rappelle les *Deux femmes cousant,* peinte en 1859 par Fantin-Latour.

Page 213.

82. Il est possible que cette déclaration de Bongrand, en qui on a voulu voir un reflet de Flaubert, exprime en réalité les idées de Zola,

qui, lui aussi, après *Germinal,* est en droit de se demander s'il fera jamais mieux.

Page 217.

83. Naudet a pour modèle principal le marchand H. Brame, mais il doit aussi quelques traits à Georges Petit et Charles Sedelmayer. On trouve un portrait de Brame dans les *Notes Guillemet* (fos 350 à 353).

H. Brame demeurait 47, rue Taitbout, et 36, boulevard des Italiens.

Page 218.

84. Cette anecdote, empruntée aux *Notes Guillemet,* avait pour personnage réel le peintre Ferdinand Roybet (1840-1920). Celui-ci débuta au Salon en 1865 et connut un succès immédiat, notamment par ses peintures de mousquetaires et de reîtres, dans toutes les attitudes. — Jugement de Zola : « *C'est de la peinture honnête* [...] *mais d'une énergie fort modérée* [...] *La personnalité annoncée ne s'est pas révélée à mes regards* » (*Salon* de 1866).

Page 221.

85. Bertrand était le nom du chien des Zola en 1870.

Page 222.

86. Il est aisé de se convaincre que Zola résume ici l'attitude de la critique, non point à l'égard de *La Fortune des Rougon,* qui souleva peu d'échos, mais des principaux romans ultérieurs, et notamment de *La Faute de l'abbé Mouret, L'Assommoir, Nana, Germinal.*

Page 223.

87. Gagnière est dans *L'Œuvre* le représentant des peintres qui tentent d'appliquer à leur art les découvertes du physicien Chevreul (1786-1889) sur la décomposition de la lumière. Zola n'avait pas lu directement Chevreul, et il ne semble pas que Guillemet l'ait renseigné sur ce sujet. Mais au cours de l'année 1885, il avait reçu une longue lettre d'un peintre amateur, admirateur passionné de Manet, Léo Gausson : ce dernier exposait longuement la théorie de la relativité et de la complémentarité des couleurs.

Zola n'en avait pas encore parfaitement maîtrisé les données lorsqu'il écrivit ce passage, et il commit une erreur d'application que le peintre Paul Signac, alors très jeune, releva et fit corriger, par la lettre suivante (collection du docteur F. Émile-Zola) :

« Paris 8 Février.

Monsieur

Peintre — dit impressionniste — je suis avec énormément d'intérêt votre beau roman sur l'Art contemporain.

Je vous demande, Monsieur, la permission de vous signaler

dans votre feuilleton d'hier une petite erreur sur la théorie des couleurs complémentaires.

Gagnière dit :

« Mon drapeau rouge se détachant sur un ciel bleu devient violet... »

Le ciel étant *Bleu* a pour complémentaire de l'Orangé.

Cet Orangé vient s'ajouter au Rouge du drapeau, qui au lieu de devenir violet tire au contraire sur le *Jaune.*

Pour que le drapeau devînt violet — comme le dit Gagnière — il aurait fallu que le ciel soit orangé ou jaune.

Excusez, Monsieur, cette observation sans gêne, d'un de vos plus profonds et plus dévoués admirateurs.

J'ai l'honneur, Monsieur, de vous présenter mes salutations bien respectueuses.

PAUL SIGNAC.

130 Bd de Clichy Paris. »

De fait, la comparaison du texte du feuilleton au texte de l'édition originale montre que Zola a retenu l'observation de Paul Signac, et rectifié immédiatement son erreur.

Page 226.

88. La gourmandise d'Émile Zola, et les talents d'Alexandrine comme maîtresse de maison, étaient bien connus de tous leurs amis. Zola aimait la cuisine provençale. Le 29 juin 1877, il écrit, de l'Estaque (près de Marseille), à Léon Hennique :

> « *Le pays est superbe. Vous le trouveriez peut-être aride et désolé ; mais j'ai été élevé sur ces rocs nus et dans ces landes pelées, ce qui fait que je suis touché aux larmes lorsque je le revois. L'odeur seule des pins évoque toute ma jeunesse. Je suis donc très heureux, malgré une installation assez primitive. [...] Les bouillabaisses et les coquillages dont je me nourris compensent à mes yeux beaucoup d'inconvénients.* »

Page 232.

89. Zola va déverser ici une grande partie de ses Notes sur la musique, dont il ne sait, à vrai dire, que faire, ou du moins qu'il semble avoir quelques difficultés à répartir en divers points du roman, comme il le fait pour ses notes sur la peinture ou sur l'architecture.

Page 234.

90. *Tannhäuser,* de Wagner, fut représenté à l'Opéra de Paris en mars 1861. Napoléon III l'avait fait jouer pour la princesse de Metternich, femme de l'ambassadeur d'Autriche. L'œuvre fut vivement discutée. Les adversaires de Wagner exprimèrent sans mesure leur hostilité. Zola, Cézanne, Duret, Roux figuraient parmi

les admirateurs de Wagner. En 1866, Cézanne peignit une *Ouverture de Tannhäuser*. Il écrivait le 24 mai 1868 à Heinrich Morstatt, un musicien allemand qui avait séjourné à Marseille et à Aix : « J'ai eu le bonheur d'entendre l'ouverture de *Tannhäuser*, de *Lohengrin* et du *Hollandais volant*. » De son côté, Zola, en 1869, alla défendre l'*Ouverture des Maîtres Chanteurs*, jouée à Paris par Pasdeloup.

Page 238.

91. M. Brady *(ouvr. cité)*, rapproche ces deux dernières toiles de deux œuvres de Manet : une étude de la rue Mosnier (1878), et la *Musique aux Tuileries* (1861).

Page 239.

92. A propos de ce tableau, F. Fosca objecte à Zola qu' « à midi en été le grand soleil, au contraire, éteint les couleurs au lieu de les exalter, et fait paraître la nature grise et décolorée » (*E. et J. de Goncourt*, Paris, 1941, p. 433. Cité par P. Brady, *ouvr. cité*).

On peut penser ici au *Jardin des Tuileries*, de Monet (1876).

Page 244.

93. Ce personnage est inspiré des rares amateurs qui surent découvrir le génie d'un Monet ou d'un Cézanne, dès les premières expositions impressionnistes : Victor Chocquet, Ernest Hoschedé, ou Caillebotte.

Page 250.

94. Ce motif évoque *Les Déchargeurs de charbon*, de Monet (1872), mais aussi bien la *Vue de la Seine du Quai des Tuileries*, exposé par Guillemet au Salon de 1875 (d'après P. Brady, *ouvr. cité*).

Il faut souligner, au-delà de tout rapprochement, que la peinture de Claude Lantier, si elle retient les éléments caractéristiques de l'Impressionnisme (le plein air, la décomposition de la lumière, la clarté des couleurs), n'est pas cependant conçue par Zola comme une pure et simple transposition des toiles impressionnistes, telles que Monet peut par exemple en fournir le type. Dans la mesure même où Claude est inspiré de Cézanne et de Manet, il est normal que les plans et les structures de ses toiles soient plus fortement marqués et contrastés que ceux d'une toile de Monet. Sa peinture ne mérite pas pour autant l'accusation d'académisme. — La lecture des *Salons* montre d'ailleurs que Zola savait distinguer les traits originaux de Manet — qu'il préférait entre tous —, de Monet et de Cézanne, pour ne citer que ces trois peintres, de même qu'il savait opposer les talents neufs à l'exploitation des procédés traditionnels.

Page 265.

95. La rue Tourlaque donne dans la rue Lepic. C'est au 54 de la rue Lepic qu'en 1886 habitent Vincent et Théo Van Gogh. Non loin

de là, se trouve le Moulin de la Galette, peint par Auguste Renoir en 1876.

Page 266.

96. *Notes Guillemet (Outils du peintre)*, f°s 372-373 :

> « *Les châssis. Claude commande un châssis à un menuisier spécial, puis il achète sa toile, sans couture, la tend, avec un ami (tenailles spéciales)* [...] *et la prépare, une couche de céruse avec le couteau à palette (on peut mettre dessous une couche de colle de poisson, mais lui pas), car la colle empêche l'absorption — On fait même des toiles absorbantes, avec une couche de plâtre derrière : l'huile passe dans le plâtre. Embus terribles, on fait revenir la couleur avec un peu de vernis, ou ce mélange : tiers d'eau, tiers d'huile, et tiers d'essence.*
> *La toile est préparée. Il la pose de biais, sous un jour frisant, contre un mur. Par terre, sur deux bouts de bois. Elle tient au mur par des cordes, par des bois (un système à Claude).* »

En réalité, la peinture à l'huile sur fond de céruse donne une adhérence médiocre. L'huile, qui demeure à la surface, jaunit davantage. Au contraire, le fond de colle, qui est absorbant, donne à la peinture de la matité (X. de Langlais, *La Technique de la peinture à l'huile*.) Les Impressionnistes ont employé des fonds absorbants, comme l'indique ici Zola, qui se trompe seulement sur les procédés de la préparation.

Page 267.

97. Dans ses notes sur *Paris*, après avoir longuement énuméré tous les aspects du paysage parisien saisi du pont des Saints-Pères, au-dessus du port Saint-Nicolas et en direction de la Cité (f°s 436 à 439), Zola écrit (f°s 440-441) :

> « [*Toujours il en reviendra à cette première vision.*] *C'est donc là ce cœur de Paris, par tous les temps. Soirée de printemps très claire, avec beaucoup de netteté dans les détails, de la gaieté, de la transparence, des ombres franches, ciel immense avec traînées de petits nuages blancs qui l'agrandissent. Un vent léger, l'âme de la ville épandue autour de son berceau ; faire sentir cette âme dans le grouillement de la vie des quais et des ponts, du tremblement vivant de la peinture (du plein air, sous le soleil couchant, trois ou quatre heures) — Le matin, le soleil se lève, la cité dans la lumière diffuse sans doute, les ombres déplacées — Un temps de brouillard léger, qui en fait une ville du rêve, qui recule et noie tout, visible encore, crépuscule dans une journée grise ; ou le temps de demoiselle, le soleil dans une fumée légère. — Une autre vue tragique, par un orage, ville jaune et blafarde, écrasée sous un ciel dramatique, un écroulement de nuages lourds et noirs, avec des éclairs fauves — Puis par le vent qui cingle, par le froid de l'hiver qui arrête la circulation, par la neige peut-être, par une pluie battante qui noie tout, qui ensevelit tout d'un rideau. — La nuit enfin, vue à prendre.*

La vie de la rivière et des quais doit suivre ces diverses vues, que je ferai défiler sans doute, lorsque Claude sera sur le point de faire son tableau. J'aimerais à n'avoir que la description avec le tableau, ce qui rend difficile les autres états. — Tous les autres quais et l'arrivée au pont des Sts-Pères, d'où le tableau. »

Page 272.

98. Cette page est issue d'un passage des Notes sur *Paris* (f°s 442 à 444). Après avoir décrit les principaux motifs du tableau de Claude, et esquissé le dialogue du peintre et de Sandoz, Zola analyse la psychologie de son personnage, avec plus de précision qu'il ne le fera dans le texte du roman :

« *Et il n'en parle plus, mais son entêtement sourd, son symbolisme inavoué, l'idée de la figure de Paris nue, une idée à lui pas claire, de la chair nue de femme, du plaisir, de la beauté aussi. Comment il la veut, cette femme, comment il ne peut la réaliser. Une partie de son avortement est là — Un chaste, et qui a l'amour de la chair dans sa peinture : ce sont mes femmes à moi, « ma bonne femme, ma femme » comme il l'appelle (jalousie de Christine dédoublée, jalouse de son image peinte, de la femme faite avec elle par Claude, interprétée par lui selon son idéal de peintre, son tempérament, qui n'est plus elle, qui est elle arrangée, et qu'il aime davantage). — Cette figure prend une importance extrême au milieu du tableau, on ne voit qu'elle, le soleil de chair, un symbolisme moderne, plus la figure sur une barque, la fille nue qui fait une pleine eau* (sic). *Les blagues des amis, de Frage-rolles.* »

Cette « *figure de Paris nue* », ce « *symbolisme inavoué* », donnent à la peinture de Claude un tour allégorique qui correspond moins au style d'un Cézanne ou d'un Manet qu'à certaines créations de Zola lui-même (par exemple Nana). — Zola exploite d'autre part, implicitement, le thème mythique de Pygmalion — le sculpteur légendaire de Chypre, devenu amoureux de sa statue —. Il le dédoublera cependant, en ajoutant un sujet nouveau : la jalousie du modèle vivant devant « son image peinte ». Enfin, l'idée d'une déviation de la sexualité dans l'œuvre n'est pas inédite chez Zola.

Page 284.

99. *Notes Guillemet*, f°s 370-371 :

« *Outils du peintre — Chevalet ordinaire. — Chevalet à crémail-lère avec manivelle (vis sans fin). On peut baisser la toile, lui donner plus ou moins de pente à l'aide d'un système. Le cheval est double* (sic). *Les artistes très chic l'ont en bois noir et le drapent avec des étoffes, peluches rouges et bleues. — Le meuble, en haut boîte à couleurs, avec casier en zinc, en bas tiroir pour les brosses et les autres outils. — Les brosses sont surtout les communs, les en crin, ronds ou plats ; le mot pinceau entraîne l'idée de la finesse, en martre, ronds ou plats, petits, fauve (sic). — Le blaireau, (pinceau à barbe) rond et bouffant. On blaireaute. On enveloppe avec les fortes touches. Quand on a ébauché en gros, avec la brosse ou le pinceau, selon la délicatesse de l'ouvrage, on passe le blaireau pour envelopper. Ainsi Courbet peignait au couteau, puis blaireautait — Les couteaux de toutes les formes, grands et petits, de très longs, très flexibles, à angle, d'autres pareils à celui des vitriers (celui de Delacroix). Des marchands en inventent, Claude peut en chercher, en adopter un pour la bonne peinture. — Le grattoir ou plutôt le rasoir, pour gratter et couper. — Du fusain et de la craie pour dessiner l'ébauche. Quelquefois des touches au pastel. — Une boîte de pastels. — Une petite boîte d'aquarelle. »*

100. *Notes Guillemet (Outils du peintre)*, f°s 371-372 :

« *Maintenant, les substances employées — Les couleurs dans des tubes — Les classiques, après avoir ébauché à l'essence, peignaient à l'huile grasse (huile de lin épurée). Dans les couleurs broyées, il n'y a que de l'huile seule — L'essence est employée surtout par les modernes. Elle ne colore pas, elle fait mat. Manet peignait avec beaucoup d'essence. Tous les plein-airs — Des étrangers emploient une dissolution d'ambre pour remplacer l'huile ; cela fait ambré et solide. Tous les corps résineux sont très bons. Ainsi le copal à l'huile, délayé dans de l'essence fait sécher et empêche de craqueler ; les résineux tiennent. En outre, ils empêchent l'action des couleurs les unes sur les autres, le mélange, les verts devenus jaunes, etc. — Le vieux jeu, huile et bitume — Delacroix, flot d'huile, peinture très peu solide — Le vernis Damas, très beau ton avec le bitume — Le siccatif de Courtray, pour faire sécher.* »

101. Tout ce passage est emprunté à la lettre de Léo Gausson (voir note 87, p. 477).

« Étant données les 3 couleurs primaires, jaune, rouge, bleu qui donnent les 3 couleurs secondaires, orange, vert, violet. De là partent des séries infinies de gammes.

Ces six couleurs, Chevreul les divise en couleurs complémentaires et en couleurs similaires.

Les complémentaires sont :

> rouge compl. du vert
> jaune compl. du violet
> bleu compl. de l'orange.

Les similaires sont :

> rouge, jaune, orange
> vert, bleu, violet

Je passe sur les définitions

Deux couleurs complémentaires juxtaposées, se font valoir réciproquement, s'exaltent mutuellement par leur voisinage, et si l'une des deux est dominante, elle aura plus d'influence sur l'autre. Si cette dominante est modifiée dans son aspect, elle modifiera sa voisine dans le même rapport par influence complémentaire. De plus, dans un ensemble de nature, les couleurs agissent les unes sur les autres par reflet ou par complémentarisme. »

Après avoir donné plusieurs exemples, Léo Gausson continuait :

« Il y a à compter avec mille autres circonstances influentes, l'état de sécheresse ou d'humidité de l'atmosphère qui laisse passer tels ou tels rayons du spectre solaire et absorbe tels ou tels autres... En résumé, pour moi, la couleur absolue des objets n'existe pas, elle est subordonnée à des influences variables... On comprendra mieux ai : ces effets de paysage où la nature nous apparaît parfois colorée tout en rouge ou tout en bleu ou tout en jaune, c'est qu'alors   juste équilibre des couleurs du spectre solaire a été rompu par des raisons spéciales qu'il faudra chercher à comprendre. »

Léo Gausson : Peintre, graveur et sculpteur, né à Lagny (Seine-et-Marne) le 14 février 1860. Il étudia d'abord la sculpture sur bois, puis la gravure avec Chauvel. Il se joignit ensuite au groupe néo-impressionni⸱ , dont faisaient partie Pissarro, Maximilien Luce, Paul Signac ⸱l grava des reproductions de toiles de Millet. Une exposition de ses œuvres eut lieu au théâtre Antoine en 1899. Pour subsister, il entra dans l'administration coloniale et devint fonctionnaire au Soudan. (D'après E. Benezit, *Dictionnaire des peintres*.)

Page 285.

102. Brève allusion à la première exposition ‹ impressionniste », qui s'ouvrit, le 15 avril 1874, dans les locaux de Félix Nadar, 35, boulevard des Capucines, et fut accueillie par les sarcasmes de toute la presse (voir l'*Album Zola*, p. 127).

Zola avait d'abord voulu éviter de parler des expositions indépendantes. Mais il ne put faire autrement que de laisser déborder l'histoire de Claude Lantier au-delà de 1870. L'allusion cessait dès lors de passer pour un anachronisme.

Page 297.

103. Le nom de Courajod (qui fut celui d'un historien de l'art, Louis Courajod : 1841-1896, et au XVIIIe siècle, celui d'un éditeur de gravures), associé à la peinture de paysage, fait évidemment penser à Camille Corot (1796-1876). *La Mare de Gagny* transpose peut-être *Le Chemin de l'étang à Ville d'Avray,* dont Zola avait fait l'éloge dans son *Salon* de 1878 : « *Aucun peintre jusqu'ici n'a rendu la nature avec autant d'exactitude et de fidélité* [...] *Ce furent Corot et Daubigny qui rompirent les liens avec la routine académique* [...] *une victoire si complète que personne ne songe plus au paysage historique.* »

Mais la description de la demeure de Courajod évoque aussi

Jongkind, qui élevait des poules et des pigeons (d'après P. Brady, *ouvr. cité*).

Page 305.

104. Le peintre Dubois-Pillet avait exposé un *Enfant mort* au Salon des Indépendants de 1884. — Voir aussi *L'Éducation sentimentale*, IIIe partie, chap. IV, Bibl. de la Pléiade, pp. 431 et sq.

Page 306.

105. Zola a commenté l'organisation des Salons de peinture, non seulement en 1866 et en 1868, au moment où il réclamait avec ses amis la suppression du jury, mais aussi dans ses chroniques du *Messager de l'Europe* et du *Voltaire*. Voir notamment son *Salon* de 1875 et celui de 1880 : il fait alors au jury le reproche de céder trop souvent, dans ses choix, à des considérations étrangères à l'art, et d'être plus sévère pour les créations originales que pour les médiocrités. Antoine Guillemet a renseigné Zola sur le jury des Salons de peinture à deux reprises. Voici ses premières notes (de la main de Zola), f°s 362-363 :

> « *Faire partie du jury. Autrefois, du temps du règne de l'Institut, tout se passait chez Dubufe, qui recevait, bière, gâteaux, etc. — Aujourd'hui, les élections se font par coteries. Le peintre qui veut être du jury, se fait populaire, va voir les jeunes, fait le tour des ateliers. On vient le voir aussi, quand il est membre. Le continuel défilé. Il permet à des jeunes de s'intituler ses élèves. Toute la cuisine. Les groupes, des coteries, des associations. On fait aussi la besogne dans les cafés [prépare les élections]. Autrefois, l'Institut était maître. Puis jusqu'en 81, il n'y avait que les hors concours qui nommaient [20 membres, 5 administr.]. Maintenant, depuis 81, tous ceux qui ont été reçus une fois et qui exposent, votent. Quarante membres — L'Empereur et Nieuwerkerke étaient contre l'Institut. Le salon de 1863, refusés. A partir de ce moment, on a été moins raide pour les exclusions.* »

Édouard Dubufe (1820-1883) : Portraitiste. Membre du jury du Salon, en 1866. — Jugements de Zola : « *Il peint des portraits au fard et à la craie* » (*Salon* de 1866) ; « *Peintre favori de la bourgeoisie, dont le pinceau se distingue par des tons doucereux* » (*Salon* de 1876).

Alfred de Nieuwerkerke (1811-1892) : Statuaire. Il fut nommé en 1853 surintendant des beaux-arts, et conserva ce poste jusqu'au début de 1870.

Page 312.

106. L'ensemble de cet épisode est tiré d'une seconde série de notes sur le jury, fournie par Guillemet (f°s 377 à 379) :

« *Aujourd'hui, un péintre pour entrer au jury est un peu comme un candidat à la députation. Mêmes intrigues électorales. Il va voir des peintres, fréquente les cafés où il y a des groupes influents, se fait voir, risque des professions de foi. Il se fait présenter des jeunes, se met bien avec les membres influents de l'Institut, se rend populaire, paie dans les listes qu'on imprime. Il sème de bonnes paroles, promet en l'air :* « *Ça me plaît. Comment ! On ne vous a encore rien donné ?* »

Enfin, les élections arrivent [*le 20 mars*]. *La multiplicité des listes, celle des ateliers de l'École, de chaque coterie : liste libérale, de conciliation, des jeunes, des dames, etc. Une trentaine au moins, que chaque électeur reçoit à domicile, et qu'on distribue à la porte de la salle. Des hommes criant à la porte. Brouhaha toute la journée. Le vote a lieu de 9 à 4 h. Votent tous les peintres qui ont envoyé et qui ont été reçus une fois. La salle du jury, au premier étage du Palais, 12 à 15 fenêtres, immense, une vaste cheminée où l'on brûle des arbres. Une grande table au milieu ; par terre, une couche, un fumier de listes. Les électeurs sont quatorze cents environ. Tous parlent à la fois, attrapages, poignées de main — A quatre heures, le président du comité ferme le vote — Alors commence le dépouillement* [*15 à 20 bureaux*]. *Des bureaux de trois personnes, hommes de bonne volonté, dont un président ; le président appelle les noms des bulletins, qu'on lui donne par paquets de vingt, et les deux autres inscrivent. Le bruit, les noms criés. Les peintres méfiants qui surveillent. La nuit est tombée, on a apporté des lampes — Vers huit heures, le dîner qu'on apporte : viandes froides et vin ; la tabagie, car on fume. — Ça dure jusqu'à deux heures du matin. Boucan, fumisterie, l'empereur autour d'une table. Il reste deux cents personnes à peu près. On y vient en sortant de théâtre ou de soirée, en habit. La passion électorale — Les reporters qui attendent les résultats, ou du moins les résultats partiels. Un peut aider au dépouillement. Claude aussi — Enfin, le président de la Société centralise les chiffres des bureaux, et l'on proclame les résultats.* »

Page 313.

107. Mazel a pour modèle le peintre *Alexandre Cabanel* (1823-1889). Après avoir été l'élève de Picot à l'École des Beaux-Arts, et avoir obtenu le prix de Rome, Cabanel connut une carrière brillante de peintre académique. Jugement de Zola : « *Il peint le corps en œufs brouillés avec une légère trace de carmin. Ce ne sont plus des femmes, ce sont des êtres désexualisés, inabordables, inviolables, comme qui dirait une ombre de la nature* » (*Salon* de 1878).

Page 318.

108. Pour l'ensemble de ce passage sur les opérations du jury, voir les *Notes Guillemet*, f°s 379 à 381 :

« *Dès le lendemain, les peintres nommés jurés en sont prévenus par lettre, et dès le surlendemain, on les convoque. Les opérations du jury*

*commencent tout de suite. Le jury nomme son bureau : un président,
deux vice-présidents, quatre secrétaires.*

*Les grands tableaux (à partir d'un mètre cinquante) sont posés par
terre debout, par lettre alphabétique, en une rangée contre la cimaise de
tout le pourtour du Palais. Et, chaque jour, au commencement de la
séance, on commence par faire le tour. On défile, le président, les
quarante. L'arrêt rendu devant chaque tableau. Beaucoup admirent
du coup. Mais on donne à chaque un numéro de place : 1, 2, 3, ou
simple (admis simple). Les hors concours eux-mêmes sont appelés et
reçoivent un numéro de classement. — Chaque tableau a déjà un
numéro d'inscription. Et un employé, un brigadier, derrière, après
chaque arrêt, crie à pleine voix : n° 2480, admis ou refusé (et on
inscrit) — Devant ceux qui ne passent pas du coup, on s'arrête, on
discute. La gauche, composée des jeunes, la droite de l'Institut, et un
centre flottant, dont l'appoint forme la majorité. Plusieurs des peintres
(les pas rigides, les jeunes) ont un carnet où sont inscrits les artistes
qu'on leur recommande [amis, élèves] [« Un vieux lutteur, messieurs »]. [Les jeunes très rosses parfois. Les jeunes qui tâtent leur
pouvoir] — Il se fait surtout un échange de voix, je vote pour celui-ci,
si vous votez pour celui-là — Derrière le jury marche une équipe de
soixante-dix hommes en blouse blanche, qui a rangé les tableaux le long
du pourtour (préparé le travail) [le travail est préparé] et, à mesure de
l'examen, remportent les tableaux. Dès la décision rendue, depuis deux
ans, les secrétaires timbrent les tableaux reçus du timbre au chiffre de la
société, portant un numéro d'ordre. Ceux admis sont transportés dans
des salles spéciales, et ceux refusés sont entassés ailleurs [jusqu'à la
révision]. Les hommes ont le nom de gardien, il y en a un certain
nombre à demeure, d'autres sont embauchés pour la circonstance — On
nomme le tableau par son numéro d'inscription. — On commet des
erreurs, un brigadier vient dire : « Monsieur le président, un hors
concours a été refusé hier — Ah bien ! rapportez-le. »*

Page 322.

109. Tout ce paragraphe utilise la série des instantanés saisis par
Zola pendant sa visite au Salon, en mai 1885, et rassemblés, dans ses
notes *Le Salon*, sous le titre *Le Public* (f°⁵ 329-330) :

« *Le public. Un coup de pluie dehors et le public qui entre sent le
chien mouillé. — L'odeur spéciale, poussière, vernis vague, l'humanité. — Froid et humide le matin, avec le courant d'air des portes sur
la galerie, et peu à peu étouffé, très chaud l'après-midi, avec l'odeur de
la foule et de la poussière soulevée. — Ce qui éclate dans la foule des
têtes, ce sont les fleurs des chapeaux des femmes, parmi les chapeaux
noirs des hommes. — Les tableaux éteignant les toilettes, la nature
d'autre part tuant les tableaux. — Les hommes ont des cannes, des
paletots sur le bras. La tache du catalogue à la main. Des familles, la
mère, les filles. Des curés, des soldats. Le sourd bruit des voix, mais*

dominé par le roulement des pieds. Les femmes lasses s'appuyant sur leurs ombrelles. Beaucoup d'hommes décorés. Trois femmes ensemble, trois monstres. Les coups de chapeaux de loin, les signes, les sourires, les poignées de mains. De petits groupes se forment, des gens marchent. Le sujet surtout existe pour les visiteurs bourgeois. Les étrangers, de l'anglais entendu. »

Page 323.

110. Toutes ces pages sont des témoignages directs de l'atmosphère des Salons autour de 1880. Voir *Le Salon,* f°s 321-322, et 323 :

« *Le peintre qui fait la retape pour ses tableaux, jeune, travaillant pour la médaille, amenant à sa toile tous les gens influents, qu'il peut recruter dans les salles voisines. — Le peintre, célèbre, riche, qui reçoit devant son tableau, souriant, confiant, galant avec les femmes, ayant toute une cour de jupes. Carolus Duran. [Astruc autre chic]. — Les rivaux qu'on a vus devant son tableau. On s'est éloigné par discrétion, on les rencontre, et ils vous disent :* « *Nous ne vous avons pas encore vu. Nous y irons tout à l'heure* ». *Signe de gros succès. — Les familles de peintres devant les toiles, dans les salles, sur les banquettes. Les maîtresses des peintres, en face des familles. La promenade d'une Sarah Bernhardt, avec un Clairin, saluant la foule. Les reporters, les critiques prenant des notes. — La bande des actrices.*
[...] *Les modèles qui viennent se voir, modèles de profession endimanchées, et les originaux des portraits.* »

Carolus-Duran (1837-1917). Après avoir travaillé seul à Paris, en copiant les toiles du Louvre, réussit à se faire envoyer à Rome en 1861. Il connut le succès dès son retour à Paris, en 1866 — A atteint une grande renommée comme peintre de portraits. — Jugements de Zola : « *Peintre très habile* », qui a emprunté « *à des artistes plus originaux que lui* [...] *un grain de nouveauté* [...] *et noie la vérité qu'ils apportent* [...] *sous des enjolivements* » (*Salon* de 1878) ; « *Il viendra un jour où ces toiles emphatiques paraîtront décolorées à côté des œuvres sincères* » (*Salon* de 1879).

Zacharie Astruc (1835-1907). Critique, peintre, statuaire, musicien et poète tout à la fois. Il fut l'ami de Manet, qui peignit son portrait en 1864.

Georges Clairin (1843-1919) : Élève de Pils et de Picot. D'abord peintre de tableaux militaires, puis de décoration (Opéra de Paris, théâtre de Tours, Cherbourg, Monte-Carlo). Portraitiste attitré de Sarah Bernhardt. — Jugement de Zola : « *Mlle Sarah Bernhardt n'est pas jolie, mais elle a des traits fins et intelligents dont Clairin n'a su faire qu'un minois régulier et vulgairement sensuel tel que le peindrait un Cabanel* » (*Salon* de 1876)

Page 324.

111. *Le Salon,* f° 322 :

> « *Les débineurs, tous les genres : le débineur qui blague, qui jette ses paroles très haut. Les deux débineurs sombres qui se posent devant les petites toiles, les deux coudes à la planchette de la cimaise, et qui causent, avec des yeux torves de conspirateur, se chuchotant à l'oreille. Le débineur muet qui hausse les épaules. Le monsieur qui fait de l'esprit avec les dames. Le critique qui professe au milieu d'un groupe de très jeunes gens. L'histoire d'Harpignies et d'Hanoteau, se débinant, changeant de tactique, puis revenant à la débinade.* »

Henri Harpignies (1819-1916) : Élève d'Achard, et disciple de Corot. A connu la renommée comme peintre de paysages. — Jugement de Zola, sur les *Chênes de Château-Renard : « Tableau magnifique de vérité. Les arbres puissants tendent vers un ciel clair leurs branches gigantesques et au loin s'élèvent des falaises* » (*Salon* de 1875).

Hector Hanoteau (1823-1890) : Peintre paysagiste. Sa *Mare du Village* figurait au Musée du Luxembourg.

Page 326.

112. Zola s'est placé lui-même dans la position où se trouve Claude, « *pour voir ce qu'il y a dans un succès* ». Voir *Le Salon,* f°⁵ 331-332 :

> « *Le groupe devant le tableau de Fragerolles. D'abord Claude ne voit que les dos qui moutonnent ; puis, il veut voir ce qu'il y a dans un succès, et il va s'adosser à la cimaise, il passe entre la cimaise et la toile. Le tableau est grand, on regarde à distance : Toutes les faces levées, les jolis airs d'attention des femmes, le silence, un mot lâché. Tous les airs de têtes, les figures posées, sourires, airs différents, béat, sérieux, froncé, souriant. Un mari qui explique à sa femme, très bon ; et le joli hochement de celle-ci. Deux femmes immobiles. Une grosse mère. — Enfin, dans des types, résumer là tout le public qui peut regarder Fragerolles. Des cannes, des parapluies tendus, montrent. Les chapeaux noirs renversés.* »

Page 330.

113. Ici, un second modèle se substitue au premier pour le personnage de Naudet. Cette page est en effet écrite d'après le portrait du marchand Petit (*Notes Guillemet*, pp. 354-355) :

> « *Petit. Même jeu* [que celui de Brame] *mais appliqué en plus grand encore, les magasins du Louvre de la peinture, l'apothéose. Il était fils d'un marchand de tableaux ancien jeu, et qui a fait de bonnes affaires. Gommeux, très chic. Lui-même a commencé à faire des affaires chez son père. Puis l'ambition le prend, il veut couler les Goupil, surpasser Brame, être le premier, centraliser. Et il fait bâtir*

son hôtel de la rue de Sèze, un palais. Il commence avec trois millions, laissés par son père. Son train de maison est de quatre cent mille francs. Femme, enfants, maîtresse — huit chevaux, château, chasses. Il monte des galeries, attend l'arrivage des Américains qui se produit en mai. Il monte des expositions. Il achète dix mille pour revendre cinquante mille. Mais il opère surtout sur les morts, Delacroix, Courbet, Corot, Millet, Rousseau, etc. Peu sur les vivants. La cherté est venue de Brame, mais a encore été augmentée par Petit. Une bourse à tableaux, un syndicat pour faire monter les tableaux. Tous les moyens, les fausses ventes à l'hôtel, les tableaux rachetés par les marchands, etc. Malheureusement, il y a un nombre limité d'amateurs. La faillite fatale, pour les mêmes raisons que Brame, et plus vaste encore. »

Georges Petit demeurait 12, rue Godot-de-Mauroy.

Page 349.

114. La mère d'Émile Zola est morte le 17 octobre 1880. Mais c'est dès 1877, après le succès de *L'Assommoir*, que les Zola s'étaient installés 23, rue de Boulogne (aujourd'hui rue Ballu), où ils demeurèrent jusqu'en 1889.

Page 354.

115. Le thème des échecs de Dubuche a été également fourni par Frantz Jourdain. Voir les *Notes Jourdain*, f⁰ˢ 399 à 401.

Page 359.

116. De fait, à Bennecourt, Pierre Rouvel, modèle de Poirette, était mort en 1874. Sa fille, Marie-Anne Dumont était morte en 1882, et son gendre Louis-Joseph Dumont, en 1872. L'auberge où avaient vécu Cézanne et Zola avait été achetée en 1885 par un certain Hauchecorne [un nom qu'on a trouvé dans *Au Bonheur des Dames*], qui y fit de mauvaises affaires (R. Walter, *art. cité*).

Page 360.

117. Léger anachronisme : en réalité, les ponts de Bennecourt ne furent construits qu'en 1884. Ces détails, joints à ceux qui précèdent, laissent penser que Zola fit à Bennecourt, dans le courant de l'année 1885, le même pèlerinage que ses personnages : mais il n'en reste aucune trace dans ses dossiers.

Page 377.

118. La *Société anonyme coopérative d'artistes* organisée en 1873 par Alexis, Monet, Renoir, Pissarro, etc., avait été rapidement affaiblie par l'insuccès financier. Les artistes du groupe vivaient dans des conditions matérielles fort différentes ; ils étaient, de plus, diversement appréciés par la critique et le public. Malgré leurs tendances esthétiques communes, les aléas du marché de la peinture

créaient entre eux des rivalités. On note, assez souvent, dans les déclarations des uns et des autres, des réactions d'agacement mutuel. Une lettre de Cézanne à Pissarro, le 2 juillet 1876, exprime quelque jalousie à l'égard de Monet. En 1880, des dissensions éclatèrent entre Degas et Monet, Degas et Renoir. Le 12 juin de la même année, Monet, interrogé par la *Vie Moderne,* se livrait à quelques réflexions désabusées : « Je suis un impressionniste, mais je ne vois que rarement mes confrères, hommes ou femmes. La petite église est devenue une école banale qui ouvre ses portes au premier barbouilleur venu. » — Zola a transposé dans une époque antérieure cette détérioration progressive des premières fraternités.

Page 378.

119. Cette conversation rappelle un peu, *mutatis mutandis,* le premier entretien d'Emma Bovary et de Léon, le clerc de notaire, dans *Madame Bovary.* Zola se sert également d'une partie des informations qu'il a recueillies sur le programme d'un concert Pasdeloup (f⁰ˢ 411 à 413) :

> « Programme d'un Pasdeloup. — Ouverture d'Euryanthe (Weber). Classique, pas de discussion. L'orchestre entier. Très entendu, très applaudi.
>
> Struensée (Meyerbeer) [5 numéros]. Musique de scène. Très admiré, ouverture très dramatique avec un thème funèbre au travers. Une danse de paysans, très coloré. Une polonaise d'un entrain extraordinaire, effet toujours énorme. Marche funèbre, cadencée, lugubre. Duo de violoncelle, très pénétrant.
>
> Rêverie (Schumann) pour les violons, instruments à cordes. Très attendrie.
>
> Symphonie en ut mineur (Beethoven)
>
> [...] Air de fête de Roméo — Berlioz — Tristesse de Roméo sous les fenêtres des Capulets. Chant de clarinettes (les femmes aimées) un solo de clarinette, accompagné par les harpes. Très les yeux au ciel. Langueur passionnée. Air de fête après, très vivant, très pailleté (la fête est dans la maison). Tumultueux. Les noces de Cana. Le morceau est fait par l'opposition des deux situations. La reprise du chant de la clarinette, le termine. »

Page 381.

120. Le texte du deuxième plan détaillé est encore plus net, et d'un ton plus désabusé, sinon désespéré (Ms. 10.316, f⁰ 184) :

> « Et bien insister sur la débâcle des amis. Ils ne savent plus pourquoi ils se sont mis ensemble. Ils voient qu'ils n'ont rien de commun. La vie les a semés, opposés. Plus que des ennemis, se mangeant. Mon impression quand je vais à Paris. [Tous se mangent. On était

différent, rien ne vous unissait que la jeunesse. On reste béant de se voir
étranger. Tout craque, et on s'en va]. »

Notes additionnelles au premier plan détaillé, f° 195 :

> « *Tous se mangent, mon impression quand je vais à Paris. Et c'est là*
> *que Sandoz comprend enfin. Sa stupeur d'avoir semé des amis le long*
> *du chemin.* »

Page 383.

121. Voir les notes *Paris*, f°s 445 à 448. Voici la fin du passage
(f° 448) :

> « *Maintenant, tout doit être dans cette eau, qu'on sent couler. La*
> *grande coulée de la rivière dans la nuit, avec le tremblement noir et*
> *lumineux, avec le bruit sourd, continu, avec le froid qui souffle de la*
> *trouée des quais, la fraîcheur qui monte de la rivière. Cet encaissement*
> *sombre des parapets de pierre, ce fossé large, avec le mystère de ses*
> *bruits, de ses traînées lumineuses, de sa fraîcheur d'abîme. On peut*
> *mettre un gros bateau noir qui s'est détaché, quelque péniche, et qui file*
> *toute noire, dans les reflets lumineux, vaguement entrevus parfois, sans*
> *lanterne.* »

Page 397.

122. Sidonie Rougon : voir *La Curée* (Éd. Folio). Octave Mouret : voir *Au Bonheur des Dames* (Éd. Folio).

Page 398.

123. Voir, dans Marcel Crouzet, *Un méconnu du Réalisme :*
Duranty, pp. 394 et sq., le récit des obsèques de Duranty.

Page 399.

124. Pendant l'hiver 1885-1886, Zola parcourut lui-même le trajet
qui conduisait de la rue Tourlaque au cimetière de Saint-Ouen. Il
traversa, à la porte de Clignancourt, le paysage que les Goncourt
avaient évoqué, vingt ans plus tôt, en décrivant, dans *Germinie*
Lacerteux, la promenade de Germinie et de Jupillon sur les
fortifications. En vingt ans, le paysage n'avait guère changé. Le
roman des Goncourt n'est pas cité dans les notes de Zola. Mais celui-
ci releva les mêmes détails pittoresques que ses devanciers, et selon la
même technique « itinérante » et « instantanéiste ». Voir les Notes
Le Cimetière, f°s 467 à 469 :

> F° 467 : « *De la rue Tourlaque, par la rue Lepic qui tourne. De la*
> *place du Tertre, devant l'église, Paris. L'église. — La rue Lamarck*
> *qui tourne sur le versant St. Denis, puis la rue du Ruisseau, qui tombe*
> *rue Béliard, à la porte de Clignancourt, à la station du boulevard*
> *Ornano. Barbès, Ornano. Porte de Clignancourt station du*
> *b. Ornano, et route de Saint-Ouen.* »

F^{os} 468-469 : « Cimetière de St. Ouen, nouveau. Boulevard | Barbès | Ornano, *aujourd'hui Barbès. — Très large, belles maisons modernes à balcons, boutiques, commerce, marchands de vin. Rangées de petits arbres. Des rues qui montent vers la butte. Le boulevard lui-même monte légèrement — Puis, à mesure qu'on avance, quelques terrains pas bâtis, quelques trous, pas beaucoup. — Ça descend ensuite vers le milieu, avant le coude — Des industries, des usines commencent. Des murs sans maisons, les maisons se rapetissent — Et le coude enfin. Ça continue, ça descend. Les vides augmentent, des maisons en construction. Chantier de charbons et de bois. Échoppes en planches, et par-derrière grandes maisons. Des bouts de rue nus, des carrefours coupés. — De plus en plus nu. L'horizon se découvre. Une maison çà et là. Ligne d'échoppes — Et le grand rond-point de la barrière, à la porte de Clignancourt. La gare. On passe sur le chemin de fer. Les fortifications, la caserne, grands boulevards, les talus très vastes [les fossés]. Vue très large [Alors, route de Saint-Ouen]. Puis la fête perpétuelle, des kiosques, des restaurants dans les arbres [cirque couvert de toile. Chevaux de bois] [loque éclatante qui grelotte dans l'hiver], des fritureries, des jeux, des balançoires, aperçues au milieu des jardins dépouillés [Aux amis réunis, lapins, treillages disloqués]. Buvettes, pâtisseries. A la ferme de Picardie — Et après, les palissades qui bordent la route. Les grands terrains vagues, des maisons isolées, par-ci, par-là, toutes blanches, plantées de biais. Des bâtisses perdues. Des cheminées lointaines d'usine. Et ça descend toujours jusqu'au cimetière.* »

Page 402.

125. Poursuivant sa route, Zola est entré dans le cimetière. Ses notes rédigées après son retour attestent l'impression de désolation qui l'a saisi (*Le Cimetière*, f°s 470-471) :

« Le cimetière. *Un cimetière à plat, régulier, froid, l'air neuf, moderne. Pas pittoresque, au cordeau. D'abord une demi-lune, puis une grande allée large et droite qui conduit au rond-point. Comme il n'y a là que des concessions de cinq ans, pas de vieux arbres, petits arbres partout, aspect ras [pas à grands mouvements. Quelques croix en l'air, quelques statues. Petits cyprès]. Dès l'entrée, les tombes serrées déjà. Les quelques tombeaux plus riches sont au bord des allées principales.* — *Trottoirs sablés, avec un rang de pavés au bord, ruisseaux pavés.*

Le rond-point. *C'est là qu'on met les couronnes et les bouquets pour les morts qui n'ont plus de place spéciale, dont on a enlevé les ossements, et qu'on a mis là. Au milieu d'un gazon, une pierre carrée au centre, et l'entassement des couronnes et des bouquets.*

Après avoir dépassé le rond-point j'ai poussé jusqu'au fond contre le mur, et j'ai tourné à gauche dans l'avenue de l'Est — Ces avenues sont bordées de platanes petits. Des bancs, quelqu'un assis.

Après l'avenue latérale n° 1. Un carré débordant de tombes. Petites tombes qui s'écrasent [petites tombes qui se recroquevillent], buttes de terre avec une croix, entourages disloqués. Des couronnes qui pourrissent. Tout cela bas, verdi, envahi d'herbe. Des croix noircies. Des tombes qui se tassent et des cippes qui s'enfoncent. Petits chemins étroits. Entourages de bois, peu de fer. »

Page 403.

126. *Le Cimetière*, ms. 10.316, f° 472 :

« *Le feu. — Dans un carré remué, défoncé, dont on a retiré les bières et les corps, le feu énorme des bois de cercueil que l'on brûle, les planches pourries [bois roux], mangées par la terre, tombant en boue, et brûlant mal avec une fumée intense. On a fait un bûcher énorme et on a mis le feu dedans. Mais on ne voit pas les flammes, ça crépite avec de sourdes détonations, légères, et il n'y a que la fumée, une fumée rousse [grande fumée], que le vent emporte en grands lambeaux. Le cimetière avec ses flots qui le traversent. Il en est plein. La boue humaine dont les planches sont imprégnées. Odeur vague. — Un tas de vieilles couronnes.* »

Page 405.

127. Ce thème a déjà été développé dans *Au Bonheur des Dames*, et dans *La Joie de Vivre*. — Voir aussi, dans *La Joie de Vivre*, les rêveries de Lazare Chanteau dans le cimetière où repose sa mère.

128. *Le Cimetière*, f°s 473-474 :

« *Cimetière d'enfants. Avenue latérale n° 3. Des petits entourages blancs, des petites croix blanches, que le temps a rendus gris. Tout uniforme. Puis rien que des couronnes et des bouquets, blancs et bleus, en perle. De sorte que le coup d'œil est très doux, d'une tonalité bleu éteint, bleu pâle. Le tout très bas, à ras de terre. Et tout un îlot, entre les avenues. Tous les âges, 20 jours, trois mois, deux ans. Eugénie, au bord de l'allée, pas d'entourage, et une croix plantée de biais dans l'herbe. Petites allées régulières à l'intérieur, en damier.* »

Page 406.

129. *Le Cimetière*, f° 473 :

« *Le talus est très haut, barbu. On voit les poteaux télégraphiques et les fils, maigres sur le ciel, dans le brouillard. Les plaques de signaux en l'air, une rouge. Une guérite seule de surveillants. Et les trains qui passent, qui se détachent en sifflant. Une locomotive qui évolue, avec un sifflement triste et rauque. A un moment elle lâche sa vapeur, le bruit. Des trains qui se croisent. Le halètement des trains qui arrivent, les appels d'un train en détresse, et la plaque qui tourne ; puis, il passe. Des sifflets continus, lointains, proches, de tous les sons. — A gauche, cheminées d'usine fumant.* »

DU MÊME AUTEUR

dans la même collection

LES TROIS VILLES. *Édition présentée et établie par Jacques Noiray.*

I. LOURDES.
II. ROME.
III. PARIS.

COLLECTION FOLIO

Dernières parutions

Impression Société Nouvelle Firmin-Didot
à Mesnil-sur-l'Estrée, le 23 janvier 2003.
Dépôt légal : janvier 2003.
1ᵉʳ dépôt légal dans la collection : février 1983.
Numéro d'imprimeur : 62757.

ISBN 2-07-037437-8/Imprimé en France.

122437